民大记忆
旧著重辑

郭家声先生遗稿

（上册）

中央民族大学民族博物馆 编

學苑出版社

图书在版编目（CIP）数据

郭家声先生遗稿 / 中央民族大学民族博物馆编 .
-- 北京：学苑出版社，2021.11
ISBN 978-7-5077-6308-9

Ⅰ . ①郭… Ⅱ . ①中… Ⅲ . ①诗集—中国—现代
Ⅳ . ① I226
中国版本图书馆 CIP 数据核字（2021）第 243386 号

责任编辑：周鼎　黄佳
出版发行：学苑出版社
社　　址：北京市丰台区南方庄 2 号院 1 号楼
邮政编码：100079
网　　址：www.book001.com
电子信箱：xueyuanpress@163.com
联系电话：010–67601101（营销部）、010–67603091（总编室）
印 刷 厂：三河市灵山芝兰印刷有限公
开本尺寸：787 × 1092　　1/16
印　　张：55
字　　数：536 千字
版　　次：2021 年 11 月第 1 版
印　　次：2021 年 11 月第 1 次印刷
定　　价：880.00 元

郭家声先生画像

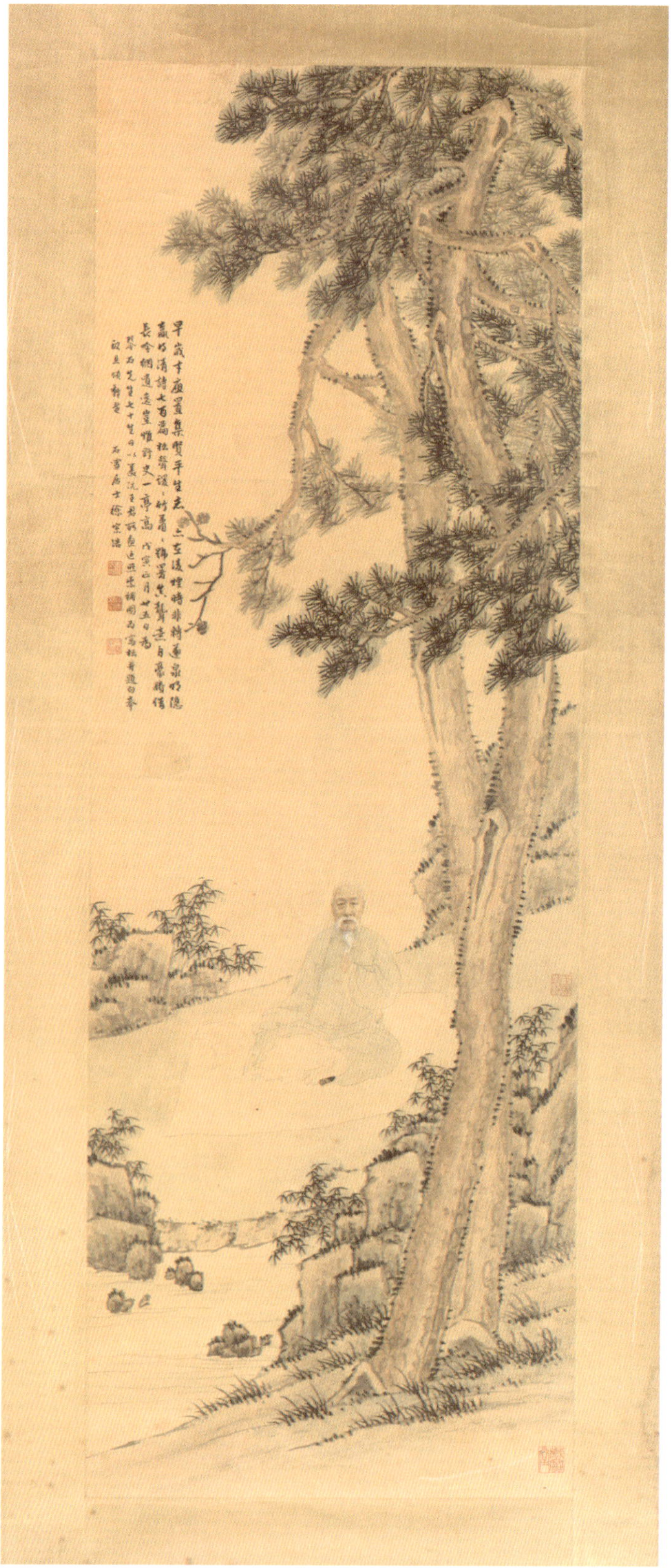

松涛图

纪念清末民初著名诗人、教育家郭家声先生

在中央民族大学附属中学的前身北京蒙藏学校成立初期的建校史册上，曾经记载着一位著名汉文教师的简历，以及他为蒙藏学校补习班所写的汉文讲义。这位蒙藏学校的建校元老就是前清癸卯进士，清末民初著名诗人、教育家，我国民族教育的先驱者之一郭家声先生。

郭家声，字琴石，祖籍河北省武清县大长亭村（今属河北省廊坊市经济开发区），清同治八年正月廿五日（1869年3月7日）出生于北京市，卒于民国三十四年（1945年）12月1日，享年七十六岁。

郭家声先生出身于京师教育世家，自幼聪颖好学，十二三岁时即在十七龄童子试中一举夺魁。又经过『十年寒窗』，他十八岁中秀才，二十四岁（1893年）中举人，三十四岁（1903年）中进士（清光绪廿九年癸卯科第二甲）。先生的青少年时代正值清王朝开始没落，内忧外患，国势岌岌可危；中年中进士时正赶上戊戌变法和废科举的前夕，虽忧国忧民，同情康梁，向往革新，但却无官可做，改良之路很快即成泡影，他只在商部（后改农工商部）短暂任职（任商部章京），后兼任京师宗室觉罗八旗第八高等小学堂首任堂长。为了寻找救国之路，他一面工作，一面在进士馆肄习法政，广搜译籍，凡『道咸以来言西政西学之书无不索研得要领』。辛亥革命以后，他又在北洋政府的农工商部任职，然那时军阀混战，百姓涂炭，他虽在任职期间提出过若干项改革建议，但终一事无成。从此，他深感报国无门，『遂绝口不谈政治，矢志不附党籍』，数十年弃政从教，饬躬治家，同时倾力从事古典诗文创作，自号『忍冬书屋居士』。

琴石先生十分热爱生活，同时又是一个为人谦和、严于律己的人。他是科举出身，却不热衷于官位；他是一位诗人，却不名士风流；他一生生活简朴，手不释卷，除了到校任教之外，读书和写日记是他每天必做的两件事，四十年如一日从未间断。他倾注了极大的精力躬理家政，教育儿女，培养他们一个个都成为国家与社会

的有用之才。琴石先生有多方面的爱好和生活情趣，他在四十年中通过旅游和参观各种博物馆、展览会，以及到图书馆读书，到影剧院看戏等活动，以加深对社会、对民众的了解。他作为一位诗人，最热衷的就是利用各种机会进行交友赋诗活动。在二十世纪的二三十年代，他经常邀请他的那些同年诗友到西四北小拐棒胡同郭家大院里的『忍冬书屋』来赋诗；还有什刹海的会贤堂，陈垣校长每年一度在司铎学院举办的海棠诗会，以及景山、北海等公园，都是他交友赋诗的好去处。除此之外，琴石先生还喜好书法，酷爱京剧，喜欢逛庙会，串琉璃厂，收藏各种古玩、字画、碑帖拓片等。四十年的教育生涯，郭家声先生不仅为我国培养了数以千计的文史人才，而且给我们留下了《忍冬书屋诗集》《忍冬书屋诗续集》两本诗集和《忍冬书屋日记选录》三册，以及他珍藏的约40份古碑帖拓片，这些珍品都是他留给我们后人的一笔巨大的精神财富。

综观癸卯进士郭家声先生的一生，他不仅将自己的毕生精力献给了我国古典文学和民族教育事业，成为清末民初一位著名诗人、教育家和国学大师，而且也是民初二三十年代北平市的一位文化名人。他在四十年教育生涯中不断探索创建与实践倡导的『忍冬精神』，更是他留给我们后人无比珍贵的精神遗产。

四十年教育生涯与光辉教育思想

郭家声先生的教育生涯应始自他考取癸卯科进士以后，在清廷农工商部担任章京之时，他曾兼任京师宗室觉罗八旗第八高等小学堂堂长，并任八旗高等学堂高等班历史教习，师范班经史国文教习。北洋政府时期，他虽仍在农工商部任职，但主要精力已放到了教育工作上。他开始曾在京创办先志小学（西绒线胡同小学的前身），专门招收和培养贫苦人家的子弟，并担任校长；接着，我国第一所专门培养满、蒙、藏等少数民族人才的专科学校北京国立蒙藏学校成立，他即受应聘担任该校首批国文教员与修身教员，从而成为我国最早献身民族教育的先驱者之一。北伐战争以后，他更全身心地投入教育工作，除了继续在北京三中等校任教多年之外，后来又应好友英敛之先生的邀请，到北京公教大学附属辅仁社教授中国古典文学；辅仁大学正式成立后即转入辅大，成为该校国文系首席著名教授，曾任教《汉魏六朝文》《个体散文习作》等课程，直到二十世纪四十年代初他七十岁以后。从京师八旗学堂到辅仁大学的四十年间，郭家声先生为我国培养了数以千计的文史人才。民国时期著名的语言学家、中央研究院语言研究所罗常培院士，著名历史学家、江苏师范学院历史系主任柴德赓教授，台湾著名现代小说家、台湾大学教授台静农先生，著名文学家许寿裳先生之子、台湾大学中文系教授许世瑛先生，南开大学中华古典诗词研究所创办人叶嘉莹教授的伯父、老中医叶狷卿先生，著名学者、书法家启功先生，北京师范大学原地理系杨曾威教授，北京师大附中著名高中语文教师高福曾先生等等，都曾受教于他。罗常培先生在其所著的《语言与文化》一书中，曾引述过先生的《咏叩头虫》诗，并说「它很可以代表一部分「有生直合为强项」的中国人的抱负」。启功先生在他的《恩师》一文中曾经提到，郭家声先生的「用功之勤、学问之博、治学之严谨、人品之高尚」都是他学习的榜样。

郭家声先生在回顾他的教育生涯时（1929年，六十岁）有诗云：「炊文煮字作生涯，门籍盈千莫漫夸，老执教鞭成白首，虚抛二十四年华。」从教真的让他虚度年华了吗？先生在同一首诗中回答曰：「故人覆辙忽相寻，维世同深一片心，棉薄敢云传国学，要他略识辨人禽。（今世进取之途正多，乃独为食砚生活，是寻仆之覆辙而不知鉴也）」原来，他之所以把从教作为他人生最重要的事业，就在于他认为教育事业的根本任务是培养人，教师的责任最重要的是教会学生如何「做人」。他就是在这种儒家传统的教育思想和教育理念指引下，将自己的一生奉献给了教书育人的伟大事业，并且培养出数以千计的优秀文史人才。他的两本《忍冬书屋诗集》和《忍冬书屋日记选录》都大量记录了他的教书生涯和教育经历，清晰地反映出他作为一位教育家所具有的科学教育思想和先进的教育理念。下面仅向大家简要介绍几点：

第一，郭家声先生在四十年教育生涯中始终把教会学生如何「做人」放在首位。他经常教导学生和自己的子女要谨言慎行，要做「不贪财，不附势，不争权，」不计名利的「品格高尚」之人。他特别强调年轻人要注重「言逊」二字，认为：「古人云「祸从口出」，……言而不逊，即是祸媒……。以吾所见，因言致祸者甚多……，如一开口，一动笔，而不免发人隐私，笑人鄙陋，侵人权利，妨人行为者，皆是不逊，即足以取祸，戒之戒之。」」（见《忍冬书屋日记选录》乙丑年九月廿四日日记）他还经常以其提出的做人三原则「不说不正当的话，不做不正当的事，不存不正当的心」（见《忍冬书屋日记选录》戊辰年十二月廿二日日记），来教育和规范年轻人的言行，将他们引上健康成长的道路。我们可以毫不夸大地说，郭家声先生将做人放在教育之首的这一光辉教育理念，不仅在民国初期的几十年中取得了丰硕成果，培养出数以千计懂得如何做人的文史人才，而且也给我们今天的年轻人指出了一条真正的成才之路。

第二，郭家声先生主张培养教育下一代要『以身体、知识、技能』三者全面衡量，不能只强调知识，必须重视技能的培养。他在一篇日记中曾提出：『今世教育子弟，以身体、知识、技能三者为最大条件，须为之保育濬发，使之足供将来入世之应用。』（见《忍冬书屋日记选录》庚申年十二月十八日日记）从这段日记我们可以看出，他对于培养教育下一代的这一伟大事业早就是十分关心的，并且具有了朦胧的『全面发展』的教育思想，尽管他在这里还没有明确提到『德育为首』，但联系到前面所说的『将做人放在教育之首』的观点，我们完全可以相信他早在一百年前就已经具有了『全面发展』的教育思想。在身体、知识、技能三者来看，郭家声先生特别重视技能的培养，这也是十分难能可贵的。他在甲寅年（1914年）闰五月十九日的日记中记载了他『到公众学校』参观『成绩陈列室，看到有海淀第二小学抟土各器，质用澄泥，构造香炉、笔洗、笔架、小壶各品甚精』。他还在另一篇日记中，介绍了西四南大街兵马司胡同地质调查所展出的各种岩石、矿物、地层等情况，并认为这些展品『足供地质学、矿物学参观之用，较诸各校标本购自东洋者为多、为近。』他主张应组织在校学生前去参观，『以增学识，扩见闻也。』这两篇日记表明，早在民国初年时他就认为，在教学中教师不仅仅是讲授书本知识，还要引导学生接触实际，培养学生的动手实践能力，这是多么可贵的一种现代教育思想啊！

第三，郭家声先生早在民国初年任教时就主张，教师在教学中要让学生积极参与课堂教学。庚申年（1920年）他在京师公立第三中学（今北京三中前身）任教时有两篇专门记载课堂教学情况的日记，其中一篇（十月初四日）记载说：早至三校后『率领十四班学生参观十二班国文教授新法。池宝山、杨曾威二生讲《韩送石处士序》第一、二段，讲解注释，均有可取，一人讲毕，由同级问辩，借可启发，亦是一法。此纯取学生自动主义，惟教习尚须订正。予意此可改为随一人讲毕，订正一次，较为清楚，且文之长篇者绝非一堂可毕，尤以随订为宜，免至学生下堂随置脑后之弊。』另一篇（十二月十三日）记载说：『午后至三校上两堂，试验十三班讲演，试者九人，题皆学生自选，丁生国瑞讲学生毕业之三难关，以境遇、身体、学力分类，以本级各离校之学生为证，极剀切，有心思，可取。』以上他记载的两篇课堂教学实录有一个共同特点，即都不是教师讲、学生听的单纯讲授课，而是以学生参与课堂教学活动为主的教学方式。看得出来，郭家声先生是非常赞赏这两堂课的，尽管它们还有不够完美之处，但学生积极参与课堂教学活动，打破了那种老师讲、学生听、满堂灌、死气沉沉的传统教学方式，活跃了课堂气氛，使所有师生的精神为之一振。由此可见，一百年前的老人家其教育教学思想已是多么的开放，多么的超前，就连我们今天这些社会主义改革开放新时代的教育工作者也不得不为此而深感折服。

第四，郭家声先生在课堂教学中积极提倡运用『归纳』和『演绎』二者相结合的科学的教学方法，在讲授《论语》的教学中取得了很好的效果。他在乙丑年（1925年）的一篇日记中写道：『余在辅仁社讲《论语》，其大旨如下：按《论语》分类讲之（如学类，凡本文有「学」字者属之，逐章讲毕，再及他章。如仁类、义类、孝悌类、义利类、君子小人类、命类、性类、诗类、书类、乐类，一一推进）。先讲白文，次引儒先论说，次加自己按语。一章既毕，再进他章。将来一类全毕，再加总按语，以期贯串，不尚考据，务求推验事理，以求著落。如有按切时事，或可参加新论者，亦可推及。大致用科学方法，从归纳、演绎两方面求之。如能假我数年，得以卒业，可成一部著作，即名曰《论语类要》。如能讲及《孟子》，亦以此法行之，或再成一《孟子类要》，尤所愿也。将来果能成此两书，庶不负数十年研究《四书》之心力矣。』郭家声先生一百年前就已在《论语》教学中熟练运用的归纳、演绎的科学教学方法，即使到了今天，放到多种学科的教学中，仍堪称一种不可或缺的科学教学方法。

第五，郭家声先生还特别重视在教学过程中指导学生掌握科学的学习方法。他在甲子年（1924年）的一篇日记中写道：『……求学之事，当以死法为基始，以活法为进境。盖入手之初，必按照一定程序、一定诀法，步步蹈实去做，乃能有所得。迨既有得之后，必参用活法，乃能引申旁通，尽变化无方之术。世之学人，姿敏者好用活法，轻视死法，故基础不坚，终无切实入里之效；姿钝者拘守死法，不知运用活法，故心思日滞，终无左右逢源之乐。非两法参用，未易成学也。』他在这篇日记中，不仅简要分析了他所谓的『活法』与『死法』分别在学习过程中所起的作用，以及它们二者之间的相互关系，而且十分清楚地指出了必须将两种方法结合运用，才能真正取得成效的道理，言中充分体现出了辩证唯物主义的观点。我们从中不难看出，他指导学生掌握的是一种多么科学的学习方法啊！我们可以毫不夸大地说，就是到了二十一世纪的今天，这又何尝不是我们应该大力提倡和需要认真掌握的学习方法啊！

献给世人的精品之作《忍冬书屋诗集》

郭家声先生自幼从读私塾时起，就十分喜好中国古典诗词，在18岁中秀才时就已在诗坛上初露锋芒。从那时起，他几乎将自己大半生的精力，都投入在『忍冬书屋』里进行古典诗文的创作。《忍冬书屋诗集》就是他一生呕心沥血从事中国古典诗文创作所取得的丰硕成果，也是他留给世人的一部精品之作。

《忍冬书屋诗集》共分两集，正集名即为《忍冬书屋诗集》，于民国五年（1916年）初版，当时为六卷本，计诗590首；民国二十一年（1932年）再版，增为八卷本，计诗722首；《忍冬书屋诗续集》为八卷本，于民国三十一年（1942年）初版，主要为先生的晚年作品，计诗434首；两集共收录了先生自1887年（那年他18岁，中秀才）至1942年（那年他七十三岁），超过半个世纪中创作的诗篇，合计1156首（诗集中绝大多数诗篇都是由多首诗组成的，如《闻人诗百一首》实际就是101首诗，所以1156首诗实际可能已达万首）。诗集中的诗篇以七言诗和五言诗为主，早期作品以五言诗居多，晚年作品多七言诗。诗集反映出，他对杜诗和陶诗有着特殊的偏爱。

两本《忍冬书屋诗集》的内容十分丰富多彩。琴石先生一生身居『忍冬』斗室，然而他却十分热爱我们的祖国，时时心系天下大事，尤其是对于清末民初的时局变迁、民生疾苦，乃至古今历史人物、古都风情，……他都悉心观察，认真分析，然后以诗作的方式来加以评说，这可谓是他诗集中一项最重要的内容。例如，他通过《论古》《效诸将》《慷慨歌》《咏史四首》《上元夜踏灯词》《「杂感」十首》《十二月廿五日有作》等诗篇，清晰而有分寸地表达了他对太平天国运动、中日甲午战争、戊戌变法和辛亥革命等时政变革所持的态度。尤其是那首为抒发他对辛亥革命这一重大历史变革慨叹之情的五言长诗《十二月廿五日有作》，颇得时人好评。诗集中有不少专门评价历史人物的诗作，如《五君咏》《彭刚直公画梅歌》等，其中最有代表性的便是《忍冬书屋诗续集》中的《闻人诗百一首》，以其『耳目亲经五十年』之见，对清末民初的百位闻人达士，包括张之洞、翁同龢、康有为、梁启超、谭嗣同、蔡元培等，人系一诗，知人论世，仔细揣摩，颇有助于人们对这些历史人物的深刻认识。他的学生董璠读后作《奉题闻人诗百首》云：『魔佛天亲共一编，党牛附李定谁贤。先生自有千秋笔，不待门人作郑笺。』《忍冬书屋诗集》对于故都风物、京师掌故，以至风情民俗等也有诸多体现，如《观物二十四咏》《晚晴郊外》《谭馔歌》《厂甸诗》《后厂甸诗》《艺菊篇》等，都是非常有特点的诗篇；《西郊》《田家》《踏冰行》《鬻儿行》《秋雨连旬永定诸河决》等诗篇，反映出诗人时刻关心着广大劳动人民的疾苦和他们的喜怒哀乐，诗人同广大劳动人民心连心。

琴石先生的诗作虽然多数都是他在忍冬书屋中创作的，但同他的诗友一起聚会对诗，也是诗集创作的一种重要形式。从他的两本诗集中可以看出，同他交往最密切的诗友，大多是他的同年好友，如陈紫纶、俞寿沧、尚节之、朱师辙、张卿五等。他们或共聚忍冬书屋一起谈诗赋诗，或同赴郊外踏青赋诗。《忍冬书屋诗续集》中的《重九日广济寺登高小集分韵得慈字》《七月十一日北海公园五龙亭小集奉酬张卿五、陈紫纶两同年》《七月廿四日偕卿五紫纶復集北海公园仿膳斋再记以诗》《重九广济寺登高》《书感示冕之忝存石公巨溟佩卿崇如卿五诸挚友》《六月十七日招同陈紫纶张卿五并延仵崇如三同年重集北海龙亭看荷花作》《七月廿日龙亭重集作示陈紫纶张卿五仵崇如三同年》等诗篇均是。另外，琴石先生在晚年时还常去参加陈垣校长每年一度在辅仁大学司铎学院（今恭王府）举行的海棠诗会，留下有《司铎学院海棠诗》等数首著名诗篇：

『玄馆朱门各一时，海棠依旧烂盈枝。
对花别有沧桑感，乞借春荫好护持。』

琴石先生在中国古典文学和古典诗词创作方面造诣很深，他的两本《忍冬书屋诗集》在清末民初诗坛上具有很高的地位，堪称『诗史』。在两本诗集刚刚出版的20世纪三四十年代，国内文坛学界师友名士一致交口称赞，不仅包括前面提到的同年好友，还有陈垣、高步瀛、余嘉锡、刘半农、邢冕之等诸先生，都异口称颂先生的诗作，『雄而不剽，真而不俚，显而不浮，气敛而味醇，格高而音雅，萃古诗之长，得其神而袭其迹』，是『近代诗人中能独张一军』者（高步瀛语），『能卓然独立自成一家』（尚节之语）。陈垣校长专门为他的《忍冬书屋诗集》题签了封面。他的许多学生、晚辈也热情赞颂他的诗集，辅仁大学国文系顾随教授为他的诗集题识《临江仙》：『妙句长城坚壁，高吟戛玉鸣金，冷冷古调七弦琴，云烟劳望眼，山水是知音。天外江河滚滚，人间岁月骎骎，古城草木漫春深，忍冬犹好在，证此岁寒心。』现代文学作家阿英在他的名著《甲午中日战争文学集》中选录了《忍冬书屋诗集》中的《效诸将》和《闻道》两首诗，并且称赞他的诗风『不仅在河北诗派诸诗家中超然特出，甚至在整个近代诗坛中都应赢得足够的赞誉』。学徒出身的版本目录学家孙殿起先生在他的《琉璃厂小记》一书中，专门摘录了先生的著名诗作《厂甸诗》。此外，当时采录琴石公诗作的还有袁祖光的《绿天香雪簃诗话》，陈寅的《瓯香诗话》，孙雄的《诗史阁诗话》，俞寿沧的《癸巳嘤鸣集》

等。诗集出版后经过六七十年，先生的不朽诗作仍然得到如今一代青年诗人的高度赞誉。苏州大学古代文学院文学硕士、苏州大学明清诗文研究室研究员马国华对诗集评论说：『琴石先生不附党籍，立身教育，余事作诗。《忍冬书屋诗集》《忍冬书屋诗续集》诸诗作……风格多样，题材广泛，真实记录当时历史、文化的各个方面，是彼时部分士人面对纷乱时局挣扎、徘徊的心灵写照，堪称诗史。』南开大学文学院中华古典文化研究所文学博士汪梦川先生说：『「诗史」云者，必须先有诗人之眼足以观之，有诗人之心足以感之，并有诗人之才足以副之，然后以诗人之笔写而传之，如此才可以有所成就。郭家声先生之难得，正在于其兼此数长，故在其《忍冬书屋诗集》中，举凡当时社会的政治风云、民生疾苦、文化思潮等等，一一现诸笔下，所谓「诗史」，固可当之无愧也。』汪先生还赋诗一首以题记诗集：『一编文字有余香，前辈风流足仰望。谁识杜陵忧患义，尘封诗史待重光。』

记录诗人沧桑人生的《忍冬书屋日记选录》

诗人郭家声先生几十年来，在忍冬书屋中养成了记日记的良好习惯，持之以恒，感人肺腑。如今保存下来的《忍冬书屋日记选录》，是他在二十世纪三十年代中后斯（七十岁左右）时整理和选录，然后由他和他的几个儿女、儿媳抄写，再经他重新审阅、断句，不少地方加有眉批，最后整理装订而成的手稿。日记选录的时间始自壬子年（1912年），即辛亥革命后的民国元年，截止于抗战前的甲戌年（1934年），共选日记四百六十五篇，大约十二万字。这段时期正是先生人过中年、学有成就、思想成熟、弃政从教的时期。这段时期的日记最能体现出他的思想，最能真实地反映出他一生的精神面貌，也最能深刻地描绘出他的内心世界，所以《日记选录》是他四十年日记中之精华，也是得以保存至今的全部日记手稿。

《忍冬书屋日记选录》的内容极其丰富，文字朴实无华，描写细致入微，阐述道理深刻而富有哲理。《日记选录》不仅真实记录了老人家一生孜孜不倦刻苦学习、读书作诗的学习心得，反映出他在文学、历史、哲学、宗教、艺术、民俗等学术领域的高超造诣，呈现出一位教育家的光辉教育思想，而且还充分反映出他丰富多彩的生活经历和高尚的道德情操。

在他的四百多篇日记中，以读书学习类的日记所占比重最大，几乎占到一半，这就充分表明，『活到老，学到老』不仅是他的座右铭，而且是他一生生活的真实写照，《日记选录》实际上就是记录他老人家勤奋学习的一本读书笔记。《日记选录》显示，他在读书学习方面涉猎的内容十分广泛，不仅包括有《论语》《史记》《汉书》《诸子通志》《春秋集注》《新唐书》《三国志》等经典史书，而且也大量阅读当代史书和当代文学书籍，如《先哲传》、《中国现代文学史》（钱基博）、《五十年来中国之文学》（梁启超）、《论短篇小说》（胡适）、《清史稿》、《清史本纪》等。此外，凡中国诗词典籍、哲学宗教类书籍，有关地理、地方志一类的读物，甚至法律、数学、天文历法、医药、艺术及生活等方面的书籍，都是他老人家经常涉猎的作品。先生对待读书学习的态度严肃认真，一丝不苟，读过一本书后不仅要做详尽的记录，而且要针对不同书籍内容的重要程度，分别在日记中进行摘录、评价、考证，或者阐述心得体会，也有的日记是几种方式相互结合交替使用，尤其是要在日记中写出自己对所读书籍或文章的评价。这都说明，先生在读书时是特别重视独立思考的，在此基础上再做有选择性地吸收，他的这种勤奋学习、刻苦读书的精神永远是我们学习的光辉榜样。

《日记选录》还告诉我们，自号『忍冬书屋居士』的郭家声先生，四十年来并非每天都过着读书赋诗的『隐居』生活，实际上老人家除了读书赋诗和从事教学外，还有着极其丰富多样的社交活动与家庭生活。他为了更多地接触社会，接触人民，经常利用各种机会进行参观旅游，凡京城之公园、寺庙、博物馆、展览馆，各种文物古迹，无论它是近在咫尺的城内家门口，还是远在郊外需长途跋涉或跋山涉水，他都会不辞辛劳地利用各种机会前去观光，从《日记选录》中我们就可看到他参观游览过故宫、中南海、颐和园、十三陵、碧云寺、妙峰山，雍和宫、东岳庙、法源寺、广济寺、华严寺，午门历史博物馆、地质调查所、宗教文物展、农工商部农事试验场等等许多景点，并且都做了详细的记录，有些还做了细致入微的描述、考证或者观后感。《日记选录》表明，他还经常通过阅读报纸杂志、听报告、看电影、逛商场、串琉璃厂等途径，来了解社会，了解民众，关心时事，关心社会动态。《日记选录》中还反映出，几十年来他通过读书赋诗、研究书（法）画，写送对联，聚餐聊天等多种方式，广泛开展着交友活动。他的朋友不仅包括他的那些同年好友、文人墨客，还有他的学生、亲友，以及一些社会人士如收藏家、商人，寺庙中的方丈、主持、居士等等，他就是在同这些人士频繁的交友活动中接触了社会，了解了人民，同时也抒发了自己郁闷的心情。《日记选录》中记载的甲戌（1934年）年夏在什刹海会贤堂为纪念北宋欧阳文忠公而与众诗友举行诗会的场景，辛未年（1931年）秋在北京著名的谭家菜餐桌上即兴赋诗《谭馔歌》的情景，都是非常精彩的记载交友活动的片段。

综上所述，《日记选录》既是诗人一生勤奋学习的读书笔记，又深刻体现着教育家的光辉教育思想，也是他一生丰富多彩的生活之真实写照。一句话，这本日记就好像是老人家的一个心灵窗口，通过它就可以让我们清楚地窥见老人家当年的所思所想，触摸到一位诗人的喜怒哀乐，感受到一位大师无比高尚的精神境界。

发扬先生倡导践行的『忍冬精神』

前面我们已经从郭家声先生的经历简况、教育思想、精品诗作和日记选录等几个方面，清晰地勾勒出了他平凡而又十分精彩的人生道路：他生活的时代正是旧中国封建制度土崩瓦解，并开始走上半封建半殖民地社会的动乱时代；他是一位热爱祖国、热爱人民、热爱北京，真心希望中国强盛、人民幸福的爱国知识分子；他是一位活到老、学到老，潜心钻研，能够『独树一帜』的大诗人和国学大师；他又是一位严于律己、以身作则、诲人不倦、教书育人的大教育家；在家中他是一个积极向上、平等和谐新式家庭的缔造者，也是一位既严格严肃、又亲切慈祥的家长。

我们从郭家声先生的人生道路中得到的启示是：他的人生既平凡又精彩；活到老、学到老、学而不厌、精益求精的精神在他身上体现到了极致；他留给世人的诗作是中华古典诗文宝库中的一颗『瑰宝』；他遵循的光辉教育思想和先进的教育理念需要我们好好继承；他一生倡导与践行的『忍冬精神』值得认真加以发扬光大。

究竟什么是先生倡导的忍冬精神？忍冬精神的实质是什么？其实说来也很简单。所谓忍冬精神，就是郭家声先生四十年来在忍冬书屋中透过苦读、赋诗、从教、育儿、交友、生活等一系列过程而逐步悟出的做人之道和人生哲理。正如老人家在一篇日记中教导我们的，人生在世最根本的就在于如何做人，学会做人最重要的有两点：一是要修得高尚之品格，『不贪财，不附势，不争权，』不计名利，踏踏实实地去做那些力所能及的事，努力修成一个品格高尚的人，一个对国家、对社会的有用之才；二是要『言逊』，实际上就是要求我们努力做到谦虚谨慎，『不出风头，不争闲气，不出侵人之语，不作妨人之行（为）』。他要求我们要『善处逆境』，在生活道路上无论遇到什么困难或艰难险阻，都要大力发扬忍冬精神，勤勤恳恳做事，老老实实做人，坚忍不拔，埋头奋斗，朝着既定的目标勇往直前，不达目的绝不罢休！

郭家声先生不仅是忍冬精神的积极倡导者，而且是忍冬精神的带头实践者，他的一生可以堪称践行忍冬精神的楷模。有两件事情最能说明这一点。一件事情是，他在北洋政府农工商部任职期间，曾向有关部门提交过《拟设北京文化陈列馆理由建议书》，建议书说『精神建设关系整个民族之存亡，国家之幸运』，『北京为五朝旧都，其文化上之遗物是以代表东方民族近八百年文化之成绩，与陕西之长安，河南之洛阳同为中国文化之宝库』，然而北京『近百年来屡遭兵燹』，来京外国人肆意求购『金石陶器雕刻等各类古物』，使许多文物已『荡然无存』。为了『树立东方之精神，抵制依赖英美之思想』，切实保护北京之文物古迹，吾人拙见『宜于北京设立文化建设陈列馆』『他日有成，中国文物幸甚，北京幸甚』。最后，还将应加搜集保护之文物一一列举以供参考。应该说，保护首都文物并不是先生的分内之事，但他在距今百年前竟能有保护文物得如此真知灼见，并提出这样切实可行的具体建议，足见先生对祖国灿烂文化和古都北京怀有多么深厚的感情，他的主人翁责任感有多么强！据说他的建议书提交之后，得到了当局有关部门的重视，现在的北京石刻艺术博物馆（白石桥五塔寺）就是在那时建立的，从该博物馆今天的工作条例中仍可看到先生当年建议书的影子。

另一件事情是，二十世纪三十年代中期日寇在占领东三省之后大举向华北进犯，七七事变后在北平成立所谓的『华北自治政府』。由于先生在华北教育界的声望，大汉奸王克敏（他是先生的举人同年）、王辑唐（他是先生的进士同年）一再请先生『出山』来主持伪政府的文教工作，都被先生婉言谢绝，他们还派遣特务以所谓『汉诗家』向先生请教为名一再上门进行骚扰，逼得先生只好装病躲到广济寺，才得以摆脱汉奸的纠缠，保住晚节。先生之所以这样做，同当年的『弃政从教』是有本质区别的，绝不当汉奸、绝不给日寇做事，这是先生『不说不正当的话，不作不正当的事，不存不正当的心』之做人三原则的真实体现，也是爱国主义精神和忍冬精神在他身上的最佳体现。

郭家声先生一方面自己努力践行忍冬精神，同时又把家庭当作以忍冬精神来培养教育子女下一代的实验基地。《忍冬书屋诗集》和《忍冬书屋日记选录》都表明，四十年来他倾注了极大的精力来躬理家政，教育儿女；先生所作的《课儿诗》淋漓尽致地反映出他在教子方面所花费的心血：『先室遗两儿，亲教免失学。攻苦十余年，植基尚孱薄。继室有一子，两女同根托。各个知读书，课诵每相角。终日共咿唔，纸墨纷置错。吾生拙入世，位置合高阁。讲学虽谆谆，考迹殊落落。芸人为舍己，聊用慰萧索。庶期先泽延，食贫亦云乐。』他对儿女常说的一句话便是『门外扰扰吾力不能匡救，惟愿常保门内之平治而已』。在先生几十年的精心培育和忍冬精神感召下，四个儿女都学有所成：长子贻诚在北大物理系毕业后留学美国，并获加州理工学院博士学位，一生从教辛勤耕耘半世纪，曾任山东大学物理系主任、教授、校教务长，在铁磁学方面的研究成绩卓著，曾任两届全国人大代表和山东省政协副主席；次子则诚毕业于北京交通大学，一生从事铁路运输调度工作；长女立诚毕业于国立北平大学女子文理学院文史系，一生在台湾任教，并从事民俗学研究，是台湾著名民俗学家，《汉声》杂志顾问，留有《中国民俗史话》《故都忆往》《中国艺文与民俗》《问耕一得》和《郭立诚的学术论著》等著作；四子质诚毕业于北平辅仁大学经济系，一生从事银行管理工作，晚年时还做了英语教师。儿女成才，琴石先生由衷地感到满足与自豪，他在六十岁时有诗云：『坠地今逢六十年，流光迅驶箭离弦。妇无交谪家斯顺，儿略知书业可传。毕世投闲容我老，好官得路让人先。风尘澒洞慵回首，世界悠悠任大千。』

我们今天纪念郭家声先生，最根本的就是要好好学习、继承与发扬先生一生倡导和践行的忍冬精神。我们要像他那样热爱祖国，热爱祖国的山川土地，热爱勤劳朴实的中国人民，热爱中华民族大家庭，热爱祖国的悠久历史，热爱祖国灿烂的文化，热爱古都北京城。我们要像他那样活到老学到老，学而不厌，精益求精，在自己研究的学术领域里『独树一帜』，在自己从事的行业中成为专家里手、行业标兵。我们要像他那样严于律己，诲人不倦，事事『从我做起』，处处以诚待人。我们要像先生那样热爱生活，身居斗室（立足岗位），心系天下（放眼世界），『善处逆境』，埋头奋斗，乐观生活，关心民众，共同创造美好的未来。

目录

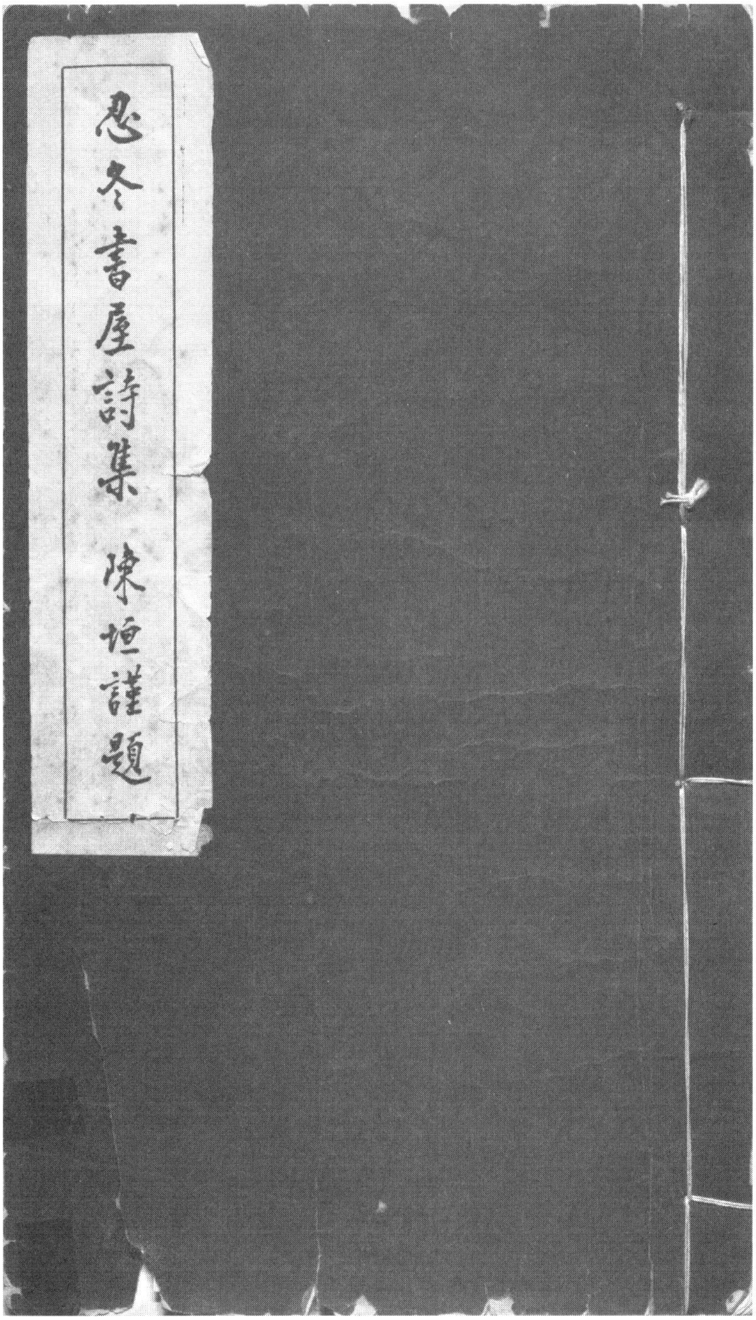
忍冬書屋詩集　陳垣謹題

忍冬書屋詩集

劉復敬題

作者肖像

自序

詩教至今日其陵夷衰微蓋已久矣一切煩促噍殺淫哇雜縟之音罔不競作有心世道者於以覘時變鏡人心知其由來積漸必極於是而非一朝夕之故也西學東漸爲者益尠風雅墜地怵目駭心古哲鴻製方將弁髦單集小文益同苴土間有二三畸士志存竺舊亦且獨紘哀歌倡焉寡和則夫四始五際六義八病之說之闃絕於來茲蓋可逆而覩焉予生丁多故中更甲申甲午之變庚子壬子之阨覆車來軫相乘日棘凡積感所激觸事物所遘遇恒於詩焉發之學榷猥薄夙鮮師承於前人涂徑門戶概乎未由勞者之謳自鳴所鳴機至而發意盡則止博弈猶賢姑存隙影而已積久成帙删爲六卷無當風雅豫儲覆瓿風雲月露之詞投謁諛頌之作舉非所習悉不羼入明知於古哲所詣萬不逮一要之擊壤俚語隨園側體定庵外道則差可免焉排印既竟聊書數語用自慰藉不敢丐序於當代名公鉅卿懼標榜戒

攀附也吾廬有忍冬花一樹是　先大夫四十年手澤所遺取以名詩竊附食德之義云爾武清郭家聲

昔在丙辰歲六月嘗舉平生所爲詩刪存六卷印成五百本求正有道親知嗜痂者後先索閱六七年來亦已無遺爰付再版並舉續作篇什依年寫錄至己巳歲止合成八卷編輯一依前例教育部審察評語及知交題識依次錄入噫年事迫暮學植益荒享帚之譏彌用自恧時則民國紀元十九年七月也　琹石附識

教育部學術審查會評語

民國七年五月七日函告詩集審查認可呈經敎育總長核准認爲學術上之著述并合于修正參議院議員選舉法碩學通儒資格

古體眞樸古健近體閒靜幽遠樂府婉而多風質而有文寢饋古人固已有素然於唐則少陵香山爲多於宋則蘇陸爲近感時撫事哀怨動人非有眞性情眞懷抱者不辦

題識

大集堂廡闊大格律精嚴近體筆情秀逸生氣遠出古體則上下縱横意態雄傑正坡公所謂萬斛泉源不擇地皆可出及與山石曲折隨物賦形而不可知者捧讀數過拜倒拜倒

古滇景方昶旭林

大作五古取徑甚高七古短篇筆力尤健近體得力於中晚唐爲多五律極所擅長詠物詩手具化工觸言成趣在本集七律中又另具一格題雖分詠

體則連章有起有結不能移易可以合刻可以單行作者不事矜才使氣而神骨腴秀氣息靜穆法律精嚴深得詩家正軌昔人有言讀何遜詩能令人瘦吾於此集亦云

岳陽方永愼謹餘

閱盡滄桑見此編不堪回首中興年風塵落拓詞人老贏得新詩萬口傳
歷歷興亡一局棋愴懷家國寓微辭美人香草靈均淚悽絕行吟澤畔時
早歲騰驤譽色開共矜聲價長金臺我今亦稅窮途駕披髮狂謌萬念灰
王迹銷沈萬化淪國風小雅盡成塵浣花堂圮青蓮死搘柱頹波要有人

燕山楊肇培景樵

淸詩三卷幾滄桑甘向糟邱隱是鄉禍起宣和爭變法局終新室戲登場蘭成北去多蕭瑟杜老西歸半感傷苦憶秋風永福寺伽藍絕不管興亡

笠澤吳燕紹季荃

珍重詩千首高懷折忍冬才多傳繡虎神雋味猶龍鍛鍊無凡響津梁此正宗過從談更好相對後凋松

溯源三百載名士住西城（京師自明李西涯以來直至今日名士居西城者爲多）今見忍冬叟詩如太古清律嚴同髮細字重見心精縱覽青山集慚非蘇子平（東坡別號子平有題郭祥正集贊）

吉林慶珍博如

金銀無當花神喜忍冬甘傍茅檐底紅千紫萬紛龍騰忍冬方雪猶寒藤忍冬花開忍冬樹忍冬雅稱詩人遇滄海桑田幾朝暮詩人未肯抛花去詩人訂我雕蟲篇龍蛇回首皆雲烟願花與詩歷刼同不朽留此鐵函心史好待質諸昭昭不欺之白日耿耿不昧之青天

雞林顏札定信可菴

偏饒澹逸任謠幻滄桑靜觀如昔藤影凌窗螭舞菲芬幽室展牋酌醑酣吟也問年華波流何急晚風磨眼嚴霜峭骨此情無極　抗中聲諧和金石

抒經濟懷抱唾壺頻擊一卷知音曾賞譽馳南北絪縕風雅鑄詩史喜新編
燦映緗帙玉虆清潤騷壇競頌韻高劉白調寄杜枝香
西鄉薛祥綏博安
同年郭琴石農工商部有觀物詩二十餘首愛其佳句詠蜂云莫笑微生工
結落居然大義識尊王蟲云沿緣便爾忘湯沐朝暮惟知長子孫蟹云算來
誤食甯關學說到橫行亦太驕蜘蛛云情疏仕宦聊充隱緒託因依恐獻嘲
蚊云無力負山偏擾擾有時作市更紛紛蠅云世間甯少此等輩坐上適從
何處來叩頭蟲云有生直合爲强項此豸緣何但叩頭蟻蜋云上智力矜三
食字平生計盡一丸泥螳螂云百年誰諒當車志一臂聊申拒轍心蟬云偶
託高枝宜縱響莫緣美蔭便忘身螢云謝池春草三生夢隋苑秋風幾點星
映水無心還弄碧向人不熱但垂青蟫云證到神仙須幾刼祇留獬豸作孤
忠皆見寄託和余感興句云身到中年還忤俗詩經苦學未名家非識詩中

甘苦者不易爲此語集中閱歷有得之言如眼從對局觀時冷心到寒灰死處平身經浩刼窮愁慣詩入中年感喟多已知拒俗要眞面所謂賞音徒相皮守玄未必非長策堅白從來有異詞均與放翁相近火焙牡丹云如此焙烘太著力縱然富貴亦非時秋草云靑眼已疏三日別紅心未死一分春營構云中產十家無復惜當年一炬可憐焦琴石好作忍俊語耐人十日思若送左雨荃太守霈之官滇南云送人作郡吾何怍當世多艱子好爲則纏綿悱惻忠愛之旨于十四字盡之矣集中古體亦多佳篇僅錄啄木行云有鳥有鳥名啄木朝昏剝剝謀旨蓄霜寒蟲結老叢乾笑汝奚從果飢腹汝腹未果口卒瘏不如城南頭白烏烏飢猶資社飯餔飛來飛去胡爲乎

琴石詠史詩亦有雋致讀王導傳云非我殺伯仁伯仁由我死咄哉王茂宏古之負心子禰衡云鸚鵡篇成絕世文一時名士妄紛紛如何靑眼推楊孔未識南陽諸葛君庚子之變詠五忠詩尤伊鬱凄婉許公景澄云生逢豬刼

傭書苦死迫紅巾置喙紛鯨海乘槎曾秉節鴻溝勘界舊銘勳艨艟列表紓
長策氏族刊譌蔚大文太息寃沈西市日孤臣遺恨泣霾雲袁公昶云桐江
碩學舊知名嫉俗叢讒致隕生白鶴雲中殊落落青蠅棘上苦營營群編早
竭讎書力三疏如聞痛哭聲世論莫將駗乘擬訟寃會見有公評徐公用儀
云卓卓樞機應變才外交再掌遽罹災運籌未誤招携禮遘謗翻成肇禍媒
畢矣此心無愧怍魂兮何日復歸來武源遺櫬還鄉候海咽驚濤風雨哀聯
公元云早歲巍科貢玉堂却緣謫守落遐方一官秩晉王言重三字詞成獄
市忙東部淵源沿貴胄西曹倉卒飲寒鋋傳聞魏闕牽裾日苦口陳詞淚萬
行立公山云平生內職劇豪華紓難何曾恤毀家本出孤忱憂匪石豈期片
語遘含沙象焚或恐緣風影鵩讖居然應日斜靑史他年有佳傳殲身茹恨
已無涯
張星仲星碎入宵寒郭琴石月暈入秋多皆是佳句惜上語未能穩稱琴石

又有句云夜深微有月風急欲搖星亦工右太湖袁祖光綠天香雪簃詩話三則

吾邑郭琴石主政劬學耽道究心時務於道咸以來言西政西學之書無不研索得要領釋褐入進士館肄習法政廣搜譯籍所得尤深惟性極靜默時事一不挂口故時人罕知之然其詩則多關繫時事之作所著忍冬書屋詩古體如負牆行唱籌歌踏冰行飛蟲行慷慨歌江南女兒行哀大定虎哉虎哉角而翼靈境篇天山歌鬻兒行醉歌五君詠少年行龍鍾三十九諸篇皆撫時感事言者無罪聞者足戒於詩教爲合近體如效諸將中元夜踏燈詞等亦能以韵語爲實錄雅有詩史之遺集隘僅錄斷句七言如贈安蹇云十七史從何處說五千年局至今翻熊獅角逐方開局燕雀酣嬉尙處堂偕仲廉夜話云却看世事方如沸無那心情只自知守玄未必非長策堅白從來有異詞皆動合時變不當作閒言語讀尤工詠物如火焙牡丹云如此焙烘太著力縱然富貴亦非時歸燕云兩度寒暄渾似夢一年蹤迹總依人落葉

云一番榮悴成千古萬種蕭疏感六橋是孰惜紅題怨字有人泣綠撫殘條秋草云青眼已疏三日別紅心未死一分春客髮已同悲種種冬心於此託生生觀物二十四詠之蠅云世間甯少此等輩坐上適從何處來蛙云入耳但能諧鼓吹癡心何必問官私蝸云眼前何警縮雙角身外徒多贅一廬蛾云是誠蹈死弗顧者其奈焚身無濟何皆不黏不脫饒有寄託五言如竹疏添霧密樹老得秋先夜深微有月風急欲搖星野水綠平地夕陽紅過橋客去不知處日斜猶未還廿年經世早百感與秋深亦情景相生在宋派詩中足稱高格也

琴石爲人和而能介不沾沾矜氣節而確然有所以自守者在詩集外著有嚼菜根語三卷蒐集中國儒先泰西名哲緒言之有關身世者釐爲內外二篇以己味道有得之言爲附篇桐鄉蔡鶴君觀察壽臻亟賞之謂其探理窟而掃理障爲儒家之眞種子釋家之獅子吼觀察識拔琴石最早當其十七

齡應童子試時一見即擢冠軍後幾二十年始成進士每春秋榜蘄望亟切聞報罷未嘗不扼腕沆瀣之契近今所罕琴石生平抑鬱孤抱恒見諸詩然怨而不怒無努目撐眉語如廿載似波空復去百憂如草不知名縱酒自緣銷白晝買書何處覓黃金霜落蒹葭歌宛在月明庭院望移時皆意致深婉非學養兼到者不能爲也　右武淸陳寅甌香詩話二則

辛亥國變後郭琴石同年家聲絕意仕進惟以傭書授課自餬其口忍冬詩集中屢以此志見諸篇什如敬臣書來盛道鄉圃之樂賦此郤寄云至味無如嚼菜根能空漢魏即桃源紛紛雞鶩方爭食營得菟裘早杜門居然衡泌遂棲遲課雨量晴又一時四十歸田眞早計南陔况有潔蘭詩重遇龍蛇阨運年一塵一刼急推遷便思乞借三間屋來伴長沮學種田又博如解職近作市隱有詩見示依韵和之云休官季世庸非福得早抽身陽九年莫更登場充鮑老免教脚線日相牽算來生計郤蕭然欲往偏無二頃田偷得鴟夷

計贏術攤錢賣畫過中年強項何曾解拜塵回頭四十有三春身行萬里半天下（用句）老向幽燕作酒人倚市應勝刺繡文受廛我亦有前聞會當朝暮恒相過遙指西山共看雲讀此數詩可以知其旨趣矣

琴石集中錦囊佳句美不勝收如詠蝸云篆就文章聊復爾任他蠻觸自紛如詠蝨云沿緣便爾忘湯沐朝暮惟知長子孫詠蜨云三月風花春似海六朝金粉夢如烟詠蚊云無力負山偏擾擾有時作市更紛紛重陽不登高用退學詩齋韵云虛負菊開緣作客近持酒戒儼如僧身如病葉難禁雨心似飄蓬況遇風酣歌云身經浩刼窮愁慣詩入中年感喟多石火云眼從對局觀時冷心到寒灰死處平讀莊子云物果能齊任呼馬策無待挾早亡羊感輿次袁瞿園同年韵云時危合植忘憂草官鄙眞同墮溷花恐負初心頻避餌羞看人面勸加餐呵壁早知天莫問閉門暫與世相忘靡不寄託遙深言之成理酒闌展誦不啻讀陸放翁元遺山諸集也

辛亥季冬宣布共和後琴石有十二月二十五日有作五言長律一首備紀其事余已錄入四朝詩史又有雜感十首均紀有滿遜國事悲壯蒼凉慨當以慷必傳之作也茲錄其四首云中朝居攝兩親賢首尾興亡二百年運去周公空負扆才疏虞駁莫廻淵金甌劵送神宗器壘敕供儲姹女錢最是赧顔辭廟日誓詞何以報皇天幸免僉名謝道淸深宮盡日淚縱橫勢窮六尺孤安託政逮諸王禍早成內府金錢師屢饋陪都寶器價還評濯龍茹痛知何極慶節猶聞賀歲正怪事新傳出上京浹旬兩見破天驚日昏火迸塵埃湧月黑風翻霹靂鳴擊誤秦皇眞有幸創深來歙竟捐生伏屍流血沿餘習同爐何須問主名候火甘泉夜數驚時危奚自覩消兵似聞卜式輸家助早見宮奇以族行髮短心長知未已城亡吏在究何名百年慘淡思王會悽絕袁安涕淚横

琴石同年寓廬有忍冬花一樹爲其尊人四十年前手澤所遺故取以名集

用志食德之義集中七古有云辟呵有詔猶在耳謂汝顧名義可詮冬心要自矢孤抱忍性旨乃符七篇物猶如此人可知歲寒之詣宜拳拳之句即記幼年趨庭之訓也今於滄桑屢易之餘能守松柏後凋之義琴石可謂善承家學矣余與琴石同舉癸巳順天榜夙知其名而廿年來蹤跡未嘗合併遂鮮譚蓺之樂近歲蟄居人海時相過從得讀名篇益爲低首辛壬以後諸作尤不媿少陵詩史楊君肇培字景樵題其集云歷歷興亡一局棋愴懷家國寓微辭美人香草靈均淚悽絕行吟澤畔時王迹消沈萬化淪國風小雅盡成塵浣花堂圮靑蓮死搘拄頹波要有人以屈子及李杜相比擬楊君作此詩時其亦有無窮之感喟乎

琴石有題鍾馗擲卷圖七絕二首云儒酸享帚本恒情錮習知將到幾生是否當年點鬼簿要他擲地作金聲捅脚人間路幾窮開天進士太夢夢自家抛卻終南徑翻怨文章負乃公自注云是時教授八旗高等學堂中國歷史

故第一首用此自嘲第二首則自寫近况也余於近數年來亦惟以傭書授課自食其力追念昔年浮沈郎署舍捷徑而弗由與君若有同感焉眉韵樓詩卷三有騾嘆二首作於光緒壬寅秋第一首云轅駒局促嘆頻年腰褭飛黃敢比肩不遇孫陽邀一顧漫同祖逖著先鞭無多芻豆何堪戀輕許馳驅豈曰賢得路驊騮愁泛駕九衢彳亍莫爭先第二首中有迂途不羨終南捷眞賞徒誇冀北空之句余詩拙劣誠不足道然追述舊作可見吾儕襟抱之相同矣 右昭文孫雄詩史閣詩話五則

忍冬書屋詩集卷一 丁亥至癸巳

武清　郭家聲　琴石

論古

曲儒好高論責人斯無難毛舉在細故遑恤理所安倘以皮膚求豈無可索瘢阿衡爲五就進退何盤桓尼父自栖栖爲佞來譏彈武侯師未捷將略疑弗嫻文山不早決乃欲著黃冠此皆古賢聖多口猶翻瀾何況餘子輩受摘膚無完晚近忌盛名非素而是丹苦心昧當局事後恣誖謾重之以成敗責備紛無端好惡既殊性焉得同心蘭謗書爲信史如見其肺肝俯仰千載中幾人免譏姍求全未爲毀知仁過可觀往事有定論丹青不容刋何必後之人注讞同獄官桃李艷春華松柏凌歲寒蚍蜉苦撼樹悠悠良足歎

言志示弟用儲太祝田家詩韻

我何聘幣爲掉首向田墅安能久羈絆濡滯同兒女丈夫無所施不如且學

圃去去聊自適卑思事禾黍好尋山中人抱甕汲烟浦既耕亦有穫日夜忙
春杵優游山澤癯軒冕非吾取
吾弟振奇者所志非膏腴航海既倦游結願依樵漁恨不托岩谷去與木石
居農書舊所習餘事培桑榆二頃買芋田三間葺茅廬從此謝塵網聊得歡
歌呼歌呼幸相招與爾賡挈壺
我願耦爾耕爾亦共我樂山深林密處避影去城郭食力雖云勞庶幾免隕
穫一任人間世相逐如伺雀我思何氏賢弟兄遠京洛名成大小山清襟何
浩落前賢有遺軌勉之毋自薄
壎篪非異音雲山可投老各有堂上親同產兼同道菽水謀養志吾輩夙所
抱但得買山錢豈戀聲華好承歡倘有具置計無草草願爾訂同心他日歸
來早

撫序

溽暑收未盡西風倏一年竹疏添霧密樹老得秋先野水清人耳寒蛩警夜眠吾生信多感撫序識推遷

西郊

秋氣日淒緊西郊禾滿田山明收宿雨村晚上炊煙野水千塍稻斜陽萬樹蟬農家有眞喜嘉穫說今年

日暮

日暮東皋暝行吟出近郊僧歸蕭寺晚鐘帶夕陽敲幾處鷄栖桀群飛鳥入巢便宜沽美酒行矣醉衡茅

雨夕

冷雨復通夕更初早閉門竹聲清素抱燈影閣黃昏倦讀抛書卷新寒戀酒樽攤衾自危坐聽取轉忘言

瓣香齋分題得梅影

非空非色總疑眞別是深山清淨因紙帳夜明微有月石闌雲散恰無人堂開玉照仙疑夢笛冷瑤臺曲自春翠羽一聲殘睡醒不知何處覓花身

田家

種禾未滿把種桑已盈隝生女飼春蠶養兒策水牯共道田家樂豈知操作苦三時不敢荒飲啄僅資取老翁樂安飽含飴倚當戸酒酣發清謳不知世何宇

二月社燕至三月倉庚飛興言共舉趾野祠申禱祈蓬蓬社鼓鳴瓦鼎香烟霏老巫前致語羅拜搴神幃但願禾麻好更祝鷄豚肥年豐早升科莫攖胥吏威

苦熱喜雨

天心苦炎熱一雨洗林靄閉門十日餘蕭然在塵外夜來忽已過清境生幽籟竹光冷侵裾苔色溼染帶繞池荷氣凉吹石泉聲大衆彙有生意吾心喜

芳藹歡言傾濁醪值此適嘉會

小住

城西小住渾成懶社北裁詩屢息機幾日秋心人慣領一年霜信鴈初歸黄花徑曲堪携酒紅葉聲多促授衣薄醉渾忘塵市近夜深明月鑒羅幃

漫從王粲賦登樓園小聊爲窟室謀雨過庭前消野馬風驚籬落放牽牛衡門地僻惟延月老屋寒多早覺秋不爲江潭感搖落長年心事亦悠悠

滯雨

幾日微陰合荒郊殢客行孤村雲外失遠火雨中明野渡煙無際前溪夜有聲凉風一何疾故故送秋情

秋思

桐陰覆石砌夜雨含苔紋秋思正無際湘江空暮雲

幽蘭曲

幽蘭生峻岩凡卉無與伍高姿叢嫉媒未敢當門戶幽芳與俗遠只入騷人譜欲結少同心含香泣風雨

感遇詩

相彼流泉水載濁復載淸淸者何以濁出山塵滓縈濁者何以淸在山波瀾平始終無所渝庶幾存堅貞

夏蟲莫語氷鳴蟬不知雪彼誠篤於時無乃慙明哲蛙鳴坐枯井生與江湖隔聒聒逐時榮豈足貞晚節拘虛古所誚往事不可說

秋曙

夢覺東窗曙敲門落葉聲霜寒一雁叫月落半山明宿鳥暗相警晚蟲寒不鳴聞鷄應起舞努力及前程

獨坐

獨坐靜無語閒中靜趣眞風聲寒逼戶燈影近依人疏雨時聞響韋編倦更

親宵來無限意清淨是前因

楊柳枝詞

帝城春信近如何御柳濃沾太液波應爲東風慣披拂長條一例恣婆娑

南内牆西鳳苑東綠陰時間杏花紅畫眉宫女遥相妒怨結長門烟雨中

靈和殿裏舊知名獨對春風無限情何事别離都不管但教枝上宿流鶯

千絲萬縷映澄潭好是風光三月三幾輩攀條動歸思御河橋畔憶江南

訪友廣濟禪寺不遇

出門無數武步屧叩禪關客去不知處日斜猶未還虛陰堆傑閣空翠落遥山小住逢僧話珠林得少閒

置酒

置酒高堂百慮幷閒愁和醉欠分明書空咄咄緣何事對此茫茫感不平彈鋏未堪身落宕臨觴猶自意縱横蕭條一夜深秋雨滴入詩腸作淚傾

汗漫天涯早息游醉餘心事總悠悠養生久慕稽康論飲酒宜尋李白樓俯仰吾師信有在浮沈若輩果何求十年抱得名山願肯負書城對野鷗

古意

妾心古井石郎心秋天雲絮絮日相逐忽忽傷離羣如何此清夜相憶不相聞

擬拜新月

拜新月拜月臨光風亭亭佇纖影華茂如春松春華幾日不常好深閨葉落驚秋早秋風莫怨綺羅單轉眼青陽又芳草

自遣

人生適意耳戚戚復何爲酒力供消歇詩篇祇子遺幾番看脫絮萬緒惹飛絲悵望三春盡芳音竟自歧

長吟

平生志意未銷沈，一擲年華春又深。縱酒自緣消白晝，買書何處覓黄金。雕蟲小技甯辭誚，失馬餘蹤那便尋。未擬他年置雲路，且須放浪一長吟。樓上元龍竟若何，暫將微業事編摩。幾年湖海留豪氣，廿載光陰感逝波。望古有情恒起舞，敲詩無侶但微哦。朱門白社休相促，走筆閒牕發浩歌。

過慈壽寺永安塔下

寺在阜成門外八里莊，明慈聖太后所建，府志詳載其事。近年寺半傾圮，餘地亦爲居民侵盜殆盡，惟一塔巋然存焉。

勝朝遺寺沒郊坰，寶塔撐雲歲幾經。四面蘚苔埋古甓，百年風雨響殘鈴。行人尚指淩霄影，古佛猶存刻石形。日暮登臨倍惆悵，那堪重撫舊碑銘。客至無僧爲啓關，重門半敞雨痕斑。古苔自鎖千尋壁，遠翠空招一帶山。蟲蝕斷碑猶賸字，烏呼高樹有餘閒。九蓮遺蹟眞成夢，艷說傳經足破頑。

蘆花

莫將清怨寄兼葭一夕秋風便作花夜永疏涼明蟹火叢深蕭碎隱魚叉澄波且鼓漁童枻遠渡時飄客子楂惆悵蘆中人不見幾囘相望在天涯

秋雨秋風古渡邊涼波無際暮蒼然漁燈低掩三更火蟹斷橫欹八月天絮絮自縈迴曲岸花花不斷颺空煙底須更作蕭涼感且倩徐熙畫筆傳

菰蒲汀北芡塘西入眼滄江穗穗齊涼月半昏魚上晚殘星碎挂雁飛低秋風萬頃牽思遠漁宅三椽向夕迷想得伊人費洄溯浮家何處任尋稽

蓼綴疏紅葉染黃又添蕭摵水中央色蒙暗月秋無際影亂寒灘夜有霜兩岸渡空人渺渺幾番船泊曉茫茫相看便作煙波想更羨青菰晚飯香

重陽前二日登高

經秋容易及重陽未到重陽早置觴桑落莫辭三爵酒菊花又作一年香打門幸少催租客展席應除落帽狂我憶泉明有遐想近從蓮社悟滄桑

殘秋逼近黃花節絕塞催還白鴈聲時序迫人同逝水雲山引客出遙城眼

前快意聊爲醉身外浮名那用爭自是登臨多勝侶撫衷何事積難平

採蓮曲

澄波夾鏡繞迴塘采采紅蓮並蒂芳留得如雲荷葉在雨中好與蓋鴛鴦

西子湖頭漲晚潮翫波去去又停橈小姑相遇不相識知在青溪第幾橋

古怨詞

鶼鶼比翼樹連理天生織物亦如此妾家生小住青溪郎來走馬西橋西當時相見却相顧至今想像隔花霧此身雖隔意不忘朝朝暮暮徒離傷

長干曲

長干復長干行行不三里推車且復去暮雲隔秋水

對鏡

無言對明鏡似爾果何人學業愧千古乾坤寄一身讀書期倘志吹劍惜芳辰不盡平生意時時起舞頻

偶作

不堪閒處却成閒未買名山且閉關一榻梅花半牕月始知淸福在人間

穀雨後連日驟寒積雨不息用陸韻

穀雨初交三月時嬾雲不動畫欄欹風尖燕子遲歸戶水漾魚苗欲出池棖觸酒懷空偃蹇闌珊芳信故羈遲幾多塵事都忘却脫帽閒窗自看詩

初夏淨業湖上

凌晨雨過破新晴爲早乘凉湖上行一棹漁歌聽不斷輭紅塵外起秋聲

菱塘荻港陰長槐四面空波似鏡揩雲物不殊時代易那堪重弔李西涯（志載李文正故居在湖西數十步清世法梧門祭酒曾記之今無考矣）

隔溪重疊峙樓臺（隔湖望德勝門及鐘鼓樓其影皆在水中）洗却長安幾俗埃茶話移時竟忘久綠荷陰裡看魚來

玉延秋館舊湖濱零落詩龕已委塵（法祭酒宅在湖北岸遺址尚存人少知者）後日視今今視昔

清波一掬薦才人

西寺作

精藍千載閱滄桑云是當年說法場半日稽留消俗翳幾聲梵唄送斜陽到來已作無生想此去應教執著忘撫石依松成徙倚更從傑閣一褰裳

竹木杈枒鎖寺門晝長祛盡熱場煩古苔滿地客留跡老樹吼風佛不言虎伏幾時傳勝事龍馴初地鎮靈源我來且作消閒會佳處參禪待細論

聞柝

深巷雨凄凄柝聲聲漸低何人敲舍北有夢斷城西街鼓淫還應幃燈暗欲迷中宵幾多事此意抵聞雞

大伯畫石命題一絕

曾記當年張子房穀城山下事荒唐何時却上金華頂化作雲中兩白羊石作羊形

晚秋館中

客館經秋百不堪怪來吟趣日蕭穇怕添苦語詩緣少未老名心意欲奓過眼空驚減年矢寫懷聊自叩書龕調薪煮茗渾閒事近引吾儔續昨談

無事

無事且學寂有書聊自排嚴風消短晝老葉落空階綠酒寒能戰黃花色自佳宵長還展卷相對亦優哉

秋感 用杜秋興八首韻

宵來商信薄園林無限秋聲氣自森黃菊未開先買醉碧桐將老不成陰縱添高嶂登臨興易啓長年搖落心況復斜陽城郭裏暮寒催起萬家碪

縱酒攤詩烏帽斜高齋兀坐攬秋華乏材敢作凌雲賦有客新傳貫月槎夕景澄時聞弄笛塞氛消處靖鳴笳時清自有昇平頌莫向空江怨荻花

風物驚人接素暉光陰過客日還微酒懷勃處蠶初蔫霜信傳來雁乍飛己

是半醒還半醉從知相賞莫相違生平幾許關懷事守道能令家國肥
升沈看盡一枰棊莫作無端秋士悲霜落蒹葭歌宛在月明庭院望移時蟲
聲四壁催寒早鼉鼓三更轉漏遲欲斆廬陵重作賦夜牕燈火寄深思
年年作會擬龍山歲歲登高紫翠間快引詩朋過竹里幸無租吏叩松關流
霞杯泛常盈手冒雨花開早破顏一笑歸來還墊角旁人錯指是仙班
大火流輝最上頭金風扇節作深秋笛緣思舊空三弄詩恐傷時却四愁塵
俗無關消野馬淡懷相狎有沙鷗祇今何限興衰感烟樹金臺古易州
鼎返重臺昌國功昭王遺蹟夕陽中月凉燕市三杯酒霜冷荊關萬木風屠
狗何人愁鬓白飛狐直去莽塵紅神仙伯主今焉在欲問難尋河上翁
上都景物自彌迤綉陌晴烟接錦陂山擁百花紅簇簇堂開萬柳綠枝枝古
先韻致流風在秋後光陰晚照移更喜帝城東畔望五雲常向日邊垂

憶舊

昔年棲託清凉寺（寺在通州舊南門丙戌歲試寓此）試事馳驅潞水橋六載情懷如昨日一燈滋味又今宵雛僧煨芋談曾劇羸僕調薪迹已遙往事何堪更回首蹉跎壯志幾曾消

三月初五夕浦雲置酒大市街西樓同人即席賦詩依壁上子箴題韻

未覺平生恥緼袍小樓閒凭俯晴皋萬言席上知誰健七客尊前各自豪此日揮絃識鍾子何時跋浪逐琴高微吟學鬥尖叉韵大好情懷抵飲醪

雙塔寺旁井是范文忠公殉節處

十八孩兒捲地來孤忠泣血抱深哀如天帝祚悲難復似水臣心死不灰自昔檻泉無穢滓祇今石碣尚崔巍報恩寺裏人何在一樣澄波臭味乖

題秋士先生集

斯人號秋士其旨已堪悲古詣不諧俗傷心聊詠詩常居中歲徙苦境一身支（先生中歲喪妻子）光潔眞知道（同時汪大紳羅臺山皆以先生知道）精靈未可期故交親與授（尺木述言）

先生疾革遺令以集授之變雅此爲遺撫集中三歎臨風想像之

春興四首用施培叔先生韻先生名朝幹有正聲集

律回青序又今年歲月驚人取次遷碧艸一簾吹細霧綠楊千縷惹疏烟尋芳賴有朋儕並望古愁無姓字傳攬取春華入詩句吾家佳什擬游仙

春明積日連城雨昨夜新雷起蟄龍水漲蛙谿添夕鬧苔掀蚓戶啓塵封濃膏入地眞千尺秀麥連雲定幾重不賦甘霖慚作手冲懷且聽嶺頭鐘

大市街南塵十丈一番淨滌意蕭寥泥香自引經行路屐響時傳不定飇偶見出城人訪古幾多凌曉客趨朝長安自昔居非易生事辛勤等緯蕭

郤思賞雨曲江隈水荇林花兩界開爛熟魚羹供一醉評量酒價待重來年芳珍惜難虛擲詩債牽連厭屢催勝地已成回首憶新詞更譜賀方回

晚歸

明月逐人返步屧循幽路未覺影隨身時時却回顧

室外小桃一株是五年前拾核種成者今春作花滿樹喜而有作

長養關心已五年忽乘春至作花妍將開未放欣沾雨似白還紅淡着烟尙記昔時和露種却從無意得天全幾囘徙倚東風裏又撥塵忙作小筵

四月八日訪晴宇因共飲縱談甚歡

之子性殊介顧予情獨眞一杯傾濁酒三斗滌囂塵市上殘書買（是日各買故書數本）尊前放論頻歡然欣共往小聚亦前因

我輩疏狂習經年未掃除無儀自賓主相契在詩書嗜古難諧俗論文每起予平生一傾倒要飲莫躊躇

食魚

莫作無魚歎調羹啓晚筵情教老饕喜味及暮春鮮豈復愁多骨時看醉拍肩朱門有冷客彈鋏亦徒然

·早夏

夏初猶似戀餘春取次風光入眼新楝子開殘魚散市柳陰清徹燕依人待攜雙屐成幽往乍換單衣覺適身一卷南華自披讀馬蹄秋水悟前塵

其二

塵翳消將盡新詩靜自哦綠陰清晝永紅雨落花多時有好風至恰如佳客過閒中倚窓坐即此是吟窩

感秋三首用施培叔先生原韻

西風策策盪清虛時序驚人每感余白雁叫殘涼月影丹楓濃醉早霜初安排旨蓄儲寒具淨掃閒窓校故書一種冬烘生趣在未須更歎食無魚

少賤多能未可期敢同秋士怨羈遲銓才待就金門賦感事時橫玉笛吹此日心情占蠖屈他年順遇望鴻儀非關歲晚嗟牢落清世平居有所思

記曾濯足詠扶桑老圃銷閒對暮涼每見風懷傾酒盞快攜朋輩角詞章商量朱墨三冬課位置黃花一室香却笑安仁賦騎省本無清夢到江橋

立冬日

人事成今日天心迫歲寒霜濃風有力秋老樹全乾墐戶謀吾適登場課爾完紙窗與竹屋此境足加餐

鍵戶

鍵戶袪塵務秋殘莫漫嗟風前掃紅葉日底曬黃花興至攤書帙吟餘理畫叉蕭然自延賞吾道本幽遐

晚眺

關河千里去匆匆遠近齊收一望中斜岫漸成無賴碧夕陽都作可憐紅鴉歸自遂爭枝宿駒迅應知過隙同閒倚疏林自翹首浮生那復問西東

玉熙宮故址 在今西安門內小馬圈地

玉熙宮畔草離離曾說當年縱水嬉傳到梁園兵信急一聲長慟罷彈詞而今銷落付煙雲故曲蛾兒不可聞欲覓九龍池畔路無人能說向斜曛

長安行

長安自古居不易况我生小長安人時迫地逼百物踴量珠作米桂作薪嗟我生平不稱意時艱目覩那可陳讀書望古不自適虀粥風味恒相循三上名場遭鎩羽藐爾一第何艱辛歸來自抱荊山璞何人知我中情眞探懷久滅禰生刺舉扇且障元規塵潛蹤人海渺一粟鷦鷯之枝自逡巡春明城南寄幽躅輭紅叢裏成潛鱗勉齋一椽聊駐足時笑問字同揚雲同學少年盛意氣健談亦自豪無倫時顧我遊救我拙嚶鳴自覺氣味親攬袂共上黃金臺愴然懷古悲沈淪千金駿骨買不得請從隗始亦孔殷漫言養士有失體時危那復嫌呈身廣厦萬間易易耳世無其人迷龍麟秋風茅屋亦何歎士生世上寧長貧吁嗟乎長安之塵富萬斛長安之月明一輪且尋市上狗屠者竭來共醉長安春

寒甚

向晚寒彌甚嚴威苦不停夜深微見月風急欲搖星濁酒沽何處攤衾尙獨醒蕭騷聽無極兀坐數鄰更

吾生

吾生志意竟如何廿載光陰一擲過結習未除還自笑買書沽酒費錢多

仲春金魚池上

二月東風魚藻池新魚活活漾晴漪波光斜晃紅翻錦柳影低涵綠浸絲此地烟霞宜小駐幾人濠浦動遐思吳歌趙舞今何許空誦漁洋七字詩

積雨用查南廬今雨聯吟集韻

敲碎芭蕉尙有聲連朝積雨謝將迎已看碧麥愁多潦爲釀黃梅肯放晴向隴幾人催早作閉門獨客却浮名宵涼只合推衾臥又聽蝦蟆報六更蕭然高館作秋聲雲意如人懶送迎客况漸深知冷煖世情無定似陰晴紫紅判盡芳春課黑白難分俗士名果是天公多狡獪一番風雨亦紛更

厭聽茅檐滴瀝聲疏慵直與夢鄉迎已同溪鷺拳寒雨待起林鳩喚早晴廿載似波空復去百憂如草不知名傾尊賴有芳醪在醉引吾儔話短更

臘月十四日館中夜坐讀養靈根堂集即次其書懷四首韻

兩載城南踏軟塵雪泥踪跡信勞辛文章知己聊爲爾紙墨因緣大有人酌句屢經過北地李潤田茂才時相過從商榷文字惜相距少遠借書常是問東鄰何景齋太學近居東鄰時從借書少年同學相望切著作何時可等身

空齋如水夜寥寥畫燭光明夕漏遥似我何堪稱獨醒更誰能與說無聊幾年食硯生涯絀一舉傾觴壘塊消欲向黑甜鄉問路聞雞又使夢魂摇

學詩氣近挾幽并閉影深廬觀我生大陸年華文作賦伯倫身世酒爲名蕉因倒啖回甘遠桐自焚焦别調成省識匡居清况足儒酸原不解逢迎

何時重與倒清樽吾黨心期細討論事不因人蹊徑尚詩能見我性情尊新知故學如窺牖破臘殘年合閉門屈指春風消息近東皇長養故多恩

詠雪四首疊前韻

瀛洲碁罷玉輪塵作劇天公亦苦辛梁苑賦心階上耀黨家風味帳中人空
花有象通幽境凍竹無聲望隔鄰林岫浩然羣動息最高寒處著吟身
連空一白鎖清寥上下雰翻作勢遙莫賦北風增感觸本來東郭太蕭聊堯
年冷煖知何似姬唱音塵總未消多少閒情憑憶得蘆花深處酒旗搖
累霙連氛朔氣幷靜依帷席感浮生堂開玉照梅同夢林挺瓊枝樹莫名對
此塵心如水定問誰禁體鬬詩成從知滕六多隨喜也向人間管送迎
何事羊羔酒一樽世間豪舉不須論悟從白室聞根寂點到紅鑪佛偈尊附
熱幾人猶出戶耐寒雙鶴自迎門且招我友留清話知己從來勝感恩

男 則貽寶 誠校字

忍冬書屋詩集卷二 甲午至乙未

武清　郭家聲　琴石

新歲作

開年凍沍春無信，夜半北風猶作威。按候已過牛馬日，計時初見鶺鴒飛。裁冰鏤雪知非計，嫩蕊濃花尙覺稀。二十五年彈指去，摩挲書劍自依依。

火焙牡丹 感萬壽慶典加恩貴近事作

嚴冬風雪沍瓊枝，忽見名花艷弄姿。如此焙烘太著力，縱然富貴亦非時。錦袍新樣翻何早，絳縷嘉名兆未歧。却惜歐陽推老宿，一篇品叙獨相遺。

玉堂金屋最寵蔥，競艷爭妍色不同。各有淺深關火候，非常綺麗妬春風。姚家舊著黃裳貴，魏國新披紫綬工。誰識天津小隱客，獨將冷眼看芳叢。

贈劉月齋先生 名毓桂，山東蘭山人，咸豐乙卯舉人，耆年篤學，著有歷代紀元韵編、春秋年表

先生有道樂羲皇，六十年華鬢未霜。負絕聲名齊祭酒，巋然尊宿魯靈光。才

卷二　一

長尙據談經席（近館何景齊太學家）身健何須駐景方每向醉餘談往事故鄉兵燹幾滄桑（先生每談昔年鄉居辦團禦賊事甚悉）早掇巍科盛譽傳（先生鄉舉時年二十一）老來猶自事丹鉛元編正僭三千載表繫春秋二百年伏鄭以還誰樸學郝牟而後此名篇鯫生自愧疏狂甚敢獻詩歌大雅前

和月叟耳聾詩次韻

曾吟老杜耳聾句今見先生詩解頤以靜黜聰壽者相勿聽非禮聖之時愧安舊夢言應驗（先生曾夢一道人自稱智叟謂曰我因聾而享大年請贈子五十年壽云云皆託言也）豆塞狂談世敢欺我有芻蕘宜上獻作謀原不強聞知

世上紛紜螳捕蟬付之藐藐那須憐腸撐默熟五千卷耳順今踰六十年智叟有靈應作福社公無恙待逢緣（元唱有良醫恨少社公酒之句）妄言妄聽原多事何似希夷作懶仙

潭柘山詩

祈雨亭

祈雨名亭古潭深鎖碧松空山幾甲子試與問潛龍

大青二青蛇

神物曾傳大小青至今遺種尙通靈如何紅篋深蟠伏無復拏雲化雨形

雙鴟吻

殿角雙鴟五色斑巍然高峙翠微間龍宮檀越無多物留得千秋鎭法山

華嚴祖師畫像

水墨猶存古殿陰何人妙手託幽深竹煙蕉雨西來意如見當年面壁心

石佛

石刻森嚴古佛裝流傳妙像說三唐本來病苦維摩慣誰使黃連樹葉黃

妙嚴公主拜磚

貴主堅持律焚修說上都精心穿九地絕跡印雙趺金石眞能貫元冥未是誣天魔傳妙舞對此汗顏無

元世祖四像今不存志詳之

至元家法偏崇釋四像曾留佛座前爲現帝王身說法貽謀未免誤眞詮

姚少師靜室

悟得盧空笑蒼生殺劫休獨庵庵好在雲水自風流

金章宗雀兒庵

朝發瓊華臺暮宿雀兒庵何不挾金彈一舉清東南千載恨茫茫憑弔空煙嵐

一音堂

一音根衆音尊者有妙悟空堂夜如水萬竹響秋露

心空山

心空者無心佛說本如是即山悟禪悅何必豎一指

瓔珞峰

寶珠瓔珞佛天名幻作奇峰削不成悟到非空非色界莊嚴妙相自分明

捧日峰

此峰名捧日宵漢奇遐心晨耀珊瑚海霞光玳瑁林東來佳氣合北望帝城

臨翹首凡囂外天風正滿襟

廻龍峰

未必神龍至此廻太行聚脉信崔巍問誰絕頂平臨處攜得驚人謝句來

虎踞峰

谷風自飂飂終日聞虎嘯歸樵說驚絕惹得山靈笑薄暮巖壑深高林挂殘

照無恐亦無怖遐想托雲嶠

初夏勉齋作用東坡新城陳氏園次晁補之韻

卷二　三

碧篠餘春風朱華媚幽晚齋空客不到地僻心自遠我生耽寂處去欲僑雲巘抱此徒區區微懷幾時滿

連日病肺作嗽用東坡次韻子由病酒肺疾發詩韻

春歸吟苦瘦晝永倦思臥虛牀終日依晨夕忽已過肺病近倏劇非關困白墮寒熱相戰鏖戾氣從此坐劬書竟廢讀當食幾忘餓俗務夥不休此障未易破有如炎烈日夏畦事耕播霍然揮赤汗強復種黃穊安得清涼散眞藥調使佐一飲滌中煩無憂蔓滋大消暇展詩卷理悶聽茶磨篔紋鎮如洗竹籟儼相和際此獲靜觀世路忘坎坷平生幽僻性擾攘非所奈胡爲乎來哉難復問眞個三間打頭屋塵壒不曾皴起臥竟日閒清興亦云挫因思人世事味直等糠莝無爲復自役稱藥寄清課長吟抒我情寫懷不用些

病愈

病愈身彌健晝長人自閒無心問塵俗有夢繞溪山午倦聊攲枕微吟且閉

闞松風殊解意送爽到窗間

也似

也似稽生七不堪學書學劍未曾諳無爲自守養生主有客聊成竟夕談天予會心詩境闊風來聒耳市聲酣從知人海潛踪慣個裏行藏待細參

銅雀伎

繐帷朝食上賓鼎夜香焚望斷西陵樹淸歌聞未聞

秦女行

事見七修類稾

妾家世系傳淮海學士風流富文采地拆天崩胡馬來昔日朱門竟何在運遭陽九中原傾愁見君王別汴城胡去胡來竟誰問當災賤妾命尤輕從此崎嶇何日返紫臺一去愁荒遠宛轉身隨鐵騎遙闌干淚濕紅妝晚將軍馬上醉蒲桃喚妾鳴箏鳳尾槽一柱一絃腸斷絕雙雙淚落朱絲縧亦知命薄

桃花紙幾度輕生不得死夢裏魂驚夜月黃愁來望斷朝霞紫憶昔金閨學畫眉焚香倦綉坐鴛帷長途那識三千里別恨空牽十二時豈料而今倦奔走家園雖在空囘首翠陌難尋二月花玉關折盡千條柳長途渺渺幾時歸望斷還鄉願屢違古驛題詩抽錦字征塵和雨涴羅衣將軍逼妾妾無恨恨妾無從覓星逝玉骨生拚葬寒沙千秋共譜昭君怨君不見五國城邊怨綺羅玉顏妃子尚悲歌黃沙青塚古來有兒女區區奈恨何

喜驥弟即到

六年萬里客（自己丑隨薛欽使出使法國）書至喜遄歸遲爾返征棹嗟予猶布衣計程蒼海遠到日素秋微異域多奇絕來應話夕暉

迢遞神州外蒼茫別一天形非羽民幻語借舌人傳鰲嶼深開國蛇洲慣引船爾來親歷此信可傲張騫

早歲同書課晨昏一室俱自從隨使節應亦厭長途好解乘風纜來看聽雨

圖黃花新釀熟待爾共提壺

已是歸期近翻嫌見面遲久睽頻入夢過望轉生疑尅日恒翹首看雲劇寄思朝來聽鵲報太喜自成詩

別館

別館無多務經秋感易生浮雲世態變孤月客心明旅鴈催凉節寒蛩咽斷更宵長正敧枕爲爾意縱橫

負牆行

記癸巳京師大水城東某君事也惜傳者失其姓字

有雨自天嚴牆欲崩與母共室兒心驚兒命與母孰重輕解一兒知有母不知有死負牆直立忘牆圮一呼母驚母急起解二掖母出走妻挾以趨有孫同牀泣呱呱既翼母出妻驚呼解三驚呼何爲斃我孺子母怒叱兒兒心喜母命既全子可棄解四母呼妻前泣聲漣漣使入視孫孫幸全母喜加額呼蒼天解五蒼

天蒼天曷敢不恪顧妻抱孫母心樂生兒如此母有託六解

唱籌歌為西苑巡牆卒作也

東方未明星爛爛宵長宵短憑籌算一更一籌歌一聲古有雞人職踞旦巍闕高高淩紫霄月明西苑湧銀潮千門萬戶寂如水起視秋河浸斗杓隱隱紅牆深幾曲是時巡牆敢停足水盡銅龍報五更聲聲唱遏行雲綠國語新翻字字清太平天下舊傳聲明時宮人及內侍有罪者罰之走夜每夕提鈴繞宮牆唱天下太平四字從知階石投籤意不及深宮宵旰情

踏冰行

庚寅京師大水官於五城設廠賑流民至冬未止有房山婦携一子一女赴賑踏冰渡河冰忽解母子三人並沒

朝踏冰暮踏冰行步縮縮心兢兢兩餐無資仰官粥食重命賤誰相矜北風一夜卷寒雪衣薄無棉凍肌裂號寒啼餓愁不眠撫兒摩女腸百結夜闌雪

息日在天陽河官廠生炊烟起呼兒女急赴粥一步一跌飢火煎層冰滿河幾人渡兒啼不行母嗔怒舉兒置背導女前貿貿直行踏冰去行河甫半冰忽開大聲陡發翻空雷驚濤湧穴卷之去三命片刻須臾埋朝來有嫗河干哭一泣一聲淚如萩自言家住上房山歲困波臣嗟仰屋爲謀就食來上都一家五口相提扶病男餓死路中道煢煢與婦携雙雛衰者不死壯者死老身雖在胡爲耳恨不將身赴濁流去尋男婦黃泉裏道旁聞者淚染衣强尋鄉伴勸以歸天寒日暮向何處河水茫茫徒爾悲

金井轆轤歌

金井轆轤聲轉轉一聲一轉愁深淺絡緯啼殘月似弓梧桐脫盡風如剪月冷風凄秋夜長銀波欲咽漾明光碧紗如煙錦鐙死夢斷遼陽幾千里妾心如井不起波東方欲明愁奈何

贈同學

賤子徒多癖群公劇論文筌蹏猶未棄門戶敢輕分守拙安吾素榮名愧所云惟餘結習在筆硯不曾焚

讀王導傳

非我殺伯仁伯仁由我死咄哉王茂宏古之負心子

讀書

讀書守章句自誣誣古人微言日以絕大義猶燦陳諸葛觀大略高眼識其眞淵明不求解所解乃益神何人識此情爲我導先津

尙友

古人不可見見之以其迹謦欬苟可通適如對几席良史有佳傳吾取二三策觀過仁可知考行志乃白義之所未達何妨以意逆居稽良不誣俯仰了今昔

守拙

人生天地間不過一蜉蝣胡爲登世軌勞勞竟無休不如且守拙疏水恒優游時命不可知安用巧自謀鷦鷯飽一粟鼴鼠安一邱所得苟自娛何事無猒求我觀蠻觸戰太息心悠悠

治生

今人言治生古人貴謀道兩途如背馳汲汲各探討幾人誤口食知機苦不早坐此久自役青春變衰老我生亦無涯置計殊草草未耕聊可讀硯田我所寶永懷尼父言久矣某之禱

咄咄行

咄咄復咄咄怪事乃有此麟鸞與梟獍逼處於一里安得神君搖赤刀獮薙異類冥頑逃天清地夷日月灼斯民生不逢不若

中元夜踏燈詞

柏風槐露好時光乞法筵開禮佛場一夜老禪勤作懺紙船齊說是慈航

拍手兒童笑不休白蓮花結采燈毬那須更作魚龍戲海外風濤滿眼愁（時東人搆釁沿海設防）

雷船電火烈重溟捷奏甘泉士氣騰詔發萬金優賞格璇宮昨夜能看燈（七月初五日詔賞葉志超得勝之師銀二萬兩）

阿輩鷄彌漫自雄王師破浪快乘風明朝撰進承平頌一統當陽日正中

雨瀟瀟

雨瀟瀟風淅淅殘燈如穗耿空壁卷盡芭蕉一曲心秋聲細碎不成滴此時秋夜夜何長此時吳孃歌斷腸幽響通階悲蟋蟀疏風飄瓦冷鴛鴦空房無人夜如水秋聲雨聲紛入耳欲尋殘夢滅燭眠所思不見空千里

禰衡

鸚鵡篇成絕世文一時名士妄紛紛如何青眼推揚孔未識南陽諸葛君

書感

邊警日以急中朝憂若何寒聲向晚近月暈入秋多幾輩紛投筆三關早枕戈書生昧時務清夜自悲歌

效諸將

父師故壤海雲東二百年來覆翼中豈謂開門忘揖盜早緣互市歎與戎依天久荷中朝庇厝火偏教外侮通坐此艱危勞聖慮勝兵擊汰耀艨艟

横海雕戈下瀨船重溟波浪日囂然廟中讜論推嚴助閫外馳書走蓋延早見横磨稱十萬更無水擊奮三千鯨濤洶涌愁東服多少蒼生望眼穿

遼東總管早知名飢策援軍奮短兵銚尉裹創猶苦鬬王琳瀝血竟捐生丈夫報國精靈在聖世哀忠錫予榮太息全羅深入日鬼雄遺恨可能平

負絕榆關拱帝都防秋近日出師徒新謀元帥誇三媾坐負長城鎮一隅未必上游需薄史可曾兵法學孫吳最難烽燧蒼黃裏傳得氈廬倚醉圖

軍書日夜疾於梭坐耗司農帑項多未見助邊來卜式早聞轉餉困蕭何諸

公袞袞紛籌筆內相勞勞歎掘羅掃野西風愁杼柚那堪終許邳支和

飛蟲行紀異

八月二十七日二更許有蟲狀如螻蛄飛集成羣有撲之至盈箕者亦一異也

蟲飛薨薨夜入人家爾盍不在黃壤縷縷之地底青冥渺渺之天涯而乃施鉗鼓翼橫相加沿燈撲撲紛如麻我欲扑之愁盤拏爾勿爲患禾無芽蟲兮蟲兮胡爲耶惟木沴金古所嗟

雷

海國終年戍春明九月雷天心亦何鬱餘怒未曾擢疾雨翻空膺愁雲作陣來拙夫深倚柱懷抱不能開

慷慨歌

男兒生不能封萬戶侯便當親斬安歸頭不然且自飲美酒醉臥百尺元龍

樓奈何剌促塵中不得志申旦起坐憂時事狂來強欲賡七歌歌罷乾坤一灑淚軍書日夜旁午來時艱如許奚爲哉紛紛壯士黠行急防秋一去何時回近聞謀國有長策五道元戎起京宅由來分陝要周公更見于蕃任申伯二三豪俊出濟時整頓六合會有期内安外攘責備重蒼生引領銘口碑廣平鐵石心腸壯運籌不惜時日曠未遂淮陰背水謀似聞道濟量沙唱何來陰安良可嗤戈鋋未接先反馳不樂死綏樂死法會見太白懸旌旗東溟洶湧一衣帶樓船戈船日硠磕夾岸雄關百二重何人慎守藩籬大側身四顧天茫茫憂從中來不可當氣酣日落北風急歸來歸來歌慨慷

長兄分校山左秋闈作詩寄賀

六載睽違寂尠歡今年吉曜朗文壇懸知齊魯諸生喜梅老新爲小試官東坡刑賞忠厚論省試作也時梅聖俞爲小試官歐陽公爲主司案小試官即今房考之類頭銜冰樣炫新輝早識年前預兆徵定有門生傳好夢主文五品服朱衣兄去

年保換知州銜今年即膺分校與孫莘老事相似亦一異也

房元文字劇清新老輩山薑有後塵從此品題聲價重升庵才是第三人房首田君仲莊山左名下列第三人

遙飛賀箋綴新詩愧我薪傳秘未窺絕憶論文十年事故園風雨對牀時甲申乙酉間愚舊受業

江南女兒行

聞文道希學士廷式言滬妓某挾金至京爲淮軍一統將覆軍營救事作此

江南女兒顏如花生小慣乘金犢車艷名久噪黃歇浦竭來豪客聽琵琶別有將軍深顧曲日日清歌看不足早說韋臯戀薛濤共道蘄王識紅玉一旦東溟波浪驚將軍仗鉞出專征鯨濤海上無心問燕舞盤中總繫情從此還延長驕虜千行坐擁空貔虎未試義從白馬威早攖上帝赤熛怒天心未測誠悠悠女兒聞此增春愁裝成陸賈千金橐行逐鴟夷一葉舟片帆直指春明發城西舊有藏春窟暫假香巢小玉家駢闐車馬騰京闕京闕貴客驕五

侯舊識將軍意氣投棨戟門高誇向日蟬貂勢重過長秋何物曹邱妙翻手妝臺側畔供奔走散盡黃金設解圍春風一笑爲公壽能令公喜公輾然片言九鼎能回天散雲布水亦俄頃此妙未許旁人傳功成一瞥如脫兎傾城成城在指顧雲雨荒臺不可蹤再來莫問天台路洞口桃花想像中女兒歸去舞樓空江南古有莫愁樂願譜前篇備采風

偶讀兩當軒歸燕詩感而有作

飛來飛去太無因莫向雕梁問去塵兩度寒暄渾似夢一年蹤跡總依人早知寂寂烏衣冷何必栖栖白社春多少天涯未歸客故園回首尚逡巡

鬱鬱三首

鬱鬱其誰語勞勞迄未休攤書聊自遣負米竟無謀作客經年月依人漫去留哲夫應笑我拙極不如鳩

親老承歡少家貧卒歲難一身渾自縛多事坐長歎肯構謀原短窮途泣未

乾無才空老大何必怨祁寒自是家多難敢云生不辰未能謀獨善只合賦長貧雞肋誰嗤我猪肝尚累人高堂延望久鬱鬱莫傷神

彭剛直公畫梅歌

乙未春見之王雲舫侍郎篋中直幅長六尺餘筆意遒勁信眞蹟也

南嶽七十有二峯中有樵者眞人雄（公恒自署南嶽七十二峰樵者）功成百戰引身退戲墨幻作雙梅龍惟公投筆甲寅始湘鄉一老稱知己千里長江首贊軍擊楫中流誓江水其後轉戰勳伐高半壁山前湧暮濤東風太利不得泊火斷鐵鎖馮夷號從此東南軍勢盛蛾賊百萬窮奔命浩刼紅羊盪去波甲兵洗盡江如鏡十載崎嶇喋血愁盡銷髀肉付扁舟石城一役妙犄角聖恩渥沛勳庸酬楊諸李郭當時彥同舟共濟乘風便公獨超然仕隱間後來更數靈光殿盛世恩深重老成中興文德不忘兵優公病不強公仕年年耀武濡須城今皇

有道清寰海破侖搆釁嚴疆殆再起軍旃百越東屹然嚴城靖兵鎧無何管仲策平戎七省貔貅罷合從解甲歸來屢抗疏太息痛哭傾深悰一朝大星殞衡浦三千水犀失慈父空餘遺墨盛流傳鐵石心腸孰敢侮我昔讀公詩逸氣橫出何嶔崎及今展公畫癯仙面目疑磬欬愛公勁節高無倫老梅合是公前身謂公寫梅自寫眞清風拂拂如有神嗚呼古之傷心人公有小印文曰天下第一傷心人

日暮西北堂用韵

日暮西北堂閉門對修竹風窗展書卷坐覺清宵肅非朝非市間境寂心自獨何必學石隱栖岩而飲谷

題畫菊

霜中嶽嶽挺奇姿如見柴桑醉酒時記取高風傳逸老容城十二隱君詩愚嘗謂古今學陶者儲王韋柳外當推容城孫徵君其詩眞氣流行五古絕似栗里有十二隱君詩蓋其癖好亦有與陶近者世多不談其詩殆文轉以行掩

耳

題險異錄圖略爲豫錫之先生作

諫書屢上阻宵人乞外依然報國身從此一麾關隴去不須豪舉說埋輪 薇省改官

驅車直過藐烽烟蛾賊相看色沮然始信黃巾羅拜事鄭公佳話不虛傳 臨潼遇變

雨溼天陰不可行青嵐山斷阻前程半輪徑度崎嶇轍說與王尊恐亦驚 嵐山度險

僻邑空堂閟積陰宵涼一榻臥秋深滅燈長嘯徒爲爾悟徹良能魅敢侵 碾伯驚魅

首變何人事忒奇諸公厝火太酣嬉一言有備眞無患想見琅琅折角時 節署弭變

一夜新田走急驄，淵然成竹在胸中。可行處處惟天理，豺虎何心亦感通。臨

洮撫畔

省垣岌岌煽陰謀，夜半蒼黃獲逸囚。十一人偕無漏網，片言直欲奠金甌。臯

蘭審奸

猝集驕兵指武街，如山軍令比臨淮。一番操縱能馴虎，始服先生杼柚懷。新

營格軍

馬銜山背急宵征，盪穴殲渠在此行。持十日糧猶未盡，前軍已報下金城。狄

郊破賊

密投間諜善藏刀，小醜何煩大衆勞。賊血淋漓染銀杏，當時斷養亦人豪。銀

杏擒渠

月黑荒陬路欲迷，茫茫一騎失東西。山靈忽啓光明藏，總爲神君阻馬蹄。夜

林覩異

已報狼烽出漢陽深謀直欲涸神倉竟拚一擲全危局逐北歸來未解裝徽

城逐寇

殘臘精臺醉不成騾綱遽集運籌精至今莫易張公語十萬軍糧一日行伏

光運糧

傳聞烏鬼杜陵詩淫祀家家事可嗤昨臘關頭息篝火前旌新駐塾江湄關

鎮辟邪

男寶貽則誠校字

忍冬書屋詩集卷三 丙申至丁酉

武清 郭家聲 琴石

讀離騷

余讀楚騷哀其懷忠見放致死沈淵每不知涕之何從也因念南服接輿沮溺漢陰丈人等輩莫不匿迹韜聲徜徉世外何獨左徒之不幸焉抑亦有不得已者存耶因作詩以廣其指亦庶幾長沙小山之遺義云

天地大猶憾清醒良獨難三后久不作七雄紛觸蠻惟楚實多材靈均振高翰懷王聽不聰孤臣淚汍瀾張儀小竪子詭辯恣誇謾武關一以入去去不復還孱主既嗣服新沐思彈冠庸知衆害正謠諑紛無端坐此久放廢沈汨成獨歎懷沙與抱石易地而齊觀九州豈不廣歷相非所安故都危累卵郢樹迷雲巒甯忍斁石隱避地歌考槃憂心不盈寸申旦恆縲縲長號叫帝閽

俯仰宇宙寬蒼蒼在何許欲問迷九關遠遊既莫遂衆濁豈我歎九辯與九
歌鼠思泣潸潸不如付一瞑長此埋心丹至今汨羅江千古波濤寒我思古
之人豈無術自完胡爲久壹鬱罔恤軀命殘其如迫忠愛欲以愚移山心既
不能死節亦不能刓重之羣小愠艾多難爲蘭咄哉時與地自昔深憂患幾
輩易好修破觚而爲圜時流競醜正徑竇紛刺鑽豺狼踞當道睥視不可干
安問狐與狸竄屋篝火殷敬告屈大夫何世無上官蒼梧及縣圃早駕命彼
倌孰使爾馬瘏欲進徒盤桓遠集無所止蜷局仍塵寰茫茫枳棘叢並栖無
鴞鸞舊鄉紛霾霧臨睨使髮鬣廣衢末由達修途自多艱秋風一朝至搖落
凋朱顏服食謀蟬蛻造物良所慳何不修初服歸來賦閑閑知希自我貴非
惠非夷間接與沮溺輩耳熟心應嫻漢陰雖瘠地尺波井未晉時哉無所爲
抱甕力亦殫種瓜朝落實蒔菊夕加餐抱寂遂獨處幽篁萬千竿試招山中
人藉艸同荆班悠悠桂之樹歲暮霜雪漫枯菀有同感美人杳難攀良夜一

長吟靈兮來珊珊

鬻兒行

歲饑流民大集京師就食不獲繼以丐叫甚有鬻兒女以自活者作

鬻兒行

生兒以防老鬻兒以救飢誰無父母心忍令致此爲歲歉荒石田園廬棄如遺扶攜別故里轉徙哀路岐一日數里間困踣幾不支兩日去鄉縣三日來京師京師有官廠發粟振餒而嗷嗷集四郊野露筋骨疲顛聞長官善設粥多仁慈人衆苦食寡補救同漏卮愚民有八口啼餓淚漣洟受粥不盈盞何以謀朵頤衆雛競喧叫聞之痛心脾哀言向路人欲語先低眉野人拙謀食窮急無所施勢難死弃命敢惜生兩離願將數歲男易得千錢貲長幼任所擇非敢堅執詞何人擁百鍾膝下傷無兒我兒即若兒聊將侍庭幃仁人感其語傾囊願相貽不用引兒返且用供殘糜長跪叩仁人願君壽無期生兒

爲將相光大充門楣見此傷我心爲作鬻兒詩持較鄭俠圖未足均是悲愚所見者乃一永清人欲賣其數歲男號叫於路遇仁者贈以數千置兒不問其父子因得全亦幸也已

虎哉虎哉角而翼

虎哉虎哉角而翼飛行食肉孔有力前引倀兮後從狼血肉之族何遁藏我聞毛族之長厥有麟百獸見之皆伏馴如何一去周郊不反顧任此眈眈者橫路又聞神羊獬豸能觸邪森然一角凌谽谺是時無乃昏不視出柙紛紛礪其齒吁嗟乎狼之貪狐之媚豹不隱貉不睡憑社有鼠兮食鑿有狸欲避山君兮吾民何之

哀大定

大定今樂亭也連歲荒歉民食無資至有闔室仰藥死者可哀也已

哀莫哀天降災彼蒼蒼者何忍哉陰風刺膚鬼夜哭野人闔室齒鴆肉灤水滔滔高拍天於是災者今四年蝗蝻兎葵掘羅盡縣官日夜覈平準租稅莫

完食莫謀生愚又抱嗟來羞與爲生離甯死聚長此悠悠任終古墓前別雙親奠無椒漿拜無茵堂下引妻子死生同此一杯水上不怨天下不尤人生獨何爲丁此辰寃魂抑抑不得語兩瀅天陰渺何許我欲竟此曲此曲無歡聲石人聞之淚縱横側身東望心摧傾哀哉大定故縣之遺氓

送十一弟之金陵

判袂已六載對牀纔一年言歸自西國于役又南天中夏正多事外人方苦邊行行好自勉羡子著先鞭弟自己丑隨使泰西去歲始歸今承張孝達制軍調往江寗隨辦洋務子父吾諸父欣瞻奉檄時松江吳屬郡鹽令漢分司時五叔父選授浙江袁浦鹽大使雖越岸而地在吳鹽大使則漢之鹽官令長丞也正自占光氣撫言郭汾陽每有選授面長二寸光氣先見緣以爲頌何須悵別離會當書至誠還讀伏波辭諸弟聯重被雙親共一船時五叔母同行諸弟偕往此行眞曠世何必說登仙愛日依南服叔之袁浦去金陵不遠看雲滯北燕自謂平安書兩字願早寄鸞箋

送別無餘物新詩作壓裝願持一言贈寫此兩情長志定才斯裕時危道自臧它年證斯語行矣各毋忘

四月八日侍　家大人西郊散步

一博高堂笑城西寄暢時四郊梅雨足十里麥風吹安步吾親健徐行小子隨人生有此樂戚戚復何爲

書疑

梟獍亦血氣生不爲尊親艸木何識知而能活死人茫茫造物者斡運名大鈞至巧忽成拙所生非其倫呵壁一問之奚獨楚靈均子厚不識字對曰理未伸何如姑闕疑蓄解待千春

送浦雲從軍遼東

五國城邊五月行愛君此去意縱横中原多故拚投筆當世何人與論兵今日贈言揮馬策奮時起舞共雞聲眼前咫尺還千里悵别臨岐一繫情

傳居士指墨白衣大士法相歌

居士名雯字凱亭閩陽布衣工指頭墨法高且圓鄭板橋絶句云長作諸王座上賓依然委巷一窮民年年賣畫東風冷凍手燕支染不勻今年閏五月見此軸長八尺餘神氣渾穆居士眞蹟也

道眞安道不可作（王道眞觀音像入神品楊升庵嘗稱之又戴逵亦有觀音像見米元章畫史）南海烟雲久蕭索閩陽布衣一指禪幻出香林舊瓔珞我聞大士一而三化身爲警癡瞋貪如如不動四智出音聞目擊非空談應身十九此其一大雲慧日照泉室悟徹四諦聲聞乘震旦羣生起沈疾渡海東來振白衣楊枝露灑妙香霏達摩隻履何須借雲水光中赤足歸凱亭委巷窮家子妙得聞根洞禪理賣畫東風經幾年諸王座上親倒屣醉來濡墨神欲狂十指如槌紛開張仰首向空久盤礴忽然若覩金天王須臾揮掃眞容現低眉似惜滄桑變天衣飛動風滿壁曹吳名輩惜不見展勾黃趙昔絶倫後有伯時前富玫（隋展子虔有佇立觀音像吳越富玫）

卷三　四

有白衣觀音像宋勾龍爽有普陀水月觀音像李公麟有長帶觀音像黃居寀有着色觀音像趙廣有妙光林中披髮觀音像并見金壽門畫佛題記

此皆梵相繪聲手居士陶冶成大鈞以骨爲筆血爲墨佛傳法語群魔息我謂居士胡不然枉作人間善知識截指豎指空言詮墨本流傳今百年聖果妙因圖未見見此亦足夸勝緣凱亭有聖果妙因圖今在京師報國寺當風出水徒置喙贅說紛紛肆狂吠上天本樣肯輕傳羞煞謹毛失貌輩妙光林中無世塵指端游戲幻非眞若從有相求眞相賀六待詔將笑人賀六待詔遇觀音化丐求畫事見圖畫寶鑑

吾生

人世究何味吾生獨此忱窮愁百事迫貧病卅年侵紅友絕交久青氈受累深無詩能破悶有夢亦傷心莽莽乾坤窄悠悠歲月沈我躬誠已矣斗室一長吟

積雨齋中作

連旬積潦阻人歸夜氣蕭然冷客衣萬葉有聲檐際響一螢無力雨中飛欲

抛書卷尋殘夢漸喜風塵息舊機叉手燈前深徙倚城南詩侶近多違

晚晴郊外

暮郊收積雨秋意儼蕭蕭野水綠平地夕陽紅過橋鳥歸風色晚蟬噪客心遙俯仰增時興吾生積感消

觀物二十四詠

蠶

悉數蟲天績獨殊西陵當日肇皇圖眠經三度春將老衣徧羣生力太劬不盡絲綸常在抱非凡吐囑自能敷知他志決身殲者一樣殫精心事孤

蜂

放衙時節午風香小隊飛飛盡日忙莫笑微生工結落居然大義識尊王山家課足過三月蜜國春酣飽一房却怪僧殊饞太甚朝朝演食寄空桑

蟻

槐安國裏足風流底事沿階鬥不休似此纖軀猶號虎（姚鎔號白蟻爲地虎見齊東野語）有人病耳誤猜牛蠕蠕赤黑誰成讖漉漉元黃我欲愁一夢柯南曾醒未起看大地幾春秋

蛙

幾日春殘柳脫綵傳來閣閣不愆期紫荷亭沿宵涼後青艸池塘雨過時入耳但能諧鼓吹癡心何必問官私五行好續田家譜水旱占年待爾知

蝨

阿房念罷早聲呑被底餘生亦僅存食肉寢皮誠得計切肝烹脛是何言沿緣便爾忘湯沐朝暮惟知長子孫秉脊涵腴蝨之賊（陸魯望後蝨賦）世間好惡總

雜論

蛾

赴火眞成性不訛宵燈明處逞么麽是誠蹈死弗顧者其奈焚身無濟何賦

入鮑家羞小隱書傳燕說誤神娥寄聲世上膏煎輩視此茫茫理則那

蟹

爬沙舊譜借琹調風味尊前十倍饒荻港燈昏秋有信菊天酒熟客頻招算來誤食甯關學說到橫行尚復驕怪事偶傳驚昨夢都亭月黑夜蕭蕭

蝸

養得微涎潤有餘奚煩沿壁苦勞渠眼前何警縮雙角身外徒多贅一廬篆就文章聊復爾任他蠻觸自紛如惟蟲不少浮游者回首江鄉問寄居

蚓

積雨連朝宿艸黏笑看却步出纖纖穴通厚地泉三尺笛引荒階月一尖白領嬋娟誰噩夢紫之詩語幾成讖但供食飲無多取始信於陵未是廉

蝙蝠

誰從混沌問仙曹服氣能將小刼逃萬乳白垂荒洞古一燈紅閃佛樓高歲

深甲子知難算忌到庚申亦太勞吐盡柔腸纔羽化荆州山外咽松濤

蜘蛛

長年役智胥林梢如繭圓光任曲包笑爾機心何太密顧余世網未能抛情疏仕宦聊充隱緒託因依恐獻嘲（元稹詩因依方託綰挂冒遂容身）一事撫躬差自喜安居無恙樂衡茅

蟯

羅浮殘褶早成仙何處香魂栩栩然三月風花春似海六朝金粉夢如烟詩經謝逸難重寫畫入滕王亦偶傳莫唱祝英臺近曲南園衰草夕陽邊

蛤蜊

不知許事且忘情解得清饞趣自清旅館霜花秋一擔横塘菰葉夢三更前身證果粢金粟今日充餐伴玉杭記否淮南留醉處紫唇風調太憨生

蝦

檢得江翁舊食單撈來艸屩亦盈盤青泥化盡稻花冷紅筯折餘薔刺寒愛住富春圖適口每聞杜宇勸加餐西風又起蒓鱸思便擬新居卜釣灘

蚊

軒窗風定寂聲聞豹脚飛來鬧夕曛無力負山偏擾擾有時作市更紛紛慣從黑夜潛圖飽爲祝丹良早策勳太息露筋祠畔路白蓮野水冷秋雲

蠅

纔得生機出積灰營營終日便低徊世間當少此等輩坐上適從何處來有客恚餘思拔劍無多希冀逐殘杯氷心一片常盈抱爾族區區莫浪猜

叩頭蟲

如豆形骸不自休黑衣未脫便包羞有生直合爲强項此豸緣何但叩頭祗要眼前容請放焉知皮裏蓄陽秋倘教拒斧能相識一怒眞應嫉若讎

蜣蜋

要將奮迹出卑棲糞土何誅變舊題上智力矜三食字平生計盡一丸泥螟巢鼠技嗟奚益馬勃牛溲視亦齊有日化蟬初願遂此中變幻具天倪

螳螂

渺爾微形亦自任怒時直鼓氣深沈百年誰諒當車志一臂聊申拒轍心偶似鷄蟲爭小失無端蟬鵲重相尋莊生目笑齊光式得失憑誰判喻林

蟬

游仙夢斷脫凡塵露飽三危亦夙因偶託高枝宜縱響莫緣美蔭便忘身商音日競悲秋士薄髩年來感旅人冉冉長竿方耀火故棲牢守漫逡巡

蟋蟀

冢冢庭院月微斜何事王孫怨有加咽斷碧蕪三徑露叫開紫豆一籬花是誰按譜追前蹟待起呼燈過別家爲問半閒堂上客西冷舊夢幾繁華

螢

照夜何來宿火熒淸霜未降免飄零謝池春草三生夢隋苑秋風幾點星映水無心還弄碧向人不熱但垂靑北窓亦有羲皇侶燼落疏幃醉眼醒

蜻蜓

偷眼飛來路莫歧汀洲無際漫調飴碧莎草嫩薰成醉白藕花香去故遲偶逐釣師臨水立怕禁少女晚風吹阿誰會得靑珠咒一笑兒童大好嬉

蟫

一生生活寄書叢食字年年腹亦充證到神仙須幾劫祇留獬廌作孤忠羽陵秘籍知誰識魯壁殘文記爾攻五蠹未成身健在我儂眞個耐雕蟲

秋草四首用有正味齋春草詩韻

不分西風昨夢蘇王孫歸信有還無湘中舊怨思紉茝山上新歌斷采蕪幾日峭寒芳意歇一痕殘緑澹烟俱年年箋就離騷譜冷趣遙情隔五湖

記曾拾翠曲江濱似水韶華幾拂茵靑眼已疏三日別紅心未死一分春螢

卷三　八

飛斷徑前身證烏下荒原燒影新莫唱河汾黃落曲從來商調易悽人無復青青認舊芳天涯何處不蕭涼琵琶塚上還明月金粟堆前幾夕陽萬馬牧邊沙路闊九龍移帳海亭荒將軍新遂刀鐶願不少遺荄鎖戰場寄聲鶗鴂莫先鳴留得餘芳絢晚晴客髮已同悲種種多心於此託生生歲前霜露連番促眼底蘼蕪一例橫至竟菲菲還未沫有人申旦感西成

秋分日大風過常向辰內翰夜話

五分秋色十分涼向夕尋君過艸堂偶闊忽疑經日久深談不覺到更長風塵世上何須說圖史燈前且共商記否城東偕上計杏花時節別曹唐謂曹瞻喬孝廉

團扇詞

白團扇好製輕圓隴首秋雲句舊傳近日河湟風不競一回入握一淒然時甘肅回匪作亂官軍屢戰不利

題乞食圖

吹斷簫聲慘不春零星衣褶賸懸鶉旁觀冷眼休相覷此是英雄失路人

落葉二首用蔣心餘先生原韻

西風著處渺無痕蕭摵聲中客夢昏霜重已知秋滿徑林疏時見月當門馬蹄蹴踏悲長道鴉點零星過別村解識一年消長意撫柯未免愴吟魂

只合將身侶野樵林間煖酒宿愁銷一番榮悴成千古萬種蕭疏感六橋是孰惜紅題怨字累人泫綠撫殘條長年讀熟淮南子盡洗餘悲付洞簫

八月念七季妹亡已六十日矣俗傳是日焚紙船橋則逝者得所超度因亦徇俗備之孟雲卿詩曰冥冥何所須盡我生人意傷哉作詩哀之

汝生十七年未嫁厄運傷哉盡炎夏一病驚銷玉骨殘從此冥冥付長夜雙親掩面救不得同產齊聲淚沾臆桐棺一具衣兩通送汝青楓根下息薤歌

聲斷西風寒過眼光陰逝水看慈親念汝刻不置六十日淚何曾乾八尺慈航裁素紙雙橋徑渡奈河水還念無人侍鏡臺裝就芻靈象文婢亦知冥漠何所需聊將是物明區區陰風吹卷紙灰燼靈之來兮倏有無憶我年時綴詞賦燈窻雒誦蘭盆句汝旁擊節色慘然一讀一聲淚無數此去歲三月事也紀實老人頗訝其不祥汝不自知何所傷誰知早作金鐶讖至今掩卷緘琳瑯吁嗟鬼伯何作惡我母掌珠爾胡攫帋錢一陌漿一盂痛灑泉臺渺何託我有大雷書欲寄道無因臨風不敢哭恐傷堂上親嗚呼阿兄非作達觀人汝其鑒我中情眞

悟徹

快讀生平未見書涼宵藉慰客情孤放開眼界千秋速悟徹胸中一字無燈近漸諳秋氣味酒闌常破睡工夫紛紛異說何勞問淨掃靈源認故吾

九日歸訪晴宇作竟日談因罷登高用李韻時晴宇館予家

秋氣滿目悲曉起看太白獨居對黃菊誰猷話今昔言尋素心人喜得逃名客故友富詞藻時許文章伯執手一以欣塊然忘所適風塵久搶攘荊璞混燕石頗聞二三賢持籌算阡陌雀堂忞酣豢燕幕侈炫赫餘子矜作聽禮堂忍睽隔黃金非不貴甘向虛牝擲重以龎言興敢議金絲壁下喬入幽谷欲蔑朱成碧咄哉復何言去去等脫舄

醉題

滿眼蒼黃莽市塵醉來肝膽鬱輪囷勸君莫說當前事我亦幽燕一酒人

靈境篇用昌黎遊青龍寺韻向辰同作晚秋偕遊西直門外河干望倚虹堂感而賦此

金飈潛息扇戍管寒天晶晶日輝短印須我友城西行十步五步遙情滿長河潦盡結明鏡大隄柳禿張敞纖野鳧拍拍明素衣霜柿纍纍擢赬卵沿隄三里散幽躅遮眼青山續復斷老農倚樹話有年今年差免憂水旱路迴迴出虹橋西市樓清茶試七盌忽驚雲外耀金碧靈境分明雜眞誕十洲三島

不可方洞冥故記所未纂水殿雈巍結虛構浪繞波縈渺何算龍舟鳳艒滿絳河排雲想像羣仙伴素女轉輪波欲飛黃姑挂帆錦新滸紫霞杯滿金母笑宴罷迴舟歸欲懶笙歌忽動水中央人間無此廣陵散法曲雲璈紛頌禱千秋萬歲王道坦小臣曼倩固優俳諧隱而今見亦罕談笑惟聞門伊亞犯顏無復輸誠欵蓬萊清淺一葦杭水晶樓殿三冬煖懸知此樂樂無極不見罡風盪虛窾歸來恍惚說仙蹤嗟哉行樂無復綏

讀陸宣公奏議有作

敬輿王佐才所嗟生非時猜主與悍將上下交相夷公適介其間紓策平險巇倉黃奉天日言發雨泣隨稟道切事情豈尙繁縟爲傷哉忠州謫遐壤霾鴻施天如祚唐室公其爲呂伊咄咄彼何人謠諑傾蛾眉後賢契渺指涑水尤景儀煌煌卅九篇甄錄幾無遺學叶顏巷旨志與莘野期三復有深慨斯文良在茲

城南聯句偕潤田

芳艸城南路青青趁步遲市塵不到處春色欲歸時 琴 淺水生風細遙山入
畫奇坐看馳逐者何日是閒期 潤

詠南洋羣島 叅用徐松龕及西士慕維廉之說

赤維一水浸南洲尙記牙蘭舊泊舟失策翦皮容布地炎方從此缺金甌 非
里比納即小呂宋
眞從海上見三山蘇祿婆羅杳靄間更欲近尋西里伯片帆千里御風還 西
里伯及蘇祿婆羅洲等
炎景流金矗火峯海雲燒斷碧芙蓉武羅北去停帆處度過安門第幾重 萬
他摩鹿加等
未針斜指過昆侖星拱瓊厓作外藩一自東來通綫峽七洲天險不須論 爪
哇馬都拉等

問渡初經息力坡南帆對轉晃鯨波椰林椒蔭紛如許難覓當年西亞哥蘇門荅臘及安達曼七島

五百年前遠略馳屨霜冰至劇堪悲到今莫遂回瀾願萬里南洋作漏卮

天山歌

祁連之山亙西陲炎漢驃騎昔所馳匈奴作歌感牧息赫赫威烈如曩時南北兩路互分合越二千載仍藩籬汪洋蒲類匯巨浸譯名淖爾夫奚疑烏道旁出鎖欄楯山林啓闢侔刊隨悅般突厥割據歇而後準族潛蕃滋狼生貙息敢負固藐爾阿睦戚自貽當時天討威窮荒萬馬絕漠雄羽麾逆渠異域作逋藪陰誅莫貸旋橫尸嚴詔大索致凶骨羅刹畏懷無異辭英聲震疊照絕國茲山草木增光輝爾後丕承仰祖烈控制塡猒名輔資強鄰雖強投忌器虎視幸免耽耽窺中興以來海寓澄回鶻旋復勞鞭笞阿渾鋌走煽深釁鄰有責言紛疇咨使車侃侃發雄辯厥田始返鄆讙龜兩路開通啓互市銀

幣消盈防漏巵頗聞彼都盛制作汽車電軌埋金椎巖疆屹屹犬牙錯尺畫
寸界胥防維山盡西顧愼作鎮願歌我歌陳有司

寓感

青蠅何必苦相尋我在人間歷刼深過眼烟雲形色相驚心歲月去來今有
時欲作窮途哭無計聊爲放浪吟蛇影杯弓終底事當前難遣是煩襟
歷境奚從問苦甜淸貧未遂久拘箝欲加之罪詞誠易不得其平鳴則嫌家
國並成多事象窮愁眞覺一身兼低徊自怯臨明鏡祗恐朝來素髮添

行蹤

在家兩月又離家如此行踪豈夢耶未免望雲念親舍偶然易地即天涯去
來直欲同巢燕舉動無端等畫蛇畢竟難忘身是客隔窗枯坐看槐花
行藏奚必問青天南北東西亦偶然不爲飢驅那有此未能免俗且隨緣寄
人籬下終何益閉己車中計匪便却愧生徒頻問字朝朝盜竊總陳編

男 賀貽則 誠校字

忍冬書屋詩集卷四 戊戌至癸卯

武淸 郭家聲 琴石

天地之大中有我歌

天地之大中有我七名四等無一可非儒非俠亦非騶如蓬逐風儘掀簸又如溟瀛泛一葉波驚浪駭徐理柁欲東東者欲西西欲右右者欲左左時於其間小作劇剛健亦復含婀娜孰導揚之聚以升孰抑塞之降而墮癡黠體中各有半無端憂患從此坐得不足道誠卑卑失亦何緣信瑣瑣虛心順理古有訓生平粗識字四個奈何溷迹塵海間齷齪樊籠苦相鎖饑來驅人強作計頭顱如許還遷播面輪背笑世略同目擊心傷吾亦頗狂來擬逐老漁去萬頃溪山一簑荷不然遠引空谷中了此寄生同蜾蠃泰宇悠悠志常定世途岌岌足恒裹丈夫失意合已矣豈必席危踞爐火出門大笑歸去來自笑吾生果哉果

雨夜文光禪寺過仁山宿

向夕投蕭寺良朋晤語歡空階半夜雨丈室一燈寒桑下留栖易塵中結契難他時倘相憶對榻夢長安

小游僊詩十首

瓊樓高處不勝寒新換銖衣玉葉冠怪底如花容色好駐顏初服九還丹

看偏滄桑不解愁記從步輦到麟洲嗤他銀漢盈盈水慣界東西隔女牛

幾番結伴訪麻姑乞得眞形五嶽圖不向人前施狡獪無端擲米作眞珠

碧海青天夜寂寥罡風吹步下重霄底須憐惜嫦娥寡自控飛鸞和玉簫

儂家舊住碧城邊不向黃姑索聘錢纔是綺窓三日別人間甲子已多年

漫唱周王黃竹歌刼灰消盡奈情何就深就淺蓬萊水抵得幽衷幾許多

鉛華薄御鍊形工掩映羅襟玉色紅未必洛靈眞絕代陳王偏與賦驚鴻

九色斑龍駕紫盧偶然弄電一軒渠碧翁更爲飛靈雨錯被旁人說洗車

學成細字朵雲斑寫韻親鬆約指環好爲文篇供夜課塵居新卜越王山
六甲靈飛好護持珊珊何必怨來遲瓣香祝帝殷勤說地久天長無盡期

詠史四首

周處斬蛟

孝侯善補過大勇世無耦斬蛟抉寒波眞氣撼箕斗恨不挾此刃快決肜駿首取義重結纓卞陽可尚友

祖逖擊楫

五馬南渡江一馬化爲龍士雅奮袂起中流鬱深悰片言誓白水可以箴懦庸溯洄起舞時神旺吾其從

陶侃運甓

長沙雄武姿習勞戒無已朝昏運百甓猶是惜陰旨沈幾自焠掌積感等生髀下視敦峻倫有如瓦礫耳

謝安圍棋

過江盛曠雅東山砥中流別墅一局棋坐隱安神州既云樂人樂亦復憂人憂茂宏號夷吾齗齗非其儔

京津盧漢鐵路歌

我聞在昔王道坦匠人一職傳西京經環野涂別以軌崇期八達國所營合方野廬各具職皇輿大闢恢夷庚爾後周道鞠茂艸四千餘祀湮王程六官去籍禮失野流傳西度逾重瀛歐人竊取復參變晚出益覺機法精惟蒂芬森有制作汽車電軌紛交橫埋以金椎笵以鐵刊山塞谷湮塹阬往來荒遐若堂闥疾馳夾道風霆驚文事武備各取裕豈惟便商民物亨國勢既振土日闢直以不戰屈人兵南越西緬東甯吉駸駸內向陰謀生彼人闢路方恐後若不闕我將焉爭廟堂灼見洞萬里當幾獨斷神運衡詔從首善達章武經之營之不日成更恢廣途貫南北漢陽歷歷晴川明中堅無閡四隅振巽

族駴視其目瞠自今以始歲有闢川岳洞達滋光榮神州一氣絡脉貫洋溢
中外同聲名試稽周官識所變紛紛異説何其盲

凉夕純聲詩

向夕擁燭坐凉飆從西來顥氣不可遏漂搖傷予懷素扇既已棄陰蟲鳴何
哀倦葉别故樹將飛還萋裛熠熠夜不息輝輝侵階苔展卷繹古義高吟思
尊罍少小富意氣中藏恒恢恢所志苦不遂隋和淪風埃抱策弗一試深悰
何時開命筆綴短什聊爲忘憂媒

秋感

如水新凉簇簟紋夢來無復看梨雲開簾陡起西風感秋色三分月二分

贈曹瞻喬孝廉

照人古誼總殷拳握手傾忱信夙緣顧我同游一門下（同游高熙亭夫子之門）仰君早
自十年前雲龍上下云何敢蛩駏因依豈偶然忝附燕公小友列相期詎止

事丹鉛
憶得前頭詩句新杏花時節聚盈旬（乙未秋有偕向辰夜話詩結句云憶否城東偕上計杏花時節別曹唐謂是年春闈同寓之事兼以奉懷也）心期宛似膠中漆尾段同傷爨下薪（是科君及向辰仁山與予皆報罷）一別春風睽異地幾經秋水悵伊人者番快洗離群感下里吟成望指津

重陽不登高用退學詩齋新秋次南廬韻二首韻

一番病起覺身輕閉處蕭齋百感增虛負菊開緣作客近持酒戒儼如僧炎涼飽閱同觀火書卷叢疑懶上燈回首生平發深感怕登高去倚寒籐

眼底浮塵莽日紅當前何事更書空身如病葉難禁雨心似飄蓬況遇風莫救窮愁慚我拙快爭朝市讓人工年來漸識升沈理季主奚緣問異同

再次前韻

身世非緣俗重輕羈愁漸逐歲時增詩荒漫怨催租吏趣惡真成退院僧空憶昔人夸落帽同符作者愧傳燈解嘲未就嘲難解自寫幽思拂剡籐

底須判白更批紅蕉鹿因緣過眼空若識險夷觀蜀道自來悲壯是秦風儘多行野終無恙豈少含沙遇射工衆醉獨醒果奚益和光且自附同同

九月十六夜月下放歌

秋士故多悲况值深秋時長安一雨洗塵海露寒夜靜鳴金飈悠悠月出東斗角明光徧燭天之涯太清渣滓不少翳照人洞徹心與脾攬衣啟戶下階走滿庭竹柏陰交披清寒如水沁詩骨入懷朗朗空凡思撫柯倚石未忍寐掉首快唱坡仙詞瓊樓玉宇在何所把酒問天天應嗤不信人間有此清淨域大千世界盡變成琉璃我聞月徑六千二百五十里凝陰所沍終古無解期大地計里二萬二千又八百測以長徑短徑分毫厘月非繞地與地共繞日咸借日光正射爲之資惟摶摶者具此橢圓體自然凌空帶轉非人爲疇人家言在昔已如此奈何世俗掩耳鄙以夷要知理無中外惟其是百聞一見所判誠差池倘令姮娥望舒之神竟可作我欲上排九重閶闔一問之

賦得諸葛銅鼓二十韻 得南字

鼓亦名諸葛千秋説尚甘冶銅傾碣石立柱等安南瀘水先聲震岐陽古制諳聽眞思將帥鑄爲服賨儋駝嶺鎔材早蠶叢記里堪陣開圖演八鳴恨鼎分三假此猊趺警消伊虎覗耽殲渠將血釁絶險不毛探渺矣懷巾扇攻之肅矢函龍蟠驚虜走鼉奏媿黎戡七縱奇勛勒雙桴發響酣心兵籌筆遠翼德斗銘桼赤甲靈能熠朱方澤共覃佐歌非振鷺紆策想停驂蜀弩文偕辨韓餅重並擔製成雍闉懾撾使禰銜慙杖竹敲還應苕花繡半涵其音沈邸閣有式勝都曇玉壘徽猷永金模款識談揚枹祠廟呏伏臘競趨邅

吳貞女詩

嘉應吳鏡芙別駕之女許字內邱張立齋明府子河工候補縣丞聯棠爲繼室聯棠病卒女遂過門守貞撫孤成立事舅姑以孝聞

蔦蘿附松柏亭苕擢蕣華女子重有行始克賦宜家惟粵誕貞媛奇節世所

嗟終身委一諾永矢無玼瑕兩姓始問名徵采禮有加奄忽未卒歲噩耗來天涯初猶閟其計親幃闇杳呀頗傳有異眹繡闥夢荒遐魂兮何處來懊咿語嘔啞始言重累卿已矣賦孔嘉次言有遺孤傷哉泣呱呱聞之若惝怳是耶抑非耶鶩痚乃無見申旦理布鬉妾心早決絕執言請阿爺過門禮亦宜告行拜轜車長此茹寸蘗永言謝六珈舅姑大歎泣姻黨競相夸謂此卓哉節他年旌里閭惻惻柏舟什猗猗女貞花作詩揚厥休願布春官銜

三十生日

自斷此生休問天（用杜句）名場坐困寒無氈醉裏夢裏己半世愁中病中今卅年煑字炊文等鷄肋縛前縶後同蠶眠埋頭莫理窮通事詹尹卜居徒惘然枉說懸弧志四方至今空復歎亡羊平生坐受詞章累世事何非傀儡場（是日借人觀劇）濁酒三杯聊自壽浮名半刺合深藏蝎磨蠖屈眞吾事如許頭顱爲底忙

乍煖

長街一雨淨無泥乍煖天容秘色齊九十春光過已半小桃纔發柳初稊

續小游仙詩十二首

五十班中第一人鸞輿側畔謫仙身青琳翠水尋常事要向塵寰證夙因

合是前身王子登八琅彈出步虛聲何時點破元靈曲更著新音教法嬰

天生園客本清才五色神蛾特地來香艸助成如甕繭一絲繅引一低徊

海枯石爛此情長情到深時轉若忘一自天台成小住桃花流水至今香

光碧堂開玉宇高春風拂拂動雲旄劉綱近日情懷惡引向閒庭咒絳桃

寶厨學得煮胡麻麟脯羊珠自一家那識人間烟火氣阿儂生小是餐霞

月地雲階夢有無九疑何處問菖蒲虢州玉杵新求得纔過藍橋便紫衢

五芝六草暮氤氳遙結芳心向碧雲幾度勞渠供大藥保延遐紀拜靈氛

太歲東方卯是期鈿車親見詔萱支而今年命占都合恰到長生註籙時

拋得瑤房雲笈籤弄機又累玉纖纖當時早薄期門子只解着黃索兩縑
玉金條脫本前緣要證中心爾許堅不信洞元三十六外衡能隔有情天
紫錦函書影事奇流珠經訣舊分司游仙自是吾家什瑣瑣曹唐只費詞

客館

客館幽懷不可量飯餘蹤跡到甜鄉近來消得清閒況細雨春陰夢海棠

無題 放榜日戲作

說著無蹤倏有蹤分明不是夢中逢怕提舊事捐秋扇欲駐餘春怨曉鐘草
木兵聲風黯黯杏花消息雨濛濛眼前便見蓬山路知隔蓬山尙幾重
疑非疑是幾沈吟春在人間何處尋急欲見時偏夢醒到無言處更情深梅
黃結子三生苦蕉綠抽芽萬捲心若把良宵比今日也應一刻值千金

風寒偶作

連夕恒風苦不休草堂蕭索似深秋眼前誰是延陵子能識公披五月裘

醉歌行

酒星在天不可呼我生只合爲酒徒傾盞盡釂餘瀝無一獻百拜胡爲乎解衣大叫歌烏烏問爾何緣困泥塗驥垂兩耳伏鹽車駑駘得志矜馳驅雲逵路窄滯鵷雛斥鷃目笑欺在笯塵坱按劍嗔明珠虛復抱此千金瑜尺旋寸步優孟儒笑彼待兎空守株不然門戶爭陸朱如見一方昧四隅齦齦訟說眞皮膚坐視陸沈誠可吁豈少長才困菰蘆不南走越北走胡一車載鬼還張弧協而謀我爲詐虞我不見兮何其愚我既見兮甯弗圖縱云牖戶失先謨奈何補救虛桑榆局外目擊良歎劬兩大何處容乘桴其下策乃遊五湖鴟夷子皮聊全軀側身天地空一壺故態猶自存狂奴出門大笑誰識吾吾將燕市尋狗屠相與醉臥黃公壚百年鹿鹿休踟躕

江亭

城南亭子俯重闉蠟屐初來預探春好假髯仙詞寫照二分流水一分塵

五季詠史

稱臣不已復稱兒十六州亡百口隨我道石郎非傻物驚心墮膽亦何爲

擬沈休文登臺望秋月用原韻

望秋月秋月澄於練泛彩長樂宮流輝合歡殿合歡交虹梁朱楣連碧璫相彼清華色映發明月光穆波繪藻井香靄霧芝房初過麗娟幌旋耀合德牀桂庭嫋嫋擢瓊枝碧桐翘翘綴澄露釦砌早蟲續續吟金階暗螢輝輝度滌圓影兮呈規入方輝兮束素明妝臺之蟬鬢延依欄之鳳步寵子際此宴且謳放姜臨茲怨以慕下邃苑擷香叢鑑明水譜廻風影入篁以飛白華交蕙而泫紅鬃遙思之穆穆挹芳霧之濛濛企蘇摩而靡即慕娥影而瞻空問青天而不語申素悃而奚通悵良宵之耿耿司晨唱而玲瓏魂飛依枕蜨聲遲出苑鴻甄妃睽魏殿班姬閟漢宮余亦奚爲者栖淹此樓東生平

生平疏懶拙身謀逐食依人迄未休七字苦吟聊送日一年作客易驚秋枉遭同輩加青眼無望爲公及黑頭材不材間吾所處蒙莊仰止有前修

啄木行擬戴剡源體稍易其旨

有鳥有鳥名啄木朝昏剝剝謀旨蓄霜寒蟲結老叢乾笑爾奚從果飢腹爾腹未果口卒瘏不如城頭頭白烏烏飢猶資社飯餔飛來飛去胡爲乎

十一堂弟歸自松江相見謂予貌加豐率然作此

五載鴒原久闊違相看謂我帶增圍學荒却喜身猶健家瘠何緣貌轉肥此事果眞良可哂安心是樂更無機丈夫窮達胥關命三十行年未脫鞿

冬日排悶二首用陸韻

窮年文字鬥精強癡絕眞同顧長康積習因循難脫略故書温習半遺亡晨開墨匣池生暈夜撥紅爐室有光學子相依苦論學區區自笑鼠窺倉

心境蕭然著死灰偶緣樽酒笑顏開忘貧略識菜根味得句喜從天外來日

月不居催逝水冰霜有意發寒梅掃牀便作支頤睡消減光陰又一回

三十年爲一世人

三十年爲一世人自嗟行迹太逡巡頭顱如許何言壯肝膽雖雄莫補貧役役詞章空白望鬢鬢光景負青春何時二頃田能買老作農夫畢此身

五君詠

許公景澄

東嘉信名臣崛起自文學秉節使四方異域欽卓犖帕米爾一役彼族紛斥駁莞然發微言洒徐折其角旋朝晉崇官風概殊嶽嶽一朝遘京變黃巾鬨矛矟聚議紛盈廷惟公識獨卓豈謂彼昏者毀言日相詠遂使隆棟摧白日風霾眊傷哉懷遠猷季世空先覺

袁公昶

桐江振奇士碩學貫天人十年長譯署外事剖析眞一道領皖北惠愛敷生

民再陟遂內召丁此陽九辰妖賊假仇洋輿援怙亂臣一疏關其口再疏批其鱗三疏請上方議貴兼議親何圖斬馬劍翻以加公身言出禍隨發見殺用成仁試讀漸西集雪涕沾裳巾

徐公用儀

當代論樞密武源亦佳才旅躓復旅進孰挽而孰推外交一再掌倏焉當時災近臣半佷胃頑然召禍媒欲以一服八昏顛良可哀公言誠逆耳公志甯相猜倉黃棄市日碧血涵秋苔莫廻天帝聽徒深豎子唉死期未累月神京沈刼灰何人陳絮奠悼歎深方來

聯公元

落落古泉州崔公出漢族先世翊風雲籍地隸衛宿蓄德富多文美科進天祿再轉膺外藩旖旎輝秀服颺歷粵與皖遺愛深蔀屋內陟廻上京懷柔應機熟羣謂善人後允矣蔚遐福庸知醜正紛效忠迺致戮招携謀縱嘉謠詠

禍斯速一死重泰山千載同聲哭

立公山

近職能死諫斯人古應寡楊公出內家舊是豪華者嘯父雖侍中未聞頻貢觧萬石謹給事畏謑及書馬邁變進嘉猷言言繫宗社權奸雖見擠聖母頗相假其如讒者繁造獄手上下縱非罪懷璧甯肯全同瓦奴輩利吾財斯言有以也傷心梨園儔具葬泣原野

贈安蹇 時創辦天津大公報招予主筆因事不果往謝之以詩

國蹴民勞汔未休那堪滄海更橫流多君自是千人俊與我同深萬古愁未必秉鈞胥莫瘖倘容借箸詎無謀年來看熟長安弈棋局中心平得不

大塊紛紜物競場百端交集此茫茫熊獅角逐方開局燕雀酣嬉尚處堂敢斥蘇秦爲豎子可知阮籍是佯狂我曹漫作新亭泣壘塊盈時且舉觴

異同堅白各分門滬上堪偕稷下論十七史從何處說五千年局至今翻政

探羅馬初終會辯析雕龍大小言祗待君家論衡出公非公是判眞源
曾到南交過彼都壯遊端不負桑弧元龍湖海餘豪氣逐鹿山河洞異圖公
肯盧吏諮下走我慙著論準潛夫他時倘遂追隨願持鼓雷門試進趨

豫讓橋 在邢台城北三里許

豫讓橋邊春草生豫讓橋下春波明我來徑渡北風急嗚咽如聞吞炭聲

邯鄲盧生祠

黃粱幻境偶然成古驛千秋尚綴名解向夢餘還說夢人間何處覓盧生
夢中歡笑也勝愁此語仙人識得不有枕而今莫輕借紛紛塵想未回頭
競爭世界劇狂瀾來日從知己大難解識後醒先睡意不妨張目過邯鄲

封邱道中

仰視高天幕四周藤蘿香裏到封邱眼前好景紛迎送獨脚車中作臥游

舟宿臨清和張心如韻

聽水聽風朝復昏片帆高挂指津門碧翁倘假扶搖力一醉沽梁紅杏村

石尤相送一程程小泊關梁夜氣清鄰舫聞歌觸鄉思彈詞迸作故園聲鄰舟有喚盲婦彈詞歌京曲者聞之增感

心如有宿鄭家口聞曲詩索和即步其韻

一風順逆判炎涼目論區區發寸光寄語長年牢把舵莫將清濁怨滄浪

舟行得風甚利見上水來船牽挽之苦感而作此

上灘風即下灘風苦佚雖殊易地同省識人無無憾事此心何地不冲融

泊滄州已暮舟人以月明搖櫓兼行至柳河

雨霽風微波漸平滄州城北促行程幾枝柔櫓輕搖月夢裏驚聞秋鴈聲

翦燭船窗夜漏長片帆影落水中央偶從閒處牽歸思坐聽舟人說故鄉

有感

晝燭光明夕漏遙庭林落葉戰蕭蕭無端忽起塡膺感東望欃槍氣未銷

男 質貽則 誠校字

忍冬書屋詩集卷五 乙巳至庚戌

武清 郭家聲 琴石

少年行 規學子也

翩翩者是何年少顧影搔頭弄妍妙剃面薰衣劇自憐刷靑傅粉還工笑三五年華甫妙齡風前玉樹皎亭亭初飛逸興耽游俠早被旁人說甯馨黃黃裘者都人士粲粲或似西人子婦服新裁何晏摹南冠小樣鍾儀擬絨翦蠻靴皮隱囊𩯁鬁斜鬔雙眼光指約彄環雲葉合口銜鏤管雪茄香碾月重輪初製就頗工蹴踏星飛溜漫矜捷足絕輕塵翻恐傾身汙小袖烟視居然更媚行鮮卑語學未分明棘喉浪詡𩡝音熟覆額齊垂蠆髮輕適從何來半庠塾伊誰親教猱升木重譯文多課就荒三遨棚密潛投宿幾度招搖過市頻膩顏冶飾𩰫腰身鬨門未覺蒙妻笑爭路翻夸莫己嗔吁嗟乎少年世界迺有此老大帝國斯已矣體育未曾規壯夫面首徒工摹小史我歌少年行持

贈少年人盍求武士道受福如我鄰彼我少年同青春日月易邁毋逡巡

六月五日善果寺

蠟屐行行四五里偶然出郭逐游人刼餘廢寺還開市雨過近郊無點塵逭暑倘堪依草樹看山不碍隔城闉撫楹欲問阿羅漢說法何年再現身兩廂五百羅漢塑像半已殘破

宿山家

難得塵中數日閒巖扉石屋儘盤桓朝朝暮暮青如畫愛煞當窗十斛山百畝田園五畝桑年年生計足餱糧買山何日錢能蓄便擬休官老是鄉

八月廿九日偕仲廉夜話即贈

涼風天末促寒期木落淮南未是悲蓬矢已虛中歲願菊香還似去年時却看世事方如沸無那心情只自知誰道新交不如故相將臭味莫差池

落落寰中識子遲學齋同此託塵羈守玄未必非長策堅白從來有異詞幾

輩新亭揮泣早半生畏壘卜居宜酒酣以往無多語剪燭寒窗且說詩

附錄和作

濰 王玉潔 仲廉

生平志事總難期况復清秋又益悲歲月已深遲暮感詩書虛負少年時
羞看舊樣翻新樣漫說先知覺後知賸有寒氈孤坐冷此身不敢越雷池
宦途潦倒莫傷遲我識郭公才不羈兩晉名流多白望勝朝宰相僅青詞
眼看世變方將大說到經猷老最宜更仰一門鍾毓盛願編吾黨紀恩詩

重九日作和仲廉

年來世事總難論忽漫重陽且置樽坐右尚堪供菊飲人間何處覓桃源僅餘塡債詩盈紙幸少催租吏打門朋輩相依聊作健携持好共出郊原
拂衣獵獵野風凉何必藍田舊有莊陶令委心緣獨醉孟嘉作達匪眞狂看人快試登臨興顧我安諧鼓吹腸滿眼紅塵莽無極近城高處一徜徉

學齋蒔菊數本偶作小詩寫之

落落黃華擢短枝此花端合種陶籬莫嫌冷趣蕭條甚正色從來不入時

龍鍾三十九用蘇韵（時任八旗學校堂長因議學科事與當局不合感賦此詩）

龍鍾三十九古稀已過半平生志云何虛復坐長歎齒髮未衰謝時日付愒玩役役爲飢驅故業等星散年來跼校舍學僮紛相伴涉歷逾春冬督課忘昏旦本乏鑄人具嬲之理學案謂此時多艱士習關治亂兢兢素絲質一涴恐難盥保粹我所崇俗論謂儒緩歐風日震盪辯言如肉貫豈不鑠一時未足語立懦矢持硜硜義發議屢氷炭趨異倒百川荒經虛六館何人爲此懼解識善言燰會當歸去來登樓賦王粲

感事再疊前韵（前議不合積與相忤未逾歲辭職此詩以自矢也）

我聞莊生言行百九十半學界甫跬步迺有岐途歎歐化競醉心措施等嬉玩舍本而逐末六經甘佚散猥云新間舊進步取相伴或更祖蒙盧欲以移震旦甚者唱破壞肆力侈翻案譬之一鬨市徒自召囂亂又如揚汙泥涅緇

莫洗盟彼族協謀我未嘗須臾緩奈何甘爲魚自赴楊柳貫要知圖強者奮發在振懦置慮同臥薪操心秘吞炭張我大國民毋爲虜適館衆志長城固萬戶大裘煖矢願何時償浩歌白石粲

六月十九日對雨作

積雨連朝合放衙便思遙興託烟霞妻孥併計纔三口宦隱兼充自一家橫潦灌衢遲貰酒小池引水靜移花會從朝市抽身出得失雞蟲莫漫嗟

本來心遠地非偏閉影吾廬晝寂然新說未諳經世略故書待理示兒編己成畫虎謀甯拙縱擅屠龍技孰傳一雨居然變涼燠世情即此悟推遷

雨 用杜韵

我生拙謀食淹忽京朝客城西屋數椽栖遲永朝夕作宦苦未達案牘聊供役炎炎長晝間一雨快自適連宵復積潦霉潤徧簟席竹光翠窗青苔色上牆碧蕭然此兀坐幽居等泉石散衙足嘯詠雄篇歌甫白厭聞世事囂南天

閲矛戟命筆佐一觴當前樂無敵

六月廿三日上值作用白香山官舍小亭閒望韵

微官著朝籍苦無逢世姿昕夕黽其間簿書易茅茨折腰五斗米聊充臣朔飢隔八日上值襆被徒爾爲役役治官牘當暑揮汗時日暝坐槐陰蹈暇還詠詩平生文字禪結習念在茲詩成且自笑莫怪同人嗤

晚秋雜詩

塵世浮生寄風霜晚歲侵廿年經世早百感與秋深士每憎多口人誰識此心歸歟莫與慨寄傲有園林

意切憂時變官卑耐歲寒委蛇難逐俗失馬且尋歡池卉風休折庭蕪露正溥朝來看逝水潦盡少波瀾

逐逐無多事勞勞尚此生雲看終日變泉是在山清處已期全直流言半嫉名面輸還背笑世態若爲情

雉舉緣三嗅，鵲棲借一枝。鑠金終有日，下石詎無詞。倦鳥飛應返，冥鴻迹莫追。吾廬吾亦愛，看弈且酣嬉。

事外身恒潔，閒中趣漸長。縱云及鋒試，曷若善刀藏。蒔菊欽高節，紉蘭愛晚芳。資葹爾何物，好自耐嚴霜。

閱世同觀火，攤書愛近燈。人猶畏炎日，我自惕堅冰（時甚暴熱）。隱渚餘藏蟹，鑽窗有膽蠅。思之誠爛熟，辛螫患其懲。

永福寺

竭來不三里，行行即叢林。觀魚俯石澗，聽鳥依松陰。欲寫詩未成，淸況渺莫尋。塵勞不得息，入山知未深。

楊竹川太史同年返自東瀛詳說彼中情事惕然有作

曾說扶桑是壯遊，歸來翻抱杞人憂。鄰強巳自成狼虎，族弱終虞作馬牛。敢掬大心同逝水，孰揮隻手障神州。知君覘國多深識，相對何須泣楚囚。

定可菴員外見示重九感懷詩爰次其韵廣爲七言

滔滔世局先憂切忽值重陽且盡懽一醉聊堪忘獨醒百年誰與挽狂瀾塵

中馳逐貂蟬客地上沿緣蟣虱官痛飲休教負佳節怕登高處不勝寒

幾聲白鴈催凉節三徑黃花緬古懽眼看浮雲多變幻心同止水少波瀾菰

中踪迹淪奇士柳下襟期稱小官應有美人感遲暮莫因袖薄怨天寒

讀白絲行

長安自昔緇塵重汲引誰知才士名我爲孤寒重下淚不堪卒讀白絲行

酣歌

鬖髮星星忽欲皤酒酣以往起哀歌身經浩刼窮愁慣詩入中年感喟多斫

地有聲空拔劍迴天無計漫揮戈桑榆已失行看盡收取東隅計若何

再次可菴韵

十載伶傳塵事促偶逢令序拾餘懽巳看平陸將沈海無那推波更助瀾出

世未能還仕世在官直合便言官市朝繁會潛踪慣留取冬心待歲寒

題金子良姻丈畫圉人刷馬圖

却將禿筆寫驊騮顧影嘶風可自由寄語圉人勤翦拂年年塵𡎺幾低頭

高阪鹽車屢見尋脫羈猶自氣雄深誰從牝牡驪黃外一念長鳴待駕心

題袁騭孫吏部同年瞿園詩集

梅村體格蘭成賦鎔冶都歸筆一枝頑艷居然雜哀感變風以後有新詩

覘國深悰劇黯傷吟成字字雜悲涼絕憐一卷東游草直抵唐衢淚萬行

楊花樂府芙蓉曲賽女詞成又朵兒更爲珊珊發新詠廣平信有賦梅時

五年再見藤花詠作宦經時感逝川我亦爲郎將白首輸君詩史蔚成編

李叔撝孝廉扇頭鍾馗擲卷圖何伯庸學長筆也索題絕句戲呈兩君

儒酸亨帚本恒情錮習知將到幾生是否當年點鬼簿要他擲地作金聲是時辭卸八旗學職孟獻臣師强之教授高等學堂中國歷史用此自嘲

插脚人間路幾窮開天進士太夢夢自家拋却終南徑翻怨文章負乃公是章亦以自寫近況

冬夕作用東坡定惠院月夜偶出韵

北風著力催隕蘀迸作新寒劇侵夜悠悠凍月橫半天倒映方輝絮簾下客起看月步躑躅滿庭荇藻影如瀉松疏聲動謖謖寒菊新叢發枝枝亞無言靜對默自契是中眞趣天許借爰知物理本盈虧要識人事有代謝作吏不妨存強項天地有如一傳舍少年已自習嚼根晚景安知非啖蔗但將面目留故我世情翻覆何須怕人生有口合銜杯一任紛紛灌夫罵

題桂陰課子圖爲單束笙同年作

悠悠桂之樹崇華蔭吳閶中有晝荻人苦節秉義方早攖寡鵠痛幸有雛鳳翔以教亦以養荼蘗躬自嘗賃廡得三椽瘦石夾幽篁西軒特靜寂督課聲琅琅隔牖有木樨歲久枯欲僵撫柯時太息默禱仰彼蒼謂兒果國器庶幾

蔚家祥耿耿一念誠英英百尺芳金粟旋再發西風溢天香顧之大歡喜仰
覗明月光勗兒好勵學毋使所業荒草木有榮枯人事安可量自是捷文戰
聯翩踔名場捧檄博色笑折花膝瑤觴敬念母也劬作繪標縑緗匪以夸榮
遇令德庶敷揚人生能逮養樂適南面王却憶舞勺年誦經甫成章其中三
豕字點勘紛丹黃一一羅手澤親出自北堂（聲幼讀經書多先太恭人手校者自羅庚子京變僅存左氏傳數冊）
至今不忍讀掩卷緘琳瑯艷君潔甘旨愛日悠然長大福不可企金護頌康
強披圖行自念故業習青箱年齊福莫齊展讀徒徬徨悠悠桂之樹仁壽殊
未央

游仙 記某鉅公被逐出樞府事

崇班久已領群仙忽憶通明夜奏年自是瑤池鸞馭渺罡風吹墮大羅天

書事

風雅居然得總持文人好事類如斯過江名士多于鯽解泣新亭見亦希

卷五　六

陸沈直欲徧神州麈柄談宗尙未休頗怪當時夷甫輩雍容裙屐太無愁

石火

石火光中作寄生年來哀樂漸分明眼從對局觀時冷心到寒灰死處平笑彼兎謀三窟拙絆予鷄肋一官輕自知未是逃人者偏愛金門吏隱名

讀莊子

平生河漢視蒙莊閱世深知彼義長物果能齊任呼馬策無待挾早亡羊醯雞亦有天堪戴斥鷃非無地可翔食力不多事不借載形大塊儘徜徉

粱格莊旅舍花木甚繁作二截句

置身已在衆山叢石室羈遲寄雪鴻客裏過殘春九十櫻花白後海棠紅

壽帶香融蠟欲殘鸜聲催放酒腸寬天公著我塵忙裏十日淹留看牡丹

忍冬花下作 有序

室東偏忍冬一株蓋余九齡時 先大夫手植也始不盈尺今幹如

臂垂陰結華冷香盈院京師殆無第二本爲初　先大夫居東宅外庭古榆大可數人合抱甲戌夏大雨暴風折斷向室傾倒日者以爲不吉兩弟竟於是秋病殤余病亦幾殆後二年葺居西宅購此種之嘗詔余曰此花既具冬心兼貧忍性歲寒之義小子勉旃三十年來花日滋長而怙恃幷失名業無成瞻言遺訓輒復於邑乃作是篇

忍冬作花如雪妍門屏交陰虬枝纏嘉卉留遺出手澤至今撫摩猶泫然憶昔幼小甫丱角如日初出升重淵竹馬嬉戲不知倦依依兩弟皆齊肩宅旁有榆質半朽逢春老枝猶綴錢時時執竿共擊莢拾作羹糝和麵煎甲年積潦大雷電驚風斯拔榆乃顛倒壓東壁向予室占言噩耗離宿躔果也二豎殄兩弟余病命亦如絲懸是時高堂憂勞極晝夜撫視幸瓦全有如碩果存孤實門祚將以薄植延厥後移室闢西宅買地十弓營數椽蒔花得此不盈尺補植衡宇依東偏辟呵有詔猶在耳謂汝顧名義可詮冬心要自矢孤抱

忍性旨乃符七篇物猶如此人可知歲寒之詣宜拳拳吁嗟乎此言不再此
花在日月飄忽逾卅年祿不逮養空素食委蛇歸來泣欲漣一枯一菀與時
會感愴作詩聊自鞭迺知隨物有彝訓匪侈花木如平泉

酒肆以木盎蓄魚待烹魚不自知尙泳游也作詩傷之

已是刀匕物猶然呴嘍爲憐渠迫死所累我劇悲思數罟有餘恨澱鷺無幾
時紛紛食弱肉宙合類如斯

散步永福寺作

四山圍精藍淩虛累崇構傑閣二百尺面面對蒼岫松杉交重陰一碧天無
漏雙橋夾曲港石泉響雲竇游鯈時出沒一一影微逗鳴禽乍喧寂恰恰聲
相雊地瘠草自腴波淨石逾瘦山田互高下彌望錯如繡時雨苦不足節晏
麥甫秀念此胼胝勞輒爲祝年富更見樵漁人日落時邂逅人生苦飢累志
事不一售奔走恒勞勞往來徒貿貿牽率迺至此造因竟奚究抵隙敲短詩

聊用消永晝

和楊怡篯觀察懿年月夜偶成詩韵

此中合息漢陰機地僻從知聚落稀暇日訪泉披草入有人買石劚雲歸半生自識宦情薄六籍頻探心事微倘遂吾謀田二頃投簪便擬築巖扉

感輿次袁瞿園同年韵

頭銜合署信天翁守拙遑知四壁空以冷處官宜置散不材叨祿敢言窮傭書舊負雙星硯射敵焉尋十石弓寂處長安頻索米年年說謎問山䳜久思作計託桑麻負郭無田祇坐嗟身到中年還忤俗詩經苦學未名家時危合植忘憂草宦鄙真同墮溷花痛哭未能還太息傷心豈獨賈長沙郊島從來耐瘦寒肯將新步學邯鄲瑾瑜自信藏懷易鑿枘爰知入世難恐負初心頻避餌羞看入面勸加餐吾生定分吾能識冷抱梅花度歲闌棲遲已是鬢毛蒼難挽朝暉似魯陽呵壁早知天莫問閉門暫與世相忘未

卷五　八

隨國士蹈東海欲效愚公移太行牢守經畬眞左計年來學殖況多荒

聞道

聞道東溟變態紛甘爲戎首竟何云利車徑欲更齊畝衷甲奚來甚楚氛無
復連鷄論均勢果然瘈狗噬同群亡唇豈必能存齒此義偏伊若罔聞
干戈尊俎幻倉皇口血前盟忽健忘聽客所爲奚畏尾偪人太甚竟披吭商
於六里工爲謾渤海重瀾孰挽狂九世春秋仇可復齊關弧矢射天狼

竹川厲樓小集餞送左雨荃太史同年出守雲南

齊年對策向丹墀第二人咸慕左思萬里官新除峻望三都賦舊擅淸詞送
人作郡吾何怍當世多艱子好爲西北高樓成小聚離情棖觸酒盈巵

畫餅

畫餅虛名不可噉乞醯小惠焉足爲已知拒俗要眞面所謂賞音徒相皮此
後微生任顯晦當前快意聊酣嬉百年伊洛攖深痛獨立蒼茫自詠詩句用

營構

營構紛紜競木妖樓臺署宅各岧嶤殫窮新式工難繼移到名賢俗信澆中產十家無復惜當年一炬可憐焦楚宮果自知恫否金碧分明是血膏

秋曙散步用東坡峴山亭月明星稀韻

早起晨市熹林際挂殘月家人怪忽促薄粥供小啜開門曳衣行巷靜音響絕涼風西北來拂面墜一葉蕭然覺秋意感此念華髮爰知人間世倏如飛鳥沒

居市者近利居朝者近名我獨朝市間闇然無蜚聲平生民物志偶觸猶縱橫所愧過自適與俗無將迎坐此久濡滯虛負飢溺情充吏幷充隱微指聊自明

當世重好官拖紫復紆青與爲名赫赫無爲遊冥冥朝來至有爽亻亍得野亭出郭更緣渚微流散殘星餘蛩咽細語栖禽刷修翎試觀物自得胞與識

二銘

夜來微雨過路滑行人稀野綠禾黍茂觀之欲忘歸時危企有年杲杲明朝暉復視寒晏至比戶預授衣民困財久殫庶幾安窮扉草茅無遠計達者謂之非

易州荊山聖塔院傳是荊軻故里寺壁石刻康熙甲子李基和易水懷古詩依韻和之

遷書刺客誠信史紫陽書盜徒爲耳丈夫要自快恩讎生刼之言迺非理匕首不利藥囊利至今讀之髮上指生將頸血濺祖龍異日沙邱魄先死於期田光豈浪擲男兒意氣自爾爾殺身奚必皆成仁要各無負燕太子吁嗟乎強敵虎狼橫噬人暗殺徒聞其語矣空山日暮風蕭蕭搨來悲歌弔寒水

向夕

向夕山容黯林端月欲升近村知散市遠寺認懸燈野步聊行藥吟情倦拂

籐光陰嗟坐負有味是無能

易地即爲客幽棲却在山畏寒裘尚擁送日卷頻攤買石姑存介看雲合寄閒茫茫塵海裏三宿故應還

深宵

深宵躑躅意如何息役因成勞者歌人定渾疑山亦睡天空漸見月舒波煩囂已自違朝市獨寐還應詠澗阿撥却塵忙作淹滯不曾淸景負烟蘿

消夏雜詩

堆眼成叢厭簿書放衙恰得意蕭疏閒中剛享如年日又展騷經問卜居

一架寒藤罨地垂宵凉徙倚自敲詩吟成抱膝無人識坐看星河取次移

雷聲漸遠雨聲稀坐覺新凉巳透衣識得衝泥奔走苦攤書自合學忘機

驟雨飛來正打荷驚風忽起盪雲波須臾掃盡晴曦出始信天公變態多

雨晴旦晚各風光絺綌纔披又祫裳不必更覩人世事已知頃刻有炎凉

晚涼庭院眄喬柯點點金螢拂葉過怪底著人能不爇知他光燄本無多
座間夷甫方揮麈車上元規合障塵不待佩韋先自緩熱場穠纖是何人

薄宦

孫師鄭同年眉韻樓詩話載嚴迪周薄宦詩八章雖內外異官與予近狀頗有合者爰次其韻聊以自寫不足爲異趣者道也

薄宦如萍梗停踪亦偶然上衙聊送日負郭漫求田僅似抄書吏難同食字仙平生程不識尚値幾多錢

長安居不易文字久無靈薄俗方爭捷迂儒但守經避囂車不殆退食戶常扃坐覺秋風起疏花閟晚螢

頭顱今若此志意久消磨技拙逢時少言危忤俗多迴黄頻轉局數墨幾盈窠早自嗤蘇季陰符枉揣摩

地僻廡常賃庭空花亂栽莫嫌門似水每慨釜鳴雷貰酒新芻啟紬書故帙

開羊求睽隔久三徑黯生苔
引杯消夕倦索米厭朝興萬事付一笑諸天隔幾層觀時徒洞火持志自懷
氷頗似崔斯立哦松不負丞
竟自志溫飽從知素願違年荒慚啜飯歲晚倦求衣耐冷世情減能閒塵夢
稀兩閒日以隘莫冀刺天飛
但蓄陳陳粟休吹一一竽賊人猶杞柳依樣問葫蘆散木固云衆積薪安可
圖頗聞度外士低首作轅駒
癖已同元凱狂休目次公茅茨無市道蓬蓽是儒宮但解潛身好羞爲捷足
工會傾千日酒一豁氣如虹

題掖縣張孺人爲父瞻雲復讎事傳

三國龐娥唐謝娥英光並峙兩嵯峨比來更說東萊女持較前徽果孰多
巨刃摩天浩刧開依人盡室遽當災兒家老父何匆促到死應知誤鴆媒

傳來噩耗劇心傷門草車猴飲恨長蛾賊主名親記得不須詢李廿三郎
襁負奔波百里餘訟冤刺血早呈書長官頭腦冬烘甚肺石空陳莫問渠
歸來茹痛亟呼天抱子重拚一往前群醜倉皇紛引避空中甲馬果森然
無何賊竟伏駢誅褫魄還同手自屠彤史而今傳孝義幃車袖劍事非誣

晚秋山中

竟作巖棲者宵深耿不眠四山羣動息孤月半空懸時復聞林籟還看散茗
烟勞勞果何事守寂學枯禪

三兒賦誠生

五年三索總男兒下舍添丁喜可知但冀成人娛歲暮敢因晚息歎門衰試
啼那足稱英物傳業如能恐後期未慰高堂抱孫願翻令追憶不勝悲

冬夜獨酌

計禦宵寒宿酒溫青燈側畔一傾樽厭聞近事恒投轄要覓新詩早閉門三

徑未荒生趣在百城坐擁故書存近從木鴈通齊物材不材間漫較論

于役

于役遂栖遲春初二月時山陰挂餘雪溪蚪帶流澌尋遠携筇便看雲拄笏
宜頓清耳識界朝市兩皆睽
經旬淹客躅春晝故多陰路轉厓藏屋雲移峰出林聽泉時選勝行飯且長
吟幾兩平生屐翛然獨此心

和怡箴永福寺夜作原韵

旅居信宿覺宵長得酒聊堪豁別腸世事無從向天問山靈正自笑人忙免
危只合居中品作論伊誰準辨亡片月明明不可掇林陰深處是巖廊
觀節侏儒孰短長委心甯復市他腸半生錄錄庸辭拙百事悠悠有底忙散
木固宜全所受苞桑孰與念其亡因君新語增深感至竟山林勝廟廊

六言

祖龍何遜劉季屠狗乃識慶卿英雄自適已意衆人但解觀成說士喙長三尺庸流目發寸光曲突徙薪何補古今邱貉相望鷸蚌爭持何事鷄蟲得失徒爲不如委心任運聽之造化小兒

雨宿山家

一雨羈留便住山宵涼借榻石扉間巖棲谷飲眞吾事匝月光陰數往還

息影

息影蓬廬幾歲年愁來何處問靑天一官鷄肋猶相絆萬事鴻毛忍自煎落落身名餘絮果駸駸光景偪華顛眼看滄海橫流甚豈獨王尼意泫然

墮溷飄茵偶值之瞿曇語果不吾欺從禪饒舌空千偈得酒澆胸亦一奇竹葉於人既無分杜句楊花歷刼巳成絲試稽共業參依報袖手深居倒好嬉

前詩以示景卿季文兩君皆枉和章次韵賦答

滄桑記閱鼠兒年海水羣飛竟刺天厝火僅安然未及同根何事急相煎一

心鴻鵠謀奚益獨樹蚍蜉撼欲顛吾舌雖存捫亦得括囊正自意囂然
臣今時復一中之醉語荒唐匪市欺驥足更從何處展鳶肩已自不稱奇學
荒久覺心如井歲進空驚鬢有絲解讀離騷還痛飲我曹未免太酣嬉

野花

亦復饒生意欣欣各向榮祇憐自開落終古不知名

偶感

年來士習劇翻新四百詩編到處陳（坊刻明季四百家遺民詩風行一時）不復更謀經國計安排謳詠作遺民

和袁翟園同年改官詩韵即以贈別

齊年著錄記彈冠十載推袁意未闌早薄蕭曹非俊物眞令屈宋作衙官只
今世局嗟何及自古儒生進本難望望藤廳麾手去春明餘夢等槐安
紛紜轉綠更迴黃閱盡浮雲世態涼乞郡不辭爲吏拙通途每自笑人忙裁

詩詎使花生眼（輯成詩話八卷）看弈從教冷到腸作宦本無殊作嫁未諳食性怯姑嫜

長安索米味甘荼羈泊蘭成挈有孥献賦何人尋狗監逢時無技效龍屠半生作達簪裾賤幾輩量才䄍綫粗王令文章應更進不妨飽死讓侏儒

是否無端奪鳳池（時朝議將裁吏部）筍輿乞外（以主事改官直隸州）悵何之停年引格嗟三始異日親民懍四知閒酒閒花供度曲（見自題雜劇）一官一集待編詩（詩十卷已付梓）驪歌聲裏酬清詠衣上京塵諒不緇

詠史

怒罵全銷臆笑嬉尙看相貴閧羣兒鷄蟲得失爭何事已是崦嵫西向時

尙書已自同泥塑閣老從知是紙糊大好江山須坐送可知此輩未應無

男（則貽賢）誠校字

忍冬書屋詩集卷六 辛亥至乙卯

武清　郭家聲　琴石

憑眺

憑高初縱目意興豁無邊萬樹碧成海衆峰青插天山形恢亘宙地勢控全燕決眥歸何處晴空見戾鳶

十七夜月

林梢見斜月天末起涼風秋氣悴百物村醪時一中出山成小草晏序感飄蓬彳亍窺形影清宵意不窮

山居秋感

却來空谷作幽居翠袖寒天莫怨渠山骨定知經雨瘦林陰近驗得霜疏無情白日催斜景有味靑燈戀故書客裏光陰容易去睡鄉何處覓華胥

寂歷空山夜不扃蕭然霜露已先零耽詩自理叢殘業忘世還披長短經到

眼風塵兩叢菊側身天地一浮萍嗟卑歎老非吾事起視前峰認客星
在此山中住浹旬朅來自哂果何因居然三宿成桑下時復孤吟問水濱携
屐有人誇勝具挑燈疑夢話前塵宵深每覺高寒極斜月窺檐寫照頻
西風瑟縮葉歸根對此茫茫愴客魂百感九秋眞迸集萬方一概更何言衆
中寂寞牛同皁意外遷延虱處褌長夜無眠讀前史分明歌哭繫乾坤

延望

月見二更後秋殘八月餘夜寒蟲語咽風急鴈聲疏倦客供諧笑陳編恣獵
漁徘徊一延望却喜得鄉書

憂時次汪蘭浦同年韻

南望欃槍作有芒楚氛秋警驗遐方人謀己自紛如沸天命何緣竟靡常草
木兵聲催浩刼河山棋局黯殘陽識時俊傑應回念多少嗷鴻轉異鄉
變劇何人理放紛當前瞬息幻風雲掉將赤舌燒成刼突起蒼頭鬨異軍市

虎訛言誰致詰池魚奚罪慨俱焚莫矜鷸蚌爭持力冷眼漁翁正策勳

再次蘭浦歎世詩韻

心傷烽火連三月目怵瘡痍徧兩間劇飲狂泉人盡醉難尋樂土客無還杼空未覺南風競旗閃紛看北斗殷攙壞家居果奚謂繁霜詩痛未從刪

未聞諸將解分憂築室奚堪困道謀如比如梳悲悉索好風好雨鬨群流蟊訌內㷄眞爲梗虎視環窺竟莫愁氛祲冥冥何日靖横飛海水闖陽侯

和景卿送客南旋詩韻

倒懸已甚憑誰解搶攘兵戈天地間急刼定知棋局變屢盟未見載書還心傷猿鶴將同化耳熟蜩螗莫濟艱詞客哀時有成例言歸自合老江關

愁聽西風變徵音四郊多壘暮笳沈比看茂草傷周道更感飄蓬入越吟遊釜有魚拚一瞑破巢餘卵倘重尋莫嗟面爲觀河皺醉到蒼天痛自深

送胡季文歸里

嗟君遠行役當世正多艱徵調兵戎急崎嶇道路難去時愁地棘到日潔陔
蘭故里修初服相期在歲寒
幾載殷求應同曹企子賢願除湖海氣及此亂離年世狹宜藏器才多慎著
鞭行行意不盡携手看龍泉

題定可菴員外幕巢館詩

昔年三疊重陽句曾畔離憂盡入詩今日相看塵刼後美人遲暮底須悲
手校丹黃儼在篇選詩忍紀鼠兒年何期再覩滄桑變話到開天倍惘然
全盛摹將時世行宮妝新詠肖春明狐裘薹髮都人士一樣傷心變雅聲
風情遮莫說無題幾輩雌黃到玉溪欲倩劉郎傳本事替箋錦瑟識鴻泥

十二月二十五日有作

元會推遷際陰陽疑戰時楚風亦已競周德果然衰早識金甌缺眞看玉步
移痛逢殷甲子忍說漢官儀鳳歷標新紀龍光易故旗白山靈遂閟黃蘗識

非　歧試與陳戎首應先溯亂基委裘虛夾輔覆餗致顛危寵賂彰官德廉防
弛國維濫招軒上鶴遂毀櫝中龜國有三公嘆人無終日貴拜塵竊威福厝
火恣酣嬉苛政洵猶虎朋奸莫問狸蒼生殫杼柚赤子盜潢池屢告鳴篝火
終然付薙夷王心爰即逸臣頌早忘規不復憂多難何圖肇漏師有凶逢八
月相貴尚群兒豎子方開府軍人各在陴訛言收部黨頃刻變林迮火急羣
戈倒星奔一舸馳亡城兎脫迅誤國燕謀貽響應先吳會逍遙叶鄭詩在林
頻喪馬當道更無羆原燎末由遏土崩安可爲湘中雲壘壘漢上火譆譆從
此百川倒爰求一木支東山因再起北管僅能持哀痛頻頒詔張皇更誓詞
位從居攝避戰惜決機遲名郡纔聞捷強鄰遽請期鷄連謀竝勢牲束試稽
疑使者紛相望行人似見覊遷延口血歃秘密腹心披革命文援易共和政
制宜議申溫室樹盟締玉林枝揖遜摹前聖謀生逮子遺載書森在列尊位
置如碁粉署謀誰哲璇宮聽及卑滿堂初渙號前席屢疇咨夏社還存祀唐

陵並護碑大同聯五族實盡免諸姬虞臘從蔬食王風降黍離秘文猳掉尾
死事豹留皮時會有代謝人天無限悲哀歌忽沒矣爲禍孰階之國步由來
窘戎心抑可知豕封愁洊食鯨跋迅揚鬐進化張三世投艱倚百司春明餘
父老涕泗正交頤

雜感

大凡物不得其平要假驚人試一鳴鋌鹿何心能急擇戰龍稱血固相爭楚
人自昔夸三戶燕笥居然下列城坐使桑田變滄海厲階畢竟是誰生
中朝居攝兩親賢首尾興亡二百年運去周公空負扆才疏虞馭莫迴淵金
甌勞送神宗器璽敕供儲姹女錢最是赧顏辭廟日誓詞何以報皇天
幸免僉名謝道清深宮盡日淚縱橫勢窮六尺孤安託政逮諸王禍早成內
府金錢師屢饋陪都寶器價還評濯龍茹痛知何極慶節猶聞賀歲正
親愛何如富貴之國鈞容秉咎誰尸樓開花蕚春風宴門啓苞苴暮夜時況

爲乾餱爭近地遂令覆餗壞崇基更聞慶父曾專魯卅載逍遥負雪髭
列藩盟府襲龍旂慷慨陳詞仗控弦今謂戴君如戴日昔聞依漢等依天撝
戈方誓拚爲燼勸表何期早進箋太息懷柔遺澤在名王左右枉稱賢
怪事新傳出上京浹旬兩見破天驚日昏火迸塵埃湧月黑風翻霹靂鳴擊
誤秦皇眞有幸創深來歘竟捐生伏屍流血沿餘習同燼何須問主名
雌風逕欲變雄風世界眞看肇女戎誰適爲容沿衞國豈曾教戰出吳宮氣
揚待起全軍壘顏壯休猜薄命紅解却行纏矜步伐壽陵初學可能工
闕下紛紜競舉幡家家置喙各宣言匹夫亦有興亡責故老應懷豢養恩莫
詡黨援爭水火盍求民瘼念乾坤十旬歲月悠悠去收及桑榆要細論
長安萬室劇駢闐舊說城南尺五天繞樹烏飢空啄屋飛花燕蹴尙開筵幾
聞晝省羈潘岳眞向圍城見魯連何限霓裳驚欲破嗚笳聲裡奏哀絃
候火甘泉夜數驚時危奚自覩銷兵似聞卜式輸家助早見宮奇以族行髮

短心長知未已城亡吏在究何名百年慘淡思王會悽絕袁安涕淚橫

不戰

不戰由來恐自焚果然刼火偪宵分黑丸迸擊槍鳴雨赤焰橫飛勢過雲列肆盈廛供一炬連車載寶閧千軍平襄令出嗟何暮餘燼姑收作解紛

十載菁華萃五都連宵赤地蕩無餘燒殘堵壁靈光在攫盡金銀寶氣虛已是飽颺逋草澤庸堪搜剔到蓬廬更聞列郡同灰燼誰爲窮黎策補苴

和畏棠感事詩韻

滿目烽烟莽未平何人攬轡計澄清寇殘尙迫春明刼兒戲紛屯灞上營巢燕初歸寄林木鳴鳩相喚到榛荆祇今倘共追戎首鑄錯潢池誤弄兵

河山依舊忍重看赤手難廻既倒瀾市有醉人疑降瑞家無新語或交姗莠生門戶慮藏賁葛長旄邱尙具官警信紛傳日無已欲尋修竹問平安

濺淚花空爛漫栽原田漸恐即蕪萊牛腰書卷逃餘燼蜉羽衣裳換舊裁直

合銷兵鑄秦鐻屢聞增債築周臺曲江春老潛行客城闕愁聞畫角哀
渺渺天心厄運乘新愁直與歲時增但餘彫敝悲三輔無復豪華說五陵旅
禁出途虛夜月人謀避地懍春氷荒雞嘂徹嚴更轉酒酹長星角閃稜

聞鴈

二更月黑鴈飛低伊啞鳴聲入耳凄今日北來少安宅嗷嗷一樣訴窮黎

絹冬心堯生語

希世機謀百不能囂然猶自惕懷氷壽門異代先相寫心出家庵粥飯僧
嗜好原來與俗殊從他依樣畫葫蘆自知頗肖堯生語萬事由天守一迂

贈別李景卿同年

神交逾十年同列見靑蓮蛩駏恒依倚雲龍互後先忽驚變陵谷散失等風
烟去去君差勝歸餘二頃田
劇刼成今日重逢復幾時中年尤惜別世路況多歧此去全初志何人賞我

詩同舟昔有語春暮到將離

景卿枉和前詩畏堂可庵相繼有作爰再次韻奉報諸公

同曹各積年共勛出泥蓮快意休官後知幾浩刼先初衷原匪石艷侶得非煙（謂景卿）芰服徜徉日何須問海田

鼠嚇休重顧猴冠自一時盟心偕止水握手是臨歧斯世正當厄吾儕還詠詩歸歟各削迹莫漫語侏離

附原作　　太湖　李德星（景卿）

荒荒刼後年濯濯沼中蓮獨愛予何僻相知君最先歡尋燕市酒夢繞薊門烟便欲乘風去餘生付硯田

紛爭雞鶩食天地此何時豈必生涯窄空憐學派歧匪材宜見棄臨別各言詩此後思君處披吟慰索離

敬臣書來盛道鄉圃之樂作此却寄

故人風便近傳書爲報園田自種蔬回首春明廿年事黄塵無夢到華胥

至味無如嚼菜根能空漢魏即桃源紛紛雞鶩方爭食營得菟裘早杜門

居然衡泌遂棲遲課雨量晴又一時四十歸田眞早計南陔況有潔蘭詩

重過龍蛇阨運年一塵一刼急推遷便思乞借三間屋來伴長沮學種田

博如解職近作市隱有詩見示依韻和之

休官季世庸非福得早抽身陽九年莫更登場充飽老免教脚線日相牽

莫怪生涯取次低此心久作絮沾泥試看蠻觸紛爭劇畢竟脩途本未迷

算來生計却蕭然欲往偏無二頃田偷得鴟夷計贏術攤錢賣畫過中年

強項何曾解拜塵回頭四十有三春身行萬里半天下用句老向幽燕作酒人

君年四十三能詩善飲

倚市應勝刺繡文受廛我亦有前聞會當朝暮恒相過遙指西山共看雲

尼山

尼山有微言政學本合一制作範古今淵源託祖述或謂哲學家性道条宥密或謂宗教主正名樹嚴律所舉特一端此得或彼失劉季承秦餘闕里致享胙孝武修六經異端遂紛黜尊儒與坑儒利用一其實臣忠由君禮因民利乃畢何嘗侈大權貴極而富溢咄哉叔孫生飾彼詭隨術誣聖遂誣民千載闇如漆近世倡尊孔上祀隆莫匹邇來庠序間更議廢芬茲夫子莞爾笑抑揚何其疾與世奚愛憎墜淵復加膝人雖欲自絕究何傷月日緬維端木言放紛安用詰

題馬湘蘭畫蘭卷子

國香眞面寫生綃名以花名艷倍饒中有芳魂呼欲出果然人比月娥嬌馬守眞小字月嬌以善畫蘭故有湘蘭之名

小印猩紅押尾嵌流遺煖玉到龍巖陳龍巖別駕得湘蘭玉印一方徧徵題詠以蘧仲三絕爲最見茶餘漫錄粉痕脂影模糊認是否傳來孔雀庵

秦淮四美舊齊名雅有詩才鬬鄭英吟到自君之出矣可知服媚本多情如皋冒伯麐集鄭如英趙今燕朱泰玉並湘蘭之作爲秦淮四美人詩湘蘭自君之出矣一絕尤極楚楚之致

豈果香殘懶下樓陸郎指摘到雙鈎金閶影事依稀在只寫同心莫寫愁相傳湘蘭足稍長江都陸無從作詩誚之有不教人見玉雙鈎之語

七十山人斂壽筵吳門累月縱歌絃玉臺他日傳新序增重虧他筆似椽萬歷中王伯穀七十湘蘭自金陵往蘇州置酒爲壽燕飲累月歸未幾病卒有詩二卷伯穀爲之序

畫裏嬋娟不可求近廠肆有石印秦淮八艷圖湘蘭爲首芳痕葉葉澹宜秋文青花妥誰先後莫問彌伽問夢樓張庚畫徵錄載妓女文青花妥皆善畫蘭而不及守眞此卷有王夢樓太守跋尾

對月

朔望盈虧說漸陳當空皓魄尚如輪已看古月成今月莫向今人論古人

梁格莊雜詩

脈聚峰迴綜泰陵石坊高矗半天青慕陵極樸昌陵茂佳氣蔥蔥萃永甯泰陵

山名興隆峪大紅門外大石坊東惟孝陵西惟泰陵有之所以爲諸陵之總歸也永寧山諸陵形勢茂密以昌陵爲最山名太平峪規制樸素以慕陵爲最山名龍泉峪

聲聲籌唱繞宮牆聽徹殘更夜未央別廨月明新結構林端遙峙魯靈光 梁格

莊行宮建於雍乾間自崇陵暫安始構旁近部院各公廨予所廨內務府大臣公所去宮牆不數武每夜聞唱籌至曉

猱升何事木而顛一落眞應丈計千大好頭顱留者半難將消息問靑天 崇陵

第一工段方城址內札彩匠人以杉席搭照棚二十間前十進高九丈後十進高十一丈每間約寬丈許每日工作者百餘人正月間有匠人失足墜落身死而頭顱竟失其半不知何故祝君子箋言凡由高墜下者直落至地頭下足上則必隕命偏落橫落者往往獲全傅君夢岩言昔見洋兵在京師勸工陳列所救火者由高躍下之時必先有一人據立中間得勢處遇下者以手推之使不直落此其驗也然不知此匠一落竟失半個頭顱是何理解

後前邪許鎖相呼築版聲沈日已晡對此忽深憂世感有人審象肖巖無 築墻

墻名用杉木作架以版夾土用夯碣力擊使堅猶古制也

荊山突兀峙浮圖燕市何從覓狗屠試撫遼幢參宋碣居然佛俠不殊塗 荊山

聖塔院傳是荊軻故里在易州城西南十餘里塔高十三級前殿西有碑一書宋乾道二年劉楷立石而篆額則書大遼重修聖塔院記殊不可解又有一

六面經幢一亦遼物也

纔白荊卿故里還青青更復見韡山將軍頭血曾乾否化碧難尋古蘚斑荊山

旁近有韡山土人指石際窪痕謂是樊於期將軍足迹蓋齊東野語也又訛爲血山未知孰是

北百泉連南百泉溪流處處綠潺湲出山何若在山好尋到源頭一莞然莊南

近小溪伏路亂泉隨地湧出地名南北中百泉誠紀實也

那須惆悵路多歧京漢經涂此別支但聽汽車聲突突朝朝暮暮不愆期車站

去廣不數武每日上下午來去車二次

佛天歡喜固云緣袒裼呈形恐未然留得殘軀還供養世間慾障信無邊永福

寺寶雲閣有歡喜佛偶像本三軀庚子之亂爲西人挈去其二

生計勤求是瘠區敢偕陵戶共嬉娛不曾多壽偏多癭一例鍾成山澤癯地瘠

民多勤苦與守陵旗戶仰食餉米惰不治生者風氣截然不同尤多病癭古語信不誣也

三時樵采歷昏晨是否芻蕘尚可詢更向深山求大藥長鑱白柄果何人近山

多柴樵者每日二次往返所得可售錢數千文春秋冬三季貧者賴之藥產尤盛每歲七八月間有不遠數百里來販運者

山木千年說不灰墳人新構作爐材宵深茶熟餘殘火祇少蹲鴟手自煨（地產不灰木甚堅緻墳人製爲煤爐各式不一頗較京師爲工）

經幢八面寫靈芝鐵像眞容各崛奇更覓廿年新拓本吳興妙楷敬君碑（蘇靈芝書夢眞容記鐵像碑八面石幢道德經皆在州城某寺中趙松雪書敬君碣出土不二十年拓本猶完好）

蘆溝橋

一路塵沙莽未消桑乾東去水迢迢百年誰醒春明夢磨盡輪蹄是此橋

涿州張桓侯故里

古道荒莊樹色秋斗銘何處覓銀鈎沈雄自是幽燕氣尚有行人說故侯

英雄無命恨難平據水猶驚草木兵讆說頗沿神道教在唐留姓宋留名（俗傳桓侯後身在唐爲張睢陽在宋爲岳忠武）

草蟲

草蟲甚微細徹夜鳴不休伊何使之然感氣獨在秋西風摧炎景葉落金井
頭蓬蒿漸沒人吾廬信深幽積雨徑苔厚屋漏痕不收早廻車馬迹罕接冠
蓋儔人海寄孤踪泛然若浮漚夜深四壁靜唧唧與耳謀如助予歎息所感
良已逌惡知物無知庶從王倪游

年年

年年蒿目怵時艱陵谷頻經亦等閒所事但爲朝夕計有名不挂顧厨間橫
流無自廻滄海上策惟應買近山奚必明夷還著錄齦齦儒術損華顏
炊累塵游亦有生谷音重詠若爲情任人呼馬何爭執使我能蟲但應聲群
籍微言虛餉學百年至計負歸耕醉呵不少藍田尉珍重將軍莫夜行
漫郎生與世聱牙嚼雪詩篇只自嗟引志免爲鮎上竹識微早避蜮含沙要
離塚近何時築杜曲城迴尚有家爾許烟塵紛滿眼歸歟學種故侯瓜
蕘楚吟餘感不勝鼠肝蟲臂是誰徵消愁要罄波千尺談易知消酒幾升尚

矢寸心充作隱僅存一肉未成僧陸句故人天末秋何許雁信西風到未曾景卿

蘭浦瞿園畏堂諸詩友天各一方書恒莫達

附和作

吉林　定信　可菴

是誰遺大足投艱盧假滄桑破檢閑萬里不煩尋鬼窟桃源端未出人間

更堪書讀揚州記莫復圖披駐驛山種種豈眞予髮惜暫教淸鏡伴衰顏

空勞前席問蒼生宣室甯知夜半情幾輩雕蟲猶勸說何時鳴鳥不聞聲

國如鄒楚難論敵世果黃農許并耕强執土崩誣瓦合獨忘蛩駏笑同行

國風猶賦鼠無牙江漢詩人或暗嗟趙勝欲圖爭繡線稽康難揑爲摶沙

幽燕雉堞愁高壘王謝烏衣鮮舊家解道黃臺休再摘本根誰念瓞緜瓜

天寒未計酒難勝如約黃花尙可徵龍尾已占虞不臘蝸頭無復僕同升

國儲會飽貪財虜佛法誰繩退院僧聞道陰山戎馬急籌邊紆策竟何曾

大雪

天胡演此戲鱗甲門紛紜萬戶不知曉九霄同一雲居然變色相況復寂聲聞能學袁安臥高風已絕羣

和博如四十三初度感懷詩韵

地老天荒後蕭然尚有生國危誰託命劫急未銷兵貲盡全倪瓚孥多累向平非干酒中聖百感已縱橫

京華千萬戶無復舊時春物凋難紓國天驕尚噬人文章今日盡習俗幾曾馴大雪能高臥先生未是貧

大陸風雲急紛拏到幾時一邱貉自喜三市鵲無枝世事已如此平生焉可期從知賃廡後愁絕五噫詩

丈夫行四十暮景未應來郢客難爲和秦人不自哀休關眼前事且覆掌中杯拔脚風塵早何須擅一臺

搶攘無中外披猖自北南瓜田安所處絮飲復何堪（博如近以瓜田署號益用詩酒自放）任客

爭三輔從僧臥一庵紛紜不可極姑作已眠蠶

故人行酒日安健勝貧羸倦眼何梟鳳到頭誰鼠狸壺觴引自酌弧矢願難知且答清詩好歌成擊筑時

再次前韵

忍冬花好在老我忍冬生眼底無塵壒胸中有甲兵書空奚咄咄解事自平平磨蝎從知命酣歌劔欲横

殘年凋急景故臘入新春竹葉不知醉梅花空向人索詩隨客嗜問字喜兒馴是懶初非病何妨原憲貧

有身吾大患生也本非時兎狡嗤三窟鷦棲只一枝碎壺悲處仲帶索企榮期宇宙今何世先生尙愛詩

身外諸緣割尊前衆感來鶉鷃未可嚇鴻雁自堪哀掾吏夸三語澠淄混一杯幽燕氣殆盡莫更上金臺

亟思投老計欲住南山南問事百無語逢時七不堪尋僧結蓮社與客共茹庵去去謀能遂甘爲到死蠶
強飯吾猶健懸弧子未羸燕人爭市駿楚客賦文狸笑傲徒爲爾行藏抑可知放顛還賸韵風雪歲寒時

題翼天塞草四截句

絕塞馳驅百日程囂然意氣自縱橫壓裝添得詩盈卷不負塵勞是此行
四汗部落畫沙分十佛淵源析掌文待補肩齋游牧記擬將邊略話從君
笳曲悲凉怨到今氈廬騎卒亦能琴怪渠詩思愁成拍字字傳來塞上音
籌邊是否燭先機國論愁聞日日非漫與高岑爭健句風雲西望不勝悲

悼亡

詩人例有悼亡篇况是中年痛絕絃欲把長吟傳本事一回泚筆一潸然
問名七載禮初成家事艱辛苦累卿纔得微甘回蔗境還丹難續命長生

爨廬壁立苦相依交謫從無片語違一事感君增意氣不曾對泣效牛衣

兩襄大事歷親喪姊妹三番倚辦裝支拄苦教心力盡更堪歷刼到滄桑

紅羊兩阨鼠兒年共命微禽劇可憐絲喘病軀還轉徙試燈風裏看狼烟

藥爐粥火兩經秋牀褥纏淹苦不休玉雪嬌兒弱一個促娘先駕導雲輈

七產何堪五竟虛麻衣今只賸雙雛佑他長到成人日地下相煩報舅姑

七寸杉棺土一坏送君今日到泉臺傷心莫易微之語貧賤夫妻百事哀

重悼

秋來覺減舊腰圍哀逝黃門感不支遺挂殘香銷落盡更無人處淚潸垂

記託游仙什寫情此生休莫問他生人天刼盡雲華渺舊句重拈苦不成

偶拾銀鈎字數行病餘筆弱不生鋩憐他字字緣心畫兒正塗鴉好什藏

學語童牙詰屈紛親教諷籀及千文父書他日如能讀識字無忘母氏勤

冥冥泉路果何須百日光陰逝水徂絮酒紙船重設奠可能知我斷腸無

一官投劾兩逢春朝市居然有隱淪未便低頭重默就賃舂具食是何人

人生朝露幾何時居世多屯抑可悲我有秦嘉悽愴句更從何處寄君知

笠園小集有懷遠村用絜公韻

多難猶非晉永嘉吾儕早已繫匏瓜故人此去眞投袂歌闋西山感鬢華

羼提近業證蓮臺面圃層軒鎮日開東望雲山三百里懺除嗔恚盍歸來

卓升旅奉困居寄示近作即次其早發山海關詩韻

無復身謀置廟廊近從初果證清涼三顛倒已窮相續四勝流纔入少光癡

亂甫離應得住根塵何事更紛忙祝君莫作窮愁感苦行皈依味試嘗

寄遠村代柬二十韻

相去無百里相思劇三秋自與君判袂令我增煩憂同聲日以孤世變日以

遒發言莫與賞吾道將安謀懷此窈窕思晏晚不自休春風一夕至紛華炫

盈眸君看楊柳枝婀娜何其柔更看桃李花爛漫何其穠物盛各時會異趣

庸相尤幾見松柏樹逢春急自售鬱鬱况澗底沈翳固所求卷舒自在己道
揆殊率由講舍偶寄躅異地如一邱同塵寡所合倚君爲匹儔君意不可回
吾志亦孔修各自謝纓組一試逍遙游鴻飛方冥冥鷃笑何啾啾子平亟返
馬君公濟儈牛差可僦居赓奚必買沃洲遠道寄君書永言心悠悠

附和作

遵化 張之照 遠村

朝菌無晦朔蟪蛄無春秋人生有百年安得無煎憂百年亦易過哀此歲
月遒賤子不自量常爲千載謀追念古先哲趨步無少休坎壈纏我身紛
華射我眸陽剛雅所慕難爲魂魄柔肥遯亦所志不羨冠蓋稠安貧而守
賤天人庸怨尤以彼驊騮選美價多自售燕臺市駿骨率膺千金求驤首
青雲路騰達可自由飛沈理本隔各自有丹邱心交獨郭子引爲鷗鳥儔
爲誦杜陵句詔我以貞修兼貽金玉音相期塵外游同心之言同幸非孤
凰啾沮溺結爲耦舌耕抵買牛一避京洛塵一傍蘆荻洲校外蘆葦滿目黍油麥

秀思天地長悠悠

五月十七日楊忠愍公誕辰鄉人即松筠庵故宅設祭並展拜遺像作

順承門南一畝宫太虚浩氣存其中云是椒山故遺宅升堂展禮猶悲惘當年兩疏申正議孤臣矢欲迴帝聽煬竈不聞死西市報恩思作魂補忠森然諫草勒堂壁字字蕭颯生悲風朱夏五月不知暑感人者深情所同却思公謫狄道時一官絶域甘長終踰年三遷長武選市惠正以施牢籠惟公斬斬不少詘卒蹈再死申孤悰史言帝擢特歸美曲筆無乃爲奸蒙附名不察却思驗何其先後殊昭聾昌言養虎自貽患羅公不至斯殺公是知彼奸畏人望華亭一誌揭隱衷爾來風微三百載梓桑猶自深敬恭惟十月晦並申享鄉大夫後吾及從公就義爲十月晦甲寅秋鄉人倡議以是日致祭並誕辰隱合春秋再享也一生一死各千古苾芬庶幾微漠通進瞻遺像肅在座垂紳正笏襟袍紅七痣傳神妙阿堵鐵肩辣手摹寫工安肅袁際雲比部覓得遺像十月晦祭所由發起也揭來城南重太息斯人云渺燕薊

空流芳遺臭易地耳至今隔巷嗤樓東（街南有嚴氏故宅址久湮矣猶以丞相胡同名之）

簡遠村並示景喬

平生祈嚮無殊軌晚季論交不數人廣陌秋風日淒緊高齋多學可逡巡甯從雞鶩紛爭食便託鷦鷯亦寄身文史生涯本來拙歲寒猶得勵松筠

邇從伯起數經過夢歷鈞天說未訛故里梓桑同近服春風桃李記齊科當年方朔飢能忍此日孫卿鬢欲皤期與殺青同載筆名山事業漫蹉跎

景喬于役西苑有詩見懷次韻奉答

獵獵霜風客騎單軍門魯酒不成歡乘車已覺故人少恤緯況驚來日難豈有鸞龍馴叔夜漫從雞犬逐劉安蘇純暫別勞相念教責猶期保歲寒

和光羞與附同同差可相攜滌熱中往昔翹材偕就日而今散木共淩風兩生坐受知時誚百畝猶嗟作計空歌哭無端唾壺碎冥冥眞宰倘能通

附原作

遵化 楊肇培 景喬

風雪凄迷客袖單同心誰與話悲歡元規塵起乾坤暗阮籍愁來道路難
驥伏已無千里志鷦棲惟祝一枝安欣逢有道爲知己好共扶持度歲寒
蕭條冷宦與君同十載爲郎似夢中晚歲感深枯樹賦早年情契杏花風
相期鵬奮青天迥詎料鼇翻碧海空時事紛紜棋局擾浮生何意問窮通

北風行

前詩兩生句用相嘲戲意未盡也廣爲是篇

北風其凉雨雪雱中有兩生歌慨慷當歌對酒不成醉申旦起坐愁中腸叔孫聖人識時務紛紛棉蕞方登場爲公所爲庸弗習顏汗額泚吾未遑當年挾策排金門抗言意欲迴九閶吾謀不用墮塵壒坐見田海淪滄桑記從挂冠各投劾用舍既一偕行藏往役則義見非義抱關擊柝職有常人謂兩生何其迂硜硜迺欲爲拘方既不效酈生長揖致輟洗掉三寸舌傾侯王復不效陸生說書進新語積千金橐夸服裝胡爲乎碌碌塵中倦行役自謀若是

何云臧一則日聒羽林講經義唇焦舌敝弗括囊一則日引學童解奇字頭童齒豁無宿糧兒寒妻餓不知恤自朝至昃渠未央有時更作兩詩囚鉥心鏤腎吟碨碨一字搜抉思百轉雕鐫造化眞不祥擇術弗愼用自錮爲儒不成其爲傖兩生聞之大笑不可仰吾道在是蘯落庸何傷况聞在昔臣朔飢欲死次公醒而狂癖如杜元凱癡有顧長（叶爪）康嗣宗探懷具壘塊邵公嗜傳成膏肓方當奄有數子各自成一子眼前尺寸得失奚較量一官笑罵豈必爾百年禮樂安可望有邱名糟部名麴蘖裘可營惟是鄉生乎生乎盍早歸去來天寒歲暮攜手行

男則貽實誠校字

忍冬書屋詩集卷七 丙辰至辛酉

武清　郭家聲　琴石

暮春偕景喬遊積水潭因至高廟遇松巖上人閒話

積水潭邊春水生，匯通祠畔午風清。刼餘細認前朝碣，尺許澄波識此情。祠有

清高廟御製詩碑

尋僧竹院偶經過，畫幢親開重撫摩。話到滄桑爭刼急，艷渠城市領烟波。松巖

善畫石，方作屏幅，又言渠住持此寺在辛亥後，支拄頗費心力也

故人新構託河干，矮屋三椽拓地寬。廿載王郎應健在，銷除抑塞耐荒寒。王小

航禮部二十年前同學友也，新構宅在河干，土工未畢，倘未移入，門首有題字

風流諸老溯乾嘉，共此依依水一涯。亭盡承平觴詠福，何緣感到退紅花。吳穀

人重遊積水潭詩：風葉披披嗔不定，一花凉到退紅時

懷麓當年賦柳灣，梧門圖考亦叢殘。春明故事無人說，且看青青水際山。法梧

門謂西涯即今之積水潭匯通祠先即爲法華庵文正詩中桔槔亭楊柳灣皆可指識其地因作西涯考并補圖賦詩

附錄

遵化 楊肇培 景喬

烽火驚心滿劍南盈襟愁緒共誰談芳春日永渾無那勝侶招攜問古潭

十頃晴漪水作田柳條含碧未成綿天家鼓吹今何許腸斷槐陰洗馬年

宸垣識略每歲六月六日中貴人用儀仗鼓吹導引洗馬於德勝橋之湖上三伏皆然又崇禎時洗馬於積水潭

土石陂陀聳一邱菜亭蓮社重夷猶祇餘鎮水觀音閣斜日東風控碧流

宸垣識略蓮花社有亭在水關西蝦菜亭在蓮花社西水部戴大圜建今無考又積水潭上有鎮水觀音閣明永樂間建清乾隆二年改建賜名匯通祠

短廊新葺敞雕疏道是瑯琊禮部居料得滄桑醒一夢傷心來看柳湖魚

王小航前輩戊戌案中錚錚者國變後銷聲已久湖上新葺屋三楹琴石見門前題字識爲王之新居想往事傷心避人避世不屑與時賢政客馳逐矣

舊感新愁總莫論興來還打酒家門一樽潦倒乾坤大從爾雲翻日月昏

是日倦游後琴石邀赴酒家沈醉而散

題意拓園圖爲王劭農姻丈作

華嚴樓閣成彈指大地山河幻泡耳既聞毛端建道場亦有須彌藏芥子兩間何境非虛構根諸意造只如此佛言十九界七塵悉屬空名非了義惟攝以意能轉物觀大觀小任所止世人徒作繭自封紛紛競侈宮室美吾鄉先生有遯叟達觀久已參法喜平生詩畫媲右丞用妙明心契禪理水曹卅年勤作虞柏臺三載森冠豸一麾出守殷撫綏只飲皖江一杯水飽看芙蓉七十二歸歟討早謀脫屣是時桑海猶未形人謂公胡輕膴仕掀髯一笑歸故居坐隱書城吾老矣爾後世變遘陽九劫餘數椽猶可庇匪云庾信居有園略似晏嬰陋近市有石數笏竹百个雜花交蔭聊置几非園姑可作園觀命曰意拓聊復爾高堂榱題盛奐輪得志弗爲良有以況聞室以心淸名故國喬木思未已不如佳處且參禪非樹非臺親舉似披圖忽復忘名相洞觀六合澄無滓一切塵幻如是圖還從意根證無始

和景喬歸田園作即次其韻

平生鬱孤抱素衣慎緇塵入世三十載幸弗失厥眞歸來遂初服還我居士巾却顧長安局紛囂難具陳黜聰更收視甘作無懷民我友素心士夙喜德有鄰拂衣一朝去塊然失所親作詩達嚶求願持百年身

附原作　　遵化　楊肇培　景喬

兀傲不諧俗黽勉事風塵橫被飢寒驅十載喪我眞浮沈朝市間汙垢欺素巾強顏忍新恥孤憤難爲陳平生慕直道抗懷三代民誰能抱冰炭日與荆棘鄰拂袖歸敝廬歲寒思所親伴我窗前竹翛然老此身

却寄景卿皖中

南天睽隔幾經秋無復樽前話舊遊屈指吾儕成散木劇懷曩日是同舟塵氛擾攘難措眼世宙迷茫尚戴頭（翟園懷人詩言君幾爲柏文蔚所害）風急天高寒信促仲宣珍重漫登樓

千里書來見悃眞相期晚節勵松筠黃冠此日聊充隱青史他年不恕人生

計偕窮甘畫粥嘉言永矢願書紳歲寒知己無多在傾望天涯是比鄰

五伶詩

此五人者或由供奉或出高門或爲新舊學生皆非常伶比也雖遭遇不一而淪落堪悲系之以詩亦足覘世變焉

南府歌臺幻海田梨園子弟散如烟劫餘重聽張徽曲夢斷雲璈已七年 陳子

田本宦官供奉南府唱鬚生學譚鑫培國變後鬻歌自活

卅載歌場擅盛名簡兮老去哭榛苓相公四葉音徽在說到朱門不忍聽 德珺

如滿洲相國穆彰阿曾孫也唱小生有名今老矣

喉如珠轉貌如花碧玉何曾是小家太息侍郎遺澤斬紅氍毹上泣琵琶 劉喜

奎鹽山侍郎有銘姪孫女也秦弋青衫

落拓江湖曲譜翻竊貲艷史舊銷魂祇今玉樹悲亡國記否當年教冑恩 汪笑

儂本名德克津滿洲人咸安宮官學生唱鬚生學汪桂芬多新戲或傳爲前清拔貢者非是

撲朔迷離認未乖登場竟易弁爲釵青青衿佩過城闕親受文明教育來黃潤卿順天中校學生唱花旦
忍同歐九傳伶官顧曲重來淚暗彈此是春明刼灰記凋零優孟半衣冠

詠史

踞爐錯計太夢夢豎子居然紿乃公至竟負人人負我阿瞞此際不奸雄
死說天生志不移南郊符命尙陳詞幾年飽享官家福新室猶應是可兒
紛紛符瑞與歌謳銅匱金書更石牛四十萬人齊勸進傷心最有廣饒侯
兩朝元老作逋翁禮數猶叨几杖隆不信美新文未預五年親自頌周公
賦茅授土坐明堂封拜家家受詔忙合使褒成作公輔除書偏讓與哀章
誤認當塗讖語歧仲家得璽亦奚爲無端末路逢陳簡歸號難償坐簣悲
急兵百日燭幾先問鼎何人趁卜年一世雄飛忽雌伏大燕天子未郊天
全局能爭一著輸雨雲反覆變須臾妄翻新樣家天下礶落終應讓羯奴

次可安自述詩韵

滿目悲生事句用愁聞日日非無才甘守默有號署知歸華髮慵看鏡偏悰早拂衣六年飢未死猶自誦斜暉

二三非我德半百尚爲人往往歌呼癸勞勞歎受辛未聞心轉石親見海揚塵浩蕩乾坤裏浮遊寄此身

亂世原偷活多謀鄙計贏身無一官累事在百年輕運數隨磨蝎鍼砭偶聽鶯何須問田舍無命遂歸耕

有生同石火如夢付雲烟世已無寧宇人原病舍田慣聞風鶴訊且記雪鴻緣門韵逢吾子還參酒聖賢

安次道中

百里朝馳駐汽車搖搖下澤早春初寒消鷄距參風信地壅龜文識潦餘宿麥漸青遲向隴流澌尚白未開渠時危但有豐年祝何處重菑汜勝書

卷七　四

上元夜踏燈詞

京師自壬子正月十二三日兵變後凋瘵日甚一日上元不覩燈火花炮者已六年矣今歲內憂外患勢尤岌岌而上元前後忽呈昔年景象亦可異也詩以識之

提燈會記鼠兒年鼙鼓俄驚破管絃一自闤闠經楚炬銀花火樹久蕭然壬子正月十二日夜有市民提燈會祝賀共和甫出行卽逢兵變乃一閧而散

六載春明變局多今宵重問夜如何三條五劇都非昔誰向鰲山更踏歌

恍惚連城不夜開行遊去去又重回戒嚴未下將軍令恰値金吾弛禁來

烜赫新成火判官公園初放萬人看夜深幻出飛花盒忍見餘輝照故壇前代社稷壇改爲中央公園十五日夜置火判于壇上並放花盒

襄陽城破在中宵妙語西河奪錦標莫更星球重演彩南天烽燧正紛囂時北軍攻取岳州正急

連天爆竹響聲聲月浸長街似水清試問走橋諸女伴捧心此際可還驚壬子
正月十二三日夜京師兵變東西城焚掠一空
笙歌幾處劇喧闐豪竹哀絲出列廛是否操奇計贏客買燈猶自賸金錢紙幣
跌至五扣零商民困苦至極
詔看烟火敞瓊筵水遠山長列衆仙勝事不堪回首憶德宗初葉太平年清制
元宵賜王公大臣宴於山長水遠樓晚看煙火庚子後停止
國危已似風前燭市近還張月下燈悽絕東京孟元老夢華錄就感難勝

休日長椿寺作用可安韵

九十春殘無處尋蕭然朝市早抽簪飽從濁世看塵刼重過空門印佛心營
奠有人參寶像忘機鎮日憩叢林妙光閣圮丁香在護惜還應乞法陰
爲陪齋薦偶追尋勝侶無端再盍簪是日潘盧舟爲其曾公設奠商曹舊侶至者甚衆夢裏浮雲三
際想座中舊雨十年心共擕芻束追徐穉待禮金塗問道林清話依依竟忘

卷七　五

久上方延駐刹那陰

雨後過崇效寺花事已闌依倚久之作五截句

城南西去柳河村閱盡滄桑古刹存留得青松紅杏卷劫灰果不到祇園（圖經）

（壬子之變失而復得）

豈是尋春去較遲（用何）闌珊芳信已如斯牡丹謝却楸花放老樹增妍又一時

丈室淋漓著靜觀孟津遺墨至今看無塵別境書何許如此乾坤放眼難

重撫殘碑認萬緣難從捨宅問唐年移棠種竹渾閒事誰縱高吟繼昔賢

雨餘攜屐踏蒼苔淨洗閒愁絕點埃三過門中一彈指棗花香裏待重來

偶作

逃暑來蕭寺清風滌我襟無言對佛坐如見妙明心

贈高冠三（鱣祥）即用其自題三十七歲撮影原韵

憶昔同部曹昕夕聯組綬滄桑一以變去去各異就顧我心匪石企君才盈

斗君去屢却回念我意良厚七年四把袂相慨走塵垢但存面目眞誓不斅
妾婦新語一展讀手胝沫流口小試司虢稽於君亦何有遠識洞溟渤詭辯
鄙杞柳自視硜硜然固等微生畝願言觀嘉猷一展屠龍手

題孫師鄭同年鄭齋感逝詩

世局年來不忍看更堪舊雨日凋殘試披感逝新詩讀泡影空華合等觀
文獻能徵綜四朝巍然詩史閣岧嶤更看竊取春秋義甲乙分編託大招
閱人成世幻虛波逝者如斯幾刹那重向鈞天溫舊夢貞元朝士已無多
變滅奚從見密移日遷月化信如馳有情未免增多感要悟觀河面皺時

九日淨業寺登高用仌庵韵

重陽難得無風雨天放吾曹作漫游早識古今同逝水欣看西北有高樓菊
開似肖僧黃面一作菊花向我還青眼荻老應先客白頭一作葭葵先人早白頭話到滄桑舊塵
刼幾番蒿目對神州

卷七　六

空潭蕭寺極荒寒徙倚渾忘來日難北地高秋傳信早西山終古耐人看老禪讀畫頻開幢勝侶敲詩共凭讀去欄且飫伊蒲度佳節休休歌哭莫無端

復次銷老韵二絕句

秋老光陰似擲梭登樓重放醉顏酡詩荒不爲催租敗曾聽荊高擊筑歌

却思往哲流風渺古寺看荷賸有詩朱竹垞高江村均有淨業寺看荷花詩他日重編涵碧集豪情應續大江詞去年朱謙甫君大江東去詞頗悲壯

郝孝子詩

孝子名贊清三河人事母至孝母病朝夕侍側三年不解帶時未弱冠也後官山東臨清州吏目卒年六十三

龍山高崔巍洵水淸且漣篤生至性人詣居百行先惟郝有孝子弱齡德粹全母也病痿久牀褥恒淹纏旋更苦河魚數下淋牏氈進器屢承抯昕夕弗給焉纚纚有長繩自繫以警眠牽引百不失造次淸便旋窗椷於以潔沾穢

於以蠲視聽無形聲服事逾歲年在母猶歎息子職信無愆昔漢有石慶洒𦡡世所賢每夕滌溺器宋亦稱庭堅以古方諸今鼎足奚間然作詩勗爲子庶繼明發篇

和王劭農姻丈重遊泮水詩即次其韵

紀到羊兒周甲年重將遺事叙開天靈光梓里尊誰匹嘉話芹宮句幸聯豈假文章增舊價試陳德業較前賢曲園恢詭隨園誕實踐輸茲淑世緣

澹靜從來不炫奇（廳事顏曰澹靜草堂）秀才風味早基之平生詩畫推三絕服政箴規懔四知白獄引歸歡子舍青箱傳業到孫枝待看八秩稱觴後萃鹿重賡燕喜時（時年七十有八再三年即重晏鹿鳴）

偕喆林至衍法寺作

端居意不適策杖郭門前與客登初地逢僧話曇禪（寺有先伯畫石）碑尋正德字（寺有明碑三其二爲楊文襄筆一爲李文正筆皆李燧書正德年建）幢認統和年（有八面尊勝陀羅尼幢一爲遼聖宗統和年建）徙倚渾

忘久歸來已夕煙

爲張允之縣長題蚪劍圖

披圖光氣尙棱棱神物珠還合襲縢能爲故家存手澤海城高義邁延陵劍爲允之先德叔田太守所藏出仕桂林因亂遺失海城李鑑堂制軍秉衡得而歸之

漫賦淒涼寶劍篇好從盤錯試龍泉孝孫今更爲良吏始信弓裘有夙傳

冬夜課兒讀書示以四截句

耽讀兒時結習成老來無復志騫騰當年痴癖傳兒子夜夜攤書共一燈

翁破篋中惟有書教兒不讀更何如課餘檢到柯山集字字傾忱說與渠

爲儒何必作奇男日用彜倫理要諳貴富饑寒有主者老生只是解常談翻柯山集阿几詩意

愚魯聰明且自任八年親課到於今平生齒冷昌黎句猶有龍豬計較心

冬日雜興六首用柯山集韵

城西結宇住抱膝倚前軒讀易窮時變吟詩見道根紛囂寄朝市荒寂類山村儲有玄堪守窮通莫漫論

北風催晏歲觀物識榮枯日短窗恆暗霜寒樹早疏蜩螗悲世局牛馬任人呼我已忘形久冥情濠上魚

平生本蕭瑟無語對斜曛濩落朱顏改皈依白業新參禪拙文字投老證天人解識環中意何須問鬼神

市近蹤恆遠庭空客不來虛心愛檐竹生意驗盆梅事外紛勞却靜中懷抱開凝陰久沍寒僂指待春回

至日年年節幽居事事閒門奇詩詠雪和倦夢依山散帙驅蟫去巡檐見雀還祁寒敢咨怨泰宇本無關

守缺書還讀抽閒戶自扃百年銷日日兩鬢任星星塵躅久云倦流光信不停潛夫合緘口高論待誰聽

卷七　八

和王劭農姻丈八十自壽重宴鹿鳴詩次韵

藝林盛事話開天周甲欣逢鶚薦年三輔名高丹桂籍八徵籙紀白雲篇福齊鴻範人稱㟁記識蟾宮夢再圓更喜壽朋偕二老依然典禮重興賢（朱芷青太守同宴鹿鳴暨予遇都轉辛酉拔貢周甲）

一代靈光獨冠時心淸室自寄遐思草衣三絕稱餘事（南田亦號東園草衣生）桂苑重游感受知棫樸作人綿舊化莘蒿肄雅譜新詩他年再晉岡陵頌九秩瓊林宴未遲

和朱芷青鄉長七十七歲重宴鹿鳴詩次韵

碩德遐齡漢五更吟詩叶作鳳鸞鳴龍門早隽青年選鹿野重歌白髮生異代靈光存宿學是翁矍鑠冠耆英桂宮佳話分明記信有人間稽古榮

猶及中興鼎運新先生生世際昌辰豈期經苑餘徽爐尙有賓筵舊典循合寫靈圖傳二老好留盛躅艷千春梓鄉光寵知奚極肄雅同欣頌壽人

男賞聆則誠校字

忍冬書屋詩集卷八 壬戌至庚午

武淸　郭家聲　琴石

苦旱喜得好雨隔日快晴見月有作

連旬酷熱鬱煩襟失喜甘霖入夜侵纔罷潦聲來月色可知天意鑒人心怒生花木欣欣發洗淨烟叢望望深慣懶頻年慵琢句今宵淸發轉難禁

十載前塵隔玉京心光孤照炯空明早將淨業銷餘熱多恐微雲點太淸一室團圞欣聚影九閽紛擾自銷聲宵深尙受遲眠累閒話依依近豆棚

浦雲廉訪舊輯唱和詩册蓮峰世講出以屬題距其殁又已五年矣泫然賦此

展卷紛紜列錦箋當時詩侶散如烟依稀影事吾能說一刹那經三十年

少小論交叶應求曾吟贈策壯東游馳驅作宦關山老悽絕無端度隴愁

解組河湟託一廛妖精夜殞到蛇年阽身併命何因果呵壁奚從更問天

鴟鴞制鴰匪斯今終古寃霜九夏沈記得去年西寺奠三棺同醊太傷心

藐孤彝訓記能真幸識楹書託有人試檢篇中舊鴻爪不堪回首憶前塵

題華璧臣同年尊公屏倜先生自繪五十遺像

絹素紛紜總失裁果然難狀是靈臺先生自寫非無意面目端須認本來

謹毛失貌俗工嗤頰上三毫想像之何似晴窗親點筆自家真相自家知

生平學易絕韋編見道剛逢寡過年暇日披圖深認取是真我與我周旋

影本流傳手澤遺飄然海鶴見丰姿試拈小語參新諦擬繡平原自買絲

重九日偕宋緯之北海公園登眺

昨年有約今年踐去日何如來日難莫漫傷心談影事試從矯首縱遐觀滔滔世局滄桑急夔夔風聲苑樹寒攜手共登瓊島望故宮佳氣久闌珊

回手觚棱感莫勝刼餘欄檻又重憑南飛鴻雁無消息東望樓臺有廢興老去漸思謀止酒寒來早已識堅冰與君且鼓登臨興話到澄清百不能

老懶

老去逢春懶出遊，況逢滄海正橫流。半生知己幾黃土（年來卓升敬忱皆下世），卅載授書今白頭。久罷綴文銷口業，早知食硯拙身謀。未能止酒追元亮，且倒淸尊一拍浮。

乘物遊心意亦恬，木棉裘減又重添。半春失序寒暄雜，十日愁陰雨雪兼。瑟縮待重謀墐戶，怨咨誰與問窮檐。飛騰暮景催人甚，老懶吟成險韵拈（查初白有老懶吟）。

齒落

十六年來落八齒，隔年間次表衰徵。亦知老至嗟何及，欲付空觀愧未能。兩紀足支焉可恃（昌黎齒落詩餘存二十餘次第知落矣倘常歲落一倘足支兩紀），百骸推例漫其懲（初白齒痛借昌黎韵詩至適催殘在堅宜有毁百骸推一例此蛻已久委）。試參蛻委他山語，持較昌黎倘作矜。

爲葉雋卿（廷乂）題鑄愁圖

著籍吾門二十秋淸才孤抱信無儔美人遲暮何多感嗣唱元恭萬古愁

賤非殊衆貴方稀一樣紅顏易地違物物何如破封畛死灰槁木是眞機

出亦愁兮入亦愁便成大錯鑄千秋委心自是安心葯俯仰人間寄一漚

達語親拈爲解顰披圖忽漫悵前塵行看白髮三千丈我亦憂天一杞人

方謹餘僉事作詩見贈次韵奉答

老覺垂垂白髮新不堪回首曲江春養倪早擬休勞躅得醉眞堪換告身顧

我久爲三黜士與君合作兩畸人電光泡影原如是奚事斤斤究去因

晚節論詩罕眞契眼中忽復遇陰何怪來律析三唐密（君論詩主唐法不入宋格與下走極合）

始信才輸十倍多莫爲耽吟鉥肝腎但期將壽補蹉跎吾儕且寓人間世散

木能全計未訛

原作　　岳陽 方永愼 謹餘

恍惚名題寺塔新祇將華鬢換靑春高文典策留佳話大筆淋漓寫告身

廿五年中雙主事百僚底裏一詩人休尋蕉鹿論眞幻遇合由來各有因

我本看山倦遊客閉門風雨意如何老來漸覺文思減生事尋常酒債多

三徑荒園憂伏莽廿年拙宦悔蹉跎醇醪欲醉惟公瑾一卷殘詩費訂譌

奉和仌盦辱題耕餘軒詩元韵

食硯生涯愧下農年年旨蓄紬三冬文章未合名當世風雅何堪作㑊庸曼

倩詼調充吏隱仲升志業誤書傭頭顱如許催成老尾段餘生興漫濃

廿年賡唱劇多情舊館邀延百感幷青眼高歌聊作健白頭相對各藏名畱

畬經訓君能服溝澮聲聞假平我敢盈珍重歲寒須努力久要期不負平生

俞巨溟同年壽滄見示自題櫜廬講學圖詩奉答六絕句

努力忍窮甘寂淡強顔講學昧時宜集張文潛平生熟復柯山語至竟前賢不我

欺

炊文煮字作生涯門籍盈千莫漫誇老執教鞭成白首虛抛二十四年華僕自

光緒三十一年任八旗高等學堂教席復兼他校至今已閱二十四年親授畢業者數百千人

故人覆轍忽相尋維世同深一片心棉薄敢云傳國學要他略識辨人禽今世進取之途正多乃獨爲食硯生活是尋僕之覆轍而不知鑑也一笑

頭陀抖擻世塵無結習從知未懺除不道舌耕原拙計翻將手稿寫新圖君近自號一清頭陀案梵語頭陀者抖擻一切煩惱也

少微光耀入丹青曾否旁邊著小星前授生徒後女樂季長絳帳有遺型君于上年納寵

經師尤重是人師此義而今渺莫追撫卷忽深滄海感君應不笑我書癡

偶作示謹餘索和

居雖近市隔囂塵半畝先廬寄此身性命苟全遑說亂饔飧猶給敢云貧得

醇酒似逢嘉士溫舊書如見故人記取冬烘生趣在漫將不樂效崔駰

墮地今逢六十年流光迅駛箭離弦婦無交謫家斯順兒略知書業可傳畢

世投閒容我老好官得路讓人先風塵澒洞慵回首世界悠悠任大千（用范石湖句）

西直門河干

玉瀾堂畔柳依依一角青山挂夕暉猶有宮牆三數曲年年宿雨長苔衣

船隝巋然不復扃層波鱗纈蕩秋萍釣徒尙說前朝事話到滄桑淚欲零

重築頤和小拓基淀園刼火幾曾悲西池阿母無愁甚記否春秋移蹕時（清室在咸豐庚申以前率二月移蹕圓明園八月返宮當日京諺有二八月大搬家之語西后身曾經此乃自同治初即主重脩淀園賴恭王持之而罷迨光緒世醇王柄政遂任大興土木力不能舉淀園全部僅復頤和一隅而千萬海軍軍費盡耗矣是日聞河干釣人絮絮話此）

夾岍沿迴漾素波龍舟當日此經過金輪去後繁華歇故老猶傳十里河

秋九曾吟靈境篇識微敢說燭機先庚庚刼急重相續指數殘杯四十年（光緒乙未九月曾偕常向辰內翰（光廿）遊此予用昌黎青龍寺詩韻作靈境篇以寄意庚子之變不幸言中）

課兒詩

卷八　四

商賓意盤五課詩其目爲耕圃吏士兒予於四者無一惟三兒兩女皆當嚮學之年予任各校教席已逾廿載課人之餘還以自課雖勞憊不敢辭也爰用其韵作課兒詩

先室遺兩兒親教免失學攻苦十餘年植基尙孱薄繼室有一子兩女同根託各各知讀書課誦每相角終日共咿唔紙墨紛置錯吾生拙入世位置合高閣講學雖諄諄考跡殊落落芸人未舍己聊用慰蕭索庶期先澤延食貧亦云樂

碩公出示近詩依韵奉酬

年來無復興遄飛眼倦滄桑賦盍歸北海情豪猶有酒西山歌闋漸無薇衣冠文物殊今昔城郭人民半是非歌哭當前都欲盡伊川被髮早知微

抃却長安不易居故人猶共說詩書文留鸞掖今無價術習龍屠計本疏舊學商量斯已矣大同夢想近何如願揩老眼觀新局洗甲銀河一滌除

原作　　丹徒 尹文 碩公

網密何曾礙鳥飛居然尺布裹頭歸懷君直欲歌中露顧我猶能賦采薇

海上三年消息斷王城一見鬢毛非路人偶語君知否太白前宵犯少微

乞米長安嘆索居刼灰未盡異人書仰天大笑冠纓絕斫地無靈劍術疏

勝國風情猶不遠名賢月旦近何如瑯琊久負同舟美僞體何人一掃除

少濱以濠濮漫賦詩見示是會曾與追陪前塵仿彿依韻答之

招攜佳侶記炎天濠濮漪瀾勝地連遠嶂撐空嵌一塔澄波倒影印千蓮倚欄渾欲忘賓主中酒何須問聖賢黃綬陸沉非所事凌雲待子賦成篇山谷詩故人昔有凌雲賦何意陸沉黃綬間

濠濮漫賦　　黟 朱師轍 少濱

紙扇羅衫鬱暑天游濠濮肆流連石橋枕樹撐層塔鏡水浮萍臥矮蓮

印度紗籠誇倩女中山服御半時賢興亡電閃同觀劇青史評論費簡篇

蟋蟀

蟋蟀鳴閒砌聲聲入夜深先時促寒訊爲（讀去）客擣秋心我已忘機久猶爲恤緯吟故都搖落甚感爾意蕭森

近事

寄跡庠門廿五年妄將生計託陳編誰知士子恆爲士三繼而翁執教鞭（大兒）

貽誠自畢業北大理科屢任蒙藏專門學校公立第三中學校教席近復助教輔仁大學皆與予相後先

阿大還教阿二隨一般學教語侏儷炊文煮字吾家事信是書生作計癡（二兒）

則誠畢業交通大學服務平綏路局近在北京學院兼授英文

又見童烏負笈忙紛紜女媳各膠庠後車不鑑前車失問字朝朝似著狂（四兒）

賀誠在志成中學長女立誠在培根女學次女端誠在公立第四小學長媳秉貞次媳紹萊在北平師範學校修業

一家八口忙趨課留守惟應仗老妻多少旁人嗤措大却拈近事作新題

重陽

重陽合作及時遊相對何須泣楚囚晚歲光陰渾似夢故都風物易驚秋倦看刼後青山在怕聽霜前白雁遒此會明年倘消歇且攜尊酒一登樓時議廢止舊歷甚力

章邱孟氏妾萬縵如奇烈詩有序

萬氏濟南農家女以貧鬻身女閭歲戊午章邱孟生曉岩客濟南爲脫籍攜之歸生父燮元治家嚴怒其子納妓爲妾見而呵責不少貸幸生婦陳賢爲曲容之萬則屈意承事久而燮元知其誠亦安焉歲壬戌生患疽甚劇萬爲割股和藥卒不起復吞金以殉遇救得活燮元年老憂傷又於甲子逝世有母年逾八十有遺妾亦衰老萬佐陳竭力侍養己巳二月流賊擾章邱孟氏所居舊軍鎮陷焉賊大淫掠萬隨大婦引祖姑翁妾避暗陬賊前偪之萬以身蔽陳受兩刃院故有井乘賊紛擾猝與陳同投入幸水淺未滅頂賊尋至井所俯視謂

將以石投甃之萬踞井中大罵賊知不可奪遂舍去逾時鄰人至引
二人出並無恙迺急避居天津得免于難嗟乎萬始以身殉孟生繼
以身捍陳皆可得死而竟不死且不辱天也亦人也章邱趙眞吾具
事徵文奇其烈爲作詩曰

昔爲章臺柳當風弄柔姿今爲冬青樹淩霜擢高枝草木有本心俯仰各遂
時妾志自專壹匪石不可移卓卓小家女積貧乏生資賣笑供色養不敢違
親慈翩翩佳公子暇日相追隨傾心矢終身下陳充亦宜入門拜家公凜肅
峙霜威登堂拜大婦逮下昭令儀束躬守庶職息息謹自持井臼豈云劬膏
沐不敢施積誠自感格久久無異詞鞠凶降自天其來不可知郎君忽攖疾
束手嗟群醫刲股竟不起咽金徒爾爲家公老而獨莫塞喪明悲一旦復奄
忽雙槥駢靈旗家難一何酷拮掘強撐支惟公有老母八十及髦衰亦有副
室在老病嗟支離百憂萃一堂三世集四嫠死生且共命荼蘗同甘飴蛇年

仲春月厄運忽重罹賊氛漲滿天閭里紛爛糜四嬬同引避彳亍隱堂楣展轉與賊遇戈鋋交脅之直前翼大婦粉軀非所辭白刃既已蹈素壁終無疵院左有故井死所良在茲牽袂急投止尺波甘橫屍賊紿以下石眈眈俯井眉怒詈不少屈昭格通神祇賊知終難犯委置遽他馳倉卒兩全節一誠濟百危兩死竟不死天乎亦人爲戚黨大嘆息交口頌貞姬淤泥出芳蓮朽壤茁靈芝人生非草木安得遂磷緇作詩砭濁俗采風庶毋遺

養吾寄示近作奉酬四律

故人不我棄郵遞寄新詩試讀歸來什眞成元散詞（見齊書沈驎士傳）紉蘭資作友寫竹爲堪師（君善畫蘭竹）高致當今少臨風劇寄思

幽遁身彌健居安心太平（居琉璃廠西太平巷）卷懷爲市隱餘事以詩鳴（有石雪齋詩）得畫稱三絕韜明足一生何時重把手懷抱爲君傾

海王村畔路得地遂幽棲蝸角一廛寄鴻毛萬事齊教兒已成學（一子名靖畢業北京）

大學與客每分題何必蒿廬下潛身足養倪
孺子家風舊鴻冥道自臧紀聞傳潞水（曾輯北通縣志料又從予抄偶植亭潞河竹枝詞力考鄉邦文獻）上
塚媲襄陽（原籍武進有訪墓圖）我亦逃名久人云與世忘作詩聊達指好共證行藏

鎖日

鎖日恒風不出門蕭齋偃仰度晨昏摩挲故物攤書簇排撥奇寒仗酒尊鶴
語堯年應不減人思趙日竟無溫老妻更爲加行炙一醉渾忘亂處褲
過眼光陰似指彈駸駸歲暮更天寒前塵已去休回憶來日從知是大難時
有門生勤問字每煩摯友勸加餐學餘敢道吾衰甚炳燭猶期素志完

清明

尋春策杖偶閒行草色涵青引出城忽見家家門插柳計時今日是清明
唐陵漢寢已成塵百姓尋常野祭新一種生民追遠意曉曉公葬果何人
玉匣珠襦出秘扃遺黎無地哭冬青一盂麥飯何從覓東望鵑啼不忍聽

厤頭何計數來年植樹空教令節傳記取陽回一百六梨花如雪柳如煙

男 賈瞻期 誠校字

右忍冬書屋詩集八卷爲詩七百二十二首貽緘等校字既竟迺謹識其末曰　家大人恆言詩之爲敎必以戴記所謂温柔敦厚論語所謂興觀群怨者爲歸即極其變亦必發情止義無詭於卜氏序言之正則初無待斤斤焉祖漢魏禰六朝宗唐祧宋爲也且一代有一代之詩一人有一人之詩性情既異面目自殊其尤要者一曰有關繫二曰有寄託三曰有紀律四曰有意境五曰有功力數者缺一即不足以言詩又謂近古以還詩之爲道益雜故有古文家之詩有考據家之詩有理學家之詩有詞曲家之詩又有似禪偈似歌括似謠諺之詩而獨所謂詩人之詩者實尠夫所謂詩人之詩者何則温柔敦厚興觀群怨八者盡之至其爲用仍不外序之所云正得失動天地感鬼神主文譎諫言者無罪聞者足戒是已否則究聲病夸格調矜藻采侈才思競氣勢非不各得詩之一端初無與於體要焉蓋　家大人生平論詩之旨如是其自爲詩亦以是爲依歸故讀其詩者舉凡個人之性情時世之

變遷社會之背景家庭之狀況無不隱約可見書曰詩言志孟子曰知人論世劉彦和曰詩人爲情造文皆此義也小子不敏致誚面牆獨於得諸庭聞者服膺弗敢失爰述厓略用質當世大雅君子庶幾以意逆志有相賞於篇什文字之外者乎則斯集於以不朽矣民國十九年九月

忍冬書屋詩續集
陳垣

忍冬書屋詩續集

陳雲誥

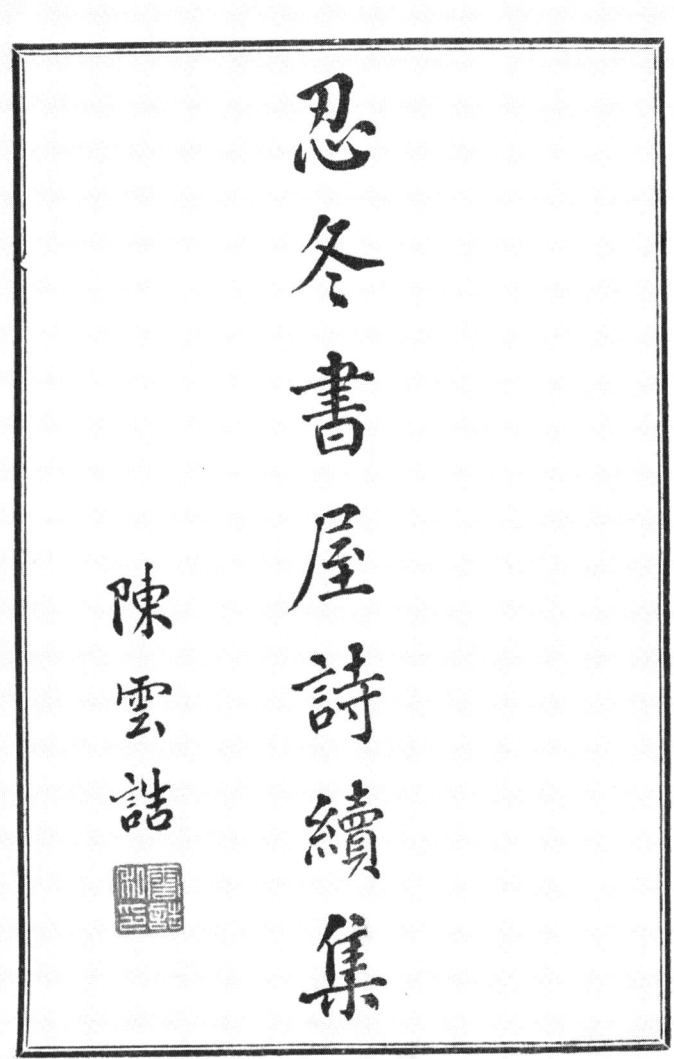

序一

業以專而精匪獨文事然也僚之丸秋之弈宋蘭子之劍以至庖丁之解牛痀僂丈人之承蜩習之專而嗜之篤舉天下之大美無可以易之者而世間之毛豫外人之褒譏一無問焉唯無人之見者存故其藝之成也亦非夫人之所能及吾友　郭君棐石之爲詩亦若是已君有忍冬書屋詩集八卷刻於民國十九年嘗以贈予予讀而憙之閱十年又得詩若干首將續付梓屬序於予予嘗謂君之詩雄而不剽眞而不俚奥而不晦顯而不浮氣斂而味醇格高而音雅萃古詩人之長得其神而不襲其迹天耶人耶交修而並至在近代詩人中洵能獨張一軍卓卓乎其必傳不獨閩人百首可稱詩史已也或曰詩道性情耳發於天機人力胡爲者予謂不然夫以廣義言之雖村謳樵唱皆有天然絕妙之文若夫周旋矩矱之中方皇意言之表一字之著或十易而後安一句之成或百思而後愜至其興之所到得意疾書文不加

點又若莫之爲而爲者人力至而天機合此中甘苦有非外人所能喻者不然世之爲詩者多矣孰不有其性情而何以一代之中傳不數人人不數篇此豈空言性情者所可坐而致哉而君嘗謂予曰吾之梓吾詩也非敢望其必傳聊以存數十年心血焉爾此雖君之謙詞而與予所謂非有人之見存者儻有合歟故書所見而還質之君未知君以予爲知言否也民國二十八年十月霸縣高步瀛

序二

武清郭琴石同年輯近所爲詩若干卷將付手民屬爲之序予於詩文懵無所知比歲以來鍵戶窮居耳目都廢何足辱君之簡冊固辭不獲已乃徧讀君詩舉其所感者爲之辭曰夫詩所以道性情者也漢唐而降以詩名者代必數十百家而號爲魁桀者代不過數人已耳自鉛槧之術昌近世言詩者乃愈衆上焉者撏撦唐宋襲貌遺神僻詞飾其雕鐫險語文其枯澀其下者

以聲律爲拘攣以音節爲束縛長短低昂任其馳騁幾至月成一集人爲一編甚且藉爲聲氣之階梯榮之徑其是否發於性情之正與於詩教之旨固不問也琴石家世績學生當太平居京師數十年親見歷刧滄桑之狀凡夫京朝掌故燕市舊聞情動於中者一一皆發之於詩故其爲言也刻露而不失於纖樸拙而不傷于俚若論人詩百章尤足上續遺山論詩之作使人之讀其詩者慨然感其溫柔敦厚之旨與世之吟風弄月相詡以爲名高者固有間矣雖然以君之才不獲鼓吹休明賦車攻馬同之什以自見乃低回詠歎僅託其俯仰悲懷於歌嘯之中後之知人論世者其亦有念其懷抱者乎

己卯重陽後十日貴陽邢端序

序三

書堯典曰詩言志歌永言詩大序曰詩者志之所之也在心爲志發言爲詩情動於中而形於言言之不足故嗟嘆之嗟嘆之不足故永歌之永歌之不

序

足不知手之舞之足之蹈之也太史公自序曰書以道事詩以達意又曰夫詩書隱約者欲遂其志之思也古人之論詩大率如此夫意之所至志亦之焉情之所動思亦寓焉是故詩者性情之所感發心思之所寄託意志之所表見而言之必不容已者也喜怒哀樂之情動於中禍福利害之形格於外志有所不遂意有所不通不能不出諸口而爲言言不可以徑情直遂非其人非其時非其地皆未可傾吐則呻吟焉嘆息焉歌嘯焉諷詠焉以舒其氣是故放臣逐子離人思婦心有所鬱結不能不託之於詩政散民流之世則其詩愈多故曰上以風化下下以風刺上主文而譎諫言之者無罪聞之者足以戒詩三百篇大氐聖賢發憤之所爲作也此詩之義也及乎後世網羅愈密反唇腹誹尙自不免況乎發爲吟詠以風刺其上乎時旣以詩爲忌諱於是詩人務爲幽渺之思流連光景嘲弄風月因物託興以致其意嗚呼情不得遂志而達之於言言不能達意而發之於詩又不可發憤而託之於物

於此而猶曰詩可以不作則必土木而已矣吾友郭君杲石工於詩先已刻其所爲忍冬書屋詩集若干卷海內言詩者莫不稱之今又緝其近年游覽贈荅之作爲續集八卷將復刻焉或者謂君之前集既美且富洵足以信當時而名後世茲集詩不及前之多君方日以詩自課後之所作將無窮似可無庸亟亟付梓余以爲不然凡作詩之時與地不同則其詩必不盡同茲集作於斯時則適爲斯時之詩他日時過境遷感慨係之所作當復有異何必強合爲一集哉觀君此集考其所作之時與地察其所以託興必能知其遣詞命意有與前後集不盡同者是不可不亟亟傳之也君問序於余余不能詩無以窺見其深姑泛陳古人論詩之義與茲之所爲宜刻者以復之若其文詞之工旨意之美則高君邢君之序盡之矣無取余之贊頌爲也庚辰正月元旦後三日武陵余嘉錫序

序四　序

河北近世詩人以余所知者言之南皮張文襄公新城王晉卿先生豐潤趙菁衫先生此三人者其名至大其藝亦至高而南宮李剛已則雄奇博大直逼唐音棗強步芝村則清逸嫺雅上陵陶謝鹽山唐昭卿賈佩卿饒陽常稷笙則沈厚老蒼任邱籍亮儕大城鄧和甫則超拔聰慧凡以上諸人其詣極之作可與唐宋名家比肩接武毫無愧色其次者亦各能開設戶牖吐棄故常以與世之狂花客慧貌腴神枯者較其相去固已遠矣而但聞其名未見其詩者尚不可勝數也蓋文章之道本於性情而人之性情有陰陽剛柔之不同如李太白杜工部韓昌黎是毗於剛者也如王右丞白香山歐陽文忠陸放翁是毗於柔者也然無論毗陽毗陰其至者一讀其詩則聲音笑貌畢見於前千載而下若與其人對語者何哉則以其文之所發皆根於至性至情無虛僞無造作故無浮光無掠影情摯氣眞絕不可僞爲也同年友武清郭君琴石幼擅詩名其忍冬書屋詩集八卷清詞麗句傳誦都下者已數十

年今年七十餘矣爲之益勤得詩八卷出以示余余讀之其今體則細膩熨貼動宕自然其古體則紆徐曲折之中復運以沈厚深醅之力較之前集不惟無退筆之嫌且有再厲之氣而能本厥性情攄爲藻采和平藴藉望而知爲得陰柔之美者故能卓然獨立自成一家也詩文者道德之階而國家之元氣也故其事恒與世運相升降今之世爲考據者有人爲小學者有人爲訓詁箋註者有人而獨於風俗運會攸關之文章大業日益衰落不可制止由是以推琴石之詩在今日歎其爲之勤業之精再十數年恐後生學士不惟不能爲且並不能讀矣此則不能不爲斯文懼也嗚呼其若之何哉己卯臘後行唐尙秉和識

序五

民國庚午琴石先生刊忍冬書屋詩集屬余題其篇耑今越十載先生又續刊其詩集復屬辭於余余與先生交幾廿年矣先生道貌盎然工於詩每過

從必談詩余雖不能工然亦喜爲之嘗相質正多所獲益憶此十年間余嘗浪游汴梁講學巴蜀然年必返故都與先生晤晤必以詩互相質而先生之詩日益進自蘆溝事變睽隔三年始復與先生晤浩劫滄桑恍如隔世而先生居故都健如故詩且愈工其間感舊懷人之作傷今弔古之情胥託毫素見諸歌詠子夏曰詩者志之所之也又曰情動於中而形於言況先生以詩人懷抱遭過歷史未有之奇變而又親歷其境有不得已於言者則其感之深發之正與其辭之工又可知矣此其續集之與前集異趨其在斯乎倘再越十載先生重睹太平賡歌而復續其集余更將歡欣鼓舞執筆以紀其盛相與談笑樂游高歌於燕市間也中華民國廿九年庚辰仲春東華舊史朱師轍謹識於宣南黟館

序六

誦詩終卷不知其人爲何如人者其性情必不足不知其時爲何如時者其

興象必不切又不知所居爲何地者其品格亦不高並不知其所遭爲何遇
者其質榦亦且虛懸而無所於麗作詩然序詩亦何莫不然吾見詩序亦夥
矣抑揚唐宋嗤點派別是曰詩論與所序之人初無涉則其失也泛序人詩
者亦衆矣某篇追韓杜某什擬穠黄元白高岑衆美備具與其人獨至之詣
仍無與則其失也諛亦有能觀其深者矣或禀陽剛或毗陰柔比儗揣摩不
蹈故常然毛嬙西施夫人而盡知其美渾金璞玉舉目而咸欽其寶簡編具
在望而可識猶復震而矜之秘爲獨得則於義反儉蓋序詩與言詩欲陳言
之盡去恒戛戛其難矣必也於其人其時其地其遇爲讀者所不易識不易
知者而吾爲之抉摘幽隱闡發志趣爲讀者導以先路夫而後其詩之曲折
隱微軒豁呈露其詩足傳而序亦莫得而廢焉吾同年郭君琴石以詩鳴都
下者有年矣往者曾梓其忍冬書屋詩八卷爲一時傳誦今又裒其晚年之
作爲續集八卷而屬序于余余維君少年登第浮沈郎署未丁喪亂流連景

光故多清新俊逸之作中年以後周鼎忽移既不能和其聲以鳴國盛重以世變日亟法斁綱淪而伊川被髮元和赭面萬鬼跳梁陸離不經此數十年之劇亂實爲生民未有之奇讀前編可見其功力之深讀後編可見其悲憫之隱今琹石尚横身洪流日持三寸毛錐以當狂瀾之砥柱澤畔行吟呑聲野哭竊願君老而彌厲再三賡續與屈子杜老相應和于千百年後以鑄成民國之詩史斯亦不幸中之幸事也已不其痛哉不其快哉民國庚辰孟夏

年愚弟鹽山賈恩紱序

題識（以先後爲次已見前集者不復錄）

題忍冬集　上虞 俞壽滄（時年七十）

吾曹豈屑號詩翁即論詩才亦足雄上薄風騷下唐宋五千年史燭胸中
老來詩律更嚴持暝鍜晨敲集百思留得大名垂宇宙知君撚斷幾莖髭
畢竟詩人福較眞愈經板蕩愈精神殘山賸水淒涼月一入奚囊總是春
我如瓦釜也雷鳴羞聽黃鍾大呂聲一片冬心期共抱休休亭畔夕陽明

題忍冬續集用題前集詩韵　吉林 慶珍（時年七十）

書齋偏號忍此老耐嚴冬品企陶元亮官休邴曼容精神傳肖像（冊首有像）教授重儒宗（時任輔仁大學國文教席）嘉蔭淸如此（諸世兄皆學有淵源）人欽百丈松

復覩雕鐫事鴻章擁百城孤雲隨漢轉明月照波淸鍜鍊神尤健推敲字更

精逢庚再題句（前集止于庚午明年歲逢庚辰）多壽頌馮平（君今年七十有一）

又成二什　前人

交誼先人訂（先中丞與令伯荷田先生爲舊交）吟壇早歲親（庚子前識君於定可安姻家席上）慚余知識謭愛子性情眞否運逢三劫斯生兩不辰（君由刑部改官農工商部余由兵部改官法部）題詩觸陳迹百拜此松筠（西城論文舊雨今惟君在）十年一刊集風雅識人存品節仁爲壽詩書教亦敦（任教北京各校幾四十年）無弦琹自韵終古石能言同輩凋零盡回頭不忍論

奉題　琴石夫子忍冬詩集　受業　董璠

貞元朝士鬢全頒一住京華七十年詩續游仙賡比竹曲聽商女咽流泉冥天鴻影滄波外故國鵑聲落照前慚愧侯芭虛問字傳經未與子雲玄

峻絕孤標雪嶺松儒宗端不忝林宗鈞天久斷前朝夢時雨從霑舊澤濃守冷空盤甘苜蓿詩成曉日喻芙蓉城西大市街旁宅（師第在西四牌樓北）花落花開看忍冬

奉題聞人詩百首　前人

魔佛天親共一編黨牛附李定誰賢先生自有千秋筆不待門人作鄭箋

題品非夸月旦編任將恩怨付前賢蟲魚注罷衡人物斑管何如廿四箋前集有觀物二十四詠

晚學 慈谿 陸宗達

興衰已見編年集箋注無煩本事詩昨夜小春初雪後忍冬枝上忍冬時

風格重開野史亭中原法乳一燈青魚龍寂寞河山冷翻使人間重四靈

臨江仙 題棠石先生忍冬書屋詩集

後學 顧隨

妙句長城堅壁高吟戛玉鳴金泠泠古調七弦琹雲烟勞望眼山水是知音

天外江河滚滚人閒歲月駸駸古城草木漫春深忍冬猶好在証此歲寒心

易水 陳雲誥

素衣涴盡帝京塵聞見三朝老逸民有道平生無黨籍聽山餘事作詩人風雲世局重重變冰雪肝腸歷歷新誰會南冠歌哭意白頭無地著吟身

門人伊通　葉廷乂

昔陳無已謂荊公晚年詩傷工山谷晚年詩傷奇此自他人論定之語至如杜陵云老去漸於詩律細務觀云詩未遽衰猶跌宕又云作詩老恨無奇思又皆晚年深造自得舉似以示人者所謂得失寸心知也此集皆吾　師近十年之作亦工亦奇亦細亦跌宕以視前集其詣極之功自可覆案古來詩人老壽垂至九十無踰務觀者以此爲劵行見三集四集與年遞增進視務觀如驂之靳可預卜焉

子壻紹興　許世瑛

宋賀方回言學詩於前輩得八句云平澹不流於淺俗奇古不鄰於怪僻題詩不窘於物象敘事不病於聲律比興深者通物理用事工者如已出格見於成篇渾然不可鐫氣出於言外浩然不可屈盡心於詩守此勿失嘗聞外舅屢述斯語蓋其生平祈嚮所在也舉斯語以求是集庶幾得其環中歟

蒲城 仵墉

在昔新城王晉卿先生許鷟河北諸詩人恒推　琴石之作爲有唐賢矩矱近時賈佩卿尙節之陳紫綸諸同年皆河北文學鉅子亦翕然推服每有吟詠輒就之商榷質正以其所詣獨專且久故於知言自有眞契也不佞不嗜爲詩閒有所作亦請刪改必爲質言得失無少隱切磋每取資焉此集諸什頗有流入宋體者豈晚年頹放不自知歟抑詩以境遷固必至於是歟試取前集印合知吾獻疑非無據爾

年姪 蒲城 仵道益

杜陵詩之質拙昌黎山谷詩之礧砢槎枒眉山詩之流易其失處正其獨到不可及處香山劍南差免此病要皆不害其爲大家也　琴石年伯之詩高閬仙先生序謂在近代詩人中能獨張一軍尙節之先生序謂卓然獨立自成一家所言皆非妄譽者顧嘗聞其自任則謂所造尙未能及名家至如前

代諸大家更無能爲役是蓋眞積力久得失寸心不敢妄自期許亦非妄自菲薄學者態度如是如是不第於詩爲然也讀是集者以是衡之知必有合焉

蒙兀 恩華

予性疎懶於同年至爲乖闊與 棻石翁爲禮闈同榜歷四十年近始往還深談眞所謂白首如新也翁癸巳賦鹿鳴生長京師髫齡歧嶷耳聞目覩迴異恆流舉凡六十年來朝章國故治亂經緯朝官佚聞世俗故事每與促膝清言娓娓輒至移晷忘倦又復博涉群書淡於榮利癸卯出榮文恪師門安流平進不事干謁復值國變益寡宦情枕經胙史仍事皐比横經受業之侶徧於京邑每入上庠隨而問難質疑者常數十百人杜陵詩云讀書破萬卷下筆有如神陳師道詩云向來一瓣香敬爲曾南豐詩家正則舍翁其誰忍冬書屋一集士夫久飫膾炙庚午至今積詩又夥予以時事日亟力爲慫恿

刊刻續集囑爲跋語苦不能詩觀諸家序跋已贊歎無餘無事再贅故祇述兩人老而相契並翁之安貧樂道方聞博雅爲詩家之楷模云

門人宛平楊世震

昔在弱冠執贄師門時方習舉業兼及試帖律賦未嘗請肄詩學也其後畢業譯館服務東陲風塵鞅掌綿歷歲年益無從請業及之然每聞當代儒彥論列河朔詩人輒推吾　師爲巨擘無異詞焉比年息影舊京得讀忍冬書屋詩集傑構名篇煥然盈目乃信昔賢所謂詩外有人詩中有史者洵非虛語近復排印續集幸預襄校之役覺其詣力深邃意境超卓無一敗筆無一頹勢司空表聖云精力彌滿萬象在旁彷彿遇之不惟壽徵益驗德劭　世震慚於詩學未由仰贊高深謹識數語以見四十餘年老門生尚當竭其炳燭餘輝請益於捧几攜杖時也

忍冬書屋詩續集卷一 庚午 辛未 壬申

武清 郭家聲 琴石

重陽日雨次日雪詩以誌異

今年時紀異雨雪過重陽天亦更新曆（陽曆十月卅日）人猶習故常舊詩成語讖（上年重陽詩有北會明年倘消歇語今竟實現）殊說雜禨祥無計登高去吟成盡一觴

欒佩石同年來平以詩索和依韻奉酬桂舫卿五子綸仲清毓皖雲汀潤琴雪蓀諸同年均有和章

廿年睽隔各西東散木奚堪匹峯桐青眼未殊還似昔白頭相見並成翁塵揚滄海觀今古夢斷鈞天換羽宮惆悵故宮賡舊雨曷勝離黍感彌中

附原作

海城 欒駿聲 佩石

蓬梗漂零西復東焚餘誰更識焦桐廿年幾悟黃粱夢一笑同爲白髮翁禾黍秋風哀北闕杏花春雨憶南宮顧厨胸臆莊騷感併入杯盤醉飽中

附和作

清河 田步蟾 桂舫

忽聞舊雨發遼東噦噦和聲鳳集桐相見仍爲異地客不才况是信天翁譏游人盡談滄海寂寞花猶看故宮有酒儘堪同一醉當無壘塊到胸中

桂林 張書雲 卿五

康乾詩老說遼東（李徵君廌青著蜷巢集馬山人大鉢著雷溪集夢樹山侍郎著有大谷山堂集當時詩家有遼東三老之號）又聽元音鳳噦桐歷刼餘生如隔世驚秋衰鬢各成翁巢痕舊掃悲塵夢曲譜新翻變徵宮賴有詩歡眞率會牢愁都付酒盃中

紫氣遙瞻來自東淸音猶愛爨餘桐雪泥眞似飛鴻印禍福寧知失馬翁往事蹉跎思舊雨群仙磊落賦新宮市樓縱飲休辭醉好夢重溫廿載中

陳紫綸同年用東韻枉贈二律依次奉答

龍川意氣冠江東夐絕高標百尺桐昔作擷芬鳳池客今成歎世鹿皮翁廿年君早辭華省六秩吾猶寄學宮太息關西今宿艸（謂景喬同年）好偕遁迹老菰

中

附原作　易縣陳雲誥紫綸

勞燕分飛西復東南山松柏北山桐生平學道貧非病劫後論交壯亦翁沒羽尋看蹲虎石（用老杜看射猛虎終殘年句意）探珠深入睡龍宮端居但使心源潔大隱何妨近市中

卜居只隔市西東敢道高棲老碧桐臥雪門前雙委巷忍冬花下一詩翁太憂漢室難留鼎隗過燕王未築宮窮達區區何蔕芥早吞雲夢在胸中

邵伯絅章同年枉贈大著雪滐詞集仍用東韵奉題一律

清詞高唱大江東琴趣聲聲叶嶧桐細譜元音追樂正（美成于元豐中獻汴都賦召爲大樂正）偶抒奇氣近髯翁百年掌錄闕書局八詠搜題到梵宮我愧過門無佈鼓異時學步拜三中

附和作　仁和邵章伯絅

舫齋不辨路西東余詞託始舫齋落成今史館撤齋亦半圮矣碎葉無邊撼井桐歸燕未忘前社客飢臯相忍老詩翁裝成寶相三千界協到龢聲十二宮蟄處幽憂賴陶寫差無綺語託空中

欒佩石同年見示六十自壽詩依韻奉和即以當祝

翛然清望峙遼東執法深悰審刻桐籙記新齊黃石叟箠歌記擁紫髯翁揚鷹久已馳文囿磨蝎何曾坐命宮詁福諧詩頌周甲恍賡莞詠杏林中

昔記題名雁塔東卅年影事付秋桐相逢半是支離叟作健猶推矍鑠翁晚福鍾齡延翠幕山在錦縣嘉辰叶律溯黃宮夏歷十一月十七日雲雷更祝經綸裕大起亨貞在動中

消寒第六集作示冕之唐容

立春巧值六九日舊雨招邀十一人影事疑從夢餘過交情信到歲寒眞倘依漢臘推新節若數周遺半子民眼底故都消歇盡區區此會亦堪珍

附和作

吳興 章乃煒 唐容

夢醒黃粱已兩載今朝小歇盡閒人古醅綠酒迎春早寒歲蒼松見性眞豪氣消沉燕市客襟懷想像葛天民試吟垂柳庭前句雅事承平洵足珍

貴陽 邢端 冕之

城頭鼓角催殘臘天末閒雲有故人舉世雞蟲何足數一時蕉鹿詎爲眞且看燕市容吾黨拚向醉鄉爲部民消受清寒蔬筍味三蛇誰復羨南珍聞南中新貴以粵中三蛇饌客一席費百金

和演群消寒第七集書懷詩韵

破臘銜寒喜命儔拜君佳句錦囊收藏山自理一家學得酒同銷萬古愁荊砮梁璆關世計向首國富任人謀見列子天瑞篇異時倘假新書讀老石雖頑也點頭君著有石雅廿四卷

附原作

吳興 章鴻釗 演群

殘年急景對良儔，夜話蒼茫百感收。入此歲來寧早料，到忘情處却何愁。眼前嬌嬌無多子，身外紛紛敢預謀。寄語韶華好護惜，幾人霜雪不盈頭。

和巨溟辛未元日試筆原韻

幽居莫漫笑無褌，臘尾年頭合閉門。食字畢生同脈望，攤書隔夕祀長恩（司書鬼名，見致虛閣雜俎）。晨敲暝鍛詩成癖，陽熱陰寒夢有痕（見王符潛夫論）。老引屠蘇嗟失歲，試啼却喜報生孫（長孫正樑以夏曆十二月廿九日生）。

附原作　俞壽滄　巨溟

處世眞如虱處褌，誰能解脫入空門。讀書早信貧非病，養氣從知怨亦恩。秋士百憂徒自縛，春婆一夢事無痕。陶然且醉屠蘇酒，傳世文章即子孫。

翩翩堂前燕

翩翩堂前燕，爾迺無世情。秋去春復來，依然還舊京。舊京日蕭索，大廈久已傾。尋常百姓家，半亦淪榛荊。爾來何所栖，桑土難爲營。豈眞巢林木，古事今

有徵試聽梁間語呢喃未分明

三月三日（爲陰曆正月十五日）輔校同人小聚即席作

舊上元逢新上巳一年節作兩年觀人生安得不速老世局如斯且盡懽燈火傾城忘歲儉壺觴永夕破春寒夢華故事吾能記滿眼滄桑欲說難

城西作

策杖城西路秋來景物非空潭荷作鏡老屋蘚爲衣蟲語止還作蟬聲咽復稀因過舊親戚情語自依依

飢驅四十年早擬謝塵緣已是老將至胡爲俗所牽得閒知意遠止酒覺身便興盡言歸早還應及午眠

重陽

去年有雪罷登臨今歲無風感喟深已是催租能敗興況逢多難更何心兵驚草木風聲厲計失桑榆晚景侵莽莽乾坤愁莫極漫從遐眺覓開襟

晨出

晨出郊坰縱遠觀獨携扶老儘盤桓正憂邊警三旬急稍喜秋成四野安潦水漸低清見底霜林初霽峭生寒野鳧泛泛隨波蕩羨爾無心自往還

題孫師鄭同年舊京詩文存集

京研都鍊賦承平奚事新篇署舊京班左淸才嗟莫試商周遺什轉同慚黍離有恨何人識麥秀難通彼狡誠披讀未終百端集君山老淚忽縱橫

訪冕之不遇知有西山之遊爰訊以詩

勝具遙情二者幷艷君作健得山行欲搜奇境峰峰歷難得深秋日日晴紅葉醉霜開畫本靑天携句佇詩成歸來幸爲從頭說持較田盤景細評（前聞談田盤之勝）

爲楊冠如（葆銓）題西安擁畫圖

西安門側有精廬避世揚雲此卜居大好常披四壁畫何須更侈百城書一

心皈寂君殊勝三絕兼工我不如掃軌翛然成市隱英光可卷合懷遽開幀晴牕得自嬉畫家品畫足探奇寫梅傳派宗無咎顛草能書媿少師半綬輕拋耽水墨三椽小築樂茆茨卜鄰許託同聲否試向圖中入問之

藝菊篇贈黃潤書 名藝錫著有菊鑑一卷

古言菊之愛陶後鮮有聞寂寂千載間高致誰與群我友黃叔度清標出塵氛愛菊能藝菊與陶爲替人手植三百本培溉皆躬親苗以夏冬判種以新故分部居別色態表識書日辰目營而心怵長養何其仁盡歷三時勞遑恤四體勤始得償積願一一披清芬涼秋九月餘快晴逾兩旬我聞有芳訊攜杖逕詣君君幸不我拒吟賞同所欣園開短竹籓室列老瓦盆一花與一葉各各香絪緼大者面八寸有如寶相薰高者埊八尺長有半一身其餘咸異狀較絜任斤斤標目亦雋穎中東遂同文觀覽未及周夕陽倏已曛吾意良眷眷君說尤殷殷遂出一卷書示我開香芸厥名爲菊鑑詩植詳臚陳其旨

在實用雅品嗤放紛菊譜入農家四部昔采甄自天水以來作者逐紛紜劉范與二史遺帙幾霾湮有淸陸槎溪藝志書稍繁烏目爲作圖妙墨霏烟雲文人例好事鞶帨侈錦紋能賞不能植色品徒斷斷淸胄有寧王東園集嘉賓接蒿詡創獲遺譜今或存君書出實驗庶各張一軍語罷暮歸來餘香盈葛巾好共作菊隱追蹟無懷民北宋劉蒙南宋史正志范成大各有一菊譜一卷史鑄有百菊集譜六卷菊史補遺一卷清四庫著錄皆采浙江鮑氏家藏本而世罕傳書一清陸廷燦有藝菊志八卷亦鮑氏藏本四庫錄入存目王石谷爲繪藝菊圖一時名士多爲題詠君嘗嘗引及之清禮親王昭槤嘯亭雜錄言甯恪王弘晈爲怡賢親王次子好菊得南中佳種以蒿接數百種無重複者花時輒招名士宴集邸中又自製精扇名東園扇士大夫多購之愚昔在友人王小航照家見東園菊譜寫本有李鐵君鍇序世亦未有刻行者

初冬

地僻初冬屆天寒急景遒樹經霜自落冰挾水還流生事甘蔬儉後漢書劉虞傳時艱抱杞憂吾衰丁此世垂暮更何求

雪

節逢大小雪兩得雪霏霏入事雖多迕天心固不違已知時疫歇預祝土田肥尚惜新寒偪窮簷未授衣

消息

亂亡渾莫定消息近如何民瘠科徵急時危嫁娶多池魚憂及累市虎訊恒訛世事休重問深居自寤歌

不作承平夢空餘老大身年衰差少病世亂幸能貧蜩沸悲時局蟲沙促刧塵祁寒莫咨怨計日盼廻春

題謝邁度銘勛五十畫像

蘄年雅慕趙臺卿五十先教壽像成拜孔揖顏原有例莊襟老帶是何名眼前諸幻塵塵續頻上三毫栩栩呈留得本來眞面目淵然即此了无生別號了无道人

冬郊

冬郊何有只空林記歷風霜取次侵在圃晚蔬餘老物歸根落葉識初心開

身合早栖三徑短髩猶難滿一簪薄暮詩成還自笑狂奴故態尚難禁

爲章演群鴻釗題南陔永慕圖

荻溪章氏多聞人詩存一集何清新作者一百有一十千六百篇臚奇珍藹
士封公著清詠青燈夜課勗負薪病聞母病亦有什夢呼小字思劬辛以是
養亦以是教孝乎唯孝同君陳是亦爲政足傳世奚用仕閥矜華閫昔厠農
曹識二子竹林峻望孰與群阿叔健筆勝喉舌猶子竺學理放紛游遨幸參
籍咸列研學論政臭味親一自曹部慨星散舊京人海嗟同淪歲寒招携共
談往鬥詩角飲忘昏晨不知人間是何世各抱利器埋風塵石雅一篇闡精
詣搜剔琳玕逌球琨果使致用啓地寶宜哉侯封膺富民繞朝有策竟弗試
孰主國計徒憂貧暇日示我南陔圖五十而慕存孺眞縷述先德幾口沫悉
根孝友持樸純當茲洪流橫決日猶存忾慕昭彝倫迺知人心自不死群陰
剝盡終回春歸君此圖三太息補亡束晳徒云云

老態

行年六十三，善飯尚猶入齒决苦不利每食吞渾侖（俗書刊誤物完曰囫圇與渾侖同義）消運胃乏力偏燥腸寡津兩日一遺矢老態日偪眞體衰現狀殊坐此亦多因不信郭開語遂譖廉將軍

孝慤高君懿德詩

猗歟高忠憲炳耀三百年儒宗冠東林學以主靜先難兄曰鳴陽孝友里閈傳慶衍十一葉孝慤迺誕焉六齡早失恃艱苦孰渠憐能偕弟若兄溫凊職罔愆厥後事繼母弟妹復連肩融融而洩洩一庭和氣綿色養迄終身孺慕根諸天其孝也如是言者無閒然家世本儒風故物餘青氈君起承厥緒章句袪縛纏飢驅出授書入師志希賢英英諸邑子薰德無輕儇久之易司計出納愼一錢任託悉無私毫忽達萬千老任同仁堂群嬰育婉嬋人子即吾子胞與通坤乾餘事無纖鉅一誠相周旋其慤也如是毋謂硜硜專晚季薄

庸行横流潰百川昌言侈非孝倫紀甯舍旃誰獨無父母毛裏忍棄捐行且爲父母舐愛胡復牽老愚誠古愚至行以愚全世人矜巧捷迷途致傾顛試讀易簣語質實理無偏保心兼保身戰兢惕冰淵光光大儒裔傳治執德堅作詩闡幽光庶使汙俗湔

忍冬花開有作

昔賦忍冬篇駸駸廿五年八隨春共老花與雪爭妍薄植猶存活紛華幾變遷從來濟彌永此義不虛傳

潤書菊鑑印成復題四截句

王家三百六十種譜入山陽序裡香更有廣陵與射浦後湖花事各流芳魯通甯菊譜序言少時讀書漣東以園半畝蒔菊百種其時鄰里家家有之並述射浦王翁以菊名者五十年廣陵菊可千畝南京後湖城北之菊亞廣陵後漣上王君介友以菊譜請序所載至三百六十種自謂平生四見菊未有如斯之多且異者見類彙續編

握趙名家說舊都夢鄰三徑不荒蕪藝花品卉饒清逸試檢完顔鴻雪圖清道

光初年京師以藝菊名者群推龢堂給諫（名握克精額滿洲人）趙象庵舍人（名鈺直隸人）又夢薌侍御（名文通滿洲人後官總兵）家亦有異種

而今何事不推遷物換星移況百年倘有伊人歌挹露風流想像義熙前見麟慶鴻雪因緣圖記一集下

又

一編新鑑勒成書實驗親培語自殊私願無多煩記取看花歲歲到黃爐

又

又見靑陽去惟餘白髮新時危思樂土老至惜餘春得酒居中聖攤書契古人杖藜空歎世回首惜前塵

中秋夜作 時大兒任教靑島二兒赴差大同

服役兒曹西復東故園蟄伏膡而翁一年月色今宵滿三處離情易地同淸賞定能延海上明輝應不隔雲中時危敢作懷安想且引芳醪盡碧筩晚飲蓮花白酒

偶見

野水縱橫隱釣磯西風漸欲作嚴威蟬聲未斷蛩聲續猶有蜻蜓趁力飛（比也）

九月三日癸巳同年故都小集師鄭有詩次韻奉和

卅年前織登科記今日相看是刧餘蒿目諒同期有豸杞懷但冀夢維魚笙簧萃野休稽典宮闕蓬萊漸作墟（近城倚虹堂玉瀾堂等處多已毀圮）喜得吾儕招近局菊花香裡一牽裾

市樓小聚聯今雨廡舍幽棲幾客星且假綠醅歡飲卯底須白首歎零丁當前世事一杯水在昔聲華千佛經握手齊年各珍重廿番歲會倘邀靈

附原作　昭文　孫　雄　師鄭

鹿鳴重宴三分二（癸巳迄壬申已四十年）鰲柱全傾百刧餘伏櫪暮年成老驥橫流滄海歎其魚引觴喜有群賢至易社愁看九廟墟（清太廟近月開放設有酒肆茗館等）折桂蟾宮懷昔夢天香卅載襲襟裾

寶祐科名稽往史（去秋徐積餘同年以影宋刻寶祐登科錄郵賜）貞元朝士賸晨星問年積算都疑亥議禮升香竟廢丁（戊辰春季政府南遷廢止祀孔典禮）萬古消愁惟有酒孤懷救國欲扶經飄蕭霜鬢同珍重坐待河淸獄降靈

聞人談近事有作

發邱郎將摸金尉隳突陵園次第侵樊董凶酋奚足責阿瞞俊物是何心

升木何人首教猱舉幡逐隊競紛囂人言太學亡東漢黨錮諸公責莫逃

玉柙珠襦祕器存王家累世有陵園傷心發掘親臨者正是傳封後葉孫

卅年前賦少年行曾爲防微掬至誠不幸賜言今竟中弄潮（借意）獵艷太縱橫

孟言般樂是求禍恒舞酣歌夜未央坐視金甌任甑破可知舉國已眞狂

巨艑連檣逐去波大弓寶玉近如何春秋不作人心死陽虎而今廼許多

卷一終

受業 楊世震校字

忍冬書屋詩續集卷二 癸酉 甲戌

武淸 郭家聲 榘石

代王晋老題畫山水

曾聞馬遠畫殘山尺幅能徵世局孱今日神州嗟破碎竹嵐松靄有無間

徐貞惠先生逝世三週紀念詩 代

君子審出處不忘飢溺情避世與濟世此際尤分明晚季昧道眞孳孳放利行舉世混濁中皭然見先生孤童起渤海二難早蜚聲同氣爲同年嘉話傳鹿鳴筮仕齊魯間循績日錚錚漸起領一道鴻逵啓修程國變忽焉遘天地嗟拆崩歸來伏海隅閉關掩柴荊世事一不問涉園日韜精無何濮大决百里隤金城當軸屢見招強起爲蚩氓迺身親畚鍤寸地與水爭竹楗逮土茭一一心目營胼胝涉寒暑昏墊甫告平秋霖忽肆虐漫瀾尤縱橫挽之卒循軌斯民慶平成拂衣復歸里爵冕固所輕幽居十五載痌瘝夢常縈况値擄

亂世人禍天災幷振卹無遺力廣被東西瀛大願未畢償大命於以傾識者悉走哭相與謀易名僉曰古制諡所以昭民型好與之謂惠守節之謂貞二者既得兼一貫以精誠受寄不負民矢志不附兄末世求粹詣庶幾協輿評山水詠高長日月倏邁征莫謂三年久百世長流馨作詩詔來茲用激濁揚清

孫師鄭同年以六十七歲自壽詩索和依韻答之

太息生初罹百憂黍離滿目忾宗周市空底處尋屠狗石爛何心譜飯牛我本工愁天懼壓君眞難老氣凌秋相看莫爲蒼生哭姑假新詩作應求

神州沈陸幾嗟吁反袂傷麟道益孤（近日報載湖南某縣牛產麟生而旋斃）歸去來兮侶懷葛忽焉沒矣夢黃虞經書救國言非妄詩史成編老可娛（二語用本事）舉世沸羹寧自棄敢謀暇豫變吾吾（見國語）

章一山同年梫見示移寓貢院舊基詩次韻

至公堂上仰天章 清高宗甲子幸貢院詩付勒石至公堂壁 七度呈材選佛場 聲自光緒戊子至戊戌鄉會試共七次癸卯汴闈始釋褐 辛苦當年湮舊地銷沉今日失靈光古槐根斷燒痕燼 貢院古槐五百年物也刦後無存 委巷名遺水墨香 左近水墨胡同等地昔爲應試者賃寓之所 朝市已移文物盡西山餘爽尚青蒼 明遠樓楹聯曰夜裡文光冲北斗朝來爽氣挹西山華陽卓櫄筆也

我友親經試大科刧餘移廕愴懷多文章爾雅驚非昔 自話體文流行昔日高文典册幾乎熄矣

朝士貞元感若何蕊榜夢空談絳蠟棘籬地早沒青莎呂公堂近如重訪煩向仙人問逝波 呂公堂去貢院不及一里清代應試者恒假寓於此春明竹枝詞有貪向仙祠祈好夢多錢租到呂公堂句聲于光緒丙戌應順天府試借廕旬日

吳鞠農同年 敬修 七十壽詩

蛇兒歲共賦賓筵 光緒癸巳君捷汴闈愚捷順天闈爲齊年生 往事分明在目前卅載尚開眞率會 上年秋孫師鄭同年雄召集同年僑居北平者得十餘人月一宴集名以率社 九秋欣頌古稀年 陰歷九月十一日爲君七十壽辰

刧塵幾度逢桑海 甲午以後世變非一北平舊京今幾淪爲極邊他可知矣 夢影重溫記木天 君以甲午捷南

卷二　二

宮入翰林玉堂重話有如隔世不祝臺萊祝松柏歲寒薪共葆康堅

院砌下有蟋蟀鳴已數夕近忽寂然蓋爲貓所噉矣感而作詩

爲感秋風試一鳴貍奴横噬殞微生默容亦有東家訓莫向人前訴不平

徐室沈碩人令德詩並序

碩人沈氏名樹字研香吳興人毘陵徐石雪君宗浩之室婉淑多材

藝持家教子尤盡婦道年五十四卒天津王仁庵守恂爲誌墓合肥

沈曾邁爲作家傳爰爲是詩以寒石雪之悲焉

昔者趙王孫嘉耦曰仲姬一家富才藝文彩昭來兹流風六百年靜好傳令

儀徐君南邦彥三絕譽久馳瓣香信有在刑于逮閨帷猗歟沈碩人天賦瓊

玉姿作嬪幾卌載家室咸曰宜內職既畢舉文翰聊自怡識古饒精鑒亦時

習毛詩寫梅兼寫竹古芬雙管披添香靜讀畫同聲諧唱隨力致淮雲帖夫

君笑開眉更繪研香圖佳話光蘭檥藏書三萬卷經燹無佚遺微夫人之力

墳籍良難知凡此允才淑嬪則百世貽緬惟古賢媛所遇恒多崎令暉擅賦茗未聞匹英奇清照艷角茶晚景嗟凄其以云備福慧天水庶方斯既播彤史芬矧近白首期逝者鮮遺憾我友應紓悲綴什彰徽音庸挽末俗瀉庶協女史箴豈矜幼婦辭

冬半

今年冬半未披裘信有恒暘篋亢疇老樹尙留餘葉在短溪還帶薄澌流國危世事誠多變亂甚天時亦不侔試檢五行稽往志無端又益杞人憂

遊護國寺

墮地今逾六十年經遊故寺數盈千流聞宅記元丞相熟認碑題趙集賢一自移都異形勢尙留集市感推遷（廟市向例逢七八日集民國初年亦改陽曆）刼餘老樹婆娑甚閱世輪渠壽獨延

流光

卷二　三

已識流光不假人老來猶未息勞薪始衰早過十年許歷刧眞同再世身時引稚孫嬉暇逸更尋舊友話情親乾坤如此終何冀得快斯須是幸民

鄺園看菊詩

園在北平西城丁章胡同華陽駱君子琪（華）賃以蒔菊之地也十月望日演群（介）往觀之花時已晏陳列者尙得二百餘盆花身高者至七八尺花面大者至六七寸色之濃淡瓣之粗細無美不備且已開至兩月之久皆由一手植成洵鉅觀矣爰作是詩貽之

看花歲歲到黃廬（上年題黃潤書菊鑑句）此願今年竟擲虛簾捲西風感蕭索故人海上訊何如（潤書今春歸滬）

聞道鄺園有好花東籬風格近陶家携筇逕往敲門問馬市橋南日未斜

主人延接啓荆關坐對黃花半日閒靜翫移時忘晷刻冷香涵徹屋三間

下下高高列瓦盆一壺一葉濬烟痕此花自有眞標格莫漫榮名錫狀元（往年）

北平賽菊會推爲花狀元蓋兼謂君家公驪殿撰承驪也

錦城烽燹自年年三徑拋來寄一廛莫道故都零落甚蒔花猶有地迴旋是日談近年蜀事甚悉

老圃秋容自一時王宏去後渺天涯同年王石蓀荃善返蜀已六七年音問悉絕詢諸君亦不能詳也我來不速眞狂客聊爲名花賦小詩

臘月十五日望月憶大兒青島

側身東望月流天憶汝携家寄海壖遠道定知千里共今年只此一回圓應如再賃宜長計時方擬移寓物可能齊廣內篇任物理系教課歲暮庭闈應有念平安慰我早通箋

佳友篇贈李君儀亭夙年

李君清世同文館學生與　先堂兄維周獻臣及堂弟秋坪同學夙契嘗官山東候補道今寓北平西直門內横橋善藝菊上海黃潤書

君（蓺錫）所撰菊鑑引爲佳友三十一人之一愚曩與相識不相見者且三十年今秋演群招飲席上遇之越日至其家看菊重話舊事百端交集爰贈以詩

嘗讀佳友錄三十有一人君名赫然在是昔所熟聞有清德宗世開館擴同文搜才習象鞮髦俊羅紛紜吾家策名者厥有三弟昆我時習儒術未及厠其群暇日往適館情話恒殷殷告我有嘉友賞析實共欣某也畫革熟某也習數勤某也致深穩某也才紛綸某也多善言如蘭其氣芬某也重直道如石磨不磷一一僂指數未嘗不及君爰得與把袂雅契常如新爾後遂睽隔忽忽三十春世變固非一海田屢成塵我兄早偕逝草宿埋雙墳我亦久沈隱匏繫存一身今年菊花時我友召啓樽坐上忽相見初疑夢非眞問訊舊館侶十九蹤躅湮顧視各衰白往事同浮雲友言君愛菊亦與柴桑鄰手植二千本嘉種多超倫越日過君家一問橫橋濱飽看佳色滿靜領幽香薰舊

京蓺菊家稀若星在晨黃錄列五李（毓森筱亭文啓子樑紹臣新山及君而五）惟君故誼申淡契信如菊庶幾交以神年年請看花久久勵貞筠

巨溟以元旦試筆詩索和因次其韻

荏苒年華去復來紛紜人事劇場開冰霜力鍛孤生竹天地心餘數點梅節認侏儒觀屢易綫牽傀儡樣新裁家居擅壞何嗟及抵掌遑論當世才

幾多痴骨裹妍皮倜裡眞形倏即離物換星移寧有極雲翻雨覆亦奚奇厝薪未識何人寤荷蕢惟期莫已知倒盡屠蘇且謀醉待看春信反南枝

附和作

易水 陳雲誥 子綸

六街簫鼓迓春來垂老唯逢笑口開舊臘缺儲新歲酒東風漸長北枝梅搏沙作飯成痴夢剪綵爲花有別裁啓蟄佇看群鴈過隨陽愧爾治生才

羊質焉能冒虎皮一場撲朔眼迷離易年乃見群兒貴掀局眞開萬古奇惘惘漏舟酣醉夢蕭蕭陋巷斷聞知鄰童那識興亡感猶唱端辰舊竹枝

夏歷六月廿一日集什刹海酒家為歐陽文忠公作生日以會老堂致語分韻得老字

昔聞半巖盧壽歐集諸老主客合八人各各摛雄藻曾梅固絕才朱龍亦孤抱自餘孫劉輩襟度並浩浩原唱惜半微有待求遺稿習苦為補圖厥式俾天造（文節跋語）自勝事近百年清風傳肆好（清道光丁未邵位西先生以六月廿一日招曾文正梅伯言朱伯韓龍翰臣孫芝房劉茮雲周岷帆諸公為歐公作生日以天下文章莫大乎是分韻賦詩朱得下字龍得章字梅得乎字曾得是字邵及劉孫周作皆未見戴文節以失女未與補作詩二首不限分韻並為作醉翁亭圖附錄同人壽歐詩文卷尾）京師掌故海（魏默深語）文獻恣搜討一自歷滄桑僅免歌鞠草道喪文尤敝憂心切如擣安得起醉翁為挽百川倒朱夏值誕辰薄薦修蠡蠹與者多勝流祭酒推綺皓設像出裘本璇題煥冕璪遺集珍宋槧香澤發梨棗是翁所憑依奕世期永保九百三十載精誠貫幽灝人間今何世塵霾待汎掃靈兮庶來歆遺訓良可寶惟文字無窮是謂眞壽考

張卿五同年書雲見示重到史館感賦詩甲寅七月作也卄載變遷世事尤非昔比依韵奉和感喟繫之

木天清望企當年重讀君詩意惘然史有三長稱絕業地經再値信奇緣微言未散殊金脞見文心雕龍大義能擔要鉄肩話到一塵還一刼茫茫百歲涕交漣

是是非非自古難憎眞悅似曷勝歎見史通一時縱謂書爲謗百世應存典不刋故宋新周詞異執瓊樓玉宇梦高寒只今可待成追憶窟宅何曾盡素餐劉子元語

附原作　纂修清史用國史實錄兩館舊地開館日到此不勝今昔之感率成俚句並索和章

臨桂　張書雲　卿五

楝檖東華憶往年星移物換倍悽然貞元遞嬗開奇局桑海重來話舊緣

直筆千秋資巨手斯文一線要仔肩眼明歷歷興亡事未吮霜毫涕泗漣

子長不作廬陵逝公論於今良可歎正統欲將天國祖巵言謬託聖經刊

橫流浩浩悲心死此筆森森令膽寒二百餘年文獻在青燈藜火幸加餐

繼室郝恭人歿已六閱月矣作詩追悼情見乎詞

回頭二十一年前曾揭情文賦絕絃白首黃門詩再詠自揮老淚寫新篇

牛年刼後記來嬪荊布迎將共食貧巧婦縱無無米歎朝朝稱水更量薪辛丑十一月來歸

擇對微苛為兩兒稚齡失恃要能慈入門第一安心事得母還同母在時先室欒恭人逝世時大兒八歲次兒六歲

男奇女偶索盈三不使隨兒作斬驂裁抑有心資豫教徐行後長略能諳長女立誠四兒質誠次女端誠皆恭人所出

先姊虔稱肅奉持年年設祀不愆期九泉相見如相識為報佳兒已有兒每逢

清明中元十月朔及冥壽忌辰爲先室欒恭人設祭必親拜薦

一家赴課各膠庠，留守煩君歲月長。更有不堪回首處，幾番歷劫度滄桑。事見舊詩

母氏相依十七秋，知君色養願微酬。禫祥纔過追隨去，盍戀塵緣爲少留。外母陳孺人老寡無子依予居者十七年辛未七月逝世

兩理兒婚佐向平，抱孫三度辦香綳。如何費盡勤劬力，晚福偏難備此生。

痼疾淹纏藥備嘗，病中爐擲兩年光。修園陳子綸同年天士葉狷卿同學都延徧，至竟難尋續命湯。

彌留一語最心傷，畢世深情再世償。未必他生還聚首，人間天上總茫茫。

暫厝叢林寄一棺，百年馬鬣幾時完。靈兮不昧如回顧，好待春來看牡丹。柩厝白紙坊崇效寺

亂邦早死庸非福，贍我孤生竹奈何。况是未完兒女累，殘年支拄幾蹉跎。

昕夕歸來自叩扃兒孫女媳笑相迎分明不見伊人影每揭簾幃淚欲傾
欲遺悲懷總累欷幾番失寐等鰥魚四窮民內堪稱首始信先賢語不誣

重九日廣濟寺登高小集分韻得慈字

三年不作登高會（甲戌後感時多難久罷登高）深負黃花未入詩今日重來集蓮社勝流
相與把萸枝霜颷促節驚人老翅海回瀾仰佛慈且假叢林縱遐矚長吟莫
斆楚囚悲

吳季青農學士（宗栻）輓詩

無端噩耗忽驚聞卌載交期又失君豈謂一朝溘先露從知萬事等浮雲向
來倦視人間世此去歸修地下文白髮舊儔申絮奠茫茫天壤痛離群

廣濟寺大雄殿重光博如有詩落之因次其韻並示現明大和尚

翅火難摧象教揚（辛未冬大火寺中殿堂被燬甚衆）巋然重現魯靈光槐存七葉欝生意梅
綻九英霏定香明鏡非臺原不燼宗乘似海固難量臘辰勝會拈詩記聊代

新文撰上梁

石公寄示讀范書感賦二絶蓋爲仲澐靜農作也（時二君以嫌被逮拘南京甫釋出繫）次韵奉答

孟博何如作史雲釜魚清况固殊倫鴻飛要託冥冥去矰繳虛煩弋篡人

晚季奚從管是非紛紜埃霧早湏達（陳蕃傳語）保終幸遂居身苦莫漫昌言觝世威

附原作　　丹徒尹文石公

外傳長繫猶驚喜（范滂傳語）思雜風塵實絶倫（後漢劉昭補志序）不有番禺陳祭酒千秋申范更何人（東塾集中申范一卷言之頗能成理）

騎虎操蛇孰敢非武安鑿穴（臺佟傳語）遂終違傷心白下桁楊路憶否前賢有孝威

愛存出示近詩次韵一首

側身天地其誰語與子相期避世羅削迹深居同契少凋年急景感懷多東隅已失率然（蛇名）勢南服新傳勞者歌（浙湘等省實行人民服役制）縱有歲寒眞詣在時艱滿目奈愁何

卷二終

受業 葉廷乂校字

忍冬書屋詩續集卷三 乙亥

武清　郭家聲　琴石

葛文台明經英華三十年老友也久別相見喜成二律

故人經久別望望隔山川不遠來千里相知記卅年乍逢疑夢寐接坐話纏綿攜手謀重醉何須惜酒錢寒食前一日同飯和順居

舊侶今餘幾當年共上庠嘉魚何伯雍濰縣王仲廉宋綽之吾邑高煥辰樹鄉蔡璞如皆昔在八旗高等學堂同任教席者或存或亡言之慨然老俱成白叟見喜及青陽陰曆二月杪來遊北平憶子修遺譜煩予作引喤曾爲作族譜序那堪回首憶故國屢滄桑

附和作　昌邑　葛英華　文台

春明一去吾將老歲月如流歎逝川遠別東南分兩地古稀前後隔三年隴頭信息通梅使水面文章簇柳綿何處可尋乾淨土祝君早蓄買山錢

好音巳渺鐘兼鼓異事頻聞序與庠此地開樽追北海有時結社效東陽

看試寶器誰爲守曾執儀囊獨不喤幸得陶公詩一卷引人清夢到柴桑

文台有詩見示即次其韻

不遇元規亦障塵蹉跎又及舊京春爲蟲爲鼠深忘我呼馬呼牛早任人急
刼曾經全性命浮生猶寄斷癡嗔相逢莫漫愁沽酒且賞當前物候新

附原作　昌邑　葛英華　文台

故國重來步舊塵滄桑世變幾經春蜉蝣暫寄猶容我鷸蚌相持祗任人
縱有愁魔皆底事不遭醉尉亦忘嗔明朝百五光陰裡萬物同觀色色新

贈李勁庵文學　棪

文學爲吾師　仲約先生文孫青年力學能紹祖業

失喜師門有哲孫風流文采至今存楹書能守還能讀弓冶遙承試溯源師積書至夥嘗築三萬軸樓藏之又一小樓額曰賜書以藏御賜諸書今皆無恙
晚明禁籍昔冥搜孔壁親鈐小印留輯錄有人深屬望新題重牓舊書樓師所

藏書皆手題編號惟所著晚明禁書數百種僅加孔壁二字即不列號意可見也勁庵有志輯刊黃晦聞節贈額曰壁書樓

校士當年受特知登龍聲價仰宗師蹉跎老作羊公鶴晚學徒深炳燭思清光緒閻師任順天學政聲於壬辰歲試彙列亞軍癸巳科試彙列冠軍

刮目驚看鄭小同紹衣幸不墜宗風禮堂他日如重定撰記猶能効寸功師所著書刻入靈鶼閣漸西村舍知服齋等叢書者十數種均非手定稿故漏略甚多勁庵亦將重刻校定爲遺書若干卷

爲繼配郝恭人及元配欒恭人兩柩修葬合營一壙亦即吾將來歸著地也卒成一律示兒輩

遐榻營成歲五遷天竺慈雲法師生前制棺名爲遐榻見宋韓淲澗泉日記予及郝恭人壽器于辛未歲制成復修生壙及今年兼謀婦葬歸同穴爲傍先靈戀舊阡自前歲先墓被盜堂弟秋坪爲其婦孟買穴萬安公墓另謀妥靈之計予未忍也往哲達觀慙速朽異時私冀穩長眠衰翁作計無多望爲語兒曹勿舍旃

聞入詩百一首 有序

春秋張世尙謂所見之異詞月旦置評豈果方人之有暇矧僕生際

晚近學愧淹通計惟頌詩讀書遑說依門傍戶覩聞所及綴以短章

不錄生存免嫌標榜其有缺略待補苴焉

于目親經五十年當時籍甚幾才賢知人論世吾何敢聊作侏儒一節傳

心源自信接曾胡宏獎功多意闊疏近代論詩應首出巍然大雅要輪扶 張（文襄之洞）

萬流仰鏡說登龍門下才多轉誤公一代儒臣疏外事故違管仲梗平戎 翁（文恭同龢）

功同掩骼梓遺書急賑親捐金石儲無忝易名遺澤在萬人香楮拜輀車 潘（文勤、祖蔭）

文李崇祠柴市右司成遺宅禁城東刊書答問渾閒事合樹雙坊並教忠 王（文敏懿榮）

天生芝醴邁華簪侍從偏叨睿賞深一樣精研蒙兀史獨稽金石到和林 李
文誠 文田

七十思貽著述羅識雖泥古少娉婀易名竟匹金之俊擬不於倫抱憾多 高
文通 賡恩

拚命由來爲著書大師亦自好樓居未能割愛多翻累風子評量固不虚 俞
曲園 樾

早倚權門逐勢紛中興無地作參軍霸才竟以經師老饒有縱橫氣入文 王
湘綺 闓運

已知任諫旨微更故假風流罪過行如此宗賢終佗傺殘年餘事以詩鳴 偶
齋 寶廷

恥作宗臣道不行鬱華孤抱結精誠紛紛並世推文藻細節安能概更生 伯
希 盛昱

近臣遠謫鳩誰媒十六星霜始却回再到西陲愁不返眞成意外玉龍哀 文

貞 志銳

絕艷驚才世所稀彩雲兩曲織天機弭兵頌就終盧願白首詩翁只費辭 樊

樊山 增祥

薛廬高第富聲華晚達初探上苑花詞賦儘多蕭瑟氣無入道出貴官家 馮

夢華 煦

中西學貫擅精能譯界親燃初祖燈多事與人籌帝制誤猜福命媲伊藤 嚴

幾道 復

早劾元臣急上書宦成又哭兩宮車名心不共滄桑滅更築崇陵種樹廬 梁

節庵 鼎芬

異國黃車譯百篇文人盛業信無前拜陵自引亭林例不借先朝歛樹錢 林

琴南 紓

鄭莫中間掉臂行勤搜古佚及東瀛折衝自有長材在選繼桐城是小鳴　黎蒓齋庶昌

博識能知四國爲圖經國志構精思悠悠褒論多皮相競賞新裁人境詩　黃公度遵憲

名使三人一席分周旋槃敦有殊勛化裁通變推先覺夐絕庸盦海外文　薛叔耘福成

少陵詩史公詞史六百年來接夢牕曾伏青蒲申直諫從遊幸免作龍逢　朱古微祖謀

音律尤精析寸分並時抗手只彊村金明池畔荷花詠痛弔璇宮月夜魂　王半塘鵬運

才並朱王互頡頏蕙風盛譽冠詞場饒他絕麗緣沈博修到梅花句亦香　況周儀桂馨

新周故宋託公羊保國何成更保皇人道荊公不解事書生作計總疏狂 康

南海 有爲

社評政論導先河啓牖功深信不磨無所成名緣博學援庵月旦却非訛 梁

任公 啓超

愛才元老促歸程戀主猶然滯上京西市倉皇竟沈命不堪卒讀杜鵑行 楊

叔僑 銳

不隨王五甘流血孤孽身教狹疾傾但識莽蒼蒼氣概莫將仁學証因明 譚

復生 嗣同

少年當世意飛騰自識謀身或未能對簿泥犂詩讖在誰從寃海問疑矜 林

暾谷 旭

學道哀時遂致身四章京裡一畸人縱留介白詩篇在遺閔憂懷未畢申 劉

裴村 光第

楚風篳路啓權輿蘭爲當門幾見鋤索影小華休目笑靈鶼叢刻有新書江
建霞 標

日下才名數大徐輶軒今語出軺車禍延顯考何人誚泣血凋年忍責渠徐
硯甫 仁鑄

孤抱淸才出將門南冠去國幾聲吞晚來躭翫彭嫣笑心迹銷沉舊杜根吳
北山 彥復

洞古觀今眼若星獨從乙部闢畦町滄江但許新詩傑未識其眞曲枉聽夏
別士 曾佑

劉龔遺緒衍今文大義重張壁壘新創作一篇經學史教科從此啓椎輪皮
鹿門 錫瑞

治績原從學術基諫書三上痛橫尸南皮錯擬晁家令內外安攘各一時袁
忠節 昶

盛名通榜掇巍科私撼能撓魏絳和晚友嵩山儧美仕鴟夷艷福儘婆娑張

季直　謇

狀頭昔有無心賦乾隆時秦澗泉大士事　榜眼今傳閻面書聽唱臚輪袍一曲生平得

失較何如文道希　廷式

義不獨生無宿諾死能殉國並全忠八旗父老今知否試讀遺書識積悰伯

福　壽富

公子翩翩文武資寡緣繩祖枉驅馳祇餘家國無窮感迸入秋風落葉詩曾

重伯　廣鈞

補攟功深首悆齋俄疆雅有勒銘才東征檄好轅偏債畢竟書生作將乖吳

清卿　大澂

玉溪學杜有眞源六義能敷託體尊不廢江河鴈影集怪渠未肯道西崑李

亦園　希聖

枉說張靈再世生人間何處覓崔瑩哭庵末日眞堪哭弟爲成喪子不名易

實甫 順鼎

詩有敷庵難作兄晚就妓樂說陶情龍陽地下如相語買笑金錢苦未贏羅

癭公 敦曧

文織湘鄉導正源詩盤硬語抉籬藩更聞吏治根經術千里邦畿教澤存吳

摯甫 汝綸

書名不被文名掩漢水遙承湘水流何必雲龍區上下桐城一老共千秋張

濂卿 裕釗

濂翁摯老兼師友通識宏詞詣獨深一樣韓門有張籍果然盲目不盲心賀

松坡 濤

六百年間無此奇散原亦解作諛詞涪翁教下傳衣者宗派西江衍一支范

當世 肯堂

文詩第一冠吳門下邑牛刀政績存薄宦沈冥竟長往百年梟鳳更奚論李

剛己

早歲論兵發至文湘鄉刮目許超群晚因講席成名志北學兼資導路勛黃

子壽 彭年

經學膠西昔盛推北江論斥有微詞方姚舊緒今餘幾願假平衡保孑遺馬

通伯 其昶

下邑詞林說破荒蓮池一瓣儼分香京塵落寞玄亭老瓿覆稀傳劇可傷閻

鶴泉 志廉

示諸生作繼樊川盛比秋娘恐未然我道桐城太阿好南豐何必待詩傳趙

湘帆 衡

囊盈四部說弇州今見葵園繼勝流老惜褊衷深我執未融新舊置通郵王

益吾 先謙

早作貲郎晚諫臺遇殊石笥並奇才幾多名輩遭嗤點終始交期只鄭齋 李

悉伯 慈銘

周官疏就足千秋鄭賈而還盛業修外此餘書薔鱗爪籀廎粹詣近無儔 孫

仲容 詒讓

洹上交深耐久朋不因餘熱亦難能嚼然今世成人者某甫徒聞字乂陵 嚴

範孫 修

豈獨升庵撰秘辛房中僞籍更翻新風懷左右期終老晚景蜚災不忍聞 葉

郋園 德輝

選冠鰲頭舊探華亦云名績著星槎負卿負我空遺恨艷史紛傳孽海花 洪

文卿 鈞

畫地大言強項吏盈階聽講抗顏師欲尋此老眞風格重讀悠然亭贈詩 孫

佩南 葆田

宮詞疊雅各成書異說雙名別部居更爲鄉邦輯詩綜策功文獻有誰如史

香厓 夢蘭

刻書四百廿三種不朽堪垂五百年鮑伍錢黃同雅舉藝風吹索太求全王

文泉 灝

金石搜稽寶華多舫羅書畫比淸河傷心蜀道魂歸否都下猶傳勸善歌忠

慤 端方

潛園千卷費冥搜海內無雙皕宋樓太息傳楹廬世守大航載寶赴瀛洲陸

潛園 心源

玉海宜春多鉅編宋元影本悉雕鐫非關好事徒豪舉國寶從教百世傳劉

葱石 世珩

學深經法通時事駕部應推不世才更有影唐眞本在紛紛元宋總輿臺傅

楙元 雲龍

對雨刊成更藝風雲龕集滕藕香叢幾番領局饒文福名志成編即事功繆

小山 荃孫

訪書有志成觀海酈注爬梳用力深莫道鄰蘇是風漢名山業外不縈心楊

惺吾 守敬

觀堂遺集自清新章布居然遜國臣畢命御波緣底事旁人錯比屈靈均王

靜安 國維

讀畫評詩家法存通儒五葉有文孫白頭都講悲遲暮不遇壺公老華門紀

香聽 鉅維

三元探險妙論詩侈博縋幽無近詞功淺學深能自道文章得失寸心知沈

乙庵 曾植

今古中西治一爐奇移法學並時無遺書甲乙分明在錄略猶能綜數儒沈

子敦 家本

唐制軍容宜杜漸書生極論敢批鱗無邪堂上隨鳴叩力障洪流要此人朱

蓉生 一新

山右學人張與祁顧齋後起亦英奇沈侯特爲編詩錄薪火留傳冠一時王

霞舉 軒

友竹堂先靑艸堂並與畿左繼霖蒼藍田才子爲傳業文福伊誰與頡頏蔣

著生 慶第

官崇矜式閣朝邑銘重埋幽蔣玉田詩薄西崑文北宋馨香不沫至今傳趙

菁衫 國華

接迹高岑度隴詩循聲洋溢重西陲淹通合抗張吳席北秀稱宗自一時王

晉卿 樹枏

殺君馬者道旁兒語妙機鈐信可思廣大儼然稱教主但開風氣未爲師蔡

孑民 元培

儒將能文擅雅歌無端蛾子撼喬柯復仇貽釁皆兄弟始信君家奇氣多 王
襄孝 燧

詞章經術具宗門派衍徽州緒脈存所學果然殊所用前時排滿後推袁 劉
申叔 師培

正議觥觥尸諫篇詩通史法合經權遠遊晚就鷄林志隻手文開草昧天 顧
石公 雲

寶書百國能通讀古義三綱謹護持多少時髦笑迂怪庸知象譯此宗師 辜
湯生 鴻銘

親見天翻地覆來淊情詞表鬱深哀卅年亡朕存終始詩到虞淵是史才 唐
昭青 晅

新會交期竟不終書傳振綺有家風卅年斷爛紛朝報酷憶君家論尚公 汪
穰卿 康年

文傷晦澀似宗師別著乖庵亦自知魁紀公書曾就否才人狡獪類如斯秦

幼衡，樹聲

居東一集饒清逸人道飄然似謫仙憲政河清胚論在長才未試好詩傳蔣

覲雲 智由

蒙元詩事紀能詳勝地眞符秀野堂暇日閏帷研許學重文卷卷費評量陳

石遺 衍

春榜元燈擅盛名九通通就業殫精糢糊痛認登科錄一字傳訛噩兆成劉

葆眞 可毅

前有三姚南青姬傳石甫後二姚一門文望信岧嶢能存具體傳弓冶奚待韓蘇富

海潮姚仲實永樸 叔節永概

蕭寺傭書肇勝緣刻經萬卷被人天東方亦有維摩詰居士林中第一禪楊

仁山 文會

信是文人遇特奇巍然伯理璽能爲縱輪東海驕南海也抵黃粱飯一炊 唐

薇卿 景崧

秋蟪吟成血淚零哀鳴難啓蘭賀聽一編椒雨尤奇痛杜老當年恐未經 金

亞匏 和

頭陀八指擅清詩王葉褒譏各執詞但使消除蔬筍氣禪家本色是冲夷 敬

安和尚 寄禪

四十萬言闢琴學九疑眞合是前身椒山遺軫能投贈勝槪眞稱過絕人 楊

時百 宗稷

名高四諫風裁峻一蹶閩江抱憾深遷客歸來爲贅壻相公終切惜才心 張

幼樵 佩綸

南宮元箸早蜚聲挺直無慚四諫名兩作宗師開樸學佳兒食德喜傳楹 黃

漱蘭 體芳

蒙元新史蓼園詩盛業眞堪百世垂東海東邦齊挽轂從知不朽要逢時 柯

鳳蓀 劭忞

行脚山東跡已湮當年尙氣有逋臣香嘉園更談遺事韋武同符恐失眞 王

小航 照

逕劾宗樞犯要津還他閬苑作詞臣才多竟棄名山業貨殖能工亦可人 蔣

性甫 式瑆

豢養依然戴勝朝臨江五馬舊風標杞徵亦有文經在詩事紛紛話雪橋 楊

子勤 鍾羲

鹿川才藻匹龍陽角藝難分上下牀屈宋淵源標楚艷不知崐體有劉楊 程

子大 頌萬

天上玉堂悽斷夢井中鐵史缺傳書翰林老死冬烘業苦節能貞合讓渠 簡

臣 阿聯

百一方賢襲汝南文林藝苑事粗諳本無恩怨誰譽毀姑假新詩作腐談

卷三終

受業高福曾校字

忍冬書屋詩續集卷四 乙亥

武清 郭家聲 琴石

七月十一日北海公園五龍亭小集奉酬張卿五書雲陳子綸雲誥兩同年

五年五度集龍亭，共息塵勞此聚萍。曲沼波光同飲淥，故都山色尙餘青。漫深禾黍離離感，且領芙蕖細細馨。我輩登臨易惆悵，只宜沉醉未宜醒。

附和作

易水 陳雲誥子綸

便將舊苑作新亭，又見風花變水萍。幾輩知交精化碧，五年雅集眼猶青。披襟話舊茶烟颺，矮紙題詩墨瀋馨。甌脫燕雲成底事，吾曹無地著淸醒。

臨桂 張書雲卿五

興亡歷歷此池亭，話舊重來一聚萍。兀坐驚秋頭並白，劇談竟日眼還青。湖光山色都無恙，畫意詩情儘覺馨。彈指五年桑海刼，問天胡醉幾

時醒

江關怕說短長亭飄泊生涯我似萍歸隱新圖羡分綠（汪榮广近爲周樂齋同年畫分綠圖曾爲題詠）春游盛事愴來青（來青軒在香山靜宜園）會尋眞率情彌愜境絕囂塵夢亦馨轉怪湘纍太孤憤謂人皆醉獨清醒

淩晨

淩晨先鳥起怯熱畏蟬鳴暫撥煩塵去眞成永日清紛紛緣底事壘壘寄吾生即此是長策庶幾心太平

贈朱少濱（師轍）

十載知交締古歡飫聞論學富波瀾宋賢楷範庸何敢（君嘗許予學以宋儒制行以清儒示法愧未敢當）蜀道崎嶇不謂難（近任四川華西大學教授）早領藝文分史席（曾撰清史藝文志）更饜聲律角詞壇（與夏閏枝邵伯絅邵次公諸公聯詞社）淵源兩世衣能紹珍重遺編取次刊（屢刊先世允倩先生

遺書

附和作　黟　朱師轍少濱

道貌常親憶夙歡閒遊北海望漪瀾上庠教授懷相共古調絃歌媿繼難（昔與先生同教授輔仁大學嘗遊覽唱和）更喜新篇傳素札倍欽老健主吟壇載珍西去蠶叢路應與峨遊一例刊（轍教授華西蜀英贈詩詞甚夥擬彙爲峨遊集先生詩亦嘗刊入）

寄懷尹碩公（時領江蘇通志局客鎮江）

不見尹文子俄驚半載餘編摩殊未已意興近何如落拓還耽酒艱辛早就書寄詩三十葉字字是韓腴

金焦山色好光氣助詩成老至將皈佛（從萬君默居士近習淨宗）時危莫論兵（借桓宣武語意）願回雙井筆（詩學韓黃二家）堅築五言城容易秋風起何時返舊京

附和作　丹徒　尹文石公

北學於中國巋然接老成稱詩惟挹杜詠史不談兵共雪銅駝淚偷安鐵甕城猶餘波若眼夜夜矚神京

九流原六藝文字道之車汲古空無得懷新愈不如頻邀長者問未報
一行書江上秋風換歸來話劫餘

七月廿四日偕卿五子綸復集北海公園仿膳齋再記以詩

又從勝地作嘉招竟日傾談意也消左右湍流明玉沼東西蓮葉漾金飈徒深蒿目悲飢溺（時魯皖冀豫江鄂各省水災極重）且共開襟滌俗囂屈指逡旬還判袂驂鸞新錄待重雕（卿五將於八月初旬返梧州續任廣西大學教席）

附和作

易水陳雲誥子綸

故人選地早涼招酒入詩腸壘塊消人爲飢驅各塵土秋催暑去倏風飆劫餘猶領天厨味坐久渾忘午市囂琢句長吟堪送老揚雲何事薄蟲雕

中秋夜北海公園觀月

禁苑公園漫較量本來人世有滄桑眼前一片空明象上下波光印月光

淸氣乾坤挹滿懷，新涼似水浩無涯。莫辭午夜勤登陟，難得秋中月大佳。

塔山四面縱遐觀（淸高宗有白塔山四面記），玉宇瓊樓隱約間。淸極教人難久駐，果然高處不勝寒。

六百年中幾劫過，今宵月色較如何。却思我友傷心語，舊苑新亭寄喟多（前月與張卿五陳子綸兩同年小集五龍亭，子綸和予詩有便將舊苑作新亭句）。

偶値良朋挈鳳雛，天人悲憫語欷歔。勸君莫擲當前景，且挹金波倒玉壷（遇邢疊之同年挈其次公子往遊）。

兒女相攜猶故歡（長女立誠季男質誠偕游），婆娑照影自團圝。淸輝香霧還依舊，悽絕伊人再接離（繼室郝恭人上年二月逝世，今已兩度中秋矣）。

更從海上憶嬌兒，悵望天涯共此時。兩處離情一樣月，也應相對數歸期（時大兒携眷客青島，期以寒假旋里）。

悲歡離合古難全，世事從來莫問天。如此園亭如此月，遑論今夕是何年。

卷四　三

附和作

貴陽 邢端 冕之

圓缺陰晴詎可量（先一日大風苦寒）年來屢見海生桑儘教八表同昏日忍負清秋一夜光

清游差許共高懷省識吾生自有涯人自愛喧吾愛寂寂中小住便爲佳

朝霞晚翠忞游觀（金鰲晚翠玉蝀朝霞純廟所製煙壺極美予皆見之）屢代興亡共此間（瓊島自遼時號瑤嶼迄今六百餘年）莫畏罡風吹鬢髮吾儕本自耐高寒

絕頂吹笙有客過（白塔山上有吹笙者）予懷聞此奈愁何塔山墨本分明在質向朱門得幾多（純廟塔山四面記御筆藏溥侗將軍處前十年質於友人）

敢將豚犬比鸞雛況復晶瑩見掌珠踏月君歸知說餅兒爭挈榼女提壺

垂老何須拾墜歡人天一樣共團圝年年海內風塵滿（近年此夕無好月）得此

清光亦大難

晝課男兒夜女兒（成句） 一盦聊作太平時鷄蟲得失從伊去與子相將白水期

我輩登臨話十全（清高宗號十全老人） 承平盛事想堯天今宵月色還依舊無復千官賜餅年

年光

年光荏苒等浮漚老景無須問葛裘濁世尚容謀一醉畸人自各有千秋此心但冀生前樂何計能埋地下憂仰不愧還俯不怍我躬得是復奚求

和邢冕之同年（端） 中秋夜作韵

人天亦各有炎涼省識堅冰兆履霜我輩已嗟蓬鬢改今宵還領桂輪香眼前秋色知深淺身外塵勞漫激昂光景匆匆成白曉醉鄉究未勝甜鄉

重九廣濟寺登高

無旬日不過叢林況値重陽節序侵㷊火豈能銷佛力恒暘幾忘是秋深北平數月無雨氣候乾燥有如初夏座間靜飫伊蒲饌帽側欣看野菊簪此會年年願長續華嚴樓閣試憑臨寺自辛未回祿今甫四年已有佛閣可登現公重光之續偉矣

生逢六十七重九撫境彈懷輒不同試憶經過如昨日始知容易是秋風鬢痕已皤蘆花白面色偏輸柿葉紅垂老登高親淨域好參慧業問支公

薛仲屏哀詩

仲屏名祥和陝西西鄉人吾友博安祥綏弟也乙亥春匪北竄漢中陷甯沔圍南褒秦中震動仲屏適里居迺奉母及妻女道子午谷走省會三月三日至甯陝縣北之寨溝猝遇股匪與母相失爲匪所戕年三十六翌日母尋至得屍適官軍司令張飛生團長沈璽亭道此慨助棺歛並貲母得至省博安徵詩爲作是篇

有母廼有兒母力良苦劬有兒以易母兒死志弗渝嗟嗟薛仲子篤生在豐

渠才爲秦之良幼慧眈詩書績學兼習事應世頗有餘亦嘗佐戎旃壯志恒棄繻旋復委之去宣勤事鄉閭復校更禦寇一一勞謀謨無端亂氛起顛沛失安居奉母亟出走併命劇馳驅行行及寨溝飆忽來凶徒相携竟相失分合在須臾雜沓亂刃間俄頃糜其軀糜軀亦何恤但冀母無虞果也徼天幸竟得全板輿翌日獲遺骸血肉交模糊官軍適經過同哭奠生芻歛棺厝荒寺各自竭區區更爲鳩貲斧母得相携扶間關仍北行安穩秦垣趨靈兮倘不昧庶幾微願攄嘗讀黃鳥詩殲良哀子車殉主與全母得失良殊途難兄我畏友告哀寄雙魚作詩寒其悲莫使淚眼枯自古皆有死要維天地樞

次俞巨溟同年六十五初度詩韵

佛言身世本空花況是西山日漸斜白首如新殊耐久青臚相賞果無差電光石火庸千叔老帶莊襟自一家合順緣緣爲應應漫從焦穀計生芽

卌年前証佛名經拾芥尋常視紫青公望公才咸目屬如綸如綍自心銘無

端世變池移鳳遂老書淫案冷螢歷歷塵踪還在眼幾回左掖感飄零
不作南傾向暖枝鈎天夢已到醒時十行詔寫留殘稿五柞宮荒鎖舊墀往
躅莫言溫室樹放歌苦憶故山芝從前得失關何事吹皺春風水一池
甲紀重周又五辰介釐筵敞氣更新孔懷喆弟來稱斝失喜佳兒侍漉巾舊
雨聯歡詩作頌小星伴隱視彌親嶙峋一卷焦桐集壽世還蘄千百春
蛇年就試文偕隽鷹翮當霄氣自豪(癸巳北闈試帖題)失落罡風同鷁退忍飢積歲
免鴻嗷故人尚切班荊誼賤子能甘抱甕勞等是蹉跎將壽補酒酣鬥韵且
分曹

金陵雜詠和高彤階(凌雯)同年

分鼎雄姿去浪淘投鞭欲渡意何驕晝江長策誇天塹猶有癡人夢六朝
江山秀弱出機雲語創梅村昔未聞更有過江王謝輩中原文物遂平分
島夷索虜輕相詆青蓋黃旗事等閒半壁東南非昔局夢迷金粉誤偏安

破壞非君更是誰百年遂有陸沉悲登樓痛責王夷甫歸獄千秋少恕辭

克復神州壯語聞茂弘意氣自超倫山開幕府羅才俊由我何爲死伯仁

苦戰枋頭敗亦榮更誰北嚮敢爭衡寄奴何事東還急一世之雄浪得名

青絲白馬識終符搗壞金甌一跛奴試向臺城城畔望紙鳶風緊恨何如

衣帶盈盈一水浮繁華八代儘風流金迷紙醉從來久新曲家家唱莫愁

玉樹瓊枝艷什多山前桃葉有新歌乘船但渡都無苦烏語頻呼帝奈何

客倘貪歡夢裡身江山無限悵前塵那須錯怨黃花水能向東流轉勝人

虎踞龍盤侈帝京古來艷說石頭城居然燕子能飛入（劉青田語）盧負當年締構情

北顧青青眼倦看（道衍語）果然病虎語非謾一髡竟撼南朝業笑煞彌天釋道安

拋却南都宅北燕文皇遠略信無前英雄第一空千古（閻古古詩意）兩代開基六

百年

濃春煙景似殘秋（借漁洋句）朱雀烏衣舉裡收更向板橋尋艷迹無人憑弔賭棋樓

福酒餘生作帝王小朝廷直戲登場一年急賞當頭月（王鐸聯語）顧影酣歌乃爾忙

留都防亂揭紛傳士氣猶從一綫延不作新亭楚囚泣後生遥欲突前賢

公子翩翩意氣恢李香董白艷秦淮當車敢自横螳臂膽大終輸一秀才

東下天京總失機便云九五侈龍飛燕雲直掃徒豪語勝算惟夸六解圍

王氣金陵久黯然遑論席卷到幽燕赤烏五馬從頭數幾見垂基到百年

十鑑曾聞出舜臣（南宋李舜臣撰江南十鑑）許家十論又陳因（南北十論傳爲南宋許學士撰）書生例好言兵事紙上談多屢誤人

讀金陵雜咏敬題　天津　高凌雯　彤階

六朝往跡久成塵妝點湖山忽又新數罷興亡堪一笑無緣說與渡江人

家風五十始爲詩下士無材老更遲幸有隔浣江花叟時時睍我草堂詞

巨溟重輯癸巳同年齒錄成賦此志感

記賦萃蒿卌二年茫茫塵事幾推遷當時經已名千佛今日人猶萃一編各有升沉存絜果況經劇變閱桑田刼餘留得吾曹在寥落晨星綴曉天

桑榆影響倘能追綴輯重勞故事諳撰例依然襲唐記子餘幾似詠周遺蒼茫家國無窮感淸淺蓬萊屢見時六十二人欣健在保茲黃髮歲寒期光緒十九年癸巳恩科鄉試中式宗室五名淸文繙譯十二名順天二百八十名副榜四十九名江南一百四十五名副榜二十二名江西一百四名副榜十八名浙江四一百七名副榜十八名福建一百三名副榜十七名湖北六十一名副榜九名湖南五十六名副榜九名河南八十二名副榜十三名山東七十四名副榜十名三名山西七十二名副榜十二名陝西五十二名副榜八名甘肅四十二名副榜六名四川九十三名副榜九名廣東八十八名副榜十四名廣西五十一名

卷四 七

副榜九名雲南六十四名副榜十名貴州五十名副榜八名計宗室及清文繙譯十七名各省正榜一千五百二十四名副榜二百四十七名通計一千七百八十八名今諮訪所及生存者只得六十二人亦可慨矣

夏歷十二月十九日王叔魯夏頌萊姚景庭陳半丁譚瑑青五君招集稷園水榭爲東坡先生作九百歲生日分韵得歸字

先生生具天人姿才大難用世所悲天水距今九百載光氣不減星日輝歲維乙亥月躔丑稷園集會爲祝釐主者五君三百歲壽公自壽通漢微有客四十咸勝侶肅瞻遺像虔摳衣文詩書畫各擅勝分公一藝其庶幾我亟其間愧無似傷心別抱深紊欷五朝舊都感禾黍文物零落光景非衆生磨蝎迺同命假公弧辰申禱祈雖無李委適腰笛爲公重歌鶴南飛亦無淸都道士徑山老偕來介祉披黃緇但有蘇齋芥室成例在心香一瓣通淸菲嗟公生世良不偶冲襟尙自憂讒譏人生何者非春夢奚誓江水思亟歸黃樓赤壁久塵土斯文不墜如晨輝以昔視今今視昔一刹那頃無息機化身靈爽

倘來格百東坡在吾安依借吳人句穀

卷四終

子壻 許世瑛校字

忍冬書屋詩續集卷五 丙子 丁丑

武清 郭家聲 琴石

正月初三日諸兄弟爲獻歲同樂之會爰紀以詩

今日成良會相看髩各皤莫嗟兄弟老已閱歲年多宗祏思垂裕兒孫共笑歌前賢詩借慰將壽補蹉跎借劉賓客句吾家同堂兄弟凡二十人除四兄六兄八兄十弟十二弟十四弟十五弟十六弟未成丁者尚得十二人今大兄二兄三兄七兄皆逝世現存者五兄十一弟十三弟十七弟十八弟十九弟二十弟及予八人計年無在五十歲下者是日與會兒孫輩又得二十二人亦云盛矣

春寒 頤社第一課

入春逾兩月栗烈故依然雪積頻連夕陰多欲沍天無人問袁舍有鶴語堯年正切恆寒懼風颷更放顛

石公重來舊京枉簡新什依韵奉答

論詩從不附同同一任時流笑阿蒙我匪留良盧冀北君眞長句媲山東頻游湖海增奇氣肯逐箏琶混俗工太息重逢黍離後強因抵掌吐長虹

稷園看牡丹 頤社第三課

春人自合爲春忙此地翻成獵艷場怪底紛紛逐蜂蝶今朝競說選花王

胡紅宋白異名標得勢終須仗二喬一樣乘時弄顏色各開生面爲爭嬌

盛開幾日已離披太息尋春去較遲非是旁觀偏冷眼本來富貴不多時

自李唐來愛到今陸歐譜不逮秦吟低徊十戶中人賦諷諭猶存變雅音

對池寫照費研摩畫史相攜幾輩過莫買燕支逐時好故都春色已無多 有藝校學生對花寫照

李潤田 廷琰 民部以七十自述詩索和次韻並廣爲七言

昔淸景廟歲丙戌我年十八君二句同試博士弟子籍王前盧後角逐勤遂用文字結知契藻詞互視輝炳麟不弟畜我弟師我 令弟文田從予受業 謙光冲度超恒民厥後春秋各報捷宦拙跬步逢荊榛君未大遂我尤躓抗塵走俗非所循無何世運阨陽九區區往蹟安足論惟餘一事艷君福六十猶是孺慕身

依依護闈遂色養造物降眘疑獨仁今又十稔境雖易終身之慕猶恒存以此摯詣砥薄俗人生大義昭天親五十年來交耐久淸白幸各遺子孫我曹讀書豈章句舊德能食何嫌陳況君晚福尤未艾一庭融洩常葆眞更放歌聲出金石寥天淸嘯侄偓鄰賡詩用作百齡劵坐看滄海方揚塵

七月七日與巨溟同年重舉癸巳團宴孫雲生世兄照有詩爲紀次韵

奉和

昔作荒莊愧報師今從圾後看殘棋欣瞻寶樹君無忝寂守枯株我太癡一第微名勞夢憶卅年浩運任推移醉觴遥向天孫酹倘念登科織記時

七月十四日大兒以河北官費生赴美留學作詩送之

迢迢異國促長征曳杖今朝爲送行汝去固期研邃學吾衰未免繫離情兩洲睽隔天無際五載稽求業有程最企平安頻報我歸來還望載修名

中元後二日李勁庵文學棪招飲張園集者陳援庵垣顧子蚪頡剛容

希白庚倫哲如明余季豫嘉錫張次溪江裁及予七人飯後漫遊萬柳堂夕照寺袁督師祠墓臥佛寺諸地紀以六絕句

林園雅集趁初秋垂白重來預勝流酒罷還爲小三昧相携步屧好尋幽

萬柳名堂無柳陰野雲圖牒亦銷沉朱野雲萬柳堂補柳圖及補柳墓捐原牒舊藏畿輔先哲祠昔年同鄉春祭必陳列之今來又在百年後禾黍西風寄忾深

夕照寺前西日遲雙松壁畫尚淋漓故都光景黃昏近誰障風埃爲護持

粵園今日存祠墓袁督師祠在廣東新義園墓在舊義園相距不二里明室當時壞棟榱猶有鄉人申梓敬藥亭荷屋兩題詞舊義園有堂梁藥亭題曰維敬袁墓居園之中有巨碑高及丈吳荷屋題曰有明袁大將軍墓旁附義僕佘某墓亦有碣爲其裔孫題字

自是人生解脫難茫茫三世付泥槃況今屢換滄桑刼合眼瞿曇早厭看

秋餘酷暑信可畏老健游歸良已疲晚牖挑燈傳記注追逋重爲寫清詩

次和巨溟癸巳團拜志感

少小叨陪鹿宴賓從諸公後話情親今經歷刼愁筬鳳昔愧敷文作愷麟滄
海塵踪欣復聚鈞天夢影記難眞回頭四十年前事杯酒還生滿座春

蔡室李貞女壽詩 代

吳興李貞女者前湖南郴州知州友蘭之第五女也幼字蔡師喬未嫁
而師喬病歿訃傳至郴友蘭秘不以告女窺其父失常態暗索得之迺
告父請歸蔡守貞父知其志不可回乃達於蔡蔡翁力持不可一年間
書數十往返卒依女請以清光緒廿三年八月十八日師喬周忌過門
成服爲蔡氏婦越五年師喬之兄以所生次子爲之子復以所生次女
爲之女今歲六十正壽嗣子已成立且授室抱孫矣其內侄李次九李
子馗爲文徵詩作此應之

自古女德全節難貞而節者爲尤艱震川齗齗逞詭辯責人無已情匪安有
李貞女秉至性其堅竹柏馨椒蘭生兩逾歲遽失恃幼愛能博椿庭歡家塾

十稔久績學班誠溫訓靡弗嫻更擅鍼神妙刻綉五紋七襄巧畢殫迺字於蔡蹇修理納徵納吉儀孔完嘉禮正待賦雝鴈變聲忽漫歌離鸞千里一紙達凶耗音書雖秘淚暗彈視形聽聲得其實慷慨陳義詞辛酸從一之節不敢貳在昔之盟庸可寒父喻翁書數十返此志終莫移南山甚者絕粒請屍往硜硜誓死甘犯顏如是經歲忍迺許適會周忌迎以還有服亦已易衰斬有車非復歌閒關禮成志達用畢世信哉氷雪爲心肝日月淹忽四十載境雖屢易節弗刓至今周甲集純嘏德書彤史輝管斑嗣子嗣女各擢秀森森玉樹羅珠珊是知回甘在茹苦庸行奇節一貫間坤元安貞終有慶頌徽願附群仙班

淮生來告喆甫即日將赴南京不及話別詩以志感

少小曾同賦鹿鳴（同登光緒癸巳順天榜） 晚纔把袂慰生平衰年猝抱西河痛（前月喪其次子）遠邁翻爲南國行縱是達觀能擺脫得無老境感悽淸知君未忍臨歧別特

屬良朋一致聲

長生花和陳喆甫同年

舊苑瓊葩署太平（清宮延和門內絳雪軒有太平花）新京玉蘤號長生伊誰別著看花眼常爲蒼黎一顧名

丁丑

廠甸詩

旬來頻過海王村故紙堆中幾索捫猶自攤錢充冷客卅年舊夢去無痕

胜錄何人續下鄉三家舊記待重詳（李氏書肆記作于乾隆中葉繆氏續記載李重山事有誤葉氏清話多寄慨語近三十年來情事又殊矣）

韋周陶謝流風歇（皆廠肆書賈之名識書者見南澗記）故址猶傳二酉堂（二酉堂傳自明代故有老二酉之稱打磨廠亦有一家分設）

買書前後兩歌行刻翳郎園榷利精更有羅家傳玉簡董楊刻亦價連城

稗販東瀛古佚傳掘餘石室有殘編殷墟創獲紛紛出疑竇千秋鑿欲穿

卷五　四

文藝而今說復興一時風會鬱雲蒸要從史外重尋史蠹簡應搜到羽陵幾家簿錄繼劉荀四部宜重理放紛書種果能綿一脈抱殘守缺亦殊勛

篇帙年來散佚多藝風書出半沉磨舊京寥落申三歎文物留遺復幾何

老見微書尚眼明故人故物倍牽情儷桓（普定姚大榮氏）明久（興義景方昶氏）殊存歿太息無人爲守楹（買得橋西雜記山房隨筆爲姚氏物水經注漢書西域傳補注經藝跋文爲景氏物俱有校文印記）

隆福慈仁互盛衰地靈所繫亦人爲區區棚肆關文化一尺街西（廠東門地名）竚許時

附和作　　貴陽　邢端（冕之）

一卷新詩似後村霜棱劍鍔孰能捫王城半月無消息報我春來蠟屐痕（今年尚未謀面）

老戀春明作故鄉同光勝概我能詳斜街花謝慈仁散車轍惟尋諫草堂（昔日居宣南者以斜街花事慈仁書肆爲盛今花事闌珊不如東西兩廟之富慈仁寺集則早零散惟逢智橋松筠庵之諫草堂比年時）

或過之

東西賈舶載書行，百宋千元校刻精。太息海源終晚出，有人揮涕過聊城。楊氏海源閣書筦鑰最嚴，乃爲大力者謀篡取之，遂不得已而以精本求售于外人。往歲又駐兵閣下，其鈔校諸本悉化爲灰。如宋本咸淳臨安志、闌亭續考殘本，今分歸友人所有。

漫言古佚竟能傳，疇抱叢殘守一編。昨日影山堂下過，紛紛估客限爲穿。吾黔黎莫諸家大都零落，莫子偲所藏存吳中者至多，其姪殘後馳書勸其保存，竟避人私售。如楊龍友洵美堂集，卽余展轉得其蹤跡以告陳庸庵師，始獲收回重刻。

城南曉市日初興，土地祠前市氣蒸。若向賣書尋故實，汴梁兩度又金陵。三十年前春秋闈兩假河南試院，時初廢制藝，海上有人以新書求售，頗得善價。其人卽著汴梁賣書記及金陵賣書記。予過南陽題壁詩亦被採入爲資料，思之如昨夢也。

入室操戈到孟荀，舊銅新石日紛紛。鴻都經說都成妄，何論重華與放勳。史前求史，般墟發其端。周前無史，三代咸成僞論，孟荀不足信，則用銅用鐵與先南先北之爭，皆費詞矣。

卷五　五

祖龍一炬古無多六籍經天故不磨差幸石渠盈海內首功何必數蕭何（今各省悉設圖書館所收圖籍至多此一善政也）

早蒐元宋晚清明眞賞由來見性情（成句）況有封胡承素業高齋合署納書楹（君子皆讀書能守家學）

莫從朝市判興衰篆刻雕蟲倘可爲且拾遺珠搜斷璧與君會見海清時

次女端誠以二月初七日病歿於中央醫院越九日附葬舊塋作詩哀之

偏憐最小是生平楊白楓青送汝行值母忌辰纔次夕（陰二月初六日爲繼室郝恭人三週忌）與姑校歲恰同庚（季妹家馨十七歲殤）窮年醫診全無驗驀地冥遊劇可驚自寫哀詞揮老淚本非太上詎忘情

十七年中夢一場（借巢經巢哭女詩句）追維影事總堪傷爲憐昔昔承歡好苦費朝朝

上學忙修業志成中學校初中二年級友製就鍼功猶在匣拋餘算草半成行未曾遣嫁翻

哀逝愁詠江干竹子黃

修短由來數莫窮曇華一現太匆匆傍人早識非吾有垂老何期看爾終幽

邁可曾依汝母愴懷未免苦而翁久衰已似香山叟剏哭金鑾是病中近復觸發氣滯舊疾

中秋望月

猶是今宵月渾如異域看瓊樓在何許竚望不勝寒

悉存以自種菊花十二品見惠並附新詩依韵奉酬

要從雨打霜摧後識得此花眞面開宛讀容城好詩句翛然十二隱君來孫夏峯有十二隱君詩詠菊作也

幾殫晚節滋培力纔得霜中一一開海上故人重鑑否未荒三徑盍遄來謂潤書

卷五　六

盲風怪雨秋容慘尚有幽芳相對開夢想柴桑何處所他年倘許結鄰來

附原作　冕之以詩乞菊次韵答之　吳興　章鴻釗惡存

雨打霜摧餘幾許可憐猶傍戰場開也應不作閒花看曾伴騷人處士來

冬初弘慈佛學院看菊作

紛紛塵刦劇蟲沙鋒鏑聲中送歲華難向郊坰賞紅葉却來梵寺對黃花時危欲置身無所我老早經心出家莪楚歌餘倍惆悵幾回搔首望天涯時兒留學大美利堅

羅莘田弟南行贈別

亂世難爲別吾門最汝賢一朝成遠邁重見是何年欲說悲衡闕兹行慎著鞭臨歧翻壯語去去作飛仙

喜見趙惺吾錫蕃

悭吾爲同年同里趙敬忱廷珍親家次子供職河北財政廳者三年近
逢中日事變保垣陷落時幾瀕於死幸脱險歸來意外相見喜可知也
卒成此詩

刼後重相見傾悰説苦辛顛連四閲月生死再爲人辨貌思亡友論情託舊
姻携持眞失喜移晷語彌親

俞光宇世兄福焜以八月十三日殉難保垣十一月始報聞作詩追悼
即次　尊公巨溟同年志慟原韵

歌續湘纍弔國殤人間難覓返魂香門閭夙有三旌異令祖妣何太淑人伯妣張宜人以孝節旌
婢女小紅庚子殉難亦經旌表溝壑應無一日忘生入重泉悲慘酷凶逢八月兆歸藏傳芭
聲裡靈何許瞑視從知飲恨長

意外奇災帝所憐難將理數問青天椎心莫遏家翁痛收骨還貲父執賢呂雨
鄰同年以七十二翁赴保代事棺斂幷附葬浙江義園異地妻啼傷梗寄遺眷尚滯邯鄲他年兒學盼薪燃孤子

卷五　七

八歲幼讀 抑哀強致西河唁燕翼猶期一脉傳

譚瑑青 祖任 秘書家庖之精譽溢舊都過承招飲先之以詩

瑑翁家饌盛名傳兩字諧聲讀未愆合斅東家呈變色早聞苦縣說烹鮮遙情自爾傾三雅至味奚庸侈萬錢爲問食單曾就否敢賡多叉請初筵

附和作

南海 譚祖任 瑑青

儒酸風味謬流傳款客常防禮數愆未許豪華同藿肉敢夸食譜紀江鮮 隨園食譜有江鮮單 羹和衆口難調味酒到愁腸慣費錢老去鹽梅久無夢歲寒良友喜開筵

譚饌歌 用昌黎石鼓歌韵

瑑翁餉我以嘉饌、要我更作譚饌歌、瑑饌聲或一紐轉、爾雅不熟奈食何。時維仲冬子之卒、日短至難撝魯戈、我徒餔啜來以夕、滿路冰滑新鏡磨。爲解老饕召斯至、主人情重兼禮羅、聊園廳事富錦贉、石墨金薤紛嵯峨。初至看晝洽清賞豪談既縱無唯阿寒逾一九甫二九相喚不出手屢呵遂薦嘉賓布長筵式食式飲賡弗訛主辯衆客迺臚口有殽紛列如綦蚪既不必膾西海鱗亦無庸臛江東鼉常品維時即珍錯取則不遠倖伐柯或取腴棻冒山胔或成美鮓烹水梭公膳取給需雙鷄君羹可嘗却三蛇口之於味有同嗜熟董況傳從義娥故都食單我所熟述之欲涎如溢沱潘魚韓肘劉豆腐舊館風味推兩和（半截胡同廣和居 西四牌樓同和居）城南湯羊氏以李（崇文門外興隆街）味與青梅居（前門大街）殊科城西沙鍋善煑肉（西四牌樓南大街和順居）或襲東坡遺制多只此常饌擅獨秀何假膰熊與饑駝自餘亦各成馨逸卅年屬饜恒經過我言未畢君大笑議鉏倘許供切磋更出藏醞恣所醻快意連舉卷白波食闌洗盞具佳茗青猨釆擷聞亦頗鄙平憲章古傳式修變適法豈有他君家儻亦有美九（段文昌家婢見清異錄）品蒩量炙弗婷嬰惟君本是和羹手鹽梅小試吁捫挐三世名門食舊德（君爲玉生先生之孫叔裕學使之子）腴經胙史詩工哦考帖或撫裴素鱠戲書亦換羲之

鵝賞鑑書畫至精滄桑刼餘復此席飲食受福詩歌那精細不厭傳自孔飢渴無害閏諸輌人間何世得飽足況早面皺同觀河君年六十二、愚年六十九莫作化書易食譜今夕雖宴無蹉跎

前詩成自題其後

七十禿老翁五百字長詩是氣所旁魄篇終無冗詞持此以自鏡吾或未甚衰試語兒女輩當笑而翁癡

卷五終

男 貽誠校字

忍冬書屋詩續集卷六 戊寅 己卯

武清 郭家聲 琴石

上元前三日仵崇如同年墉宅小集賈佩卿同年恩紱即席有詩次韵答之

莫漫臨觴作酒悲無端歌哭盡於斯業分白黑開塵刼戰劇元黃閱歲時天外星辰榆歷歷人間枯菀草離離飲酣斫地渾閒事雁後花前倒好嬉

再次佩卿韵

莫效長沙痛哭悲寰中世變類如斯雲垂海立茫無畔石破天驚正此時鐵鹿形危急何擇連鷄勢迫合還離從來不樂年能損盍趁芳辰早自嬉

正月廿五日七十生辰諸公枉以詩畫爲壽賦此奉謝

浮游廬說古稀年不識生平値幾錢豈謂蓬弧逢下節過勞珠玉錫連篇藐躬敢忝邦家祝亂世欣能性命全更有青藤施妙墨貌眞也抵畫淩烟徐石雪爲作聽松圖題云平生志亦在淩烟用其語意

附壽詩　　易水　陳雲誥　子綸

蕭然懷葛古遺民偃蹇城西老屋春有道平生無黨籍聽山餘事作詩人試燈節過神仙會置酒筵開覽揆辰在昔儒冠多大耋休徵第一氣氤氳

上虞　俞壽滄　巨溟

直諒多聞第一人卌年心迹最相親締交偶借科名重論道深知氣節眞以儉養廉方許介積文爲富幾曾貧汾陽枉說勳華盛邢及經師井大春

環顧階前蘭桂芬我生此福亦輸君一龍蟄伏慵爲雨三鳳飛騰漸入雲女竟多才堪續史壻尤嗜古夙能文今朝共進延齡酒老子婆娑樂必醺

用俞君韵　　貴陽　邢端　冕之

舊侣稀齡見幾人卅年鷗鷺久相親論詩誰嗣元遺叟講學群推尹道眞室繞三珠爭竦秀書藏千卷樂居貧從君日進中山酒換取昇平四座春

附和作　　前人

羨君瞬屆杖朝年鐵骨嶙峋値萬錢爲檢水經留冷肆屢搜食譜入新篇舊聞定擬修談往專集無妨繼樂全海宇清平筋力健相携踏破蓟門烟君去年得景鳴九前輩校水經於廠肆又新成譚饌歌用昌黎石鼓韵爲時傳誦

清明家祭

年年上塚記清明道茀今年不可行姑領兒孫遙設奠紙錢漿酒拜前楹

百六初逢歲序駸茫茫世宙感難禁罷公幸得全家在薄薦聊申寸草心

書感示冕之悉存石公巨溟佩卿崇如卿五諸摯友

人生五十已稱衰況更增延廿載期入世幸存眞面目計年但賸老頭皮本

無成業堪希古猶有名心未廢詩念到萬方多難日湔愁還仗酒盈巵
材不材閒本素期立身非惠亦非夷幾番歷刼猶存我半世論文愧作師任國
文敎席已三十餘年共道是翁還矍鑠合稱此叟是支離漂搖風雨知何極悽斷曉音
待語誰
經年蒿目坐長歎巢覆居然卵尚完萬里音書游子夢時大兒貽誠留學美國一家糗
草腐儒餐桑榆晚景收場近滄海橫流把柁難賴有硯田搘惡歲免敎啼饑
與號寒
風鶴聲中得福偏強謀朝夕計粗全脫歸戚友欣重會聚處家人尚一廛看
女綴文長女立誠畢業女子文理學院正撰論文忙獺祭課孫識字辨烏焉杞憂姑借新詩遣從
此翁宜號信天

石公翰青先後歸自南中喜而有作

睽隔南雲閱歲年劫餘把袂各歡然亂離欲說詞重述轉徙都經地數遷問

訊喜俱離虎穴私悰祝早熄狼烟不辭白首貧相對萬一澄清待問天

讀南宋曾裘父季貍秦女行郎仁寶云曾有擬作秦女行者今併人文忘之

少小曾爲秦女行詞摹長慶溢深情艇齋舊什今初讀多恐前賢畏後生裘父又有艇齋詩話

學溯南豐四世遺季貍爲宰之曾孫宰爲犖之弟家風本色不能詩吳居閩語滋訛甚未是

幽光畢闡詞

附錄原作

序曰靖康間有女子爲金人所掠自稱秦學士女在道中題詩云眼前雖有還鄉路馬上曾無放我情讀之者悽然余少時常欲記其事因循數十年不克爲之壬辰南宋一代有兩壬辰一孝宗乾道八年一理宗紹定五年案曾生年似在理宗世歲九月因讀蔡琰胡笳十八拍慨然有感於心乃爲追賦其事號秦女行云

妾家家世居南海郎罷聲名傳海內少游高郵人非世居南海郎罷閩語亦似未合自從貶死

古藤州門戶凋零三十載可憐生長深閨裡耳濡目染知文字亦嘗強學謝女詩未敢女中稱博士年長以來逢世亂黃頭鮮卑來入漢妾身亦復墮兵間往事不堪回首看飄然一身逐胡兒被驅不異犬與雞奔馳萬里向沙漠天長地久無還期北風蕭蕭易水寒雪花席地經燕山千杯虜酒安能醉一曲琵琶不忍彈吞聲飲恨從誰訴偶然信口題詩句眼前有路可還鄉馬上無人容我去詩成吟罷只茫然豈意漢地能流傳當時情緒亦可想至今聞者猶悲酸憶昔中郎有女子亦陷虜中垂一紀暮年不料逢阿瞞厚幣贖之歸故里惜哉此女不得如終竟老死留穹廬卒教詩語傳悽惻不減胡笳十八拍

楊雲生同年（國棟）七十壽詩

同庚且喜是同年癡長曾推一日先敬爇心香晋鮐祝名標齒錄記蟬聯欲超塵網皈諸佛（紅卍字會員）倘憶霓裳詠衆仙滿進酴醾歌介祉分明舊夢話鈞

天

重游夕照寺

古寺重來百感生牓門夕照字分明遐觀莫薄桑榆景要識人間重晚晴

六月十二日譚瑑青秘書招集聊園爲黃文節公作生日會

天水詩壇峙兩雄曰維髯翁與涪翁江西遺派傳獨盛巍然大名冠三宗茶山紫微暨四洪劍南一燈傳宗風范楊與尤亦津逮豫章教澤眞無窮天眷詩人殊未已破荒更遣開宜戎將十六日去作夢世紛崢嶸胸次空打包禦魑竟不返藏身北斗將毋同今去先生九百載揆辰炎候方蘊隆譚子招客歌介祉升堂展拜滋益恭遺像是否晞古本依稀髯綠兼頰紅列集亦有任淵註想像森玉還貫虹以此昭薦庶來格瓣香奚必專南豐得酒洗滌懷古恨倏忽影事來攖胸紀年甲戌乙亥曾展祀廬陵眉山兩文忠佳會得此合三壽庶幾風雅容附庸更濯椰盂味雙井粗說詩事慚未工

六月十七日招同陳子綸張卿五並延仵崇如三同年重集北海龍亭看荷花作

七載重來舊禁園龍亭高處共開軒世殷艾畜瘳深疾佛説蓮宮滌熱煩取證禪心知不染倦看塵劫各無言勝流三者今成四（楞嚴說禪有三勝流四勝流諸位）好向西天叩妙門（亭距小西天不數武）

積雨連旬聞永定諸河決

積雨愁聞潰巨川宣防慮耗自年年上游水泛下游水小漏天成大漏天兵後沈災孰灑澹劫餘飢溺倍顛連仰看蒼昊頻呼籲幸爲遺氓早解懸

爲仵崇如同年題鄉會試房座師批條卷子

蔣詞趙律較何如（乾隆壬午順天鄉試趙甌北蔣苕生皆爲同考官趙有詠藍筆七律蔣有詠藍筆滿江紅詞見藤陰雜記）寸楮猶存掌故餘四十年來重什襲升沈悲喜亦關渠（蔣詞語意）

易紫曾聞爲祝延坳堂卷跋出姬傳（同考官例用藍筆乾隆三十六年會試以皇太后萬壽恩科易以紫色循用數

(科升祔之後復改從舊見惜抱軒集)只今故紙勞珍惜綽有清風繼昔賢

詞宗八十獨巋然(會試薦師爲夏閏枝先生孫桐當代詞壇領袖現年八十有二)杖履追陪共大年(崇如年六十九)信是人間有人瑞棘闈舊筆兆薪傳

記從梓里聽循聲(崇如曾任武清縣長)白社招延晚合并(叶平近年始入頤社)欲效摭言談故事行行翠墨證分明

春秋兩試附同科持較行年一歲過(與崇如爲鄉會同年忝長一歲)欲謁龍門無覓處荒莊我愧遜君多(予癸巳座師翁文恭公同龢房師吳絅齋先生士鑑癸卯座師文恪公榮慶房師饒芝珊先生昌麟今皆逝世)

八月初十日聞蟬

殘蟬忽復噪暄晴觸耳偏教獨客驚計閏已逾重九節(今年夏曆閏七月)咽風猶作兩三聲露寒早信高難飽秋老奚緣假以鳴人事既殊徵物異白頭吟對若爲情

中秋夜雨

卷六　五

望月不見月今年異去年愁霖幾時歇遥欲問青天

龔黼平同年 元凱 六十九歲壽詩

昔叨並進捷南宮卅載光陰逝水同翰苑集應齊一品詞壇名早擅三中 有詞集 祥徵藥樹知身健劫閲桑田過眼空今日古稀欣預祝陶然共醉菊花叢

除日

積日成除日增年是減年世衰催老易節早覺春先 陰歷十二月十七日立春 待寫歲時記還參文字禪 任輔仁大學文課已十四年 童孫紛索餅嬉笑且歡然

賈佩卿同年應聘赴滬講經以詩留別次和

讀破微書坐破氈長頭儀範故囂然談經當奪幾重席下筆還傾萬斛泉久已儒風頽待挽此行學海拓無邊好將莊語臨歧贈莫更傷心賦野煙

爲郭子心 立志 題循環圖

消長盈虧理匪誣環中徵義衍新吾要知天事由人事珍重傳家視此圖

張白翔朝墉八十壽詩

蜀江水碧蜀山青借句誕降文星作壽星意構半園供小隱祥符八秩洽長齡放翁早輯平生集有詩集卷伏老還傳異日經幸得卜鄰親有德綴行申祝進芳醽

馮伯玗汝琪七十壽詩次自壽詩韵

夏首辰良祝莫違婪春漫賦藥將離入官兩度才難盡先佛三朝壽可知四月初六日誕曾在西曹清棘獄甲辰進士法部主事亦同南國頌棠枝前河北蠡縣知事杞園雖小猶先構居宅爲尊公心蘭侍御舊廬不潤膏腴驗在斯

雅有壎篪並杖鄉令弟叔瑩志青皆年六十餘行踪自不歎凉凉兩非莫置陶元亮見顏延之陶徵士誄半點差同顧長康酒送柴桑恒得醉詩拈草木信涵芳自壽詩多及杞園榆柳芍藥諸物行年一歲慮叨長高詠清才未敢方

三月二十七日醉書

斗酒傾殘噉隻雞陶然一醉竟如泥不知世上紛機阱久熟人間聽鼓鼙縱有微名同畫餅也曾先識說吹齏天公放我垂垂老贏得尊前好句題

百年三萬六千場尚及奇零薄願償老去早知來日尠醉餘還作少年狂辛勤牛馬依然走得失鷄蟲久已忘屈指禿翁過七十閉門猶自夢羲皇

次和陳哲甫同年自湘中寄三月晦日見懷之作

故人四載嗟睽隔寄躅三湘七澤中此是靈均騷詠地行吟倘可繼前功

書來記在餞春前白社縈情宛昔年潦倒兩生勞問訊信知高誼薄雲天兼懷巨溟

老際干戈幸自寬亂餘性命得全難來春果得重聯袂好共忘貧學范丹來詩有明春定作歸與計把袂公園看牡丹句

六月廿一日堂弟秋坪七十生辰詩以爲壽

四十年前言志詩田廬掉首是遐期耦耕未遂成衰老顧影同看雪染髭

荷花生日記先庚屈指行年一歲贏迯祖還期衣共紹莫緣暮齒弛同情

昔記東坡壽潁濱年年白髮作生辰我曹朽櫟都無似頑健差堪擬古人文忠六十六文定七十四

尊俎曾推未易才古稀得佚亦悠哉同堂妄冀邀同福再祝延齡及廿回

酬和八十六翁黄冷叟避難迯懷詩

隻絶丹徒百歲翁馬相伯先生又從海上見黄公齡開九秩皈心寂精研佛學刼歷三

番過眼空菊鑑成書衍家學次公潤書曹長昔忝同官著有菊鑑一書曾爲題句芝歌駐景表仙風告

存雅合前賢例翹首南雲爲祝嵩

迯懷

生寄書叢不計年早成詩讖蠹魚篇四十年前詠蠹魚詩一生生活寄書叢食字年年腹亦充今老矣猶恃舌耕眞

詩讖也學荒愧乏藏山業家儉欣無造孽錢早棄粗官還白紵賸餘故物有青

氈交親近更嗟零落風雨鷄鳴一忾然

七月廿日龍亭重集作示陳子綸張卿五仵崇如三同年

勝地招尋第八年龍亭風景尚依然波漂萍梗踪還聚露冷蓮房信早傳北海豪情輸往日西山爽氣挹遙天且將閒趣供閒話莫感衰遲歎逝川

仵崇如同年七十壽詩

治學同源理匪殊餘芬況衍自中孚反身所錄言皆物有政能施吏本儒久薄催科甘拙宦遽聞投劾作潛夫小春共進躋堂酒滿眼棠陰即德符

試從縞紵溯平生白社招邀晚識荊（同榜四十餘年訂交不及五年）蕊榜兩番同捷報梓鄉幾度遜循聲卅年九縣民謳洽（官河北三十餘年歷任武清臨榆等九縣縣長）二華三原客夢縈（陝西蒲城人）願假稀齡延壽醑嶺梅香裡快飛觥

朱意諳宅看菊

數椽老屋枕城闉合作幽棲住隱淪會得澹中眞况味人如菊亦菊如人

九日

雨雨風風阻快游，坐看歲月去如流。玄猿白鴈催寒節，黃菊丹楓絢晚秋。九日嘉名閒亦愛，萬方多難劇生愁。閉門只合閒搜句，待展登高再命儔。俗以九月十九日爲展重陽節

喜見朱少濱歸自蜀中

讎書已是鬢毛斑，忽訝兵氛徧兩閒。荏苒三秋成久別，崎嶇萬里慶生還。刼餘且喜文章在，塵際深嘗道路艱。美眷偕歸尤厚幸，知當剪燭話巴山。

偶作吳體

天寒歲晚日色微，老夫寡營常閉扉。大兒小兒行役苦，千里萬里音書稀。凶年酒薄不成醉，近市米荒恒畏飢。乘輿時時就鄰菊，薄暮欲去還依依。

卷六終

男 則誠校字

忍冬書屋詩續集卷七 庚辰

武清　郭家聲　琴石

爲樊蔭孫同年榕題退安合影圖

一番同榜兩同門喜見新詩月告存册載石交風誼重小年愧並大年論君今年八十長余八歲少同遊高文通公門下癸巳同捷順天鄉試又同出吳絅齋先生門下

豔煞閨賢合影圖齊家寫出化型于月教星替情無替退福還賡百歲符

夜讀

宵來例傍短燈檠宛似兒時課有程計算已開年八秩劬書每及夜三更俗儒章句心知誤老子癡頑癖夙成掩卷𨷂然還自笑蠹魚生活了吾生

半世膠庠熟執鞭時時盜竊總陳編學荒那足窮經苑年老還須墾紙田楊誠齋詩只有書生拙窮年墾紙田 計失桑榆寧可補識餘草木不成箋旁觀指目恆相笑如此冬烘負耄年

老屋

道南存老屋蘧落不稱華砌古蝸留字檐虛蝠作家居沿三世久傳已百年
遐得此幽棲足秋風免歎嗟
稅廛增間架區奚計窄寬雖盧百室願猶得一枝安晏宅甘恒隘荊居說苟
完兩家果誰是笑笑付空觀

題東武劉氏誦芬集

謝詩述祖例開先遜此敦龐世德延文學事功八葉具名臣循吏一家全檀
河故塾珍圖在海岱高門御藻傳繩武有人勤考獻拾遺更企緝長編

前詩未盡復作一篇

有清八文正湯曾無間然諸城亦碩輔尚論差隨肩朱曹杜李孫帝師荷恩
偏循名以責實落落三百年緊惟劉獨盛箕裘世能延文清與文恭易名同
象賢方伯更碩學金石萃成編世論所共仰吾得而稱焉本碩實迺茂源遠
流成淵西水必顯 及青岑槃 循良遺愛綿念西渠 篤孝義松崦增 勞河堧筠

谷臻與姪詩去思碑再鐫霖悅霖雲步雲桂英輩衛親死弗遷變也尤不幸喬梓同黃泉知事字采奮壯烈禦賊軀以捐貞穆丕烈扞鄉閭保全身幸全是皆繫大節光氣塞地天歲久歸潛幽名僅邑乘傳實則與四公至詣同昭宣世衰歔舊德疇畝忘服先幸哉有賢裔青箱業能專半生勤搜討裒集成鉅篇一一試拱讀字字無虛誐晚嗟詩力退綴什鳴微虔敢告喬木家念茲毋舍旃

口占

萬方荊棘一隅安更念天涯行路難滿眼童孫紛戲笑含飴相引且成歡

周止庵同年學熙七十五初度喆嗣繪進重游泮水圖有詩賦感次韵

奉和

壽世書成師古堂試將發軔溯名場秀翹泮藻欣登籍志養陔蘭賦補亡在昔上丁傳桼奠只今周甲說芹香從知治績根儒術美富曾窺數仞墻

秀才風味老猶存恰値弧辰進上尊兒爲呈圖三壽叶翁還耽讀六經溫笏纓匝序空文囿巾卷傳家有德門世教能持綿世澤祝茲貽燕逮雲孫

又次其七十五初度詩韵

壽必仁基自昔然古稀又過五經年富民爵以千秋重型俗規從萬石傳老有弟兄同聽雨旁無姬侍號非煙儒家自得延生訣奚待餐芝學列仙

藏得楹書佗後期教忠教孝世風移紛紜桑海誠難問淸淺蓬萊會有時蓄德早爲垂裕計長吟待綴告存詩與公倘覩昇平日黃髮賡歌齒變兒

慶博如珍七十自壽詩題詞

論迹頗似狂者栖心恒得晏如曾行數萬里路迺輯五十叢書早識是貧非病胡爲不常厥居試讀古稀述語何以遣此居諸

後廠甸詩

三載前吟廠甸詩蟄人次韵並遐思邢冕之同年有和作今當谷貿踆遷後遊展重經

又一時

沵用陰陽朔並頒後先開市拓場寬一年要作兩年計恠底生民度日艱民國以來陰陽歷兩歲首海王村商場均招設攤場

五光十色燦琉璃水部名甄襲舊規試溯兩朝稽藝術趙家傳業有沿遺工部琉璃窰官廠明清兩代相沿設此廠吏趙姓習爲世業今無聞矣

沙土園中磚祖齋楹書兩代富編排曾聞令坦夸三位妙語文人總近諧大興劉寬夫侍御位坦子重比部銓父子皆嗜藏書葉氏記事詩及之嘗於河間得漢君子館甎因名齋曰磚祖三壻皆貴時有聯云劉位坦三位令坦喬松年吳福年黃彭年劉家女待年而字潘世恩累世承恩癸丑科乙丑科辛丑科潘氏子逢丑成名故居在大沙土園

古說目盲心不盲言依忠孝媿君平能因小道陰行善殉國孫曾樹大名蕭山瞽者陸心鑑命館在廠西門清道光間有盛名其孫鍾琦鍾岱曾孫光熙以宛平籍各登進士翰林鍾琦光熙辛亥殉難山西巡撫任所予謚文節文烈崇祀畿輔先哲祠

蕭齋雅構號雙魚小刻叢編有短書檢到鄉嬛十二種薰香摘豔要資渠永綏

張叔平中翰爾準居廠東門雙魚䊧齋刻鄉嬛十二種小叢書皆均藻謝華啓秀之類助文詞用者

博古齋中寶器繁咸同精鑑首稱尊流貽世澤登高榜雅有書名重蕤園　博古

齋主人祝氏在清咸同間賞鑑稱最其孫蔭庭助教椿年擅書名光緒辛卯順天舉人覆試第一等第一名晚號蕤園居廠西門今下世矣

南北齊名兩狀頭業殊成敗熱心倖黃巾禍起崇基壞窰廠誰來弔勝流　黃慎

之學士思永倡興實業與南通張嗇老齊名光緒間創設工藝局於琉璃廠窰作隙地庚子拳禍爲莊王載勛等構陷下獄幾死及脫難而局業亦不復振矣

骨董傭能古學殫書林才似竹林難洋洋化度碑圖考要使蘇齋刮目看　德寶

齋主人李誠甫山西太平人精辨金石彝器潘文勤王文敏所畜多出其手猶子德宣能繼業舖夥劉振卿亦太平人專攻金石學辨析尤精嘗著化度寺碑圖考論者謂雖翁北平不能過也

眞堪踵武緒千峰嗜古潘陶賴輔庸只少一編金石錄到今艷說李雲從　雲從

直隸故城人幼業碑估長於考證葉氏語石亟稱之嘗助潘文勤搜討端陶齋初不嗜古得與講習助成名家黃仲弢學士紹箕與辨遼碑至爲所窘其人可比清初郃陽褚峻但少金石經眼錄一卷錄入四庫耳

二李饒談藝各長書叢版刻妙評量鑑碑更有袁回鶻北秀南能總擅場　清光

緒初寶森堂之李雨亭、善成堂之饒某，其後有李蘭甫、談篤生諸人，皆善別歷朝書籍版式著者刻者，士大夫遜其精熟。又有袁回回者，江寧人，精鑑碑帖，某言多某字少，爽拓之歷歷無某字。

一滴金壺煥寶光，發明新式利文房。謝家墨汁陳家盒，相得眞成美益彰。

謝崧岱太學創製殿廷考試墨汁，設一得閣於廠東門內，有詠墨詩冊行世。又陳寅生氏創刻墨盒，蓋上書畫，今價亦兼金，成骨董品矣。

友于能得女須歡，操縵還將古調彈。不愛帝王家富貴，孤高愧煞董庭蘭。

琹工張春圃嘗充孝欽太后內廷供奉，肅親王隆懃亦延之學琴，均不久棄去，自以修理舊琹設舘餬口。有寡姊亦能琹，貧不自活，迎養終其身焉。

維古泉劉亦擅譽，傳家弓治有誰如。翁劉鮑李多名譜，合取斯人佐治書。

有古錢劉者，父子皆售古泉爲業，其考古錢之種類，有出諸名家譜錄外者，惜無傳書。

榮錄堂刊搢紳錄，年年註記校無訛。流傳書帕朱明本，投贈相衡價孰多。

榮錄堂專刻搢紳，於京外職官遷轉升調，隨時紀錄，每年出書二次，宦遊者必購爲饋遺品物，今斯錄不復得見矣。

延壽庵中喜訊傳，春秋兩試報無愆。未看黃榜聽紅錄，一日聲名快覩先。

清代春秋試放榜前一日，士子預聽紅錄於廠西門內延壽庵，其名條係由貢院寫榜吏暗中錄副傳出者。自庚子後移試汴闈，此事遂廢，不數年而科舉停矣。

卷七　四

尺地區區掌故存宣南坊巷漫同論縱云識小關文物留作春明記夢痕

戴石屏有歲暮書懷寄林玉溪詩年幾八十歲作也愚齒尚遜六七讀其詩爰次其韵得三律

七十又加二飛騰暮景斜年光驚逝水世事悟空花老謂身爲患莊云生有涯不如還俟命訓守魯東家

處世原如夢浮名底用爭歷猶兼漢臘書匪出秦坑墨墨存吾分勞勞度此生嗤他博辯士抵掌尙縱橫

白髮蕭疏盡靑氈歲月徂博羞書劵字詒不賣癡符世態紛千變家風守一迂童孫笑翁瘦或者爲詩癯

白髭

留成頦下髭一色白如絲無復儒兼墨眞成涅不緇摘餘曾拾第撚斷爲吟詩莫以于思誚稱髯亦自嬉

無生

心傷浩浩閻浮劫目怵紛紛蠻觸爭識得世間多苦惱怪來釋氏說無生

出伏七月十一日

三庚倏已過餘熱諒無多指日西風偪炎炎奈若何

調少濱新姬生子時年踰六十

滄海歸來綖彼姝居然老蚌復生珠晬筵他日如相召要索牀頭酒一壺

高閬仙步瀛輓詩

慘澹文星夜隕逵平生風義劇堪悲論交兼作三益友講學群推一大師踵業崇賢嗟斷筆臨終務觀痛哦詩歲寒歎逝紛愁緒悽絕空齋挂榻時

朱意諳履謙以今年未過看菊有詩見懷次韻答之

虛負黃花動隔年停雲佇望故依然却慚幽寄輸元亮不到籬邊到酒邊

世人豔稱馬嵬事爰作三截句未免措大煞風景矣

七十君王作色荒太眞卌六亦徐娘諸姨計齒應尤暮可是人傳不老方

女長楊家盡夏姬一門得道變雞皮連昌長恨流傳久好事文人費豔詞

佛堂梨樹久成蕪憑弔還多惜彼姝莫漫開天傳影事書當盡信不如無

顧伯寅同年承曾於秦垣燕集癸卯年家張立言遠村之照嗣子段民達惠誠岡北之子士俊黎廷謀露蒓湛枝之子等合六人令姪傳渤仲平之子準曾及質兒與焉作詩誌感並以奉懷

南宮夢過卅番秋大宋清名記勝流杏宴曾偕弟聞喜竹林今見姪同游老成望峻尊黃髮後進才多企黑頭樂有小男叨末席遙飛祝斝借詩酬

卷七終

長女 立誠校字

忍冬書屋詩續集卷八 辛巳 壬午

武清 郭家聲 琴石

張敬園瑋六十壽詩

古有愛賓今效賓字借高門精鑑衍傳薪法書録就編應續名畫藏多記自眞喜値退齡周甲子知深粹養守庚申異時別撰清河舫先借椒觴祝大春

尚節之同年秉和贈詩次韵奉酬

昔同捷南宮濫厠愧東郭投劾三十載守玄甘寂寞冬愛趙衰日寒臥袁安雪講學寄上庠與衆尤落落賴有素心人恒來慰睽闊講易探月脇賞文析道脈有如大海波時容一蠡酌吾儕各衰暮及時貴行樂況逢塵刼餘要滌煩襟豁行迹戒蛇足存身安蠖蟄庶幾垂白年優游度昕夕作詩答嚶求歲寒勉同歷

我生居陋巷愧乏田負郭舌耕幾終身生事殊落寞有兒拙負薪有女慚詠雪食纔供宿舂居但樹縛落荆布畢微事寄懷日寥闊歸寗偶聚歡情話頻

脈脈賞奇文或披排悶酒時酌計年縱羸老得此亦云樂見辱新詩篇積愫爲披豁各遂譽癖性敢道蛇龍蟄生平締石交結契匪朝夕庶假炳燭光修途試重歷

附原作

出門行　行唐　尙秉和　節之

出門彳亍行言訪忍冬郭巷僻絕喧囂門清長寂寞主人今詩伯鬢髮皓如雪有女媲𪇴貞文筆能灑落七日必歸寧藉以慰遼闊笑言歡啞啞陪奉情脈脈檢書析疑義煥酒爲酣酌娓娓論文細依依天倫樂而我客其間耳目爲清豁道古長慕思感今深閉蟄顧瞻樹杪景沉沉光已夕策杖復歸來風徽猶歷歷

齊震岩耀琳同年八十壽詩　代

虎榜當年共策名群推季若擅英聲唐貞元中陸贄主試所取齊季若韓愈歐陽詹賈稜陳羽等皆天下雋傑時號

日龍虎榜勤宣龍節勛斯集遇順鴻風政逎成會爲魯侯歌壽母年伯母魏太夫人壽幾百歲
夙欽莒國宋庠封號是難兄祝釐喜値中和節合早躋堂進兕觥
矍鑠精神媲潞公耆英首席福攸同豆籩雅有鴒原樂蘭玉尤徵燕翼功鄰
卜丁沽欣接武疬符已盛祝延洪預儲異日期頤頌重宴賓筵指顧中

再次節之答韵

儒家有六經衆說之郛郭惟易貫天人其義尤玄寞漢師闡孔思奧窔爲洗
雪焦氏於三家別自樹藩落四千九十六林語悉恢闊沙隨擬卜詞古有此
傳脉我友殫搜討飮爻如洞酌墜緒尋茫茫違行驗憂樂補苴彌罅漏貫通
一旦豁遂使梁國學如啓久沈蟄蓬門相過從玄談屢忘夕寡過固未能肥
遯蘄共歷

附原作　唐行尚秉和節之

宙合靑茫茫以爲萬物郭四時自行生茫乎其芴寞盪而成風雷洩之爲

雨雪春煥品吉榮秋嚴霜葉落俯取文即是波瀾殊壯闊誰歟知此意論文歸正脉吾友老歆輪今古貧斟酌得酒話平生自述吟詩樂乾端與坤倪入手皆軒豁惜哉生不辰深巷甘蜷蟄却與我最親藉以永朝夕因即錄其言歌以識所歷

俞琢吾同年壽璋挽詩

昔記賓賢宴鼓簧欣聞同榜出同堂（光緒癸巳順天鄉試君與從兄玉溟同榜）卅年霽宇無緣接（相知未相見）一夕文星遽掩芒賸有詩篇傳小陸（著有漢當硯齋詩集）將何譬解慰元方哀吟權拾生芻句遥奠南雲佐絮觴

一年老一年次陸韵

一年老一年一日衰一日敢希周夢齡但學孔慎疾古稀駐世亦云久萬歲名輪一杯酒眼前尊杓辦竟捐身外浮雲復何有塵鞅未卸閒有餘殘書滿榻茶滿甌歲鍜月鍊公何愚哦詩撚斷白髭鬚

止酒再次前韵

無俚對殘春大難識來日亦知生有涯逝者一何疾百歲匆匆未爲久一生斷送惟飲酒奈何偶疾等維摩使般若湯付烏有體中點少癡有餘不學雜家書盤盂逢世無術眞大愚老我負此于思鬚

兩日意殊不懌作短歌自遣次陸韵二首

昔我壯年吟老詩韵次龍鍾三十九桐鄉先生斥我頑（蔡鶴君師）謂非壽徵揮以手忽忽七十今加三光陰迅駛如電帚九原若記老門生刮目猶應夸小友慚負當年國士賞畢生碌碌成筲斗凡百志事付虛擲侵尋惟病楊生肘學詩粗可衍傳薪篇什亦時挂人口私冀長留天地間或免不雕嗤木朽

好春已過一百六失意事恒十八九詩力退當老病餘早謝吟壇鬥身手不圖勝流六七公（俞瓦溟尙節之陳紫綸諸同年）時挑棘矜揮寶帚悉索敝賦一應之再衰三竭忘敵友狂奴眈吟錮結習豈暇量才計升斗尖叉但解競嘔心搯擢僅免

卷八　三

嗟露肘事過問客果奚爲相對絕纓笑開口高歌青眼掉白頭遑計人生三不朽

戲和巨溟瘡瘢詩次韵

得全眞面已良難效取刀圭迺惡瘢既未烏鬚謀示媚古語染白鬚媚側室倘將獺髓補能完美顏久變寧嫌老與輔相依可自安試作諧詞供一笑些些失意不須歎

附原作　上虞 俞壽滄巨溟

全受全歸老更難誰教半面著雙瘢古無方術民多壽國徧創痍我忍完爲得神功醫謝石不妨僵臥學袁安人生萬事宜求闕野衲今眞是懶殘一作笑罵由他可自歎

忍冬見和再賦答謝　前人

身居藕孔尚高歌因病止酒魔障其如此老何正使浮名消福盡却因善病帶

詩多廬山識面寧非幻止水盟心久不波休道徐妃半妝好相逢一笑有

春婆

司鐸學院海棠 有序

舊恭邸鑑園今爲輔仁大學司鐸學院夏歷三月二十九日陳援庵垣校長招賞海棠於此徵賦七絕句

昔聞朱邸燦名葩幾度春風換刼沙失喜園林無恙在海棠還放舊時花

兩助軒前花映欄也如定惠院中看視今視昔皆泡幻貴宴清修合等觀

曾覩王孫繪事奇折枝沒骨鬥徐熙而今却道花依舊惆悵綠肥紅瘦詞〔舊園主溥心畬王孫儒當代畫家嘗于花時招客宴此〕

九十韶光未有涯錦天繡地較爭差詩如杜老無傳句綺語庸堪寫國華

省識東風用意勻芳時容易悵前塵坐花來趁無遮會一刹那經十七春〔愚自民國十三年十月任敎輔校〕

嘉辰賢主喜招延老惜餘春一囅然白首對花花有語此翁合是海棠顛
光景流連自一時課餘還逐賞花嬉玄門易作朱門主綴筆聊充本事詩

次和恥庵答止酒詩

生本非才敢云阨况當世運嗟陽九逐逐擾擾塵刼中萬事何如杯在手酒
德可頌良匪妄是釣詩鉤掃愁帚或止或述將無同卓哉泉明可尚友近訪
東林參白業未受淨戒虞犯斗姑留餘地自迴旋作優婆塞免掣肘已無周
妻尚何肉非關強禦人以口生天成佛庸敢期還守儒風懷馭朽

附原作　　上虞　俞壽滄　恥菴

錚錚佼佼哉是翁才兼陸九與歐九設逢唐宋文盛時庶作旋乾轉坤手
天胡生才復阨才掃魔不予垂雲帚醴泉權作小諸侯拋却黃封暱紅友
興來邀月雲爲開一石不醉况一斗近云微疾示維摩此關造化屈伸肘
因之止酒得勿迂勸君勿噤銜杯口浮生百歲幾須臾惟有酒人名不朽

次和恥菴見慰詩

平生研理苦弗澈時得一二遺八九（用句）身心兩未得出纏八風動輒難措手嗔恚痴亂擾淨地打掃正須勤擁帚急來抱佛老依僧夾輔尤待卯須友一清頭陀善知識抖擻俗塵凡幾斗詩來相慰即針砭愍我小慧嗟見肘昔本未達今更癡正賴清涼散入口轉識成智在何時得證如如眞不朽

附原作　上虞　俞壽滄　恥菴

寸心不罣去來今焉知世運厄陽九造化小兒慣弄人一治一亂翻覆手治則龍見亂則潛杜門可享千金帚偶開頤社集耆英中有吟壇一畏友渾淪才氣淩滄洲無人敢與競八斗邇來無病忽呻吟烏鵲巢肩柏生肘昔也何達今何痴坐令孫楚笑喝口丈夫事業在千秋願君還策三不朽

再次前韻呈恥菴

未能止酒思學佛已同十誡破其九妄計米汁得參禪緣木求魚難假手明

知是病不求藥貧子區區還享帚般若湯果有何味強從同嗜問吾友蓮社
固曾致淵明究異淳于論石斗飲者留名謫仙語睫論難憑迷運肘蘇晋禮
佛已長齋迺逢麯車涎滿口是知結習當懺除早燃慧炬焚枯朽
百年已過三分二一夢將闌十去九崦嵫光景復幾何早識臨歧須撒手胡
爲勞生不佚老欲大掃除安覓帚成住壞空固是常別有眞常證禪友近從道源
法師聽講淨心誡漫言天根與月窟奚待捫參還歷斗只此六結未曾解是何人斯
牽汝肘幾時冥悟徹中邊活潑潑地開笑口抛却生平文字禪棲心安隱度
衰朽
佛言世界轉三千世說雲夢吞八九儒家所持愼獨法視指尤嚴十目手洗
心要使如鏡臺拂拭時時勤用帚更作三觀等不等一視寃親暨敵友萬言
不如水一杯首計先撲塵三斗思瘳厥疾在眞藥千金有方取諸肘談空說
有徒紛然眞諦在心非在口煩君爲我親授記同入玄門携老朽

附呈戰詩一律借博莞爾

元白蘇黃每戰詩歐梅兩大亦爭奇偏師姑應公眞暇大敵輕挑我太痴強

附披堅執銳者恒虜棄甲曳兵而時時憑軾觀新戲局外何人倒好嬉

司鐸學院海棠詩 代

玄館朱門各一時海棠依舊爛盈枝對花別有滄桑感乞借春陰好護持

題王子梅鵠顧祠聽雨圖

一代儒風此輩先學深經世惜無傳慈仁別院叢祠在共藝心香又百年

六謁思陵兩入京當年高躅記分明輞川更爲傳圖詠恍聽雙松沐雨聲亭林自戊戌徧遊北畿至丁巳凡十年六謁思陵戊申兩入北京是後始卜居華陰不再出游以至沒世

松杏名圖伴古龕九蓮像亦寄伽藍宣南文物重搜討得此眞成鼎足三

畫中勝侶久山邱一作年來滄海劇橫流祀事還關後進修塵劫屢經文未墜愴懷天

地幾悠悠

九日司鐸學院作

老値重陽節來登兩助軒聯裾新道侶（司鐸講業者得十八人）萃錦舊名園（地爲清代恭邸舊園）白髮驚寒早黃花滿徑繁題詩渾漫與六義試詳論（時授唐宋詩課）

十月六日朱意諳招飲賞菊賦贈

鈞師昔有小長蘆君廼眞家七二沽老屋數間僑客宅寒花百本晚芳圖茶甘且喜鄰銅井（居近大銅井舊京名泉也）釀熟奚煩買玉壺徙倚東籬得淸賞詩成償却隔年逋

君家花事吾詩事不負頻年共賞秋又過重陽逢十月相邀一酌散千憂劇懷佳友慳謀面（黃潤書駱子奇均南歸章演存傷股卧病累月）忍折名葩插滿頭老去只餘微願在餐英歲歲發吟謳

夏閏菴先生（孫桐）以明年重逢鄉舉作詩紀感次韻奉和

無復賓興盛典宣鈞天舊夢尙逌然已歌杞李逢周紀合譜苹蒿再作筵闈

苑秋高宜宴樂蓬萊水淺試迴沿清門佳話流聞久八葉聲華復此賢先生八世
族祖雨三公康熙中官浙江紹興府知府曾重宴鹿鳴
大老親將御藻邀文章報國記前朝史林贊業殫心久學蔀兼裁尚論遙紅杏詞高春永駐青箱緒衍道難消宴開聞喜須臾事漫說年隨急景凋

答人問近況

皤然霜雪早盈頭偷活隨時不自謀老去儘饒詩侶在病餘頗謝酒人游無多生計廿茶苦有限年華尚杞憂珍重故交相問訊願言開徑待羊求

示貽兒

學成異國幸言歸復走天涯値百罹亂世在家貧亦好壯年失業悵何之童孫稚幼方需教老子婆娑待慰衰暫度晨昏非誤計耐心會過洗兵時

示則兒

空前浩劫竟躬逢佇苦停辛與汝同已歷多艱入此歲差能遲暮助而翁一

家生事還粗了五載支撐得固窮近喜爾昆堪協力大難來日待圖終

憶質兒

四年萬里缺承歡念汝棲棲歲又闌自是家貧爲客早要知時變置身難風塵遠隔疏音問世路崎嶇戒宴安望極倚閭無那老歸來何日賦陔蘭

讀金亞匏和來雲閣詩

日記爲詩古未聞尤嚴責備向將軍莫將直筆儕苛論或是當年信史文苦費曉音聽不聽唐捐烈士失奇功論才江左無卿比合使錢東平王粲詮拜下風

石公屢寄近詩答以一律

思君不見又三秋幾枉詩篇遠附郵筆健依然力排奡語工乍可驗窮愁已看近著消齊氣豈斆新亭泣楚囚記得雪橋題句好從來菽粟即琳璆

三月二十六日以癸巳鄉舉五十年周期同仁醵飲稷園爰次壬申舊

韵作詩紀之
昔年記注賢書籍今日招携浩劫餘賤子浮生空鹿鹿群公雅列尙魚魚試
將壽算稽圖籙倘有文光射斗墟五十星霜眞過隙鈞天溫夢喜聯裾
續將舊雨來今雨遑說文星與壽星十祀再延便周甲九人四在是餘丁壬申
秋曾有癸巳鄉舉四十周期之宴集者九人今餘夢岩巨溟叔度及下走四人而已身還頑健偕飛笋學或商量共拜
經他日苹筵重誌慶願言河嶽附英靈
藏園援庵兩先生招賞司鐸書院海棠顧羨季文學隨有詩用東坡定
惠院東海棠詩韵次和一首
我生心早如槁木偶拾春芳慰幽獨紛紛桃杏鬧東風霧裡相看輒嫌俗遺
聞艷說韋公寺昔日名葩委荒谷見談遷棗林雜俎惟有西郊國華堂繁英依舊照
僧屋西直門外極樂寺海棠有盛名自清乾嘉以來至今未歇廿年耳熟鑑園花不比朱門薰酒肉窈窕
膚腴自殊艷況是春酣新睡足一從貴邸換精廬靚妝得地尤清淑故都三

月芳訊宴懶散詩情減便腹二老嘉招豁素襟得花陶寫勝絲竹嫣然高格
出塵壒鷃綠猩紅爈品目蘇陸有詩各千古錦窠欣賞難忘蜀今來逋叟預
勝流有如白鳧侶黃鵠試數春明掌故花濺淚歌成曲江曲綠章更爲乞輕
陰好與護持莫凌觸

爲邢冕之題盤山圖即祝其六十壽

嘉游六日歷三盤圖得眞形証古歡翻笑向禽無此福淸詩勝侶兩兼難
靜樂全從仁是基岡陵作頌總膚詞何如徑以山稱壽萬頃雲嵐爲祝釐

又爲作六十壽詩一律

思適齋中益古春喜逢周甲祝生申黃黎政美齊前哲鄭莫名高得替人五
嶽歸來深息躅一官擺落早抽身白頭學侶無他頌願共康強作壽民

重九日壻女以酒蟹來餉

登高興早敗徜徉喜汝相攜勸置觴有酒有螯供一醉不風不雨過重陽放

懷自是無腸好積慮誰非爲口忙姑與衰翁作歡趣頹然伏枕到甜鄉

王君九季烈學長七十壽詩

僂指重陽二日先長齡初滿古稀年掌分邦教辛勞著科衍家麻甲第傳喆

弟翹材叶箎韵令弟琴西昔在農商部同官佳兒承志散餐錢令子遵以壽筵費二百元助賑集茲美

意膺遐福合券期頤爲祝延

門人馬漢雄文元贈自蒔菊花爲作小詩共欣賞之

年年買菊賞黃華今歲街頭不賣花臥倚南窗嗤老憊蕭然荒徑似陶家

病餘懶出探芳訊忽喜門生叩戶來分我寒香七八品枝枝蕚蕚是親栽

卅年講學得吾徒幽癖清才與俗殊莫怪老夫比花瘦秋容雖淡未爲孤

黃廬黃潤書返滬遠隔鄺園渺駱子騏歸蜀尚有章恐存朱意諳結素心花事舊京

銷落甚將詩與子證遐襟

破戒剛吟九日詩酒螯親爲慰衰遲今朝又得花相對舊夢重溫到義熙

爲徐石雪題萬竹廬圖書館圖

竹中有左氏自昔推丹淵流風固未歇今餘九百年徐君毘陵彥志衍湖州傳平生耽寫竹富乃同渭川製譜考宗派搜紹無黨偏羅列數十家不祧尊所專更輯題跋錄美富信無前述論與淺說一一殫精研亦有自題句韻流五百篇冬心板橋外別豎一指禪此業足不朽大願猶欿然潞河鈞遊鄉遺宅餘一廛納楹可萬卷委之匪唐捐讀書要有福用導鄉人先改作爲適館久計庶可延不從人醵金不待天雨錢事仍求在己亟搖筆如椽萬者數之盈息壤矢必堅當其得意時妙到秋毫顛下手快風雨運腕霏雲烟有如造物者隨賦罔弗全少或三兩竿庾園逗幽妍多或萬千箇淇澳羅芊綿是爲無盡藏筆端造化宣有基斯勿壞入定迺勝天我樂觀厥成作詩促先鞭太守昔清饞胸中畝盈千景行致靈覗莫謂膂力愆君年六十二

卷八終

男 賀誠校字

後序一

歲壬午之秋　琴石夫子忍冬書屋詩續集將問世 福曾 躬預襄校竊讀先師高閬仙夫子及諸家序文舉是集大體與其所以爲詩者論列已具毋庸贅詞無已乃即其生平學行實蹟爲蠡測所及者約舉厓概知　夫子雖以詩名家實非僅以詩鳴者也蓋夫子幼而穎異年十二以帖體詩試蓉鏡軒社首列十七應童子試兩冠其軍旋以科歲試高等食餼爲周升霖 德潤 李仲約 文田 諸學使所識拔在郡庠與寗河三王 燮 照 焯 宛平三徐 仁鑄 仁錄 仁鏡 幷馳文譽每應京師金台書院順學堂會輔堂成均北學各課輒爲主其事者激賞經古制藝之作傳誦一時舌耕筆耨亦藉以供菽水焉顧久困場屋應春秋試各四次始通籍觀政刑曹未一年考授商部章京又以肄業進士館兼習法政治事通敏堂上官咸倚重之迨補實職以政暇兼任京師八旗高等學堂講席時在光宣之季至今上下四十餘年諸校生徒承教者以千

計推服無異詞焉入民國來益無宦情惟以閉門課子在庠授徒飭躬治家爲事雖自其少時志在用世究心時務於道咸同光以降凡言西政西藝之書無不探索舉要領既習法政廣搜譯籍旁通條貫悉可見諸實施在官時屢上書言事不見聽用又以飽更世變踔厲邁往之氣剗除略盡遂絕口不談政治矣志不附黨籍教思無窮若將終身焉摯友來蔭農君嘗出獨貲萬金創設先志小學專爲單寒子弟求學計屬任其事乃爲之延聘師資區畫條教間日親往督視積歲年冒寒暑並賃車之費不取校中一錢他可知矣所居有忍冬花一樹爲其尊公手植因取以自號且名其室並繪圖用識忍性及冬心之義名輩題詠殆徧今年逾七十猶任吾校教席講貫不輟矍鑠康強其名益高其學益粹其品益峻其養益純蔚然推爲河朔尊宿不虛也夫子嘗自歎生丁多故家難國難無不備嘗蕉萃憂傷有非恒人所堪者積感抒情輒欲以詩寫之而又不能盡其志意所至蓋謹守儒家詩教所謂溫

柔敦厚興觀群怨八者斤斤不敢踰軌詩人之詩有如是者前集于民國七年經教育部學術審查會評爲有關學術著作推以碩學通儒之選當時同舉者如柯鳳蓀王晋卿江叔海諸老先生皆極一時之選頡頏其間輒謙巽不自多焉福曾譾陋未克親受詩學獨以吾家夙敦世好耳目所及于其生平學行犖犖大者粗能舉似用識集末以示景企又聞詩兩集外有文略四卷嚼榮根語二卷論語言學說二卷言仁說二卷忍冬賸錄六卷舊京談往二卷巽日賡續問世倘復預襄校之役得附驥尾深自幸矣民國三十一年歲次壬午重九日弟子高福曾拜識

後序二

右忍冬書屋詩續集八卷共詩四百三十四首乃　家大人輯近十年所爲詩而成者正集複印二次初板爲六卷本計詩五百九十首民國五年所印再板爲八卷本乃十九年夏集民五以後詩合爲一集通七百二十二首今

復成此續集立誠校字既竟念此兩集爲　家大人數十年心血之結晶亦
即𢍰家惟一之瓌寶也爰將管蠡所及綴述如后
自民初以來　大人執教各校硯田所入僅資溫飽而力作食貧一門怡怡
休沐之暇便治盤肴備蔬果家人相聚飲酒爲歡時長次兩兄年纔十五六
余方在童提索棗索栗依依膝前酒酣耳熱或操筆爲詩以抒所懷一章既
就兩兄即質疑問于杯俎間而余或喃喃效父吟哦以爲笑樂以故世變雖
殷意殊坦蕩意者環堵之內有足自怡者便可忘情于物耶
余年八歲與質弟入家塾爲延顏札可庵先生定信授讀論孟及古文詞公
餘仍自督課不少怠余年十四考入中學肄業校課殊繁不暇他顧仍利用
寒暑假期親自講授時兩兄已學成就業趨謁有時質弟端妹齒尚稚惟余
獨得于校課之餘拂筆硯滌茶鐺隨侍左右未嘗一日離或遇春秋佳日策
杖郊遊間至坊肆訪書皆命余從焉

民國二十三年春　先慈見背　大人老年喪偶意忽忽不樂亘借課余讀書以自遣命讀史漢通鑑及清四庫提要等籍余性非敏悟而記憶差強茶餘飯罷時舉一書名一史實訊其應列何部係出何代以驗所學或中或否未嘗不掀髯而笑一書既竟乃爲講其體例之得失考証之精粗以余時修業女子文理學院故所肄多乙部及簿錄之書未曾稍及詞章又諸前輩長老時來抵掌論學余亦得侍末座藉聆緒論諸父執偶訊余所學頗怪　大人以詩名家而不教之爲詩他日趨庭請學　大人乃謂余曰居今之世無論男女胥當思所以圖興競存者墨子守備商君農戰急務尚恐弗及奚事此雕蟲小技爲自是乃不敢復請

五十年來　大人以庸言庸行禔躬應世尤不喜自表襮惟黟縣朱少濱先生師轍獨謂其以宋儒制行以清儒示法年伯易水陳子綸先生雲誥嘗爲題詩集云有道平生無黨籍聽山餘事作詩人爲獨識其眞際焉蓋自少壯

志在用世尤致力于經世之學迨滄桑屢變知時不可爲乃退而自治戶內創修族譜躬理家政教子女必勤必力嘗謂余兄弟曰門外擾攘吾力不能匡救惟願常保門內之平治而已用是躬行節儉爲諸人先布衣蔬食篋無華服室無玩好眈讀嗜書亦不過求善本赴校授課往返步行其自奉之儉薄若此而時節衣食以助戚舊之無告者殆所謂儒學而墨行者歟噫以大人砥行績學遭時不遇無所設施于當世老而僅以詩鳴覽是集者毋徒以詩求之斯幸矣民國二十九年歲暮長女立誠謹識

勘誤表

卷數	頁數	行數	誤字	正字
卷二	八	四	纂	篡
卷四	七	三	浣江	江浣
卷五	一	二十四	駞	陁
卷五	六	十九二十	時兒大美留學利堅	時大兒留學美利堅
卷六	一	二	恩綬	恩紱
卷六	一	十一	畵	畫
卷六	一	十六	醽	醅
卷七	四	二	言多某字少爽拓之歷歷無某字	拓多某字少某字言之歷歷無爽
卷八	九	十七	飲	欲

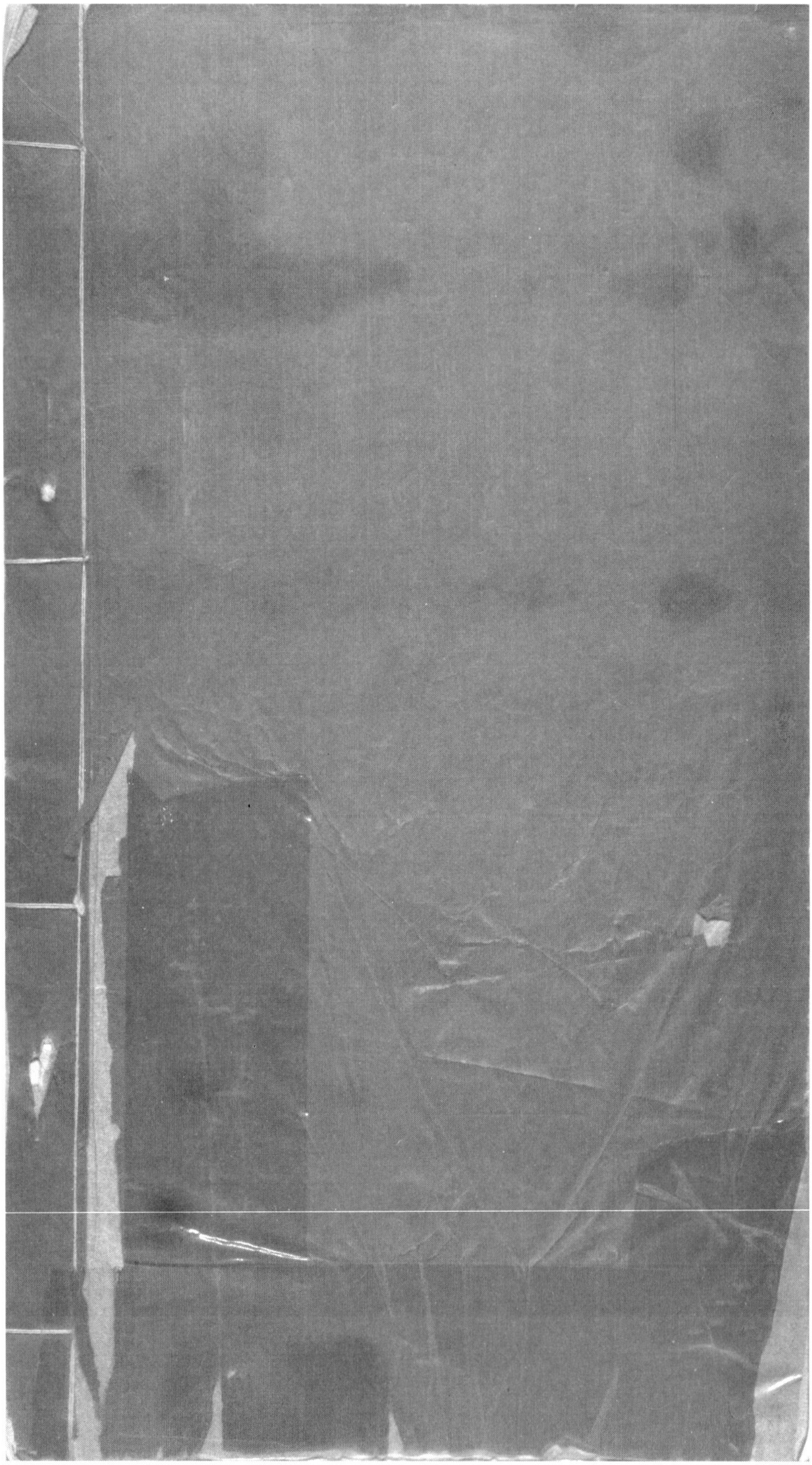

民大记忆
名家手稿

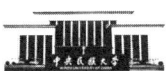

郭家声先生遗稿

（下册）

中央民族大学民族博物馆 编

學苑出版社

忍冬書屋日記
第一册

第一頁

忍冬書屋日記選錄　壬子至癸亥

壬子年九月廿九日

口快心實性急面嫩皆處世之大病戒之

壬子年十月十六日

早到和樂山處道喜在彼早飯遇延益齋松文卿奎星垣定可安沈金門諸人皆舊識劫後重覩搭棚喜筵頗覺新異可見耳目之習慣隨境為轉移也

壬子年十月二十四日

請看今日之域中竟是誰家之天下　討武氏檄

苟全性命於亂世不求聞達於諸侯　出師表

壬子年十一月初三日

午後訪景喬、又周，皆不遇。從又周少君假得桐城姚仲實永樸《古文學》一冊，尚節之同年秉和《古文講授談》（一名古文辭）二冊。順到定可安處一談，乃歸。燈下閱尚書及姚書。此二書乃專輯前人論古文義法之作，都為一編，亦談古文者不可不讀之書也。

壬子年十一月十九日

《小說月報》載聯甚佳，錄之：此是楚狂接輿之宅（陸通），當隨宋臣蹈海而傳（陸秀夫）。陸姓楹聯也。贈妓聯：如寶劍有時思出匣，玉人何處教吹簫（寶玉）。楊柳岸曉風殘月，牡丹亭姹紫嫣紅（月紅）。碧海青天嘗心夜夜，雲情雨意買笑年年（碧雲）。洛下小東閣中小玉，雲間琴苑海上琴台（小琴）。又吳芝瑛女史挽秋

第二頁

莊

瑾云：一身不自保，千載有雄名。選集文

台湾鄭成功祠云：由秀才封王，手持半壁舊山河，為天下讀書人頓增顏色；驅外夷出境，自闢千秋新世界，願中國有志者再鼓雄風。浙江陸軍小學堂云：十年教訓君子成軍，溯數千載祖雨宗風，再造英雄於越地；九世復仇，春秋之義，願爾多士修鱗養爪，毋忘寇盜滿中原。江西滕王閣聯云：大江東去，爽氣西來。東京淺草觀音堂云：寶鼎現莊嚴，金碧裝成安樂剎；佛光呈壯麗，雲霞照出普陀山。上海某舞台云：休羨他快意登場，也須夙世根基，終卻博得屠狗封侯，慵羊作尉；姑借爾寓言醒世，一任當前炫赫，總不过草頭富貴巷面逢迎。武昌曇華林福神祠云：四序荅神庥，有名花，有香草，一龕在人境亦城市亦山林西湖林處士墓社有吳芝瑛女史聯云斯人亦云逝寒華徒自榮西湖清漣寺水殿云人能見心即見佛子安知我不知魚金眉生安清小孤山聯云有美一人中夜聞五銖環珮遺世獨立下游俯兩点金焦九江琵琶亭云燈影幢幢悽絶暗風吹雨夜荻花瑟瑟魂消明月繞船時蘇州滄浪亭云小子聽之濯足濯纓皆自取先生醉矣一身邱一壑自陶然黃鶴樓云水大江流日夜西北有高樓岳陽樓云对此茫茫百端集此老惓惓天下憂三醉亭云一月二十九日醉百年三萬六千場李月湖挽袁根雲云百事讓人能克己一生惟我最知君王拾珊[illegible]挽馬勿庵云從無庸福列奇才君竟死我猶生

傳

第三頁

踽踽涼涼負從前一諾初心相期成白首縱有狂名留俗耳天不憐人不妒蒼蒼莽莽向此後幾莖傲骨何處覓青山鎮江近山门外江西會館楹聯云坐中都是故鄉人喜一榻茶煙好向訊南浦朝雲西山暮雨江畔別開名勝地近二分明月試憑眺東流雪浪北固煙霞揚州戲台內楹聯云想当年那段情由未必如此看今日這般光景或者有之又一聯云凡事莫當前看戲何如聽戲好為人須顧後上臺終有下臺時祁文端公寯藻題王船山先生祠聯云氣凌衡岳九千丈心魂託離騷廿五篇陶文毅公澍亦有聯云天下士非一鄉之士人倫師亦百年之師人嘲葉名琛聯云氣懾蠻風竟向天南吹葉去名留夷窗争傳楚北

猷琛來某名士自挽云千苦備親嘗想前身罪孽所招惟
求速去一言將上訴縱異地遭逢或勝不願重來山東有
廟合祀舜与孔子有一聯云高山仰止景行行止卿雲爛
兮糺縵縵兮上海四明公所聯云相逢多故里親交試話
明山月色甬水潮聲無容不思家歸夢遠馳三百里到此
覽神州氣象但看戰艦東來貫船西去匹夫皆有責舊邦
無忘四千年朱竹坨題粥廠聯云同是肚皮飽者不知饑
者苦一般面目得時休笑失時人瑞麟為粵督張兆棟為
粵撫有人嘲以聯云瑞氣千重且看他立在王者旁邊
頭戴三梁冠身穿四叉袍威赫赫十載專权吁嗟麟兮
河清吳侯張公百忍可憐爾屈成弓兒模樣睜開半双眼

第008頁

挑起一隻腳顫巍巍幾聲長嘆為之非也棟折難支甌江孤嶼浩然樓聯云青山横郭白水繞城孤嶼大江双塔院初日芙蓉曉風楊柳一樓千古兩詩人又一聯云憶故鄉兩点金焦同斯佳境到此地一樓風月助我清談又一聯云長與流芳一片當年乾淨土宛然浮玉弄秋此處妙高臺潮州韓文公祠聯云天意起斯文不是一封書安得先生到此人心歸正直只須八閱月至今百世師之

癸丑年

正月廿四日

兩年以來運氣非常之壞種種拂逆無不耐心受之傷財力耗心血損精神幾乎無所不至余察視徵機早知其不

祥不意竟喪我三兒以一不及四齡之幼孩遽遭此厄固甚無關於吾家本房之大局但內人病已兩年近又以宿疾而兼新病其勢危險亦復可虞惟祝禱蒼蒼者能以一子易其母命留得餘生則萬幸矣

二月廿九日

至廣化寺京師圖書館買券入覽內三層房皆藏書所普通入覽者引至南廳壁懸書目欲觀者可開單館役即為領取二枚券可取廿冊四枚券可取五十冊此皆尋常本也因出片言明自學校來則有湖南瀏陽王君懋檠號佐昌引入中室曰善本室得見隋書燉煌寫經紙本千年古物也紙界烏絲書法皆近魏碑甚古拙而筆致極厚行間極整自成一

第五頁

種風格。又見宋刻原板通志、明刻元史（又抄本元史每葉十行）、原本永樂大典（係宣紙朱絲界闌寫本）。宋元明刻文選、餘元明板書甚多，不悉記。裝潢多用蝴蝶式，係在書之中縫綫訂，篇葉平鋪，甚便展覽，存儲亦可經久，惟佔地較廣，不便挈帶，較之西裝，實覺古雅也。又閱報多時，乃歸。順十剎海北河沿醇府馬路，柳陰中緩步。天色微陰，無日光曝射，殊覺清曠，宜人心目，爲之怡悅。年來情緒至惡，十五閱月，無此日樂也。

四月初三日

午後出城，到法源寺一遊，得見佛器保存會陳列諸品，在寺之北樓上。内有隋唐寫經、趙松雪繪十六應真册、錢武肅王金塗塔及佛牙二具、舍利二瓶，又唐宋銅瓷各器、石

佛像遇皂東侯，在茶館小坐，同至崇效寺，路遇松筠菴學
真和尚，因偕往劉寺看牡丹，有綠白紅三色，經兩日大風，
甬已狼籍，西廳有易实甫看牡丹四絶句，後二首頗有慨
嘆時事之意，前二首則覺男伶梅蘭芳，女伶小菊芬，無甚
意味，名下士每以此為風騷韵事，殊耶然也，寺之方丈名
妙覺，與博如可安皆熟識，向其紅杏青松圖已遺失矣，可
慨也夫。

五月初二日

辰刻發引，内子柩至八寶山塋地，二鐘，因陰陽生將穴之
山向甬錯，當時更正，仍為離山坎向，但以歲星不宜改三
分子午七分丙壬，以為趨避，其实皆迷信家言，不足信也。

此塋係離山坎向兼庚子庚午分金

第六頁

予意則以一家之塋先代皆南北葬此穴無論如何不能独異故遷就以徇俗禮順序以合禮庶幾不失中道耳

甲寅年

二月廿六日

遊白塔寺卽妙應寺該寺新添每逢五六兩日仿照東西廟辦法開放設廟市遊人甚多棚攤買物者亦不少惟地稍狹故人跡擁擠也

三月初六日

早七鐘挈樸被到農會偕小山画初啟亭并一僕同至西直门車站買沙河車票九鐘開車十鐘餘至沙河下車八店打早尖飯畢雇騾車赴昌平州二十里經過陸莊沙井有河車行可渡沙

屯。自府。皇姑原。至州城時一鐘。入南门。住鼓樓後路西義園居。回回飯店。昌平城有西南東三门。無北门。城不甚大。已破敝。街市氣象尚好。東街有工藝廠。正始女學堂（在城內闪宅）。巡警講練所等（郵局亦在此）。西街有州署。及兩等小學（在文廟內）。入店少息。至西街城隍廟看戲。廟有正殿。殿有吾師蔡鶴君先生集漢碑字題聯。甚古雅。沙河鎮街氣象亦不凋敝。逢双日有集。昌平隻日有集。州城內土瓦房相半。有二三處瓦房甚修整。向之土人係快役某某。而城隍廟之戲亦係快班祭其科神秦叔寶報獻者。于此可見該邑班役勢力之大。而民之好訟。為役作倀。亦可概見矣。

三月初七日

入文略。

第七頁

早偕小山畫初啟亭雇車遊明長陵，七鍾出昌平北门，五里至長陵大石坊，坊高五六大，土人謂之頭道牌樓，形甚壯闊。坊左有宣統元年直督端方飭知州楊同高重修石坊碑。坊前有影山，正對天壽（天壽山峰有五，一名蓮花峯也，即黃土山也），北東西三面則諸山環拱，如椅圈如屏圍，形勢天然，局面雄廓。坊北有石橋，一行二里至大宫门，土人謂之大紅门，黃瓦朱门，共三間。再北為大碑樓，内貯長陵聖德神功碑，文為嗣皇帝述頌之詞。碑陰刻乾隆五十年御筆哀明陵三十韵詩，七古一首。左側刻乾隆丁未修理明陵工畢臨視用乙巳詩韵七古一首。右則刻嘉慶九年甲子謁明陵紀事文。此碑四面皆有刻字，趺座碑身石質極堅極潤，五百年物也。碑樓前左右有石華表四，高二丈許，樓後有石華表四，高亦同，惟刻雲文前刻龍文者不同。少北有石橋一，已冲断，案碑陰刻乾隆詩註，長陵定址，爲成祖自擇。當時山東王賢、江西廖均卿皆堪輿名家，主張用潭柘寺，帝自定用黄土山，即賜名天壽山，形勢果勝，信英雄巨眼鑑别不同尋常也。再北列石像生各件，皆純石刻成，非黏合聚湊之物，計獅、狻、象、麒麟、馬立者卧者各有二，共二十有四，皆神氣生動，遠望愈肖。石人列武將四，文臣四，爵臣四，共十有二，各分老少，神氣嚴毅肅穆，神氣不一，信良工也。而人與物三十六具，細視無一無微闕者。記昔清文宗室載光月波將軍（澤公之兄）云：乾隆间修陵，欲移用之，風聲傳播，忽一夜向起視，各物每件皆有微

土人云新墾之田曰擴日廣半皆陵戶所為而納租於朱侯故得安然無事今陵戶尚有十三園十三監等名稱皆住陵之左近

第八頁

傷，蓋前朋遺民，恐不能保存，故出此計，其言頗有理，想不誣云，土人言各物有靈，夜皆能出走，有石羊四已走南莊，被守稼者火槍擊傷，不能回陵，故獨闕如，則齊東之語，不足信也，再北至小石坊前，坊三間，又四里至小紅門，一路乘車行渡河灘，河名牤牛，自西來向東南行甚遠，直至昌平城南龍王山下九龍口，夏秋间水甚大，河灘寬可數十丈，此時涸出積石堆累，車行甚顛簸，舊石神路多已破壞，有石橋三已斷其二，可行兩旁俱已犁為田，山圍之內，諸陵可望者凡九，度土岡一，復降下，勢如墜，即至河灘，越此再北至長陵宫门，自小紅门至此已八九里，宫门外石路一線，約里許，自下陟高，兩旁多柿樹，霜落之際，紅葉必可觀，门内

祾 音陵，祭名。又神之福也。

左有角樓一，內有順治十六年上諭工部保護明陵滿漢字碑。碑左側面刻嘉慶九年謁明陵八韵詩七排一首，碑陰刻乾隆五十年謁明陵七排八韵一首，并序。樓外，馬尾松甚大，形頗古。四面紅牆周繚，尚修整。少進為祾恩門，門五間，一墀七級，三階。皆中間廂以龍鳳刻石，四面石欄環繞。門洞有守陵者，買茶酒，并售明陵照片。蓋華洋人來遊者衆，故備此以待價沽之。誠善牟利矣。門內有卧松一，蟠屈如龍，尤奇古可愛。左右列焚帛爐各一。再進為祾恩殿，九楹三進，前後兩廈，三墀石座，共十六級，周環以石欄。欄隙石縫，有松橡樹，四面數之，可數十株。此等蓋皆松橡子落得土自生者，森蔭如許，計非數百年不可，非種樹之地而有

樹。亦見閲世為既久矣。殿内前後檐并中間文楠巨柱共
五十根。大可三四人合抱。細文本色。堅如鐵石。中間供明
成祖文皇帝神牌。罩以朱雕漆龍龕。周以朱欄。前後設香
案。上設朱漆供器五。詳視内檐椽斗窗戶等皆楠木本色。
惟天花板略施彩色。制頗素樸。殿後為琉璃花门。门三間。
花门内。石牌樓门一間。制甚簡。已敝。後列石供器五。承以
石台。台後為明樓。連接方城。上列女牆。下施券洞。樓内朱
石漆碑。文曰明成祖文皇帝之陵。樓前遠望。四山合抱。俯
視皆下。方城券门甚幽。有前门前無後戶。從兩旁山门傳而
上。道皆琉璃磚砌成。滑不受履。由下陟高。見寶山即在城
後。山多松椽。其下即幽宫也。宫内隧道石门等制。皆不可

見。惟松陰深覆一巨土阜而已。有獵者，持火槍從廟左旁山门出，向之云以打生者。以一代開國帝王之陵，而有此。令人慨嘆。遂降而循路以出。行至石牌樓下，遇西洋男婦六七人亦來遊者。所過樓城墻壁上，多中外遊人題名記字，亦有題歪詩者。東洋人題字多漢文，西洋人題字多洋文。是日陰寒，不見日。遊畢在祾恩门洞茶座小憩，沽洋酒一瓶以禦寒，佐以熟鵪子，買照片数紙而歸。登車返至店，已下午三鐘矣。乃飽餐坐息，共話一路情事。遊後返京，補為此記。

三月廿九日

王璞所輯國音檢字，係上年教育部開讀音統一會，各省

第十頁

代表選定字母廿四。因音檢字。以二合三合拼讀之，甚便學者求京音之用。

四月初四日

釋氏十三經目

華嚴部一

圓覺經二卷。　唐罽賓國沙门佛陀多羅譯。

方等部六

首楞嚴經十卷。　唐天竺沙门般剌密帝譯。

楞伽經四卷。　宋天竺三藏求那跋陀羅譯。

維摩詰經三卷。　姚秦三藏鳩摩羅什譯。

無量壽經一卷。

阿彌陀經一卷

觀無量壽經一卷　　以上三經名淨土三經無譯

般若部二　　者姓名

金剛經一卷　　姚秦三藏鳩摩羅什譯

心經一卷　　唐沙门玄奘譯

法華部一

妙法蓮華經七卷　　姚秦三藏鳩摩羅什譯

小乘經三

佛遺教經一卷　　姚秦三藏鳩摩羅什譯

四十二章經一卷　　後漢迦葉摩騰竺法蘭同譯

八大人覺經一卷　　後漢沙门安世高譯

第十一頁

四月初五日

由阜成门河乘舟到西直门，復換舟到白石橋下步行至萬壽寺，雇車遊西頂廣仁宫。此宫祀碧霞元君，廟门前有茶棚，係妙峰山之善會也。入廟一覽，前中後殿三層，後閣三面已壞其二面，惟中間傑閣僅存。後殿祀三清，中殿祀太乙天尊，前殿祀碧霞元君，中门鎮门者為四天將，山门為二霸宫，兩廊若干間，塑七十二司判官地獄之象，蓋道教所設。有明天啟碑二，清康熙碑二，餘皆香會俚俗之文，無足觀者。大致房宇已凋敝矣。復雇車回遊萬壽寺，時近五鐘，寥落之甚。此寺遊过多次，不悉記。因到橋畔茶館小憩，飲茶畢，步行到白石橋，复換舟二次到阜成门，已上灯矣。

四月初九日

樊雲门無題詩云，女牛似判東西眷，姜豹真憐大小馮。今查得唐書宰相世系表，河東裴氏有東眷、西眷、中眷之別。後漢書馮衍傳，衍字敬通，娶任氏，悍戾，出之。後妻遇子女尤苦，使力操作。子豹字仲文，事母以孝稱。其女名姜，特記於此。

四月十一日

至先哲詞祠，先後晤惲李高唐張王李金袁諸君。展閱祠中收藏手卷畫冊，併得見孫文正、范文忠、史忠正、楊忠愍及孫夏峰徵君、王五公山人諸偉人手迹，洵墨寶也。夏峰

今夏改

第十二頁

手卷凡四尤完備。此外如勵衣園金碧山水、王筠侶寒林畫及紀戈二老比肩圖，皆畫中佳品。又有楊忠愍琴一條，經怡王府藏，湖南甯遠楊宗稷購得之，捐存祠中，亦佳話也。此外壁懸屏幅，每幅三扇面裱成，中多佳作。如翁覃溪、孫退谷、徐星伯、劉寬夫、于重父子、諸先哲有名者皆有之。手卷中如龐雲厓、米紫來，亦稱名筆，惟皆文人名士之作，有楊孫諸公偉觀在上，自不覺壓迫倒耳。進城七鐘，憶本日飽看如許收藏，眼福非淺，樂而誌之。

四月十六日

早七鐘，左雨荃及令郎士琦、薛保之及其戚樊雨霽、并陳沂卿、黄僑生，共予七人，同往頤和園遊覽。在宮門前汎廳驗照蓋戳畢，乃入宮門。進第二重門，即仁壽殿。殿台上列銅缸、爐、鶴、鹿等五。台前石座，樹太湖石一，高丈許，玲瓏奇古，傳是艮嶽遺物，或不虛也。由殿左行，繞過石山，臨湖即玉瀾堂，德宗駐所也。稍北為萱（音宜，莮草也）芸館，隆裕后駐所也。又[redacted]北為樂壽堂，孝欽后駐所也。折而西為長廊。廊北有養雲軒，宮嬪住所也。廊直向西至清宴舫，共二百五十八間，經過排雲殿及佛香閣，皆在廊北。排雲殿門外[redacted]銅獅二，甚鉅，為暢春園遺物。宮門外太湖石十二，各按方位列之，云按十二辰位置，形亦玲瓏奇古，與仁壽殿前石相伯仲。廊之臨水作亭或台者凡三：曰對鷗舫，曰魚藻軒，曰清邊遙亭，皆有扁額，或御筆橫牌牌。廊盡轉北，為寄瀾堂。

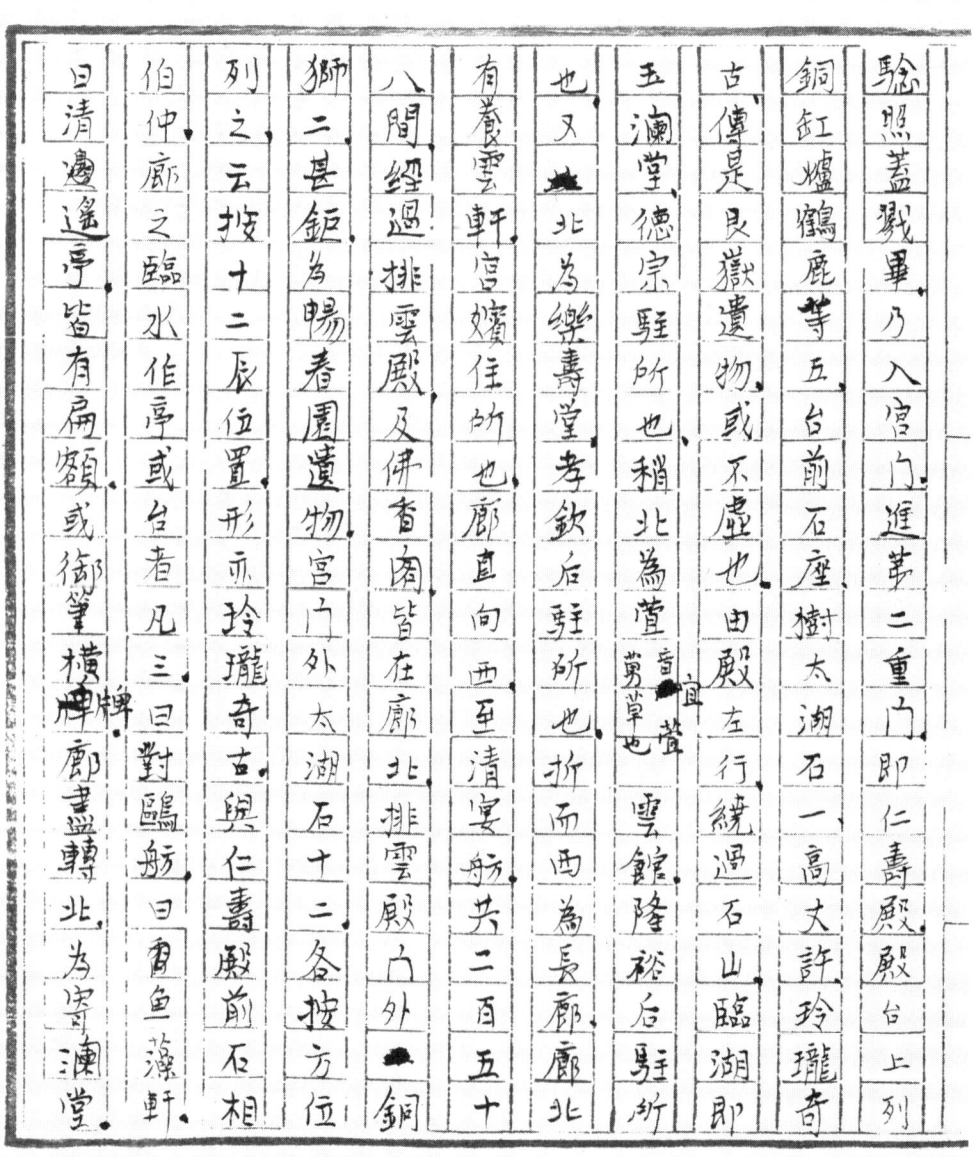

第十三頁

遂至清寧宴舫，以石砌水中作樓船式，上下二層，此處有賣茶者，小坐飲茶，臨水風來極爽人意，由是折而西北行，過小有天，延清賞樓路西，有澄懷閣，北有船塢，此處水作片字式，名片字湖，實即昆明一水也，船塢旁一小閣，有門可出，出即青龍橋，可達圓明園，今閉之，東北行，循路登山，石徑平坦，惟級級高昇，至山巔，四望空闊，凡玉泉山、寶藏寺諸勝皆得見之，稍轉東南行，山上有亭，曰湖山真意，小憩，復穿山路東行，逕過觀音閣（甚殘破），繞至萬佛樓，後有額曰智慧海，皆黃綠琉璃磚砌成，每磚一佛像，樓高數丈，佛像約可萬數，在樓前琉璃門洞少坐，此樓前即佛香閣，閣前即排雲殿，由此繞山路折回向東南行，繞至頤樂殿，入後门即戲台。台凡三層，上層以降神，下層以出鬼，中層以演人。昔年演戲時排場如此。南行出德和園门，再数十武，由仁壽殿後迤邐南出文昌閣，循湖之西隄里許至八方亭。隄上有乾隆御筆圓式立碑一，承以石座。稍南有銅牛一。牛身有乾隆乙亥年御製銘篆文，亦承以石座加欄焉。亭作八面式，每面懸御製詩扁一。由亭西行，過十七孔橋，俯視橋下水極清澄，游魚可数。度橋至露雨祠，祠祀龍神。祠後由山路轉上至涵虚堂，絕大水閣也。堂後濱湖，望見西南方有玉帶橋，對岸之清宴舫、萬佛樓、佛香閣皆在眼際。若值清晨澄霽時，或一一倒映湖中，歛淥延清，真勝境也。遂循路歸，仍順西堤出文昌閣，由仁壽殿右復至太湖石前，因念癸卯通籍，及是年秋考取商部章京，兩次引見，皆在此殿。當時德宗方親政，朝儀極嚴肅，内外大小臣工引見者，至此僅上月台跪誦履歷，非奉召對不得升階入殿門至御台前。今僅閱十年，乃任人游覽行走若是。嗚呼！以一代帝王專制之威，而不能長保其尊嚴，與國存亡云。曷勝浩歎，不禁徘徊者久之。遂出宮門，仍雇洋車，順石路歸。記頤和園宮門之西有營市街，穿街行，經過禁衛軍營房，約數百間，皆西式新築者。又有司令處，有洋樓數間。此地皆近十年所築，土人名曰西苑。今聞旅兵在者無多，餘皆易以漢兵。回念庚子回鑾後，清室力練新軍，而禁衛萬人，獨以滿兵編制，其駐所尤近宮苑，防禦之計不可謂不嚴，惜所見不出眉睫間，而不知革命之起，即肇禍於新軍。禁旅雖在左右，鞭長莫及，終無救于危亡，以視開國之初以禁旅駐防各省者，所見何其隘且狹也。此亦一代興亡大端，故因有所見，故及之。

四月三十日

編得詩鐘二聯，郵寄國華館錄如下（筆之雁足嵌字格）

春八芳園開木筆，揮斥古今憑此筆。

醉尋蕭寺過花之，放懷天地悵何之。

閏五月初一日

三河縣王姓（家）所產花猪共七隻，現已移送試驗場豢養。動物內毛色如斑馬，界畫分明，雖未五色具備，而黑黄白色

第十五頁

甚清楚，亦物產之異也。

閏五月十九日

到公衆學校訪鍾壽臣。在彼坐談，至成績陳列室看各品，内有海淀第二小學搏土各器，質用澄泥，構造香爐、筆洗、筆架、小壺各品，甚精。其經燒煉者色黑聲亮，未經燒者色赤聲沈。此可為實業手工之一，與他學校他項成績僅飾觀瞻者不同。

六月初一日

早五鐘半至農會，偕白伯涵、張謙之、高夔侯（樹枝，黄村農業學畢業生）赴農商部農事試驗場，汪聘卿隨後亦到，共五人。入場，場中文牘張受夫（晉福，浙江嘉禾人）在客廳接待，旋晤史秀含、崔理卿、陸竹軒三君，皆舊雨也。乃至觀測所晤蔣君，浙人，略看觀測儀器，不過十餘件，甚不完備。其預測表注今日當晴，而下半日竟雨，亦不驗也。至化驗科，看所列儀器標本并自製本場自來水及蒸溜各水并所化驗之本場井池水土壤等，分置瓶標注，易於識別。當與竹軒面訂，其收費章程未須列前，當由本會場園各土送驗。竹軒并言取土之法，須就一面積內，分四五處，掘地一尺以下取之，取後攙勻約一斤餘，作包即可送去，另日當具公函照辦。次至蠶桑科，所列圖器模型及本場所織紡綢、所收蠶繭，均有可觀，惟規模仍甚鉅，非真養蠶家所能摹仿。出循桑樹園行，所種桑種甚多，均茂也。其桑畦內，每行隔離中間占地尺許，就隙

第七八頁

種豆俟豆長成即鋤倒和入土内釀作肥料亦便法也特亦有餘力者不能為耳次至樹藝科所列甘藍茄子番茄均甚大其穀穗亦甚茂柯長四五尺與本會試驗區田之穀相埒惟子穗尚不及吾穀之碩大其選種新法甚簡單另日當由會備文詳詢之蟲害科蟲害分為二部蟲之益者害者陳列可百餘種無新發明者惟病有在葉數種皆取原葉考驗具圖列說甚詳析此外陳列各器亦購自船來無吾國固有者以上二科并在一處又次至園藝科即日之溫室所列花木多異種中外并陳眩爛滿目無人指說亦無說明書惟溫室橫眉上粘有本科種植法說一紙甚簡略又農具演列所所列器具不多內有德美犁各一

具，北洋鉄工廠造犁一具，挂上粘各器用法簡明說，史君并為演說德美犁用法甚詳，有大犁一具，係墾新荒用者，非五牛不能駕，其餘各件，價亦無在数元下者，中國小農最為貧苦，安有此購買力也，大略觀畢，該場送印刷物十五紙，交會存查。

八月初六日

稚甫邀同雨荃、僑生，赴前门肉市天瑞居食蠏，畢，赴天安门内社稷壇内，聽美人艾迪演說國家衰亡之原因，勸戒青年學子，一要忠誠，二要清潔，三要愛上帝，大旨仍教會之言也。

九月初五日

在街以銅元買得傅青主霜紅龕詩略一冊，各体皆備，完本也，爲昭餘戴廷栻輯晉四人詩之一，此爲榆次常氏重刊。四子者，傅及其子眉，與居實、李子四人也。按集序居實姓白氏，不知其名，李子則名氏皆不知，惜少藏書，無可考耳。檢先正事略并碑傳集，惟有傅氏父子，無此二人，俟他日詢訪之。

九月初二日

至通俗教育圖書館，閱看吳友如風俗志圖說，畫筆極佳，石印復絶精。遇王仲猷在彼畢〔作〕斂經理員，又有經理鄭武剛名雪昂者，昔日八校學生文彬也。

九月初八日

商務館新印中國文學史為杭縣王夢曾編輯備中學第四年每週一点鐘全年四十週共分四十課之用支配每鐘講五百言共二萬餘言全書約分四編以文為主体史學小說詩詞歌曲等為附庸至文字為文學之源亦著其因革其他經學理學等祇旁及焉綜核之分配鐘点之數適合惟究有詳於文而略於學之嫌然視林傳甲氏所編文學史則較有條理也

十月初十日

香艷雜誌第三期載吳興王均卿自作像贊曰不新不舊不隱不仕不覺不會不求不忮不老不少不生不死無以名之廢物而已八句頗與予近狀為肖用識之王亦自號新舊廢物

第十八頁

十一月十八日

至社稷壇一遊，始入西三座门，進西長安门，再進天安门，右廟门，買票，由社稷壇西牆外，繞過北行，折而東，入壇之北门，過享殿，內有台，係內務部貧兒院諸兒在上演打十番，又有音樂隊，台下列座買茶，门照下有懸挂字畫出賣者，遂南行，過社稷正壇，壇列三層，不甚高，面列五方五色土，今惟紅黃色分明，餘不甚清析矣，上扎盒架灯，下有電影、烟火等戲，此地當日何等森嚴，今則倡女蕩婦任意遊行，褻瀆已極，觀之感歎。復南行，出天安门，门外橋上有一花牌坊，前額曰堯天舜日，後額曰時利歲豐，過此為臨時市場、戲法場，小市攤列於甬道兩旁者為多，其西牆內有扎席蓬賣茶座者、又有在棚内懸賣字畫者、棚外牆上、懸掛尤多、有正月火神廟土地祠氣象、但少玉器古玩攤耳、爰直行出正陽门、到青雲阁飲茶、小憩、順琉璃廠、進順治门而歸、

十一月廿八日

金翰林王良臣、字大用、潞州人、嘗有句云、流轉年光橋下水、翻騰時事態嶺頭雲、溪翁自號奇聾子、除却松風百不聞、見劉祁歸潛志、偶一吟誦、真寫得我曹心臆出也、

十二月初一日

記前二日大風寒、東城左一區報凍斃者十人、東郊齊化内外凍斃十餘人、外城凍斃数人、有天橋賣藝者、因赤体鍊技、忽打一呵欠、竟倒斃、不救、亦可謂慘矣、通共兩日凍

第十九頁

覧者，城内外共三十餘人，近数年未有也。

十二月初二日

閲維摩經隨疏，唐捐作虛棄義解。

乙卯年

八月廿一日

代撰烈婦曹夫人挽聯二副，録如下：

全生衛所天，變遭遘一朝，節崇千古；

平權關當世，勝其口説，愧此躬行。

慘變遍崇朝，以一身衛夫衛子，悉獲安全，軀命雖殘應瞑目；

徽音昭往日，溯半生宜室宜家，備傳貞順，芳聲遽隕太傷

心、

八月廿八日

至彰儀门大街國貨展覽會一遊、徧觀陳列各物品、五光十色、燦爛盈目、循路線繞行正樓二層、上下数百步、中皆吾國之產物、及製造品也、復至第二陳列處、則凡石印書籍機器及印刷局權度製造所交通博物館等處出品咸在焉、就所陳列觀之、商務書館與中華書局比較、其優勝不止倍蓰焉、

拾月十八日

仁和孫之騄二申野錄載明正德壬申年五月、鑑内蟋蟀鳴、予今年五月五日、偕郎進堂挈兩兒遊白塔寺、親見殿

本字宜改與字

第廿頁

廊下列瓦罐数十，係賣蟋蟀者，向之尚能鬥，亦一奇也。

十一月初八日

閱永平詩存四册一周，其中以遷安高甯寄泉明府繼珩、馬丰士學博恂作最為傑出，餘多備数者。

十一月十二日

觀中央公園内衛生陳列所，所列人体生理模型照像并食物衣物用物等，有關衛生者，及治病機械器具等件，均可增進常識，用意甚佳，但亦須本有常識者，可資印証，否則為益亦尠也。

十一月十三日

灯下，挈長兒在衛西廣濟寺看提灯會，出發，紅色白色灯

龍不下数千盞熱鬧不減上年惟已換中華帝國皇帝萬歲字樣矣

十二月廿三日

南燼紀聞一冊係宋人黃氏記詳紀徽欽北狩各事甚詳與史傳頗有出入如徽宗燒屍欽宗被金主亮之子以乱箭射射死于鞠場與遼末帝延禧同死馬足之下年六十一歲則史所未言又高宗之生母韋妃被虜為蓋天大王妻生二子後迎歸尊為太后史亦不言蓋天事皆為國諱也

十二月廿七日

擬挽張槐卿聯云 曲江宴空説題名回首十年前幻幻幻夢已隨滄海渺 彭衙行不堪卒讀傷心重劫後招魂祇

第廿一頁

~~猛~~故人悲

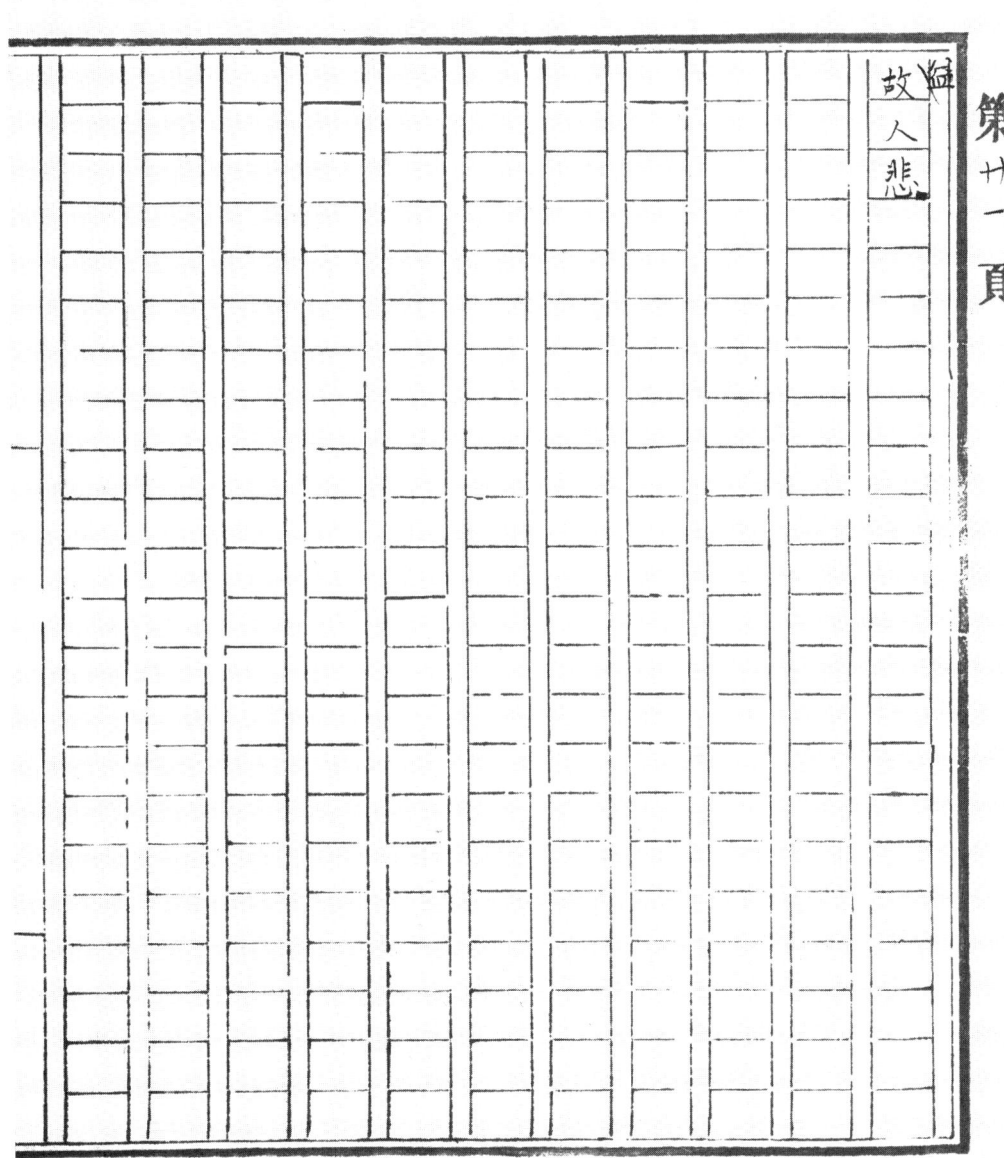

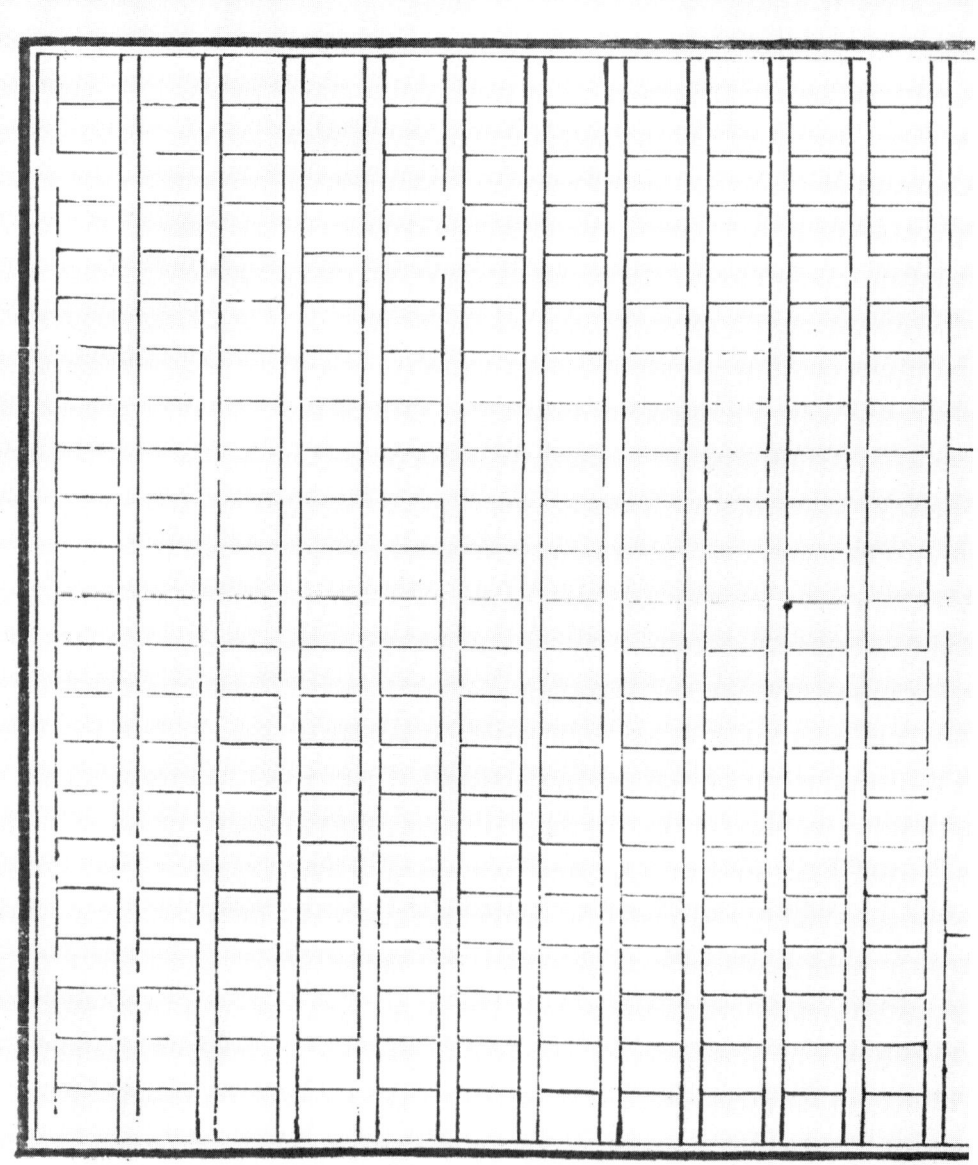

丙辰年

正月十五日

偕小山同遊傳心殿得見唐高祖太宗宋太祖明成祖神宗后像又元代各帝后像甚全又清香妃戎裝像所陳書畫如蘇東坡書西湖十八絶手卷趙子昂湯聘伊尹畫趙仲穆飼馬畫清郎世寧白鷹畫又宋画二軸元画一軸清永瑢弘旿画各一軸王麓臺画山水大冊冷枚八駿畫双兔畫均佳品又沈石田二軸文衡山一軸亦佳餘繡画緙絲画各屏無甚殊尤者惟最古西洋絨画二大方極生動布景亦新異約覽一周乃出

二月廿八日

孫退谷撰畿輔人物志廿卷，於有明一代人物為詳，惟內
有滑縣、濬縣之人，豈彼時二縣尚隸畿輔耶，存以俟攷。
又地學雜志內，河朔談故、明邊墻証古、古長城攷、趙長城
遺趾、直隸絮談（三年三四五六九十期）、直隸鑛產說（一年二期）、直隸旗地概
略（同上）、直隸黃河之歷史、及現象、燕趙水利論（四年一二三五期）、中國
西北部遊記（一年一期）、中國北東部煤田論（五年十期），皆可資考証。

二月廿九日

劉陽盧彤著歷史四裔戰征形勢畧說，係南京同倫社刻
本，內如第三之漢武三道北伐篇，內之朔方建置畧，上谷
擊胡畧，又正畧第二之秦皇北伐篇之長城畧，第十九周
世宗北伐契丹篇內畧四，第二十宋太宗三道北伐篇，正

第二頁

畱、附瓦橋關相距畱、第十八李嗣源幽州破契丹篇內畱
一、二、五明成祖親征韃靼篇內、北京論、卅八、僧王大沽破
英畱說論、四四至四七、聯軍西侵篇畱五皆切實有用惟
未詳直東捻事、又与北京同倫社刻本不同。

三月十八日

偕景樵訪王紫珊不遇因偕遊積水潭滙通祠及高廟等
處殊覺清爽又在高廟遇僧寬祥号松岩少談出所藏鉄
梅菴家書裱冊等件皆真蹟又有磁青紙泥金書蓮華經四
冊蓋明人書筆致古雅亦可宝也此僧好畫石又百古花
卉知家伯荷田公名并曾識之尚不俗

五月十四日

本月初八日在護國寺復見賣蟋蟀者与去年五月五日在白塔寺所見者同亦一怪異也

七月十四日

有正書局新印之歷代帝后像内多武英殿所藏映印者宋元明三代最全唐惟高祖太宗武后及後唐莊宗無漢秦像上古惟伏羲堯舜禹湯武諸帝王係就吴道子畫本映印非真像也

九月廿九日

自廿五日起覺犯心悸不寧語言氣短之病訪張醫診視二次伊以為係勞累牽動伏熱并有停飲為患服葯三劑便燥頭悶等象稍減而心悸氣短仍未能愈此後除服葯

外亟宜加意調攝為要今擬數條如下

慎風寒　節飲食　謹起居　少思慮　寡言語

多運動　閒話少說　閒事少管　閒人少見

閒心少用

十月初四日

禪波羅密修繫緣止法有五

一繫心頂上　二繫心髮際　三繫心鼻柱　四繫心臍

間　五繫心在地輪外國金齒三藏　五者以三四為勝

三者鼻是風門覺出息入息念念不住易悟無常亦以

扶本安般之習心靜能發禪定　四者臍是氣海亦曰中

宮繫心在臍能除衆病或時內見三十六物發特勝等禪

又内善法五（即五門禪）

第一阿那波那門（數息之意） 初入此門即是世間凡夫禪

此門有三種善根 一數息善根 二隨息善根 三觀息善根

數息之法繫心在息。息是治乱之良葯也。若能從一至十。中間不忘必得入定。能破乱想。數息之法。於沈審心中記數。沈審之心能治明利。是以數息能除明利心中覺觀病也。

隨息 隨息出入。則心常依息。以依息故。息粗節粗。息細節細。細息出入。繼心緣之。能破覚観。心靜明鑒。知息出入長短。去就照用分明。能破昏沈。是故說隨為治。若但數息

者即有扶昏之过若但观息亦有浮乱之失不名善对治也

觀息　息入時諦观此息從何處来中間何所经过入至何處住口出息亦如是　如是求其根源出無分散入無積聚不見定想明心观照心眼即開破于沈昏静心依息能破散乱故以观息对治沈昏覺观之病

十月二十四日

觀文湖州蘇文忠墨竹真蹟宋元明清四代名公題跋甚多文卷有蘇米跋蘇卷係為孫莘老墨妙亭作時年三十七歲跋内言文於蘇為從表兄此用文法並用文所遺之新製筆毫長四五寸管長二尺餘上修下鋭者所作二幀

各長文餘宋跋有范純仁及富文諸公元如四傑有三及王叔明等清代鴻博有十許人王漁洋葉合肥徐立齋皆在明如黄石齋吴匏庵王元美等均甚備雖未識真贋实巨观也此卷本為宋牧仲尚書家物後帰太原畢氏梁山西票莊巨商革命以来家頓落此卷遂展轉入益恒金店鋪長徐君養吾之手索價萬元現尚無售主徐武進人僑居北通縣雖学賈而人甚風雅好書画能作竹蘭篆刻石章亦有詩稿自号遂園居士書学趙承旨為吴郡吴雲皆弟子與王劭農姻丈甚熟多存卹文之画今已將兩画題跋名氏考索殆徧另作一冊蓋將用珂羅板付印以廣流傳並備烏絲闌多紙備观者題名適金筱珊兄亦至遂共

留題名字焉另日當以詩集贈之已面許之矣

十月廿六日

金小山云善處境者当留得我在此言最深切可味

十一月初一日

至十剎海河沿訪世子年观其所存各國郵票黏成巨册約二三千種其中有正方者扁方者立方者六角者三角者正圓者其花式有單人者双人者多人者地圖者各地風景者動物者植物者兵車者兵船者汽船者亦鉅观也

十一月十一日

予以生平不得意之人每遇朋友之事可以推挽者無不為之尽力戚党中賦閒能作事者亦必為之設法每有一事

二行可删

8

覌成無論大小輒為之心快意暢此等痴想在精明强幹者自不免笑之而我性天成雖閱歷世故三十年竟不能改亦可知秉性難移之語真不誣矣但有一種僻性遇平昔不相契合之人雖亦有時關係所在不能不為之盡力及其成也終不覺甚快活尤自詫異

丁巳年

正月十五日

延子澄清所輯遺逸清音集内列之人如宝瑞臣熙俊甫達志甫延逵臣諸君皆民國顯官而目為遺逸崇之卷首殊可笑也其所選皆八旗人詩而第三四卷内又有咸同間人亦曰遺逸未知何取例言為沈太侔作尤乱杂不成

説話不学不通之人，如此胡為，可謂風雅一包。

正月廿四日

王春送来有神論，為定遠杭海漱溢所著。其人盖教徒也。論之歸東以真宰上帝聖靈救主為極。大意不主多神教，而主一神，仍是勸人信從彼教之言。

二月廿六日

日本人渡部萬藏著未来世界論，其言謂統一世界為黄種人，而白人已將衰落，其言甚有理想，有証據，非空激慰藉之談也。

閏二月廿三日

小市買得唐景雲二年造弥勒銅像一具，高二寸許，寬寸

許前面為弥勒像後面為刻字文曰景雲二年六月十七日司馬蔣妻臧十三娘為亡兄敬造弥勒一〇〇鋪〇者生天家口平〇下為龜趺

閏二月廿五日

楊仁山居士文会石埭人佛教初学課本記佛六時所說経

一華嚴　二阿含共四部曰增一阿含曰中阿含曰長阿含曰杂阿含　三方等　四般若　五法華　六涅槃　以上為佛一生施教之次第

七月初二日

在三枝晤李俊青亦令两兒見之伊甚嬰借未必非应酬語惟伊言覌兒童当在其自由行動時察其個性如何每

可得將来能成就與否之朕兆若在父兄面前規矩束縛時往往其行動非由自己個性所發不易得自然之流露亦無從察其有自治力否所言甚有理致他日当於此注意

九月十四日

葛文台来挈两兒同遊中央公園看京畿賑捐游藝会所見中國大学天然戲一台四海昇平落子唱天津吹会習藝所清音北京大学武術傀儡一台少林棍双石双獅秧歌槓子開路又等会又有九齡才子賣字女界美術助賑醉翁亭花界賣酒又伎女提籃賣烟等皆未見晚間有烟火電影等均須燈下方得觀之此外有陸軍部及内務部

軍樂。航空学校飛艇。園中遊人甚多。至五鐘出。至羊肉館晚飯乃歸。

九月廿一日

擬挽李俊青母一聯云。惟賢母是咸里所宗。七秩殫勤共仰績麻循古誼。有令子爲膠庠之長。諸生翕化可知畫荻衍餘徽。

十月二十日

美國世界雜誌載有長生法則数条。錄如下。

飲食起居須有節制。苟貪情流連不能自克。必易致衰老。

運動最有益。宜時々行之。且必選擇其有益体育者。

無論坐時立時。身体必求正直。俾肺臟機官得以發達。

第八頁

齒及牙齦咽喉須保持清潔。口為害菌侵入人体所必由之路，欲防巨盜之侵襲，則關防守衛不可不嚴。

腸之動作，必保持之，消化機官為害菌之巢穴，不可不嚴防。

勿憂鬱，勿憤怒，勿狂猾，平心和氣，可以延命。

事々抱樂觀，則自趨于樂境。

事々學少年，則自覺健壯。

戒酒之外，应注意者，如節飲食，勤運動，精選食物，細咬緩咽，作工晏息須有規則，矯正姿勢，時行深呼吸，齒牙咽喉保持清潔，及防止傳染病等是也。

十月廿五日

美國曠观報載潑賴司所演説成功要訣曰能自治曰有完善之教育曰勤曰有志曰有相當之職業曰熱誠曰慎思明辨曰想像力

十一月初四日

昨呰李又周談述予近日因時局太壞事々悲观意氣頹喪毫無生趣等語伊深駁之謂凝陰沍寒之際總要留得一線生機在中國之大必不即亡必有一二分元氣存於人間將來剝極而復終必有就安之一日世事千變萬化決定出人意外萬不能以我輩一人識見斷定謂其不出所料今既有完美無疵之家庭即当就家庭行政勇力做起教養兒子多盡一分心力將來必收一分效果对於家

第九頁

对於國此責任至大均無可逃免者必須振起勇氣堅定决心以力當此偉大事業倘頹然自廢則生氣日萎身体必將大受影響是與自戕其生亦復何異况由是妻子感召必至一律頹廢便又害及一家生氣尤萬々不可者等語見理甚切愛我尤摯非徒作大言以相慰藉記得去年全小山兄云善處境者當留得我在頗足與又周之言相發明以我家門内各房鼎峙彼此撑持不相下無形中之競爭生存實屬非細設吾氣一餒必至不戰而敗孟子曰家之本在身保得身即是保得家養得心即是養得身回憶四十餘年來少小早逢困難全仗自己横心咬牙撑到今日今甫將五十并未衰老兩兒雖幼亦尚非不要强不

上進者，妻女則極端服從，勤儉相幫，如此完善家庭，將來實大有可為者，世變雖烈，世局雖壞，其影響豈僅在一家一身，即在一家一身，豈一蹶竟無復振之日，況現尚未蹶，何必遽作蹶想，先自頹廢，並從今日起，振刷精神，鼓起意氣，即舊日所知之理，所有之學，重新實力做起，以期上不負祖宗，下不負妻子，外不負良友，勉旃勉旃，將來成敗，爭此一息尚懍懍焉。

十一月二十日

早訪尚節之，晤談在伊處看畫冊等，內有李龍眠文殊變相冊及番人圖，均甚別緻，又有元人畫獵具漁具等冊，亦甚古雅，皆不多見者。

第十頁

十二月初四日

朱仕玠，字筠園，拔貢生，為鳳山教諭，以詩鳴，有谿音集二卷，為梅崖之兄，見陳壽祺所為傳。福建邵武府建寧縣人

十二月十七日

毗舍如來告持地菩薩：當平心地，則世界地一切皆平。

瑠璃光法王子云：我於尔時，觀界安立，觀世動時，觀身動止，觀心動念，諸動無二，等無差別，我時了覺此群動性，來無所從，去無所至，十方微塵顛倒衆生，如一器中貯百蚊蚋，啾啾亂鳴，於分寸中，鼓發狂鬧。

佛告阿難：汝常聞我毗奈耶藏律中，宣說修行三決定義，所謂攝心為戒，因戒生定，因定發慧，是則名為三無漏學。

四清淨明誨、一不淫二不殺三不盜四不妄語即四戒

十二月廿八日

梅居士光羲言、心有三大即體、相、用、生滅不生滅二義及心之九相、三細六粗、以六度治之、其言三細六粗亦次第亦非次第、又言因果唯一心造、亦不說有神、亦不說自然亦不說上帝、均所見頗深、而大旨則據起信論。

戊午年二月初三日

定可安來送到所作壬子長春詞、此作以壬子一年、逐日一詩、詳詠清世遺事、於朝章國故、所載尤悉、又以韵語出之、亦難能可貴矣、今請看者惟春季三個月、尚非全豹、中有一二疏處、當代為糾正之

第十一頁

二月廿七日

予在護國寺購得項梅侶下學庵算書中勾股六術一本、內附畚解及賈士緯弧角拾遺和較加減表以銅元三枚得之、又買得說鈴六本、全者如顧亭林京東考古錄山東考古錄、殷化行西征記畧、陸次雲谿峒纖志、許鶴沙滇行記程、東還紀程、孔貞瑄泰山記勝、王逋蚓庵瑣語、陸祚蕃粵西偶記、陳鼎滇黔記遊、皆全本、惟虞兆漋天香樓偶得一本未知完否、又郝懿行校補山海經圖贊一卷、訂譌一卷、敘錄一卷、俱全、惟箋疏不全、

三月初一日

早訪冒鶴亭長談、讀其近五年詩、筆力跳脫、自是名手、而

一種眷懷故国，自愬自艾之概，偪真梅村，又歷談商畧舊人近年事实，令人感慨係之。

三月初二日

樂亭郭仁林著有鬼論一冊，反復披閱二过。此書論証皆極精碻，歷举近年事实為証，并引中国儒道各家经子各籍及西洋哲学家，如心理学、共靈魂說，唯物家言、共靈魂說，三位一體观之靈魂說，靈魂存在之位置說，汎魂論，輪迴說，又天竺數論派之哲学說及佛說。大要取重佛說，且認佛所說多由通照中得来，為如実知，而其主旨則認吾人雖死而有不死者存，自謂多就俗諦推衍，未盡真諦。然以之比較前閱某氏之有神論，主張耶教，謂世間惟耶蘇為聖而能神孔子則聖而未神借以發揮一神主義者實有偏全高下之別篇首載歐陽溥存序頗有精言其曰物質界以外尤有非物質界存焉非物質者何精神是已曰意識曰魂実精神也鬼亦精神也有意識有魂有造物之神故有鬼即亦有妖怪有諸天各道有一切神通何以故以其無过精神界現象之一也於是可以祈禳可以卜筮可以降仙召靈可以星命推可以骨相驗何以故此皆與精神界交通之術而書史所傳方技所授受不誣妄也云云尤極貫徹試再以華嚴原人論參証之義当益顯

三月初五日

赴農会例会晤金高唐諸公長談世变將来之局次又一

人一家之事，予意仍以孔子知其不可而為之之道為標準。所謂但盡人事，不必問天命也。

三月十五日

東嶽庙自陰三月十五日開庙，至月杪止。庙内正殿祀東岳大帝，後有寢宫，曰育德宫。二層門内繞廊有七十二司塑像，後院三面層楼，下祀各神，每殿皆有篆聯，甚佳。正殿聯曰：雲行雨施，不崇朝而徧天下；理大物博，祖陽氣之發東方。筆力雄厚，相傳為趙甌北撰、汪松泉書，今則易為刘世安書，而文則仍舊也。趙書道教碑亦在庙中，未得見。予不遊此庙已近三十年矣，歲月如流，真可惜也。

四月初二日

第十三頁

入文略

須補小引

九日政府報公布学術著述合格者共有六十七人首列為王晉卿先生樹枏其餘知名者有馬通伯其昶柯鳳孫劭忞江叔海瀚姚仲实永樸姚叔節永概宋芝棟伯魯刘申叔師培京兆則有高葉坡潤生王恩綬印侯及予也此人素不好標榜而京兆能得三人亦云盛矣

四月初十日

早七鐘挈兩兒至農会偕同治平筱坪敬軒及于子和八鐘出發出西直門十五里至海淀又十二里至青龍橋早飯時風已大起同雇驢行十二里至碧雲寺寺外有外門二層始達山門門前有石獅二內有哼哈二將神像弥勒坐像再進為二道山門已敝壞有接引佛及四天王像兩

傍鐘鼓樓。再進為殿，共三進。正殿皆有御筆匾額，又御碑一。有亭覆之。中間有石橋，橋下有泉，有池蓄金魚，荇藻交互，碧波澄然。院内階下有流溝，到處環繞，滙於橋下，左出至二道山門牆下，由石刻龍頭口中出，曰龍舌泉。兩廡各殿凡三進，皆已凋敝，像皆暴露。中殿曰羅漢堂者，像不甚大，皆在山上雲際，與善果寺之羅漢堂不同。中層正院為僧房所在，兩廊尚修整。最後為石坊，坊之後為石台，台之上有石券洞，螺旋而上，乃見石塔。塔大小共七座，洞及塔壁上皆雕石像及藏文經咒，惜不能識。第一層殿月台上有經幢二，不知何代之物。各層院内松桧及他樹甚茂密，有白棵松數株，甚大，蓋數百年物也。各殿佛像皆莊嚴雄偉，自

第十四頁

山門至石台墖下，石級重々接續而上，約共四五百級，愈進愈高，盡處寔已距山之半，當年構造之魄力，布置之嚴整，亦可想矣。考宸垣識略云：寺在香山，為元耶律楚材之裔阿利吉（一作陶勒弥）捨宅開山，明正德中，内監于經拓之，天啟中魏忠賢修之，奢侈逾甚，清乾隆間重葺。寺門東向，内殿四層，南為羅漢堂，後為藏經閣，有御書額及御製碑，又云：有元碑二，一至順二年立，一元統三年立云云。今殿三進，云四層者，蓋并接引佛殿計之。鴻雪因緣云：寺去木蘭陀三里許，在香山靜宜園外垣内，遊踪難到，又云：五百羅漢像仿杭州淨慈寺，又云：石坊額為高宗書，曰西方極樂世界阿弥陀佛安養道場十四字，金剛宝座凡三層，上列洞龕頂

明莫如忠清施閏章王士禎宋犖湯右曾皆有碧雲寺詩
香山一名小清涼山
光緒順天府志京師志及燕園寺觀內並山川內均無碧雲寺不知何故

建七塔、純用玉石、前六角亭二、勤乾隆十三年製宝座塔碑文、左满蒙文、右漢文梵文、盖即藏文文云、明税監于經拓之、後立冢域、尋下獄死、逆珰魏忠賢重修、亦立冢域、伏誅後、其党仍私葬衣冠、康熙間御史張瑗奏除之、今寺正殿前尚有乾隆御筆詩碑一、于魏二珰皆覬覦作壽域、而皆獲罪、卒不可得、可知佔得名山、亦須絕大福分、絕大功德、非一時勢力所能為也、予之未遊、惜遇大風、不得逐細詳覽、又不得澄观遠望、所过如景泰陵等古蹟、亦未得一覽、惟自四王府一帶、山半多有碉楼、高下不一、皆清乾隆征金川時健鋭營兵習以攻賊者、今閱二百年、物在時非、僅供憑吊、亦可慨矣、現政府興修土馬路、已至香山、尚未完功、

第十五頁

蓋將接至湯山者，聞為馬榮仁甫包修湯山行宮，前四年為袁克定所據，恆未休沐，遂尔發起此事，今湯泉開放中西遊人不乏未者，已漸有旅館飯店等舖，以予觀之，亦泡幻電光，決不能久也。如外人干涉，闢為別墅，以與西山避暑諸地相因依，或者可持久，然吾國之衰，吾政府之媚外，則尤可痛耳。

四月廿六日

早讀梅村詩，頗有與近狀合者，錄如下

江湖風世歸梅福，經卷殘生繼戴顒。王令文章今日盡，邱公仕宦早年休。

道衰薄俗甘棲遁，才退殘書勉勘讎。

酒杯驅使從無分，書卷消磨絕可憐。

蘇林投老思遺

事、譙秀辞徵住故[illegible]、猶有田園供伏臘、岂無書卷慰沈淪。老去祇应添鬢雪、愁来那得愈頭風。黃葉渾隨諸子散、白頭猶幸故人留。浮生所欠只一死、塵世無緣識九還。世事真成反招隱、吾徒何處讀離騷。病眼生涯同落木、乱来身計逐飄蓬。痛飲不甘辞人病、狂呼却笑勝高眼。十年故國傷青史、四海新知笑白頭。莫問閒關因路斷、偶傳消息又兵来。千里故園惟舊友、十年同学半衰翁。黠痴互有纏忘世、靡讓中間好結廬。辛苦共嘗偏早去、乱離知否得同歸。

六月初三日

早訪王小航昭談。德勝橋北路西、馬家大院一号、伊居積水潭東岸，有樓

[第十六頁]

三極曰爽襟楼，对山面湖，避暑最勝。二十年前老同学，劫後相見，重話開天，不覺惘然，於此有烈士暮年之慨。今已六十，有子二人，有宅一區，朝市大隐，幸福非淺。予識王氏昆仲三人已閲廿載，香岑庚子被劫，卓卅於民国後亦頗失志，而小航獨得此優游歲月，閉門種菜，課子讀書，結果良云不忌矣。贈以詩集二本。

八月十八日

燈下讀王晋卿陶庐詩續集共九卷，約略一周，其中甘涼秦隴諸作，高音亮節，直與高達夫、岑嘉州争席，而考古詳確，尚非前賢所及。辛壬後作，則益縱横怪变，不可方物，直合昌黎、昌谷為一手，要之皆填胸壘塊，撑腸芒角所發洩。

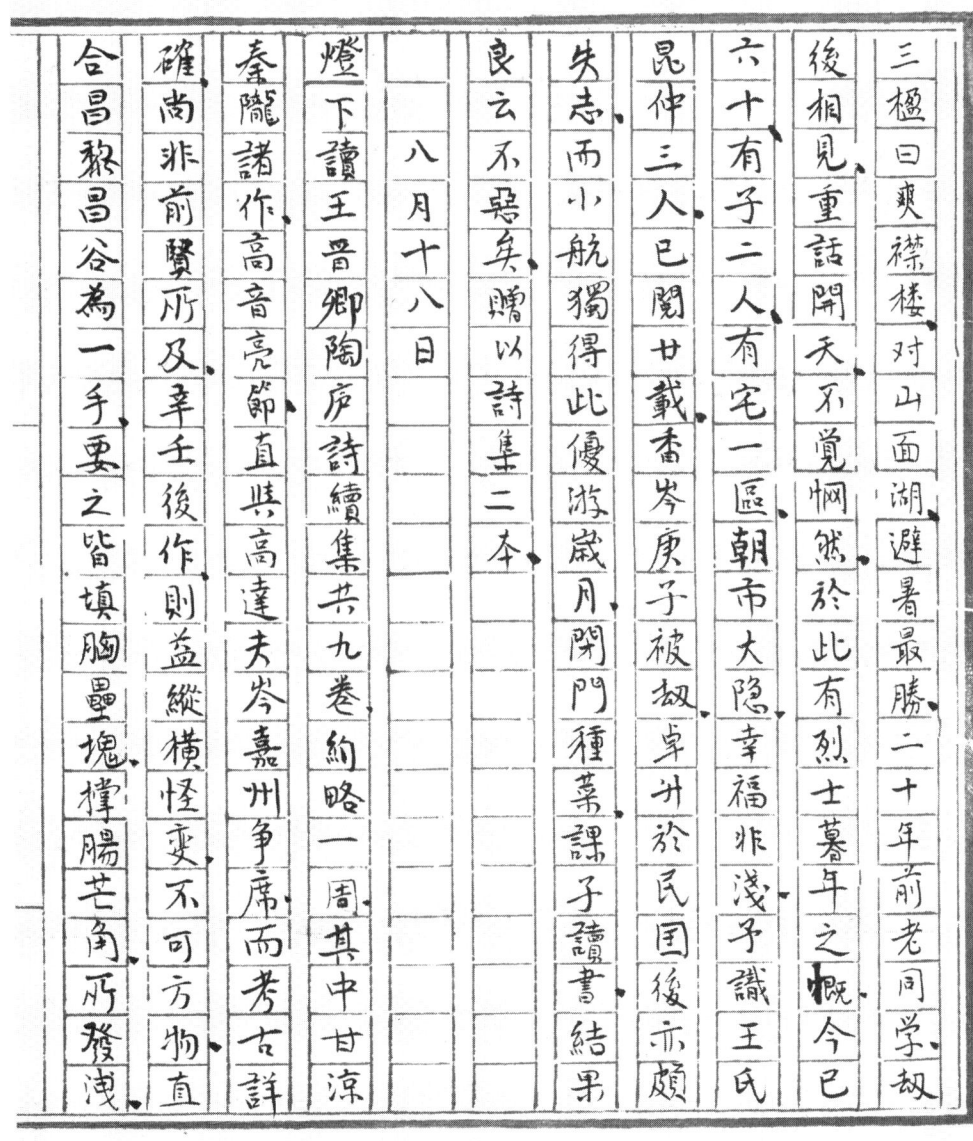

入文略

也老横如此不得不推為当代宗匠愚於詩不輕服人今遇此老不禁拜倒

九月卅日

午十一鐘飯畢挈两兒持遊覽券至新華門交門者視券畢乃入門東行土山上有無線電台山下有五神祠折而北至船隖隖内有舟數隻経过雲繪樓清音閣皆藏書之所北行経日知閣稍折而西至千尺雪及魚樂亭亭有石刻有假山由山洞出即至流水音一亭翼然在水際亭心以石叠成曲溝水経溝中活々有声过亭斜行折向西南経过統計局新自國務院遷入者岍上有人字柳詩碑乾隆御筆壬申年刻石又西行有洋式新房不知何所南向

第十七頁

有門曰仁曜門，門前有銅獅二，或曰是風磨銅鑄成，循是南行，即向瀛臺，正門曰翔鸞閣，門內西配殿曰瑞曜樓，東配殿曰祥暉樓，入二重門，西曰慶雲殿，東曰景星殿，中即涵元殿，為瀛台之正室，昔清季孝欽后幽德宗於此，左右楼廊入即見北向者曰香扆殿，殿後為蓬萊閣，東曰藻韻楼，西曰綺思楼，閣之前有木變石，左有春明楼，右有湛虛楼，四面假山環繞，皆太湖石疊成，石極玲瓏，有致閣之東旁門外臨水有鏡光亭、物魚亭、待月軒諸勝，西旁門外，亦有樓閣，失記其名，前有水榭，扁曰对時育物，又四面立匾，皆清帝御題詩，榭正中照壁有石刻，南望正對新華門，相对也，循西面岸際折旋而出，往北復折西行，至大圓鏡中，其地以太湖石、叠成山洞、石尤奇古、由洞中出、北行、至丐字廊、廊繞水迴環、成丐字形、中有圓亭、前有石室、曰金匱石室、前總統袁氏所建、以藏繼任總統姓名者、自洪憲建號後、此處成陳迹矣、室前有門、出門即見芳華樓、樓旁周以迴廊、循廊、順紅牆直北行、由西北角出萬福門、往北經过銓叙局、亦自國務院新遷入者、过此即中海也、再北至景福門、門前有袁氏紀念樹、花磚影壁、雕刻人物甚夥、有景泰藍獅二、入門即懷仁堂、堂為總統接見外賓宴客会議之所、鋪設整飭、東西配殿亦華麗、院有洋式大照棚、接至門、陳列菊花五色爛漫、蓋東海近日屢在此宴請國務員及兩院議員也、由東面宝光門出、北行、过迎春門、河干

第十八頁

有新築亭屋数處林木掩映小憩片時至紫光閣々為前清絵画功臣宴接外藩之所閣内有宝座々後有石碑作椅圈形上刻乾隆御筆詩諭等四壁張挂歴代帝王像如伏羲堯禹湯武皆上古者次則梁武帝唐高祖太宗後唐莊宗宋自宣祖太祖太宗以下至南宋度宗皆全上古之像為後人臆度不甚可據唐之高祖太宗及後唐莊宗宋太祖太宗皆極英偉餘亦莊重尊貴惟宋英宗衣作白色不知何義也出閣後門四面廻廊皆有石刻乾隆御書詩歌為多夸侈武功蓋以震慴外藩者今則徒資憑弔矣中殿曰武成命名之意已可想見殿内四壁張挂前明一代諸帝像太祖有二思宗無之内惟太祖成祖極英偉餘皆

即不如此用心、豈以往所歷之境、竟自过不去耶、亦未必然矣、参透此理、却是何苦、

清貴惟武宗則儼然一輕薄少年像也閱畢由東廊角門出直北行即達福華門出西安門乃歸時已四鐘因詳記之

十二月廿六日

昨小山云馮醫言予病根于肝鬱多年今始發作治之貴手萬不能求速效等語此義已亦知之綜計平生全處逆境入民國來所歷困難尤多拂心之處幾於無時無之雖强作達觀處々退一步想讀書多年亦頗知自為排遣但無事不出以强制終不免有根蒂在此之自然委順者心中自是不同今事過境遷徒落得一身病痛自己思之太是冤枉究竟勞心勞力有何益處真呆子真騙人也此後

此即病源也

第十九頁

務當隨處放開善養心即是善養身留得身自然留得家不必死命認真自討苦喫況窮通得喪造物主之萬々不由人算何必多勞此一番心力哉仍記小山兄前年之言曰善處境者當留得我在此語可深長思也數年來看佛書不少豈於觀空二字尚不解耶既能解何不能行其一二而必抵死認真耶年亦已半百如此不達如此不懂理不曉事是真愚人而已矣讀書亦奚以為

己未年

正月初四日

今早得一聯云萬事且將死為譬一心要與病相忘語近切實但恐未能實々照行也　看來多疑多懼病痛橫生

只是一個心為患，每日胡思乱想，瞻前顧後，全是此物為之，欲去病根，還先從這裏下手，天下本無事，庸人自擾之，仔細想来，致是可笑。

二月十二日

偕金哲霖赴衍法寺一遊，寺有明碑四，其二為楊文襄筆，其一為李文正筆，皆李燧書，又有八面尊勝陀羅尼幢，為遼物，上刻統和年字，查為遼聖宗年号，此物不知與寺是否同時有也。

八月卅日

張心如同年逝世，擬作一聯以挽之云，微臣報國甘作冥鴻，齎志巖阿竟長往，同学齊年曾叨附驥，傷心梁月

不重來、上句傳出心如志事、下句寫出彼此之文情、尚覺真切、

九月初四日

昨從農校假得学務局四年三月所印京師小学國文教授意見選錄一册、瀏覽一过、中頗有可取者、他日当於教授時参取其法試驗之、内有第八小学教員夏恆福所製各年文辭配当表、又各年國文程度標準表、頗切实用、可参取其配当表、凡選文出題、皆可以為定式、因就其表依照中學年度自製一表、附說五条、與俊青参观、伊頗贊成、擬與胡李二君研究後、再行付印照办云、

九月初七日

記代作女五十歲八月壽聯云、玉桂香清八月初吉、
金萱頌洽百壽方中、又挽王祖同云、經遠具鴻才碩望
遽摧天胡不弔、貽謀垂燕翼佳兒繼起世卜克昌、又
女七十壽有二子聯云、象服榮膺祥開七豒、熊丸教永
秀啟双英、擬王梅園婚聯云、畫眉筆好書唐韵、新婦吳氏
坦腹才应媲晋賢、切王姓

九月初十日

記代煦初撰王梅園喜聯云、車舝賡詩逢九月、羹湯諳
性慰重闈、

九月十一日

記王劭文示孫取親聯云、芹泮重賡鸞噦樂、是歲重遊泮水、桐

第二十一頁

階新卜鳳鳴和語甚工切、

九月十二日

擬趙老伯七十双壽云、德壽齊眉、七秩開紀、英彥繞膝、
四世同堂、擬郝子翁八十壽聯云、政成身隱、八秩開紀、
子孝孫遜、百歲承歡、郝雲翁六十聯云、靜坐頤年、庚
申秘守、遐齡豫祝、甲子重周、

九月廿四日

早挈兩兒散步至淨業湖東岸、訪王小航、晤談、渠養菊甚
多、可百十盆、花形大者面積至五六寸、又見有東園菊譜
抄本一冊、為清乾隆間怡賢親王次子、寧恪郡王弘晈所
著、王自號秋明主人、築有東園、好養菊、揷蒿接根、是其所

發明者譜有豸青山人諸名輩題跋筆墨頗不俗後附菊表自上品絕品以至九品不等予記禮王昭槤嘯亭雜錄記此人因檢得之在第八卷中此譜為抄本世不經見原序言瑯琊王某絵畫是当有畫今失之矣

九月廿六日

柯山文蘇文忠称為汪洋冲澹有一唱三歎之音史称其詩晚年務平淡效白居易体而樂府效張籍以予觀之詩以五七古樂府為勝樂府似張文昌古詩是用杜法氣勢近山谷較少槎枒之態七言律絕以清澈不矜才力為尚似下開劍南一派古文近蘇子由但未大成騷賦較長

九月廿七日

第六十二頁

北京日報載五星聯珠已出現五日時刻係在夜中四更時天之西北角由東南方向西北方成直線一條距離長約二丈觀象台按白日測驗法卜之謂自明年起文運昌明國家富强約有六十年之昇平昔漢高入關五星聚東井宋太祖時五星聚奎皆文運大昌之兆已據以入告總統云又在京某外國天文家亦云此事不虛且陰曆明年正月初三日尚有日月合璧之事

十月初五日

復讀柯山集五古似學陶不僅效白体也

十月廿六日

報載美天文家亞路鄉已達君測得太陽將自今日至廿

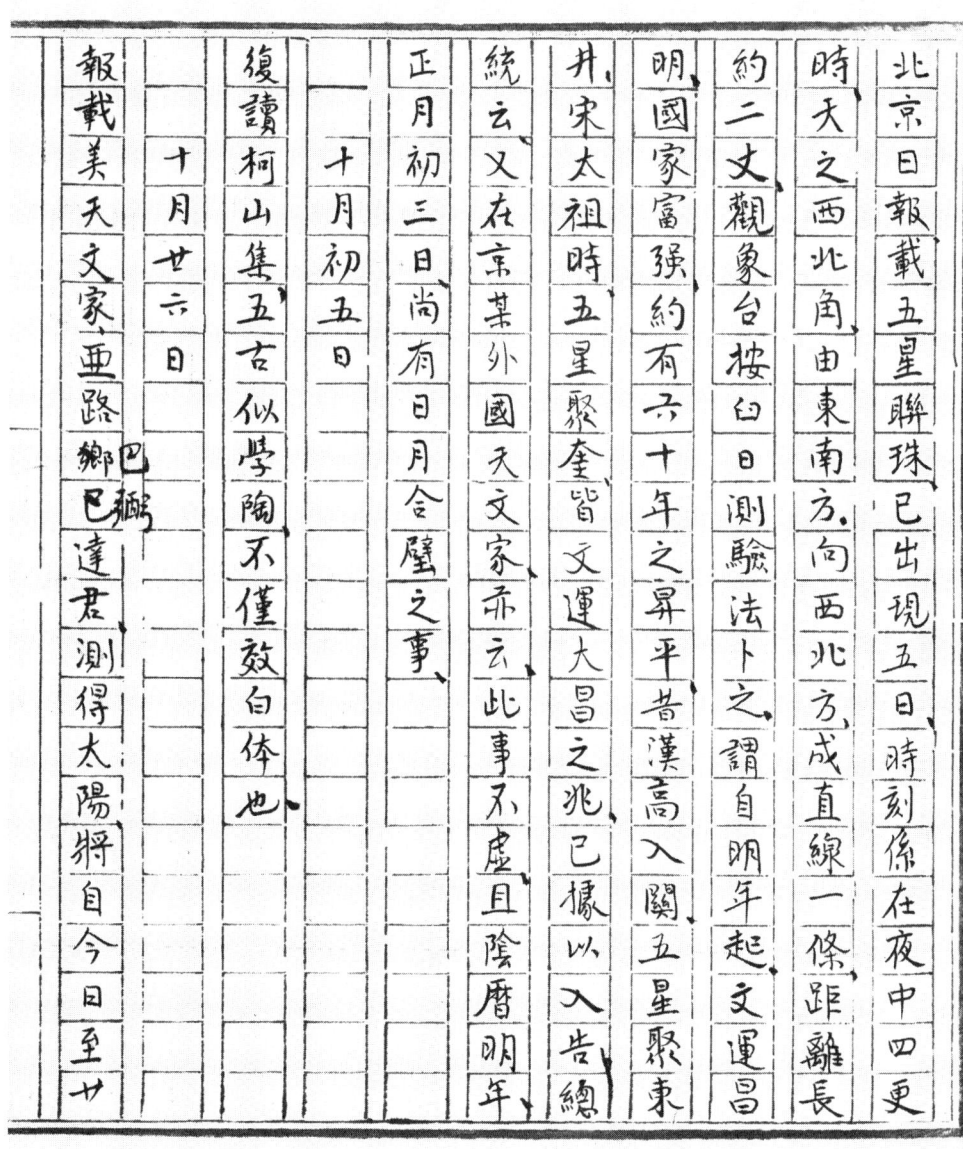

二日内、必發現一種奇變、日旁現出黑子、將裂一孔、孔中噴出炭與養之氣體、因之電氣吸引力、不足攝取地球、球將與恒星相撞、發生極凶險現象云云、爰記於此、以証其言之確否、又與五星聯珠說相証、未知孰驗也。

十月廿八日

張心如同年有臨殁自誌刻石、由王次籛處寄来、讀之慨然、晚自號遯石、有母七十九歲、有男九歲、身後蕭條、大有西華葛帔之感。

十一月初四日

早挈两兒至皇城根宗族教養工廠參觀、由其司事二人導往各科視察、内共分六科、一紡紗科、二筐科、三木工科、

第二十三頁

四地毯科、五石印科、六軍樂科，又有宿舍、飯廳、浴室、講堂等。每日下午輪授国文、算術三小時。開办甫经半載，工徒已有自能作工者。每年經費壹萬餘元，有東陵地租，每年萬元為的款，不足則出自捐輸，員司多義務者。工徒百名為額，三年畢業，現在候傳記名者已有六七十人，非宗族不收。其執事者，除工師外，亦皆宗族。其總办載君靜庵，名定，為二十年前会輔堂同課舊識，接待頗尚殷勤。

十一月初五日

前金哲霖送來所抄同善社傳布之太乙金華宗旨一卷，云是吕純陽所著，蓋乩筆也。披閱一周，大旨參合三教，修養內功之法。予於此道為門外漢，不能究其得失，近未同善社盛行，分社設於教塲頭条、總社設於大经廠，眼前親友入社者幾於十人而八九，郝雲文及勵初皆勸余入社甚力，予意不免观望，盖終以其近於異端也。予久服儒教，近亦参閱佛經，於他教非不能假借者，但因其傳授口訣及入社設誓，近於秘密行為，故觉涉於懷疑，謂真正教宗必不如此，王仲清、陳鈴山，皆实行佛学工夫者，其所見與予略同，特記於此。

十一月十九日

偕李博新赴地质調查所参观，由張子顯祖耀君指引，楼上下陳列地礦各质約数百千種，有金銀銅鉄錫鉛銻煤灰雲母石膏石棉等，以及各項岩石地層諸件，均有標記，

第二十四頁

皆中国各省產物，足供地質学、礦物学參考之用，較諸各学校標本購自東洋者為多，為近。惜在校学生不得參觀考究，以增学識，擴見聞也。閱畢乃出。

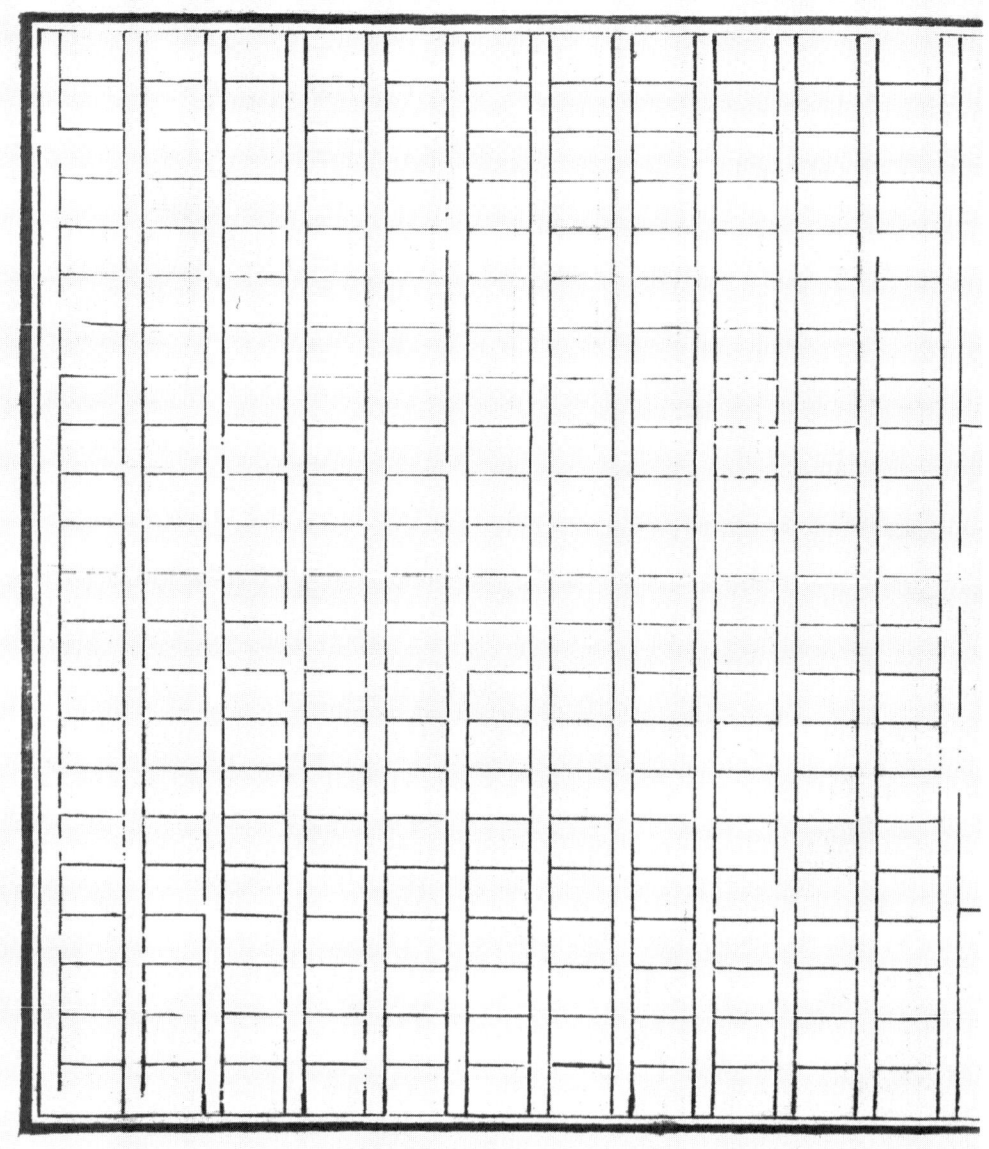

第一頁

庚申年正月二十九日

商務館寄來浙江公會印李越縵日記樣本，預約價須三十元，未免太貴，此書分訂五十一本，裝八套，越縵為近世詩駢文及考據家，在舊學中自是一大宗，但於今之學術，無關甚要，即求舊學，亦無須如此詳盡，且居今日而求舊學，在通其大要，求益行己，不必瑣瑣考据也，

庚申年二月二十九日

王晉老談及武清修志事，晉老言修志不必過求斠例完備，但多詳事実，少講考據，足備史料之用，即称善本，且言救濟困難之法，語語出自经驗，均可奉為圭臬，不愧碩学通才，眼前名宿，當推此老首屈一指，不僅北方文獻之家宗

也。

庚申年三月十二日

旭初以郝雲文交贈蕭佋庭先德之思过齋詩集見示，略閱數十首，古近体都無合處，直是门外漢而已。

庚申年六月二十一日

亂世之要人不可為，而要人之私人尤不可為，觀於近日各安福系二三等角色之東奔西走，彼拿此竄，可以驗矣。又孟郁如在陸軍部為科員，月可得薪百卅餘元，以寒士獲此，頗可以資事畜，乃急思進取，辭部赴庫，前聞月薪不过百元，已較在京為失計，今又有被圍之說，傳聞果確，尤為萬分不值，自尋罪苦。即使無之，而該使署官制已有明

第二頁

令改订，將来位置尤不可知，設再回京，何顏復還陸部，即
强顏為之，其况味亦略可想見矣。當其初動念時，予曾勸
以毋妄改，計增庫署僚以人存政，與陸部不同。一有蹉跌，
難回故步，而決不肯听，遂果有此变幻，在予不幸言中，而
孟生之進退維谷，未免太難為情矣。少年人殷鑒不遠，書
此二則，以告兩兒。

庚申年八月二十五日

讀瓶水齋詩畫一卷，才思華贍，而筆致却極老潔，此境良
不易到。

庚申年九月初六日

早和樂山来晤談，同堂四姪，於今日挈其妻移居，假寓於

帥府胡同高少封所、來辭時、予意甚覺悵然、子姪輩中、此兒略有成就、今年三十餘歲、甫经娶妻、不三數月间、遂與巽弟決裂至此、其中原因複雜、再行撮合為難、乃嘆婦言是用、双方均所難免、予既無能為力、亦有付之一歎而已、此日感想、與七哥搬移時略同、予痴人不免有此、其在當局者、反复漠然、抑獨何哉、甚哉人之心理不同、有如是之萬殊也、

庚申年九月十七日

昨夜月食、自九鐘餘起、有敲銅器救護者、聲闻遠近、忽各處煙炮交作、乍闻似槍声、疑有变故、直至十一鐘始息、详思之、是蓋亦救護者、予生長京師、经过日月食不下數十

第三頁

次、未聞有此、殊可詫也、今日聞人言教堂救護以煙炮故洋人一放、華人即應和之、此言亦未為確、蓋京師之有教堂、不自今始、何以數十年來、不聞有放煙炮救護月食之事、而今始有之、此亦妄測之詞、不足信也、

庚申年九月二十五日

前聞十三弟言治鶴鄉家丁香二次開花、報中亦載京西某家有此事、崇效寺亦如之、皆災異也、不知若按五行志占驗、將兆何凶禍也、

庚申年十月初四日

早至三校上講文一堂、又一堂、率領十四班学生參觀十二班国文教授新法、池宝山楊曾威二生講、韓送石處士序

第一二段、講解注釋、均有可取、一人講畢、由同級向辯、借可啟發、亦是一法、此純取学生自動主義、惟教習尚須訂正、此次李凌斗、於講畢將下堂時、訂正注釋錯誤數處、亦及講解、予意此可改為隨一人講畢、訂正一次、較為清楚、且文之長篇者、決非一堂可畢、尤以隨訂為宜、免至学生下堂、隨置腦後之弊、

庚申年十二月初三日

崇秋圃来訃、知已逝世、此君在清季創設振懦女学、及本旗小学、甚有成绩、而女学無的款、獨以热心毅力、支持至今、十餘年之久、亦難能可貴矣、辛年六十三、二十載老友、又弱一個、傷哉、即就現前社會論、少一热心有用人物、亦

第四頁

足痛惜也。

庚申年十二月十三日

年後至三校，上二堂，試驗十三班講演，試者九人。題皆學生自選，丁生國瑞講學生畢業之三難關，以境遇、身体、學力，分類，以本級各離校之學生為証，極剴切有心思，可取。

庚申年十二月十八日

晚與十三弟談，予謂今世教育子弟，以身体、知識、技能三者為最大條件，須為之保育濬發，使之足供將來入世之應用。所謂儲能而後效實，正天演家之理論，亦吾孔子所云「不患莫己知，求為可知」之道也。現在固為勢力世界，我輩若講運動，决不如人，且窮通得喪，亦非人力可為，在己

9

毫無把握，然吾人只能就其可為者為之，如加意教育，使上列三者，各有实際，此盡其在我可有把握者也。若其無把握者，只有听之子弟各人之命運境遇，豈為父兄者所能預為之計哉。但能維持戚友，不為之杜絕將來道路，斯可矣。

辛酉年二月初三日

王小航来晤談，并送来段合肥所印心經中下卷五册，此經未見釋藏，僅出降乩，似出偽托。

辛酉年三月初七日

灯下作和王朱鄉舉重逢詩，共得四律，此題鹿鳴盛典，本不難作，惟在清室既亡之後，一切舊典皆須鍛鍊而後用

第五頁

之二公原唱、多抬頭字樣、竊謂未合、予詩再三斟酌、仍不免有因襲通套語、但喜尚有一二著題處、未識能有賞音者、識此心苦分明否也、

辛酉年三月二十三日

徐東海撰輯大清畿輔先哲傳、共四十卷、内分名臣、名將、師儒、文學、高士、賢能、忠義、孝友、八類、凡得一千八百六十六人、後附列女傳、與其事者、編輯則新城王晉卿、樹枏冀州趙湘帆、衡臨桂黄則甫、侗汧陽李平存、心地武强賀性存、葆真而晉卿先生實總其事而主持之、計名臣傳七卷、名將傳二卷、師儒傳九卷、文學傳八卷、高士傳一卷、賢能傳八卷、忠義傳三卷、孝友傳二卷、名臣首王崇簡、殿陸鍾

入詩存

○

琦、名將首徐可成、殿賈吉齡、師儒首孫夏峰、殿顏李弟子

師儒傳中夏峰弟子各一卷、顏李師友為一卷、顏李弟子為一卷、蓋東海因以表章顏李為幟者、文學首

范士楫、殿張宗瑛、高士首沈嘉、殿吳建勳、賢能首王原膴、

殿張銓、忠義首宋永譽、殿王燮、孝友首管德升、殿郭即先

考通議府君也、此書大傳及敘例、敘傳、皆出新城之手、東

海特居其名耳、其餘文則出湘帆、性存、平存手者過半、首

尾三年而成書、

辛酉年三月二十四日

華嚴寺在德勝门外關廟路東、廟甚整齊、有咸豐庚申年

碑一、記英法聯軍入京時、由方丈某僧設法保全城廟一

帶、未遭塗炭、而文詞極俚、不堪入目、廟中某姓言、当時和

議即定议於此，予憶故老云，当時係以會同四譯館為和議場所，此恐傳聞之誤，他日当檢志乘考之。

辛酉年三月三十日

阅先哲傳师儒類，详墳顏李及王崑绳傳，記載其学術甚详，頗有可錄，以為講授之用者，是於漢宋兩家外，獨標一幟，而其講格物致知，以三物六藝三事等為根據，最為徵实致用，吾北学有此大宗，東海極力表章，且推為聖賢，崇祀先哲祠，特立四存中学以傳其緒，良有以也。

辛酉年四月初三日

灯下复為王劭丈撰一賀聯云：先正酉莽齊威事，公家子野遜高年。上聯用雷酉莽鏄道光二年重宴鹿鳴事，下聯用王子野（大鶴）事、二公皆通州人、上聯切重逢鄉舉、下聯切姓王氏、想伊家此次聯語不下二三百副、此聯之工切諒不出前三名外也、昔曾文正為胡文忠太夫人撰挽聯自寄家書云、胡家对聯必多、此聯当不至出前三名等語、後人謂曾公近世大賢尚不免文人结習、予於此亦云、

辛酉年四月初十日

檢先哲傳、凡東海之先人、其入賢能類者十人、曰孫森（官山東知縣）曰汝槐（字西堂乾隆間舉人官山西知县）曰輝（字午園乾隆間舉人官江西知县）曰城（字印川官河南知县至同知）曰思穆（字肇珊官河南通判）曰嘉猷（字翼亭官河南知县）曰嘉禾（字心耕光緒元年舉人官江西知府）曰嘉霖（字叔雨官江西知县）曰大鏞（字序東道光間舉人官河南知县）曰鴻泰（進士官刑部主事）皆附於徐城傳中、其

入孝友類者一人、曰嘉賢、字少珊有治薌書屋詩草即東海之父也、其傳皆署王新城樹枏附傳字樣、亦非出己手也、又列女類中亦有徐氏先代婦人、

顏習齋擬家譜目凡十七、曰姓氏源流、曰世系派衍、曰遷移離合、曰別嫌明微、曰莊居宅第、曰墓塋圖記、曰祭田樹株、曰餕蒇儀注、曰家礼儀注、曰家法勸戒、曰人才列傳、曰嘉言善行、曰先人遺影、曰珍器文籍、曰簡書誥命、曰婦女甥壻、曰拾遺雜誌、雖其例出自纂、不必盡合古法、实際自多可采者、

先哲傳後附叙傳、仿漢書体文、極堅光切響、晉老有此鉅筆、足稱北方一大宗、篇首前序、則晉老出名、其体例數則、及叙傳、則東海出名也、

辛酉年四月二十日

記在李信如家客座、見一匾、文曰風流藪澤、実為可笑之極、此四字以施之妓館為切当、而竟自懸於客廳、亦太不通矣、憶平生所見似此者頗多、如松尚書溎之廳事、左间有匾曰想得開、右间有匾曰想不開、各加以跋語題識、吾同巷范姓、自築小園、起一亭、中懸額曰我愛雪、此亦極可笑者、又馬巨波之姪名曰士英、與馬瑤艸同嘗在一書肆、見有漢軍尚氏宗譜、其世系表中、玉字輩、有一名玉茎者、尤令人捧腹不已、

辛酉年五月二十八日

閲馬著羲纂安次縣志、大致涉獵一周、体例不善、文筆尤

第八頁

俗冗、藝文志内分内外编，将邑人文詩，整首列入，殊無謂，且多時文八韵氣味，尤可哂也，人之不学，一至于此，著義頗以藏書自矜，劉芷衫（大城拔貢名鍾英，即注七家試帖者）且為作味古山房藏書記，而俗陋若是，有書不能讀，標榜亦奚以為，著義又有古燕詩紀，予亦見其書，所選之詩，直是门外漢，徒以多財買名而已，

辛酉年八月十五日

連日天氣仍热，今日午後并闻蟬鳴，以中秋節而闻蟬，真平生第一次也，

辛酉年八月二十四日

趙式郇来訪，未晤，送来武清吳志，又有鈔稿九卷，云係蔡

志、予大致瀏覽、似非原本、以其太簡率、文筆亦不佳、鶴君師雖非古文當行、順天府志所載論修志書、頗能識著述之體、似不至如此草草、另日當詢璞如何之、此本既無序例、亦未具作者姓名、是未成書之草本、決非正稿、

辛酉年九月初三日

在市場買得唐鄭惠王石記搨本一紙、考唐高祖二十二子惠王元懿、其弟十三子也、陪葬獻陵、石建于高宗咸亨四年十月、在潞州、潞州唐屬河東道、今山西潞安府長治縣治、石為檢校功德僧洪滿立、無書者名氏

辛酉年十月初四日

午後無事、在市廠舊攤、買得漢陽鄔銓公爗所著傳紅寫

翠廬算書一種名曰勾股問津共四卷前次購得二種一曰容切捷要係自著一曰平三角和較術係節抄項氏下学庵算書之一以求省便皆有實用之書此書前序時在光緒初年此君係浙江候補佐職餘不知其節概蓋皆未刻之稿今有一童子操南音甚藍褸云係自家遺書賤值售之十八九皆算学書其手抄自著者惟此三種尚全每册以銅元二枚得之積生平心血著成未刊之書而為式微之後人賣以充饑亦可哀矣觀此事為績学人一哭

辛酉年十月初十日

昨晤蔡端如見鶴师手抄武清縣志稿本與式郇送来之本迥不同極可依據因係其家先代手澤未便借用端如

云、另有一本、非手抄者、與此本同、允為在一月内尋出、相借、
并將鶴君师事略尋出一併交来云云、特識於此、
辛酉年十月二十日
閱繆修昌平志内、土地記、山川記、其体例及叙法甚好、特
識于下
土地記第三叙法　沿革分朝各叙　沿革表統各朝　古蹟
險隘險隘按東西分述、為卷上、　村鎮莊名按八道分叙村鎮各城詳四至其次序如下
北、城東北、城東、城東南、城南、城西南、城西、
城西北、以州城為起点、由近而遠、至界他县為止、詳記斗尺數、末附集市
山川記第四南面無山只有七列、東又南、又北、　又南、西、
北、東南、西南、西北、又北、又西、又北、又西、東北、又北、又南、又東、又東

第十頁

又東、又東北、又北、以上各山、由州城近由近而遠、洞附、以上記山

某河自某县来、经本州境、入某县界、至某县、入某河、各

河後附　潭、泉、水、池、橋梁、以上記川、

辛酉年十一月十六日

假得邳縣劉仁航靈華所輯北美瑜伽学说大致以静坐调息為工夫、修得真我為究竟、其書雜攙儒佛老耶諸家哲理、其引证亦多及諸家、又入日本岡田、藤田、靜坐法之論謂今北美傳播最盛、予孤陋、未能判其得失也、

辛酉年十一月十九日

假得劉仁航所譯身心强健秘訣（日本藤田靈齋著）瀏覽一周、係主張靜坐法者、日本靜坐法、分藤田、岡田、為南北二派、藤

為南派、罔為二名郎號虎北派、皆主修養心靈、淡食延壽者、謂人生可得百二十五歲、為平均大率、大限重信、即其主張最力者、中國伍廷芳亦應和之、此書為其中傳其奧、傳不著於書籍、只以口授得其秘者、已有十餘人、大旨以精神修養參入禪宗、近年京中同善社中人亦近此派、謂其靜坐法本于大学知止而後有定一節、予以雜參諸教秘密授受、不如佛学、故雖諸戚友勸引、未圻加入、若如此書則不妨參取耳、

辛酉年十一月二十八日

午後訪金小山長談、竟日至五鐘歸、伊述先正格言二語云、順理行將去、聽天分付來、語意頗為切實、可作箴銘、

第十一頁

辛酉年十二月二十九日

命大二兩兒挈資赴四姊家看視、自五更時赴西直门車站、至灯下九鐘始帰、中间本定下午二鐘趁車回京、因过時恐出意外、焦急萬狀、复命王榮赴車站迎之、予以过於懸念、愈形焦灼、未免神經錯乱、人之愛子、無所不至、用情到極点處、不自覺其过当、事後思之、殊覺可笑、然初不自知也、　先大夫　先太恭人之对予、在少年時、亦有此舉動、記得一次因雨留滯柳泉居未帰、一次因赴通州應考患暑病泄、均致老人急灼、有过当之举、俗云、養兒始知父母恩、在吾当年為人子時、亦未嘗不以為不必如此之甚、及己身当其境、乃亦如此之甚、即此愈令我迴思罔極之恩，終天莫報，直欲痛哭無已矣。

壬戌年二月二十一日

報載清宣統帝選定皇后，為榮源之女，係前吉林將軍長順之孫女。淑妃為端恭之女，係前禮部尚書錫珍之孫女。定期八月成大婚禮。派載濤、紹英、耆齡、朱益藩為辦理典禮大臣，將儲秀宮修理整齊，以備應用等語。此事項城、東海先後覬以女配宣統，皆未得；就旗員中亦有覬此者，均不成事實。其本生母攝政王福晉（榮祿之女），且因此與珍瑜二妃嘔氣致命，可知婚姻天定，決非人為，雖強有力者，亦無能為役也。

壬戌年三月初四日

第十二頁

接曹仲琳訃聞，知伊于陰二月十九日，在津寓病歿，年五十二歲，頗深痛惜，為作一聯挽之云：理財具酌劑之衡，祗惜未假斧柯，早任斯人充主計；講学以闇修為務，太息長埋玉樹，頓教吾黨失型方。仲琳以乙未進士，户部主事，累進至度支部稅課司司長，究心財政幾二十年，吏事通敏，綜覈精密，操守尤潔。清季部令調查常關，經歷七省，剔除中飽累百萬，悉數歸公，並稅務處第一股總辦，勾稽筦榷，長官深倚之。入民国後，出為直隸国稅廳籌備處處長，甫，当道議不合，直督及民政長交齮之，遂引疾去。歷年久病，甫愈出理実業，又數年，遂以積勞致不起，年甫五十二歲，無子，以姪為繼，一女二十餘歲，未字而歿，尤痛心焉。

昔人曙後星孤，引為憾事，仲琳并此而不能得，抑何酷哉，生平好讀王文成全書，不標講学门户，惟務力行，吾黨推為卓绝之士，無異詞焉，他日当為草一傳，入武清人物志，

壬戌年三月十一日

午後孟郁如来長談，伊近在第一中校接董璠韓崇琪之手，教授四班国文，共每星期十六小時，并詳言董韓二人在校行為，及董主持国文変語体後，除傳播过激主義外，一切均未照定議実行，放任学生，幾至不可收拾，且在同人中種種挑撥鼓動等行為，二人合力設法搗亂，章趙少庭早自覺悟，否則將取而代之等情，此等些小聰明，沾染邪説，又居心不端，貪求私利，宜其及也，此後北京学界恐

第十三頁

不易插足矣，少年人宜引為戒，特此書以告兩兒，

壬戌年三月十三日

陳崐峰送來伊父知夢老人蘭雪齋詩抄四卷，前有沈受蒼、袁小匏序，後有志錡、王篤弼跋，詩之才力不厚，意境亦不恢廓，惟格律謹嚴，不失先正遺軌，附抄本甌香詩話一册，係未成書者，抄寫既多訛，於詩亦無甚深造語，蓋此君才力本薄，功候雖深，所得止此而已，三十年前，与之相見於廣濟寺，恰是江湖游客一流，後又用采芝山人名目懸壺行醫於京师，殊不得手，晚有二子作達官，遂以封翁身分，優游享福者十餘年，亦偉事矣，宣統间曾与余輩聯生日會，同人多嫌其習氣太重，蓋以久困之人驟獲晚福，非

道德至高、学養至深者、不免露出本象、亦殊難怪耳、

壬戌年十月十三日

清室宣统帝於今日成婚、聞各省督軍省長均有賀礼、張作霖尤多、其各有商會、及天津塩商、亦各有進奉、观此、豈人心未去、而乱萌将复作耶、報載某議員等、因其行礼过礼、龍旗黄纛、招摇过市、已提出取銷優待議案、是又不可知矣、

壬戌年十月十九日

英実夫送来馬相伯新著五十年来之世界宗教、蓋應申報五十週年紀念所作、歷举算学物理化学諸名家皆信宗教、又有造物主之説、以張教焰（幟）引甚繁、緣其学博足以

第十四頁

濟辯、惟文筆有近詰屈不可猝曉處、

壬戌年十月二十二日

昨閱陶靖節搜神後記、係續干氏搜神記而作、桃花源記一篇、即在其中、一卷篇末書明太守劉歆至南陽劉子驥以下數語則無之、別有南陽劉驎之字子驥一条、而此記不相蒙、桃花源詩亦不載、又漁人句下注姓黃名道真、此書共十卷、是否依托、則不可知也、

壬戌年十月二十九日

飯後挈二兒至北大第一宿舍、尋大兒、見面少坐、看其三人合住室內、尚稱合式、因持二十五年成立紀念會票至第二院、瀏覽一周、復至第一院、略觀即出、又至第三院詳

看歷史部、考古学室展覽各品。內分古器物類、景本類、拓本類、善本書類、档案室展覽品內分詔、金榜、册文、諭、硃諭、上諭、实録、起居注、宝訓、賞格、題揭帖、奏表、箋、咨、档册、档案、遵依卷、结（即甘）勘合、試卷、史傳稿、譜書、圖、太平御覽室展覽品有引用書籍類纂二百册又校勘記二册、此外出版品部、美術作品部、皆本校所作、大致一看未甚注意、其最足注意者、為殷墟龜甲文、有四櫃、燉煌石室唐人寫經佚書有一筴、魏碑原石有六七件、六朝北魏造像有十數件、周秦漢銅器數件、皆希世之寶、惟雲岡石窟二百片、未得入目、此外宋元明板書有廿餘種、亦罕而可珍、其各碑帖、造象鐘鼎拓片甚多、非罕見之物、又因人多擁擠、不及細觀、

第十五頁

而出，雖未盡百一，亦可增若干眼福，其構造等事，不过一時之點綴品，非予所欣賞者。

壬戌年十一月初二日

崇效寺除牡丹及红杏青松圖外，尚有王覺斯書靜觀二大字，又明隆慶二年萬緣碑一通，其制甚别致，亦京中諸刹所罕。

癸亥年正月十五日

王兢宜送来楊景樵詩稿，名海鷗逸士詩稿，共八卷，有范隽丞同年題词六首，未曾道著要点，可見此事内行甚少也。

灯下挈雪女偕兒往街頭看同和居放烟火，觀者壅擠，極形熱鬧。回憶四十年前，每逢上元前後共四日，十三、十五、十六、十七，羊市土地庙大放花盒。先妣必命車挈姊妹及予三數人往觀，恒至十一二鐘乃返。彼時物阜民和，居然太平景象。今則民窮財盡，国势累卵。偶觀此景，不勝盛衰今昔之感。即就家庭言之，双親既久即世，同胞四人亦复各處一方。暮景侵尋，老之將至，而俗累迫人，兒輩成立，不知何時朝朝奔走，徒為八口衣食計，低頭默就，正恐孟光笑人耳。舊作悼栾恭人詩有此意。

癸亥年正月二十六日

日前張问樵所延西席邊蔭喬君，年五十七歲，上館甫一日，卒於星期日下午。往北城坊伊戚王陳常，飯畢，雇洋車

第十六頁

出城半路傾跌，驟患痰厥，遂殁于途中。千里来京，一夕撒手。諺云：生有處，死有地，豈不信哉。同樵因此損失共三十元之譜，有如填債，亦必具有前世因。今人但修機詐，不信氣數，一切欲以人力勝，閱此當知所返矣。

癸亥年二月二十四日

出順治门赴南下窪陶然亭，為步翰青弟媳病故開弔，在彼少坐，遊廟一周。廟内有金天会年（太宗號）及遼道宗時尊勝陀羅尼幢各一，正殿有曹学閔一聯云：蓮宇岂凫去天尺五，臨韋曲，蘆潭淼漫在水中央。認補陀，捂甚雅切。此亭有高閣迴廊，登臨遠眺。四面葦塘，水天在望。南望永定门城垣，東望先農壇後墻，在南城為登高佳處。惜地多義塚，水淺而濁，空氣尤不佳，較諸積水潭，相差太遠。庙外東北土岡上，有鸚武塚，碣題橋東居士撰銘。又有香塚，亦有銘，惜無姓氏記得。宸垣識略、藤陰雜記及近人札記均有記載，且有詠香塚詩，或謂是羣妓葬處，或謂是某寵婢為大婦虐死者，其事委瑣，不足深考。土岡下又有醉郭墓，郭名瑞，字雲五，在光绪季年為彭逸仲賣報并演說者，一無聊醉鬼假维新，餬口亦李六更王子貞一流。彭於其死為買地葬此，樹碣丐林琴南為銘，祝蔭庭書字，亦云幸矣。又見一挽聯云：乃至無老死，亦無老死盡，是故說佛德不說佛德，多集經語，殊自然，但不切耳。南北相距十里以外，往返有廿餘里，帝城之大可想。回至順治门内小市一遊，经过

入設往

第十七頁

各地局勢形狀，喧寂枯菀，殊不一致，東部人海，此言良不誣也。

癸亥年二月二十五日

灯下作詩五绝，為岳蓮峰題其先人浦雲按察投贈詩册。浦雲卅年前故交也。丁巳在甘肅遭兵變，每其次子三子同死非命，至今不能雪冤，僅于去年歸骨京塋，亦可哀矣。詩以抒感，不覺言之沈痛。

癸亥年三月十一日

昨在滙通祠墻畔見一詩云：未能脫世網，亦自省心機，每日得溫飽，终年無是非，朝囊百錢出，暮袖一詩歸，幾見魚潛水，雲中羨鳥飛。　氣息沈靜，意境閒適，自是佳作，不知

又文略

何人手筆，此地題詩甚夥，但多不成體格，不諧声律者，似此為稀也。

癸亥年三月廿一日

飯後挈兩兒至崇效寺，看牡丹，花開正盛，多而且美，內有綠黃二色者尤佳，為他處所無，有黑色者，因開到八九分已變紫矣。晤郝埔臣，幼宜及李象昌，在彼住室少坐，飲茶。兩兒偕埔臣至其家，一候，問適寺內有某議員張筵請客，其東西配殿亦有請客者，又有集萃照像館，亦在此售技，喧嚣俗熱，幾使清淨禪林化為熱鬧市井，殊失雅韻。寺之主僧尤俗不可耐，以青松紅杏圖置樓上，欲觀者買券一元始得登覽，借畫幀敲竹槓，與彼地多俗客殊相應也。至

第十八頁

法源寺，由後门入，買券一角，參觀佛誕纪念會。會内共分陳列場四處，其最勝之陳列品，如燉煌石室唐人寫經，原本長至二丈餘，实為罕有。有貝葉經一疊，貝多羅葉寫經一份。趙松雪繪十六應真，傅凱亭指繪觀音卅二應身圖，數十幅，各長丈許。李龍眠繪羅漢長卷，亦及丈許。黄瘿瓢飛錫圖，羅两峰普賢像，皆神致生動。此外宋人、元明人所繪之水陸道場，有數十百幅，皆極古香古色之勝。又有佛牙三具，舍利骨一具，青玉佛像一具，銅造像、檡木造像、金漆造像、景泰藍造像，亦夥。其銅像最巨者、甬人齋錢武肅王金塗塔，尤完美。此外瓷像、石像、泥像，尤不勝數。唐宋元明瓷銅各器，不下數十百件，其尤勝者，為清室借出之陳列品，有俥絲及繡緞極樂世界大幅，各一軸（此俥巨幅，上绣二有）太上皇御寶之印，蓋乾隆向八旬萬壽蘇杭貢品，又有唐經幢、元幡頂等件，又寺有唐史思明建蘇靈芝書札、墻文原石，予買得拓本一紙，均長丈餘。又有右旋法螺，即史所記定風螺。乾隆间台湾林爽文之乱，渡海曾用之，戰事畢，仍由福文襄王康安繳還内庫，即此物也。至宋板、元板、明板及墨書、金書、刺血書、繡書之各經，综计亦有數十百部，誠洋洋大觀也。蓋此次陳列，係由京中各寺搜集送往萃聚一處，故得多而且精，又得清室内庫之助，尤多希世罕見之寶。日本向称闡揚佛教，且知保存古物者，恐亦不足萃此多珍，至數百千件，更無论西洋各国矣。因憶癸丑年四月初三日曾遇此勝会，往寺一游，所见尚無如此盛美。彼時執

此論極精，非通識人不能道也。

第十九頁

事者，籌備鋪設，亦無如此妥帖。十年以來，士夫研究佛学者日多，僧家利用此心理，所以招致檀越者，其術亦日精。亂世人心愈壞，刧運愈重，因之自思懺悔者亦愈切，以古視今，蓋儼然一北魏隋季晚唐乱世景象矣。人謂佛教之將盛，吾謂孔教之甚衰；人謂人心悔禍之有機，吾謂宗教趋向之無準。試問此現象為治世所有耶？乱世所有耶？人之為此者，是直向善耶？抑假以祈福耶？深識冷眼人必不河漢吾言。

癸亥年三月廿九日

在法源寺買得唐僧復嚴葬舍利碑拓本，景福為唐昭宗年号。文內有大燕城內語，是劉守光所僭國號，而猶用唐朔，字為僧知常書，極似柳誠懸筆意、唐悯忠寺无垢净光宝塔頌碑拓本、為蘇靈芝書、至德係唐肅宗年号、其文讀法由左而右、如洋文滿蒙文、亦一奇也。

癸亥年四月初一日

至西直门内橫橋、在兒童圖書館小憩、晤劉君、略覽所陳各書、有实用謀生全書、大陸圖書公司出版五角及京師居家法、山陰單樹珩撰、開明書局出版三角二書、頗淺近切用、

癸亥年四月十四日

晨報載梁任公批評人生觀與科學有二語甚精、曰人生關涉理智方面的事項、絕对要用科学方法来解决、關於情感方面的事項、绝对的超科学、又举人生观与科

学名词内容(一)人類從心界、物界、兩方面調和結合而成的生活向人生○　我們懸一種理想來完成這種生活向人生观○(二)根據経驗的事实、分析综合求出一個近真的公例、以推論同類事物這種学问、曰、科学○　其答案曰、人生问题　有大部分、是可以、而且必要用科学方法來解决的○　却有一小部分、或者還是最重要的部分、是超科学的○

癸亥年六月廿五日

看歐游心影錄上下篇第二編、其所標举歐洲最新最適用学说、在社会学方面、以俄国科尔柏特勒一派互助说為主、在哲学方面、以美国占晤士所倡人格的唯心論法国柏格森所倡直觉的創化論德国倭鏗大同小異、所說、為主。增軼学向上論、不獨唯心、唯物二派哲学、有调和餘地、即科学、宗教、亦漸有调和餘地云云。不如此三書、有譯本否、原文已各略举大義、但苦其不詳、未足供研究也、

癸亥年八月二十一日

祝蘆庭六十三歲、續室孫伯恆聯云、中秋節後千秋耦、四十年前二十三、又馮伯瑜詩聯云、合歡重賞團圓月、並蒂新開老少年、場能巧合、予有一聯云、紀年逾周甲三齡、楊孫笙吉、嘉期後中秋六日、桂子徵祥、又代顧仲康一聯云、龍馬精神、老當益壯、兜史福祿、秋以為期、均尚雅切、又李道衡賀祝聯云、金婚年紀、華髮因緣、亦尚切、

第廿一頁

癸亥年十一月廿三日

偶在故纸堆中、检得孟玉双为其父棄養時、所作哀啟、中述其父之言、曰、與人勿過於認真。遇事不無端自擾。則天下無不可與之人、無不可處之境。數語頗有至理、嘗與兩兒講左傳民生在勤一語、特將生字作生理、生計、二層解釋、頗覺切实、蓋勤於運動、則肢體活便、血運貫通、即生理之所以常存也。勤於職業、則衣食有資、為疾用舒、即生計之所以常保也。吾自治家二十餘年来、恪守先世勤儉之训、力行不怠。一家之中、男女老幼、早眠早起、各勤其職、各理其事、於「室靡棄物、家無閒人」八字、大致已做到六七分。至於一切世俗奢侈浮靡之惡習、則極力屏除、戒之又戒內子及兒女輩，均能克體此旨，實踐躬行。如能永遠不變，庶幾家風可長保，門祚可長延乎。天下本無不勞而得之事。衣食住三者，雖極尋常日用之物，亦須盡一番勞力，方能換取。近代所謂勞工神聖者，吾特為之別申一解，以解左傳。且以為終身行之之準，偶然感想，特書於此，用告兩兒，期共勉之。

經濟二字，範圍至廣，不僅就財貨一部分言之也。吾從廣義釋之如下

(一)愛惜物力　人生日用，一絲一粟，一錢一帛，皆需勞力換取而後得，有此物力。奢者於無意中耗費，已屬不貲，如能逐事逐物，以經濟之道行之，則一物可得二三重之用。

第廿二頁

積之以久，持之以恒，所節省者豈可以數計耶？至不妄费錢財、不过分享用，犹其顯焉者也。

(二)愛惜時间　光陰至貴，中西哲皆言之，無庸贅述。同此一日，如能早起早眠，一時一刻，多作有益之事，勤求本分之業，屏除游谈閒話，及一切無益之游戲淫賭，省出時間已屬不少，利用此時间料理多少事物，是即經濟之道也。

(三)愛惜精神　生人之精神有限，每日对於應盡職務，不但日力苦其不給，即精神氣力亦甚苦其不給。此凡有正当職業，及勤儉治家，能盡教育子弟之責者，人人能知之者也。於此逐加愛惜，務使我之精神氣力，不妄用、不浪费。不惟於身體有絕大之益處，而能留出正当精神，勤理正當職務，其於經濟之裕，蓋有可操券者。

（四）愛惜語言　古云：「不可與言，而與之言，失言。」又曰：「多言多敗。」苟能愛惜及此，舉凡游談戲語，及一切閒言，力加戒除，自可省出許多氣力，以營正業。況「是非只為多開口」，事不關己，何必妄費唇舌，是亦經濟之一也。

（五）愛惜信用　信用者，人之第二生命也。信用一失，即是破產，自縛自困，看看在於是。世人斷無生而無信用者，只是始基不慎，浪用浪費，遂至妄賒妄貸，久之周轉不靈，東挪西補，終至束手，而生平信用掃地無餘。至此再圖恢復，難於拔山，雖悔何追矣。吾人萬勿自恃能賒能借，自謂善作把戲。恐一旦術窮，即是生計破產之日，慎之戒之。

第廿三頁

(六)愛惜職業　職業者经濟之大源也。世之無職業、而浮游以生者、無論矣。每見常人、得一職業、輒嫌收益之寡、謂不足維持生活。而不知力崇節儉、以圖補濟。但思對此職業、敷衍搪塞、存一苟且了事之心。遇有他事可謀、便自輕易棄去。迨一旦落空、並此已得之職業、亦胥失之。由是潦倒廢棄、遂成游民、甚且入於窮途絕境者、比比皆是也。如能得一職業、無論收益多寡、時時以愛惜之心、保守之。能務实、能耐久、職務既舉、名誉日新、信用日著、自不患無意外機缘来相湊泊。如此則現在之狀況可保、將来之利益無窮、经濟之大原、正基於此。

以上係運用新学理、証明舊经驗、即吾所謂個人经濟學者是也。并錄付兩兒記之。

癸亥年十一月廿六日

閱翁覃溪復初齋集十四卷、未見詩集、雖非全豹（貌？）、约可得其學問之概。大致以考訂為宗、兼及金石碑帖、经義训詁、皆其特長。惟其尊朱駁王之處、則实於身心之学、致用之道、毫無是處。至考訂論數篇、於考據家短處、不加迴護、尚見用心公允。但張大其詞、強為考訂家夸侈之語、殊無真正立足之點。是其失處。無可諱言也。其於當时名輩、如戴東原、何義门、汪容甫、王惕甫、蔣心餘等、皆深致不滿。且極有眭辭。於詩則駁漁洋神韻之說、謂由王李、李何、格调同一失處。雖未見其詩。就其所論、亦未為得之。昔年嘗閱朱

詩法論亦常云詩要定法未嘗指出实義

第廿四頁

文正詩文集。其詩文根柢、似尚過翁、而其学尤雜。其博則遠不如翁。吾鄉先輩学術、大略可見矣。　文集中多随筆抒寫、毫無義法、且多近說部有時文處。清代考據家、经学家、文筆大半如此、若以古文法绳之、則尺寸悉失矣。　又所載名輩、如姚姬傳、作姬川。紀文達、作茶星。蔣心餘、作心畲、又作定甫。周書昌、作林汲。黄小松、作秋盦。丁小疋、作小山等、亦資異聞。　集中最不當存者、如論姚江致良知之学斷斷於大学古本格致章。於陽明紫陽学問大端毫無所指陳、直是胡鬧。如此表章程朱、駁斥王陸、誠不如其已也。從來文人学人習氣、每於自己集中、必作大題目文數篇、用自張大。而於此等学問本無心得、一經涉筆、罅漏百出、反以自累，未免太不善于藏拙耳。

癸亥年十一月廿九日

代王云轩作挽妹一联云：一病卒长眠，竟使同胞悲执绋；卅龄如幻梦，忍看弱息哭灵帏。语意尚真挚。

晨报增刊载大同云冈石窟游记（吴新吾记），大同武周山石佛寺，北魏所造石佛，共有三十二洞之多，为距今一千四百七十年之古雕刻品，真奇宝也。阅之颇为神往。又可兰概说（陈垣依考证回教经典而作）。可兰者，华言读之使听也。言摩诃末参道时，天使说此，使之听闻，以传于世之意。可兰，合一百十四罢拉（篇也）而成，各篇区为亚也（节也），亦达六千，至六千二百二十六。计德文译本最多，英文次之，拉丁文

第廿五頁

譯本最早，惟漢文至今無譯本，日本文則已於前年全部刊行矣。

癸亥年十二月初四日

孟東野詩集大致閱一周，計共十卷，五百一十一篇，分樂府、感興、詠懷、游適、居處、行役、紀贈、懷寄、酬答、送別、詠物、雜題、哀傷、聯句，十四種，依類分編，其詩用意用筆，造句遣詞，無一猶人者，宜昌黎極稱之，惟傷於晦澀，且有過於質直處，世稱郊寒島瘦，通集除登第後作一首，無一快樂語，說愁說苦，尤能窮神盡像，究其意境則至幽深，骨力則極峭直，蘇文忠雖不滿之，畢竟未可厚非也，雖非詩之正教，要自能分騷壇一席耳。

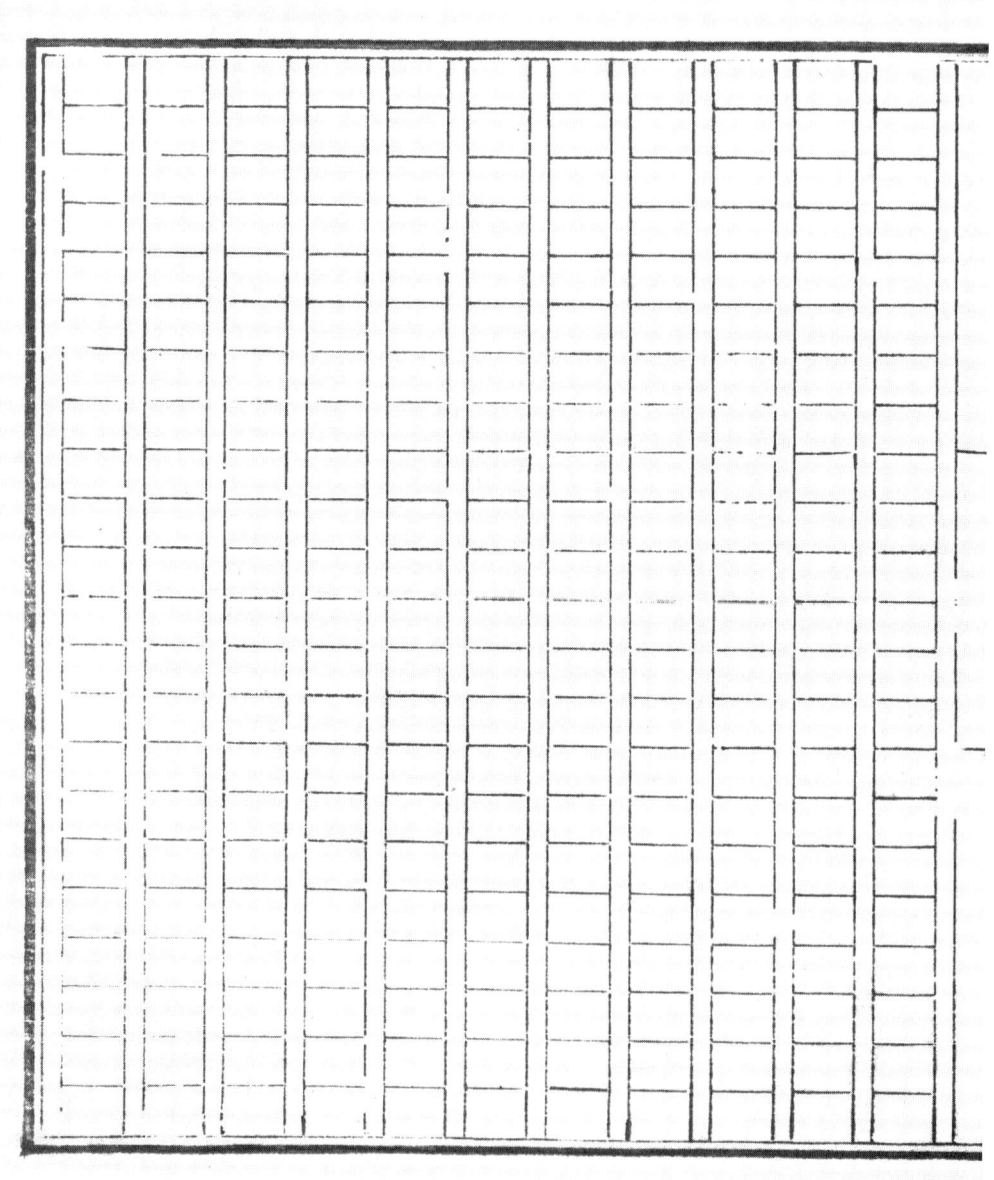

忍冬書屋日記選錄
第二冊

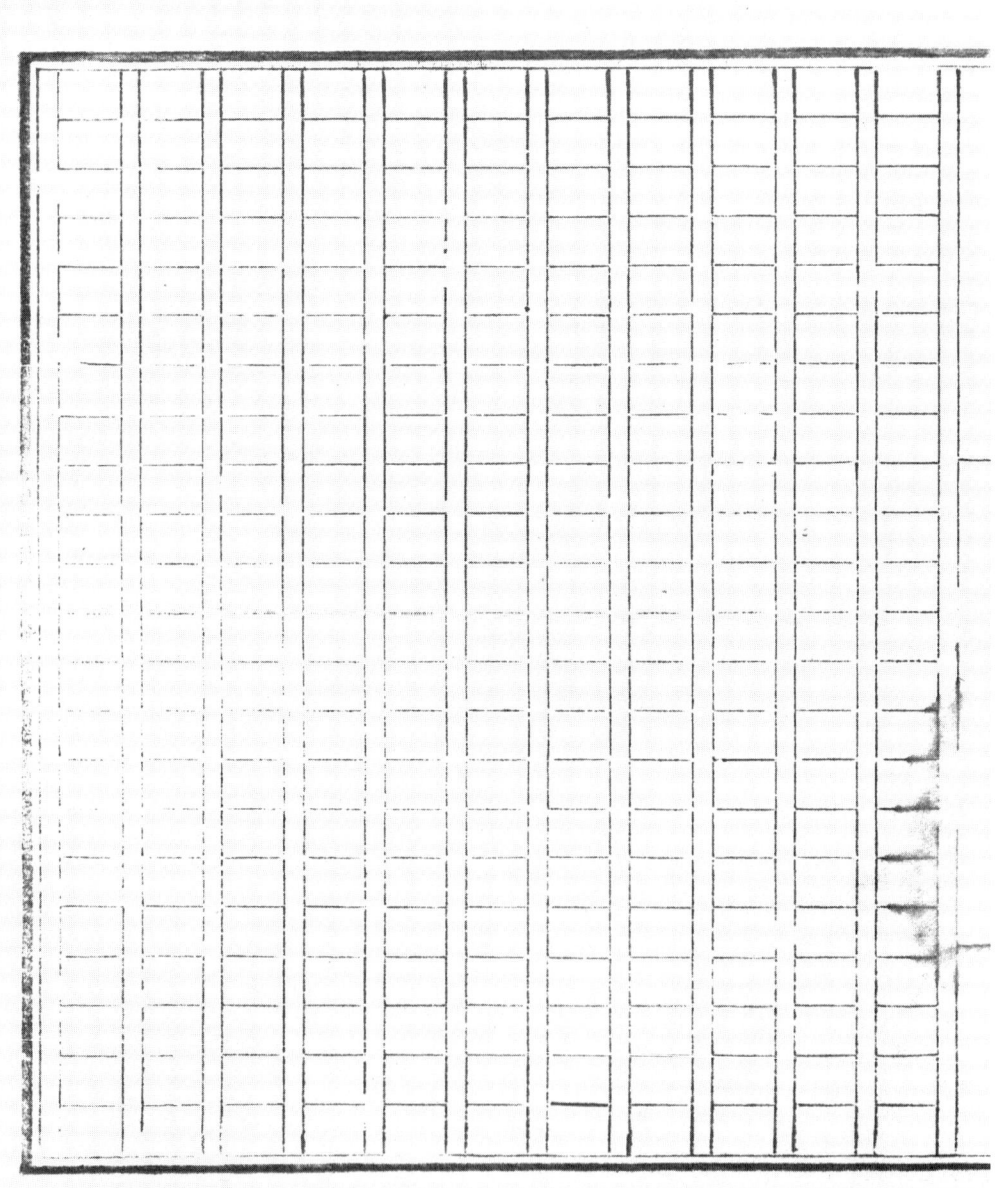

第一頁

甲子年

二月初一日

昨與二兒論求學之事，當以死法為始基，以活法為進境。蓋入手之初，必按照一定程序，一定訣法，步步蹈實做去，乃能有所得，迨既有得之後，必參用活法，乃能引申旁通，盡變化無方之術。世之學人，姿敏者好用活法，輕視死法，故基礎不堅，終無切實入裏之效；姿鈍者拘守死法，不知運用活法，故心思日滯，終無左右逢原之樂。非兩法參用未易成學也。

三月廿三日

高閬仙電告王晉老賀聯下句佳人來離離哉，何語出沈

約宋書樂志及郭茂倩樂府詩集。上句之子于歸宜其室

四月十九日

端女照陸方服葯如約，下午三四鐘後，狀益不[illegible]寧，喘尤促，至八九鐘後，漸見起色，入夜能少睡，及曉形狀益安熟，雖未甚退，似已不至內抽作風矣。內子看守三夜不得眠，手亦一夕三四起，因悟書曰：「若葯不瞑眩，厥疾不瘳。」足明病葯相戰之狀，又悟漢記第五倫自謂姪病則撤夜能眠，子病則一夕數起，謂私情之曲證，以古驗今，經史所言，皆極體物達情之功，為萬世所莫能外也。

五月初五日

歸震川集附王錫爵所為墓誌，歸先世名罕仁者，宋咸淳

第二頁

間為湖州判官。子道隆居太倉之項脊涇，熙甫之十世祖也。其後有名度者，道隆之元孫，當明初復居崑山之外隍。熙甫之父名正，縣學生。母周氏云云。蓋項脊軒所由名也。特記於此。

六月廿八日

昨聞王小航言，李子深侍御近況頗為浩歎。以八十高年遭次子不肖，蕩盡田產，勢將無以自活，不得已由蘆臺熟友設法介紹於董政國師長，月助四十元，委以顧問名目，聊為養贍。以前代遺老資格為貧所累，甘飲軍閥貪泉之餘瀝，尚何志節之可言哉。甚矣，境遇壓迫害人，至此真堪痛哭。昨與兩兒言及，不覺慨喟無已。特識於此，不知者未必不謂我故持苛論責人無已時也、因此念及吾同年張心如太史之五十作古、及張遠村太史之以李館自給、雖無子、而反得脫然、所遭尚是佳境也、命之阨人如是夫、可怕可怕、

十一月十七日

虞子畏贈以所刻其先德澹園先生（景璜）雜著八卷、前五卷說經及說文文字、頗有根柢、第六睡餘錄一卷、多儒家鞭辟近裏語、極為切用、第七隨筆一卷、考訂名物、是清儒考據家法、第八載野錄一卷、記載鄉里瑣事、間有考訂、象山陳伯弢（漢章）序之、稱其與袁質甫（甕牖閒評）異符同契、尚非溢美（袁時鄞人、南宋人）、

第三頁

乙丑年

二月初一日

今日署暇張問樵調查得同司同人卅五人共有子女一百二十八人以張季欽有子女九人為首何壽椿子女八人次之張向樵子女七人居第三林劍秋宗伯坪等子女各六人又次之伯坪則六男尤特色焉中國人生殖力如此固不患寡而患貧自在意中矣

二月初九日

張展雲賀孫伯恆續室聯云孫直講娶婦傳佳話馮夫人生子有瑞徵語甚典切予亦贈以一聯云南國詩賡摎木句東萊書就杏花時切續室切有妾切二月華贍則似過

之典重則稍遜也。

二月廿九日

閱林劍秋所纂政本昌言一周，主張亦無甚過異人處，文筆極為昌盛，多用偶儷，似學仲長統昌言、荀悅申鑒一派，自序竟有兩極之夢諸語，未免太可笑矣。官僚而兼留學生資格，又當發財升官得意之際，宜有此不自量而妄自負之語言也。

三月初十日

前在第一樓買得萬載謝旗章纂刑律表解一本，內分三十六表，於罪名、刑名等列舉甚析，以刑為綱，以罪為目，以犯行為節，三層既明，眉目釐然，誠有用之書也。用銅元

第四頁

廿八枚得之，價尤廉。

三月十一日

閱梁任公清代學術整理總成績，於一代學術綜括大端，各繫以論，不偏不漏，博洽之極。東方雜誌所載，略得讀其六七，原本係由清華學校講義抽出。如此極通極博有功于舊學者，甚大且多，以科學方法出之，當代未見第二人也。

三月十七日

聞旭初言，郝竹清三在濟南，於清明日病歿。素來熱中勢利，偏又貧病交加，年甫四十五歲，遽遘此變，身後蕭條，無貲有債，妻妾子女四五人，弟之寡妻孤子又二三人，將何以為生耶？可歎可歎。

閏四月十四日

昨為敬忱改詩，查得有正味齋文集羅兩峰墓誌以花之寺在琉璃廠觀音寺內，而梁士詒所作寺認花之詩句竟據何淡腴李木齋之說，謂即西四牌樓廣濟寺，不知何據。

五月十七日

十三日在廠肆購得法庫一部，共分六編：一法律要目，二訴訟全鑑，三警律大全，四登記條例，五公文程式，六訴狀菁華。吳縣董堅志新編者。逐加校閱，其第一編全抄陶葆霖法制概要（中學教科書），三四五編直錄原文，均無甚可取，惟二編詳述各項訴訟手續，有裨實用，六編亦尚可資採取。

六月初三日

第五頁

世祖順帝皆有至元年号，世祖稱至元共歷三十一年，其二十九年歲在壬辰，適亦到至矣，跋語相合。若順帝稱至元年只有六年，亦此不符，故定為世祖時刻本。

元至元刻嶧山碑（元世祖至元廿九年）、魏刁遵碑（北魏孝明帝熙平二年）、唐蘇靈芝書易州鐵像頌（唐玄宗開元廿七年）、夢真容記（唐玄宗開元廿九年）、無垢淨光寶塔頌（唐肅宗至德二載）、歐陽通書道因法師碑（唐高宗龍朔三年）、僧知常書藏舍利記（唐昭宗景福元年）、金琅邪普照寺碑（金熙宗皇統四年）、

六月初六日

神龍蘭亭正本（唐武后）、唐鄭惠王石記（唐高宗咸亨四年）、唐崔府君夫人獨孤氏墓誌銘（唐玄宗天寶二年）。連前粘八種，略考其年紀如下：至元（元世祖、元順帝）、熙平（北魏孝明帝）、開元（唐玄宗）、至德（唐肅宗）、景福（唐昭宗）、龍朔（唐高宗）、神龍（唐武后）、天寶（唐玄宗）、皇統（金熙宗）、鄭晉王（唐高祖之第十三子、原記列三代、曾祖太祖景皇帝、李虎追尊之号也、祖元皇帝、李昞追尊之号也、父高祖太武皇帝、李淵追尊之号也、然史書神堯皇帝太武之号，俟考）、咸亨（唐高宗四年，歲次癸酉）。

六月十二日

魏高貞碑大代正光四年立考正光為北魏孝明帝年號四年歲次癸卯但大代之號俟考

六月十八日

英歛之來訪未晤留贈所書聯云新得園林種樹法喜聽子弟讀書聲又將所著寱肴賸墨二卷留請~~請~~請參定因閱一過為訂校数条内有為子授室一聯云撫躬不是孩提責備端從受室起　轉瞬即為人父母劬勞須自育兒知語淺意切頗為可取

六月廿三日

池實山來找兩兒云柯良輩病已綿惙邀往同視至午時兩兒回言柯已于十時逝世年少英姿三房獨子其祖父

第六頁

母七十餘歲康健在堂，其母守節二十年養成此子，一旦摧折，舉家哀痛，都無生氣，僅伊二叔去歲生一男，不及兩歲，餘無次丁云云，聞之深為惋惜，因為製一聯云，

向字記頻年，歎文學好修，竟使三餘成一夢，

宿疴摧大命，倘英靈不泯，可能再世慰重闈。

七月初三日

五姪今早挈其子及陳姓，趁早車旋濟南，伊此次來家將　先祖及　大伯所遺陳設傢伙等具，變賣略盡，得洋約三百元上下，惟年節設祭應用各物，未至輕動，因由五哥與之言明保留之故，可歎。　大哥宦囊十萬元，貲產由其兄弟蕩盡，今復有此事，而吾諸兄弟並不相阻者，因

先祖母逝世時所遺衣物陳設即由大伯據而有之
先君及諸伯叔初並未與爭執及大伯逝世大哥
旋京辦喪即將一切席捲而東所留不過桌凳與粗重陳
設等件不便攜帶者又閱十七八年存在上房絲毫未動
今五姪有此舉動先期求五哥向大家先容予即自取
放任主義諸兄弟亦遂從同族中出此子弟賣及先祖遺
物本應阻止而予獨不然一以体先考及諸伯叔一
世寬讓之心一以表我諸兄弟十餘年毫不沾染之意一
以杜此兒再有覬覦之想初非輕視宗器漠不關懷也特
此筆記以示兒子
七月十五日

予昨集一聯云人貴自立民生在勤擬倩人書之。求表際雲所書朱柏廬治家格言共懸中堂以為持家之座右銘無論男女老少果能守此勤耗已足了一生作人也

第七頁

詢得北院各房諸姪名字生年如下。

秋坪房　一道誠生、甲辰　二迪誠生、丁未　三述誠生、己酉　四遵誠生、辛亥

叔鴻房　五適誠甲寅生、字興可。　六邃誠戊午生、字駿文。

志雲房　六迺誠丙辰生、字孟理。　八達誠戊午生、字用儀。　十通誠辛酉生、字季儒

幼宜房　維誠庚申生。

八月十九日

午後進署。顧仲亢邀同博新，偕至安定門外地壇舊址，今改京兆公園，游覽一週。中有世界園、書報室等，皆公園部分；其農林事務所、養蠶室及養濟南院，皆另為一部分，亦京尹之所屬也。又至京兆通俗館一觀，係鼓樓舊址改設者，昨日開幕。合觀兩園設置，具見經營辛苦，薛子良可謂

勇於辦事，半年之功，成此兩處建設，而財力既絀，用度亦省，馮派人物似此者，可謂首屈一指，非劉治洲等狹隘儉嗇，不通事理者之比也。

九月初七日

余在輔仁社講論語，其大旨如下，按論語分類講之，（如學類凡於文有學字者，采之，逐章講畢，再及他章，如仁類、禮類、孝弟類、義利類、君子小人類、命類、性類、詩類、書類、樂類，一一指道。）先講白文，次引儒先論說，次加自己案語，一章既畢，再進他章，將來一類全畢，再加總案語，以期貫串，不尚考據，務求推驗事理，以求著落，如有按切時事，或可參加新說者，亦所推及，大致用科學方法，從歸納演繹兩方

第八頁

面求之，如能假我数年，得以卒業，可成一部著作，即名曰論語類要，如再能講及孟子，亦以此法行之，或再成一孟子類要，尤所願也，將來果能成此兩書，庶不負乎数十年研究四書之心力矣。

昨與二兒上街散步，遇某生，蓋三中校之退學者，因曰：凡人就事，不数年而已屢改数業者，其業必無成，凡學生之轉易数校而不能得一畢業者，其學必無成。孔子曰：人而無恆，不可以巫醫，正是此義。

九月廿四日

昨與二兒言：當今乱世，加以生計迫人，士之稍有能力者，無不急思進取，以圖職業，爭權利，但熱中既切，遂不復知所審擇明明漩渦在前亦遲投入迨利未果收而害已及之悔之晚矣且權要所在人爭趨之近時升沉消長至為迅速冰山易倒利藪尤劇與其依草附木借勢於人何如就己所能謀一冷淡職業為人所不爭者既可久居又省爭競即勞苦較多權利較少亦并不失算吾自民國以來即以此策自處至今雖絕無升官發財之望而亦無啼飢號寒之苦落得夢穩心安長作旁觀態度孔子曰天下無道則隱正此義也隱不必山深林密如我所言亦何嘗非隱汝曹青年固非予望六之人可比但生此亂世不能識得此義則隨在皆危道也人雖至愚誰不願去危就安願汝曹深思之

二兒又問隱之術曰此事孔子亦嘗

第九頁

教我矣。中庸曰：國無道，其默足以容。夫默非第不言之謂也。凡不出風頭、不爭閒氣、不出侵人之語、不作妨人之行，皆是也。論語曰：邦無道，危行言遜。危者高尚之謂也。品格高尚則不貪財、不附勢、不爭權、不失己，皆是也。如能就此二義終身行之，決可遠災去禍，是即所謂隱也。至言遜二字，尤是遠禍要訣。古人云：禍從口出。書云：惟口興戎。言而不遜，即是禍媒，亂世更可怕。以吾所見，因言致禍者甚多，不可不知所戒。　再言字範圍極廣，如一開口、一動筆而不免發人陰私、笑人鄙陋、侵人利、妨人行為者，皆是不遜，即皆足以取禍，戒之戒之。

治家之法，對于財的方面，能應用經濟學，則日用不至匱

歐陽漸江西宜黃人深法相唯識精博絶倫又贛人桂伯華念祖初治華嚴後攸密宗又江西人梅光羲佛學亦深

又對於人的方面能應用教育學則子弟可望有成李斯二者行之以實力持之以恆心孜孜矻矻必使數十年如一日但非運氣太壞自有成效可期或作或輟仍無當也

九月廿五日

甲寅週刊載歐陽竟無通函主張支那內學院之學（名漸住南京半邊街支那內學院）冀以講明佛學救世一陳所學之目的二陳求學之方法三陳現得之學理四陳現學之科目意於宗教科哲學外別樹一幟其現學科目一唯識學二法相學三因明學四印度哲學五印度歷史學六佛法律學七佛法心學八佛法美術學九梵藏學英日文字十中國文學所言名理甚深惜予淺薄不能知解而所標創菩薩以他為自

第十頁

之教育宗旨則甚明顯，章行嚴不能答。屬劉蕙農（異）校跋

付刊。

又有江西汪國垣（辟疆）光宣詩壇点將錄。為王闓運（湘綺）、蓋陳（散原）

三立江（宋）、鄭孝胥（海藏）義（盧俊）、陳寶琛（拔虎）用（吳）、清道人李瑞（梅淑）清勝（公孫）、陳衍（石遺）武（朱）

寶廷（柴進）、李慈銘（越縵）應（李）、袁昶（忠節）勝（關）、林旭（晚翠）沖（林）、范當世（伯子）明（秦）、周樹模（伯園）灼（呼延）、樊（雲門）

增祥平（董）、陳曾壽（仁先）榮（花）、曾習經（蟄庵）寧（徐）、沈瑜慶（濤園）志（楊）、左紹佐（竹勿）超（索）、趙熙（堯生）清（張）

梁鼎芬（節庵）全（朱）、俞明震（恪士）進（史）、沈曾植（寐叟）弘（穆）、黃節（晦聞）信（黃）、華焯（瀾石）立（孫）、吳士鑑（絅齋）贊（宣）

黃紹箕（仲弢）文（郝思）、夏敬觀（吷庵）滔（韓）、諸宗元（貞長）玘（彭）、梁菼（公約）珪（鄧廷）、陳銳（伯弢）國（魏定）、陳懋鼎（徵宇）鵬（歐）

李宣龔（拔可）飛（鄧）、張元奇（珍午）順（燕）、秦樹聲（乖庵）麟（馬）、陳衡恪（師曾）達（陳）、楊鍾羲（子勤）春（楊）、楊增（昀谷）

犖林（楊）、姚永概（叔節）通（周）、金和（亞匏）深（魯智）、黃遵憲（公度）松（武）、蔣智由（觀雲）度（劉）、邱逢甲（仙根）橫（雷）

易順鼎（實甫）夏（李逵）、曾（劉女）佑青（燕）、楊度（晳子）雄（楊）、嚴復（又陵）秀（石）、曾廣鈞（重伯）珍（解）、程頌萬（子大）宝（解）章

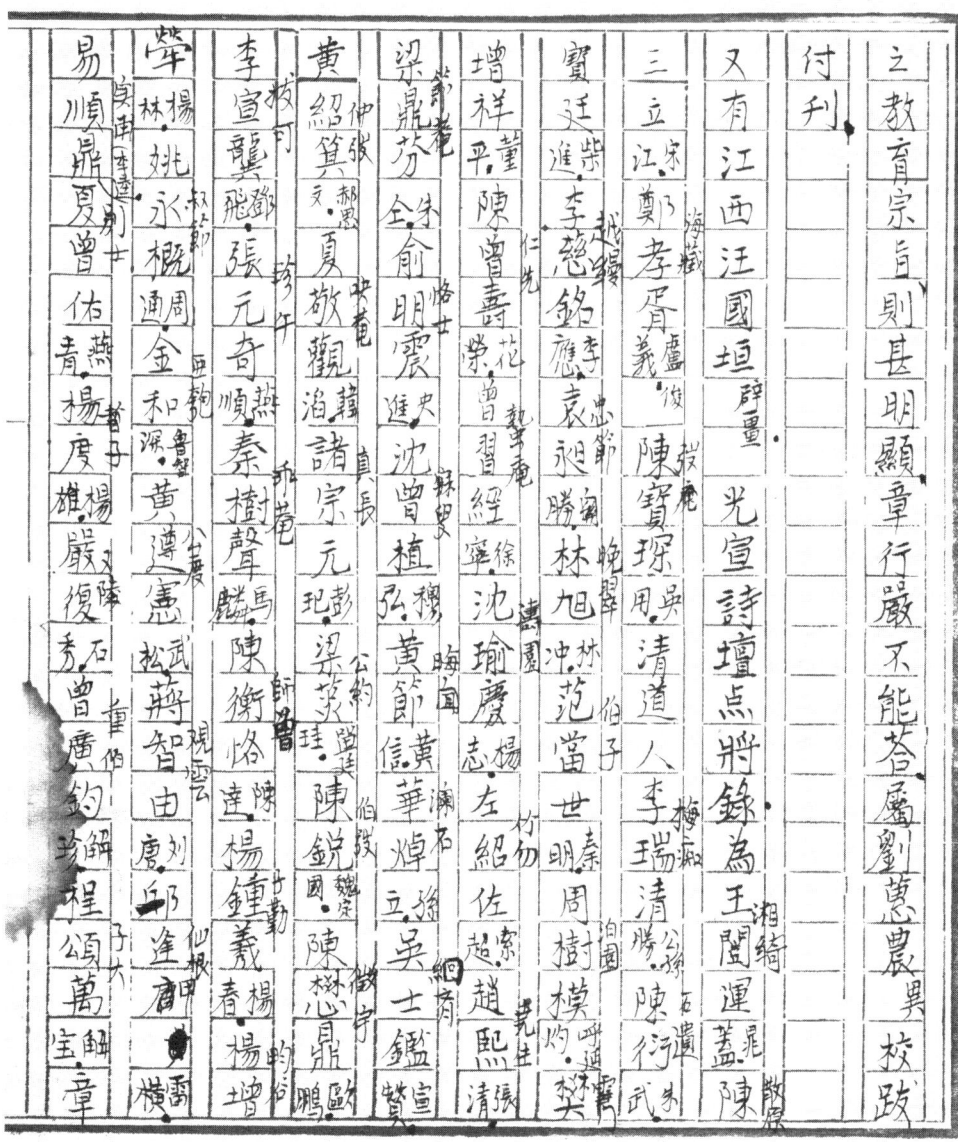

史義集句有靡塵
集壽集義山

炳麟(太炎) 樊瑞 譚嗣同(瀏陽) 鮑旭 黃侃(季剛) 項充 劉光漢(申叔) 李袞 吳保初(北山) 施恩 丁惠康(叔雅) 薛勇
鄧方(秋門) 穆春 李希聖(亦元) 李忠 吳用威(寰齋) 鄭天壽 張謇(嗇菴) 宋萬 周家祿(彥昇) 杜遷 周星譽(畇叔)
鄒淵 冒廣生(鈍宧) 鄒潤 李葆恂(文石) 龔旺 林紓(畏廬) 丁得孫 朱銘盤(曼君) 焦挺 劉光第(裴村) 石勇 梁
鴻志(眾異) 呂方 黃濬(秋岳) 郭盛 羅敦融(癭公) 孔明 羅敦㬊(复菴) 孔亮 朱祖謀(彊村) 李俊 王鵬運(半塘) 張橫
鄭文焯(叔問) 張順 馮煦(夢華) 阮小二 文廷式(道希) 阮小五 況周儀(蕙風) 阮小七 王允晳(碧棲) 童威 潘博(若海) 童猛
以上八人皆詞家 翁同龢(松禪) 孫新 黃體芳(漱蘭) 顧大嫂 張之洞(文襄) 張青 江標(建霞) 孫二娘 張百熙(冶秋) 朱貴
柯劭忞(鳳孫) 杜興 吳慶坻(子修) 李立 嚴修(範孫) 王定六 康有為(南海) 戴宗 方爾謙(地山) 蔡福 方爾咸(澤山)
蔡慶 惲 樂和 林 時遷 沈 丿 段景住 潘 白勝 廉泉(南湖) 王英 吳芝瑛 扈三娘
顧印愚(塞向翁) 蕭讓 胡思敬(退廬) 裴宣 胡朝梁(詩廬) 蔣敬 饒智元(石頑) 孟康 吳俊卿(老缶) 金大堅 史久
榕(竹坪) 侯健 顧雲(石公) 皇甫端 王乃徵(病山) 安道全 李詳 湯隆 梁啟超(任公) 凌振 劉世珩(蔥石) 李雲 陳詩(子言)
曹正 陳夔龍(庸庵) 宋清 敬安(寄禪) 朱富 徐世昌(水竹村人) 陶宗旺 孫雄(師鄭) 郁保四 共一百八人以水

第十一頁

澍傳緯號分綴。亦有近似者。予於諸家之詩。見者約三之二。此錄於北方詩人。如王晉卿諸君。皆未之及。或亦畛域未化歟。宗室推宝竹坡。漢軍推楊子琴。釋子推八指頭陀。女子推吳芝瑛。至徐東海詩學。并不甚深。而亦列入。則以曾任總統也。如此進退。未為公論。

九月廿九日

偕陸君至西什庫東夾道達古齋。見其掌櫃霍君。清苑人。引看所陳骨董書畫金石甎片造像等。四面環室。略看一週。有殷墟龜甲甚多。比北大所藏為更巨。又有秦詔板。漢押袖。有背無文識者。子岡刻玉。漢銅印。北魏造像。漢磚。古俑。鎏金烏几。尊。鎏金漢弩。古盔甲。石像。陶像。木像。古碑。古陶器。明板書籍。清初漆櫃。古玉。舊印章。南宋杜衍寫金剛經。元趙松雪寫經普门心經。又有明人大軸畫数十捲，或得見，或未得見。大致各物無在百年以内者。霍君人極精明，亦略知畫，但未通耳。然所搜羅亦云富矣。

十月初四日

今日在校聞蕭明九大病，其原因係為運動國民會議代表選舉失敗，喪却餘資千元，添加新債千元，痛惜懊喪，勞累三者交併，遂成此疾。可知人苟有分外行為，其得之者不過百一，其失之者乃至十九，而徒多此一番勞力，徒賠此一場病苦。人亦何心而不守分安遇哉。此君兼京通三四處教席，終日奔波辛苦，十年始積有餘貲千元，良非易易，而遽以一念熱中喪之，亦太冤枉矣。而又負債，又害病，實

第十二頁

可謂極冤極枉而皆由于自取夫復何尤

十月初五日

與則兒言人之一生言行無一時不當致慎至三十歲前後有妻有子則尤當加意蓋彼妻與子者其言行皆視我之言行為標準為轉移終日終身規規矩矩尚恐其不能盡孚不能默化一或不慎遂啟輕視效尤之心久之心有乖離怨望輕慢諸獘孟子言身不行道不行於妻子詩云刑于寡妻宋賢云晝驗諸妻子夜驗諸夢寐皆此旨也

又言人之衣飾以適體為主次則求美觀亦人之常情而要必以一己之經濟程度為標準過則為奢不及則為嗇皆非也孟子言今聞廣譽施於身不願人之文繡孔子以

恥惡衣惡食，為未足與議。此二者陳義甚高，非一般中人所能企，即如我亦非不好講究衣服之適体者，但以自己財力所限，至此而止。間亦製有一二件美觀者，皆隨時節省用之，生平衣服已用过二三十年，尚不澈舊，蓋服用收藏皆有定法，始雖稍費，積久計之，亦尚不至於奢。從未嘗為衣服賒帳欠債，蓋此等什物本不能生利，已不經濟，何堪再事糜費以自累耶。汝等二人自入大學後三四年來，已漸染挑檢衣服之習，是好浮華心理已自發動，在青年人固所難免，但現在為家庭約束力所拘，個人經濟力所限，故未得快意為之，所謂是不能也，非不為也。此心一萌，急當克治，勉言克治，何從下手，還須以我之生平辦法為

第十三頁

辦法將來或不至自己受累一切朋輩之訕笑僕役之白眼皆可不必措意也謂予不信可將此言絕記錄待之十年以後再看驗否

十月初六日

國奢則示之以儉此在晏平仲居高位負重望有治也治人之責者始有力可為有效可計我輩實無能為役也乎則曰國奢則示家以儉力從狹義求之所謂示者先從自身做起一要量力一要有恆一要合中不奢不嗇始為合宜生平於此致力已數十年默察家中雖不能默化潛移完全就範已大致不甚出入不為無效更宜勉力行之

閱劉靜修先生文集　古里氏名字序云吳景初請為其

子制名自敘為女真人本姓古里氏以女真諸姓今各就其近似者易從中國姓故古里氏例稱吳已數世矣予大以為不可夫姓氏乃先世有所受而傳之子孫其脉絡截然有不敢毫髮乱者今非有所禁而自絕本根附於他裔顧乃因仍苟且徇於流俗而不恤云云今自民國之初京外滿族多有自易其滿字某某氏為漢姓者予謂民國本以五族共同立國並非獨尊漢族不準他族列於平等何必自外乃爾今讀劉集乃知五六百年前俗情已如此殊可浩歎

十月初十日

昨代周英銳作李聯堃挽聯

云断脏裂胞聞者慘痛

第十四頁

排空馭氣魂兮歸來。聞李於今年八月投室既有此變
其妻亦不食八日而死。殉夫大節。比李之死于非命。蓋尤
尚矣。

廿五日

十一月廿四日

昨閱新道德論。日本浮田和民著。周宏義、羅普合譯。係歐
戰後所作。主持新舊之間。頗能折中。譯筆亦清顯易讀。
閱林紓畏廬論文一本。所言文筆義法大例。頗能引據。有獨
到處。自是當行名論。惟有持之過高。過偏處。未免文家結
習。以思想太舊。毫不肯變通故也。

十二月初一日

昨閱儒教與現代教育思潮一卷，鄭子雅編譯，係白話体，内分儒教與民主主義、與功利主義、與主觀主義、與個人主義、與平和主義，其中根據論理引証經傳不少，頗不至偏于新激，講仁義性情等義多駁語儒先語，却亦有致，蓋以論理與哲學為主，其根本主眼本自不同故也。

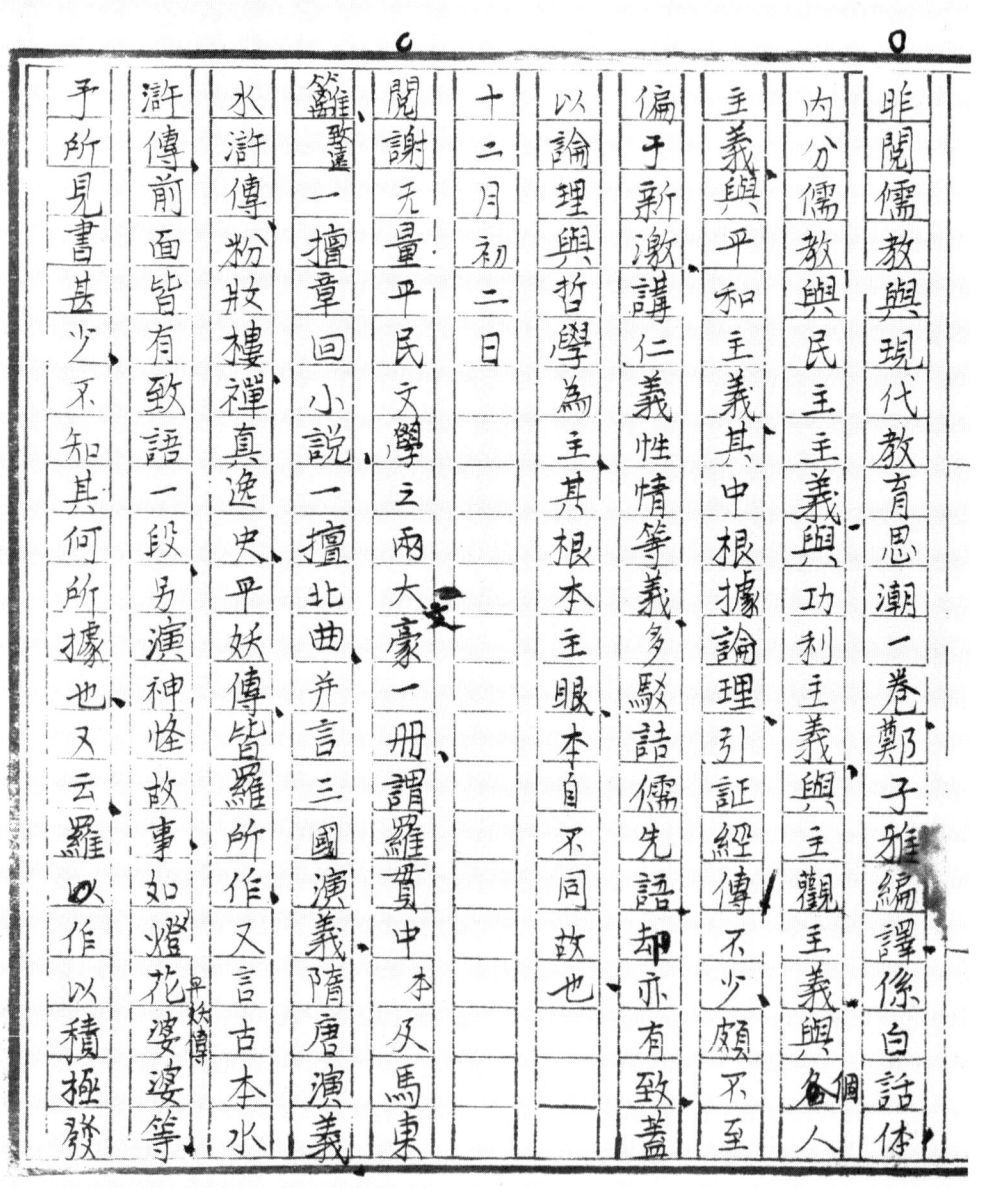

十二月初二日

閱謝无量平民文學之兩大文豪一册，謂羅貫中本及馬東籬（致遠）一擅章回小說，一擅北曲，并言三國演義、隋唐演義、水滸傳、粉妝樓、禪真逸史、平妖傳皆羅所作，又言古本水滸傳前面皆有致語一段，另演神怪故事，如燈花婆婆等（平妖傳），予所見書甚少，不知其何所據也。又云羅以作以積極發

第十五頁

提平民革命主義焉作以消極發揮平民厭世主義皆元代異族壓迫所受刺激太深故作用以代表當時民族思想各舉出書中語句作証亦尚有穿穴之功

十二月初五日

昨購得佛家哲學一本係第一卷法相宗哲學四川杜萬空所撰分析八識用淺語解釋頗易了解此外尚有七卷二法性宗哲學三天台宗哲學四華嚴宗哲學五佛心宗哲學（即禪宗）六真言宗哲學（即密宗）七淨土宗哲學八佛倫理哲學（即世間法）合成全部惜未得見　此書名標中華哲學後編共八卷尚有前編則論老儒墨耶回各家共一卷又有實踐哲學綱要

十二月十三日

閱南燼紀聞一本宋黃冀之撰黃與阿計替為姻婭此書即阿計替所記徽欽二帝朱鄭二后被擄生死諸事阿計本河北[illegible]州民為州介吏後從金將鉄力其姓名為朱德成因貌似鉄力之兄故易此名即押送二帝二后至燕京者又移[illegible]安肅軍雲州五國城西江州筠從州源昌州等處往來七八千里又從欽宗復自源昌州回燕京為金完顏亮射死于鞠場凡十年周旋故館所記尤詳多宋史所未及此書黃氏歷世家藏昌邑陳明侯購得其稿林畏廬序而行世

十二月十九日

第十六頁

昨作二科打油詩錄如下：

郝顧潘張郭李王，朱林馬紀李周姜。咨函批令隨時辨，苦辣甘酸各自嘗。有飯誰還來僕僕，無薪周是意皇皇。莫嫌冷署多沉悶，時見朋來說二簧。

今日以示本科同人，無不哄然，因其紀實也。

十二月廿五日

黃夢九云：家居研究，以吳菊通《溫病條辨》、王夢成《溫疫經緯》及徐靈胎十二種、陸九芝《世補齋醫書》前後編為便利顯亮，且不似南派溫補，與北人非宜。至張子和《儒門事親》多主攻下，不甚穩妥。此外南派各書每不合於北人。惟朱氏丹溪《心法》則甚精云云。予不知醫，不知其所論如何，姑識之。

閱劉萬空心經實踐哲學綱要此即自號圓滿哲學研究
者並創為平樂宗之名目者其所著有中華哲學前編詳
孔老耶諸家後編佛家哲學共八卷前見其第一編專言
相宗餘七卷未得見此篇係根據心經按因明五支法逐
節分解其大義雖不免時有夸詞所闡亦頗合理彼所擬設
哲學小學校即以此為課本如能詳細講受亦可輸入知
識不少但恐不能如所自夸之十一特色之大效耳
日本井上圓了所著哲學綱要前後二編分述東西哲學
前編列對照歷史上諸家之說可稱哲學小史可知哲學
外部之關係後編本論理發達之規則自初门次第以進
迄其蘊奧專論純正哲學可知內部之組織分画清析說

第十七頁

述明瞭，雖出板稍久，人目為舊，而較之近時出版之哲學初步，哲學綱要，為有條理，蓋井上圓了為日本哲學博士，主張輪化論者，其學固有根柢，非稗販勦說者比也，它日當詳讀，並旁參他書，以研習之，

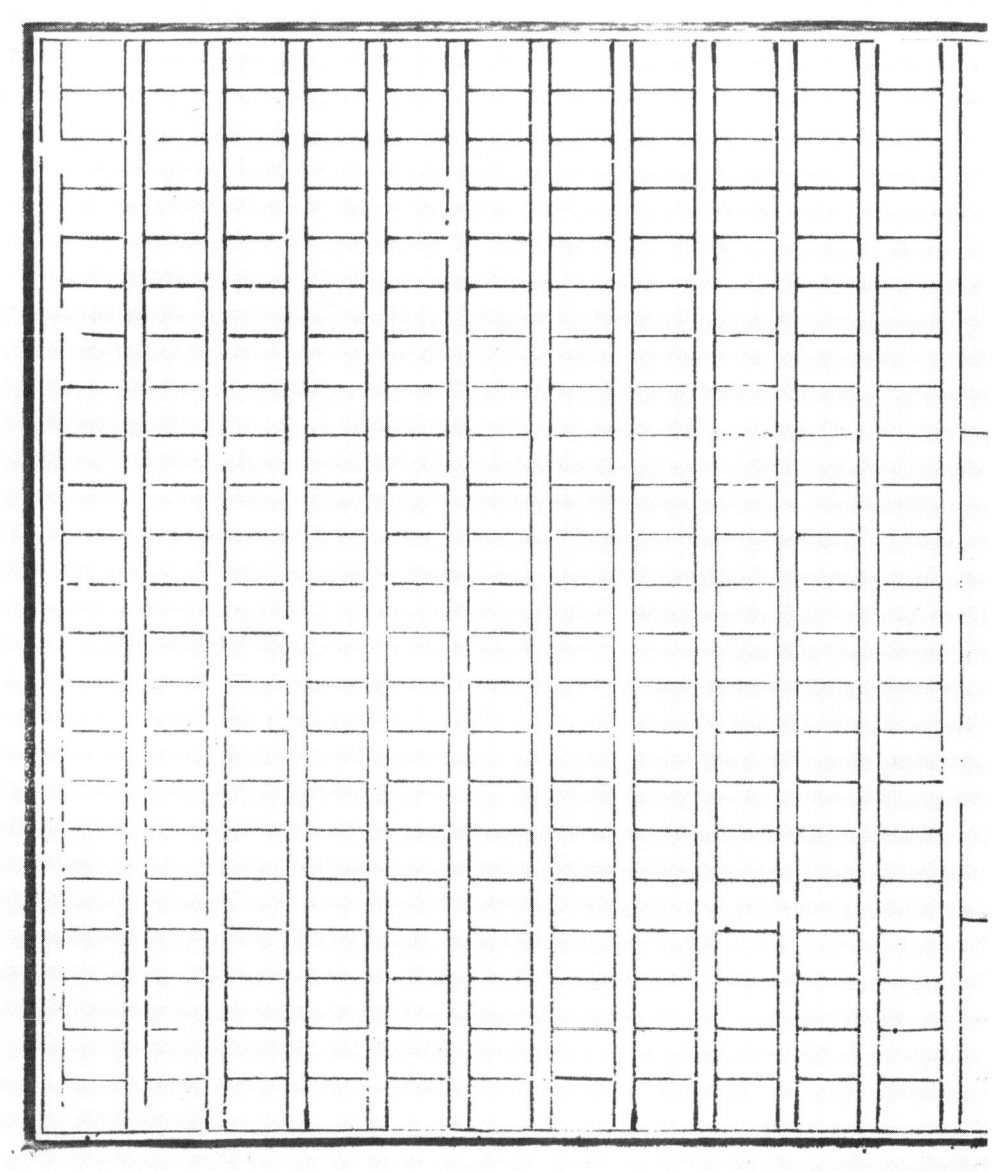

第一頁

丙寅年

正月十一日

趙惺吾來談，送到清宮善後会委員徽章。予因偕長兒携証至清宮中路一遊。本日所開放者，為中路乾清宮、坤寧宮等處。內分古物陳列室十有一所。所見書畫、緙繡畫佛、古銅彝鼎、各代瓷器、文具、繡品、琺瑯、雕漆、玉器等，甚多。綜計不下千件。琳瑯滿目，美不勝收。俗言富貴不過帝王家，此不过其百分之一二，而瓌異珍奇亦已如是。即約略估計其價格，總在千百萬元之譜，真偉观也。

正月十二日

午後挈二兒往清宮遊一週，所經為內西路，凡六宮，皆得瀏覽。又有新設圖書館、陳列室、內宋元明板及舊抄精本書甚多、又有明板佛經、及寫經等、為外間罕見之品。

正月十三日

午後挈大兒往清宮外東路一遊。所歷皇極殿、寧壽宮、養性殿、等處。內有文獻部陳列室、三處、所陳列者、為歷代名人畫像、清代帝后畫像、南巡圖、光緒大婚圖、平定回疆安南等處戰圖、国書、冊寶、御用冠服、兵器、古樂器、等甚多。又至文淵閣、看四庫全書、圖書集成、等皆希世之寶。而養性殿內、所陳大玉製壽山、福海、大禹治水、等三件、尤罕見。又有宣統及其妻妾作品、不過幼稚文字、無甚可觀。亦有玩具賭具等件、皆近年之物。統上各處陳列品、盈千累萬、記

第二頁

不勝記。窃謂海內珍物，當於此歎觀止矣。

正月廿三日

明陳士元著《論語類考》四冊（湖北應城人，湖北叢書本），此書似時文家所用之類典，而考据尚詳，大致一覽，窃意不如清代漢學家所撰《四書釋地》、《鄉黨圖考》等書之精，然在明代空疏諸學人中，尚称可傳者。又見韓文公《論語筆解》二卷，係與李習之同撰者。書首有明鄭鄤印行序文，大致一覽，書中專駁包孔二家古注，義多迂曲，且有肌改經文之處，如（以杖叩其脛、易叩為指等條），其精粹去朱注遠甚，不知何以盛傳，豈以二公文名太高，不敢指摘故耶？（古經解彙函本）以上二書皆著錄《四庫》，其評陳書謂糾譌補漏，頗不肯為苟同，於韓書則僅考据李曰

清陳景雲韓集點勘注論語十卷，係張水部祭韓子詩"魯論未訖注，手蹟猶微茫"，則此云十卷共乃未成之書也，今所傳論語筆解出後人僞託。又遺文答侯生問論語書注云為作論語傳，未成而歿，見於張

錯祭詩辨于洪慶善之說其甚明今世所傳如宰予晝寢以晝為畫子在齊聞韶三月不知肉味以為作音浴乎沂以浴作沿子在回何敢死以死作先[illegible]甚鄙淺然如伊川之学其皆取之

之為李翺未加評隲。愚謂此書曲解甚多。如作者七人一条七年即戎一条等，不勝舉，雖出文公不可為訓。又該館所藏論語類有論語訓（王壬秋著）、論語意原（經苑叢書本）、論語䟽度（犢有誤字）、論語今釋、論語類抄、論語集解、論語魯讀考（功順堂叢書本）、論語古訓、論語孔注辨偽（鶴壽堂叢書本、功順堂叢書本）、論語集解義疏（知不足齋叢書本）、論語古注箋各書，為予所未見者。餘如何晏正義、朱子集注等恆見者，不悉記。

意原、集解義疏二书の庫共録

朱芷翁寄來素園晚稿第七共二卷。詩多泛泛應酬之作，間有一二有關係者（如落葉等）。如落葉等，後而用字用典塗飾太過，致本意全晦，不知所指為何，無詠物家不離不即之妙。文則全不似古文，直同說帖。敬記。此老學問造詣只如此，終

第三頁

不免為門外漢。但以八十高年，猶勤於筆墨如此，足見精力過人，不易企及也。

正月廿四日

在公校查四庫提要論語類，知論語意原二卷，為宋鄭如諧作。并錄得類考卷廿、筆解卷二兩書，評考各語。

正月廿九日

閱皇侃論語疏叙，分論字解釋有五六重意思，甚詳析。

孔子言性與天道不可得聞。傳曾子、子貢，僅言一以貫之。老子論道，云無以名之，強名之曰道，而必抱一以為式。佛雖有性相各宗，解說極詳極析，而最上乘卻不立語言文字。凡此皆所謂向上一層也。雖所見不必盡同，但必有此最高之一境在焉，不待言也。後來儒者，如羅仲素、李延平，教學者靜坐中，看喜怒哀樂未發以前氣象。陳白沙云：靜中養出端倪。王陽明主先立乎其大。程子云：會得底活潑潑地，不會得底只是弄精神。此外如曰虛靈不昧，如曰天理沖漠無朕，渾淪惟一，如曰宇宙全体渾是一理，充塞流行等語。雖有語言文字，不曾說明是何事物，是何景象。中庸、大易此類尤多。吾人略讀經書，及儒先語錄，於此等語言似亦略有知解。但子細按尋，終覺不合。至所謂向上一層者，更不待言矣。予疑此等非真有存養体認工夫，無論為難為合，不能見之。僅以讀書習事、明理制欲為事者，恐尚無從窺見。生平所學，僅到此境，所云向上一層，全未夢

第四頁

見即讀此等書亦不知所言云何曷勝愧疚。竊謂欲求此層，自以存養体認為下手處，而要必以靜坐為先。程子以靜坐為善學，蓋此義也。但靜坐如何便能體認天理、存養天倪？儒釋老佛之分別全在此處，又如何能分別得出？此尤無從著手也。主靜如何能立極？主一如何能無適？如何是操存省察？如何是提撕喚醒？皆須有一番工夫，非文字語言所能詮解。

二月初一日

閱此漢字義，其解義利二字，說得極細。大致分為五類：如求名，如覬效，如徇己自私，如徇人情而為之，如有外慕的心等。各々加以解說，實為切用之學，當印出與諸生講之。

又論鬼神篇，亦分四類：如鬼神本意，如祭祀祀典，如淫祀，如妖怪等，亦多精理明言。論五常篇，尤多粹語，極左右逢原之旨。末後說仁處尤親切。

二月初七日

閱清華週刊第二十四卷十、四、五、六期，載梁任公所作国產之保護及獎勵一文，字字極痛極切，足使宣傳共產主義者，關其口而奪之氣，真有關世局之要文，宜重新刷印，散布各學校，為青年学生講解，使之明白，免入迷途，亦一功德也。又同卷十二号載梁氏所作龍游縣志敘，十三号載梁作讀書示例荀子，十八号載梁作莊子天下篇釋義，均於舊學有極精密通切之效益。又十二三号載梁作印度之

釋義只完墨子宋子二家，不知後已完否。

第五頁

佛教一文未完，惜皆深愛之，而不得一一手錄之也。

二月十三日

閱梁任公、胡適之、吳虞（又陵）三家所列国學書目，其間所綴論說，以梁胡二氏為多，為適宜。吳氏則無甚論說，但所取則甚謹嚴。合觀三家，雖曰以簡要為標準，但在中大各級学生課餘讀之，仍覺其繁。即專修国文者，亦未必能盡讀。他日當就此再別擇之，以為弟子法。

二月十九日

明儒學案節羅文莊公（欽順）讀佛書，辨於諸經論語錄，研究極深。詳明儒佛言心言性幾微不同之處，分析極細，似從來儒家闢佛者，皆不能及之。惜予學識太淺，於儒於佛，所謂向上一層均無所悉無從識其當否但敢斷言此決非昌黎所能及耳。文莊自言老子外仁義禮而言道德。徒言道德而不及性命，聖門絕不相似，自不足以亂真。所謂彌近理而大亂真，惟佛氏耳。此論昌黎未嘗道著。高景逸曰：先生於禪學尤極深討，發其所以不同之故。自唐以來排斥佛氏，未有若是之明且悉者。與予言若合符契。

二月廿五日

朱柏廬大學講義，語至切實，自是確守程朱者。篇中亦閒駁姚江格致一章，仍從補傳。孝先生為明季遺老，其學確守程朱，知行並進，一以主敬為程。所著有愧訥集及大學中庸講義，又患學者空言無實行，復作輟講語，一反躬自責。

言尤痛切。惜未得見，僅見此講義，已略窺一斑矣。至治家格言，則自幼熟誦者，不復及云。

二月廿六日

計連三四日之工，將論語類要中，仁類總案二道作成。凡參考各書，如程子識仁篇、顧涇陽、劉蕺山識仁篇附說、朱子仁說或問滙參、延平問答、陳湻北溪字義、陸王諸儒学業、黃百家求仁篇、阮元論語論仁篇、梁啟超儒家哲学、梁漱溟東西文化及其哲学、說文解字注、經籍纂詁等十餘部而成，用力亦云勞矣。即此益歎前人大部著作之難能可貴也。

二月廿七日

閱東方雜志廿一卷十八号載日本服部宇之吉所講孔孟敎根本

的思想一文，於仁義二字体認頗真，析理甚洽，非深通中國經書研究有心得者不能，已另紙錄其重大要。又梁任公作清代整理舊学總成績文，內有謝蘊山啟昆廣西通志例目，內分訓典、四表、九略、二錄、六列傳五項。章實齋学誠湖北通志例目，共七十四篇，內分二紀、三圖、五表、六考、四政畧、五十三傳。湖北掌故例目，共六十六篇，分吏科目四、戶科目十九、礼科目十三、兵科目十二、刑科目六、工科目二。湖北文徵例目，共八集，內甲集上下，正史列傳，乙集上下，經濟策要，丙集上下，詞章詩賦，丁集上下，近人詩詞，亦另紙錄下。又記得清華週刊內，有梁氏為某君作龍游縣志序，所言能補章氏所未備，亦可參考。他日如吾邑能修新志，当訪求以

第七頁

取裁也。

四月廿三日

朱允倩（名駿声，江蘇元和人，道光間舉人，安徽黟縣訓導，錢辛楣之弟子）所著有六十四卦經解八卷、尚書古注便讀四卷、詩傳箋補十二卷、儀禮經注一隅二卷、夏小正補傳二卷、大戴礼記校正二卷、論孟塙解二卷、懸解四卷、經史答問二十六卷、天算瑣記四卷、數度衍約四卷、戰国策評四卷、離騷補注一卷、淮南書校正六卷、說解前卷、小学識餘四卷、說叢十二卷、白描詩錄二卷，又手自刪存古今体詩五百首、賦二十首、古文五十首、詩餘二百首、時文百首、帖体詩百首。曾于嘉慶二十四年仁宗萬壽獻詩頌，于咸豐元年十一月將所著說文通訓定声一書呈請礼部代奏進御，是年十二月奉章旨留覽并賜国子監博士銜。此書凡十八卷，附補遺十八卷，則其子孔彰所錄補訂之文也。其原進書呈文中云，先之以東字，終之以韵準，附之以説雅等語。予所藏石印本無之，恐非全本。書中大体足為許氏功臣，惟轉注一事獨標新例，錢子訾警叔重，其弟子朱鏡蓉於跋後附箸四不可解説以申明之。余於小学未通大畧，不敢断其得失。　先生之孫朱君紹濱（名師轍）亦博雅之士，能承其学者，近在輔仁社任歷史教席，尚未謀面。見其所著商君書解詁一册，聞其尚擬謀刊先生遺書，当注意探詢之。

五月初二日

明洪武中，派定同姓命名二十字，若親王生子，或生孫，即

曲阜至聖裔，明崇禎初，有衍聖公衍植者，重修宗譜，定擬以十字命名，派分世次，曰興毓傳繼、廣、昭、憲、慶、繁、祥十字。既盡，族長更擬十字為率。而顏、曾、孟三氏亦取以為式，襲用至今不易。

第八頁

上聞，下宗人府，依派立双名，每一世取一字為上字，如所派高、瞻、祁、見、祜、厚、載、翊、常、由、慈、和、怡、伯、仲、簡、毅、建、先、猷是也。其下一字從水、木、火、土、金相生字類（見魏崧壹是紀始）。以予所知，前清一代自乾隆以下，如弘、顒、旻、奕、載、溥、毓、肇、恆、祺等十字，凡近支宗室皆依次命名。自乾隆至宣統僅及溥字，明則僅及由字，皆未滿原擬字數，帝祚遂終。其傳衍於後者，則仍繼繼繩繩也。若至聖裔及亞聖裔，命名序字，其傳尤長。信師儒遺澤，尚非帝王所能企及云。

五月十四日

8

閱北大發行國學季刊第二卷第一号，見所載者為胡適之戴東原哲學（全）、魏建功戴東原年譜（半）、容肇祖戴東原説的理、及求理的方法等、三論文、皆表章東原、不遺餘力。案東原本治漢人名物訓詁之學、在清代漢學家中、可称一大宗。晚乃昌言義理之學、力駁宋明諸大儒、其宗旨悉在所作孟子緒言、及孟子字義疏証兩書為多。其所言理、謂條文理物理之理、非宋儒所謂理欲对待之理。朱子所謂人欲者天理之反之理。又言理者情之不爽失者也。情之至於纖微無憾、是謂理。因立以情絜情四字為準。以強恕是學、二者為去私去蔽之道。其言似根據孟子。間參以荀子勸學性惡之説。即據以攻擊朱陸王諸儒。而以為名高。当時其弟子學友、頗有服從之者。如王懷祖父子、程綿莊、孔巽軒、阮文達、段懋堂、江子屏、焦理堂諸人。反对者、如

第九頁

姚姬傳、朱笥河、翁覃溪、程魚門、彭尺木諸人，最後如方植之作《漢學商兌》，詆之尤力。近年梁任公、胡適之諸人則表章之、崇拜之，至謂其用窮理致知的學說反攻程朱，其論性、論道、論情、論欲亦用格物窮理方法，根据古訓作護符，根据經驗作底子，所以能摧破五六百年推崇的舊說，而建立他的新理學，從歷史上看來，可說是宋明理學的根本革命，也可說是哲學的中興。等語。其實戴之所標舉仍不出孟荀二家，其攻擊朱子，至謂「意見殺人」，謂「宋學所謂理全是一己意見」，并謂「晚近人死於法，猶可死；死於理，則萬世不白其冤」，甚謂「宋儒徒為尊者、賢者張其說」云云。不知三綱之說本出漢人（記是班氏白虎通），并不出於宋儒。程朱學說本有體認天理及即物窮理二者交進之法門，並不落於玄虛。如陸王之尊德性，而稍近禪学，即以求知論之，朱子何嘗不讀書，何嘗不窮經，何嘗不通訓詁名物，一切解經之作，何嘗不節取漢儒，特不拘拘墨守，如漢學家之襞績補苴已耳。戴即本其特長夙業，以與朱子較量短長，尚未知勝負誰屬。況以晚年餘景區區所得之義理，遽謂掩出其上，足以摧破五六百年舊說，未免太遠於事情。梁胡諸君出此過論，抑何弗思之甚耶。蓋自近世三四十年來，学者醉心革新，無論為學問、為技藝、為礼儀，但見有一排斥前人自標新意者，輒有左袒之心，先入為主，謂之不蹈襲，謂之不奴性，遂不惜力與推崇，以為能自樹立者，當如是

第十頁

也不知推波助瀾教猱升木世道學術有陰蒙其害而不知者而況更挾以党見阿以私好一時自快意見群盲遂以附從此其所繫非細故也東原之詆程朱於程朱何傷後世論定除称東原為漢學一鉅子外更有何可加之崇譽若言學術革命東原尚不如顏李之堅彻李卓吾之剽悍哲學中與更不足言矣魏宋二家之作不过依附胡氏無甚出入茲不復論

近世學者所著某某哲學諸書略已參閱数十種究其大較皆按照哲學中所謂唯心观唯物观人生观宇宙观一元論二元論多元論者作為柱義再取原書語句與己意中某某條件合者分別摘錄而附益之逐條加以申說遂

選称為某某人之哲學。其实原書宗旨，亦有聞涉出入者，則選置而不錄，而不復論及。倉卒成書，出以問世。一般學者隨声附和，亦不勘比以原書，不詳究其主旨，而翕然推服之。此在名流好學如梁、梁、胡、章諸君，其學較博，其心較細，尚不至漫然為此欺人之計。所出成書，可称十得七八，或六七。外此少年躁進，嗷名心切，牟利計工，輒亦放胆效顰。動有成作，或又即諸君所作，尋出一二罅隙，肆力攻擊，借勢盜名。如某某者，皆是也。生今之世，妖言橫議，龐雜萬狀，不惟作事出言，必須致慎，即求學讀書，亦有如是困難焉。噫。

六月初五日

第十一頁

京兆高級中學校歌

廿七省區京兆先。矧逢廿紀進化年。惟我高中寔中堅。校有明訓資佩弦。勤則不匱民生全。誠能動物哲理宣。尚勇弗角私鬭緣。用愛毋為性欲牽。保是四者勤先鞭。

六月廿日

閱萬季野先生斯同儒林宗派十六卷一周。此為宣統三年春、袁樹五同年嘉穀任浙江提學時、因馬彝初叙倫之議、以其所鈔南海孔氏三十三萬卷樓存抄文瀾閣本、復據浙閣本、校梓、得全十六卷者也。前有歷城周書昌先生序、謂十六卷本、係周購自都門。乾隆癸巳、先生曾從孫邵初為臨清牧、以校其家藏本多四卷、錄將付梓、因屬為序云。

云。書首列提要云，據歷城周氏十六卷本校上。蓋即此。是為先生未年完備定本。

先生為梨洲弟子。梨洲有明儒學案，主持王學，論者謂其未必盡合。是書則自孔子以下，凡漢、魏、六朝、唐、宋、元、明諸儒，各以時代為次。舉其授受源流，一一臚列。其上無師承，下無弟子者，則別著之。持論頗平，能除門户之見。是豈於梨洲學案不盡謂然，特作此以救其失。抑獨立一說，掃除聚訟，以自樹其論歟。要之，梨洲學案、夏峯宗傳外，不可無此書，以示持平。如唐鏡海之學案小識、江子屏漢學師承記，各持一偏，不足上規黃孫者，抑又不足數矣。提要謂其附錄一門，旁及老莊申韓，未免矯枉過直。於唐啖助、宋孫復僅列之傳儒，不入宗派亦有未安。朱陸二派，在元在明，不為明其宗系，未免少疏。頗能平亭其得失。馬氏後序，則謂此正先生能拾班志之成規，通向歆之遺意者，是則特申異議，猶待商定者耳。此書所列漢人傳經，有至六七世、五六世者。宋人傳學，亦有至三四世、二三世者，皆儒門之盛事，經苑之嘉話也。他日擬摘出別錄之。

六月廿五日

案：萬季野《儒林宗派》，考得鄭氏經學名儒，自東漢至唐，得十人。理學名儒，自北宋至明，得十四人。它日當再考補之，并益以文苑，則備矣。

六月廿六日

文選詩為類二十有二。連日選擇，除獻詩、百一、郊廟三類從鈌外，計共得三百五十六首。

六月廿七日

日照丁以此所著毛詩正韻四卷、韻例一卷。此書講毛詩用韻各法，至詳極密。以古韻二十二部為經緯，略分上叠韻、下叠韻、中叠韻、上三叠韻、下三叠韻、間第二字三叠韻、間第三字三叠韻、間第二字第四字三叠韻、上下叠韻間二字韻、首尾韻、上同韻、下同韻、中同韻、上下同韻、上間字同韻、下間字同韻、中間字同韻、上下間字同韻、首尾同韻。右單句類，二十五例。連句叠韻、連句間字韻、連句第一字韻、連句第二字韻、連句第三字韻、連句第四字韻、連數句第一字韻

（四叠韻、上間字韻、下間字韻、中間字韻、上下間字韻）

第十三頁

連数句第二字韻連数句第三字韻連数句第四字韻連
句同韻連句間字同韻連句第一字同韻連句第二字同
韻連句第三字同韻連句第四字同韻連句上同韻連句
下同韻右連句類十八例間句第一字韻間句第二字韻間句第
三字韻間句第四字韻間句第一字数韻間句第二字数
韻間句第三字数韻間句第四字数韻間数句第四字韻
間句第一字同韻間句第二字同韻間句第三字同韻間
句第四字同韻間句上同韻間句下同韻右間句類十五例連章
連句韻連章間句韻連章間数句韻連数章第一字正射
同韻連数章第二字正射同韻連数章第三字正射同韻
連数章第四字正射同韻右連章類七例隔章正射韻隔章連

韻、右隔章類二例。錯韻、短句韻、長句韻、起韻、收韻、線韻、右變六例。韻類、等、六類、七十三例、為條理。章太炎推為集大成之作。刘師培序、黃侃贊亦盛稱之。推闡細密至此，真如太史公所謂詩三百篇孔子皆絃歌之，以合韶武雅頌之音者也。予因就其所条舉推得所據古韻二十二部之目，按今韻排之為東、冬、之、支、脂、魚、真、諄、元、宵、歌、陽、耕、蒸、幽、侯、侵、談、至、祭、盍、緝，不知於古韻次第差合否也。

七月初四日

沈德潛說詩晬語，所說詩自詩經、至明代止，論義法者多，間及考據，持義甚平正，勝隨園詩話等多多。

楊守敬留真編，係就所見所存宋版書，每部影印一篇，竟

第十四頁

裒

集至數百篇，可謂宏富。然是古董家玩具，無甚大用。但新穎耳。予所見楊所鉤影碑版，類此法者尚多。此君學問，獨闢門道，性僻好奇，少關實用，不如黎蒓齋之輯古佚叢書，為能理放紛也。

七月初六日

東方雜志廿三卷十二号載瑞安宋慈裒人所作孫仲容名詒讓一号籀廎同治甲子舉人，納貲刑部主事年表之末附列遺著目錄如下：據吳士鑑奏摺有周礼正義八十六卷、周礼政要四十篇、墨子閒詁十五卷又四卷、尚書駢枝、逸周書斠補、大戴礼記斠補三卷、古籀拾遺三卷、九旗古義述一卷、六秝甄微五卷、名原、契文舉例、廣均姓氏刊誤一卷、札迻十二卷、籀廎述林、永嘉郡記共十五種。章氏炳麟傳文多經迻、古籀餘論二卷二種。張氏謇墓表、多大篆沿革考一卷、宋政和礼器文字考一卷、周礼三家佚注一卷、温州经籍志三十六卷、四部别录一卷、温州古甓記一卷、百晋精庐碑録一卷、温州建置沿革表一卷。譜後記云、有遜學斋詩文集、東甌金石志。十二卷。又薛儲石鍾斗亦有孫籀廎年譜之作。又所分纂者、有永嘉縣志。所刻者、有陳止斋集、方成珪集韵考正、永嘉叢書等。

七月初十日

謝无量詩經研究一冊、頗不疏漏、聚古今人論詩経之説於一編、分類説明、略加斷定、亦便尋檢。

七月十七日

善化皮鹿門為清季經学大師、曾為兩湖書院經学都講。

皮而主張今文學者、蓋劉、龔、王、康一派，但較稍持平耳。

第十五頁

戊戌政变，以與康梁通声氣，被党嫌，遂廢錮。初治尚書，著今文尚書考証、尚書大傳疏証、古文尚書寃詞平議、尚書古文疏証辨正、尚書中候疏証，各若干卷。中治鄭學，著鄭志疏証、發墨守箴膏肓起廢疾疏証、聖証論補評、魯礼禘祫義疏証、六藝論疏証、孝經鄭注疏、駁五經異義疏証、王制箋，各若干卷。晚貫群經，創通大義，著五經通論、九經淺説、春秋講義，各若干卷。別有漢碑引經考、師伏堂筆記、駢文、詩草、自課文，各若干卷。皆刊行于世，都百餘卷，計數十萬言。其孫会刻為師伏堂遺書。五經通論、易為易經通論、詩經通論、書經通論、三礼通論、春秋通論。又有礼記淺説、左傳淺説、經學歷史、春秋講義、師伏堂詠史、師伏堂詞等。予得見者為經學通論（今經）七經學歷史二種。皆博辯宏通，語有根柢，非近人襞積逞湊之作之比。

八月廿三日

顧實撰漢書藝文志講疏。大致可用。此君甚博，但不免有偏執處，並力詆清儒莊存與、劉逢祿、常州今文之學。於龔定菴、魏默深諸末流尤斥之。所註賦類分屈原之屬、陸賈之屬、荀卿之屬為三派。謂屈主抒情。陸主說辭。荀主效物。不知何本，当有所依據也。又案六經有今文古文。中古文之說。今文者，漢初所傳書以篆文者也。古文者，孔壁所出書以蝌蚪古文者也。中古文者，漢書藝文志顏師古注中者天子之書也。書言中，以別於外耳。即劉向以中古

第十六頁

文易、校施孟梁丘經、是也。

九月十一日

午後挈兩兒至午門歷史博物館一遊。館內共分十室，陳列各品物。第一室售品，第二室金玉，第三室刻石，第四室教育博品，第五室中間陳國子監原存器物，左明清檔案等，右明器及模製器物。十室以此為居中，品物為最多。第六室太醫院銅人及雜器，第七室兵器刑具，第八室發掘物品，第九室模製圖表，第十室意贈飛機。門首列清室紅衣炮四尊。其中以有關歷史者為準。出土各魏、唐、宋諸碑甚佳。洛陽、鉅鹿、檔鼓台等處發掘各物亦夥，但恐不無贗品耳。

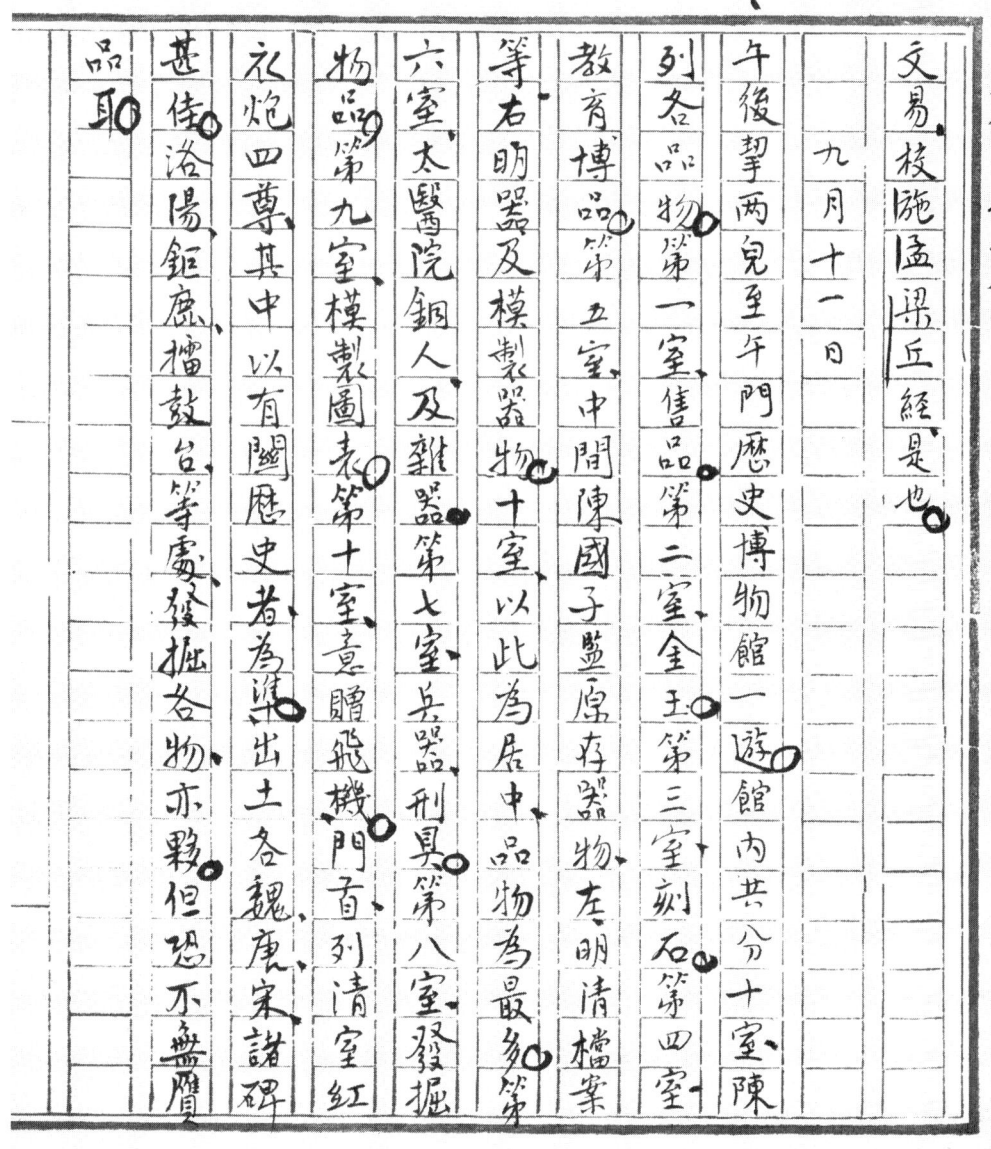

九月十七日

長媳於下午三時許，竟割左股肉為其父進藥，雖未必有濟，然其孝心殊可嘉。吾家有幸，得此孝媳，為之且憐且喜。

九月三十日

十月初八日

諸暨陳敬基所輯先聖世系考，內載聖裔第五十六世條（蓋自希字以下四字一句，共七句，為二十八字）記欽定行字：希言公彥，承宏聞貞，尚衍興毓，傳繼廣昭，憲慶繁祥，令德維垂，佑欽紹念，顯揚，共二十八字。

十月初九日

閱宣和遺事四集，其中敘徽欽北行事與泣血錄、（南）燼紀聞等書多同，恐有攙入作偽處。卷末有孫毓修跋云

第十七頁

合黃蕘圃所藏兩本及宗室盛意園所藏一本參互印成
則其作偽已不覺溢於言表書坊射利往往如此此書似
平話又夾以文言殊無體別惟事迹則尚多近實耳

十月十四日

姚覲元所刻咫進齋叢書共三集中有四庫館所列焚燬
書目禁書抽燬書目中為明季清初諸家著作甚多略閱
一過知今有板行世者不過數十種其餘遂致湮没者無
慮數百千種亦可慨矣

十月十五日

閱吕氏史記論文盡一册原點句讀加以評點讀之較易
雖五帝三代各本紀亦不覺古澁在周秦本紀尋得史公

尊孔意旨數條，再以各世家核之，當明瞭矣。讀書宜求間

如此。

湘潭羅正緯所著學道觀要一名涵園學志，閱之無甚心得語。雖意在融合三教，貫通新舊，而學力不足，著筆太早，似為學術界之躐進者。年僅三十六歲，遽欲為此鉅構，宜其罅漏迭出，左右支絀也。

十月二十日

用漢書郊祀志及曾文正選經史百家雜抄內封禪書原文，校讀史記論文封禪書一過。其句讀各異者，俟再硃筆標出。其文義事實不解者，則照漢書注注明於全文，亦十得八九。從前讀此，不知其難，不知其妙，今似有悟入處。史

第十八頁

遷原書無武帝本紀，褚少孫以封禪書補之，刪卻黃帝二帝三代秦及漢高文事，似屬未合，而原文與封禪書卻有小異處，前讀一過殊草草，仍當再校讀之。史遷八書，除禮樂二書為褚補外，曆律、河渠皆傑作，而天官、封禪、平準尤奇妙絕倫，為古今文家所罕，必一一詳讀，庶得其概。

平準書可用漢食貨志對勘。

十月二十七日

閱謝無量中國哲學史大致一週，其書於儒家特詳，孔、孟、荀諸家頗得體要，餘如老、莊、楊、墨亦能穿穴得其大體，惟言名學處甚略，不如梁、胡、章諸人之精闢，漢唐至清諸儒似略，佛家哲學尤嫌太簡，然以中國五千年哲學之歷史，欲提要鉤元，網羅無遺，蔚成一集，殊非易事也。集合多數學等各即所長分任編輯再綜合於一方可期體大思精作成不朽盛業今則中國人不惟無此氣力無此人才亦復無此時間得如胡謝之作亦足聊備一體補缺糾誤後起者精即謂此為大雅椎輪可也

十一月初三日

頃閱諸暨蔣瑞藻所作小說考証十卷附錄一卷次目二百餘十三萬言附錄更及戲劇亦得數十條蔣年二十餘歲以三四年之力成之其自跋云雖未精審亦可繁博可稱確評近商務館編入文藝叢刻乙集此書雖云雜博然所見書亦甚夥得之青年尤稱難能間有失處未足為病第以予所見如通俗編壹是紀始等書可采者不下數十

第十九頁

百條均未之及，則又何也。又聞百回本水滸其前七十回與金聖嘆評貫華堂本事迹大致相同，文字稍有出入。後三十回，不知何人手筆，絕不一律。歷述宋江受招安後，敗遼兵，平方臘，一百八人死王事者十八九，江終抱忠義而死，似金氏所詆續貂者，不知此是真明郭英所刻嘉靖新安本否。此書為民國十四年李宗侗刻，前有考証，亦未精確。今人好奇喜新得此遂以為拱璧，實恐坊賈勾結文士偽託贋造以射利者也。

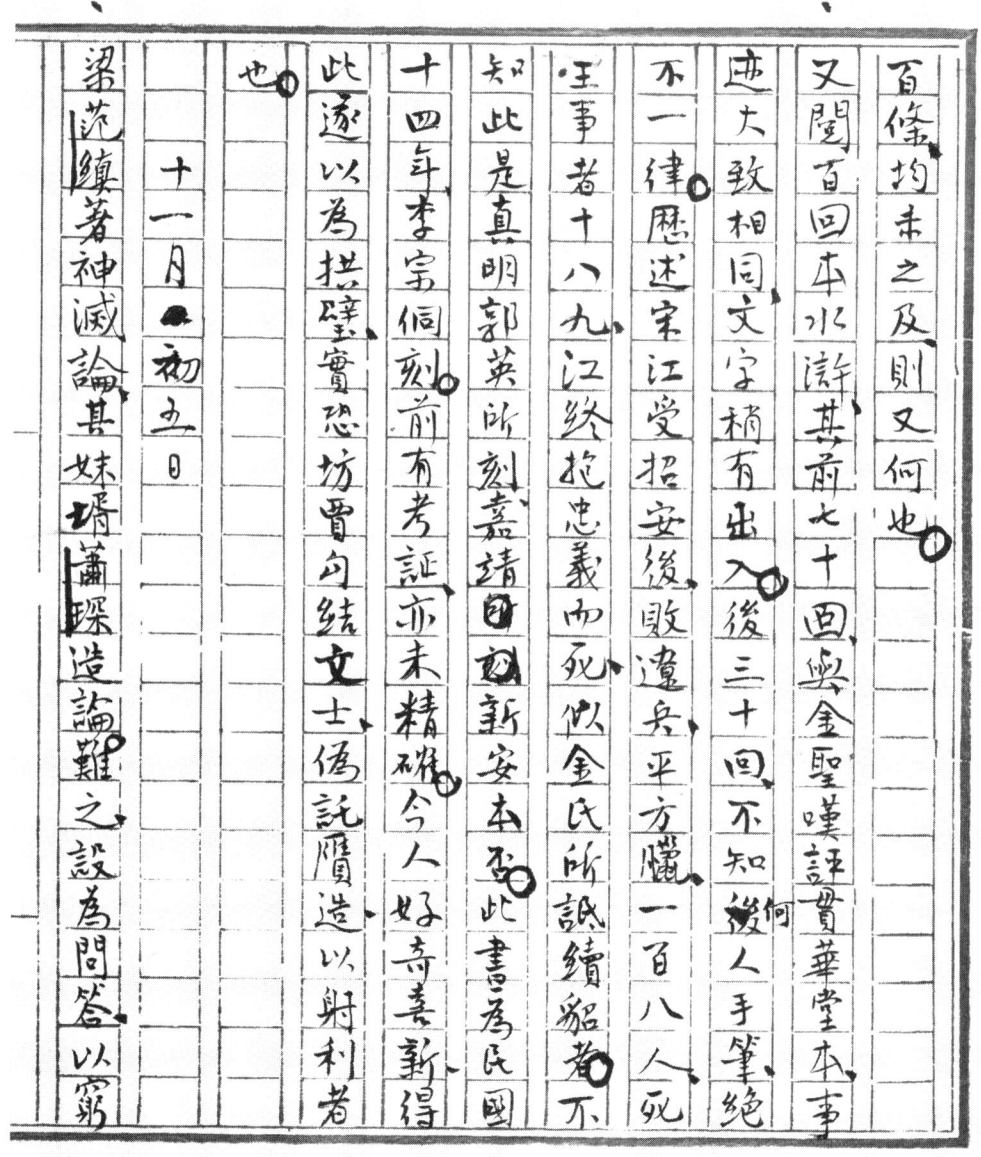

十一月初五日

梁范縝著神滅論，其妹壻蕭琛造論難之，設為問答以窮其致。舍人曹思文復舉大旨二條以助琛。縝復書辨答思文。又作重難神滅論。互相問難不已。時武帝佞佛，自舉二事，用申琛旨。並敕王公朝貴六十二人，釋法雲以書下之，各以意答。詳檢所答，皆附和帝意，無翻駁者。惟琛答語內云：家弟闇短，招愆。今在比理，不知所指何人。六十二人中，或書名，或書弟子。惟蕭昺、蕭昂稱孤子。結尾或稱呈，或稱答，或稱白，或稱頓首，或稱和南，殊不一致。其六十二人，曰臨川王宏，曰建安王偉，曰長沙王淵，曰沈約，曰范岫，曰王瑩，曰王志，曰袁昂，曰蕭昺，曰徐勉，曰陸杲，曰蕭琛，曰王彬，●王緘，曰陸煦，曰徐緄，曰王暕，曰柳惲，曰柳憕，曰王茂，曰庾詠，曰蕭昂，曰庾曇隆，曰蕭靡，曰王僧孺，曰王揖，曰王泰，曰蔡傅，

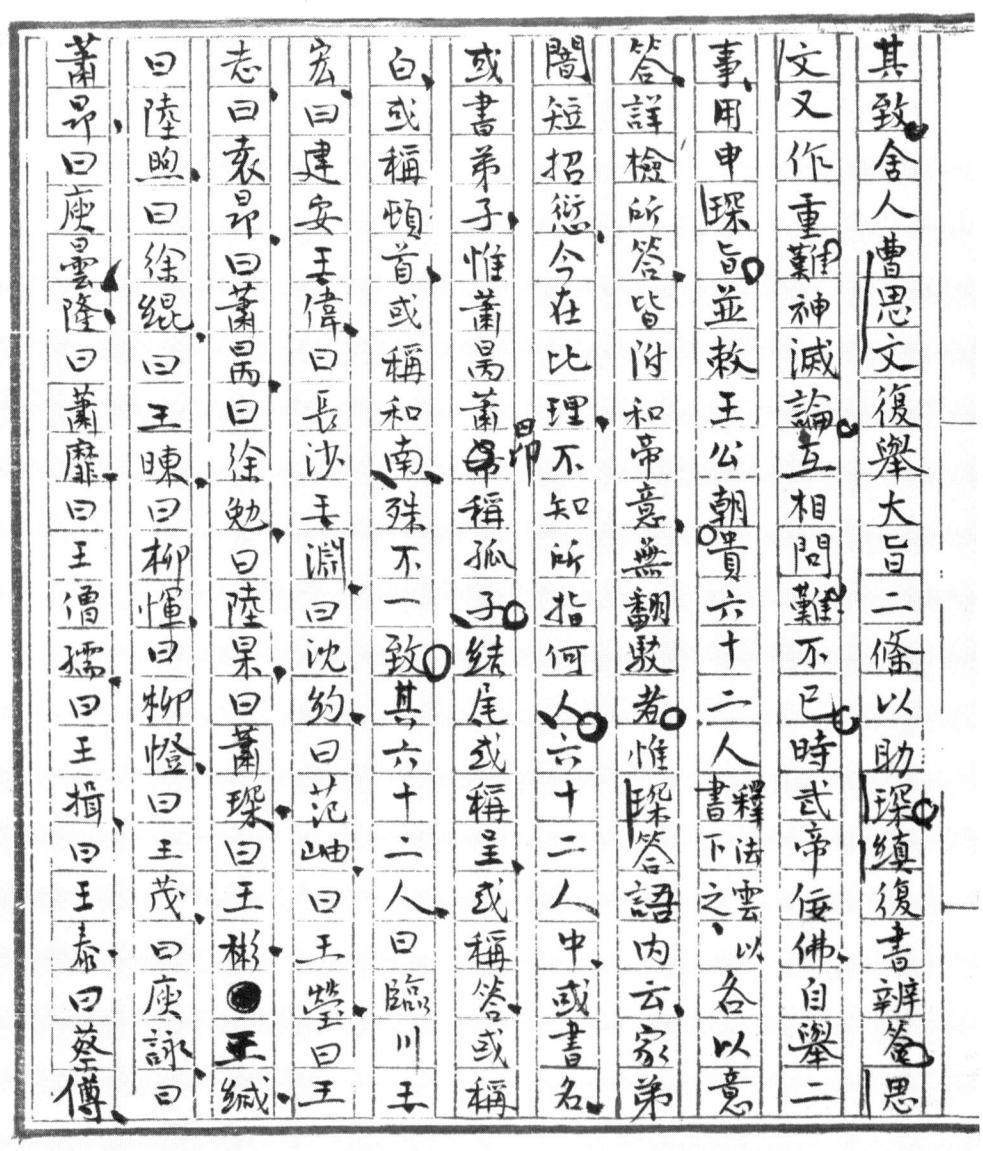

第二十頁

曰王仲欣曰沈績曰司馬筠曰沈緄曰王緝曰韋叡曰謝
綽曰范孝才曰王琳曰何炯曰王筠曰孫挹曰蕭昤素曰
伏暅曰賀瑒曰劉洽曰嚴植之曰曹思文曰謝舉曰馬元
和曰王靖曰陸倕陸任曰王僧恕曰明山賓曰庾黔婁曰
殷鈞曰張緬曰陸璉曰張翻曰王珍國曰曹景宗曰顏繕
曰沈宏曰司馬褧曰丘仲孚寶六十四人有二人聯名者
故綜以六十二其文皆載梁揚都建初寺釋僧祐所輯宏
明集中集共十四卷四庫入子家
集中又載劉勰為所作滅惑論以駁當時有造三破論者
大旨皆申佛法勰嘗作文心雕龍以此論証之本傳云勰
後為僧蓋有由也

蘐字典無此字。蘐人名，宋李蘐著晉書指掌十二卷，見文獻通攷，音義未詳。

十一月初六日

閱虞初支志甲編四卷，題曰青坨山人輯，王蘐強纂。蘐強為山人之子。山人名葆心，湖北人，民國十一年刊行。此書蓋本湯氏虞初志之例，以續新志、續志、廣志及近志，各書選近世諸名家文集中記事之作，每篇後坿以青坨山人評語，兼采他書文集所記類似之事，間加考訂，語多近理，中肯綮，見聞亦博，似不在新志、續志之下。書後跋語為其子蘐強作，書其籍為羅田，言其父官京師時輯此書，未及近事。其記近數十年事者，尚有三種，曰髮逆初記一卷，不著撰人，記洪楊初起時事，與世間官私各書迥異，謂洪秀全無其人，乃湖南新甯人焦大也，洪大全亦無其人，出自偽

明湯臨川曾點校虞初志，以其不載唐以後軼事，乃續之，會為十二卷。清康熙間張潮山來曾輯後志，未成書，乃先成虞初新志二十卷。其後鄭澍若醒愚復續張氏書為續志十二卷。張皖新安人，鄭閩王纏人。

第二十一頁

託楊秀清，又實為耒陽人，均湘產，曰節抄純常子校語二卷，為文道希學士手稿，皆剌取其関於舊聞祕記者，曰朝野紀聞一卷，吾郡陳君詢先筆記，皆光宣舊事所得，咸在今人筆記之外，三種均出秘鈔，已收入乙編中，云云，是此外尚有所編輯，以此書頗不俗陋，他日當續求所編閱之。王氏書例八條，亦有通識，且云陳氏述記，俞氏薈蕞編與虞初各志同意，予未見，即湯氏之作，以及廣虞志、近志各書亦未寓目，殊慙博雅也。

前年買得俞氏薈蕞編，雖只抄撮之功，而條例頗善，且皆有関世道倫紀者。

臘月廿八日

中華局玻璃版印臨川李氏四寶，唐搨唐帖全部一，褚書夫子廟堂碑，二孟法師碑，三啟法寺，四丁道護碑，各拓本均有翁覃谿題跋、甚多且精。啟法寺碑、尤神肖魏碑筆意、古拙處誠非後賢所及。

第一頁

丁卯年

正月初十日

柳子厚陸文通先生墓表称質字某吳郡人師啖助友趙匡著春秋集注十篇辯疑七篇微指二篇永貞中為皇太子侍讀言其所學作古君臣圖以進卒於京師門人世儒以其能文聖人之書通於後世謚曰文通先生陳直斋（振孫）書錄解題作春秋集傳纂例十卷辯疑七卷又云質師啖助（叔佐）助卒質與其子異繕錄助所著集傳集注又統例以詣河東趙匡（伯循）請為損益質隨而纂会之大歷乙卯歲書成質本名淳避憲宗諱改焉故其書但題陸淳助之学以為左氏叙事雖多解意殊少公穀傳經密於左氏至趙陸則

直謂左氏淺於公穀，誣謬寔繁，皆孔門後之門人。但公穀守經，左氏通史，其体異尔。漢儒以來，言春秋者，惟宗三傳。三傳之外，能卓然有見於千載之後者，自啖氏始，不可没也。唐志有質集注二十卷，今不存，然纂例辨疑中大略具矣。又有微旨二卷，未見。質，梁陸澄七世孫，仕通顯，黨王叔文，侍憲宗東宮，会卒不及貶。然則其與不通春秋之義者，相去無幾矣耳。

陳氏所稱辯疑微旨卷數，與柳表同，所云今不存之集注二十卷，與表所云十篇，当是一書，惟篇數卷数微異。考之新唐藝文志，有質集注春秋二十卷，又集傳春秋纂例十卷，微旨二卷，辨疑二卷。舊唐藝文志未錄質書。宋史藝文志有淳集傳春秋纂例十卷，又春秋辨疑七

第二頁

卷。集註春秋微旨三卷。至清四庫提要。錄其春秋集傳纂例十卷。微旨三卷。集傳辨疑十卷。是則集注在陳氏時已佚。餘書至清尚存。惟纂例則陳錄、唐宋志、清提要皆有之。而柳表未著。豈同時同黨之人。反未見耶。是誠不可知矣。又據陳氏稱。助攷三傳。舍短取長。又集前賢注釋。補以己意。為集傳集注。又撮其綱目為統例。諸語。則質書題云集集傳纂例。集傳辨疑者。皆以推闡師書而作。提要謂掊擊三傳。自淳發源。而大旨陰主公穀。陳氏謂啖氏自不可沒。而斥趙陸為誣謬。與提要之言隱相符合。蓋近公論矣。

正月廿四日

宰相世系表。在新唐書中。所詳者九十八族。拊三公三師数族，其表式取法史漢，明顯易考，世系某某，均極清析，蓋以有在官書籍可據也。唐世矜重門閥，世家宗譜，皆上之官府，與皇室玉牒同制，其書存者，或至宋未絕，故歐公得有依據，成此特載。又此制傳自周代，秦時已廢，漢魏六朝未見修復，唐特重之，亦復古之一鉅典也。後世惟皇室及孔氏猶行之，官府為留紀載，其餘世家大族，則家自為紀，官不过問，由是譜学放失，品流紛雜，沿至今日，并倡優晋胥隸，均不稱為賤族，而平等太过，貽害遂不可復挽。近且倡打破階級之說，不惟不辨清濁，且欲貧富均產，妄援外人勞動資本等論，逆施倒行，禍幾同於洪水猛獸，誠可為痛哭者矣。

第三頁

正月三十日

聞沈兼士云，北大國学研究門內有整理中法算書之一部，由高君曾、陳君(寅恪)主持，照章該校他系畢業生，均可加入，其程度係研究院性質，較大学尚高一級也。

二月十二日

記得許季香(宝蘅)挽敬忱聯云：屈志奉双親，采蘭未畢循陔願；論交逾廿載，離黍猶深過闕哀。數語頗道得敬忱心事，出百數聯中，亦多佳語，以此為冠。

二月十六日

在白塔寺市攤，買得金山顧尚之九數外錄一冊，附有張嘯山文虎別傳，詳其生平学行，大端略具，可備參考。

黃作明理學玉作是頗書非通學未免失云

閱樊榭山房文集，其於三通，推崇馬氏，謂杜開其原，馬竟其委，鄭其支流，合之王浚儀玉海、黃慈谿日抄，為儒者通天地人之具云云。且以鄭書為簡率，應指其失，是非之公諸論。二十略中，惟氏族、六書、七音等為獨得之學，餘或失太簡，或襲杜氏全文，而於天寶以後、紹興以前，銓次無聞，難免馬氏疏略剽竊之譏。又謂通典、通志之得失，均當以通考為斷，持論似未盡，先且以玉海、日抄相提並論，亦似不類。蓋於鄭之孤懷特見，無所發明耳。

讀樊榭文八卷一週，其中多取難字僻文，頗近炫博，行文駢散不分，惟意所適，似亦持律未嚴。總之是考據家之文，非古文家之文，是山林之文，非廟堂之文，峭逸清迴是其所

第四頁

長博大昌明是其所短鄙見如此未識知言君子以為如何張文襄答問列之史学家詞家於詩文皆不推崇之殊為有識

三月初七日

看梁卓如所作清代学者整理舊学總成績八章全畢服其博尤服其精此君雖不專成一家然当代通人固不能不獨占一席章太炎之博或足頡頏餘人似未能敵之陳援庵嘗以博学無所成名誚之語固不為無理要尚未能望其肩背也但以治学本身成名計之梁似忠实陳似巧黠矣

四月十二日

方瑾瑜贈伊令叔厚卿先生榮東所著求志堂詩集其詩

筆健詞富、頗有可觀、古辭尤勝、近辭詩集外尚有詩小記、漢書訂注、文集、其於元史、儀礼、均有纂輯、惜未卒業、今付印者、亦止詩集一冊、七卷内尚有叢殘者、

四月十四日

訪金小山晤談、歷述目前各熟人困苦之狀、涸轍枯魚、終恐難免、聞之不寒而栗、

四月十五日

翰青以節勞養心為勸、云吾輩每日亦已不閒、精神氣力、至此業称極量、但可忙中求閒、不可忙中加忙、留出優游餘地、以自暇逸、乃於望六年齡為適宜等語、愛我既切、所談尤係從經驗得來、與昨小山所談、正是相对、書之以視

第五頁

所自處可也。

四月十八日

連日讀查初白詩，其才力功候，均称兼人，大体不出蘇陸。早年黔中從軍諸作，尤能以奇筆寫奇景，字字到地，音節高亮，是中盛唐人風範，餘作反落宋骿，在清初新城長水外，固足獨樹一幟，蔚成大家，非樊榭諸家所能及。前讀竹垞詩文集一週，其文典重博大，雖義法不必果勝桐城，要其学力氣格，却足自成大家，并非方姚諸公所能限制。詩則早年中年之作，均是唐音，可称步趨浣花，肩隨錢劉，晚年老筆頹放，未免轉落宋骿，與初白雖有同病，究不能不推為大家，王朱並称，無愧色也。

四月十九日

閱張陳卿著鍾嶸詩品之研究。此書將詩品畧予分類排比，無大發明。於鍾嶸本身畧有考據，餘無所考証，且標点中尚有誤處，蓋見書太少，急於著書嗾名，故有此失。又東方雜誌廿三卷廿三号載陳延傑所作之讀詩品，於諸家之詩尚有評論，雖不尽当，見書卻較張氏為多，且於詩品中所錄諸人今無傳詩者，略有考據，亦較勝一籌也。

四月二十日

則兒借得國聞週報三冊，內載湖南人沈潤身致朱桂莘函，內發表伊所志願之海外四十年讀書計劃，以期歷習各科學有成後，造成其所欲發明之系統進化哲学一書。

第六頁

志願既大，魄力尤宏。其天材亦極絶特，現年二十三歲，留法已三載，由朱每年助以千金，朱并勸海内人士設法援助，以成其志。梁任公亦頗資助之。此人果能成学，真可蔚為國光，特誌於此。則兒云讀其書，自愧無志無氣，更不足言求学等語，果能借以自策，不託空言，亦可喜也。

五月十四日

自昨午起，在家批改校文筆記等，雖病亦不廢工作，可謂勞人苦人，而目前事偏仍有拂意相偪而來者，須用心應付之。我生不辰，只此個人所處所遇，尚復如此，更不必思及時局之萬分危殆，禍臨眉睫矣。人到無可奈何，只有萬分忍耐，退一步想，甚至退數十步想，亦無不可，但仍要立得

脚穩放得心平、為要為要、

五月十五日

两校情形如此、農部情形如彼、三事均不可靠、加以時局危殆、奇变不久將至、處此境遇必当有一種善应善處之法不急不緩之道、方能支撑过去、遇变難于居常、懍之慎之、 頃與两兒詳説熟思、渠等雖無所贊助、尚能領略知懼知難、 辛丑壬子局面又来且变故更大、自審個人年力、家内景况、两兒現狀、皆將何以待之、此際致費研思、因知居易俟命為一定不易之理、第粗有知識、豈竟懵々懂々遂可过去耶、 今日經斎来談、略及此、問彼及慕沂旭初若何、彼所云雖不謂吾為杞憂、但亦無甚研究、仍是得过且过，彼此同之而已。

六月初八日

初白集四十卷又續集六卷閱一週。初白享壽七十八歲。是於年為雍正丁未，自上年十一月因其弟查嗣庭坐訕謗羅案株連，偕子姪輩少長九人赴詔獄，正月初八日入刑部，五月初十日出獄，得釋歸，歸後有住劫集，集末有枕上柳偶拈一首，注七月初四日早作，蓋絕筆也。

八月初五日

年飯後挈貽則偕三兒長女乘電車赴交道口下車，步至國子監，过成賢街，街南為南学舊舍，今不知何屬，至持敬門有巡警阻之云，須四時開放，至六時方得入覽，因退而北行、入彝倫堂側門、觀兩廊石經碑。兒輩以蠟墨、搨得穀梁傳論語各一紙。此碑為清代蔣湘書、乾隆御定刻石、今尚完好、修道等四堂及繩愆兩廳木匾尚存、中峙辟雍亭、環以泮水圜橋、前有琉璃碑坊一座、左右列乾隆御碑亭二座、泮池中水深約二尺許、芦葦叢生、環視一周、倚亭側木欄小坐、尚有昔年門斗一人、導入辟雍亭、观講經御座、門斗指示天花板上新修整者、云前數日已預備張作霖来祭、祭畢行講經典礼、旋又止、不知何意等語、聞之笑而不答、復北行、观彝倫堂、門閉不得入、隔窗窺之、清世列朝御匾、御碑等如舊、西行數武、观元許魯齋手植槐、陰可及畝、六百餘年物也、彝倫堂西側室内、有乾隆御碑、刻槐之圖

第八頁

形及御製詩室内階畔多遺矢太不雅观徘徊移時回憶光緒庚子七月十五日予與鍾季和妹倩在此考月課文題為泰誓曰我武維揚詩題賦得夜深燼落螢入幃得幃字五言八韵是時拳乱正熾監課停已三月王文敏師懿榮及熙文慤元方任祭酒念諸生遭乱困苦留京特開此課發給膏火奬銀每名約十數金數金不等予時脫館困居京城双親在堂日食弗給得此遂復强支一月用度至今思之感念不置其後不六七日两宮西狩二師均于七月廿一日殉節如此人者真不愧經師人師足為有清一代儒官生色乃僅予謚廕後不為之附祀孔庭可謂兩間一大憾事清政之不修抑可見矣步行出看彜倫堂前石

刻日晷尚不及申，因在堂側某姓看守室内小坐，吸紙菸以息勞足。三鐘餘出堂側門南行至大学門前，观元学制碑，已磨泐不甚可識。明洪武卧碑及清顺治卧碑，尚字画清析。門側馬矢縱横，荒草满地，盖前有某軍隊駐此也。至持敬門，已可入，遂入至欞星門，門尚閉，門内歷代進士題名碑，尋得光緒乙未、癸卯兩科，以紙墨搨趙敬兄及予名字数行，以作紀念。北行至大成門，門閉，門罩下左右列乾隆仿製石鼓十，搨得壬鼓全紙，餘亦搨数行。從西側門入，復至大成門，观周石鼓十，左右列，経内務部鎖以木栅，底以玻罩，尚不失保存之意。門内有清克（青）海告成等御碑，亦覆以黄琉璃亭，東西焚帛炉無恙，两廡下祭器香燈等尚在，收拾歸庫未完、北上大成殿門閉不得入、乃循西廡行、從祀先賢先儒牌位、炉案俱存、惟廡内肉菜臭朽氣塞鼻、祭品之不潔可想、遂復出西側門、攝得元至正進士題名碑数行、此盖監中進士題名之最先者、仍從持敬門出至大学門前、攝得明洪武誡士碑数行、此碑不惟字体清拔、文亦多以俚語行之、似仍元世遺制、後乃改易純粹文言、此亦一考古之証、使今之主持白話文者見之、又得一口实、博雅如胡適之輩、何竟遺之耶、至是今日遊覧目的大致完備、遂偕兒女輩出、至交道口北廣合軒飲茶小坐、即趁電車歸、至家已六時、遂拉雜記之、舊地重遊、不獨今昔之感、百端交集、丁此身世、直有丁令威化鶴歸來、城郭犹是、人民巳非，景象重叔，屢經滄桑未巳，人間何世，我生又長，泄筆帳觸，不知所云。

九月初一日

今日聞蟬鳴，亦一怪現像也。天氣之燥，雷雨之大，均為數十年所未有，乱世氣候事故，無一不奇不新者，人天相感之理，不能不信也。

九月初十日

方東樹書林揚觶十六論，閱一週，其大旨在尊朱子以駁漢學家偏執之失，持論尚不过激，而其作書緣起，則為阮文達督粵，創建学海堂落成之次年乙酉初春，首以学者願著何書，策堂中學徒，以為後世著書太易，不足為訓，故

第十頁

為此書以糾正之，而其十六論中，亦頗侈博辯，矜考據，蓋與當時漢學家爭勝之作，非此則被人以空疏相誚也。立意自正當，惟詞筆多不免於率尒，殆亦急於成書之失。昔年讀其《漢學商兑》一書，較此尤激烈。此君在桐城派中記誦稱博洽，故欲力持門户以爭衡耳。

九月十七日

昨閲牧齋《初學集》，有《春秋論》五，皆為三案而發，頗持門户之論。有《響言》三十首，蓋取《晋書·五行志》吴孫休時人有得困病，及差，能以響言者，言於此而应於彼之義。多論當時世務，有甚切要者，亦有近迂腐者，牽合史跡，頗類紙上談兵。書生好持論，往往如是。譏益則以之自侈經世之才，借鳴被擯不平之憤而已。又其文对於滿清，則多称奴以醜詆之，宜乎乾隆時燬禁其集，不遺餘力也。

十月初七日

昨見周紹闓處，有黃秀伯挽聯云：適我鼓盆，有同調，向誰索酒不時需，語意甚聰穎，但下聯似自己悼亡語，非輓他人語耳。

十月廿四日

舒鐵雲瓶水齋詩十七卷，中有讀論語詩六十餘首，中多新解創獲，極見才思，以文為詩，敏玩無不如意，真奇筆也。

十月廿九日

昨代洪人擬江宣甫挽聯云：企業多才，小隱梅陽聊遯迹，中

第十一頁

年厭世，遙申芻奠，有餘哀，語尚能切。

十二月十六日

錢杲之為宋晉陵人，所著離騷集傳一卷，見宋史藝文志楚辭類，其言以為古詩有節有章，賦則有節無章，乃分離騷三百七十三句為十四節。錢敏求讀書記謂其不明昭明置騷於詩後之意，遂認騷為賦，未免隅見。等語不知漢書藝文志早有屈原賦之名，杜甫有屈平詞賦懸日月之句，自昔已然，非僅杲之一人之見，蓋沿習為已久也。此書四庫未錄，阮文達撰四庫未收書目提要錄之。予所見為鮑廷博知不足齋刻本，亦云重雕宋本，與阮說同。

錢書又有龍威秘書本，予未見。

案四庫集部楚詞類所錄宋以前注惟王逸楚詞章句，

洪興祖楚詞補註、朱子楚詞集註、辯証、後語、吳仁傑離騷
草木疏等、未及錢書、昭明輯文選特錄騷為一類用王逸
注且襲王序、尊以經名、何義門評、復據賈注屈原被讒放
逐、作離騷賦語、欲用以去經之名、謂可免吳楚僭王之疑、
是騷之為賦、自西漢賈生已認之、班書且標明屈原賦二
十五篇、杜詩仍沿用之、並無異說、錢氏所譏、恐未然也、近
人廖季平著楚詞新解、一謂屈原并無其人、認史記屈原
傳為矛盾、二謂楚詞為詩經旁支、詩經本屬天學、故楚詞
亦多出世及鬼神語、三謂離騷首句為秦始皇自序、其他
文字多秦博士所作仙真人詩之類、其說離奇、殊不可解、
胡適之讀楚詞、於屈原之有無其人、亦懷疑、與廖氏所見

史遷記原事、始曰王怒而疏屈平、是僅疏之、不似前之信任而已、繼曰是時屈平既疏、不復在位、使于齊、顧反、是已不在位、且齊使齊之任、未曰襄王怒而遷之、乃始被放於江濱、據此則二次被放、恐亦不確、史記記原在懷王時、但云既疏不復在位、非必被放也、至襄王時、始有怒而遷之之語、漁父詞之後、即云乃作懷沙之賦。

第十二頁

所見略同、皆未免文人好奇之过、謝无量楚詞新論、謂春秋戰國時南北學者思想之不同、謂自來能楚詞者、多以北學思想、没却屈子真正心理、其說似較廖胡二氏為有依據、其离騷經新釋註釋甚簡、所分十八段亦與前人無大異同、至據新序定作离騷之時期、在使齊以後、謂原在懷王及襄王時、凡二次被放、騷之作在第二次被放之前、似與史記王怒而疏屈平、即繼以憂愁幽思而作离騷語、稍未合矣、

葉樹藩云、离騷凡二千四百餘言、更七十餘韻、綜其大要、約十二節、其所分者與錢氏無甚出入、

騷之有圖、四庫錄欽定補絵全圖二卷、蓋清蕭雲從原畫、並註六十四圖、乾隆四十七年特命内廷諸臣考証補絵自离騷

篇至香草止共增九十一圖，通計一百五十五圖，為二卷。

又元趙孟頫有九歌圖。

戊辰年

正月廿八日

張宗昌新刻影唐開成石經本尚書經前有張及潘復序二篇，此初印藍色本，刻工甚精，裝潢尤佳，陶蘭泉為之經營，費至數萬元。

二月初三日

前王海翁開吊，朱芷翁送輓帳四字，曰謹厚多能。許季薌送挽帳四字，曰純終領聞，當時不知所出，昨閱慕沂云，純終領聞四字，據許自云出揚子法言，案法言序君子純終

第十三頁

領聞，蠢迪檢押，旁開聖則。譔君子。君子為法言之第十二篇。李軌注：純，善也。領，令也。聞，名也。言善於終而有令名也。聞音問。謹厚四字義不難解，但尚不知出何籍也，當徐考之。

二月初七日

民彝報為桐城張嘉猷創辦，張蓋文端公後裔，報中多詳張氏事傳及桐城先哲事，又所錄多姚叔節、馬通伯之文，雖不無可採，實不免拘拘門户之見，未為通識通論也。報端題詞如趙次山、袁金鎧、高樹、邵章諸人，筆墨皆無可觀者。然則今之所謂潤人竊附文學之林者，概可見矣。

二月十七日

看李光忠華盛頓國会圖書館記，所載大致已詳，所言美人收集中國書籍及編制中国人名地名年表等書，尤可驚愕。

二月十九日

作詩二章示謹餘，索和，又二句云：食字未仙庸笑蠹，散衙有蜜不如蜂，寫實，事寫情極合，但次語稍嫌纖巧，不大方，他日或足成之。

二月廿三日

閱李思純元史學，此書於已經刊行之關于元史事實，由中西書人所著之書，均有評論、考訂，用力甚勤，持論亦允。又能兼通西文，故能言之有物。不知此君尚有關元史之成

第十四頁

書否此書張亮丞星烺陳援庵均其有商榷以予論之亮丞與此李君能讀西人書籍如竭力為之所得自当比魏柯洪屠諸公為多然真正元史之作為考究事實計更当兼通回蒙滿俄及阿拉伯唐古忒諸文方能勝此大任恐合中外學人亦無從求得此才則元史將終無完全成功之一日耳

二月廿五日

讀王蘭泉湖海詩傳憶及杜陵七哀詩例擬將四五十年來師友戚屬下至僕役之已下世而與予有關者為作感逝詩人各一詩詩各一小傳借以抒感舊之情為幽光之闡雖詩不足以傳人然使他年印成千百本散布人間即

如此為百数十人者，作千百紙行狀，使之流傳世上，少緩須臾之存在，亦一善法也。灯下閱蔣茗生詩，有句云：頻驚老友都為鬼，重過良辰不見君。真能道我胸臆間語。

二月廿七日

為沈兼士之叔作挽聯云：一官報最在秦中也，同杜老司功，定有謳吟傳白水（陝西華州吏目）；群從聲華高日下，記当仲容接晤，每緣心醉望青雲（士遠、尹默、兼士三君皆有才名）。上聯切官華州，下聯切其姪，又借五君詠詩語，兼切郭氏，可称語無泛設，第稍嫌衰輓意少耳。

三月廿三日

二兒今日畢業試竣，六年工夫，告一結束，為之欣慰，然此

第十五頁

後已由學堂時代、改入職業時代、應事、接物、立身、行己、在在均關緊要、且既入今之社会、外誘益近、習染愈易、稍一不慎、即墜始基、暑任休息、当更加以誡約、有教子弟之責者真無時可以放佚也、

後將史記封禪平準二書各細讀一過、其中紀敘議論相輔而行、步步有法、處處有度、語語有刺、實是絕構、與貨殖傳對看、益見大手筆

戊辰年五月十七日

白眉初所作国都问题文长数萬言，全就南北二京歷史、地势、外侮、现状一一比較，加以佐證，足称名作。其根據不出歷史地理家言，並参以现势今情，言之有物，持之成理，卒以遷都南京為失計，学者之言不同勸说也。又徐際恒有商権国都问题書，亦不主張南遷，就歷史地理文化政治各方面立说，简而能賅，動中肯要，足与白说并傳。又有京兆各團体聯合籲请奠都北京電、全国商聯会奠都北京宣言，亦均简要得体。

戊辰年七月十一日

午後出城，坊陳筱莊晤谈，贈其所作退思齋詩存意思力句法、均不及格。還尔付印。可謂多此一舉。拔次又自夸多書。然其所指告者、不过三五間小屋。存藏尚未滿室。以此自張亦云。隨吳。吾北方學者所見如此。又何怪南人之動加白眼哉。

戊辰年七月十四日

前聞石公言、有天上月圓、人間月半語、未遑考其所出、頃閱顧途桂山錄異、中記張麗華一則。有此語。顧所錄為宋人小說。所記為紹興七年上元夜建康士人江渭元亮所遇。則此語由來已久、迺知眼前語亦有來處、博洽二字殊難言也。

戊辰年七月廿六日

下午访吴蔚轩，并见其叔某君，研究邵子皇极经世学者，言今歲值年卦為讼，明年為困，凡今世之蔣之赤之吴之徐，其名或字皆見于爻詞，是運數之顯定者。按伊所推算，今年之張褚不能解决，且遥推戴吴子玉，則明年吴與赤党將同起，经與国党扛争，日本利用張宗昌為張邦昌，直魯間亦定有禍变，而我国不能認外国，亦必不能認，由是引起東亞国際戰争，將在後年，及是時則我国内諸頭腦亦争已疲，或有一致对外之事，庶幾中国统一有望，可得一好局面出矣。然此三年中，人民之劫運，国家之危險，達于極端，不知何以度此苦厄也云云。以數術証時局，不纯是迷信之談，特記于此。

附注
此条為十七年九月九日所記，今已经过二年，而所言無驗，是仍渺茫之論也。

群

第廿七頁

戊辰年十月初五日

漢陽周貞亮、李之鼎合撰書目舉要，為民國庚申二月刻本，其所列皆關書目之書，與書目答問等編不同，亦為目録学中不可少之作也。其分類有十一：曰部録之屬，（如別録、七略、七録、）曰編目之屬，（如遂初堂書目、盋蕩書目、天一閣書目、海昌經籍志、各省圖書館目、）曰補志之屬、（如補漢書藝文志、續漢書藝文志、）曰題跋之屬、（如汲古閣刻書跋、讀書敏求記、）曰考訂之屬、（如漢書藝文志考證、經義考、）曰校補之屬、（如群書拾補）曰引書之屬、（如汪師韓文選李注引用書目、）曰版刻之屬、（如經廠書目及最近楊守敬留真譜、）曰未刊書之屬、（如四庫全書輯永樂大典書目、）曰藏書約之屬、（如祁承㸁澹生堂藏書約、曹溶流通古書約、）曰釋道目之屬、（如大唐內典録、閱藏知津、道藏目録詳註、）其分別類目、較之前人至為詳析、而專就書目之書，以標書目，尤為後出愈精之法，雖不免稍近繁瑣，要足稱別開生面云。

張維驤（字季易）有疑年錄彙編十六卷，民國十四年刻，蓋合錢竹汀、吴子修、陸剛父三氏之書而成，孫師鄭為作序，極推許之，亦有便檢尋之書也。

震在廷鈞（自號涉江道人，所居曰楊州朱草詩鄰，民国六年殁，年六十四）著有國朝書人輯略十二卷，光緒二十三年刻，詳有清一代書家名籍及評騭論說，亦可備參考。

萬清軒（斛泉）為胡文忠公奏薦之隱士，壽至九十七歲，見疑年續錄，可謂奇人。

燕大学報有楊樹達漢書釋例，其例有十，曰較量例，曰附

第廿八頁

記例、曰微詞例、曰互文相足例、曰記始例、曰自注例、曰終言例、曰一人再見例、曰闕文例、曰説明作意例、其設例誠善。然良史如子長蔚宗、其記事法例亦有之、不獨孟堅為然。特以此設例法、循繹古籍、亦治史学者不可少之事也。

偽古文尚書之説、發自宋吳棫、朱子承用其説、元吳澄諸人、又用朱子之説、相継抉摘、明梅鷟又参考衆書、証其剽劉、至清閻若璩為古文尚書疏證八卷、所列百二十八條、引據精博、窮極要眇、其説大昌、後来漢学家之承襲者咸遵守之、無異詞。獨蕭山毛奇齡駁之、自選古文尚書冤詞、以角辯駁、紀文達謂梅賾之書、行世已久、其文本掇佚经、排比聯貫、故其旨不悖于聖人、斷無可廢之理、是文達亦右阎氏之主張也。然继毛氏而起者，如茹敦和之尚書未定稿、王劼之尚書後案駁正、張崇蘭之古文尚書私議、谢庭蘭之古文尚書辨、洪良品之古文尚書辨惑、古文尚書釋疑、古文尚書析疑、古文尚書賸言、吴光耀之古文尚書正辞、張諧之之古文尚書辨惑、陳士珂之孔子家語疏証、諸書皆申毛駁阎。近有粤人倫明作續書樓讀書记，於以上十三書、皆有申説，以示反对阎氏。倫又言江賓谷之尚書私学、周松靄之订阎、梁九川之尚書條辨、亦為偽古文之説、辨護者，惜未見其書云云。容希白氏為刊布于燕大学報。吾友王小航照在中東文化委员会、亦力主此説，並有所論、第未識曾見倫氏所見之諸書否。特識於此，異日証

第廿九頁

之。

上記各条，皆九月十一日在北海圖書館閱書半日所得，雖無関博考，亦資多識。獨恨每日窮忙，幾以身為機械，除奔走衣食瑣屑米盐外，殊無讀書自娛之樂。在館閱書時，私計明年暑假兩月，無官署羈絆，学校牽挂，可抽出閒身，每日清早七八鐘至北海園中領略清新空氣，九鐘至館看書，十二鐘買飯充飢，飯後再出遊行一鐘，開館重入看書，至下午五鐘後回家晚餐。每日如此，用作課程，有事則闕。既不誤事，又可求学，亦不費多錢，并可借以避暑，一舉而四善備焉。預計如此，不識能達目的否。書此以驗方来。

戊辰年十月初八日

江寧金嗣芬所著国学理科界共十九篇，援引中国古籍所言物理天算诸说，以证西学为中国所已有，其宗旨犹是光绪以来格致古微诸书之遗绪，而引據甚博，证明處亦顯豁，盖以日本留学生通新学者之所為，較诸舊学雖博而不通西学诸老先生自勝一籌也。蒋觀雲為之序，亦推许之，谓与周礼政要、春秋公法、会通中国古世公法诸書同一聲價，自屬定評，但彼言政治，此言学藝，為用又不同耳。

戊辰年十月廿八日

孟範九在北院遣人来问，因往彼晤谈，伊于密宗頗有参究，与谈身世哲理，亦甚相契，究竟讀書聰明人根柢不薄

第三十頁

但我相太深繫著太甚因失志而皈依所謂瞻達是牢騷
者正是此現像應有此結果再進以學道之功則真超然
矣如其學力天分自較乃弟為高不得志而嚮學每得志
而不嚮學所得自異然究之所謂得志者又何如耶俗障
太深心光日滅尚不如範九之有以自得有以自遣也今
日每範九談頗到深處秋坪旁聽未贊一辭恐尚不能望
到我等所談邊際耳以範九所証境地每我參証所謂我
相所謂繫著所謂業識我似已超伊一等但未有皈依實
功未有受持實行我又遜伊一等蓋就根柢及入途論彼
不同我早年實驗儒家哲理比伊所得為多故於此易入
伊無此根柢全仗天分勝我故亦略相驂靳又伊於近年

西儒哲理，及物質科学，全不注意，又不講論理学，我則於此數者，雖無確实研究，却已曾经涉獵，資糧憑借，却非伊所及也。

戊辰年十一月十六日

印維廬所纂之建国方略问答，魏冰心所輯之中国国民党问答，馮超所輯之中山外集，皆浅顯简明之作。又陳彬龢所輯之中国佛教小史，简明有法，但嫌考據未详，如以之為草本，变其条例，加以精细之參考，必有可觀。其第一章曰经典繙譯時代，為東漢、三国、西晋，第二章曰印度佛教傳播時代，為東晋、南北朝，第三章曰中国佛教興盛時代，為隋唐，第四章曰中国佛教保守時代，為五代

第三十一頁

宋元明、第五章曰中国佛教衰頹時代、為清、其分時代方法、有似教科書、不合史裁、然尚便考據、董理補正、正待來者。

戊辰年十二月初六日

陳援庵新得明魯監国永曆五年大統曆手卷全本十七葉、是歲庚寅、閏十二月、其清明節字作青明節、蓋斥滿清也、

戊辰年十二月十七日

昨在陸博忱處、借得伊所存舊本曾文正破金陵奏稿及李秀成親供印本、是北市花市大街堂子胡同文藝齋刻字鋪刷印、紙已將朽、訛字甚多、此當三十年前所見石印

本文義相同，蓋同治初元破金陵時傳刻於市城者。陸云每石印本小有異同，以予所記憶似未然也。供內云陳玉成初名丕成，玉成是封英王時洪氏特改者，秀成自言在家書名號為以成，秀成亦洪封為忠王時所改。此供是在囚籠中，自六月二十七日至七月初六日所寫，每日約寫七千字，原文甚長，經曾文正刪節後加以批評，傳在外，刻者又分為五十段，在原文旁夾以小注，以清節目。李為廣西梧州府藤縣寧風鄉五十七都長恭里新旺村人，父名李世高，母陸氏，兄弟二人第名明成。供內所陳太平成敗情事甚悉，所記用兵各節亦極清析詳核。其事迹凡一時名將如向榮、張國樑、和春、張玉良、李續賓等無一非死於其

入文略。

第三十二頁

手則其用兵之才實有大過人者又能處處愛民深得人心惜洪不能始終任之以至覆亡英雄不可以成敗論良足惜也

為孟範九跋傅青主書冊録下青主先生嘗自論其書曰弱冠学晋唐人楷法皆不能肖及得松雪香山墨蹟愛其圓轉流麗稍臨之遂亂直已而乃媿之曰是如学正人君子者每觉其觚稜難近降与匪人游不觉其日親者於是復学顏太师又語人学書之法寧拙無巧寧醜無媚寧支離無輕滑寧直率無安排君子以為先生非直言書也此册首注共二十五紙而僅得蘅葱楓红松蒙翁七字蓋非全璧所書又皆今韵東冬部中字案明洪武正韵有東無

冬、於唐韻多所省併、趙甌北評吳梅村詩、謂有意遵用正韻、以存不忘先明之義、先生豈亦此旨耶、紫霜江龕詩、本體、上下平隨意通押、亦同梅村、所署空门方丈、劉九畹紹攽嘗言陽曲南十方院多先生遺蹟、土人云、先生終歲臥此、讀佛書、此書或作於此時、歎署年七十、是在被徵鴻博前四年作、則無可疑者、蕭然物外、自得天機、亭林品語、庶幾仿佛遇之、

戊辰年十二月十九日

陽衒之著洛陽伽藍記、共五卷、首卷述洛京大略、第一卷城內各寺、永寧寺、建中寺、長秋寺、瑤光寺、景樂寺、昭儀尼寺、胡統寺、修梵寺、嵩明寺、景林寺、共十處、卷二城東各寺、明懸尼寺、龍華寺、瓔珞寺、宗聖寺、崇真寺、魏昌尼寺、景山尼寺、莊嚴寺、秦太上君寺、正始寺、景甯寺、共十一處、卷三城南各

第三十三頁

寺景明寺、大统寺、秦太上公二寺、報德寺、正觉寺、龍華寺、追聖寺、菩提寺、高陽王寺、崇虚
寺、共十一處。卷四城西各寺沖觉寺、宣忠寺、王典御寺、白馬寺、光宝寺、法
雲寺、定善寺、追光寺、融觉寺、大觉寺、永明寺、共十一處。卷五城北
各寺禪虚寺、凝玄寺、共二處。篇末又云、京师東西二十里、南北十
五里、户十萬六千餘、廟社宫室府曹以外、方三百步為一
里、里開四門、里合有二百二十里、寺有一千三百六十七所。天
平元年、遷都鄴城、洛陽餘寺四百二十一所。郭外、如馮王
寺、齊獻武王寺、元領軍寺、閻居寺、栖禪寺、嵩陽寺、道場寺、
中頂寺、昇道寺、棲禪寺、石窟寺、靈巖寺、白馬寺、照樂寺等、
以在郭外、不在限數、亦详載之。云云、案書中所載不过四
十四寺、则所遺多矣。第五卷、載市城北聞義里、有燉煌人

宋雲宅、雲与惠生往西域、取得佛经一百七十部、所言经歷各国情事、不甚详析、是依道藥傳、宋雲家記載之◎又記城内修梵寺北有董卓之宅、里南北皆有池、卓之所造、今猶有水、冬夏不竭◎里中有長孫稚、郭祚、邢鸞、元洪超、許伯桃、成興等六人、巨第、鸞家嘗掘得丹砂及錢數十萬、銘云董太师之物、後卓夜中隨鸞索此物、鸞不与之、经年遂卒◎

戊辰年十二月廿一日

看孟範九日記一週、中有憤激語、而强以理智自制處、雖我執未化、在眼前諸人中亦難得矣◎又有抄錄梁任公演説佛教佛学大略、甚簡截了当◎

戊辰年十二月廿二日

第三十四頁

予尝拟作人之要言三、曰、不説不正当的話、不作不正当的事、不存不正当的心、而其帰極則曰認我、我之一字、其形成者、一曰姿質、二曰功力、三曰境遇、四曰地步、五曰時期、種種搆合、方能成一我、而此所謂我者、又復随時随地随事、而不一其變、又其至變之中、究竟有一不變者在、則所謂真我也、認定不變之真我、則凡外来之至變、足以移我引我、困我、厄我、而使我成為二我、或百千萬億我者、方能應付之、戰勝之、而終竟還成一真我焉、夫此還一真我之法惟何、則亦始終守定此三言、一切不使之不正当而已矣。

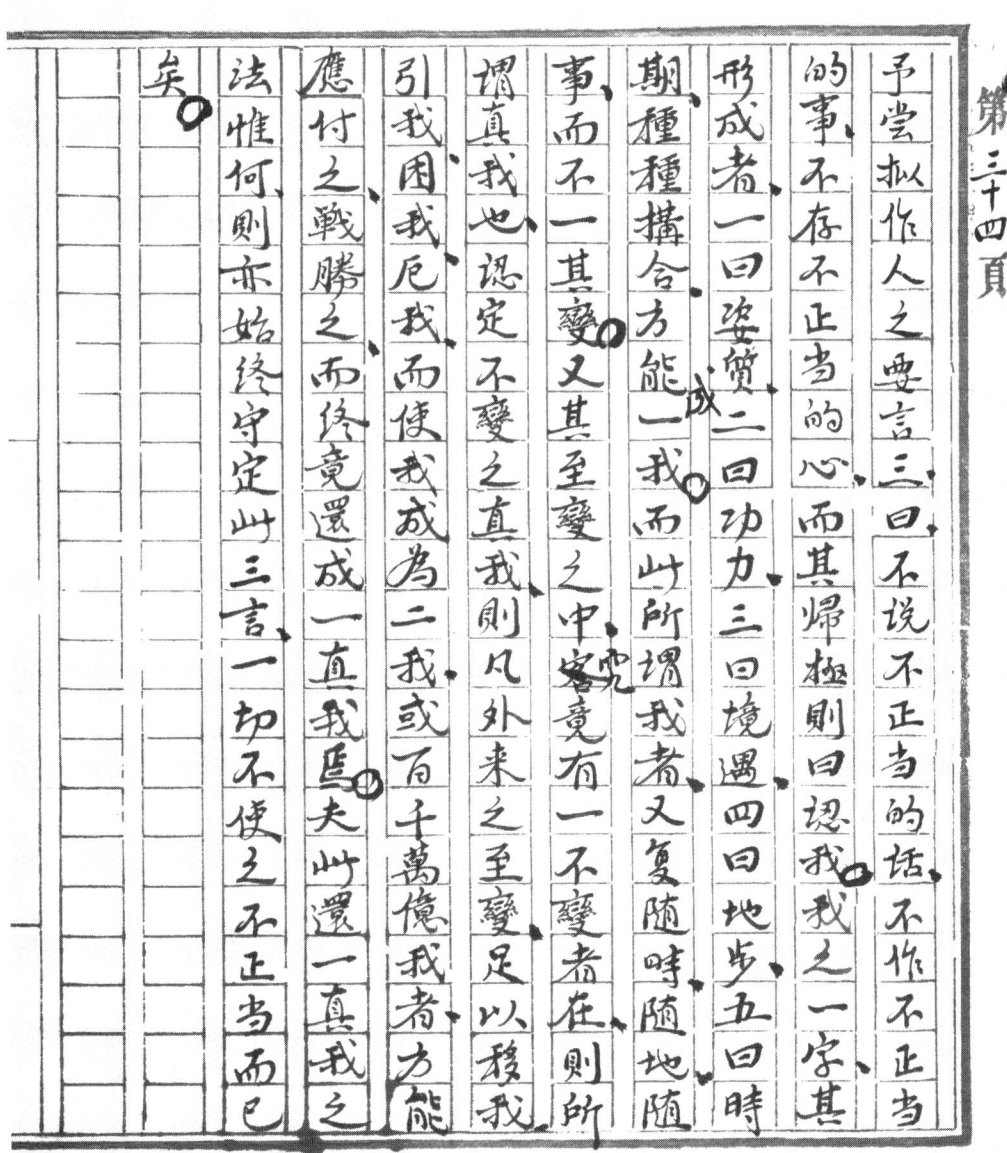

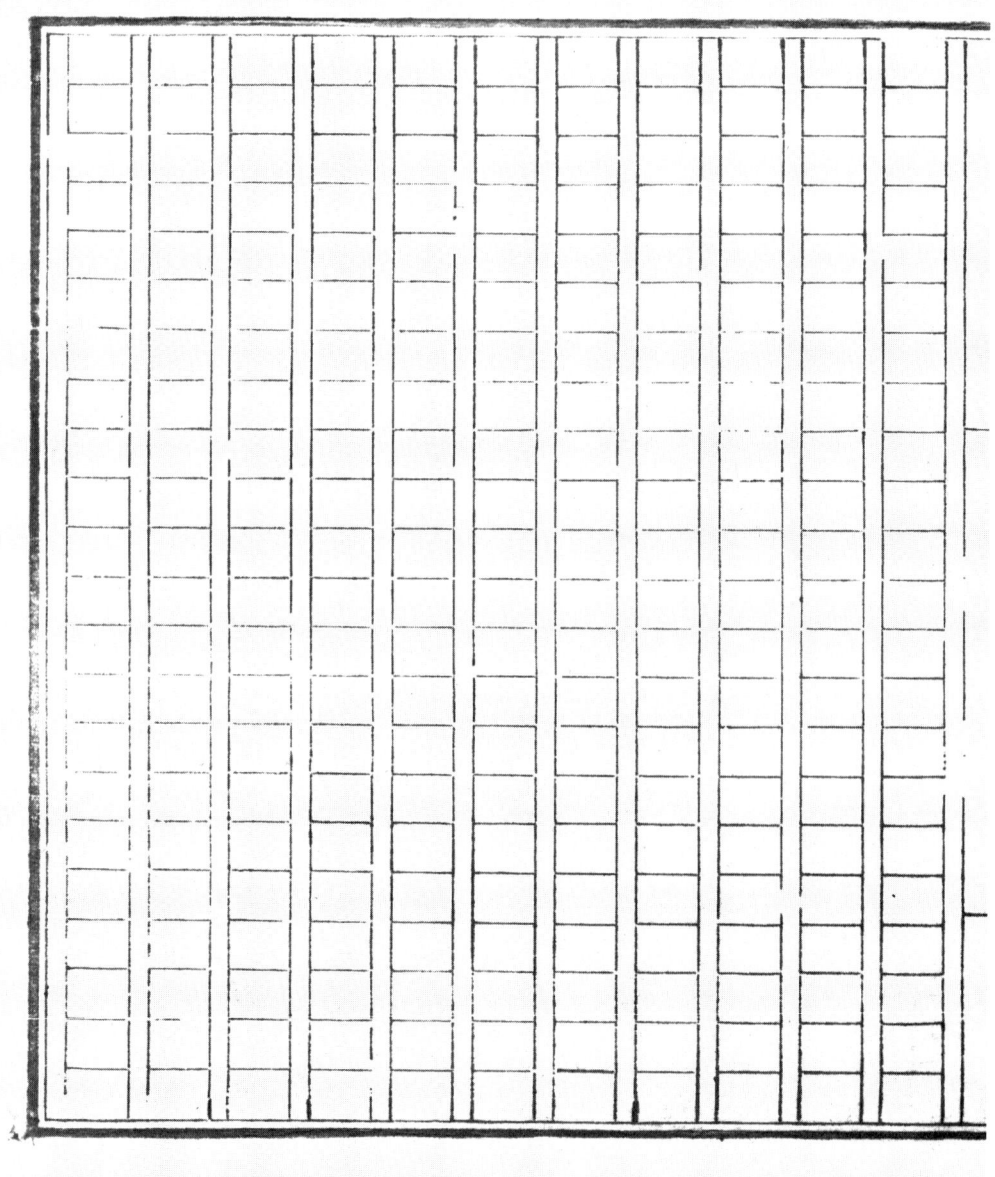

008

第一頁

己巳年

正月初十日

閱明德清禪師所註莊子內篇以老義註莊不參禪理只還本義其逐篇逐段逐節分析極為清晰易解且以七篇按次蟬聯處處溝通尤為一貫吾讀莊註不多終不了了今得此乃豁然另日當購一本存之

正月十五日

今日大公報載東方社上海電云字林西報載江西省人潘康發生於明代本年已三百卌歲精神尤佳猶逾壯者舉動有類兒童相傳老人居山中終年不眠正如西洋童話之温克兒老人彼長年研究自然界遂發見千年長生之

葯據彼云飲此葯一個月便可祛百病而得長生云云不知所載確否

正月初二日

通志藝文略所錄郭氏著述及為郭氏而作之書部目抄訖

都凡八十八種內有複者　種無卷數者　種共

卷

第[illegible]頁

民廿年

正月廿二日

早八時開第三次週會至十時畢事吾意家諸人須先改造思想乃能訓練得力成為有用之份子而思想之改造須先認識潮流故決從此處下手今日之會除工作報告餘不舉行惟即現代潮流分出大端細目由予與兩兒分別講演所擬現代潮流之條目如關于文化者(1)科學輸入(2)舊學整理(3)言文一致(4)文化侵略(5)宗教勸誘(6)習慣沿誤關于經濟者(1)商業侵略(2)工業侵略(3)金融壓迫(4)生計壓迫(5)物質需要(6)利權喪失關于政治者(1)政体改革(2)法律改革(3)國際壓迫(4)不平等條約貽

害。(5)官吏腐敗。(6)人民困苦。關于社會者(1)家庭改革。(2)人口問題。(3)男女平等。(4)婦女問題。(5)職業競爭。(6)技能需要。(7)團團結需要。今日將第一綱之六目及第二綱之一目講訖。以後循序講畢。再及他題。如此庶稍有系統可免零碎片段之病。

正月二十八日

到寶禪寺胡同。大覺精舍。看王興楫湖南人號仙舟所著瑜伽學世界觀。此書登報自夸為印度哲學創作。實則但將瑜伽師地論中。言世界者略分成壞二部。排比抄錄。又略引唯識論楞嚴經中類似之語。以為佐證。小有整理之功。與各雜誌學報中。所刊某某家人生觀世界觀者相近。其功力

第三頁

較之梁漱溟印度哲學概論相差甚遠，特現世治佛學者雖多，尚無人搜及此義，故稍覺新穎耳。研究求學問亦有投機分子，此其一也。

二月初六日

大公報載嚴範老于陽三月十四日十一時疾終津寓，享年七十歲。病發時自知不起，為自輓詩一首曰：小時無意逢詹尹，斷我天年可七旬。向道青春難便老，誰知白髮急催人。幾番失馬翻僥倖，廿載懸車得隱淪。從此長辭復何恨，九原泉相待幾交親。詞意和平純正，恰如其人。當民國初年項城勢盛時，始終皭然一塵不染者，惟範老一人。其人格高潔，誠不可及。

二月十四日

午後至北平圖書館，以援菴介紹片投入，有王君念喬祖爽（譯學館畢業）文安人，招待，引觀閱覽室、善本室、寫經室及四庫全書。全書為熱河行宮文津閣所藏，移置於此。每本均有太上皇帝之寶、文津閣藏本等三印。經部淡青色，史部紅色，子部黃色，集部灰色。紙作皮面，後背裝似西書，不用線裝。每匣（匣上刻字，色同書面）用花梨作隔板，又以各色綾作帶以隔之。匣內一二三隔不等，視書之多寡為定。收藏既舒，展閱亦利便。繕寫每半葉八行，每行廿一字，書法僅齊整，無甚工者。聞館人言，書中校勘亦不精。又言故宮文淵閣及奉天文　閣二部皆不完全，間有後來補入者。史部舊五代史閣板上刻有乾隆御製詩詩極荒率無可觀館中所藏善本內宋元明刻寫本甚多亦多有不全者燉煌寫經多至數百卷內有一卷是北魏人書尤可珍貴惟館中無通佛典之人撿出各卷不識所寫何經尚有待於改進各省方志多至二千餘種可稱鉅觀大致閱看一週洵可謂琳瑯滿目矣

二月二十日

鬼董狐五卷一本無撰人名氏書中有嘉定淳熙紹興崇寧寶慶紹定等年號又稱秦檜秦熺張俊等事蓋南宋人作也篇中又稱洪氏夷堅志亦其一証卷一記鉅鹿王氏女妾薄命歌都千餘言幽怨古致敘事詳盡極稱奇作其

事則王為同郡淩生妾。為大婦所虐。縛棄深谷中。脫而逸去。為女道士於他郡。一夕見夢于淩。語所夢。且以詩授淩。淩覺。得詩于褥前。後大婦死。王乃得復反。云云。幽怪離奇。比焦仲卿妻詩。尤饒別致云。

二月廿六日

小航贈以所作讀左隨筆。及方家園紀事詩。各一册。歸後各讀一過。伊近自號習叟。取易習坎之旨。

四月初九日

閱通志二本。皆三國吳人之傳。合前所閱蜀人諸傳。與羅貫中演義。大有出入。此抄陳志西史。自是正史。羅氏所演。未必純出虛構。道何以差異至是耶。各人傳中。頗詳閒事。有

第五頁

可推想其神情及當時社會狀態，處據此又知近世新學家謂廿四史為二十四姓家譜者，其漫為目論，實同瞽說，不值一噱。試取各傳纂敘諸文，以一人為主，如樣樣描荀，分别摘纂，就各方面合成全体，必有一英雄人物活現紙上，較之讀羅氏演義尤當有興趣也。世說新語亦有此類，若與晉書合纂之，必有若干佳構。

五月十五日

劉少少（鼎和）新解老，說理易解，間參以新名詞及哲學理解，亦自成一易於求解之途徑。如鄭叔進（沅）序盛推此注，以為古人未有及者，則太過矣。

五月廿五日

昨夕存誠讀常伯琦著作二種，惟天文儀器志略可通，中西恒星对照錄中多術語，且關學理，則不能通甚矣，學問之道真無窮際也。

聞常君言，陳援庵所著中西回歷对照表，誠一鉅製，係其為教部次長時委託常君及天文台諸同人撰輯，彼惟條理舉大綱而已，予素知援庵不習算學，安能作此歷學鉅帙，得此言可釋疑，且知常君之言決非虛也。

六月初十日　誌

陳鍾凡諸子通誼，此為東南大學講義，甚通博，不偏執，以唯識解莊老，以因明解諸子名論，甚新穎，篇中稱瑞安師不知是孫仲容门下，抑陳漢章之弟子也。

第六頁

六月十七日

代剛主教恆毅擬挽孫中山聯云：是和平公理豪傑，救國淵源同歸一揆；大無畏精神，昭鑠聲名，洋溢自有千秋。代英實夫擬熊秉三壽聯云：以鴻才為政治，家餘事作厚施九五福，先徵好德；惟善人現壽者相，祥暉迓純嘏，八千春共祝長生。

陳鍾凡所擬洪子通誼古書讀校法、中國文字變遷考三種，均持論有用之作，惟文字變遷考似太煩。

六月二十六日

讀國語，盡周魯語三卷。文極排比繁密而不滯，重專陳詳析而不冗散，可謂盡行文之能事。至精理名言，層出不窮，尤見學術於文本末兼賅處。左國並稱，信非虛贊，果真出

卯明一人所作真可謂絶大手筆雙管一握古今奇才也

七月初一日

讀國語一週其文之最茂密者惟周魯語餘雖亦多排比而不如前三卷之緊密亦多疏宕之氣文因事變有如此者化工造物隨地賦形真聖於文者也

七月初二日

北海圖書館編目科有王君有三者重民河北高陽人年卅歲以下本年師大畢業著有國學論文索引一本價洋一元即在館中購得王君與陳援庵朱少濱王画初賀性存諸君皆熟識因問索引根據出而晤談知為一好學深思之士誠吾直後起之彥也王又著有老子考二卷跋後漢書注

第七頁

引書考一卷、史記版本及參考書一卷、楊惺吾先生著述考一卷、

七月初五日

讀陳鍾凡諸子通誼中下卷、其原名與正名相應、皆排列諸家論名學之說、而貫通之。又以唯識証莊老、其復性篇亦同。此君蓋習羅輯學、唯識學者、故其持論恒以為歸極也。又其中卷明道篇、於老莊推論獨詳、他篇亦動稱引之、是亦其用功偏至之一証。

七月初十日

陳煥章母壽聯送訖、錄文如下、

燕喜詩賡魯侯頌。

龍文教作孔門徒。以其創立孔教會也、

八月初一日

讀荀子禮論、樂論二篇，是與墨子宣戰。性惡一篇，是與孟子宣戰。再讀解蔽篇之於墨子、宋子、慎子、申子、惠子、莊子。非十二子篇之於它囂、魏牟、陳仲、史鰌、墨翟、宋鈃、慎到、田駢、惠施、鄧析、子思、孟軻。篇末且於子張、子夏、子游氏皆目為賤儒。是諸家學說，舉當代前代諸家學說，無不抨擊而排議之。然則荀子之好辯，殆尤甚於孟子。而其為發憤著書，肆意所至，不免過當，蓋益不可掩矣。高年老祭酒，而氣盛如此，其所養蓋亦可知矣。東坡殺人報仇之論，雖不免有故入人罪處。而荀書不平之意氣溢於言表，抑實有以召之也。

第八頁

八月初十日

頭髮胡同第一普通圖書館、藏故宮善本書影初編、內共宋元版四部書、共四十二種、以珂羅版影印、精緻可觀。編輯者、為豐潤張允恪、或伯訥之族人、現充院中職員者。其人見書亦頗多、書首略說甚不陋、亦吾北方一學者也。

十月初七日

至來蔭兄處早飯、代撰周家二側室扶正聯、云蘭夢徵祥、昔傳燕喜。荻芬裕教、今晉鴻名。

十月二十五日

白香山耳順吟、已過愛貪聲利後。猶在病羸衰廢前。二語

八月初一日

讀荀子禮論樂論二篇，是與墨子宣戰；性惡一篇，是與孟子宣戰。再讀解蔽篇之於墨子、宋子、慎子、申子、惠子、莊子，非十二子篇之於它囂、魏牟、陳仲、史鰌、墨翟、宋鈃、慎到、田駢、惠施、鄧析、子思、孟軻，篇末且於子張、子夏、子游氏皆目

十月初六日

連日讀白氏長慶集五言古詩略盡，其言直質，其氣古，其意顯，其於比興尤多合者。高處可逼近淵明，次亦不在王孟韋柳諸家之下。以其真質不雕琢，直是無意為詩而自然成章，較視諸家猶不免有用詞用筆痕迹在也。甌北十家詩話推為大家，自是有識。東坡元輕白俗之說，尚是少

第十頁

年盛氣時所發，未為定論。晚則不免傾倒皈依，屢見諸詩。蓋經歷既深，知其不能以力爭，始不覺自行帖服耳。於此可見白氏功力至深，實已妙造自然，非微之所及也。

人生難得稱意，老態又已侵身，直是無可奈何事。讀白詩盡三冊，稍資陶洗。適毛曜東來訪，快談，彼此意見多相合者，在親友中誠為難得，借此亦得一豁宿襟。

十月初七日

至來蔭兄處早飯，代撰周家二側室扶正聯云：蘭夢徵祥，昔傳燕喜；荻芬裕教，今晉鴻名。

十月二十五日

白香山耳順吟：已過愛貪聲利後，猶在病羸衰廢前。二語

似為我作也

十一月初七日

檢舊點古文辭類纂雜記類，重讀韓之河南府同官記，曾之序鑑湖圖、越州趙公救灾記，劉才甫之浮山記，柳之序棊序、飲館驛使壁記等，復加點逗分畫，愈知敘記之難。蓋題目大、頭緒多者，必有極盛之氣以運之，極清之筆以分之，繁而不贅，多而不亂，簡而不漏略，又須立身題上，作下瞰之勢，方能以我馭題，不為題所壓倒。李習之來南錄亦細點一過，然仍不識其妙處，只能得其節段及分合所在，甚矣知文之難也。此本為予廿餘歲時有甲午年記字所點勘，今閱卅餘年，所見自視昔為進，然仍未究其深處，實為學不

第十一頁

勤讀書太少之故也。書此未免自赧。

十一月二十日

晚中一峰聯云：完髮矢孤忱，異代未嘗忘故國；持躬敦古處義，方猶及逮佳兒。似與其為人頗相肖也。

十一月廿一日

報載清史館內藏之清史稿一書紀載荒謬，本月十七日，十二月行政院行政會議提出討論，其審查結果不特條條紀載謬點極多，且充滿反革命議論，決議應永遠禁止發行。所有史館材料，即由故宮博物院整理，編纂清代通鑑長編，以為將來重修清史之預備云云。此書原辦係以趙尔巽總裁，所招集編纂各員半係腐敗官僚，各事全仿前

此論如鑄鼎象物，袞袞諸公能不愧死

清國史館辦法趙尤淺陋無學識而其願然自大是已非人尤屬不可嚮邇一般館員亦多以遺老自命巧為噉飯名取利之計其初經費尚足趨者若鶩其後薪水欠發幾于過問無人最後由趙乞取張作霖唾餘出貲排印並鈎（由關左右私人）結書賈發行預約意在草草了事趙亦旋殁頃之史目及藝文志印成攻詰者紛紛抨擊幾無完膚今果得此結果雖當局議決此案未必非有人從中作報復之舉而原書不滿人意之處太多空穴來風實亦自取革命以來一般輕薄文人積慣污官多以從事清史教授清室為名利雙收之計而終於取毀發其覆者即繼踵而起於此可見公道終在人心而晚近習俗詐偽鬼蜮技倆出奇無窮為可

第十二頁

浩歎且深可畏懼也

昨聞廷文云孟郁如於上月在哈埠病歿聞之慨然此生為吾長弟八小學時高才生姿性聰穎文筆殊佳曾親授以經書古文均能領受後畢業法政學校為中小學教員繼為陸軍部科員旋因徐樹錚創設庫綏等處邊政廳隨作科員後徐敗廳撤遂爾無著南北奔走忽官忽商最後往哈埠作律師生活今竟病歿于此年不過四十老父寡妻孤子頓成無依生前本為負累身後益復可想生才本穎發徒以貧苦急於進取而家累又重對於治生持家之道漫不加意以致無時無日不在緊迫之中亦嘗月薪稍豐收入稍裕而又好事鋪排不知節儉家中老幼兄弟等

輩多係坐食耗費之人無能助力者經此壓迫重以焦急乃竟一病不起誠可痛抑尤可惜也吾生平極愛重之屢規導之而終不能聽從及奔走飢軀更歷歲年不得一見見亦不能即以法語相加坐此悠忽乃成永訣哀哉

臘月初一日

午後挈大兒質見往天壇一遊入門東行進二道門北行進祈年門登祈年殿三壇九陛圓式大殿高約十丈以外殿內四面鉅柱十二根中心鉅柱四根大皆可二人合抱地面墁石皆以圓式合成工程浩大可稱宏構下殿東行繞長廊四五折至打牲亭皆破敝不堪亭殿各案皆不知名有賃作養蜂廠者可稱得地復出祈年門南行出成貞

門有皇穹宇，亦圓式殿，與祈年同，但微小耳。外門閉閉不得入。復南行至圜丘壇，三壇四出陛，距地高可二三丈。瀏覽一週，遂循路度兩重門而出，時已五鐘餘，遂趁電車歸。

附注：天壇在正陽門之左，永樂十八年建，繚以垣牆，周迴九里十三步。初遵洪武合祀天地之制，稱為天地壇。後既分祀，乃專稱天壇。春明夢餘錄

十二月初五日

天大風寒，以無事無課，終日未出門。讀曝書亭詩集盡數卷。又閱舊存梁任公國風報，二十餘年前之議論，至今尚頗有驗者。上午老妻自往街頭買羊肉，供以涮食，圍爐一

飽，廻思嚴寒凛冽中，無衣無食，而致凍餒死者，不知當有幾輩。我何德能，竟能享此清福，亦云過矣。誌此以自惕。又縱筆得七律二首，聊以寫意。

十二月初十日

昨閱校朱彬禮記訓纂，明堂位一篇，逐加句讀。其繁徵博考，字字梳櫛，實能綜前古注疏及諸家論説，而折衷一是。用力至勤，意雖注重漢學，而能於宋元諸儒之説，兼收其近是者，可謂具有通識，不偏不倚之作。惟讀之令人悶損。予自幼少，對於注疏訓詁音韻之學，獨無興趣，以其太繁密太枯寂也。今又閲數十年，世變日新日急，不惟於此等學業，認為不切實用，甚至三代以來，朝野上下所共認為

第十四頁

極關重要、極求詳密之各禮制儀文等、亦同此觀念。個人之意如此。不知是否合理。姑誌之、以待就正有道焉。

十二月十五日

文華殿內陳列書画、唐則閻立本、周昉、智永等。宋則米芾、李龍眠、郭熙、夏珪、董巨然等。元則趙孟頫、倪雲林、王叔明、等。明則仇英、唐寅、文徵明等。清則三王、惲南田、二董、關槐、郎世寧等。上下千年、洋洋巨觀、直有目不暇給之歎。予特一一觀之、然猶是走馬看花、疏略之極。他日再有機會、仍當重往、所謂不厭百回讀也。宋板書、只有劉賓客集、邵子擊壤集二種、以視北平北海兩圖書館則相去甚遠矣。

十二月廿二日

朱竹垞鴛湖櫂歌一百首、在曝書亭詩集第八卷、為康熙十三年甲寅、四十六歲時作。是時竹垞自癸丑秋客潞河龔僉事佳育幕中。至十六年丁巳、龔擢江寧布政司、亦偕往。中間在十四年乙卯九月、曾奔嗣父晦在先生喪歸里。次年復返潞河。是此詩正在潞河幕中所作。昔在光緒庚寅、予應科試赴潞河、借寓馮氏、寓主出其先代植亭先生蘭所作潞河雜詠百首稿見示。係詠通州鄉土雜事、仿竹垞鴛湖櫂歌體、即用其韻。詩既佳妙、記事亦翔實。予曾錄副以歸。今逾四十年矣。吳州人徐養吾宗浩搜集志料、亦嘗借抄一過。近讀竹垞詩、棖觸舊事、為記如此。

十二月廿五日

第十五頁

點閱後漢書范曄自序、劉昭禮注序等十餘篇。初意以為隨筆點讀，宜無不可者。及開卷尋其句讀，文義竟不能順筆直下，並須加以參攷斟酌，始得大致無誤。於此可見學問之道，非可輕心率意為之，且非經過困難，不自知其所得淺薄也。

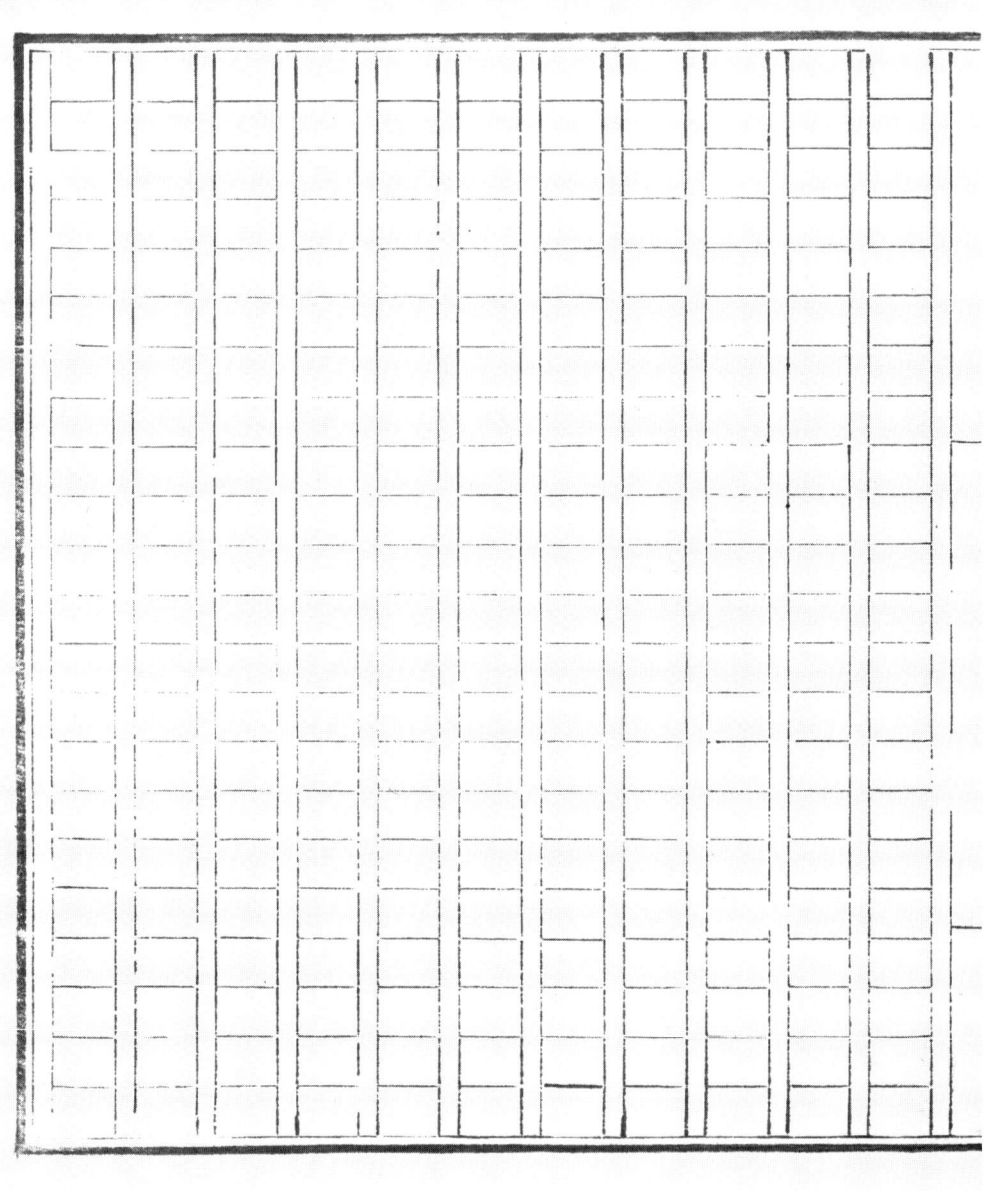

第一頁

庚午年

正月初三日

午後挈長次媳長女笪兒遊故宮東路三時半歸廻憶陰
曆丙寅年民國十五年正月十一二三日曾假趙敬忱兄徽章
徧遊故宮中東西三路今日所遊東路與前遊有不同者
其陳列品惟南巡圖光緒大婚圖及歷代傳國璽明代皇
帝玉冊清太祖帝后玉冊慈禧隆裕照相康熙乾隆香妃
畫像圖書冊寶玉印臣工印錢鈔賞單頁單硃批摺諭饍
單合符腰牌宣統作品等皆與前同其禮器圖歷朝御用
甲冑兵器蟒服乾隆刺虎射鹿落雁射生等圖則與前異
又未并開文淵閣不得見四庫書圖書集成等其西后所居樂

入後往

壽臺內，三面多寶閣，皆空虛無物。前次所見道光后像，同治便衣像，歷朝御用貂褂狐裘，后妃用各項禮服，皆不知移往何所。平定回疆安南等處戰圖，歷代名人畫像，清代帝后畫像等，亦未陳列。和闐玉製之壽山福海及大禹治水各件，尚在養性殿內。所分文獻部陳列室五處，較前增多二處，而物品反減。僅此三四年內，而變遷改易已如此，是可慨矣。

昨在海王村畫棚，見有管夫人及朱二眉方旦畫像。又有一內宦衣冠畫像，宦帽宦服，無頂戴。管朱二像，衣服之制，皆不甚與常人同。管著藍色長袍，不著裙，梳三孔高髻。朱著長衫，挂百八念珠，頭戴緯帽無頂，手執如意。閣像必係道光以前之人，今日所見乾隆古裝畫像，

第二頁

一携鋤采芝，一拈毫吟詩，皆衣冠博古，不作清朝裝束。昨又見一男女合影，男則長衫馬褂，小帽福履，滿面嘻笑，正立似劇場小丑態度；女則瞽目纏足，不着裙，側坐。上無題識，以意測之，當係清代有名彈詞瞽女之夫婦合像，而又旁不列樂器等物，殊難強斷也。

正月廿日

改定挽輔校創辦人司泰來氏聯如下：

與味壇爵斂之聖名同聲相應，肇此洪基，何期荏苒六七年，接武竟歸天上。

本利瑪竇闡化之遺，施於黌學，試聽譽髦數百輩，謳歌常溢寰中。

正月廿二日

談次悟得一理、人之思想單純者、其心多樂。思想複雜者、則否。惟思想亦有因事因境而異者、事與境既異、其思想自隨之而異。人欲從此中尋得真正自得之樂、非用聖賢治心之法、决不可得。其法惟何、曰定、曰靜是也。吾人無此學力、尚不能及。惟有隨境為應付、不隨境而留滯、使此心有餘於境、庶幾得之。

昔當民國初年、甫脫政界、又值先室欒恭人逝世、處境多變、頗有困衡之象。至二年冬、續室得人、內職有佐、力行勤儉、親督兩兒課業、雖任蒙藏三中兩校功課、不繫縛有餘力、家事尤簡、當時除授課督課外、頗稱閒適、心境尤極乾

第三頁

煇自八年重入農部，仍兼各校課，事體漸繁，眷口復增，外間事務亦劇，物力用度，更增需要，每日逐逐，幾少暇晷。中間為兩兒升學授室，為長次女暨兒兩媳等入學，直至十八年底，此十年中事務日益複雜，思想亦隨之而紛擾，心中極少閒適之趣。雖間亦讀書，只求應用，殊不足涵養心神。甚至平生所好吟詠之事，都亦廢擱，忙忙碌碌，不得自休。幸所謀求、所希望、所措置者，就現狀核之，不為得意，亦尚無甚失意，自顧菲薄，叨幸已多。近自與三中校脫離，僅有輔校每星期十小時功課，日力、氣力、心力都稱閒暇，每月收入，亦可略維現狀，即或不足，有兩兒所得，尚可補苴。當此生計萬難之時，得之殊非易易。擬趁此時期，稍作休息。但非有人敦促，决不再擔任何事。苟得心有餘閒，身有餘力，将家中及本身應料理之事，徐徐料理，使之一切就緒，大段完成。再抽暇晷，作閒適冷落各生活，借以活動身體，舒暢心神，自當於養生俟命大有裨益也。書此自策，以誌勿忘。

正月廿六日

人當得意時，貴能斂抑。當失意時，貴能忍耐。人與人相接相處，當看破彼之隱微時，要在不落其算中，尤要在不說破。

正月廿七日

讀竹塢詩得二句，耽書昔已稱風漢。（朱題汪上舍讀書圖詩世間風漢乃耽書。）

第四頁

嗜酒今猶中聖人。頗能自寫出狀態也。下句亦作止酒今思避俗翁、杜詩陶潛避俗翁。

二月十二日

元遺山集卷四十、有太夫人五七青詞一篇。中有痛卵翼之未終、忽梧檟之永棄、敢申悃愊、仰訴昊蒼語。又有惟幽誠之有假、或冥福之可徼、敬叩玄科、竊依真蔭語。是歿後祭天祈福之義。世俗生人歿後經過三十五日名五七日、必設祭、或延僧道誦經梵唄以資福、據此則自遺山時代已有之、其沿襲業經六七百年、至今未革。從宜從俗、雖其事稍近迷信、固亦難盡消滅也。

二月十五日

前讀白香山詩有答崔賓客十二月四日見寄詩中有句云、今歲日餘二十六。來歲年登六十二。尚不能憂眼下身。因何更算人間事。居士忘筌默默坐。先生枕麴昏昏睡。早晚相從歸醉鄉。醉鄉去此無多地。頗合予之現狀、漫錄於此。

唐制有間架陌錢之名、所以罔利者。德宗建中二年、陳京建議施行、事見通鑑紀事本末。按間架者、每屋兩架為間、上屋稅錢二千、中稅千、下稅五百、即房屋稅也。陌錢者、公私給與及買賣、每緡官留五十、即今之所得營業等稅也。緡錢貫也、見漢書武帝紀。此言緡留五十、蓋每及錢一貫、則留五十文也。

第五頁

二月十九日

王觀堂詩文集，曰觀堂集林，甚文多考訂之作。詩有頤和園詞，專詠孝欽事，翔實典麗，似較王湘綺圓明園詞、林畏廬崇陵哀昆明秋各篇為勝。又有隆裕太后挽詞，排律九十韻，記事纂言，亦得體。又有蜀道難，為端午橋作。予奪亦有分寸，皆稱不朽之作。詩不多，只百餘首，然已足傳矣。其全集為羅叔蘊振玉所編輯，羅女為王長子之妻，已寡。兩人關係至深，其為清室師傅，亦先後相接。集前羅所撰傳及別傳，推崇甚至，且詳言助其成學之事。羅有庫書樓在天津，專藏內閣大庫檔案、奏摺、批旨等，計有九千袋十五萬觔之多。王有記詳之。明清兩代俱有，此誠絕大史料也。

三月初一日

仁和邵位西先生、懿辰、有四庫全書簡明目錄標注、專論本之存佚、刻之善否。繆小山序、極推崇之。其孫伯桐章同年刊行、首記文淵閣藏四庫全書數目、錄如下、

經部 十類 六百九十五部 一萬二百十四卷 廿架 九百六十函

史部 十五類 五百六十三部 二萬一千三百五十九卷 卅三架 一千五百八十四函

子部 十四類 九百卅部 一萬七千五百六十六卷 廿二架 一千五百八十四函

集部 五類 一千二百八十二部 二萬六千七百

第六頁

五十七卷　廿八架　二千十六函

總凡三萬六千冊

清乾嘉間海陽汪汲（字古愚，號葵田）有消夏集，多抄撮之作，如十三經紀字（某經若干篇，某篇若干字，合小數綜成大數）、字典紀字（某集若干部，某部若干字，備考、補遺同，各有分合之數）、韻府紀字（四聲每聲若干韻，每韻若干字，亦有分合之數）、壘字編（以字典為主，益以玉篇等，凡各部中堆壘之字，自二合體至六合體錄出，註以極簡音義）。以上各書不過抄胥之事，然頗便尋檢。又事物原會，係仿物始、物祖、事始、事原及事物紀原諸書而作，考據未為賅洽。此外又有宮調曲纂、琴曲纂等，未及檢閱，不具論。

三月十七日

吳甘侯送來子修太夫子詩集、絅齋夫子詩集及補晉書經籍志閲覽終日。吳氏父子之詩，同一宗派，功力既深，格律亦謹，但書卷太多，反錮性靈。昔見徐硯甫編修仁鑄詩集亦如此。蓋富於記誦，不肯輕易落筆，語語必使事，處處要運典，字字要脫俗，此境誠非績學人不能，第清空氣太少，襞積氣太多，未免有失之滯重處。所謂學人之詩，非詩人之詩。其意境蹊徑、品格總在北宋以下，非唐賢正軌也。吾生平為詩，取徑殊不在此。宋詩中蘇、陸、黃、范均不如此，自有清乾嘉以來，漢學家倡之。若以近日風氣所謂平民文學而論，尤去之甚遠。

三月十八日

劉半農遣送到所著宋元以來俗字譜一冊，搜輯甚多，所據書皆宋元明板，如列女傳等共十二種，而小說為多，以

第七頁

其通俗多俗字也。爬羅梳剔，頗費苦功，且前此無有，可云創作。

三月十九日

為賀性存母夫人八十壽，作詩聯各一，錄如下

大師雄筆邁文昌。哲母勞心媲敬姜。佐業力曾殫世載，助勤教更逮諸郎。躬修早協雞鳴什。色養今賡燕喜章。幸值瓊筵開八秩。歌詩好共介稱觴。

淑德延年躋大耋。佳兒繼世有高文。

三月廿三日

尹石公指出林畏廬論文中之失考語。吳昌碩賣画廣告之哭區編野。李清瑞閣帖題跋之伸紙操觚，各笑話，皆切

中其病，可見負盛名者均不免有此失。然近今十年來學校中所造成之新國學家，其文義不通，尤有過於此者，更羼以白話詩文，並復疵瑕百出。科舉時代，不甚講中國文法，其不通者，在學術不在文詞。學校時代，課目列入中國文法、文典等，而學生之於文詞，其不通乃更甚於八股先生，此其故可深長思矣。

三月廿五日

詞曲名內，如犯、慢、引、破、近、歌、曲、謠、吟、序、樂、醜、歸、減字、歌頭、哨遍、八聲、高宮、平翻、子、兒、樂、大、小、三台、第一、捉拍、偷聲、添聲、添字等，皆所以記曲度及字數、拍數之不同，義有所取，非虛設也。近日偶檢查之，得數十條，仍苦其煩雜，難以就

第八頁

理暇時當終考索之，亦可成一新作也。

四月初五日

擬宗伯坪挽聯如下：

象鞮肆語，貍帖工書，餘事尚堪傳藝苑。

兩載沉痾，一朝噩夢，遺型今共式鄉閭。

五月十五日

高閬仙寄來所著文選李注義疏一冊，又函告封禪記內牒牒字，王益吾後漢補注、孫淵如刻漢官儀均作牒，牒亦無校語，一時尚難訂証。此君隨時用力，可謂勤學不倦者矣。

五月廿一日

閱史記秦楚之際月表，內以月記者，有十三、十四、十五、十

六十七、十八、十九、二十、廿一、至卅一等字無解。惟記趙格內、二十九下索隱注曰、趙歇前為趙王，已二十六月，今從王代之三月，故云二十九月。其膠東市之前為齊王十九。韓廣、魏豹、韓成五人，并先為王，已經多月，故因舊月而數。云云。甚義粗明。張照考証别以秦二世元年七月至三年八月被弑，續至次年正月為一表。以義帝元年一月至九月被弑，續至四十八月，項羽被誅為一表。以漢五年正月至後九月為一表。其分画較清，而仍有四十八月、二十一月、十六月、五十五月等字。計數沿史公舊式未改。蓋仿蔡沈尚書傳考定武成之例，以備參觀，未敢遽為定論也。

六月十九日

尚志齋慎思、訟過記各一卷，雲南鶴慶呂存德子恆著。光緒廿二年丙申刻。陳榮昌為之敘，並有祭文。子恆生廿八歲而殁，生平為儒家克己治躬之學，此仿讀書錄及過隙影等而作，頗近切實，不涉詞章考據時務等學。在三十年內外邊省，尚有此等學人，而腹地南北各省，則罕覯焉，未可執彼繩此，以為迂闊不切世用也。

六月廿二日

冒鶴亭所刻楚州叢書，自枚乘、陳琳至張力臣、吳山公等凡十數家，又附有徐、張、吳年譜。冒曾刻冒氏叢書、永嘉詩人祠堂叢書，並此而三。昔年與談，執伊曾言，刻叢書精好者，壽可三四百歲。入民國後，兩權溫州、淮安關事，蓄

入設在

皆刻書，竟如其志云。

七月初六日

唐章懷太子後漢書后紀十上注：諒闇，居喪之庐也。或為諒陰，諒，信也；陰，默也。言居憂信默不言。

七月廿五日

湘鄉胡少潛子清所纂歷代政要表上下二卷，自秦至清，以疆域、土田、户口、賦役、征榷、選舉、兵制、學校八門賅括之。二千餘年之政治，可得崖略，洵佳製也。

湘鄉謝祏生嵩岱著論墨絶句一卷。謝在光緒間為國子監南學肄業生，後為助教。生平專研製墨之法，改塊為汁，以供裝盒之用。旋自在琉璃廠開設一得閣墨汁店，頗為

第十頁

獲利，至今尚存。其雲頭艷一種，每兩易銀數兩。後來製賣墨汁者，必以謝為創首，是亦藝苑中一傳人也。其論墨法甚精，皆得諸實驗。又為讀書績學之士用盒用墨，係親自手試，故非工匠者流所能擬也。

八月初三日

商務館印國學小叢書內有道教概說一冊，為日本小柳司氣太所著，中國陳彬龢所譯，闡於道教之原委，條列頗詳，譯筆亦明析。此雖未盡道教之全，而搜訪考証頗能有系統，有條理，足可得道教之概略。中國記載道教之書雖有多部，然皆一時代一端緒之記述論說，不易得其自古至今之大略。此則所說雖簡，不如中國各籍之詳，卻能得其概略。且皆以新學眼光為之，學者不可不一覽也。凡所論述，關於考據方面，吾未博觀諸書，不能判其尚有誤否。關於批評方面，則一一與吾意適合。乃知道教之教理，不惟遠遜佛教之精深，且多竊取佛家之科儀，羼合儒家之義理，又漫引六經中一二偏而不全之神話，以為塗飾。為術如此，以之煽惑下愚，庶幾有效。以之誘引上智，則未見其可也。三教並立之勢，恐不能持久，且恐根本上即不能成立耳。

八月初六日

閱王晉老所纂冀縣志，仿汪容甫廣陵通典例，以通書為一篇文字。所徵事實，則仿水經酈注之例，詳稽博考，鉅細

入彼社

第十一頁

兼收。其中門類雖未區分，而依次排比，鳥迹蛛絲，秩然有序，尚不相紊。在方志中，體例特異，一空前人。編年以提其要，而隸書類從，注中夾注，又以大小字為别。第就文論，不能不服其筆力之大。惟不如舊例劃分清析，各自為類者，檢查為易。且對新政新制，尤多深斥痛詆之詞，似不免賢者之一蔽也。

八月廿一日

下午挈長女質兒遊北平圖書館展覽會，大致瀏覽一週。本屆所陳，係自十七年至十九年，二年間購置所得之貴重品，舊藏諸善本等，不與焉。有自舊工部料估所樣式房書吏雷氏家購得之圓明園，南北海各式本作模型，約廿件上下、此物代價僅六千元。尚有菩陀峪孝欽后陵模型、未列。
又有修補未完之件、此在中國無第二具。雷氏世為工部
書吏、專門構製模型、自明及清、已閱四五百年、子孫相傳、
散失之餘、僅有此數。其家早已零落、現僅存一老寡婦、其
遠支子弟、尚有二三人、皆不能傳業。且自近年中國建築
工程、多參取西式、舊制宮殿諸式、非皇室有大營造無人
問津、因之其家傳前代模型、及專記營造法式底簿、散失
遺落、比比可遺、當不翅數十百倍、竟不復傳於世、為可惜
也。至其陳列各書、凡六百零五種、似不如上年之多。然採
訪尋購、尤復不易。按目詳查、計乾隆禁書著錄者有七十、
七種。西夏刻佛經有二、三種。元刻河西字大藏經、有九種。

第十二頁

皆罕見者。宋刻不過二三種。元鈔元刻有十數種。明刻明抄皆多。清刻清抄尤夥。至乾隆禁書中有袁黃補陳建之皇明資治通鑑、紀。范景文之昭代武功編。王世貞之國朝人物考。焦竑之獻徵錄。馮應京之皇明經世實用編。陳仁錫之皇明世法錄、茅元儀之三戍叢譚。湯顯祖之玉茗堂批點皇明英烈傳。高拱之高文襄公集。葉向高之蒼霞草。湯賓尹之睡庵文集。袁宏道之袁中郎十集。王稚登之王百穀集二十一種。郭正域之黃離草。梅鼎祚之鹿裘石室集。譚元春之譚子詩歸。姚希孟之循滄集、風吟集、迦陵集。陳繼儒之眉公十種藏書。董其昌之容臺文集、詩集。陳仁錫之無夢園初集。王思任之王季重全集。陳際泰之已吾集。呂留良之晚村文集、續集。孫鑛之今文選。黃宗羲之明文案。陳濟生之啟禎兩朝遺詩。沈佳胤之翰海等。幾舉明隆萬以後、至清康雍之間、有名人物之著作、一網打盡、未免禁網太密。惟禁目內列之顧秉謙三朝要典、今竟可以復觀、亦稱一快。又從史鈔類、得見牧齋之父錢世揚所輯古史談苑三十六卷。明別集類得見牧齋從弟錢復撰未學庵詩稿十卷。清別集類、得見阮元之繼妻孔璐華、撰唐宋舊經樓詩稿七卷。阮元妾、唐慶雲、女蘿亭詩稿六卷。戲曲類得見明儒邱濬之五倫全備忠孝記四卷。投筆記四卷。閨閣之詩集、不足為異、以理學家而作傳奇、則罕聞矣。

八月廿四日

第十三頁

早訪尹石公晤談。遇楊昀谷增犖，年七十一，江西老詩人也。精神強健，往來步行，自愧不如。當贈以詩集一本，伊略翻閱，即許以意境甚高，足為知言。當行者固自有識，不同泛泛談詞也。

九月十四日

在家料理食物米麵各事，誠所謂米鹽瑣瑣者。自古中國學者以不問家事、不治生產為高，正是大誤。故吾生平力以為戒也。

九月十九日

到北海鑑畝精舍，應何景齋之招，在彼喫烤羊肉，燒松枝，飲黍酒，另是一番風味。昨日景齋有詩函云：難逢雪裡菊

纔黄貓炙燒春好一嘗招客坡公先例在菊開日即是重陽其詩甚有逸趣

九月廿三日

楊孟剛贈其鄉先輩胡成齋大集（通城人咸豐辛酉拔貢同治丁卯順天副榜）詩集略讀一週及諸序題詞等此君生平歷佐賀雲甫壽慈張筱浦霈彭味之久餘諸公學幕遊蹤遍南北詩則格律既低才力尤薄尚未足言成章之作

九月廿八日

閱顏之推家訓一周誤字甚多費有容註釋標點句讀尤多錯謬且有妄撰之弊少年寡學急於求名遂有此失誠可為戒

第十四頁

十月廿七日

昨日大公報文學副刊中，對於金公亮所著詩經學，指摘略無完膚，且謂國學中最無價值之作，以關於詩經者為尤多，如謝无量之詩經研究，則係剽竊日人諸橋次轍所著之詩經研究之緒論部分。胡樸安之詩經學中自己之語不及十分之二，餘皆雜抄前人之文。近又有金氏之此書，其最謬之點有五，且不知從文學方面研究說明詩經文學上價值，顧反致力於繁蕪之經學問題，尤所不滿。田律生說等語，且斥謝无量為著名剽竊。據此則吾人對於一切近出關于國學之書，必應慎取之，而不可為其所誤，且誤人也。

十一月初二日

郘伯絅同年來談，贈我以其先祖位西先生詩文集，又出所作和王晉老八十自壽詩相商榷。詩體近韓黃，才力甚健，氣勢亦鬱勃，自是詩界一健者。予謂君詩才力勝我，功力似不如我；我詩功力似稍長，而才力遠遜之。伯絅亦頗韙予言，足見虛懷善受。

讀郘位西先生集大致一週，文是桐城宗派，詩亦韓體，而其學特精博。前見其所著四庫標注，考証於版本校勘之學尤精慎，足開近年風氣之先路。

十一月初四日

買得顧憲融填詞百法，讀之略盡，頗便初學。惜予於此道

第十五頁

為門外漢，無由判其當否，大致想不歧誤也。

昔贈英斂之詩有十七史從何處說，五千年局至今翻，句當時未讀甌北集也。頃閱趙甌北集輓錢竹汀詩有十七史從何處說，一家言已等身高句，乃先我為之，亦可云無心巧合。

前見李潤田為王露垣夫人作輓聯，用元稹字作平聲讀，頗疑其誤。今見甌北輓彭芸楣詩，帝將李嶠稱才子，人忌元稹作相公。稹字下自注平聲，是亦有平讀也。

十一月十一日

檢舊存國粹學報，得劉申叔所作論文雜記凡七期，約數十則，惜不全。又有劉所作文說，只得析字、記事二篇，亦不

全內多新穎之論，他日當在景山書社訪購之。劉人有文章原始一篇，尚全。乙巳第一期

臘月初六日

訪尚節之晤談，並贈以詩集。又假得其所作灌園餘暇錄稿本四卷，內多記神鬼仙狐等事，大旨近紀文達公閱微草堂筆記，敘事簡淨，議論亦通徹。

臘月十五日

閱東陵林墾報告書，知東陵所在地，現已增設興隆縣，即以陵地為轄境。第一任縣長為張榛。此為現講地理者所未及，特記之。靜生生物所所員報告。

臘月十八日

第十六頁

章庚容贈以伊家先代詩集四冊，曰荻溪章氏詩存，凡一家百有十人，詩一千六百十五首，詩書世澤，自康熙至今，二百七八十年，可謂盛矣。

臘月廿五日

邢罷之藏有王樓村十三本梅花書屋圖，為禹之鼎、鴻臚所繪，查初白等題詠者五十餘人。又乾隆時磁青紙泥金畫萬佛圖一冊，雍正御書普門品一冊。又童二樹梅花長卷，題詠者有蔣心餘、五行陳古漁二家。又翁松禪致錢樺卿桂森信箋十數頁，合成一冊，皆真跡也。

又梁節庵種樹廬詩冊，為黎露苑所書，名湛枝，廣東人，癸卯傳臚。

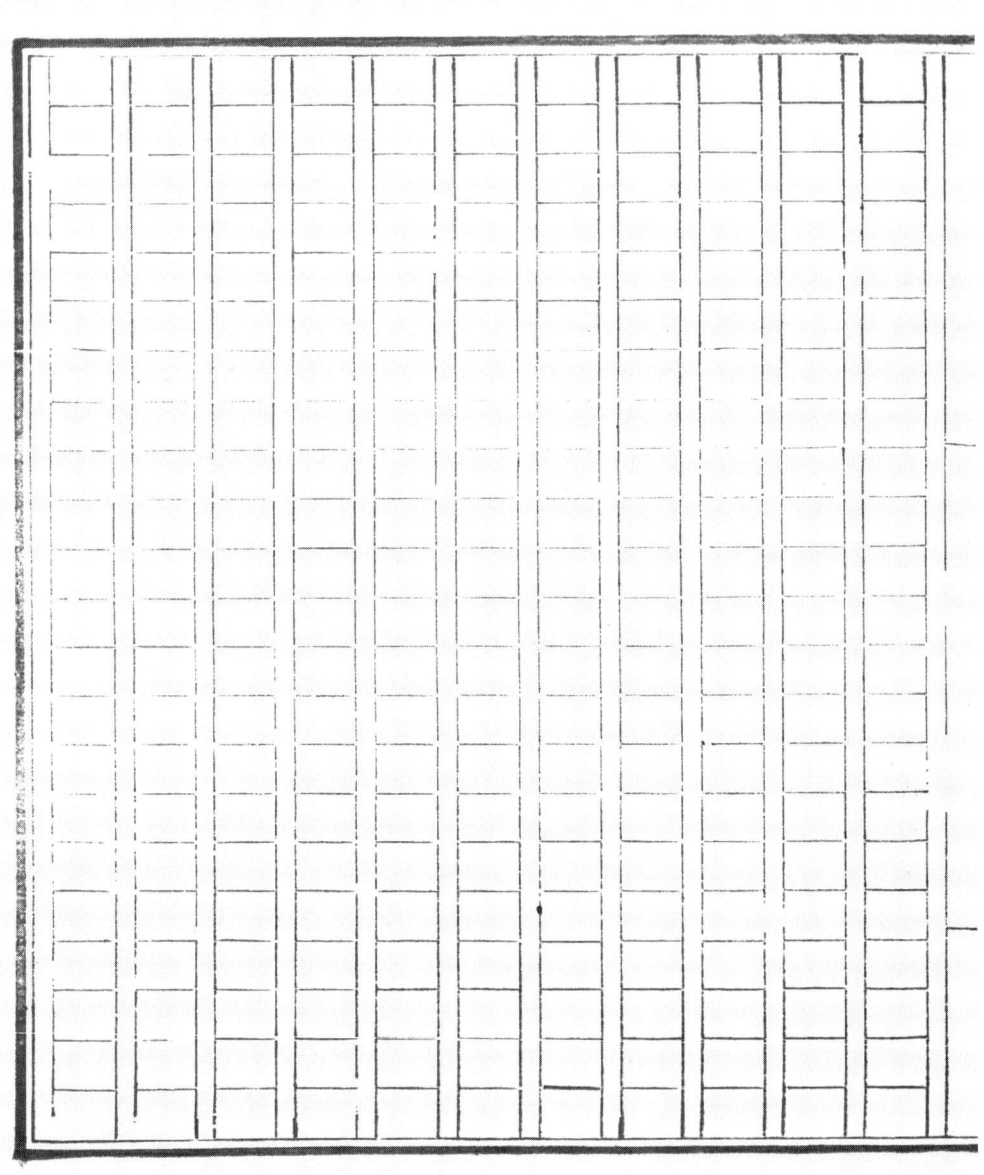

第一頁

辛未

正月廿三日

夏蔚如所作嘯盦文稿、駢散各一卷、略讀一過、駢文筆力不平弱、詞亦典雅、惟體格不高、且運典有誤處。散文筆力氣息均不及格、且夾雜公牘語、新文字語、實未醇深、蓋功力太淺也。此君文才自佳。惟習官幕二途既久、所作應酬文字太多、於駢散文根柢功夫、以及義法戒律、都未深求、故有此失。

六月廿九日

閱三國志一週、計魏書三十卷（一至三十）、蜀書（三十一至四十五）十五卷、吳書（四十六至六十五）二十卷、共六十五卷、字字入目、但苦不能記憶以之持較俗本三國演義事實多不相符者若一一糾正之亦一閒中生活也又陳氏原書中所記事實似以蜀書為略列傳中有僅詳一二事者惟賴裴注補裨裴所引書尤多古籍如能逐加檢尋作一國志裴注引書表再加以考証亦可稱有關係之作再陳書原無表志地理氏族之補已有周氏如將三國官制官名爬羅搜列可成一官制補表亦盛業也記吾友惲薇孫學士致力於此書甚深不識有何成作它日當函公孚昆季詢問之

七月廿八日

譚叔裕先生宗浚荔村草堂詩續鈔一冊集中山水諸作嶔奇似杜鏤刻似謝其運以奇氣斂以大力處尤不可及

第二頁

餘亦情溢言表詩中處處有人在自是卓然作家非同臺閣體也集為先生之子瑑青祖任所贈因予前介張卿五同年贈以詩集故以為報瑑青喜收藏善鑑別一雅士也其家庖尤精好事者多借郇廚請客予曾一嘗之果非俗饌但每一席必廿元以上始辦未免侈靡耳

八月十六日

朱少濱來談出新作詩五政又稱予學深受宋儒感化故立身行己有足自樹處伊生平祈嚮亦在於此此在數十年相識知友中尚無深窺予至此者得此頗足自慰亦見知己之難逢也又謂援庵諸君及當代一班學者大抵皆為人之學無論其成就如何總與自己無關係與古人學

以作人之旨，都無合處，云云。真能言我意中所欲言。

八月十八日

閲孫師鄭舊京詩文存四本，散文太不成體段，造句行氣都不入格。詩及駢文，尚能具體，此公純是江湖標榜習氣，學問詞章，都無真正立足處，較之朱少濱所論當代一般學者，所治為人之學，又遠遜數籌。

八月廿七日

見吳慶林現改名玉林致譜韶函，伊現困居黑龍江省城，念此人自十餘歲，親見其長成，曾求予謀入印刷局為工徒，後棄去，投入奉系諸武人中，黨緣逢合，亦嘗得有機關差使，月薪可二三百元，而幼失教訓，長遂荒唐，嫖賭吸烟養成

第三頁

惡瘡痼疾既至娶妻斷嗣又復烟癮纏身今已成窮途末路家有故產本足自給大半斥典略盡妻寄母家身羈遷鄰年將四十恐難復振函中皆怨命乖運蹇之言而不知今日現狀正是造因得果殊可歎亦可憐也故遂記於此以為少年不自檢者戒詳示諸兒願取為殷鑒焉

九月初三日

看高維昌所纂周秦諸子概論一週其義主諸子之學皆原於禮其書綜二編二編十二章一編總論次以類別源流辨僞為章三二編分論次以四章儒家五章道家六章法家七章名家八章墨家九章陰陽家十章雜家十一章結論附以周秦諸子書目其體要如是大氐根原太史公論列

六家，益以雜家為七家，云。其列儒家於道家之前，蓋寓尊孔之義。此書簡要淺顯，可予研究者以概括的觀念。由此進而求之原書，可資門徑。考証議論亦頗正當。著者高維昌，號思廷，河南人。商務館印入國學小叢書，實於初學有裨益也。

九月廿日

晉老云，杜律凡上句押脚字，必以上去入三聲分綴，決不使稍有重複。曾逐為檢過，果無差忒。所謂晚節漸於詩律細也。予謂曝書亭集載李天生言，凡五七言近體，唐賢落韻共一紐者，不連用。夫人而然。至於一、三、五、七句用仄字，上去入三聲，少陵必隔別用之，莫有疊出者。他人不爾。竹

第四頁

塊嘗與李武曹互誦少陵七律，惟八首與天生所言不符，後見宋元雕本及文苑英華，則皆有誤字，審而正之，亦正相符。然則少陵之於聲病講求精細，殊不下於沈隱侯也。

萬潤書自種菊，有二百餘本，皆一手養成，詳覽一過，内以冬苗、夏苗、新種、東洋舊種、中國分列之。其最高二本可至八尺餘，其花之面積可至八寸。至顏色絕特、形式新穎者，又有數十本，現尚未全開足。所謂好花看到半開時也。潤書自編有菊鑑一書，自取土，至上盆，爲目十餘，於養菊工作按時按月言之甚詳。又附菊鑑，花名目表，中國列至數百種，日本列至千二百餘種，皆詳註其形狀顏色種別，又有現養之菊花表，詳列某時高至某程度，某時著花，某時變色，無不一一可考。菊鑑中引據中籍、東籍及中東養菊名家之言論，而參以己之實驗，用淺近文言達之，其宗旨在求實用，非如昔人品菊，徒侈東籬雅興者比也。予頗慫慂其成書付印，公諸當世。並訂此一半月內尚欲數往觀花，務告門者、勿拒我入也。前數年在王小航家見有清寧恪王弘晈著東園菊譜寫本，前有李鐵君鍇序，因予於花事為門外漢，未嘗留意。今與潤書談菊花掌故，並及之。

九月廿三日

昨聞子編言，張遠村同年在李宅館第，因學生都入學校，已經結局。現被省志局聘為纂修，月有百元薪水，可維現狀。但須自明年為始，目前尚須等候云云。遠村長予約十

第五頁

年今已是七十外人，而尚無養老之貲以自活，良可嘆也。前高冠三函告李景卿晚景亦大致相同。前聞王晉老自云現境是擱筆窮，蓋八十一翁尚是賣文為活，舊學文人生今之世何其不幸耶。

十月初三日

呂允甫來談，並贈所著今縣釋名，就現有之各省各縣名加以解釋，敍現有略詳沿革，計中國共有廿八省一千九百廿八縣，核以安西華近著益知錄所記各省所轄縣數不符者至十七省之多。安氏蓋據從前分道制而言，呂氏則據現不分道制而言，故有出入也。

十月十三日

訪孟範九晤談，所言佛教之擺脫二字解法，及認法身為真我二說，皆有悟入，雖未必即為正解，但以個人所認識，已可見其天姿之聰慧，體認之功夫也。我得其言，頗覺受益不少，從此對佛家哲理得進一步。

十月廿二日

陸博忱來，托撰輓楊皙子聯，云：大雅云殂，學脈從知衍湘綺；長才莫試，論衡猶得媲浮邱。

十二月初七日

閱何海鳴求幸福齋筆記一周，所言才子佳人及品評小說詩詞，主張廢除婚姻制度，又亂雜俚語時論等，橫豎說來不出金聖嘆、鄭板橋窠臼，尚不能攀及李卓吾、龔定庵。

第六頁

聽水翁盖陈弢庵也

關於考証者疏漏尤多而竟傲然以才子豪傑自命是猶明季無行文人淺薄浮浪之陋習也此等短書毫無價值青年之稍聰穎者尤不可讀

閱三海見聞志考証尚詳作者適園主人不知何許人又書中屢引聽水翁詩亦不知何許人稱述清代舊事及遺制略有訛誤惟校字不經意處太多無一篇無之後有吳向之廷燮跋簡雅可誦各篇有作者雜咏七絶數首又有金籛孫和作皆清逸有致暇日當訪其姓氏

臘月初九日

八寶山新塋昨夕突被匪徒掘盜對內子及兒輩詳申此次事變為最大之不幸我們為子孫者對此應負最大罪

戾。默察近一年來情狀、及現在變故、是吾家衰落表徵、已大不可掩。全房大小亟應遇灾而懼、以戰兢惕勵處之、戒慎恐懼出之。並仍應存好心、作好事、就個人力之所至、切實做去、以期挽回補救於萬一。否則未來之逆境、不堪設想。國難既急、茲又遭遇家變、實是萬分可怕、不可輕忽、懔之戒之戒之。

臘月初十日

早起率領內子、及兒女媳輩、為 先祖考妣 先考妣設位致祭、通誠告罪、上香之際、不覺悲從中來、痛哭一場。內子以次、亦同此情狀。竊念為子孫者、遭遇此等不幸之事、可謂罪戾至大。不能以一祭一哭、遂為塞責了事。仍當依昨夜所

第七頁

言各自警戒，各自勤勉，為要。並依內子之意，定每年臘八日為追悼紀念日，以示永久不忘。

昔人詩云：舉世盡從忙裡老，何人肯向死前休。予翻其意成二句云：往昔徒從忙裡老，而今真向死前休。頗切近狀，當足戒之。

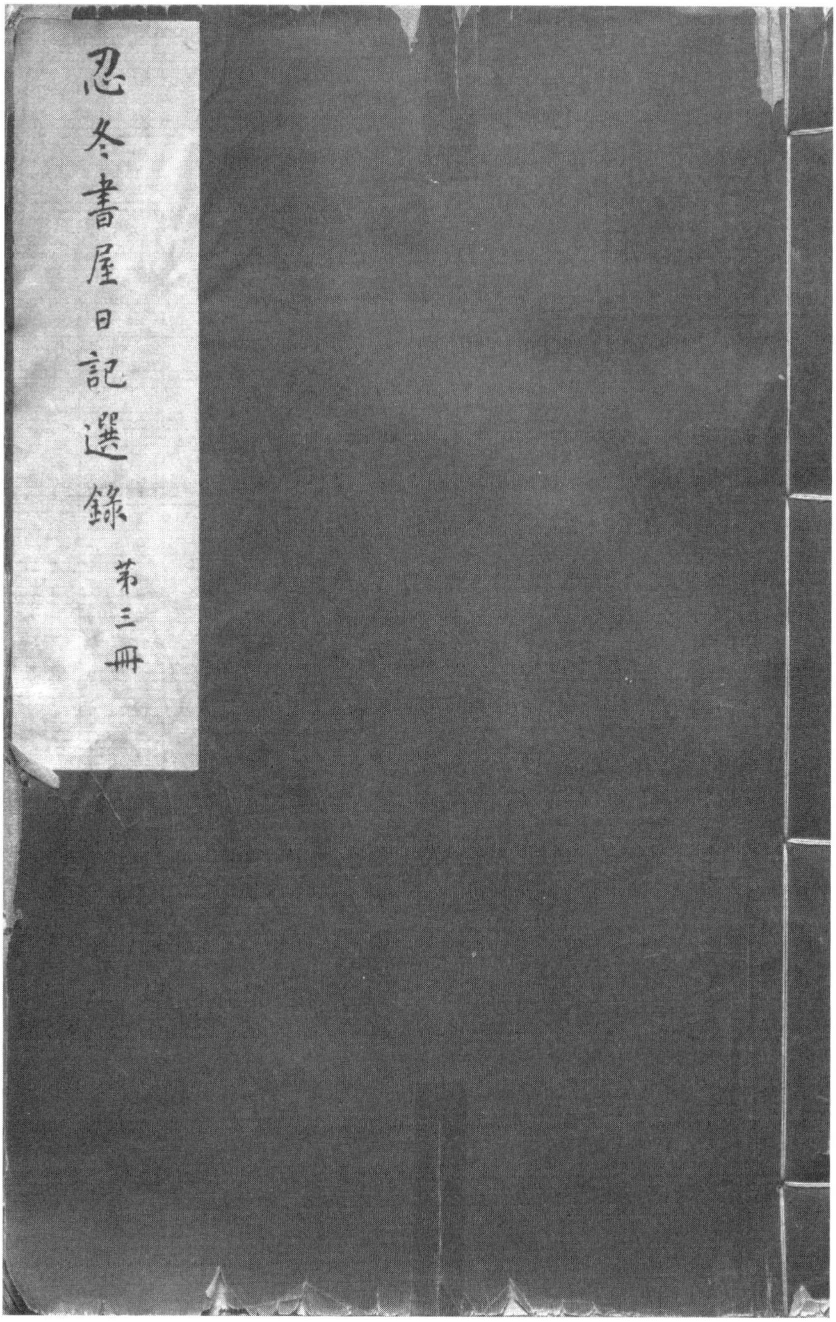
忍冬書屋日記選錄
第三冊

壬申至甲戌　第一頁

壬申年

正月十五日

閱尚節之社會狀況史甲編廿卷，服其讀書之細密、考訂之詳審，凡經史子各籍之犖犖大者已略備，間引唐宋人小說，亦足為証據，以視翟氏通俗編、趙氏陔餘叢考、某氏壹是紀始等書，可自樹一幟。惟既專注社會狀況，似不妨多采小說筆記，不必盡以經史為歸，且詳於唐宋以前，去今為遠，如再擴及元明清各代，當尤近尤切，且尤可詳贍也。

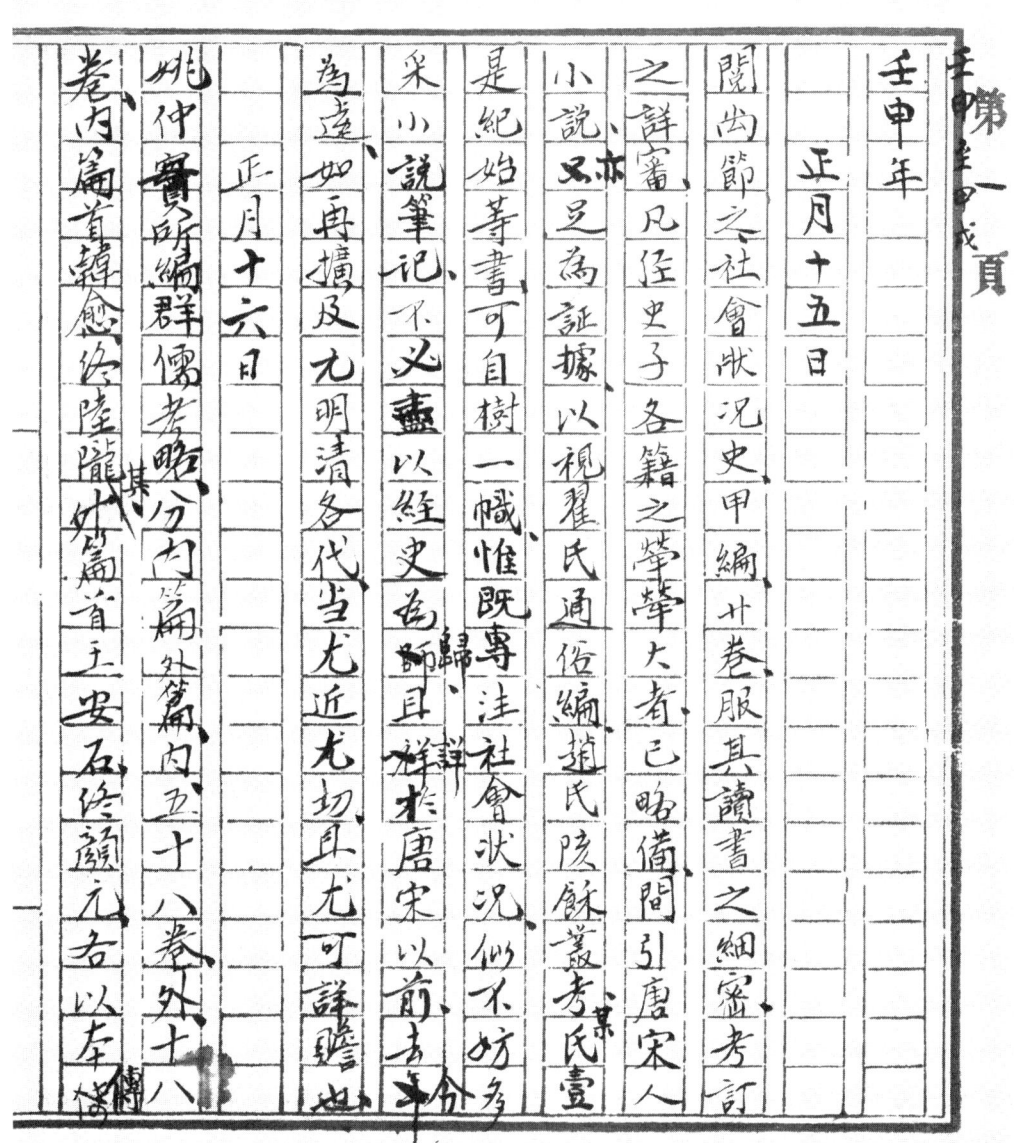

正月十六日

姚仲實所編群儒考略，其分內篇、外篇，內五十八卷，外十八卷，內篇首韓愈，終陸隴其，外篇首王安石，終顏元，各以本傳為主輔，以序跋評論。其序謂：內篇皆粹然儒者之言，外篇皆別有宗派，往往互見者也。內篇五十八人，人各一卷；外篇十八人，人各一卷。尚能簡括得要，不著自己議論，惟以內外稍示軒輊，亦甚得體。蓋仲實在安徽高等學堂授課時作，與其所編諸子考略相輔而行，皆僅示概略，備教科之用，而不拘教科書之體。二十年前，壬寅癸卯乙巳間，學校制度初造，其體裁固如是也。今則文用已見，編為學術史或哲學史，強古人以就我範圍，凡說紛出，不留學者見仁見知之餘地矣。以今衡昔，果孰得失，又有能辨之者也。

二月十五日

昨閱蘇曼殊小說集，凡五種，曰絳紗記、焚劍記、碎簪記、斷

第一頁

鴻零雁記、飛夢記、天涯紅淚記、第五種未完，大半皆自敘生平之作，文筆幽雋，頗非凡響。五記皆以言情為主，各有結構，尚不相複。凡文中偶及近人處，皆實有其人，非盡虛構。在近人小說中，自是傑作。惟斷鴻零雁記，自敘尤詳，可略得其身世。

二月廿二日

閱新舊劇曲之研究一過，作者蒙古修晶心，賦歛意主革新，戲劇頗亦言之成理，於新學理亦有根據，惜予於此事為門外漢，不能判其本身之得失。

閱柳亞子曼殊年譜及其他，計曼殊生于光緒甲申年，卒于民國六年丁已年，卅四歲（本名蘇子穀），為華僑廣東蘇某娶日本女所生，[illegible]子穀依母于日本，[illegible]長成

二月廿六日

閱文哲季刊内張東蓀評宋方虛谷瀛奎律髓，於方氏主張江西派有持平語，只略及方氏身世。又有周子韓撰昭明太子年譜，僅搜本傳排比，無他考证，但前此無為之者，故不數見，即為鮮也。同年徐江甫季鼎亦有昭明年譜之作，考证亦不甚詳。

二月廿八日

陳子倫來長談，各出文苑雜詩求廣，並勸其搜輯舊作印集以期傳播。此君学力至深，詩文均有家法，眼前同人能同作文苑詩者，尚未見第二人。如此造詣，若過作謙抑，不自表襮，人生數十年，容易度过，使不留片鱗寸羽於人间，他日雷光石火，奄忽不再，誰復能於蒼茫明昧间搜考遺

第三頁

而顯微闡幽者，況各人年紀都已在五十以上，光陰有數，

識不可忽。

三月初九日

胡適文存[illegible]三集內，單不庵妻錢士釐清閨秀藝文略序言

書凡五卷，作者二千三百十人，按此數分省統計，得數如

下：

省别	人数	百分数	
			按表，江蘇和浙江佔全國近三分之一，江浙二省加安
江蘇	七〇八	三二.三	徽佔全國三分之二以上，再加湖南、福建佔全國四分之三。
浙江	七〇六	三〇.五	詩始于明末祁彪佳妻商景蘭，至現代生存作者。
安徽	一一九	五.一	崔東璧妻成靜蘭有繡餘集、爨餘集、通算學塔
福建	九七	四.二	有汪湘芬算艸一卷，王貞儀算術簡存五卷，重訂策

庚

湖南	七一	三、	算 負正諸西洋算學、象數類毀の巻、星象着解釋二巻、斷西学
江西	五七		有曾釗古文室殿中学室構八巻、史学有列文如阮元之
直隸	五一		妾四史疑年錄七卷陳作士 錢儀吉之妻 歷代后妃表 汪
山東	四四		詩國朝女子徵略十六卷 國朝李子徵略十卷 葛宜之屋
滿洲	四二	蒙古不在内	代后妃姑末、曹雪芹の史 列女合傳、
廣東	三八		經学及音韻訓詁学、大月陳伸 士授經偶筆、蕭道管（陳
湖北	二十		行之妻）說文重文管見、列女 集注 梁氏音韻纂 但、汪照
四川	一九		周（赤懿行之妻）詩說二卷 詩 句七卷、列女傳補注八卷、曹倩
河南	一八		婦礼通考、許詩珠任說小学 說文 侍徐廣補注の巻記 臧
廣西	一五		礼、大戴礼注 慕崇心 注辭三巻、其題詩最著者、
山西	一三		注 端明三十家詩十六巻

第〇頁

陝西　一〇
貴州　一〇
漢軍　一〇
雲南　[redacted]六
甘肅　[redacted]四
未詳　二一[redacted]三〇
總計　二三[redacted]三七〇

三月十八日

章演群示自輯水經注類[redacted]釋，頗有意[redacted]致，並為參加意見二三條。又伊鄉友梁燕，為德國留学生，少年聰穎能詩，以鄙先分寄所作詩，裝成二冊贈伊，頤為別致，詩[redacted]亦極見聰明。

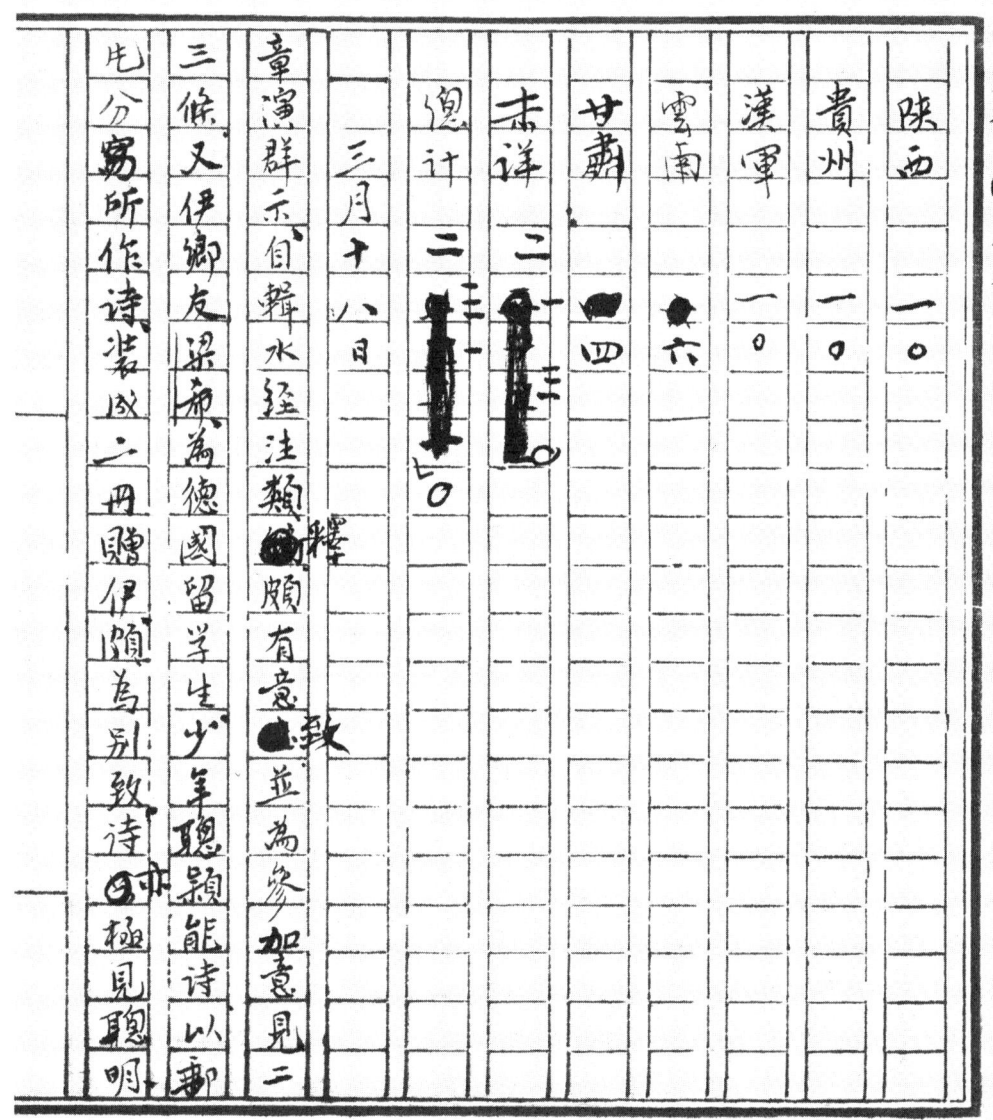

功候頗好。

三月廿日

陸博忱所購洪文襄画像二軸，其妻李刘二夫人像三軸，又其子孫像四代共十一軸，又年譜一抄册，法梧门輯，計洪五十歲降清，七十歲致仕，七十三歲殁，子一人，名士銘，順治某科進士，洪曾為順治某科会试主考，所取士為湯斌、郝浴、熊伯龍、施閏章等。又洪氏家谱抄本一册，又順治九年命纂修清太宗實錄勅一道，係由洪之後裔訪得者，其故宅在南鑼鼓巷中間路西，有祠堂等，歷史博物館已兩次照像，又向陸家交涉購此像勅等，尚未成議也。

又法梧門泥捏小像一，高四寸許，官服著緯帽，下有木質

第三頁

襯板刻滿文一行，據云係滿文善字，又有賜謚敬襄字，不知梧門果有此謚否，他日當考之。

三月廿七日

訪朱逖先晤談，伊所存武清縣志亦無乾隆後續修者。吾師蔡鶴君先生光緒間續修之書，無刊本，原稿尚存師之次子端如世兄家，予曾錄得一本。又聞武清縣署似亦有之。逖先告予，三國志裴注引書目，北大研究所已有成書，可無須複作。勸予宜撰遼金史氏族表，以前此尚無為之者。以二史為根據，排比分析工作，尚不甚繁重等語。然二史皆在百卷以上，似亦須極費功力而後有成也。

閱世界美術全集，卅五六册全部畢，逐日閱覽，另有略記，約七八日始盡之，尚是走馬觀花，可謂洋洋鉅製，第卅六册爲全國書年表、篇系索引等，極便翻檢，蓋合數十人之力編，故頗周匝，惟於中國僅及先秦，最古者爲殷墟甲骨，而不及岣嶁碑、石鼓文，似不免失之目睫。其餘所錄中國古畫各家，選擇亦尚有未周者，則以異國人考究異國文物，難以日本浸染華化最久，距中國最近，究不能原原本本如數家珍，亦固其所，至歐美人所稱通東方學者，抑更可知耳。

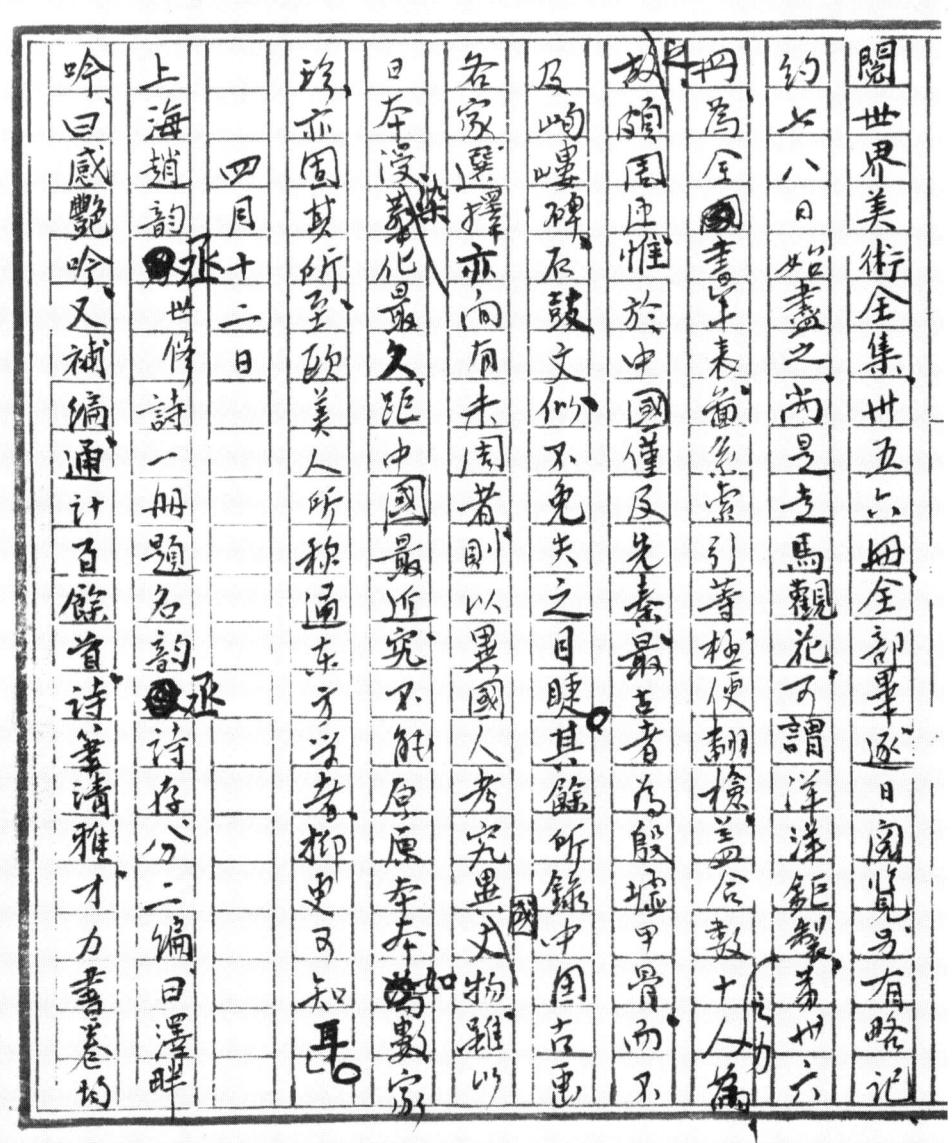

四月十二日

上海趙韻丞世修詩一册，題名韻丞詩存，分二編，曰澤畔吟，曰感艷吟，又補編，通計百餘首，詩筆清雅，才力書卷均

第七頁

不甚足，無深湛之思，無沈著之筆，蓋非全倫，又其学力功候均未至故也。趙為上海名諸生，嘗肄業南菁書院，黄漱蘭学使所選江左校士録，録其文賦等作，生前不得志於名場，未獲一第，庚子後在北京充五城中学講師，清狂嗜酒，又好治遊，卒潦倒而死，寄葬松郡義園，文人薄命亦可歎矣。集中風情諸作為勝，有近似疑雨集處，餘僅清澈，尚不足稱一作手也。

閱鄭夢堯漱六山房文集，行氣用筆，遣句下字，全未脫時文窠臼，讀書尤少，就文論文，似未成章，未足與蔣箸生、趙蕃初並列也。其集中記易水陳氏藏有二十八宿硯，硯背有二十八柱，一柱一眼，誠奇物也。另日見子綸當詢之。

五月初二日

閱東陵盜案彙編一周。盜陵事在十七年五月至六月初旬，事漸聞於天津。十七日由陳弢菴得載灝、載澤書，始悉慘狀。遜帝乃派耆齡、寶熙、陳毅前往查勘，并辦善後。又派載澤、溥伒往代祭告，并会辦善後。至七月廿七日事畢回津復命。據陳各陵園皆殘毀不堪，而高宗及孝欽兩陵情形尤慘。又有東陵叙（小說一本）云被毀十四陵：曰孝陵、曰孝東陵、曰昭西陵、曰景陵、曰裕陵、曰裕妃陵、曰定陵、曰定妃陵、曰惠陵、曰惠妃陵、曰普祥峪定東陵、曰普陀峪定東陵、曰景妃陵、曰双妃陵，共計十四。裕陵内一帝、二后、三妃屍骸零亂，且俱浸于汙泥積水中，經數日清釐，乃能成殮。孝欽陵内宮屍体亦拋置破槨蓋中，一切殮衣均被盜毀，与裕陵不甚懸殊。变起时孫殿英

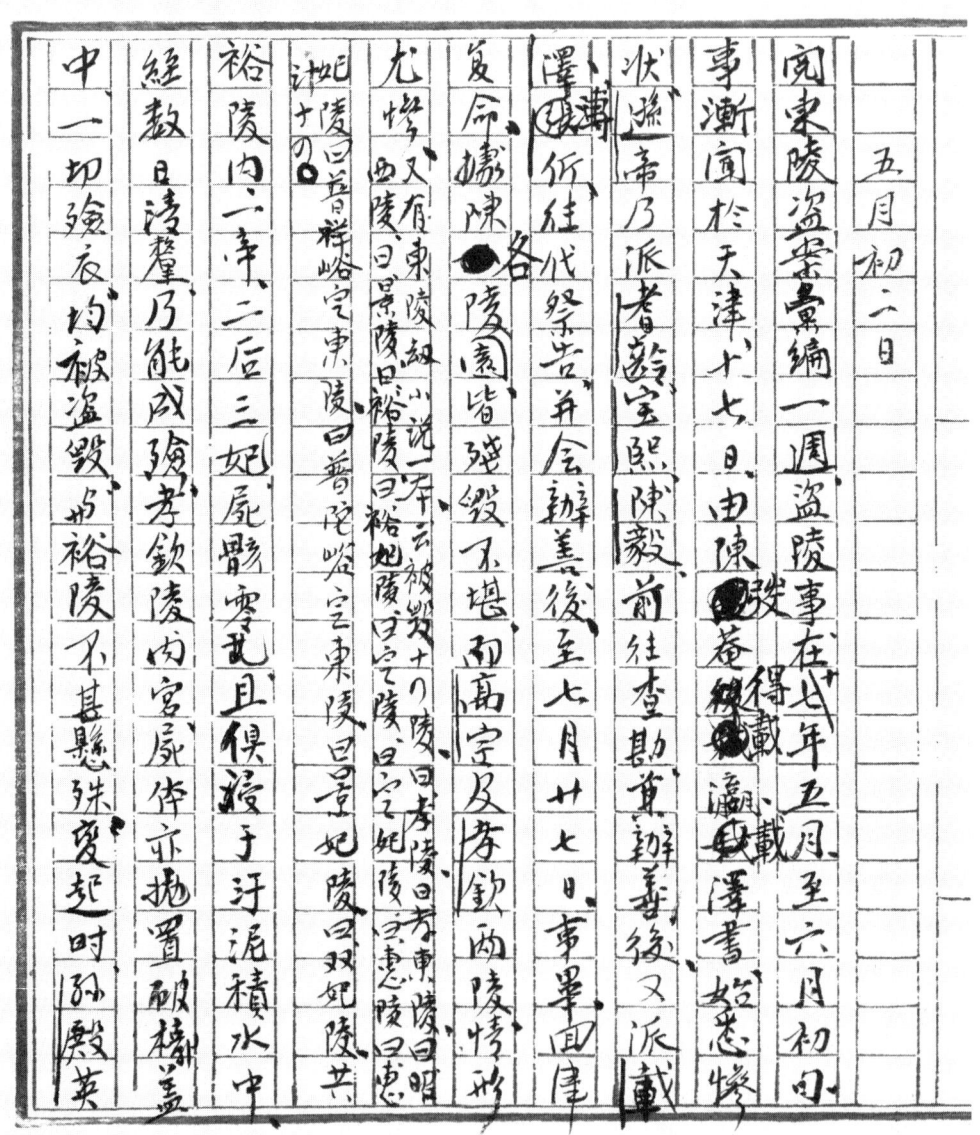

第七頁

正踞馬蘭峪街渾温江韓大保則也據陵中驅逐員司禁斷行道附近住户忽一夜間聞爆裂声甚鉅自後驗之始知為該匪用地雷炸陵之举事後醇王等向政府及閻錫山交涉已飭派隊保護並組高等軍事裁判審但遲延至今已逾三の年之久亦未聞有何嚴正辦法蓋已付之不理矣

高宗孝欽二陵被掘工作自七月の日至十月止即陰五月十七日至廿三日共経七天之久　双妃者為慤惠惇怡兩皇貴妃乃景陵（康熙）之妃也、此書首列清室諸人與当道往来函電各文次列事証如載瀛等致陳宝琛函（附蒋廷黻致衡永函）和鈞王報被盜情形文載澤等致駐津辦事處函查勘各陵情形詳單、潛蹤宝熙之日記陳毅東陵道詩附注又有青島[illegible]廳呈送追繳犯張岐原贓証文孝穆呈報文邵省吾視察記劉人瑞東陵

證

记事次列舆论，为东方学会汪荣恩等致溥仪函、陈宝琛曾寿致溥仪函、陈伯陶致溥仪函及全国商会致五界函（函未注明快邮代电）。

文化维持会请中央严缉，天津日日新闻报、泰晤士报社论等，

徽辅何府小叢谱不诬，而格通行之东陵叙小册，截然不同，足备

将来史乘之采择焉。陈毅诗注尤详实可据。

孝陵　顺治　孝东陵　昭西陵　顺治母

景陵　康熙　裕陵　乾隆　裕妃陵

定陵　咸丰　定妃陵　惠陵　同治

惠妃陵

普陀峪定东陵　咸丰慈禧　普祥峪定东陵　咸丰慈安后　即孝钦曰景妃陵

双妃陵　景陵之妃陵

五月二日

沈寄簃三国志裴注书目，系依隋唐经籍志之例，以の部

第八頁

為綱，以裴注所引書目為緯，計得經部廿二家，史部一百四十二家，子部廿三家，集部廿三家，凡二百十家，比趙甌北廿二史札記所列五十餘種，多增四分之三。其書在隋唐二經籍志，其錄者多，而亡佚者少。趙宋以後書目，則日漸消亡，十不存一。每條下考辨甚詳，並糾趙氏之誤，尤及誤之類於其文數則，均確有依據。惟每一書在裴注中有不止一見，或數見，其為未見注明，又經部內不分類，史子集部內亦分數類，專以隋唐二經籍志為準，故與宋以後目錄家及清之四庫分類不同。次又有三國志瑣言四卷，皆考辨之作，甚詳析，已梓行。又有三國志校刊記六卷，刷出。寄簃遺書內，有古書目四種，為世說注、續漢志注、文

史代尚孔力堂有三國紀年表，光緒七年五月出版。

逯李注、及三國志裴注，均恃賸。又清史藝文志載周壽昌三國志注证遗四卷，未見其書，不知是何體例。清人致力於三國志有成書，按藝文志所載有十四家，而沈氏不與焉，則遺漏尚多也。

清史藝文志所列十四家記如下

陈景雲三國志举正四卷、潘眉三國志攷证八卷、

杭大宗三國志補注六卷、盧文弨三國志續攷证一卷、

錢大昭三國志辨疑三卷、趙一清三國志注補六十五卷、

沈欽韩三國志補注十六卷、梁章鉅三國志旁证卅卷、

錢儀吉三國志证闻三卷、周嘉猷三國紀年表一卷、

洪亮吉補三國疆域志二卷、洪飴孫三國職官表三卷、

侯康三國志注續一卷、補三國藝文志四卷、

第九頁

周壽昌、三國志注証遺四卷
日本岩崎文庫、以日銀十一萬八千元購歸安陸氏皕宋
樓藏書二十萬卷有奇。島田彥楨作皕宋樓藏書源流考
述楊守敬購彼國書事、以為聊足報復云、
孫伯恆壯所藏、有陳侯鼎　四耳敦　虢仲簋　咎尊
儔子簋　父乙爵　蔡子匜　玉版蘭亭　漢畫像銅鼓
漢瓦　漢吉語環　秦塼　魏張興碩等五百人造像
碑　隋開皇玉造像　瓦竈　武周石造像　秦十二字
磚　神龜銅造像　漢瓦鏡　開皇僧璨造像　陶俑
宋徽宗投我玉簡　埃及像拓　金章宗木質大璽
六舟金石拓　秦蟠螭玉璧　漢臥蠶文玉璧　古錢

入文略

宋元版書　漢魏碑拓本　髮穉　乾隆御製　残圭
多寶串　泰山物　元人塔　北平護國寺　雷峰塔经
窗仲　韶墳　金文目攷　太室墳　古印谱　唐寫经
玉連環帶　伯恆爲孫壽山駕部汝枚姪孫，好學嗜古，
癖金石，富收藏，能不失其家風，亦市隱中一奇人也。
清代康熙時，劉光斗所修武清縣志成書在十四年乙卯，邑
人趙之符、耿錫胤、李可楨皆與其役，是爲清世首次修志
也。乾隆七年壬戌知縣吳鼎元所修志序云：舊志無乾隆之續修，其後文獻無徵，至
年湮，殘缺多不可識云云。書末附舊志序，内在明代者，有邑
人趙國麟知縣陶允光序文一篇，即所謂萬曆創修之志也。
有邑人趙之符、知縣劉欽楨、教諭李夷綿序文一篇，即所

第十頁

謂康熙時第一次所修志也。又有邑人李煒、知縣章曾印序文一篇，邑人趙珣、王元璘跋文一篇。李煒序有「康熙乙卯（十四年）修志，先君子任分訂（業謂可楨）李趙公之附任總裁，余曾跋其後。今邑侯章公復修志，起於庚辰仲冬（康熙卅九年），成於辛巳仲春（康熙四十年）」。又云「陶侯會稽人，章侯亦會稽人，相去百餘年」云云。章序云「於丁丑春（康熙卅六年）來宰是邑，五年於茲（康熙辛巳），又有邑紳李大中丞總裁、學博洪君分任之議」。趙珣跋云「癸丑（康熙十二年）鄧侯修志，先僉都有序（謂趙之璧），迄今垂三十年。今章侯開局增修，鄉先生浣廬中丞特創其舉，王君際盛左右之，余家孟邇衔中翰司編纂」。王之璘跋云「歲辛巳，邑中丞李浣廬自山左旋里，商諸章侯續纂前志延邑中名宿，中翰趙君刪續，後李中丞指館，書猶未成，元璐高洪中丞弟焯，延邑貢田士章續成全書。以上四氏文中均未及，當代年歸以紀之。考之康熙乙卯至康熙辛巳為二十七年，與趙珣跋所云垂三十年者相合。此乾隆志吳翀序所云舊基垂四十年漫漶不可識者亦相合。是清世第二次修志也。兩次修志皆在康熙世，而第二次續修之志未見傳書。北平圖書館所存康熙第一次所修之志又非完本，康熙刻本十卷，只有一二三卷及十卷，餘缺。今日可據者惟乾隆七年壬戌知縣吳翀重修之志印本，光緒七年辛巳知縣蔡壽臻再修之志稿本，而蔡氏答錢錫寀志議有云：梁肅名不見於人物，耿公莫詳其名，今據康熙初修志殘本，得耿公名

第十頁

為錫胤武清貢生。又云劉公條下，不載修志事，蓋以康熙初修志，始事於劉欽楨，未畢去任，劉世輔繼之，始成書。鄧劉久有傳，載康熙初修志首，吳卿垂修志末，亦載之。蔡氏又謂擬囑採訪洪君，於藏書家購覓三志原印本，送局參訂。所謂三志，蓋指明萬曆、清康熙三次所修而言。是三志原本皆久已罕傳於世。愚所見康熙初修志，雖非完書，然吾邑最初三志，既已佚其二，得此亦足資考訂焉。民國九年五月縣知事，庾侯肖聘愚為重修縣志總纂，並聘趙君雲書為提調。趙君廷珍、曹君蓀珣、李君榴榮、劉君繼勳、王君篤弼為在京時尚在京稱纂修，周君楨、耿君璋、劉君述祚、張君志膽、曹君偉臣為在邑纂修。又聘八區採訪一百十四人。是年六月，同邑諸人，在北京中央公園集會，議定先從採訪入手，俟徵集事略粗備，再定全書體例。其後思從蔡前縣宰壽臻次公子、瑞如君（璐）所借得蔡志原稿，寫錄一通，復訪諸友人朱逖先君（希祖）所藏乙邑舊志，亦無乾隆以續修者。荏苒十餘年，採訪事冊未送隻字，趙廷珍、曹榮珣、李榴榮三君，後先下世，此事遂閣，如蜃影云。

附錄

康熙武清縣志十卷。康熙甲寅年（十三）邑人趙之符纂修，知縣鄧欽楨、劉世輔提調，邑人貢生耿錫胤、李可楨增修。

趙序謂，取明時舊本，距今八十七年，芟繁正訛，補缺闡幽。

鄧序謂，武清舊志，止於明萬曆己亥（廿七年），距今八十餘

第十二頁

年云云，時為康熙癸丑，十二年。川李氏紀之編計莫是七十五年此誤應

又案序文，乃鄧在任時，延耿、李二君修輯，以趙時為御史

諗總其成，因列銜為總裁。

劉序名春謂獻前任鄂輯志稿編次，丞康熙乙卯年十四刱

副任，乃梓成書。

凡例五則，序說一篇，內言，綱十，目五十八。

卷一，天文志，二目　星野　禨祥

卷二，聖主巡幸志。

卷三，地理志，目十四　沿革　疆域　形勝　景致　里社

鄉鎮　集市　風俗　物產　河港　河淺　隄岸

糾船　古蹟

第十三頁

圖考　星宿　縣境　城池　縣治　學宮　城隍廟

廟　四景　縣境圖內有墨筆注云此至通州九十里、西山東安棗林莊廿五里、東至寶坻九十里、南缺不知何人添注、　四景曰寶塔凌雲、鳳臺春曉、橋門秀水、　舟集三汊、

舊志序　邑人許鋌序云、武清故未有志、志自今陶侯始、侯以癸未夏到任、（明万歷十一年）明年、語故中年今邑人梁津及許生修志、再歷期而告成（當在万歷十三年）、又知縣陶允光序云、謀之靜峰許公鋌、觀海梁公津、以從事、再閱歲而志成、合二序觀之、事經兩年而成、又陶序云、國朝定鼎金臺、列畿輔之州二十有七、武清則當環海川內、八州

之衛，視他邑為難治，序內未著年月、代，不知即所謂（康熙志趙□序）

舊志止於明萬曆己亥，距今八十七年者。又案清制

順天府屬二十五州縣，此云廿七州邑，自是明制。

卷五地理志古蹟目下，義塚條內云，在縣東二百步，計

地十五畝，邑人張文運捨，明萬曆十五年知縣陶允光

立云云。按此舊志確是明萬曆時書，前此武清無縣志

也。 康熙修志之知縣鄧欽楨，為廣西清湘人，劉世輔，

為江西宜黃人。 案李氏紀元編，癸未是明萬曆十一

年，己亥是明萬曆二十七年。舊志許鋌序言陶以癸未

夏到任，次年創議修志，再歷期而成，是成書在萬曆十

三年。而康熙志鄧欽楨序云，舊志迄萬曆己亥而止，相

第七頁

差至十四年之多，未知何據。

綜上各序觀之，武清縣志在明一修，其書久佚，無可考見。在清則康熙再修，乾隆一修，光緒一修，其書當有四，今所存者惟康熙初修志，而尚非完本。其僅存者，祇乾隆重修志，中歷一百四十餘年，乃有光緒蔡志，又僅稿本，初未梓行。今距光緒辛巳，又五十餘年，文獻日湮，更經改革，幸有唐企林邑侯肯提議重修，迺遷延復遷延，僅先從事採訪，竟閱十餘年，而迄無一冊半紙。今纂輯者，得所藉手，築室道謀，誰執其咎，誠可慨矣。

五月初八日

尚節之同年所纂槐軒說詩，大旨以宋元方虛谷瀛奎律髓

紀文達公於此書有刊誤之作，且有刻本，舉方氏所論之偏失，邮然持平校正，當益讀之。

為主，而增損辨駁之。所舉分校證明文詩，類有益於學詩，此持論亦不偏激，較諸坊刻學詩百法等有雅俗之別，以其學有根柢，非浮光掠影者比也。

五月廿二日

魯通甫類稿：乙卯六月復戴孝廉存莊（望）第二書，論禦賊事有云：今日之憂，不在已被賊之省，而在未被賊之省；不在已殘破之州縣，在未破而先自殘之州縣；不在已從賊之民，而在未從賊而爰爰思為賊之民。若得直為今日被兵禍之文，有寫照。又癸丑十一月上吳中翰論時勢書云：賊無定勢，聚多而散行，疾其方，此非尾擊之兵所能制也。制之以吾民，民各守其家室，統於一鄉；令各守其城垣，統

第[illegible]頁

於一郡，民不變賊，殺一賊則少一賊；四面而麇之，賊無所逃，則窮矣。又曰：為今之計，獨使天下之守令各私其郡縣，郡縣亦各私其守令，則賊無所乘而入。又第二書詳陳委州縣之權，諒耕戰之法，查捐輸之策三策，前二策在今日仍適實用。讀此深嘆前哲真實經畫，並為百年之計，尤深太息於今日之無人無策，一任滔天鉅禍橫流肆決，而不知所底之為可哭也。

七月十三日

步輪青言養生當從自我做起。又言極力謀子女，治家事，固是為己，然尚是第二層做法，其第一層做法，以在養身養心，使有愉快處，修持要方為最切己之要訣。又云養心之法不一，即如某一事，非心所願做，而強為之，便非養法。蓋不必就理一方面論，即就質一方面論，既屬不願，即是無興趣，即是心力與此不相宜，設強為之，而強思之，則所傷實多矣。又云：當工作時，稍覺疲倦，即當少少停止，使心與力得以自然相續，即可不受損傷，否則強持力作，日久受損已深，便生疾病，不可不慎。且少緩時間，不過十分鐘左右，決不誤於工作也。又示一聯云：當盛怒時，忍耐須臾，省卻許多煩惱處。極難事，沈思片刻，自能有個權衡。又云：伊威剛叟年八十餘，平生商業政治，好異無倦，嘗以前人四言成語書於座右云：熟思緩處。一緩字，有多少益處，且亦決不至誤事也。

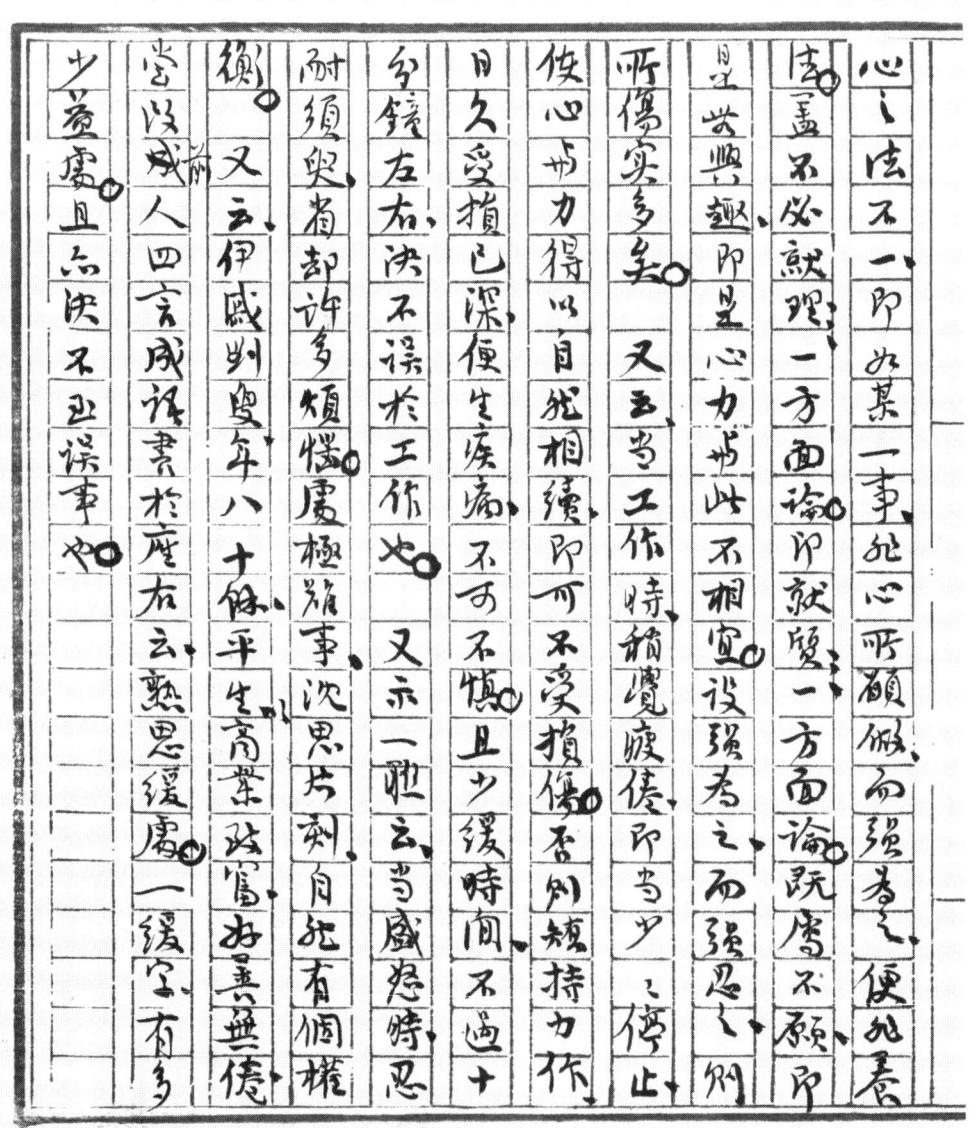

第七六頁

七月廿七日

偕陈子编同年玉の姪家、観其所藏北宋版文選廿葉、南宋版通鑑十葉、吴赤烏瓦硯一方、宋政和端硯一方、有冬心珍玩款、又有一小端硯云係昕坑。予於此道為門外漢、不能判其真偽。子编云、宋版書及吴瓦硯殆贋品、餘二硯似不免偽託。

八月廿二日

王晋老贈以所輯故舊文存の冊、所録十九家、共文九十七首。曰張廉卿裕釗、曰吴摯甫汝綸、曰黎蓴齋庶昌、曰賀松坡濤、曰劉鎬仲孚京、曰馬通伯其昶、曰姚仲實永樸、曰姚叔節永概、曰李叔堅于鍇、曰趙湘帆衡、曰趙十如祖銘

曰黃申甫紹勑曰涂子厚鳳書曰成竹山多祿曰徐仲可珂曰錢望叔廣生曰劉翠村光第曰顧幼耕復初曰徐幼錚樹錚

八月廿八日

買得葉郎園觀古堂所刻書四種，蓋其叢書中所有者，曰葉巳畦詩集十卷三冊。葉為沈歸愚之師，沈氏詩派淵源所從出，其詩功力極深，而具清初諸老風範。曰輯鬻子、郭氏玄中記各二卷一冊。葉氏就各大書所引輯成，仍其玉函山房遺法、曰消夏百一詩一冊。葉氏就所藏書畫紈扇各名跡各繫以絕句，並注其庋略，間有考証、曰朱氏論學遺札一冊。輯朱蓉生駁辯康有為所倡新學偽經諸函稿而成、蓋與葉氏自作明辨錄宗旨略同，故特刊之，以標門户、又買得舊刻宋犖補正施注蘇詩首卷及年譜一冊。雖非全璧、但存年譜、備

第十七頁

考迄已。

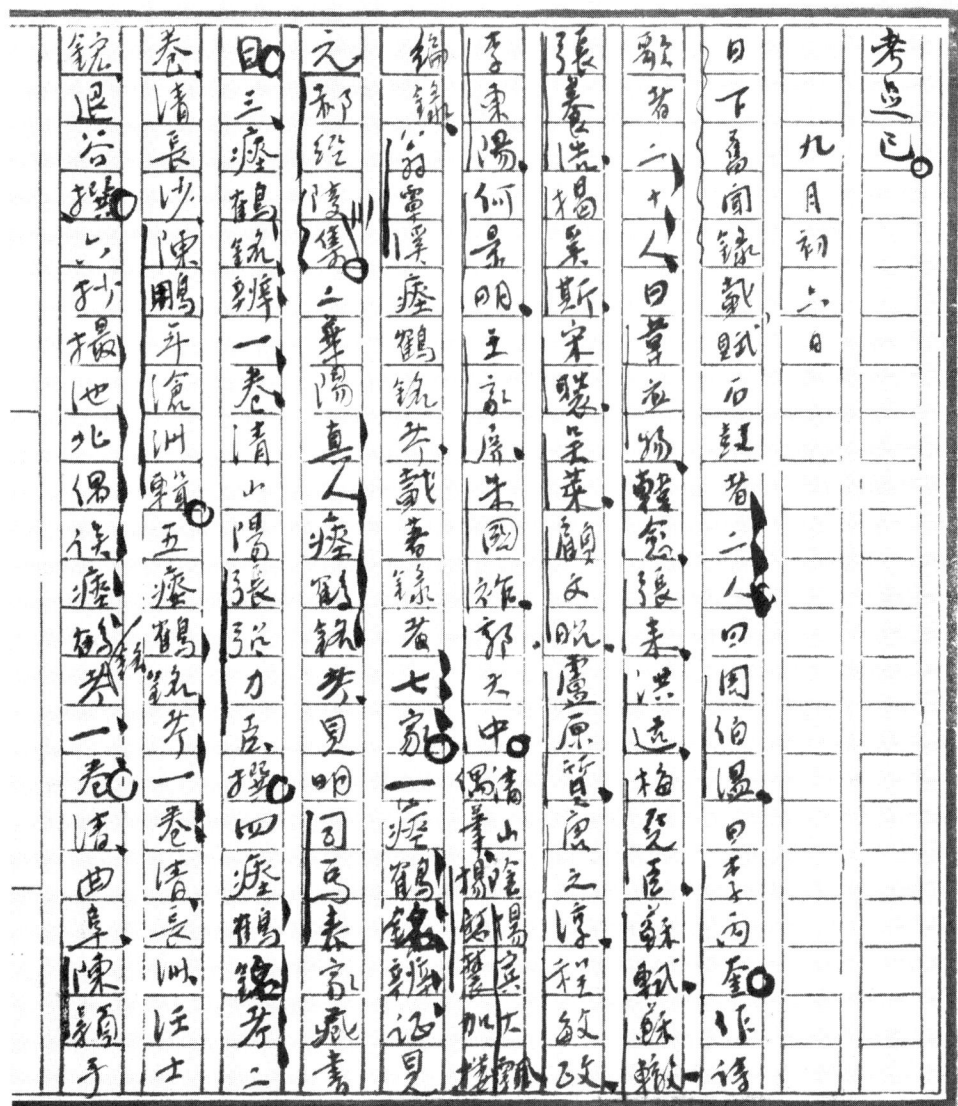

九月初六日

日下舊聞錄載賦石鼓者二人，曰周伯溫，曰李西臺，作詩歌者二十人，曰韋應物、韓愈、張耒、洪适、梅堯臣、蘇軾、蘇轍、張養浩、楊奐斯、宋褧、吳萊、顧文昭、盧原質、虞之淳、程敏政、李東陽、何景明、王家屏、朱國祚、郭天中。清山陰楊賓大瓢偶筆搨銘鑿加樓編錄，翁覃溪瘞鶴銘考載著錄者七家。一瘞鶴銘辨證見文，鄭經陵集。二華陽真人瘞鶴銘考，見明司馬泰家藏書目。三瘞鶴銘辨一卷，清山陽張弨力臣撰。四瘞鶴銘考二卷，清長沙陳鵬年滄洲輯。五瘞鶴銘考一卷，清長洲汪士鋐退谷撰。六抄撮池北偶談瘞鶴銘考一卷，清曲阜陳顆手

録七　瘞鶴銘考一卷，清金壇王澍虛舟撰。摹傳者七本：一
太平州重刻本，見宋周密雲烟過眼録，載鮮于伯机所云。
二南宋鄧州重刻本，見之郝經陵川集。三明盧東黎瑤石
翻刻本，見明閩中來濬梅岑金石備考。四明海寧陳氏玉
烟堂刻本，萬曆四十年壬子，陳元瑞摹勒上石。五明華亭
董氏刻本。六焦山重刻橫直二本，俱見張力臣輯。七清武
鄉程氏翻刻玉烟本，見汪退谷考、計儒玉烟堂翻刻本跋
下注云：那刻別係武鄉程君翻刻玉烟堂本，順治十六年
月，潤洲通客計儒為跋之。
所謂洪武御筆者，大幀上下兩幀，計七十五頁，闕一頁，原
藏南薰殿，今度室編樓。洪武書世不多見，其行草嬡儁穆

第十八頁

可觀每幀對幅皆有釋文其事為史料之助故宮週刊以釋文發刊并擇印原畫若干幅一百一期起

九月初七日

入談往

案甲寅宜當是甲辰

社会报載國子監元明清三代進士題名碑共二百座元五座明七十七座清一百十八座自元世祖時孔廟底此起至清末光緒甲寅科止恰為二百座科無欠缺亦無參敘進士壽命之告終不意數定亦一奇也又云十鼓中有一鼓為乾隆南巡時至一僻村見有以石鼓飼猪者視之為半個石鼓字跡與九鼓正同乃以數百錢購之攜回北京與九鼓同列置於孔廟大成門之左近似贋東鏡也

九月十六日

社会报载齐化门外月坛内杏卷夏开，今亦报复载中山公园海棠下斋而次，𢓨从菜田家之海棠，亦复开，皆花妖也。

李慈伯作潘文勤公墓志铭，叙事处除首尾提挈外，自十岁遭汪夫人丧起，逐岁叙之，如某岁有某事，中某科，任某官，直至六十岁止，无事则否，似以年谱为墓志。六十岁生日以综公一生，句镇起下段，用法颇称别致。慈伯最博，必有所本，不知果据前人何例也。

九月廿八日

前从尹石公处借得近代当代名人小传四册，作者题沃邱仲子，不著真姓氏。其于左录诸人事实记载颇翔实。

第十九頁

尤多直筆，行文亦暢旺矯健。棄其文，得知其為王湘綺弟子，嘗從事於川湘諸省。後聞余季豫言，其人姓費，四川人，近助英人哈同，於所立學校為教授云云。頃閱碑傳集補，王觀堂別傳，為費行簡作，知即其人。傳中述王亦佐哈同左其園中，為藝學術叢編。蓋兩人嘗同事也。

侯官魏秀仁，字子安，道光廿六年丙午舉人，父本唐，以解元為教官，有名於時。秀仁盡傳其家學，尤權奇有氣槩。上春官不第，乃遊晉、秦、蜀等省，見時事多可危，手無尺寸，言不見聽於人，遂作花月痕小說以寄意。最後主講成都芙蓉書院。既而弟殉難，又棄養，蜀寇又熾，館穀橐裝都盡，欲歸無路，又作咄咄錄，復作侍佐輔之行。欲考當時事者必有

陔南山館文錄四卷 陔南山館駢體文抄一卷 陔南山館詩集二卷 碧花溪館錄一卷 謝章鋌魏子安墓誌銘

取焉後學歸益窮年五十六歲殁所著有陔南石經考四
卷 熹平石經遺文考一卷 正始石經遺文考一卷 開成
石經校文十二卷 石經訂顧錄二卷 西蜀石經殘本一卷
北宋殘本石經一卷 南宋石經殘本一卷 洛陽漢魏石經
考一卷 西安開成石經考一卷 益都石經考一卷 開封石
經考一卷 臨安石經考一卷 陔南山館詩話十卷 咄咄
錄四卷 臺臺錄二卷 彤史拾遺四卷 三朝讀論四卷 故
我論詩錄二卷 論詩瑣條二卷 丹鉛雜識四卷 榕陰雜綴
二卷 蠶桑瑣錄一卷 湖壖雨語一卷 綠雲錄一卷 暮錄一
卷 巴山嗳音錄一卷 春明摭錄四卷 銅仙殘淚一卷

九月十二日

入談往

第廿頁

故宮週刊載有乾隆銀妃簪花畫。妃，山東青州人，父某，諸生。生妃年已逾，名曰香兒。十二年，父死，無力鞠養，乃送諸黃氏為義女，遂冒姓黃。後乾隆南巡，道魯境，有繩其美者，帝心動，乃密諭魯撫輦妃入宮，黃親護送至京，納之甚寵，加封銀妃。先二年，帝征回部，得香妃，居与妃近，每晨必來詣妃，互訴衷曲，相对泣下。未幾，香妃遷他宮，帝夕夕幸之，妃妬恨，得間，譖諸太后，太后乃賜香妃死。帝聞之，嗟悼不已。妃遂有長门之感，歷數十年至白髮，未嘗一幸之。苔東閱正帆有詩云：金鼎香燼玉漏殘，曉粧慵斂綠雲盤。卅年疏却君王面，自覺裙腰日日寬。日本某君藏有銀妃晚妝畫，係郎世甯所作，惜未之見。週刊中所印簪花畫，原裝置一插屏，一面為乾隆像，宮中傳說為帝寵妃，不詳姓氏，顧宮嬪畫像之作漢裝者，惟此。近人柴萼梵天廬叢錄載乾隆時有銀妃，寵擅後宮，有晚妝奩入日人手，此刻曉妝奩也。近歲喧傳東陵案，乾隆陵寢內，發見漢裝纏足女屍，依歷來滿清制度，不得選漢人為妃嬪，此亦僅見，則此屍乃此像，當為銀妃無疑。據此，則清帝之納漢女，不獨咸豐之四春堂矣。

又廿八期載壽皇殿有孫臣塑像。九十五期載永壽徵有明陵全圖。

十一月十三日

昨聞達志甫云，舒性甫生前好聚墨，所藏至八百餘錠，現已由其子出售，但不甚精，無宋明人名製云云。不知所藏視盛伯希、袁珏生如何。志甫曾否目覩，乃作如是批評也。

第廿一頁

常維鈞言北平研究院現存北平城內官私各廟碑碣搨本已有一千數百種，又從前各項歌詞唱本亦有二千餘種，皆其一手搜輯，並經整理，雖未完成專書，所錄各原文及編目等事皆已就緒，亦可觀矣。他日當由伊介紹往院一為瀏覽也。又伊處已輯有北平半月刊，不日出版。又云有北平蒙古旗人奉寬者，現更名鮑作，取君子豹變之義，亦熟北平舊事，并拓叢文。又有莊君家多藏明清人文詩集，武係莊炳臣維藩之姪，他日當皆為我介紹之。又云慶博如現在廣濟寺修寺志，即住寺內，另日當一訪之。又東陵被掘後照片，亦在研究院，由常介紹可覘全貌。

案近日北平研究院已有北平金石目一書出版。前張次溪贈北平寺廟碑目一冊，不知與常君是一是二。

廣濟寺原有舊志，其後修新志事經該寺退老長方丈現明提議，但未實行，博如亦未足任此事也。

十二月初一日

癸酉

午後訪盧克柔，要介紹，至青年會，我高君尚仁，看宗教文物展覽各品。所列只為一室，未為大觀。回教有二十餘件。佛教有廿餘件。道教有十餘件。惟回教有康熙可蘭經一冊。明嵩教業四五件。耶教有滿蒙回藏文新舊約各一部。又有盲文新舊約一部。就紙上作凹凸文，按字以符號記之，備盲目人讀經之用。佛教居士林有現印磧砂大宋藏，樣本數紙，尚為予所未見者。餘無甚奇特珍品。

二月初七日

閱倫哲如所編目錄學講義一週。第一篇為流布，分二章，第一章為分目四，第二章為分目廿六。第二篇為儲藏，分二章，第一章為分目三，第二章為分目八。考據詳明，類別清析，於

第廿二頁

寫書、印書、刻書、藏書、各事，該括無遺，見聞頗為博洽。惟第二篇下，似尚應續撰，方稱完善。且詳於敘說閱讀書籍各事，對於講明目錄，未免尚略，稍嫌美中有憾，然此在哲如則為用其所長也。应增编校一篇或二篇。

二月十三日

閱輔大某講師辭賦史一週，於源流傳別，时代風会，論列尚詳，分析亦合。惟議論較多，似應代辭賦論，於史字之義未免稍略。

又閱許守白詞曲史一週，於詞為詳，曲為略。蓋許為詞家，故其偏長所在，自有軒輊。關於詞之一部，源流傳別时代風会，專就遼金均能得其梗概。其論填詞，亦不主張南宋詞律必諧五声之説，頗為平允。惟点呈批评論列處多，似於史字之義未尽脗合。其下篇曲史，唐代最詳，餘僅至宋，遼、金亦不甚析。之曲最盛，在中国文學史上，幾於空前絶後，理应格外詳述，而竟付阙如。明清两代，亦未之及。如非未完之書，則似太疏略矣。

二月廿日

閲周慎愨公（馥）集，大致一閲，所作以易義滙參為研理有得之書。但仍是宋儒易學，以義理人事言者。雖亦參録漢儒鄭、虞諸家之説，殊不多也。惟治水述要一書，自禹貢至清光緒卅三年，凡関治河者，悉牵其要，一一臚列，使研求者易得原委，可稱經世有用之書。附録四秘，亦関於清代事

段話為此稱前門外
中興州園同順當
号其掌櫃為白某
甫三日訪此人

第廿三頁

实事摭删繁撮要，综括之至，实非长於吏治者不能為，亦傑作也。蓋周在直隸、山東從事河務者三十餘年，又隨李文忠公週勘黄河，參預大举改道之議，目覩心營，事事親歷，迥非紙上空談可比。以上二种為全集特色，餘亦犹人，尚未足与曾、胡、左、李諸公全集絜短長也。

二月廿七日

陳子綸同年館於山東巨商姚秀岩家，寓北平前门内松樹胡同，業及十年以上。昨来説，據云：陽三月十八日，伊之女弟子，年十餘岁，忽於晚夕有鬼附体，自稱為趙名喜，古北口人，年二十二岁，有妹名春蓮，年十九岁，前在北平某典習商業，本年陰正月向典铺被焚，伊家向有存款在铺

中亦归丧失伊因失业归家未及月,适抗日战起,家产被
兵燹尽,父母携孩妹亦为日兵所掳,不知存亡,伊忧急
无路,遂服鸦片而死。今因岁寒交迫,正为校斋清等谈姚
家为剪纸明衣数具并冥镪焚之,始哭谢而去。少顷女醒,
向其所云云,皆不自知。此子编所亲见者。
又阳二月初旬,辅仁大学教授张亮尘君之父蔚西先生
久病逝世,接三之夕,忽附于其母,历言尚有某文某稿未
完成未刻,现在某处,谕嘱亮忱为完成刻行之。又令必备
某某冥器,如车马房屋男女仆等。谕毕哭,而其母醒矣。此
亮忱族弟在良在其家助理丧事所亲见者。二事皆凿凿然
有据,非传渺冥。近世新学家力倡破除迷信,动持无鬼之

第廿四頁

論不知將何以判定之也。愚謂鬼神之事，自古聖人未嘗必謂為虛妄，特不以之為恆語，亦時或假以設教。左氏云：「國將興，聽於民；將亡，聽於神。」以此說諸往籍，每際亂世，則鬼神之事愈覺顯而有徵矣。人為近，蓋當是時，人之徇難枉死者眾，其精氣与厲氣往往而存，比諸老病善終自然澌滅者，每易為變，此自鬼神一方面言之。至於人一方面，生逢亂世，其畏死懼禍之心日日憧擾於中，則為氣以紛神明以淆，如衰病者之氣陽神先已微弱，故外患易得乘虛而入。又方交迫，往往遷變，日甚日劇，此據理勢測之，未知有當於鬼神之情狀否？深望高識遠學有以是正之也。

金亞匏和秋蟪吟館詩抄七卷。金，上元增生，生逢道光壬
寅，英人犯江，咸丰癸丑匪踞金陵之役，皆身在圍中。癸
丑後，與其妻弟張列士繼庚，謀內應，親聯党與，復賣書
旨向忠武營，請師未應，置質筆中，使人潛與張約定期再
舉，官兵不至，事敗，張與其黨死之，金以先為質得不死，後終
其身為幕客，遊粵遊滬，卒老死海上。唐景星觀察所，時光
緒乙酉也。其詩振奇磊落如其人，不名一格，多前人未闢
之境，關於當時事實，尤多直筆，如然灰集中之圍城紀事
六詠，椒雨集中之原篇百六十七韻，三月廿八日作，亂圍逃
之四首，有詞三首，五月七日，母命出城述懷，自十六日至
十九日，歷過向許和諸營，感賦述痛，痛定篇，十三首，兆志

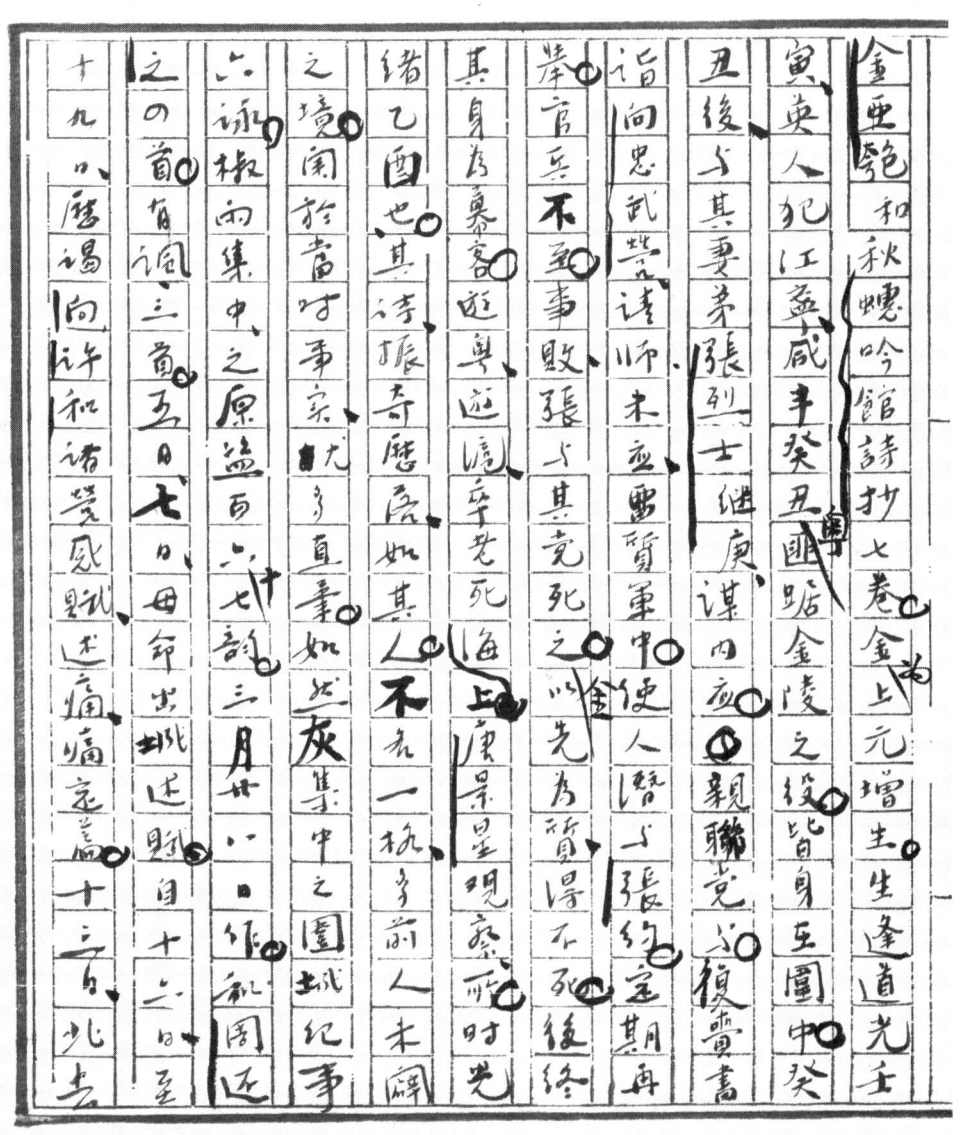

全玉貴

第廿五頁

之賊自江浦过滁州出临淮渡河後归徐圜作二首，追记
五月十三日事，六月初二日纪事一百韵，初五日纪事有
賊回據安慶且入楚矣，南师九首，十六日至秣陵関遇東
壩兵有感，潭祁兒死信，議團（團）十首，奇獄事前新樂府四首
双拜商记戕、双将行（將領兵內）張國樑、全玉貴，鄰婦悲，見彗弟再孫我詫上
海城關縣令袁君祖惠死之，聞江寧婦女有出城者，江寧
粮台为兵所掠，北墅有作，江寧死事诗十四首，善銘當皆
據事直书，以诗存史，自谓与同日记又有寓意，各诗亦
容云。華論何事好议，谭公是公，非欲摘難尚君，为國
讳，敢证一字，人人看歌行未必，哀呼史笑罵由来自作官
论著潜夫，诗歌後我，今胆大署從寬，可得其除，痛撇旨矣

残冷集、臺弦集中，連日大風雨，聞農家者言恫之，聞賊

陷全椒，感賦；南樓集中，將避兵之江北，感賦；殺運、感事

乙丑十二月廿一日，左临靖伯、朱恆海洋於嘉二役詠下鐵

歌四首；寄零集中，向張二公祠堂題壁；讀胡文忠遺集（此诗極有名論）

書後，及表揚忠孝節烈諸篇，皆不朽之作。又在粤時，有粤

風粤雅二百餘篇。先後懷人詩七十餘章，皆於丁卯東归

時，為家人輩誤為廢紙燒毁之。又自言：自道光戊戌至咸

丰壬子，凡十五年，得詩二千餘首。癸丑陷賊後，及倜尚出

走時散失殆盡。是其於詩，天姿極超，功力尤深，故有此傑

構。集前有譚仲修獻、馮夢華煦、梁任公啟超，後有陳石遺

銜序，皆盛稱之。梁至推為有清一代大家，無与偶者。石

第廿六頁

遺謂与鄭子尹詩並駕，其沈痛慘澹陰黑氣象，尚非子尹所有。其論精過，餘人之論，則適合也。又有丹陽束允泰所作金文學小傳，足得其為人。又有肖嘉詩云：經秋僵螭羞逢死，盼曉飢烏恤失群。蓋螭秋吟館所由名也。

二月廿六日

中情不怡，讀金亞匏詩以寫之。愈信其字字從我心眼中流出也。連日讀金詩，不知涕之何從，情之何穩。生丁亂世，遭遇幾与之相同。自然感觸愈深，刺激獨多。所差者惟奔走流離尚未如彼之甚。然亂之方生，不知所極，彼之所遭遇，我亦未必不遭遇之。況彼則一時之亂，今則七國之局，相衡相鬪。我之將來所遇，或較彼為尤酷。讀金詩，益不覺淚洒之交横矣，奈何奈何。

二月廿九日

讀陳蒿庵詩抄一過。其詩學杜，老健謹嚴。論者謂在山谷以下，後山以上。而江宗派圖列入三宗之内，信不虛也。

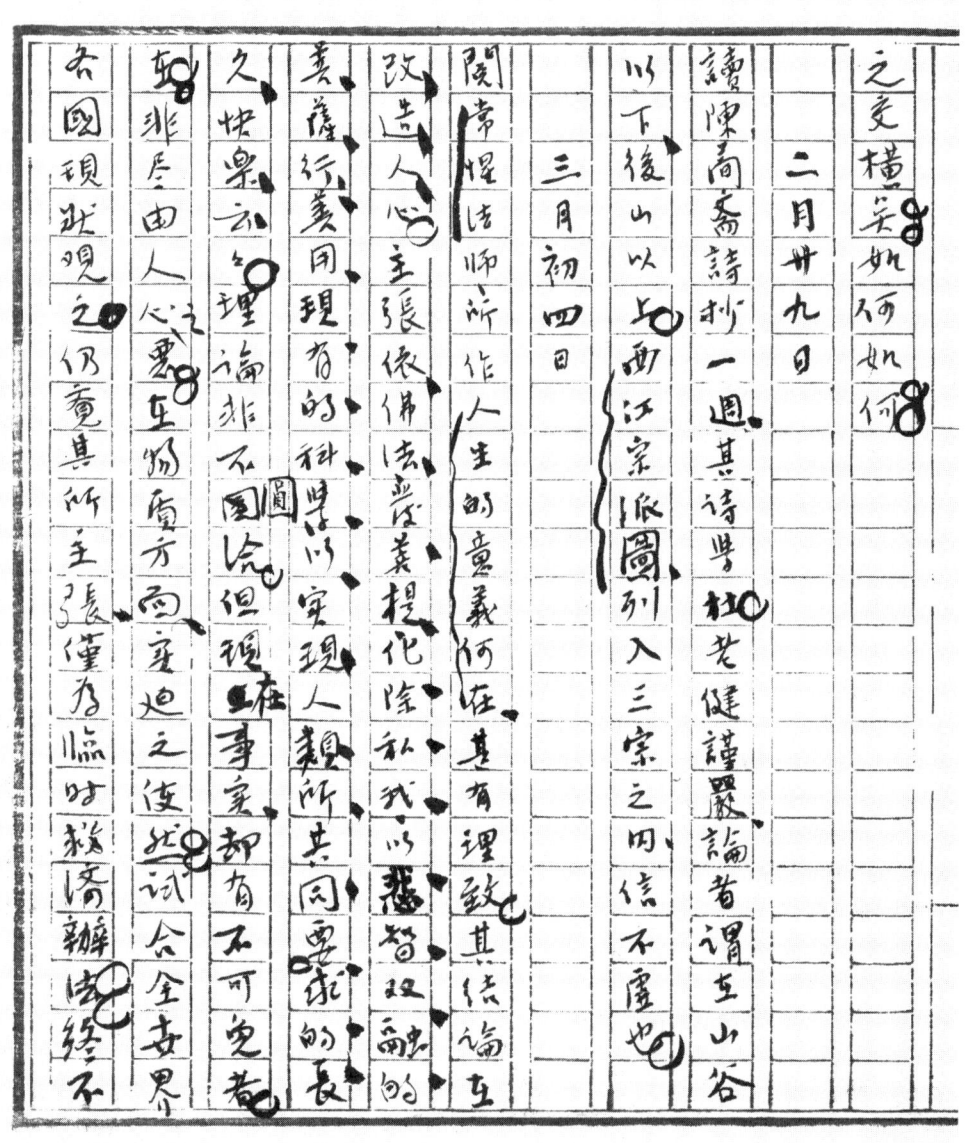

三月初四日

閱常惺法師所作人生的意義何在，甚有理致。其結論在改造人心。主張依佛法，發菩提，化除私我，以發智設融的菩薩行。善用現有的科學，以實現人類所共同要求的長久快樂云云。理論非不圓滿，但現在事實却有不可免者在，非盡由人心之果，在物質方面亦迫之使然。試合全世界各國現狀觀之，仍覺其所主張僅為臨時救濟辦法，終不

第廿七頁

能徹底且人類進步既已至此◎實無最相當之徹底辦法以解決之也◎

又閱所作佛法的兩性問題亦有真實理解為在家學佛者所應用◎至於抉發現代不純潔戀愛之論亦殊切實◎

三月初七日

中央影院看海闊天空影片◎所演係美国航空隊平時練習事績◎有聲有色◎於此可見新式軍械無在不与性命交關◎世界愈文明物質愈進化殺人利器愈猛烈人命亦愈危險此皆受進化論天演論之賜也◎然世界上人類既已進步至此地步◎歸真返樸之論◎不復能適用◎究將何術以善其後◎何法以救其禍◎雖有聖哲恐亦無從預測矣◎不

禁為人類一歎且有將来之浩劫一哭也尤可痛者以芸
芸眾生自命最高貴最聰明人類置諸生存競爭場相傾
相角究其極端卷不免群焉相率同归於拚死掙命之一
途則人類之勝於其他動物者究有幾何所貴於為萬物
之靈者如此苦惱煩惡尚不如物之自生自長於天地間
反落得畢生憂惱則又何樂乎為人也哉勘到此際則佛
氏之說入無生謂之大智慧也可謂之徹底而究不徹底也
可與言及此真覺纏綿萬狀

四月初四日

惲薇孫太史所輯前秦書稿二冊、八卷無序例。得本紀五
卷，列傳三卷，列傳之首，后妃傳內，缺第一篇。紀傳各篇末

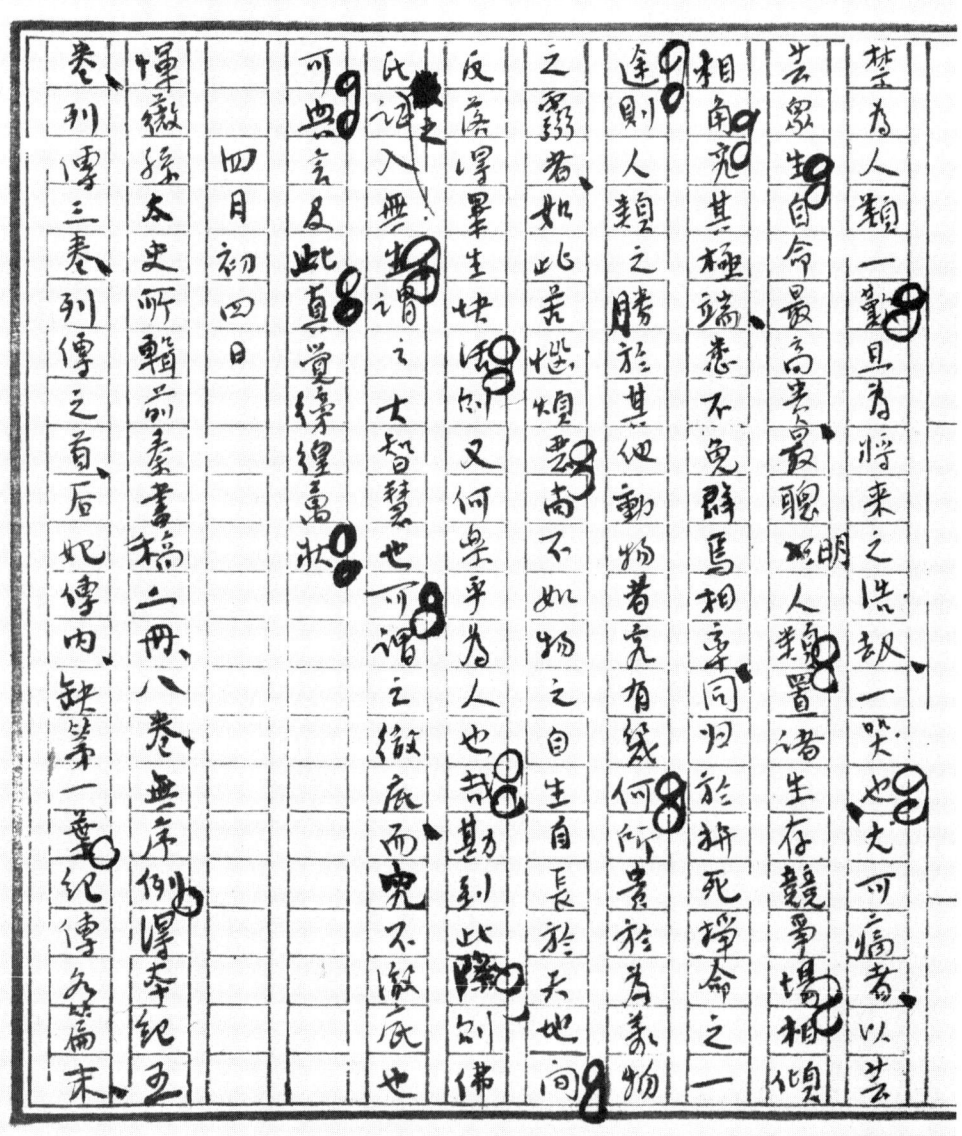

第廿八頁

有論曰、斷曰等文字，蓋用贊論之例。名篇紀敘中間有刪
改，蓋隨時修正者。案十六國事實，惟晉書載記有之，前人
未有專書。崔鴻十六國春秋，僅有偽本、別本。明屠喬孫、項
琳偽撰一百卷本，雖假名崔氏，而四庫提要尚謂其文皆
聯綴古書，非由杜撰，改十六國之事者，固宜為總匯。至十
六卷之別本，提要亦不能詳其撰人。是十六國事實尚且
湮遠難詳，苻氏一姓事實，益更難稽。綜覈矛盾，識太史知
其於五胡世系事迹，最稱綜析，又知其於陳壽國志用力
甚深，未聞輯有成籍。至此書之成，更不知其原委。觀其用
本紀、列傳之例，則已非載記之體，而所據事蹟連綴以成
文者，亦未遑加注。紀前後既無序例，亦無引用書目。蓋艸

剏之稿，非已勒為成書者也。又有繼起者，以此書為底本，賡續補苴，逐篇分別詳注，援引根據，既可不没成勞，庶可得為完書焉。

四月初八日

查自著棠陵駐工日記內，白君名永麟，內務府旗人，六品苑副，宣統己酉年上書房課讀，年五十有二。生平好畫蘭，遺稿外，無他著述。萬海淀其兄白永羨為天和木廠工頭，是年七月十四日，棠秋圃芳侍御曾在海淀為開追悼會。此條在棠陵工次詳向其兄所得。

四月十一日

吳耀祖藝海卷考証一本，於原書人物考証甚確，雖小品

第廿九頁

亦可存也。書係稅務學門校刊內抽出，吳蓋遠校，學生原書前二十回中人物十得八九，惟尚遺其三四，且增原書。是曹畫璞孝廉作，廿回是陸士鄂所傳，不及曹作遠甚云。云亦稱等論。

五月初一日

昨晚在街見有由通州逃難來者，夫婦二人挈兩孩，其大孩尚著學生制服，襟上血跡半和塵土，云在廿二日下午有炸彈墜於同逃之難民身上，當即炸死，血濺此兒衣上，竟得未死，且未傷，於此可知死生有命，不然不信定數。今日小室披載王桂宇記者三次遇槍彈未死，并年月姓名事實甚詳，亦可為一証也。

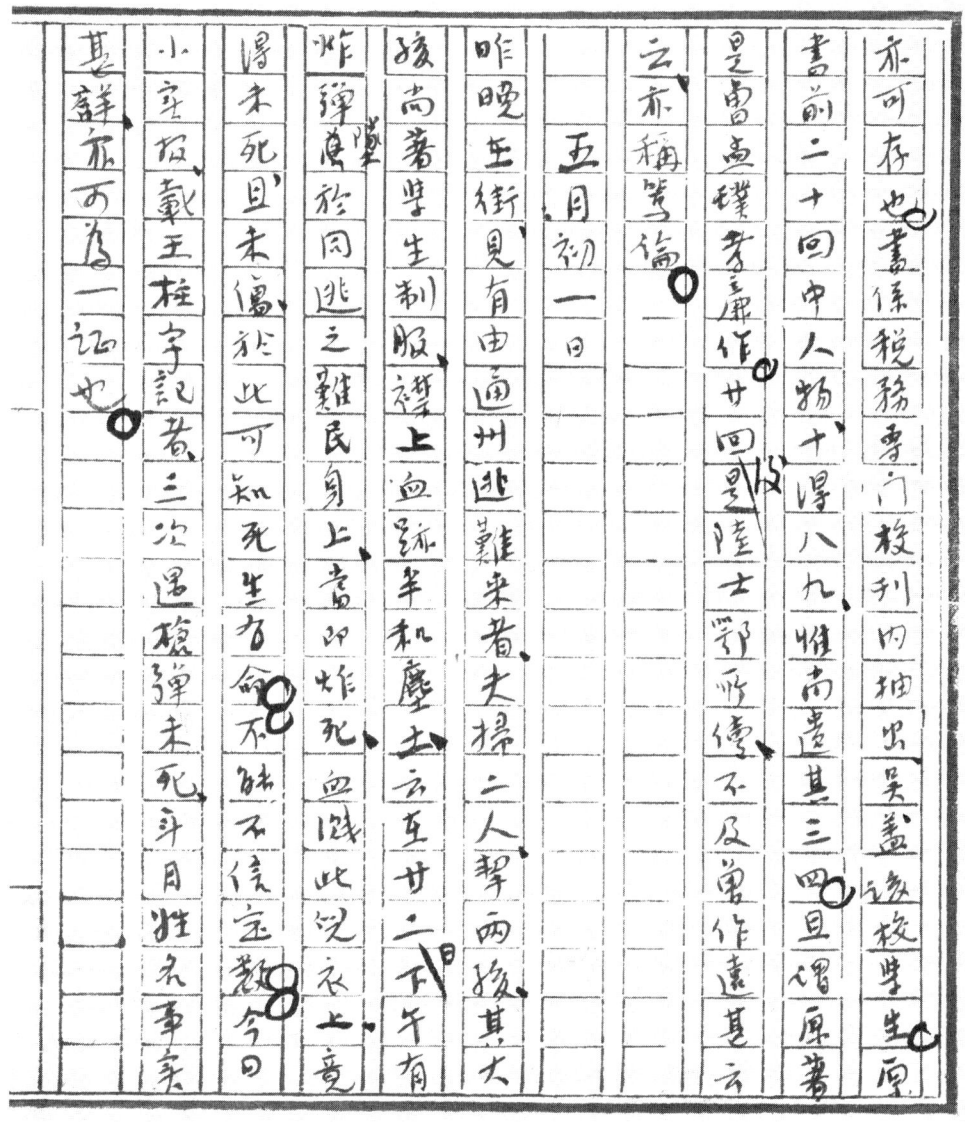

五月初八日

闻信姪在哈埠於阳五月廿五日得一男孩甚为喜慰计吾二三四五房均各有侯嗣寔由吾祖冶吾公之遗泽之深长也吾辈养育教训之责更重且钜不敢不勉至善有后继之人识为可喜然不能教养殊適然先代之羞尤为可惧且枝系愈分愈远愈不能相顾愈有待于己力支持识岁之哉

五月十六日

阅胡适论短篇小说再谈谈整理国故向题与季羲三文及梁启超五十年来中国之文学虽不免各有过於主张处然平心静气分析辨白不失学者态度似胡尤胜於梁

入改往。

第三十頁

也。

六月初六日

擬得自寫一聯云：

予祖父久沿翰墨，教兒書粗有成材，若論一家中繼後承先，而今而後，應無愧。

耽文學，僅作詩人，甘棲遁，不聞時事。虛生六秩外，立身行已，非夷非惠，誰識其真。

六月廿一日

清太廟在天安門之左，門南向。入門北行，面積甚廣，松柏交蔭，隨地植卉，卉池皆作長方形，蓋後來所點綴。迎門有方亭一，係新建者，亭內為平時售票所。第二重門，為內垣

门。中三间，左右各一间，黄瓦盖覆，墙朱墙篆藏卷。门外右
边有柏树一株，甚苍古，旁有木牌揭示曰：树神。其说明云：
明成祖初建太庙时，植树不成活，惟此株成活，因封为树
神。其后明植无不活，善语盖留东语也。入门有石桥五，三中
左右各一，石栏环之。桥下有水，萑蒲甚茂。东西有神厨、库五间。
又六角亭二，盖所谓打牲亭者是已。再入第三重门，为戟
门。五楹，中三间，一埠，左右各一间，仅具石陛。门罩下有揭
示木牌，说明清时祭礼概略。又有木制方式灯亭四。左
有木制小金漆殿一，揭示云：皇帝行礼时，更衣之所。门
内院中左右有黄瓦焚帛炉二。右有砖砌焚纸炉一，规
制较小。正殿九楹，三埠，随殿东西有夹室。殿之正中，匾曰

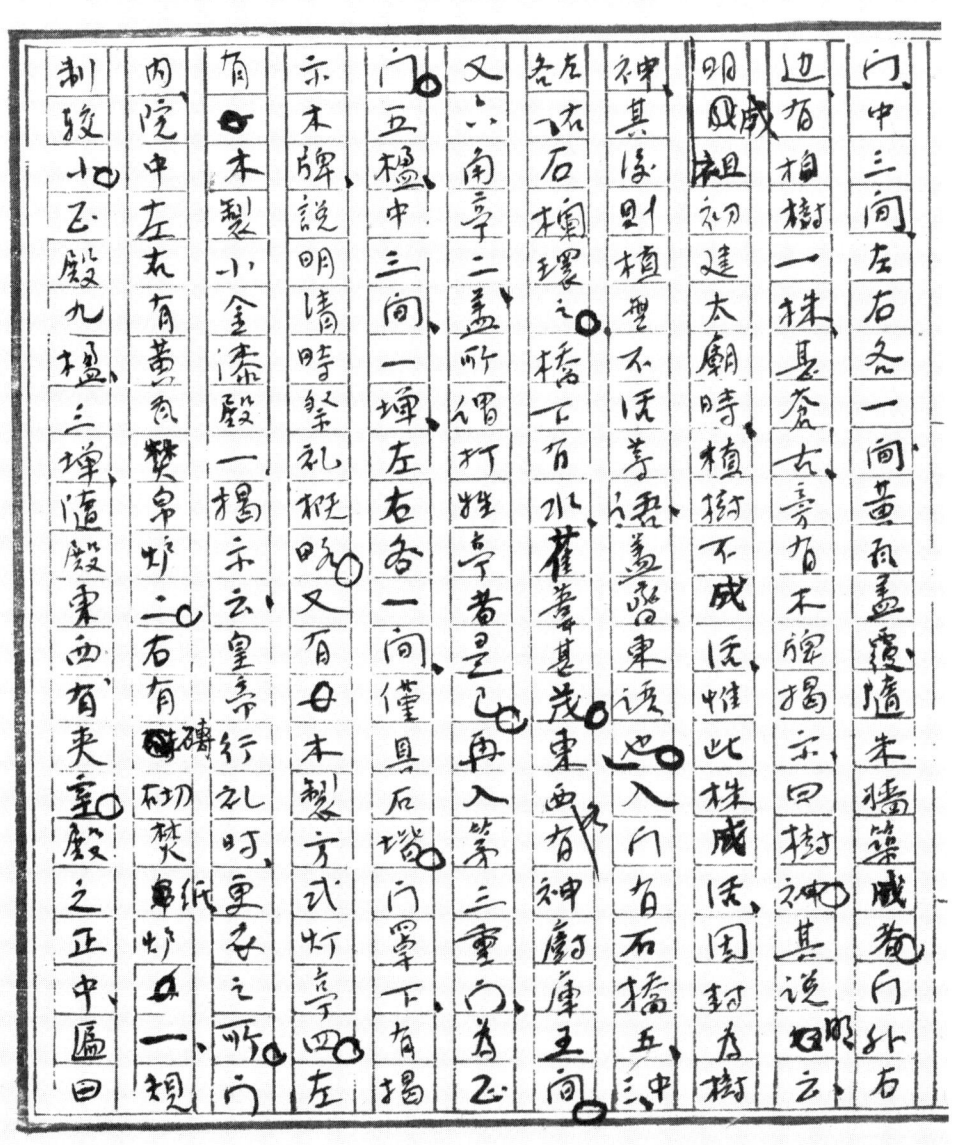

第卅一頁

原注为予所目覩，或云为舊都文物略所記。

太廟饗殿及各门廡等皆無匾。殿外石欄有等增，隨墀三層，就势作成可上下。中階三墀皆有海墁石，琢海馬及雲藻等形，不知即所謂龍鳳否。石上二墀石階各五層，下一墀石階七層。殿内中左右三面設清代各帝后位，無神牌神主等。各位前各列俎豆香炉燭台等，雕龍神椅，各如其生存时之陳設。正中为太祖帝各后一。左一为太宗帝后（或云后三）二、为聖祖帝后四、一三为高宗帝一后（或云后三）。四为宣宗帝后一。五为穆宗帝一后。右一为世祖帝一后（或云后二）。各帝一后二为世宗（或云后二）。各帝一后三为仁宗，各帝一后（或云后二）四为文宗，帝一（后三）。五为德宗，各帝一后。左右夹室陳列五季尊及礼器等。以上为正殿。外回前殿，殿外前柱上有揭示木牌説明清代祭礼等，各揭牌皆英（上書二体文字）。中殿在正殿後，増片相連九楹一壇。殿外柱上，有揭示牌，說明清代祭祀等。殿内各位与乙殿同。神案前列高腳燭台、香炉等，共九列，九份。案後設高腳金漆龍椅，比正殿為小，各如歷代帝后生存之數。亦与正殿同。椅後為黃幔，亦九列，乙中開，餘閉，內藏神主及黃色高墊等，似寢具，不知何物。候者又有黃緞四、及紅流蘇掛燈十八，為正殿所無也。以上中殿。再進有門一道，中三間，左右各一間。石階無欄。壇門內東西配殿，各五間，無揭示牌。中為後殿，九楹。一壇內供歷代祧祖神位。中為肇祖帝后各一，左一為興祖帝后各一，二為顯祖帝后各一，右一為景祖帝后各一，餘空。神案前列香炉、燭台等。每位各一份。案後有金漆龍椅，每位各一椅，後有黃幔，中開，餘閉，內藏神主及紅黃色

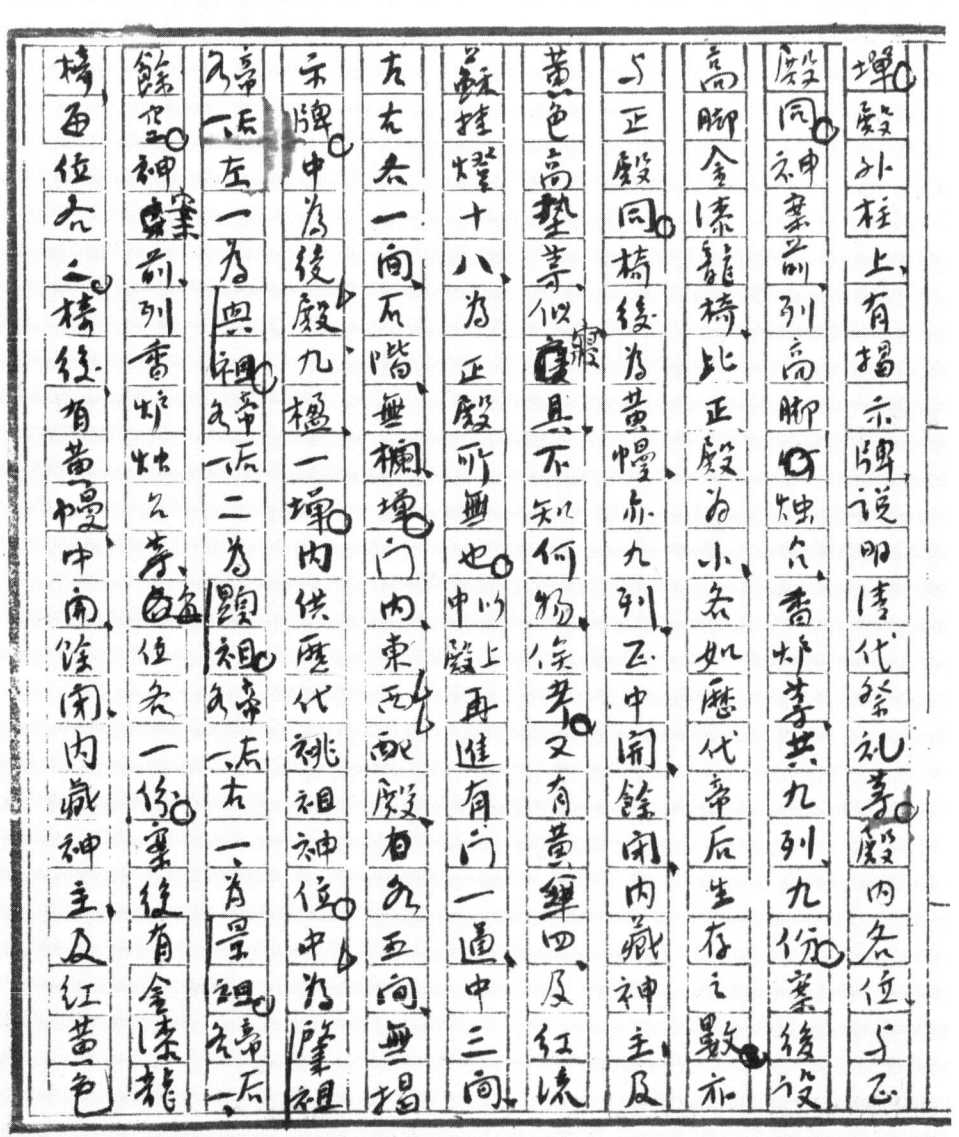

第卅二頁

执事等似瞭具与中殿同。殿外前檐有揭示牌说明，每岁暮将祧主请至前殿与正殿各神主合祭，春秋大祭由王公大臣恭代行礼等事。以上后殿。此殿后墙皆向左右梢出甚长，直抵东西两边内垣，随各开一门，以通后院。此后又有门，中左右各共三间，随墙筑成，是为后门。出门即至御河边。各盖自第一重正门至此，四面皆缭以朱墙，是为内垣。垣外余地松柏成列，东西各有余房甚多，昔为守庙及行礼时各执事所在，今则为故宫博物院分院各办事室。四面又缭以朱墙，是为外垣。至正殿两庑各十三间，为配享功臣之位，东庑最北二间为存储室，自第三间起配享者，一通达郡王，二武功郡王及妃，三慧哲郡王及妃，四宣献郡

多罗通达郡王，名雅尔哈齐，显祖第四子；武功郡王，名礼敦，景祖第一子；多罗慧哲郡王，名额尔衮，景祖第二子；多罗宣献郡王，名斋堪，景祖第三子。

和硕礼烈亲王，名代善，太祖第二子。
和硕睿忠亲王，名多尔衮，太祖第十四子。
和硕郑献亲王，名济尔哈朗，显祖第三子。
和硕豫通亲王，名多铎，太祖第十五子。
和硕武肃亲王，名豪格，太宗长子。
多罗克勤郡王，名岳讬，礼烈亲王代善第一子。
忠敬诚直勤慎廉明和硕怡贤亲王，名允祥，圣祖第十三子。
和硕恭忠亲王，名奕訢，宣宗第六子。
和硕超勇襄亲王，名策凌，蒙古喀尔喀部人。
川上东庑配享王公
三等信勇公直义费英东，额驸，满洲镶黄旗人。

王及妃五礼烈亲王六睿忠亲王七郑献亲王八豫通亲王九肃武亲王十克勤郡王十一怡贤亲王十二恭忠亲王十三超勇亲王策凌。西庑最北二间为泉监室，自第三间起，配享者一、三等信勇公直义费英东（太祖之臣）二、弘毅公额亦都（太祖之臣）三、英诚武勋王扬古利（太祖之臣）四、三等果毅公图尔格（额亦都之子，太宗之臣，至世祖时）五、一等雄勇公昭勋图赖（费英东之子，太宗之臣，至世祖时）六、三等忠达公文襄图海七、三等伯文端鄂尔泰八、大学士张廷玉九、一等公文襄兆惠十、一等公文忠傅恒十一、一等公文成阿桂十二、郡王衔文襄福康安十三、僧忠亲王格林沁，以上同姓者皆不书名。民汉大臣惟张文和公廷玉一人，亦未书谥，盖因其生前曾经世宗面谕配享，后向高宗要求照允，高宗不悦，迨

弘毅公额亦都，長白山人。
英誠武勳王楊古利，滿洲正黃旗人。
三等果毅公忠義圖爾格，滿洲廂白旗人。
一等雄勇公昭勳圖賴，滿洲正黃旗人。
一等忠達公文襄圖海，滿洲正黃旗人。
太傅大學士三等伯文端鄂爾泰，滿洲廂藍旗人。
大學士文和張廷玉，安徽桐城人。
贈太保協辦大學士、戶部尚書一等武毅謀勇公謚文襄兆惠，滿洲正黃旗人。
太保保和殿大學士一等忠勇公晉贈郡王銜謚文忠傅恒，滿洲廂黃旗人。
晉贈太保武英殿大學士一等誠謀英勇公謚文成阿桂，滿洲正白旗人。

第卅三頁

其身後，以先朝確有此論，不便食言，故不得已准其列位。又特削其謚，以示輕高宗之論。文和之挾君臣蓋交失之知。至傅文忠、福文襄父子，皆無殊勳偉績，高宗徒以私親竟予崇祀，其失蓋尤甚焉。後來再造清室大功如曾文正公竟無人議及於此，而僧王乃得特邀異典，蓋有清一代於滿漢畛域之見始終未除，以迄於亡云。

第七卷、太祖高皇帝　名奴爾哈赤
第八卷、太宗文皇帝　名皇太極
第一卷　肇祖原皇帝　名孟特穆
第四卷、興祖直皇帝　名福滿
第五卷、景祖翼皇帝　名覺昌安

第六世顯祖宣皇帝、名塔克世

通達郡王 名雅爾哈齊、太祖之弟、

武功郡王 名禮敦、景祖之長子、太祖之伯、

慧哲郡王 名額爾袞、景祖之次子、太祖之伯、

宣獻郡王 名界堪、景祖之三子、太祖之伯、

礼烈親王 名代善、太祖次子、太宗之兄、乾隆四十三年入、

睿忠親王 名多爾袞、太祖第十四子、太宗之弟、即攝政王、

鄭獻親王 名濟爾哈朗、顯祖第三子舒爾哈齊之子、

豫通親王 名多鐸、太祖第十五子、太宗之弟、

肅武親王 名豪格、太宗長子、世祖之兄、

克勤郡王 名岳託、礼王代善第一子、乾隆四十三年祔祀入、

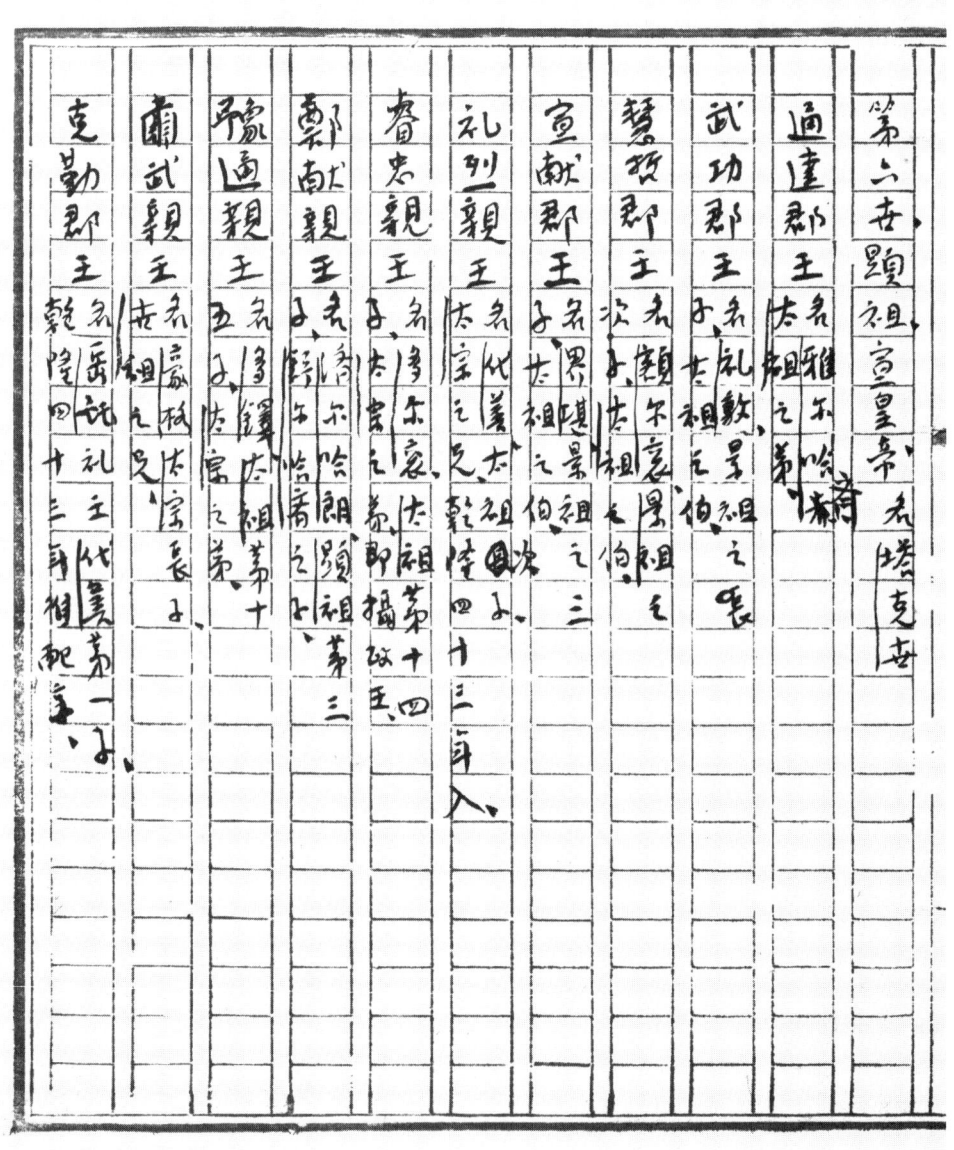

太子太保武英殿大学士
钦嘉勇貝子晋封郡王
銜謚文襄福康安鑲洲
廂黄旗人，傅恒之子。
科尔沁博多勒噶台忠
親王僧格林沁，蒙古旗人。

第卅四頁

怡賢親王名允祥，聖祖第十三子。

恭忠親王名奕訢，宣宗第六子。

六月廿六日

挽来薰農聯云

謂生是向主一流，傳於自奉，厚於周施，志業繼賢昆，嘉澤宜當昌厥後〇

與學育青衿百輩，始不斂費，終不遺級，哉壤在寒畯同心，難復遘斯人〇

七月十一日

宓可庵于七月初八日、陽八月廿八日病歿，壽六十三歲，惜哉〇因為撰一聯云：詩人例作水曹郎，何期潦倒一官，更悲離黍〇

李安同深巢墓恨館（君有詩集、嘉集）劇痛瞑達歲日，竟奠生易之，竟向不悟返。

七月十三日

前在傅聘三處，聞竇君鴻飛言治吞烟法：平時取青柿蠆干枚，以水浸之，置日中晒，至起沫，用竹筷攪之，再晒至沫盡為止，將柿子取出，淨存濃汁，貯罐封藏，遇有吞食鴉片者，每灌二三杯（茶），至二三次，吐出毒水即愈。又云治湯火燙傷，用煮熟雅片稀膏，就傷處塗之，隔夜全愈。故特記之。

丁寄千云：伊配有治小兒痰積音藥，甚靈驗，係先年石駙馬後宅劉宅施送者，現因無力止施，由伊托友抄得原方。

第卅五頁

配此，委託騾馬市大街鶴年堂代為施送，時取數文即得。膏藥一張、藥末一包，應用無誤。此藥末極要。

報載柯鳳老於陽曆八月廿一日病殁，壽八十四歲。晚報內并記著述如下：新元史、春秋穀梁傳注、蓼園詩鈔、清史天文志稿、時憲志稿，以上已出版。校刻十三經斠札記、文集、佚史補、爾雅注、文選補注、文獻通考注，以上未出版。其尤注意者為校刻十三經斠札記，臨殁猶諄諄，以未印成書為恨，并言擬刻石存諸曲阜孔廟云。

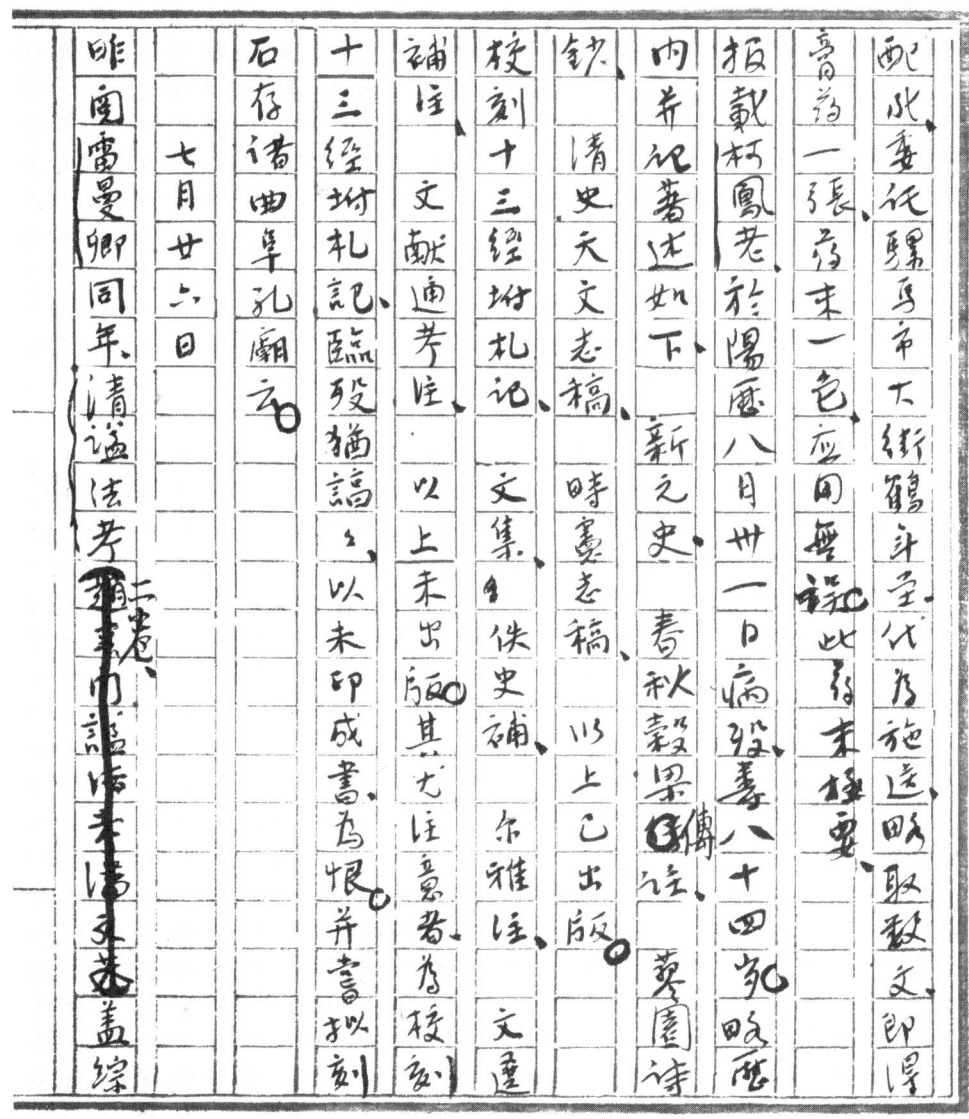

七月廿六日

昨閱雷曼卿同年清謚法考~~一冊，內謚法考清文~~二卷、蓋綜

王文简士禛谥法考、石琢堂蕴玉谥法录、赵粤门谥法
潘文恭世恩易名录、鲍子年康皇朝谥法考及续编补
编、律门续　续补编，而成者。诸书起讫，初迄同治十一
年八月，共二百廿九年，都一千六百余人。雷氏继作，至宣
统逊政，又三十九年，得一百八十余人，合成是书。蒐采综
合，用力良勤，而遗漏尚复不少，足见博考之难也。

八月十四日

昨见王伯蘅家海棠、石榴均复开花，又午后闻蝉鸣，皆异
候也。往年中秋间蝉已以为异，今岁阴历有闰六月，则尤异也。

八月十九日

陈镜遯之子卅岁，八月十三日病故，挽联云：壮岁正逢时，何意

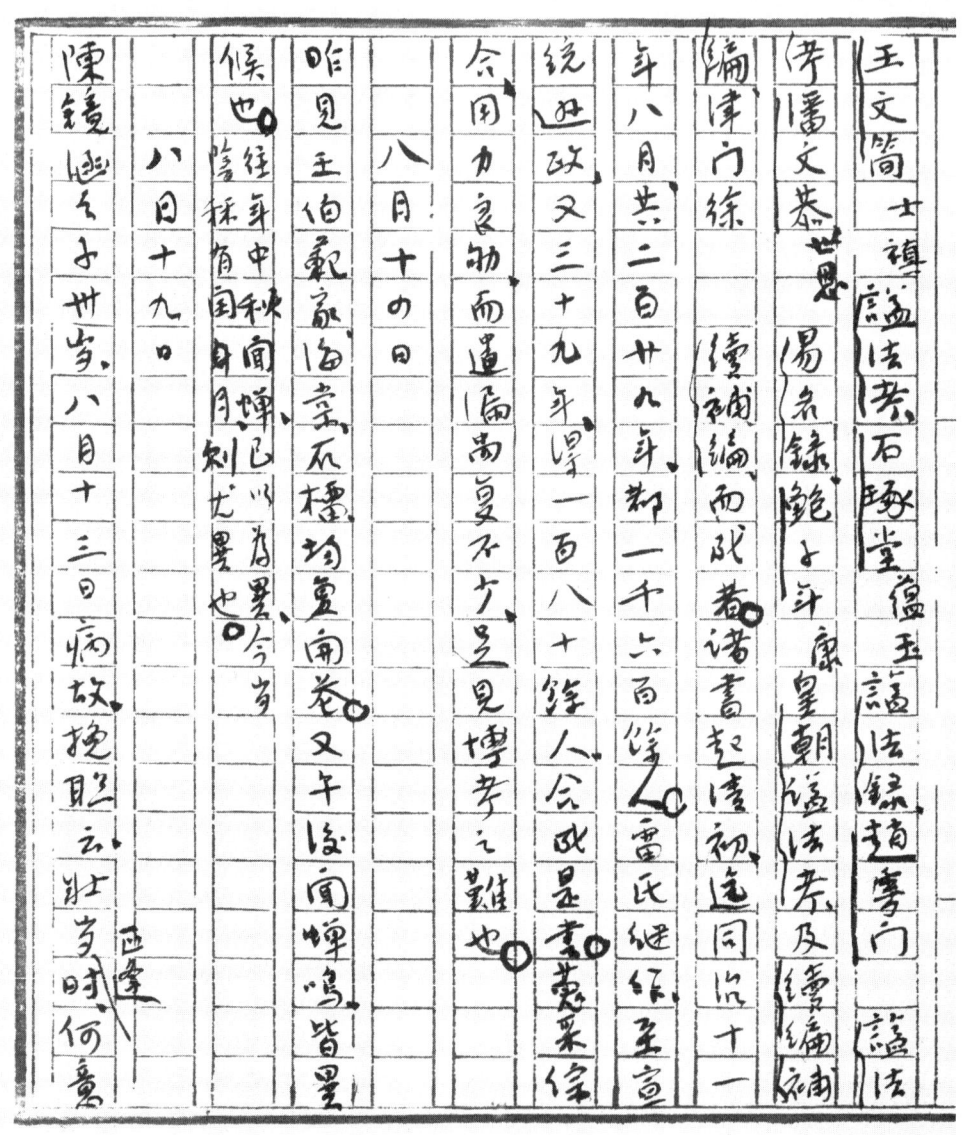

第卅六頁

玉樓~~樓~~傳急詔。中秋剛近節，倘從金粟證前身。

九月初二日

震在廷之子唐翹志贈《清書人輯略》一部，輯錄排比之功甚勤，体例亦佳，且為前人所未有。唯尚有未及之人，且已及者亦有未詳。參處蓋當時無~~圖~~圖書館，不便參考，僅恃個人藏書，宜其取材不能十分完足也。

九月初六日

利津李竹朋太守佐賢《古泉匯》正編（續二）廿六二十冊，所藏所拓古泉至六千餘品。正集五千八三品，續集九百八十品。可謂富矣。增有著錄一卷，於歷代研究古泉之書，除乾隆敕撰之《西清古鑑》外，共得五十種，皆仿《提要》例，各有論列，亦徵翔實。至各品考证诸语，尚未一一细阅，本非有志此学，借以粗知大略。不敢妄评此书乱之作也。其前集第十三四卷，内有墨批，略纠其失，不知何人手笔。此书李氏所纂，而鲍子年太守康匡助之力为多，正集有鲍序一，续集有鲍序二。

九月十三日

前报载外交部街迎宾馆前榆叶梅一度开花，看守夫役认为不祥，将其斫去。今报又载中山公园温室前之唐花坞有老牡丹，开白花一朵，大如巨杯，旁无余叶，好事者争往看玩。今之前月，余亲见王伯祥家石榴海棠又开数花，均物妖也。世变既剧，物变随之，固宜其如是矣。

九月十六日

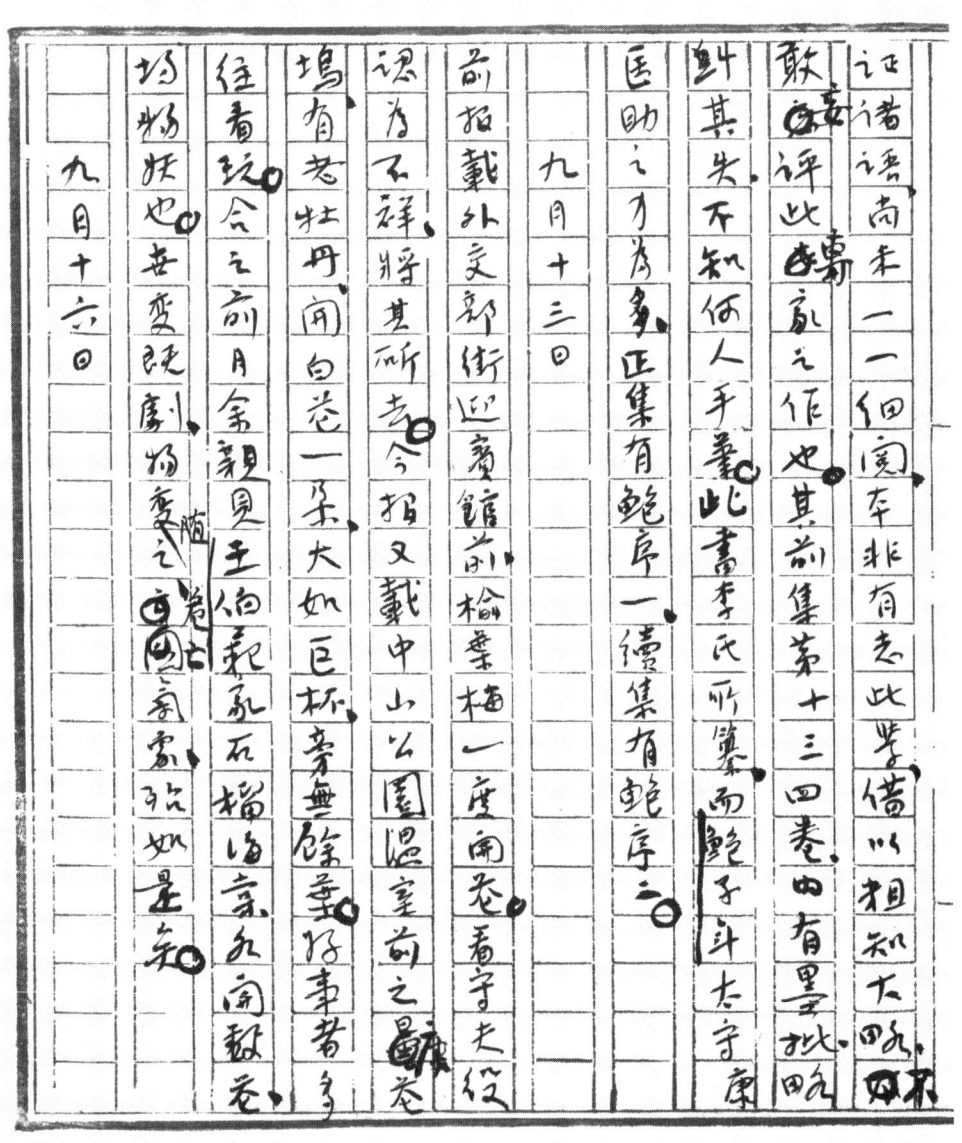

第卅七頁

吳自牧夢粱錄，詳記南宋時，杭州風土人情名迹事等，內有數俗語及飲食用具俗名，多不能盡解，蓋當時通俗語名，遠隔千年，宜不能明也。

九月十九日

孟元老東京夢華錄十卷，閱看一過。過前數卷，吳自牧夢粱錄頗有相複處。案孟書自序云，紹興丁卯，為南宋高宗十七年。吳書自序云甲戌，案南宋惟高宗紹興二十四年，寧宗嘉定七年，度宗咸淳十年，皆岁在甲戌。吳書狀元表，至度宗咸淳七年辛未，此後又五年而宋亡。是書作於孟書後者百餘年。其所記廟祀、聖壽、時令等，多同孟書原文。蓋是事實所關，非必有心抄襲也。

九月廿九日

借得周密武林舊事四本、耐得翁都城紀勝一本、陶南村輟耕録一函六本、楊静亭都門紀略一函六本，閱之。前借之孟元老東京夢華録一本、吳自牧夢粱録五本，參互閱之，可得南北宋都城之概略。又得清代北京之概略，皆身所親歷者，尤覺有興趣，有感想，亦閒中一消遣佳品也。

十月十七日

至北平圖書館觀所陳列德國印刷各品，中有關于中文書籍譯成德文，如詩禮等經、孟子、墨子諸家，係昔年駐青島之德人衛禮賢氏所作。外人勤學如此，真令華人愧煞。復入室借得朱啓鈐氏主辦營造學社發刊二大册觀

入设往

第卅八页

之中有元大都宫城及大内御苑考，据陶南村辍耕录及诸书为之推定，分析极为精密，是专家之学，非寻常考古者比也。又有蓟县独乐寺、北京智化寺、宝坻寺、李年。圆明园遗物文献展览专录，皆极精密无浮词。

十月十八日

震在廷所撰庚子西行纪事，记载拳变及西巡事甚详实，文华点简洁可爱。后半则游记，无关拳变事。

李南涧文藻琉璃厂书肆记，乾隆乙丑年作；缪小山荃孙后记，民国三年甲寅作。於厂肆书店记叙颇详，兼及隆福寺、护国寺、打磨厂各书铺事，亦一代文物所关。李记言五柳堂之陶姓，苏州人；文粹堂之谢姓，苏州人；韦姓，湖州人。皆深於书而曉事者。繆祀言：寶文齋徐蒼厓，年六十餘，熟目錄之學，及見徐星伯、苗仙麓、張石洲、何子貞、子愚諸先生，時從軼事。又韓心源者，為翰文齋主人徐之徒也，受其傳，又得李南澗、李勤伯二家之書，其子子源繼起，亦有能名。庚子後最有名者，為正文齋譚挂，翰文之徒也。室名齋李褒山，是當嵩山山西人，結交權貴，為御史李璠所糾，奏配天津。漢陽葉氏書歸之。精裝潢，清穆宗垂裝天祿琳瑯，即由內務府發李承辦。又肆雅堂丁子固，曾得寧兩齡及方柳橋之書，亦善裝潢，與室名同辦重裝天祿琳瑯者，後亦因官事受責。又室森堂李雨亭，與徐蒼厓在書業為前輩，曾得姚文僖公、王文簡公、韓小亭、李芝齡各家之書，於宋槧之蜀本、閩板、閩板、

第卅九頁

最熟識是陶五柳、錢聽默一流也。後有寧海陳乃乾乙丑年跋，兩記印陳所合刻。卷首標有春初堂校印字。又言繆校定諸書，每多脫誤，於宋明刻亦鑒別不確，又有偽撰某氏手跋以欺世盜名之嫌。而坏土未乾，其藝風堂藏書已為肆賈捆載以去云云。誠可歎喟矣。案室名齋李重山子賀南書壽為結交，為張幼樵學士佩綸、鄧鐵香御史承修所劾，事在光緒初年，此云御史李璠，未知孰是。又重山作袁山，字亦近譌，蓋傳聞異詞，繆亦未深考也。

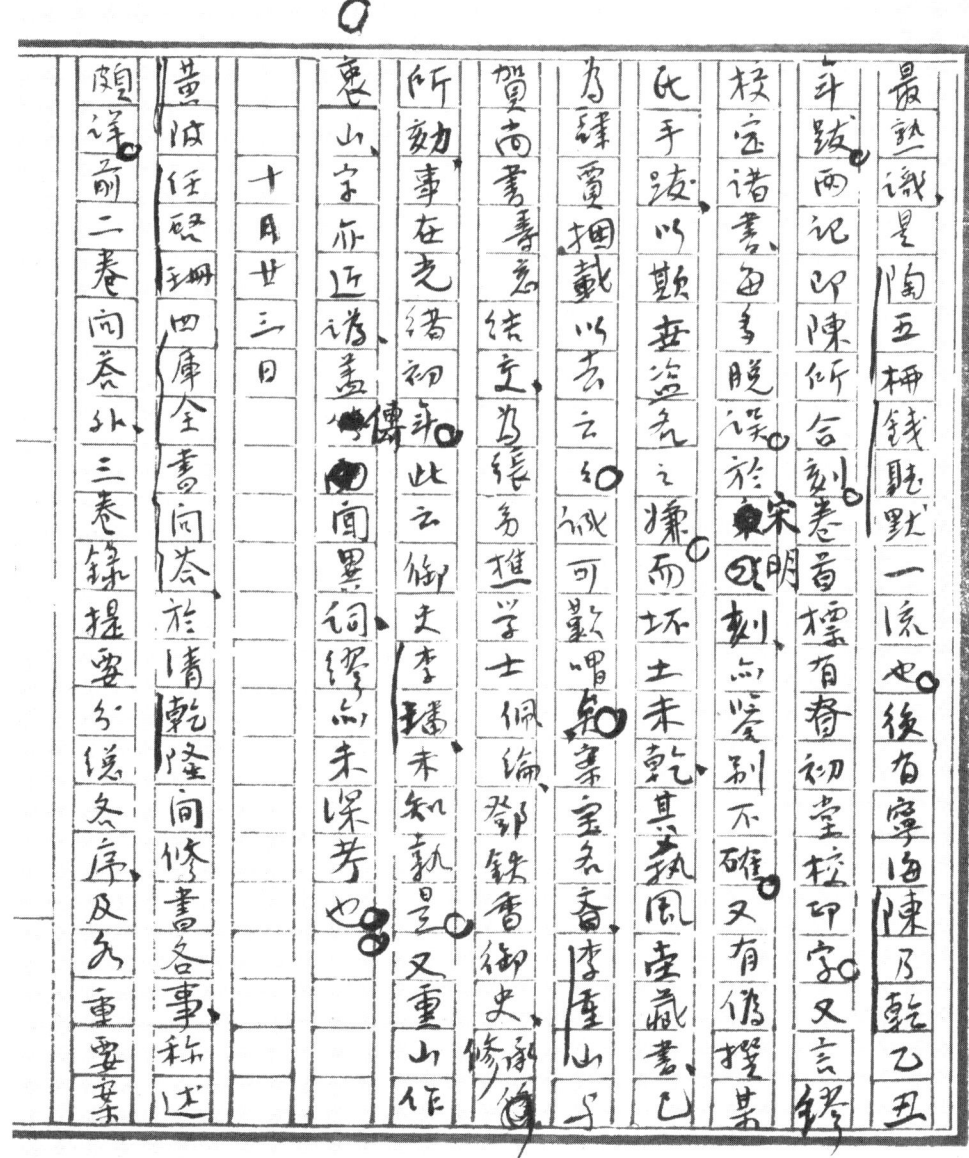

十月廿三日

黃陂任堅珊《四庫全書問答》於清乾隆間修書各事稱述頗詳。前二卷問答外，三卷錄提要分總各序及各重要案語、又上諭凡例等、便於学者尋檢。餘如各表、亦費鈎稽之力。末附孫（蒲书紀要未詳孫氏）氏為何人，直各則內有排印凌乱之處，殊為遺憾。

十月廿五日

長沙王先慎撰、中有論、根據佛典、引证甚多、尚非抄胥之比。亦認以儒家經義、但不認宋明理学家所言性命及近世西人所論之靈魂、與為合理。亦稍持之有故言之成理也。

十月廿六日

常惺法师、佛学概論、簡而得要、識力学力、俱通徹、可當簡扼二字。此係在雲南省垣講演稿，書凡十章、都萬餘言。佛

第四十頁

學大要，皆具於是。其特点，尤在以自作自受之旨，說明人生觀，以緣生互助之旨，說明宇宙觀，更進而說明佛法積極救世之旨，將整個的佛法系統的顯出，佛法一乘之教理，固是益著；我佛出世之本懷，固是益彰。歐陽氏明為作序，推為代佛立言，雖覺過當，然庶幾能得体要者。

十月廿八日

敦崇禮臣所編燕京歲時記一冊，七十頁，所記略備，但出於個人記憶者多，根於故書考據者少，未為博洽。不如奉寬之妙峰山瑣記，得之親歷，且經博考，為勝作也。

十月廿九日

閱小蓮池居士奉寬所著妙峰山瑣記四卷，考据精密，能訂陳天祥金仙寺碑、日下舊聞、金石萃編、順天府志，固達史之誤。搜輯拓帖、龍望等，及碑碣刻石塔屋各文字，尤多至數百條，可謂訂正詳慎，精密入理，學術既宏，間有議論，亦具通識，足稱盛作。蓋積數十年心力為之，宜其有此精詣也。卷首顧頡剛序盛推之。魏建功又為加以標點，增入照像插畫廿餘幅，引用書目列至八十八種，並作刊誤表，引目補遺。是書已由中山大學民俗學會刊入叢書。又此君有燕京故城考一卷，在燕大學報第五期。顧序言奉寬為滿洲人，現年五十餘歲，記中自言其妻孔氏字直如，子名依昌，而檢是書所引者，如閩林琳西郊鄉土記等，尚有在魏氏列目外者。

常維鈞言自己
從古人未知孰
是庚侍為之
其嘗為兵部
司員

第四十一頁

十一月初一日

乾隆御製圓明園圖詠上下卷其四十景曰正大光明五排曰勤政親賢五律曰九州清晏四言古詩曰鏤月開雲五言六韻曰天然圖畫七古曰碧桐書院七絶句曰慈雲普護調寄菩薩蠻曰上下天光六言曰杏花春館七律曰坦坦蕩蕩五古曰茹古涵今七律曰長春仙館五律曰萬方安和五律曰武陵春色七絶曰山高水長五律曰月地雲居調寄清平樂曰鴻慈永祜七排曰彙芳書院七絶曰日天琳宇五絶曰澹泊寧靜七古以上廿景上卷曰映水蘭香七律曰水木明瑟調寄秋風清曰濂溪樂處五古曰多稼如雲七絶曰魚躍鳶飛五絶曰北遠山村六言律曰西峰秀色七古曰四宜書屋七古曰方壺勝境七律曰澡身浴德五古曰平湖秋月調寄浣溪紗曰蓬島瑤臺七律曰接

秀山房，五律，曰别有洞天，五绝，曰夹镜鸣琴，调水仙子，曰涵虚朗鉴，五言，曰廓然大公，五古，曰坐石临流，七绝，曰曲院风荷，七绝，曰洞天深处，五言古。以上廿景，下卷，每一幅先後明次诗词。卷首列世宗圆明园记，次高宗圆明园後记，卷末有鄂尔泰、張廷玉、任蘭枝、張照、汪由敦、劉统勳、梁诗正、钱陳群、勵宗萬、張若靄、萬寿、莊有恭、嵇璜、觀保等跋。诗中小印诸臣作，張若靄書，独無刊書年月。園為雍正在藩邸時聖祖賜園，在暢春園北，園名亦聖祖所賜。予所見乃光绪十七年天津石印局翻本。

十一月初四日

本日上午十一时頃，有星三顆見于西南方，下午四时餘，又有星一，見于西南，月鈎亮，或云此金、火、土星，尚满當清安

第四十二頁

宗雍正向曾見之。

十一月十八日

王蓴農然脂餘韻六卷，係續王西樵然脂集而作，用詩話体專錄閨閣之作，詩、及詞、及文，均有之。多詳舊事。內有句年伯母何桂珍夫人之詩，已詳家世。

挽孟範九聯云：

文章憎命，禪悅飯心，曼荼罗密印能參，久依大日之日；

喆弟協箎，佳兒肯構，維摩詰名障都淨，遑論出家在家。

上句以範九文学實勝玉双而艱於一第，因皈佛深入密宗，尤通梵文。下句以範九夫人卧病七八年，去夏逝世，其諸子亦多成立，婚嫁早畢，嘗作詩自謂在家已同出家，故用其意。向稱切當也。偶閱明錢秉鐙《田園雜詩》云：奮身田野間，襟帶忽以散。乃知四体勤，無衣亦自煖。君有狐貉溫，轉使腰肢懶。予每日清晨必出街散步，近雖天寒，就原有衣服，增一棉馬褂，即不覺冷，以其往來步行也。若午後出门，恒雇人力車代步，反須跂服皮馬褂，乃覺適宜。讀錢詩，信其言之親切。

十一月廿一日

前聞祝紫笙、陸芝田身故，今日聞廖季舟又故。昨日親為盧載九送三，記得白香山詩：耳畔屢聞故人死，眼前惟見少年多。真道得老年人意思出。

十一月廿四日

入談往

入談往

第四十三頁

檢閱舊書，爽有清德宗癸巳年冬至前一日，齋宮述懷詩一首，錄如下：

節逢小雪占蒼飛，漸喜平疇土脈肥，敬值郊壇躬展祀，敢將牲玉達誠祈，新防河南慶新隄築，奔渠猶思鄭屋飢，陽氣從回雲霧裡，天心降鑒懍惟幾。

前日十八日次媳紹棻率次孙匹桓往醫科大学附属醫院，西城露境見有婦人攜一男孩，約二歲，生來兩手十指俱有薄膜相連，如鵝鴨掌，指分如距，請醫生割治，剖開後以藥线縫之，不知其後何如也。佛典言如來三十二相，一曰鵝王掌，或即此歟。

楊子勤鍾羲撰雪橋詩話，只見續編八卷、三編一冊，為求恕家藏書本，此書多詳舊事，在詩話中似另闢一徑，卷帙亦多。其续编八卷，首详清初至道光，下及咸同间人物，尤详于闽人。盖杨为汉军旗人（原名锺广），光绪翰林，与盛伯羲祭酒昱之至戚，曾辑八旗文经，专载清初以来八旗人文字，予尝见之，体例亦甚雅（简）。又阅杨所著圣遗诗存二册，极得书卷气韵，皆见根柢，但运典甚多，甚似，殆是近世考据家之诗，非予所论。吴徐洪家宗派相近，要亦宋诗风格，其广音少也。诗话三集，体集详同光间时事，有甚（详）确者，可备史料，亦可作诗料。近世八旗文学，在四五十年内要以盛伯希昱为最特出。杨及震在廷钧，可与其颉颃，然皆不能及也。

盛伯希题放鹤严州牧柯君镜影图（道光中西老宿、鹏）诗结句云：

第XX頁

多少福頭古來勿（英語照相為福頭古來勿）轉瞬變滅如雲烟。以新語入舊詩，蓋在黃公度、夏穗卿、譚復生諸君前也。

閱蘊詩至數冊，舊曾重讀，遂加丹黃，頗似又有新得。於其篇法、句法，加以鉤勒分析，貫眉目，甚清。乃知大才如坡公，其於文亦只是篇法、句法清楚，無他謬巧也。予生平為詩近千首，自問才力學力都無過人處，惟謹守法律，步步不越繩尺，似為時賢所未及。不知我者見我詩無奇崛異人處，便謂以讀過，認為平庸凡近，此實不知詩道者之所誤論也。今重讀蘊詩，逾而求諸杜、韓、白、陸諸家，亦無不如是，愈以堅我自信之念矣。

古名家大家作文亦作詩，同此是，就題還題，題完文完而止。然其意餘於文，自有無盡而不

及者不实多，亦不实少，只要如分而止，斯已矣。诗之奇峭无过杜韩，[redacted]其实皆神明于规矩之中，而毫无轶荡者。杜尝自道甘苦，如得失寸心知，晚节渐于诗律细，语调明白言之。然其研究声病，调谐音调，尤有至深细者，观李天生云，凡五七言近体，唐贤落韵共一组者，不连用。夫人而能。至于一三五七内用仄字，上去入三声，少陵必隔别用之，莫有叠出者。此人不论，朱竹垞尝与李武曾互诵少陵七律，中惟八首，与天生所云不符。郑驸马宅宴洞中一首叠用三入声，江村一首叠用二入声，秋兴昆明池水一首叠用二入声，江上值水一首叠用三去声，题郑驸马亭子一首叠用二去声，返日道兴一首叠用二去声，卜居一首叠用三去声，秋兴一首叠用三入声，皆见宋元旧雕本及文苑英华，则当有误。字实印正，天生之言正今，俗以兼本校正，然不合者，见朱集王东溆

第　頁

應奎論杜，又推及於古詩歌行、對偶、聲調，及古律詩，而天蘇等。見柳南隨筆。且杜於律絕古體，無不錘鍊入細，極其工力。其特以大氣運之，以老筆出之，讀者但驚其奇崛，不知其正由是字字稱心而出也。韓翁以文為詩，自標巨刃摩天，其過於豪橫處，嘗為晁无咎、陳後山所哭。然薦士詩嘗云：橫空盤硬語，妥帖力排奡，是自道其力求妥帖也。歐陽公亦云：嘗與聖俞論此，此日可惜之偏，謂譬如善馭良馬，其通衢廣陌，縱橫馳逐，惟意所之，至於水曲蟻封，疾徐中節，而不少蹉跌，乃天下之至工也。觀此知韓雖好奇，尚不至如盧仝、劉叉之野蠻，無紀律也。白陸皆為大家，其平易近處，正其功力極深到處，所謂人人意中所有，人人筆下所無，境地絕高，尤不易及。再以览若其根柢，学之辄感浅薄，失之远矣。

复读蕴诗，于其用笔迴合处、行气疏宕处、布局稳密处、诠题亲切处、落想超逸处，均似有悟入，殆以为其不可及者，喻意之颖妙，与浅语之篇咏，皆天姿绝高，智慧圆通所非人所能，念他日当别录诵味之，有益于神智不少也。

此业犹乡是又谈诗云：诗之韵味具足者，在五七言律绝，而易得之。五言七言古诗，在古名大家，虽李杜韩白苏黄陆诸巨公，亦觉才力矩矱有余，而终不足于韵味。此盖体裁所限，无可如何者也。中惟太白五古七古有数首，遗山七古之外，以长庆体数首，较有韵味，此外殊鲜矣。苏五古内亦有蕴之数首，味有馀韵，余不足。数首，然王孟韦柳诸公之五古，以及雅集咏出之者，反较

此條陳子倫因年梅贊許之親自録副而去

第XL頁

勝。而七古則亦絕妙。改東漁洋專以神韻為宗，其源蓋出王孟諸家。不矜才力，五古中、頗有十數篇，七古則否。梅村善學長慶，其七古中亦有十數篇，五古則否。所謂覃溪易漁洋之神韻為神理，亦似是而非之論。但比袁趙所論尚細入也。上下諸家得失大較如此。試究其所以致是者，蓋古體音節步伐多近於質，故無多餘味之曲包。近體音節藻飾多近於華，故易有風標之遠。出王孟諸公才力矩度，識不如李杜蘇黃，而其高致則勝之。漁洋窺破此秘，獨闢神韻一宗，同時錢吳朱施諸家不能勝。改來袁蔣趙甌北，純致輕詆，尤屬偏見，凡出公論，不足推倒新城也。韓鋒大家，直是以文為詩，絕無韻味可言。太白天才特勝，其仙心逸致，為有凡少陵所合其超逸之思。

自成特標韻味，而全体却不一致。離之得失，亦太白，黄為韓亞，雖非以文為詩，其失亦在過使才力。白則另闢平易一宗，以與韓較，就詩論詩，殊為遠過。杜則集詩之大成，金聲玉振，獨絕千古，但五七古諸作，仍是韻味較少，不能為諱。陸則於杜、白後出，或自成一家，尚無獨闢之境界也。

十二月十五日

聞翁山李言，有洋金花一植物，在各葯房可買，每匣價三四角，患喘者代菸吸用，可消痰喘，極效。伊患喘多年，用以參合菸葉吸之，總未甚發，惟不能除根耳。

十二月廿日

趙劍秋大人吕洞花逝世，生平工詩詞，精小篆，著有清聲

第卅頁

閣詩詞集。和漱玉詞，和斷腸詞。和小山詞。曾經樊樊山、冒鶴亭、董壽金、邵次公、向仲堅、諸君批評，均經推崇。趙有石鼓十種考釋、金石褋錄、覃研齋詩文存、癸酉消夏詩草。趙輓聯云、来歸之始，適君喪母，过門之後，值我奇窮，頻年奔走刀方，膳侍查國，英管兩弟，總賴君辛苦支持，佳葬是今生，心力早经当日盡。八年在贛西，屬盛時，廿載在燕，漸嗟暮景，畢世儉勤一致，病憔醫藥，愁積詩詞，最使我追思哀悔，芝蘭甜昔夢，閨房应惜此才華。又云：恨我不知醫，枉教諸苦備嘗，終歸不起。呃心空有集，未得及身鐫，定遺憾難弥、

十二月廿五日

報載陰曆元旦（陽曆二月十四日）全日蝕，經过南洋群島、及太平洋，我国一部，見其偏蝕。上午七時初虧，七時四十八分蝕甚，八時四十分复元。第二次為八月十日（陰七月初一日）之日環蝕，我国不見。月蝕第一次已出現於一月三十日夜，第二次為七月十六日（陰六月初五日）夜。記清光緒庚子年元旦日蝕，是年遭拳亂出国，幾亡，今复遇此，不知又生何变，殊深悚懼。

又載滑稽新婚聯云：物出物放，閒度量容物；人上人振起精神作人。（集曾文正公家訓）又一聯云：有婦人焉，赧赧然強而後可；彼丈夫也，洋洋乎欲罷不能。（集四書）又北京人数調查表，自宣統末年七萬八三零五三人，民元七二五〇三五人，至民二十二年一五六一三六〇人，逐年增長，至此二十三年中，已相差至七十七萬八千三百零七人，約及一

備考錄

甲戌

第　页

為諱。陸則於杜由後步武，自成一家，尚非蜀闢之境界也。

十二月二十九日

閲陳宗蕃《燕都叢考》第一編一週，二三編未畢。此書考據甚精審，引用書目不下二百種，尤於入民國後廿年以來事蹟有所記述，為舊籍所未及，瞿兑之盛推之，謂在震在庭《天咫偶聞》以上，尚非溢美，可傳之作也。尚有《郊外叢考》未成書，將來當有續作。

甲戌年

二月廿四日

張景蘇來談其所藏西夏天祐民安五年重修聖容寺感通塔碑銘搨本，及喀爾拜圖，乾隆間畫本，詳閱一週。碑之正面係西夏文，背面係漢文，書明天祐民安五年，歲次甲戌正月甲戌朔十五日戊子建，長可丈許，圖為回教聖基圖嗐爾拜地，左阿拉伯卷首有王昉衡題字，鑒定為乾隆間紙本，係新疆大寺之物，圖內各地均注有回漢文字，長可及丈。案天祐民安，為夏崇宗年號，見李氏紀元編。崇宗為惠宗之子，在位甚久。凡建元天儀治平者四年，天祐民安者八年，永安者三年，貞觀者十三年，雍寧者五年，元德者七年，正德者八年，大德者四年，總计五十二年。其天祐民安五年，當宋哲宗紹聖二年。

三月初四日

盛伯希題故龍巖州牧柯君鏡影圖（道光中膠西老宿）詩結句云：多

第廿頁

少福頭古來勿勿福頭古來此言咀相、轉瞬變滅如雲烟、新語也。

三月十七日

楊子勤雪橋詩話三集、餘集、詳同光間時事有甚詳確者、錄十數條備作詩料、

三月廿六日

西青散記、是浙江輕薄文人之筆、欲於才子佳人寓面中、別闢一徑者、謂若聰明文思則可、可惜染小家氣太重耳。青年閱此、易染輕薄習氣、小有才者尤当忌之、正恐誤人不淺也。

四月初三日

五月三十日

正面係西夏文，背面係漢文，書明天祐民安五年，歲次甲

四月十二日

昨見人家一聯云：空展輿圖談世變，冷閑門户課兒書。似隱者語氣，但不知其人為誰也。

五月十六日

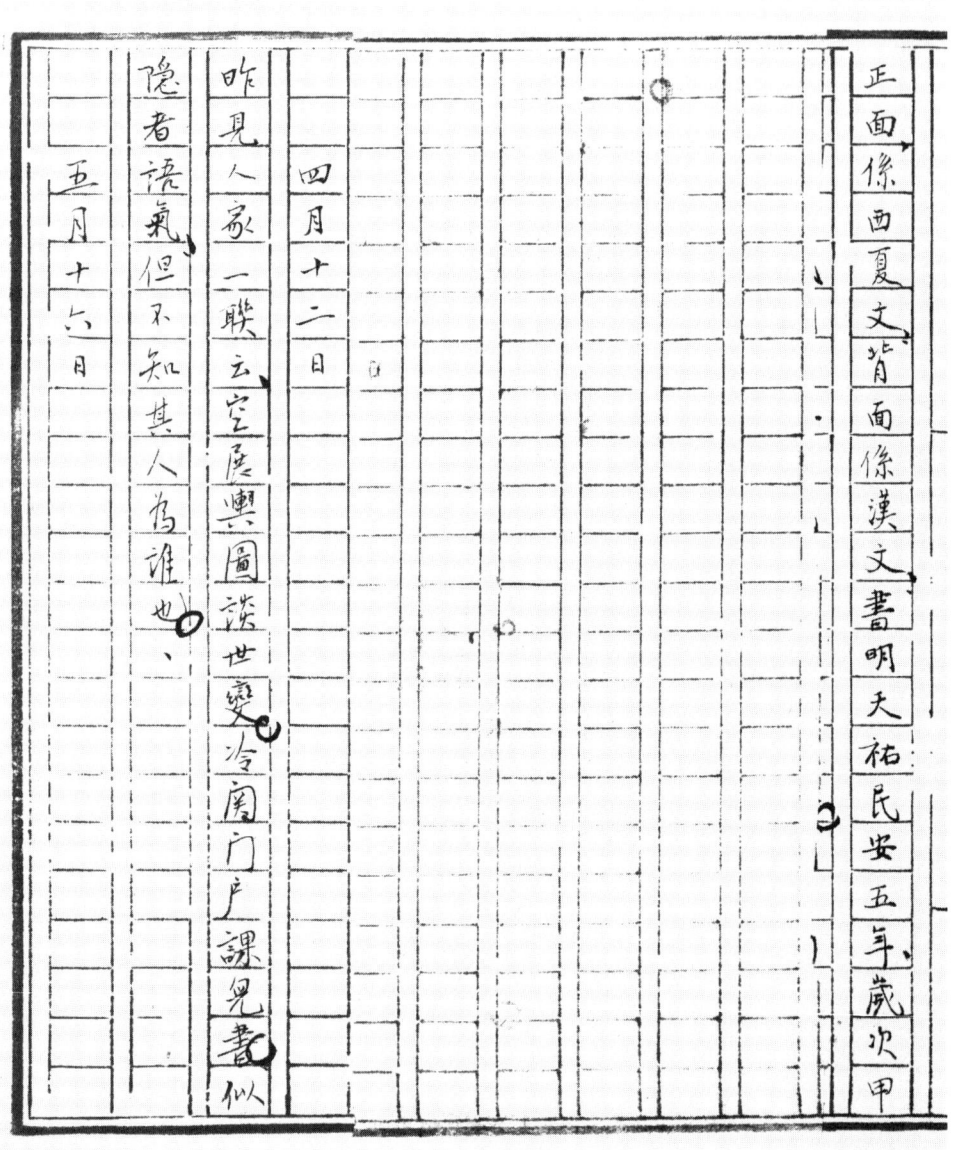

第　頁

訪邢冕之晤談、伊遊廬山衡山歸、觀察南中各現形、對於民性等、頗有識微之論。尤於南北民族、及現在中国政局、及將來真正民族復興朕兆、均有特見、可謂識力不凡矣。

燈下十九弟來談為國防會專門人才介紹事、

五月廿五日

前在太廟、買得滁菊、有說明書云、菊之入藥者、一杭菊、甘寒煖中。二毫菊、溫散動燥。三野菊、猛烈微毒。四滁菊、苦辛和平、能補水制火、益金平木息風、祛濕、明目去翳。又坿藏儲法、夏季不可露風、以防霉蛀。坿泡茶法、每大壺四五朵、小壺二三朵、蓋碗二三朵、多則味過濃、反不適宜也。

五月三十日

大公报載山東旅行第六信

淄川瑣記内云、蒲留仙故里、在淄川縣洪山東二里許、蒲家莊有留仙後裔、存其遺像、記者託某君介紹、乃偕往經魯大礦、廠東行里許、即至、入莊之西門數十步、北行東向一家、屋宇頗整潔、主人名英源、字星泉、為柳泉先生八世孫、人極樸誠、至則已供品陳列、香烟繚繞、懸像于壁上、係細絹地、涼帽袍褂、作清代裝、左手拈鬚、右手按椅、度其軀幹必甚壯偉、顴高口闊、貌固不甚俊、額上端有自題字二則、其一曰、尔貌則癯、尔軀則修、行年七十有四、此兩萬五千餘日、所成何事、而忽已白頭、奕世對尔子孫、（此句原文似有遺脫）亦孔之羞、又一則云、癸巳九月、倩江南朱湘鱗為余肖此像、作世俗裝、實非本意、恐為後世所怪笑也、松齡又誌

案癸巳為清聖祖康熙五十二年

第夘頁

人為余言，先生在王村畢氏教讀十二年，聊齋志異即斯時所作。因問其尚有若其他遺著，據云李族已無所存，惟余聞之附近人言，實尚有渾天儀一書，曾有某大書局出價三萬元，向其族家購買版權而未得，或系好事者故為揣測之詞耶。少坐，主人更導觀其墳墓，經過莊之中間北去，東向一門，半已倒塌，蓋即李氏先世之故宅。出莊東南山坡下有菩薩廟，其下即柳泉故跡，先生以柳泉為別號者，蓋即以此。墓在莊東南里許，不甚寬廣。碑文字跡多半剝落，不能辨識。碑陰刻有著述目錄，計有雜著五種，為口身語錄（口疑是持字）、懷刑錄、曆字文、日用俗字、農桑經各一冊；戲三齣，計為考詞九轉貨郎兒、鍾妹慶壽、鬧館；再則

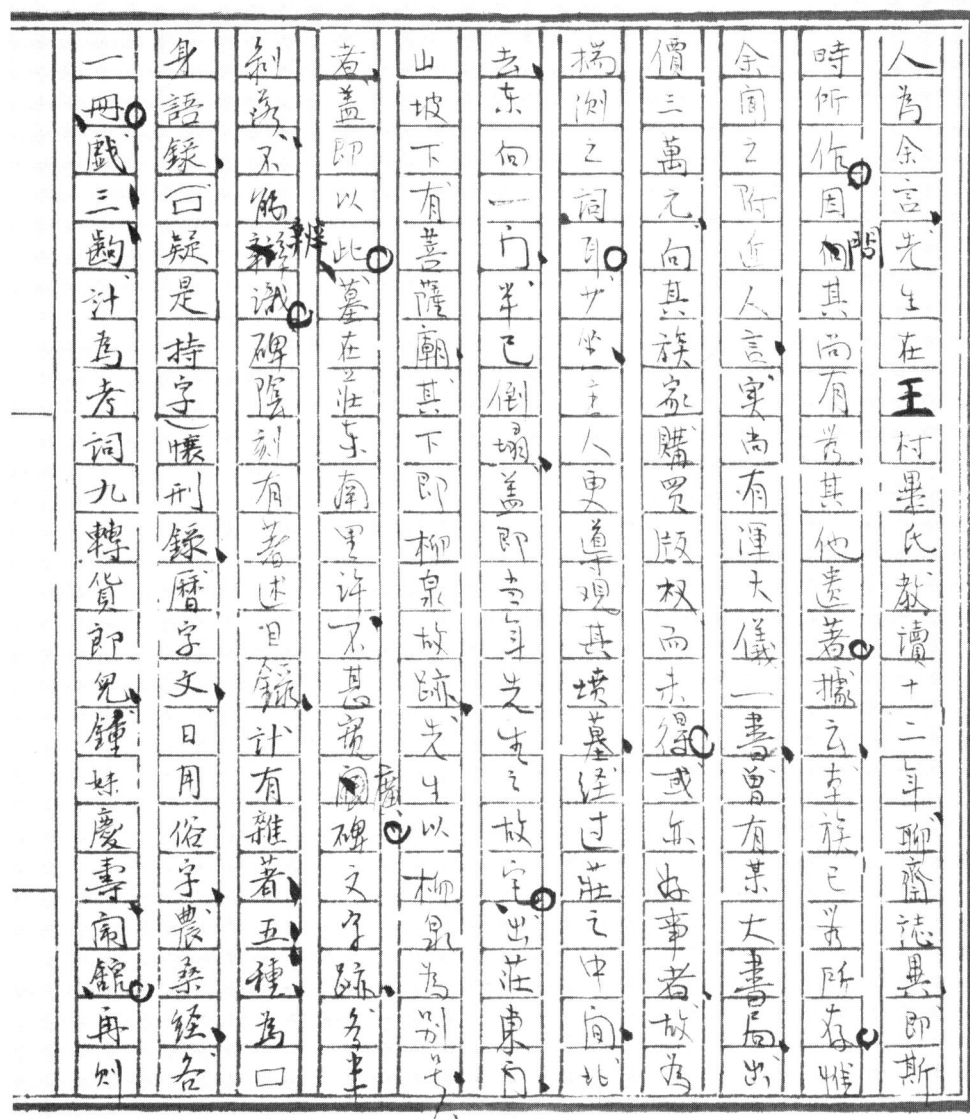

有通俗俚曲十六種，計為牆頭記、姑婦曲、慈悲曲、翻魘殃、寒森曲、琴瑟樂、蓬萊宴、俊夜叉（即賭博詞）、窮漢詞（即窮神問答文）、醜俊巴、快曲各一冊。禳妒咒、富貴神仙、後變磨難曲、增補幸雲曲各二冊。據主人語余，等碑所不載者，尚有問天詞、東郭外傳、学究嘲、逃学傳、何先生教学等，多在當地流傳。此外則斷篇殘卷，猶有多種，尚可查考矣。余觀此老各作品，似皆在大衆生活中，尋覓題材，且其文詞通俗白話者多，使生今日，定能立在文藝運動之最前線也。

大公報又載靜海城內，有耆年高壽者，劉永泰等十八人，現年均逾九十，最高者九十八歲，人稱十八老。每年于清明節，聚餐一次，名曰喫老人会。城西鄉賈口村，又有一現

第卯頁

年一百廿七歲之農人，名李庚誠者，知者尚鮮。記者因負有續修縣志調查之責，後得見此老，耳精眼明，齒牙堅固，童顏鶴髮，似七十許人。詢以養生之訣，據稱平生勞動，早眠早起，饑食粗飯，渴飲清水，不知生氣為何事云。

廿九

六月廿一日

本日為北宋歐陽文忠公生日，有傅增湘、蕭駿鳴、田步蟾、趙椿年、章梫、孟錫珏、靳志、宋庚蔭、溥儒、譚祖任、夏清貽、黃孝平、梁宓、陳任中、閔麟十五君發起在十剎海會賢堂設像向宴，並由傅出所藏宋版歐集，共同欣賞，為公稱祝。四時往彼，賓主到者約五十餘人，公推陳弢老主祭，行三揖

禮參觀所供墨拓像係乾隆間裘文達公進請御題者又

有一冊為陳仲潛所藏不知何人所繪南宋槧歐集二冊

皆蝴蝶裝字比陳子綸藏者為大一印紙皆精一補次皆

北平圖書館所藏假出陳列者到時先題名次分韻係以

会老堂致語為韻予拈得老字。

七月初五日

續考歐集查得会老堂致語在本集一百卅一卷近體樂府

卷一內原序共一百卅七字又七律一首作于熙寧五年

壬子春間公自上年告老致仕退居潁趙康靖公自南京

來訪時呂正獻公為守致語之作所以致趙公又考公集

有会老堂詩七律一首蘇文忠嘗次其韻又有叔平少師

入從往

第[illegible]頁

去後，會老堂獨生偶成七律一首，皆作于致語之後。是年閏七月庚子，公卒，年六十六歲。

七月十二日

天然博物院本為清季農工商部所設之農事試驗場，門首有二長人為守，已歷二十餘年。最初之一人句姓，易州人，身長八尺，嘗為日本人延作電影演員，得資以歸，民國初年病歿於鳩。第二人劉姓，亦易州人，身長七尺九寸，嘗為美國人延作電影演員，得五千元，歸後在西直門內購房娶妻，以立家室，今猶在院服役。此人係宣統元年予充崇陵工程處辦事官時，在梁格莊車站見之，因以告誡王於參議璋誠，時為農場總辦，因物色得之。其第三人魏姓涿縣人，身長七尺二寸，原爲清宮太監，民国十年後始執役於場，至今尚刘姓双双卓立焉。予周史秀函君述其梗概，因記於此。

七月十七日

政府近令以陽麻八月廿七日，爲孔子誕辰，命葉楚傖爲主祭，大員赴曲阜孔廟致祭，以爲記念。五院部代表，褚民誼等，及山東主席韓復榘，均往參加。北平市由袁良代表黄郛，左國子監孔廟致祭，各機関放假一日，並全国一致祭祀。

七月廿三日

貢举年表，載年羹堯在康熙朝，曾兩典鄉試，[illegible]の十の

第88頁

年乙酉科以檢討充四川鄉試正考官中書曹[illegible]副之
解元為曹龍文篤連人首題君子之於天下也一章次題
行而民莫不悅三題一鄉之善士六句一於四十七年戊
子科以學士充廣東鄉試正考官中書王鳳孫副之溧陽人
解元為李恒熉程鄉人首題好問之曰至君子多乎哉不
多也次題遠之則有望二句三題子路人告之以有過則
喜

七月廿九日

至公眾蒙養園參觀此為當年會輔堂舊地予年十七歲時
在此應考月課至今計已五十年矣曾是當年辛苦地今
日重經一切人事之變遷身世之盛衰家國之改易種種

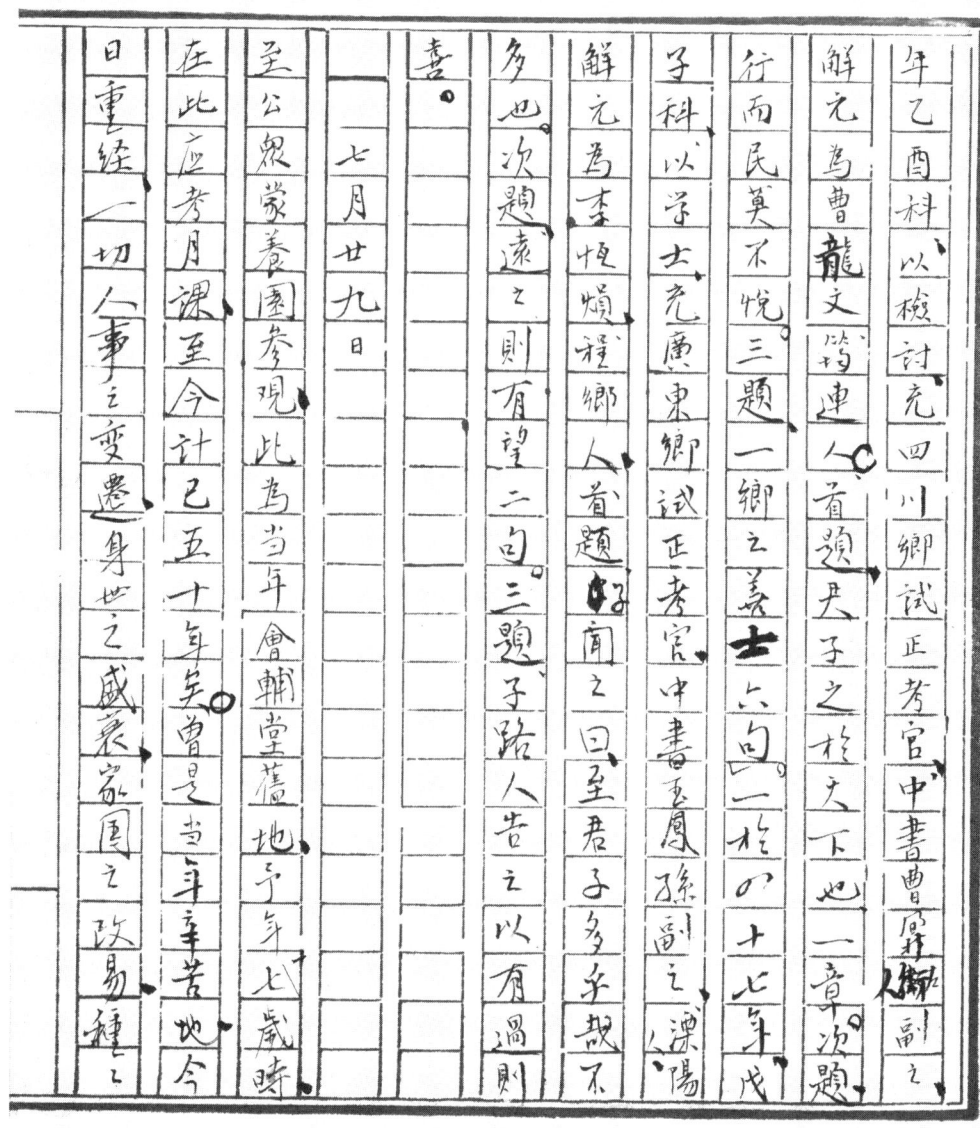

感慨不禁愴然。

七月卅日

至護國寺，買得勝朝遺事一冊，廣東刻本，不知誰氏所刻。一陸釴病逸漫記，二文林瑯琊漫鈔，後有仲子璧跋語，三葉盛水東日記，四蘭名近峰記略，五田藝衡留青日札節，皆記前明遺事，每卷首題目有華庭字郎章，亦不識何人，俟考。又玻璃板仇十洲唐九成宮圖卷一冊，民國廿三年藝術新聞社印。

八月初二日

至北平研究院博物館展覽會參觀，與常維鈞、張次溪，又庶務課長趙振瀛（趙為二中學生），皆晤談，在各陳列室閱覽一周。

第九頁

所見各項行樂畫像影像内，有左夢庚一幀，白鬚瘦面，作清代衣冠。又楚江上公便衣像一。又德定圖題贊某主人像一。乾隆間皆清室青胄，不知何人。又成親王題豫王像一，有名字年代。又李小荃瀚章制軍便衣像大小二幀。又崇雨鈴恩之父母像二、少年像二、其妻像三。又雨鈴在沐堂有二妾侍浴像一。又楊馨山聯桂棄子孫各一人行樂圖一，曾于光緒庚辰會試携入礼闈，有十八房及總裁藍墨章題詞甚多。其自題詒穿語，書在畫石上，語甚警切。掌之子廷雍官至直隸藩司，庚子年以庇拳為外人所誅，其家屬落賣及遺物，誠不足怪。楊馨翁冉先伯荷田公工部同官，又係世交。至其遺子懋堂肇曾以孝廉官教諭，冉于及先長先星石尤熟識其子世震，以秀才肄業同文館，嘗從予遊，今南在哈尔濱中東鉄路任事，何以傳家遺物遂至流入該館，殊不可解。又有宋代帝后画像各一，而款題崇禎甲中某月门下沐恩某敬繪，尤不可解。又有满裝女像二，一題焦秉貞，一題郎世寧，皆假名款也。此外陳列可觀者，有北平各寺碑版拓本，建築照片及二三佛像，均可資考証。又各舖窑幌子僅数十件，殊不完備，且皆仿造者。餘各陳列部所列圖画拓本，考古發掘各物，後部陳設等件及近人所製西画、石膏像，並通俗流行之圖画等，或非予性所喜，或尚不完備，均不志記。

邢昺之贈，所刻明李邢畫貞昐先生所鑒唐風定八冊，卅

第41頁

二卷，校刻甚精緻，且係罕見孤本、珠，可珍愛。

八月初四日

訪邢冕之，晤談，論及所贈新刻邢孟貞《唐風定》一書，予謂傅沅叔序僅就選詩立論，以唐音統籤等三書作比較，語甚博洽，自是績學人議論，却於本書意旨尚甚闊切。以予所見，孟貞本復社巨子，選定此書在清初，其時詩壇風氣已變，錢牧齋、吳梅村、陳卧子諸家沈博絕麗一派，與鍾譚纖仄一派，漸成過去，而何景明、邊華泉幽秀古逸一派，又復回轉。孟貞以遺逸高曠人物，遂自走此一路。昔窺漁洋感舊集及詩話所錄孟貞詩，已略識其面目。今觀所選，他家姑不論，即杜、韓各篇言之，亦為沈雄奇健之作。香山只選

近閲施愚山詩集，其與孟貞唱酬者頗有十數首，二家交誼尤篤。孟貞殁後，愚山嘗撫其遺嗣，草處有詩悼念之。計其年代，蓋與漁洋約二十歲左右，施詩境界亦頗相近，故漁洋特出施作摘句圖，其源淵固有可尋，非一人之私肥語也。

一絶。又於語淺意盡者亦非所取，是已開淡雅超詣一境，可為漁洋主張神韻之先聲，及得漁洋恢擴而光大之，乃特開清初一大宗門。直至乾隆之世，翁覃溪始欲易神韻為神理，而究不能自成一軍。至於袁趙蔣三家，務騁才力，一發無餘者，尤不足略撼其壁壘。試觀漁洋生平標舉，如唐人選唐詩及唐賢三昧集、感舊集並詩話等，純取滄浪以禪喻詩之旨，由所謂羚羊掛角無跡可尋，所謂不著一字盡得風流者，無不脗合。高則為王孟，次則為韋儲，不惟由宋賢殊，並由唐賢元白諸家亦殊，是其宗風所在，昕畫顯然，絶不闌入宋詩者，正在此處。沅叔為目録校勘專家，見書最博，惜於此未達一間耳。

第[illegible]頁

復訪章忘存晤談，伊於近世交道言之慨然，直謂生平無一真正朋友，雖由灰心世故，所感甚深，然予亦有進一解者，蓋人生斯世，萬不能離人獨立，自須與親友社會交接往來，雖律己不能不嚴，立心却不可不熱，予生平處世，但為與人有益之事，或於大小力所能為，便即為之，決不因人之相負而寒心，亦不因計念報酬而致力，即使事無所成，亦復姑盡此心，積之既久，而氣機所感，遇有己有事需人相助時，往往有意不及料或獲益無形者，且在我從前施之於甲者，每得之於乙，甚且得之於丙與丁，一似冥冥中有施有報者，然此非因果報應等近於迷信之說所能賅括，蓋人與人直一氣相感，氣之煖者，自然噓煦，即以新科学言，尔是氣冉氣相吸，点冉点相攝，若真空氷度以下，則生機已絕，尚能化合，自益不能相成矣。此予積生平閲歴経驗所得者，以質志游，游亦深謂然，因記於此。

八月初六日

曹少甫來晤談，予对之頗有深切摯愛語，以儲餘貲，備將來；惜精神，保現在。二句書之。三十年老門生，故用傾吐至此。

八月廿日

閲甌北詩集，頗得其面目所在。才力自大，書卷亦博，功候尤深。只是好盡，多矜氣，無餘韵，充其量不过名家，殊無大家風範，持較漁洋、竹垞，固不及也。惜語尤时有近俚處。子

七律在中年以前作并極堅實不頹放自是佳作

第80頁

七言古体亦多凑韵，且不成句處，甌北大才，何以至此？袁蔣亦同此失，袁尤甚，蓋皆未免恃才欺人，不足為訓。

八月廿二日

擬輓劉半農聯云：軀命厄遐荒，斯人竟誤刀圭藥；文章出游戲，當代偏崇釘鉸詩。措詞用意尚能貼切，將來送往追悼會，不識当代諸文学国学家有能識此聯者否。

九月初一日

江都蔣超伯南漘楛語，所記皆幽考據，約得六百餘條，援引甚博洽，訂正亦不武斷，具見学问湛深，不在清代諸考據名家之下。首有李承霖序，盛推之，以為今之張司空、干常侍，其徵引瑰奇，類多俗儒未窺之籍，其証佐精審不為調人兩可之詞。在通齋各種，此其尤勝，云云。承霖丹徒人，字雨人，道光庚子狀元，由蔣為同年。蔣字叔起，別號通斋居士，卷首又有五十自述四律，尔甚雅。篇中又称座師鶴舫相國，五主春闈，乙巳會試本批第二名，李君為榜首，超居其次。公忽謂許文恪曰，次名文氣較為充沛，宜互易之，遂以超冠南宮，而李君次之，云云。鶴舫蓋穆彰阿，許文恪蓋許乃普也。又穆五典會試，為道光癸未、壬辰、乙未、戊戌、乙巳等科；許兩典會試，五典鄉試。

九月初四日

点閱墨子卷十四至十五卷。其備城門、備高臨、備梯、備水、備突、備穴、備蛾傅，以上卷十五；迎敵祠、旗幟、號令、雜守等篇，文章古

第 页

重簡質，有似考工記者；有似呂刑者。惟有閫內侯、中涓、謁者、太守、里正等名，似非春秋戰國時代所有，終出漢人之手。至非儒一篇，所舉數端，皆近強解奪理，殊不足閒執儒家之口。又所引晏子論孔子之語，及所詆訕孔子奉季孫、尼陳蔡、冉門弟子所言各事，幾於肆口謾罵，誣造蜚言，殊失大哲風格。墨子個人似尚不至此。是蓋傳墨學者所為，故肆無忌憚也。近人支偉成作墨子綜釋，謂此篇純係偽託，得之。

九月十三日

昨閱大公報社論，載日本已將東北四省分割為奉天、吉林、龍江、热河、濱江、錦州、安東、間島（即延吉）、三江、黑河等十省將于十二月一日實行此於軍事政治經濟均有極大關係云云是彼已據為已有不復顧及中國亦不復顧及國際而為所欲為矣閱之曷勝憤慨。

九月廿日

閱王湘綺湘軍志年經事緯各分各篇條理井井文章亦簡潔間有描寫生色處亦具史裁不落小說蹊徑此老畢竟不凡以視魏默深聖武記無遜色其曾軍前後篇對於文正兄弟亦無甚大微詞世傳湘綺與曾氏有隙假湘軍志以泄憤者似非篤論也

魏書敘嘉慶川楚教匪各篇頭緒不清令閱者眩惑為曾文正所譏湘綺此書尚無此弊以其分篇得法也文之不

可無義法如此。

閱沈初西清筆記二卷，所記多在南書房行走，並編纂石渠寶笈時事。紀分六門，一紀恩遇十五則，二紀典故十八則，三紀文獻十八則，四紀職志廿三則，五紀名蹟廿一則，六紀庶品廿四則。釐為二卷，是在乾隆甲寅江西學政任內所作，筆甚簡淨，記多翔實。案沈名初，字雲椒，浙江平湖人，乾隆進士，仕至戶部尚書，卒謚文恪，值內廷三十餘年，歷掌文衡，極儒臣之榮遇焉。

九月廿一日

吳子修先生慶坻所撰辛亥殉難記六卷，滿人死難者以西安駐防為最，官弁兵民家屬計二千餘人，次則江寧官

張侍楷事夏仁虎舊京瑣記亦載之並記是時都御史為張英麟侍楷嘗函其家請代奏[illegible]不得見云

旨兵民家屬計四百餘人荊州官兵民及家屬計四百餘人京口官兵民及家屬計四百餘人福州不及百人各有殉難文武計一百五十餘人卷首上諭卷一二文職傳卷三四武職傳卷四駐防傳卷五列女傳表附卷六為長白果熙重印增補者後附辛亥駐防殉難表冑其尤奇者為宗人府供事張侍楷字睿斌順天人辛亥八月革命事起君憤甚草條議十餘言詣都察院乞代奏而察院已星散無受呈者院役勸歸休君止院門外伏地大哭凡三日夜無一官至乃出所佩刀自戕院役呼舁送醫院以傷重竟死文杭州望江門吏夫不知姓名辛卯十月之變新軍自城外入經望江門時方昧爽吏夫猝見軍隊至鳴鉦大呼曰兵

第山頁

反矣。兵反矣。狂走向官署，冀官署之警備也。新軍訶止之，不聽，鳴鉦狂走於故。軍士追及，槍擊之，立斃。是二人皆識大義，不畏死，其更夫尤勇。光緒順天府志忠義傳所載，煤黑子爭烈矣。

九月廿七日

看清史本紀終日，咸、同、光、宣四紀皆詳閱，餘略觀，見其記述遺漏甚多，每紀末繫論，行文極有分寸，立論亦頗公允。此書有關內本、關外本之別，所閱未知屬何本。孟森有論清史不當禁一文，載在某雜誌，考証極詳，立論尤平允，可見直道之未泯也。

九月卅日

楊立誠、金步瀛合編中國藏書家考略，上起秦漢，下迄清末，凡私家個人生平確有藏書事蹟者，共得七百四十一人。其歷代國家藏書，如清之七閣等，不列。各人繫小傳，皆有根據。雖義取簡要，尚不漏略。惟據予所知，清代如鐵梅庵（保國將臣）英（光緒間官廣東運司，告歸後，寓北城大取燈胡同，出其所藏秘籍，構共讀樓，供大家閱覽，有共讀樓書目行世）、王文泉灝（嘗刻畿輔叢書）、史香崖夢蘭皆未之及。滿人僅有納蘭性德、揆敘、曹寅、富察昌齡、法式善、穆彰阿、覺羅崇恩、盛怡邸、鄭邸、禮邸、盛昱伯羲、朱子穎孝純，而遺之。北人僅有朱筠笥河、朱錫庚少河、紀昀文達、孫退谷承澤、翁覃溪方綱、劉寬夫位坦、劉子重銓福、王文貞崇簡、文靖、黃崐圃叔琳，餘則遺者尚多。雖云事重搜據，究不免詳南略北之嫌。

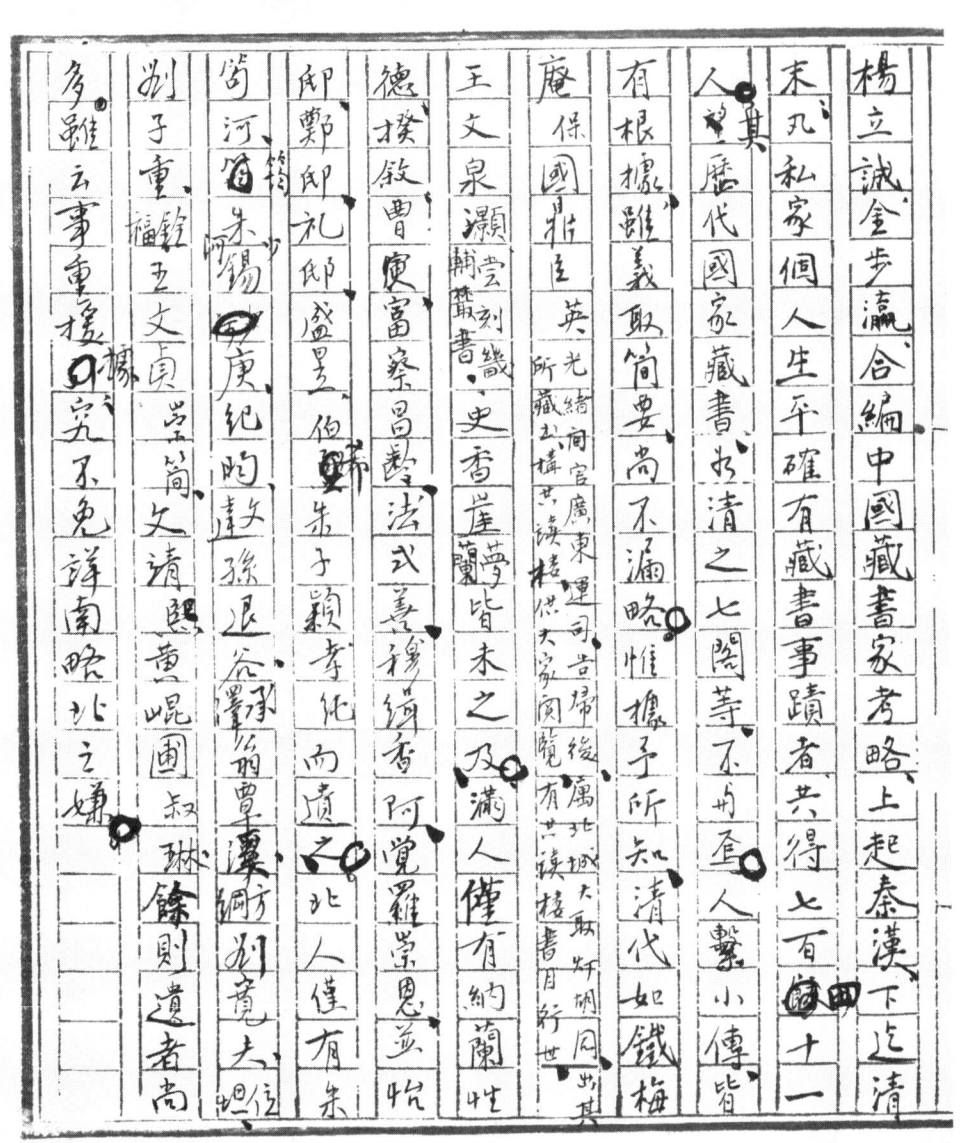

第山頁

十月初六日

閲錢基博中國現代文學史，以王壬秋為首，以胡適為終。考証詳析，立論平允，篇末於胡似有微詞，首篇緒論等及敘古代等節，均極博洽，有識力，不偏倚，自是平心靜氣之論，在近人作品中，可稱特出。論康、梁、嚴、林、章等人，均極允当，其古文学部中論詩論文，亦有独到處。

十月初八日

閲清史稿皇子世表二（共表五），考得文伯英斌為睿忠親王多爾袞之第十世嗣孫。睿王以順治四年因罪追削爵黜宗室。乾隆四十三年，復爵加謚，配享太廟，以豫親王多鐸第五子貝勒多爾博，嗣睿王後。先是多爾博第二子，鎮國公蘇爾

薩蘇第二子輔國公塞勒，塞第五子輔國公功宜布，皆先
於乾隆二十七年追封信郡王。功之第三子輔國公如松，
以是年襲信郡王。三十五年薨，其子鴻穎，以三十六年襲
輔國公。四十三年改襲睿親王，推上五世，皆追封睿親王。
鴻之第一子端恩，襲親王爵。第二子禧恩，封輔國公，緣事
降鎮國將軍。禧之第五子徵壽，封輔國將軍。其子琳誠，襲
二等奉國將軍。光緒二十七年卒。其第一子文斌，光緒二
十八年襲奉恩將軍。光緒二十四年翰林，予在光緒庚子
前即與熟識，至今年已六十，尚健在也。
又考睿王之爵，自寶恩於嘉慶六年襲封，七年薨，以其弟
端恩（鴻穎第四子）承襲，歷仁壽（端恩第一子）、德長（仁壽第三子）、魁斌（德長第四子）三世至

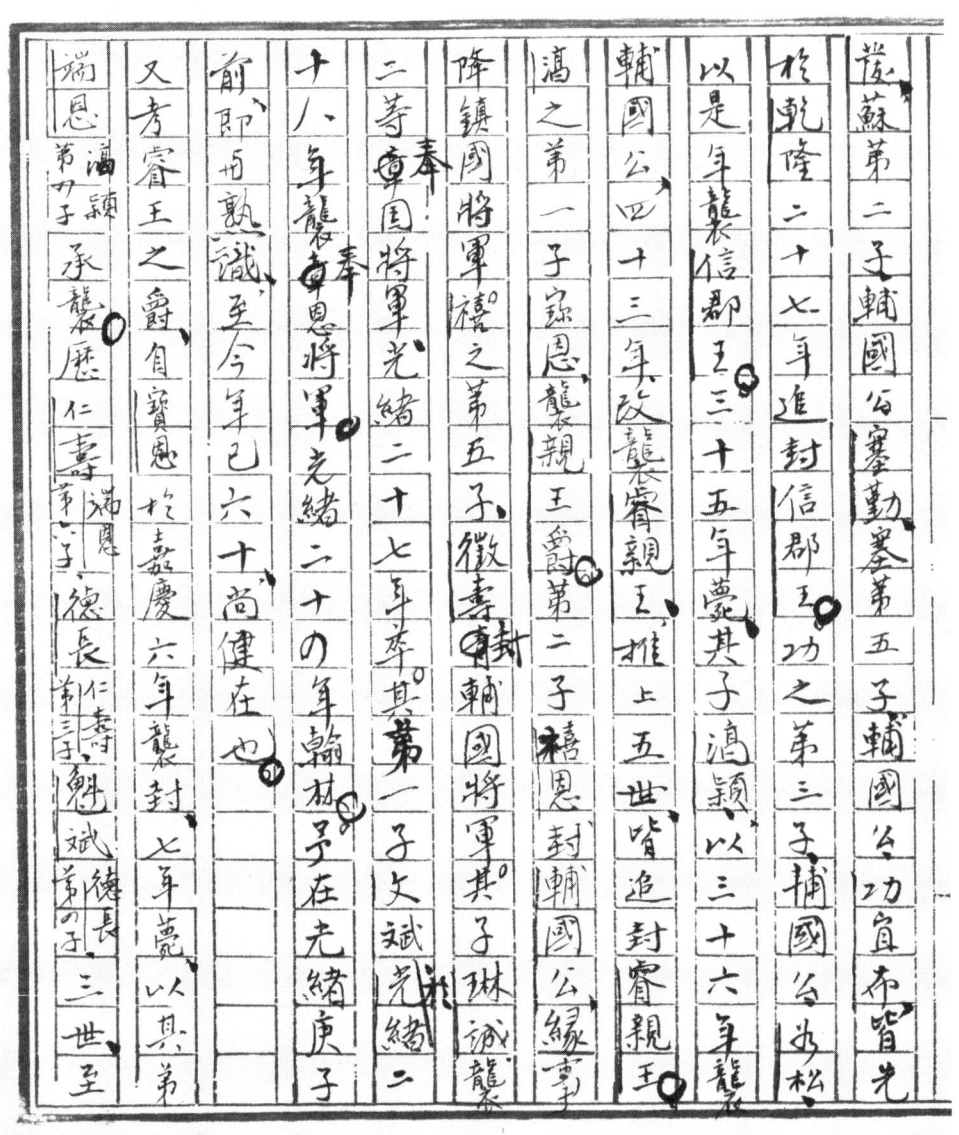

第七頁

清末共襲五次，而清社屋矣。

又史稿序云：崇德元年，定九等爵。順治六年，復定為親、郡王至奉恩將軍，凡十二等。有功封，有恩封，有考封。惟睿、禮、鄭、豫、肅、莊、克勤、順承八王，以佐命殊勳，世襲罔替。其他親、郡王則世降一等，有至鎮國公、輔國公而仍延世賞者。若以旁支分封，則降至奉恩將軍，迨世次已盡，不復承襲者，蓋自景祖以上子孫，謂之覺羅；興顯祖以下子孫，謂之宗室者，親疏攸別，爵秩亦殊，數傳而後，僅得子男。原錫爵之本意，酬庸為上，展親次之，故有皇子而僅封貝勒、貝子、公者，揆諸前禩，至謹嚴。雍正後，惟怡賢親王允祥以公忠体國，恭忠親王奕訢以贊襄大政，醇賢親王奕譞以德宗本生考，皆世襲罔替。至末年而慶親王奕劻乃亦膺茲懋賞矣。自餘宗潢繁衍，非國有大慶不得恩封，非嫻習騎射不得考封，而入関二百餘年，習尚文盛，每屆歲終，與於選者益尠，至不列於十二等之封者，謂之閑散宗室，不入世表。

又考弘昕為聖祖第廿四子誠親王允祕第二子，乾隆廿八年封二等鎮國將軍，卅九年晉貝子，四十三年緣事革退，五十九年封奉恩將軍，嘉慶四年又革退，十四年复封奉恩將軍，十六年卒。

又考永瑢為高宗第六子，嗣聖祖第廿一子質郡王允禧後，乾隆廿四年襲貝勒，三十七年晉郡（質）王，五十四年晉質親王，五十五年薨，謚曰莊。

第48頁

又考永理為高宗第十一子，乾隆五十四年封成親王，道光三年薨，謚曰哲。

又考昭槤為太祖第二子禮親王代善之第八子追封親王祜塞，祜塞第三子封康親王傑書，傑書第五子襲康親王椿泰，其子崇安襲封，崇安第二子永恩乾隆十八年襲爵，四十三年以代善有開國功，仍復號為禮親王，其子昭槤，以嘉慶十年襲封，廿一年緣事革爵，是昭槤為代善第六世孫也。

又考代善第一子岳託，天命十一年以功封貝勒，崇德元年晉成親王，旋降貝勒，四年薨，追封克勤郡王，乾隆四十三年配享太廟，其子羅洛渾以順治三年晉封衍禧郡王孫、羅科鐸襲、順治八年、改號平郡王。曾孫、訥爾圖襲爵、以罪革。歷五世孫訥清額至六世孫雅朗阿、以乾隆四十五年、襲克勤郡王。直至清末宣統元年晏森襲封止。又代善第三子薩哈璘、曾封郡王。其第二子勒克德渾、當順治五年以功封順承郡王。歷五世至乾隆廿一年嗣王以其第の子、恒昌、襲爵。直至清末訥勒赫、止。又五世矣。綜計清代世襲罔替親王只有八。而礼邸得其三焉。皇子世表、自肇祖以下、無一帝為一系。同光兩朝無系也。

十月初九日

馬鵬卿姻丈函云、有武清王星球君、選刻河北千家詩選、專錄已殁者之詩、用繼畿輔詩傳、古燕詩紀之後。又

第山頁

輯河朔詩紀，專錄生存人諸作，屬予代爲徵集，另日當函复之。

十月十三日

至廣濟寺訪慶博如晤談，適邊蘭文亦在，彼博如有事用去，因偕訪現明老方丈，看重九登高圖，爲榮賢民所繪，筆致甚雅秀，初不知其有此能事，知醫又善畫，頗饒雅致。又見是日諸君所題詩，除夙知三數人外，無佳作。內有瑞景蘇詩共五首，自署名博大乙，亦屬怪誕無味。聞其家早敗，現寄寓十剎後海淨業寺。又有一報盼七年名景熱字孤血者，七律二首，雖未成章，尚有思致，但用諸君之詩同一無紀律明。今世作詩者愈多，詩法愈不講，東塗西抹，放胆爲之，可笑亦可耻也。

十月十四日

閱清史稿，交通志四、刑法志三，皆評述一代之制，分合沿革明如畫沙，非深習此事者不能有此詳略得宜、論列持平之作，未知誰筆。

交通志分鉄路、郵政、（電報附）、航路為四大類，係以清季郵傳部四政為根據，而不及前世之驛傳、河運、海運等，似尚未為詳備。

又前閱皇子世表五、藩部世表三、大学士年表二、軍機年表上下，均記清世大学士沿明制為宰相之任，而其实權軍機大臣創設於雍正七年己酉，歷百八十年未之或改。綜計乾隆一朝，自元年丙辰至十年乙丑，皆鄂尔泰、張廷玉為之首。十年鄂卒，易以傅恒，十四年張致仕，則傅為首，直至三十五年傅卒，福隆安繼之。四十一年和珅入軍機。四十九年福隆安卒，直至嘉慶四年己未正月

第[illegible]頁

和珅始逮狱，則乾隆時，除最初十年外，傅福則國戚，和珅則奸佞，而和尤独值樞府者至二十三年。道光朝，自七年丁亥穆彰阿入軍機，至三十年十月咸豐繼祚，始革職，計穆之秉政者，至二十四年，而琦善以道光十六年入相，廿一年革職，耆英以廿五年入相，三十年十月與穆同降官，是二人之左右於穆者，亦不下十五六年。尚論者謂有清之亡，基肇於乾隆，構成於道光，就其政柄所寄，而可知矣。所尤痛者，其禍不僅造成愛新覺羅氏一家亡國之禍，直波及於中華民族，而百世未有艾焉，噫酷矣。

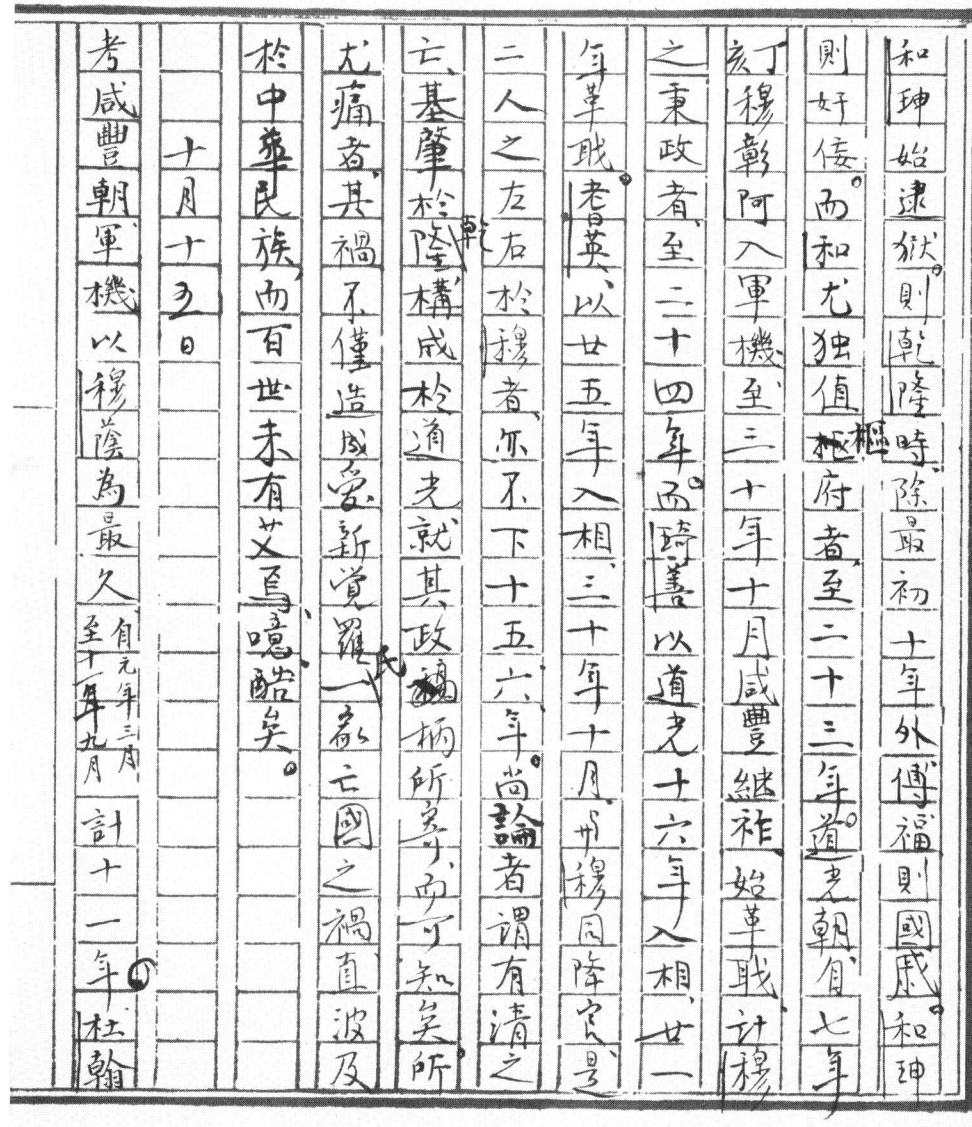

十月十五日

考咸豐朝軍機，以穆蔭為最久（自元年三月至十一年九月），計十一年。杜翰自三年十一月至十一年九月计九年。匡源自八年五月至十一年九月计四年。焦祐瀛自八年十一月至十一年九月计一年。皆肅順之傀儡也。同光兩朝，以恭親王為最久，第一次入值自同治元年（即咸豐十一年九月後）至光緒十年甲申三月計二十三年。第二次入值自光緒二十年甲午十一月至廿四年戊戌四月薨。計五年。時值中東之役，國勢已不可為。而禮親王世鐸自光緒十年三月直至廿七年六月始罷。計十八年。中經戊戌政變、庚子拳变，均無能為輔。恭王當國時，為之左右者，則文祥自咸豐十年五月至同治十二年五月。計十五年。宝鋆自咸豐十一年十月至光緒十年三月計廿四年。李棠階自同治元年閏八月至四年十月計四年。李鴻藻自同治四年十一月至光緒十年三月。又自光緒廿一年六月至廿三年三月計廿四年。沈桂芬自同治六年十月至光緒六年十二月計十三年。景廉自光緒二年二月至光緒十年三月計九年。皆正人也。光緒朝自甲午中東役後至戊戌四月，恭王薨。八月，榮祿當国自光緒廿四年八月至廿九年三月卒。計六

第六頁

年。慶親王奕劻繼之（自光緒廿九年三月至宣統三年四月，改授內閣總理），計七年，而清運終。雖曰天命，豈非人事哉。

清史稿樂志八、河渠志四、職官志六、輿服志四。關樂志所言聲音律呂絃調及半依變正諸說，多專門術語，不能了解。其餘詳述樂章樂懸等，則無不明析者，足見學問之無窮，通解之難言也。一、樂制沿革，二、律呂尺度，三至七、樂章（共分五篇），八、樂器。

十月十六日

安西華新撰最近國難紀實所記此次中日滿洲交涉大致已備，頗便參攷之用，亦一有關係之作也。

十月廿三日

為張少元長媳韓女士，挽聯云：隴阪雲飛，萬里望夫悲化石；（其夫延誉在甘肅政界。）燕臺月墮，一堂愛息哭窮泉。（遺子女六人。）

十月廿日

至北平圖書館，看得金梁清史稿校刻記，述開館至印書時情形甚清析，並錄得各人所纂之原稿、復輯等名姓，可資參考。但於職名單未遑錄之。

十一月初二日

至西單絨線胡同國劇陳列館參觀，遇齊如山長談。此館以一人之力，收羅各許，誠為不易。其間有關國劇史料者，觸目皆是。所列樂器大致已備，其小貿所用各響器亦不少。繪為圖說，裱作条幅，有數十副之多。照相畫像不下百件。

唱片皆圓式，为最初蠟桶式者。內有一片，云係周春奎所
唱，年代不符。又有一画像，為余紫雲唱採桑劇，款云康熙
某年焦秉貞所絵，年代亦不符。至清宮內所用光和聲署
南內等文件，精忠廟告示規条，余姓、梅姓各家傳世劇本，
陝西等省各戲劇唱本，皆不易得之物。絵画照相各戲台式
樣，各戲衣各称圖式，梅蘭芳各手式圖等，甚完備。各省関
于戲曲遺事之古蹟，雖不免土人謠傳，強半附会，亦見搜
討之功。如山現正編修中国戲学大辞典，未成也。其已成
或未印者，已有数種。積平生数十年之心力，成此專門之
學，不能不佩其有思想、有魄力。且年逾五十，体力尚強，其
精進正未可量也。其考較市聲，已有專書，予告以當考得

明王思任、滿井遊記、所記邀河一条、另日当寫贈之。因伊所考市聲是関于物声者，已有実物証圖，関於人聲者尚為此考古之記也。伊又勸予生平所經歷閲見之舊事物等（如考試制度、朝野遺事及近人各記載錯誤等。）宜赶速逐條寫出，以備掌故，以正訛傳。假定每日寫一二条，積三年便可成一鉅製，且云能識舊事舊制如我輩者已是最後一起，如再不留所記載，恐現有之人半已衰老，十年二十年後即皆凋落，恐更為能記述之人，使我中國先代留遺之流風善俗、佚事舊制以及一切有関文物文化者，從此墜地，其事可痛惜，孰有过于此者云云。意既摯誠，語尤沈痛，与廿余年前李證前日勸我之言，如出一轍。良友相期非浅，亟当努力為之。但門目太繁，

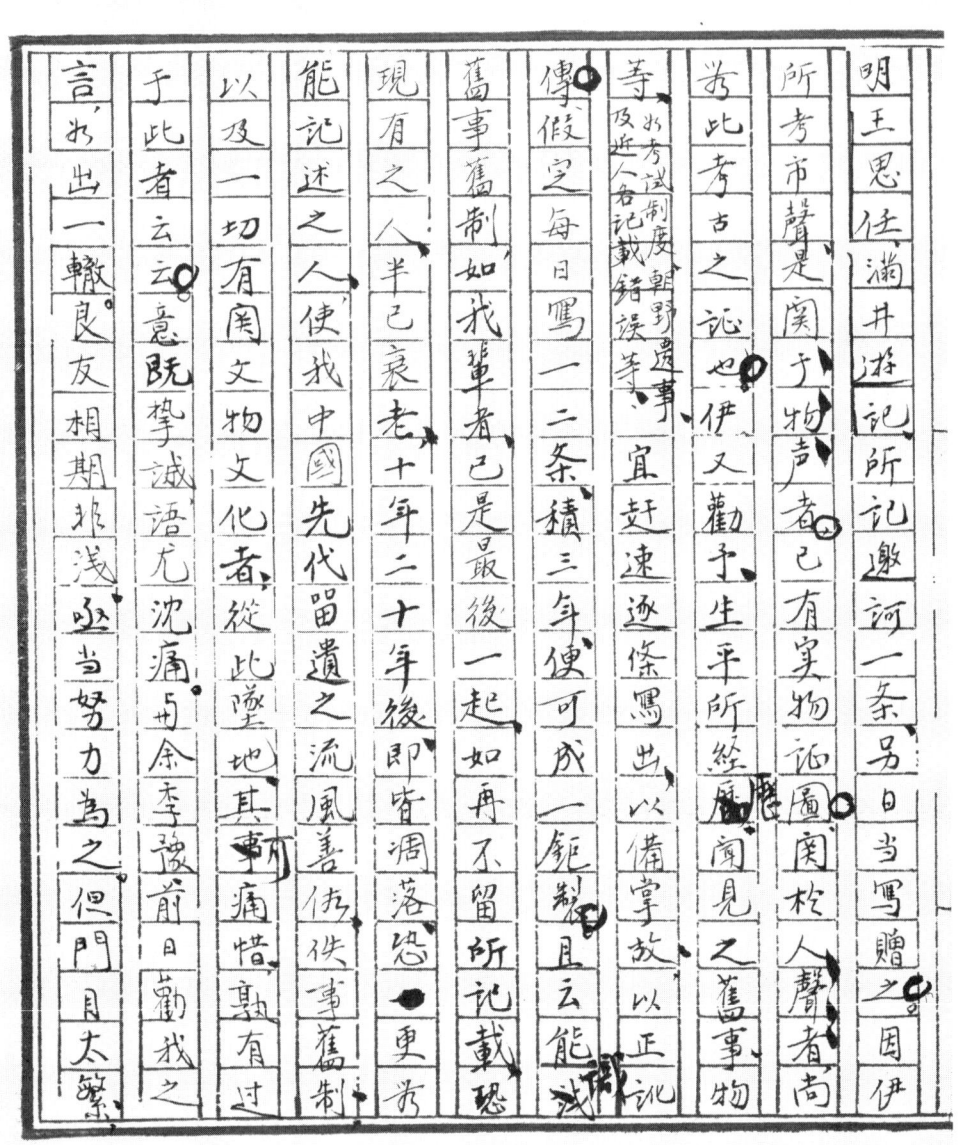

第卅頁

直不知從何說起。暇當擬議一著手辦法，特記於此。

十一月四日

北海極樂世界萬佛樓，係乾隆卅五年建成。見清史稿職官志。

十二月初四日

慶博如言，有張珮卿者，滿洲人，前清户部郎（名潤璞），現住北
城北官坊口，家有小樓藏書畫，名曰虹南精舍，近十剎海，
登望甚遠。人亦近風雅，伊為介紹。下午無事，因往訪之，晤
談甚久，人頗不俗，藏有舊京燼餘記，已成廿卷以上，內外
城略備，惟郊坰尚未著手。成書猶需長久時間也。（名潤璞，正白滿人，住北
官坊口路北甲二十號，年五十の歲，夙識北京舊事，亦能詩。）其子輔仁大學史學系畢業生，年二十餘歲。

十二月初五日

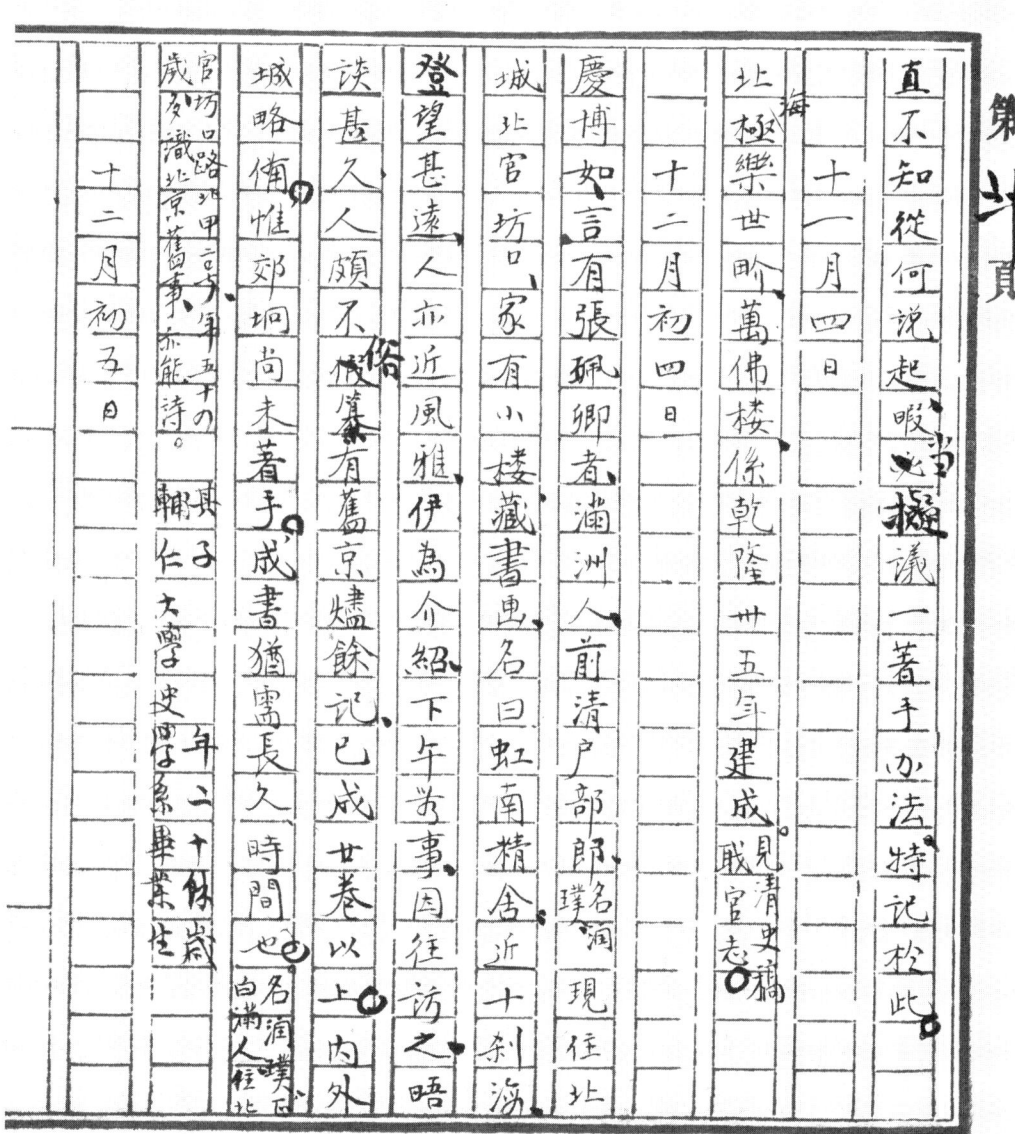

入談往

買董續記，亦鄧文如撰，共四卷。所記多関考辨賞鑒古物事。其寓於明清及北平舊事者，不及瑣記為多。其他又有毋瑣記相複者數條，蓋偶未檢也。第四卷錄庚申都城戒嚴事記，署名福餘園記，自庚申七月廿六日起，迄九月廿七日止。凡所聞者，皆云聞之某人，餘皆目擊之事，故所紀如得其真。所抄英人告示，謂令人將圓明園內宮廷殿宇立行拆毀，以為報復等語，是焚園實英人所為，得此事為鐵案。又云八月初八日未刻聖駕北行，酉刻城中始知，人心大散云云。蓋自七月二十九五日警急，文宗即惑於端華、肅順等言，欲北行，經惇王、恭王等力爭數諫乃止，至是遂不可挽。又云，初六日安定門英人欲照圓明園例焚掠，後議

第卅頁

和，法人不從，始止。篇末署福餘圃記，函封署先伯西眉日記。鄧氏案語，謂西眉爲死難謚壯敏江南提督福珠洪阿之孫，巡撫豫山之子，与盛伯希交好，頗有文采，沒于清季，惟不知其名云云。实誤。予據篇中八月十六日記言，寓東直門角樓下，俄人北館內出土，急至文山處（原注：賽大人之子），告以圓館挖濠，扼其別計語，知文山即崇綺，爲賽尚阿之子，後於同治乙丑大魁，其女爲穆宗之后，殉節者也。鄧所言西眉爲鐵西湄，爲盛祭酒之戚，在光緒中葉，予嘗於成子蕃昌處見之，其時年在三十上下，至民國初年聞其謝世，以時代計算，決不能上及庚申。即鐵在庚申年已誕生，亦決不能与崇上公綺相識，同在危城中走而告以事。所考未免妄断。特記於此，以正之。

后记

中国是一个统一的多民族国家，各民族在人口规模、发展程度、地域分布、资源禀赋、文化特点、交往联系等诸多方面存在着不平衡性。这就决定了在中央政府主导下发展民族教育，着力培养和衷共济的各民族骨干人才，是维护国家统一、保障边疆安全、推动民族进步、增进社会和谐的根本之策和长远之计。创办蒙藏学校，是将民族教育作为我国现代国民教育重要而特殊的组成部分的标志性事件，体现了作为倡导者、实践者的先贤们的政治智慧和远见卓识。①蒙藏学校在国运风雨飘摇的民国时期的辛苦经营，凝聚了那个时期襄助学校经费、负责学校管理、倾心教书育人的大量人员的心血和奉献。②中华人民共和国成立后，在党和政府的亲切关怀下，蒙藏学校几经演变，成为中央民族大学附属中学，获得了脱胎换骨的跨越发展，成为在民族地区乃至全国有重要影响和良好声誉的基础教育先进示范校和『全国民族团结进步模范集体』。抚今追昔，不应忘记那些曾经为了这所学校在各个时期的接续发展而勤勉工作的人们。今天我们编辑遗稿、举办展览加以纪念的郭家声先生，就是曾在初创时期的北京蒙藏学校执教的最早一批教师中的重要一员。

郭家声先生于 1913 年正式受聘为蒙藏学校汉文教员，还自编《修身》讲义并授课，是当年蒙藏学校在职

---

① 校史载：1916 年 6 月，因受帝制影响，暂停办。8 月，内务部长孙洪伊以此校关系边疆，不宜中辍，又函国务院行知蒙藏院，促令恢复。1925 年，冯玉祥将军曾给蒙藏学校校长吴恩和、教导主任施今墨复信：『贵校诸君，关心蒙藏，创办专门学校，以储有用之才，识见宏深，规模远大，足证爱国热诚，良深钦佩。……谨当竭力帮助，使贵校不至功败垂成。』（见《和美岁月：中央民族大学附属中学校史（1913–2013）》第 471、475 页）

② 校史载：蒙藏学校自 1920 年开始即面临『经费无着』问题，至 1929 年，欠款数目已达银元十万之多，『所用经费大部分靠私人垫付和拆借』。（见《和美岁月：中央民族大学附属中学校史（1913–2013）》第 472~475 页）

的四位清末进士之一。①因业绩突出，民国政府于中华民国七年十一月五日颁布大总统指令第一千八百七十一号，『给予五等嘉禾章』。②了解郭家声先生与中央民族大学附属中学的前身——蒙藏学校的这段渊源，是2014年中央民族大学民族博物馆接受学校委托、开展『民大记忆·口述历史』专项以来的一个意外收获。随着与郭家声先生家属接触的增多，以及对相关线索发掘的深入，我们对郭家声先生的认识也逐渐清晰起来。我们得知，郭家声先生的后人郭正权先生（北京教育科学研究院地理教研员）等，早在十多年前就已经为纪念郭家声先生这位先贤而编辑出版了《癸卯进士、诗人郭家声先生纪念专辑》。这本《纪念专辑》按照『前言』『诗作篇』『日记篇』『拓藏篇』四部分，主要通过郭正权先生撰写的『前言』和《学而不厌，诲人不倦——介绍祖父郭家声先生的〈忍冬书屋日记选录〉》，汪梦川先生撰写的《尘封诗史待重光——读郭家声先生的〈忍冬书屋诗集〉》，马国华先生撰写的《有道平生无党籍，听山余事做诗人——读郭家声先生的〈忍冬书屋诗集〉》，以及刘卫东先生撰写的《郭家声先生珍藏的碑帖拓片简介》五篇文章，以及部分诗篇与日记原作摘录等，简要介绍了郭家声先生的生平事迹，介绍了他晚年出版的《忍冬书屋诗集》和《忍冬书屋诗续集》，未曾出版的手稿《忍冬书屋日记选录》和他留存至今的古碑帖拓片等。后来，郭正权、郭正模兄弟等又通过编印《西四小拐棒胡同郭氏家谱新编》和影印《郭家声先生日记选录》等，进一步充实完善了以『重光尘封诗史，传承忍冬精神』为核心内容的郭家声先生生平事迹。

2020年下半年，中央民族大学民族博物馆口述史中心专门采访了郭正权先生，并且决定出版《郭家声先生遗稿》一书，将其纳入『民大记忆·旧著重辑』系列，同时举办郭家声先生生平事迹展览，使郭家声先生的生平事迹成为『民大记忆』的一部分。为此，双方经过认真充分的友好协商，于2020年底正式签署了《关于郭家声先生两部遗著出版暨原物赠藏的协议》。按照这项协议，郭家声先生亲属将二十世纪三四十年代出版的两本《忍冬书屋诗集》和三册《忍冬书屋日记选录》原稿等捐赠给馆方；由馆方负责筹集出版经费，物色出版单位，具体落实《郭家声先生遗稿》的出版工作，从而将『重光尘封诗史』的愿望变成了现实。为了更完整地呈现郭家声先生的事迹，郭正权先生还将祖父留存下来的《忍冬书屋图》诗画卷，一些画像、照片、手迹，还有约40份古碑

③ 这四位在职进士是：校长达寿，学监兼教务左霈，汉文教员郭家声、张书云。

④ 乌力吉陶格套整理校注《民国〈政府公报〉蒙古资料辑录 1918.11—1928.05》，第3页。

帖拓片，以及2009年编辑出版的《癸卯进士、诗人郭家声先生纪念专辑》等物品，全部捐赠给了馆方，以支持馆方举办郭家声先生生平事迹展览。除此之外，郭正权先生还重新撰写了一篇全面介绍郭家声先生生平事迹的文章《纪念清末民初著名诗人教育家郭家声先生》作为『代序』，起草了一份内容周详的策展方案，文章和方案除了着力于『重光尘封诗史』和『传承忍冬精神』之外，还比较深入地介绍了郭家声先生的教育思想，使书稿和展览的内容得到了进一步充实与丰富。

我们衷心希望，郭家声先生的事迹、成果和他所代表的传统知识分子的精神风骨，能够有助于传承弘扬中华民族优秀传统文化，推进学校的师德师风、教风学风建设；真诚期待先生遗稿的整理出版和事迹展览，能引起广泛的社会关注并产生良好的社会影响。

衷心感谢全力支持中央民族大学民族博物馆这两项举措并无私捐赠先贤遗物的郭家声先生亲属郭正权、郭正模先生！

向大力支持民大博物馆出版《郭家声先生遗稿》的学苑出版社和国家博物馆影印室，谨表诚挚谢意！

中央民族大学民族博物馆

『民大记忆』口述研究中心